U0692235

Staread
星文文化

SU MO
WORKS

浙江文艺出版社
Zhejiang Literature & Art Publishing House

图书在版编目（CIP）数据

沉香如屑 / 苏寞著 . -- 杭州 : 浙江文艺出版社，2019.12（2022.7 重印）

ISBN 978-7-5339-5877-0

Ⅰ . ①沉… Ⅱ . ①苏… Ⅲ . ①长篇小说－中国－当代 Ⅳ . ① I247.5

中国版本图书馆 CIP 数据核字 (2019) 第 222289 号

CHENXIANG RU XIE

沉香如屑

苏寞　著

出版发行　浙江文艺出版社
地　　址　杭州市体育场路 347 号（邮编 310006）

责任编辑　瞿昌林
文字编辑　王　挺　姜岫玉
责任印制　张丽敏
封面设计　粉粉猫
内文版式　蜀　黍
封面插画　无　轩

印　　刷　三河市嘉科万达彩色印刷有限公司
经　　销　浙江省新华书店集团有限公司
开　　本　710 毫米 × 1000 毫米　1/16
字　　数　573 千字
印　　张　38.5
版　　次　2019 年 12 月第 1 版
印　　次　2022 年 7 月第 6 次印刷
书　　号　ISBN 978-7-5339-5877-0
定　　价　79.80 元（全两册）

目录

contents

· 楔子 ·

寂寂空庭，一炉沉香如屑。

他在雕花窗格前，微微仰起头，任微风轻拂脸颊。他的容颜已经被毁掉一半，从下巴到左颊俱是灼伤，已然结痂。他听见身后有轻盈脚步声响起，伸手在窗边摸着，不太灵便地转身：“你来了。”

他的双眼已经看不见了。

微风轻拂，挂在窗格上的风铃又开始叮当作响。

“我原来以为，目不能视物会很痛苦，现在却知不是这样的。”他缓缓笑了，高贵、矜持却又有坚定之意，“我还可以用手去摸，用耳去听，用心去看。庭院里的莲该是开了，我闻到风里有淡淡的菡萏香，听到叶子被风吹动发出沙沙声，有水滴从叶子上滑落下来……还有你。”

他慢慢抬起手，语声轻柔：“让我摸摸你的脸，我想知道你是什么模样。”修长的手指仔细摸了半晌，他的嘴角勾起一丝清淡的笑，“若是有一日我又能看见，我一定可以马上认出你来，然后——”

然后，我要去找一个人，一个很重要的人。

第一章·鱼汤和棺材

雪后初晴。天边的夕阳红彤彤的，有如火烧一般，映得江边薄雪也呈淡淡红色，煞是好看。

胡满脚步蹒跚，在雪地中踟蹰而行，所过之处留下一串鲜血。

他是个恶名昭著的江洋大盗，却在踩盘的时候遭了算计，落得这副狼狈不堪的下场。他长长叹了口气，撕下一块衣摆，蹲下身把脚底包上。被人围追三天三夜，脚下的那双软缎鞋子早被山上的荆棘沙石磨破，双足冰冷钝痛，怕是冻伤了。

他既渴又饿，慢慢往江边走去。这个时令，要捉到一尾鲜鱼恐怕不太容易。但是对于他这样功夫不弱的大盗来说，却也不太难。他摸摸衣袋，身上只有一块汗巾，几块碎银子，却没有火折子。

没有火折子，就意味着他便是捉到鱼，也只能生吞活剥。换在平日，他是绝对不肯受这种苦的，可是在饥寒交迫犹如丧家之犬的时候，他的眼中反而泛起几丝求生的光彩。

胡满踉跄着走到江边，正要除掉外袍往水里走，忽听水声轻响。二十几步外的芦苇丛中露出半截船身，一个淡绿衣衫的女子正跪坐在船尾，将一块手巾浸在江水中，又捞起来将水拧干。衣袂拂动之间，露出一双皓白的手腕。

胡满眼中发亮，警觉地看了看周围，那些围追他的人已经被甩掉了，这荒郊野外，兰溪江上，再无人迹。他弓着腰，慢慢往船靠近。那个跪坐在船尾的女子却丝毫没有感觉到有生人接近，又从身后的木盆中取出一件外袍，放入江中洗涤。

这件外袍显然是男子穿的。胡满脚步一顿，看着船，似乎想隔着木板看出里面还有什么人。刀口舔血的日子越长，人也越是谨慎，唯恐出了一点差池。

他想起江湖上的逸闻，似乎就有那么一位年轻公子曾出没荒山野地，身边女侍美貌如花，带着琳琅金玉，饮酒用银杯玉盏，唯恐别人瞧不见他出自富豪之家似的，立刻就有江湖上最出名的大盗跟上他。这大盗是出了名的杀人如麻、狡诈凶残，不知多少江湖豪客死在他的手上。那个大盗的尸首最后被人在一条山涧找到，双目圆睁，面部扭曲，全身只有眉心一点伤痕。

胡满想到这里，顿觉后背发冷，也不敢再挨近船。

忽听船舱中传出几声咳嗽声，一个男子虚弱的声音透了出来："颜淡，咳咳，颜淡你进来。"

那个淡绿衣衫的女子闻言连忙起身，立刻撩起船帘进了船舱。而在船帘掀起又垂下的瞬间，胡满已经闻到一股让人直咽口水的食物香气。这股香气，对于饥肠辘辘的人来说，是多么有诱惑力。

他心一横，壮着胆子走过去。正好那个叫颜淡的女子又从船舱中出来，看见有个浑身肮脏、凶神恶煞的陌生人走过来，吓得往后退了一步，语声颤抖："你是谁？来这里做什么？"

胡满立刻满脸堆笑："姑娘别慌，我是个商人，只是路上遇到天杀的狗强盗，被抢去了货物，同伴都被强人给害了，只有我跑了几个山头才逃到这里来。"这句话倒不是全然撒谎，他身上值钱的东西的确都丢了，亡命似的翻过三座山头才把人甩掉。

颜淡眼中清澈，露出几分同情之色，微微一笑："我还以为你是坏人呢。"她一口吴侬软语，加之容颜清丽，一笑之后更增丽色。

胡满心头发痒，又上前一步，长揖到地："我逃难到江边，已经饿得走不动了，姑娘生得这样美貌，心肠一定很好，不知道能不能施舍我些饭吃。"

颜淡摇摇头，满脸歉然："我做不了主的，都得问过我家公子。"她转过身，小心地撩起一角船帘，生怕外面的冷风吹进去似的："公子，外面来了位商老爷，他遇上了强盗，已经好几日都没进食了，可以让他进来坐一坐么？"

只听船帘里头传来一个声音，就和先前说话的男子虚弱的声音一样："外面风冷，让他进来吧。"

颜淡转过头微微笑道："请进来吧。"

她撩起船帘，让胡满进去。胡满目力甚好，只一眼就看清她这双皓白的手生得好看，指尖柔软，绝不是练过武的手，甚至连重活都没做过。船舱中，一个年轻俊秀的男子裹着毛毯靠在软垫上，脸色苍白，颊上还带着点病态的淡红，有气无力地一拱手："请坐。在下重病在身，就不起来行礼了，失礼之处，请莫怪罪。"

胡满心中大喜，脸上却是不动声色："公子客气了。"他已是精疲力竭，只怕要修养两三日才能缓过来，可船上除了一个柔弱少女，便是一个重病在身的公子哥，等他吃饱喝足，三两下就能将人轻易制住。

颜淡搬来一个软垫，请客人坐下，方才去照看角落里那只热气弥漫的砂锅。胡满坐在垫子上，闻到砂锅里浮起的香气，腹中更饿，只有忍着："两位怎会在这荒郊野外落脚？这一带颇不安定，附近响马山寨不少，这真是太危险了，唉唉……"

那位年轻公子坐正了身子，一派斯文儒雅："在下见这里雪景甚好，便租了船想在江上住几日。响马什么倒是没见过，却不能枉费了仁兄这般好心提醒，我们二人过了今晚便离开。"

胡满一眼瞧见对方束发的白玉簪子，通透无瑕，光泽温润。他经手的金银财宝不少，一看便知道这支簪子价值不菲。这样一个年轻的富家公子哥跑来荒山野外赏雪，想来也是一介酸腐书生，出来作几首诗念几句酸词。他心里这样想，面子上却装出一副钦佩的神情："这样的雪景，也只有公子这样的雅人才能欣赏。不知公子大名，我这次脱险，回去一定为二位供起长生牌位。"

他话音刚落，只听颜淡扑哧一笑，只是一见自家公子看过来，连忙一吐舌头，竖起食指在唇上一点，三分俏皮七分乖巧。那年轻公子转过头来看着胡满，淡淡道："在下余墨，这点事，仁兄不必记在心中。"

胡满将余墨的名字念了几遍，确定江湖中没有这号人物。

外面的夕阳完全淡下去了，暮色渐浓，寒风呼呼。而船舱中的火盆烧得正旺，温暖如春，安宁祥和，完全感觉不到外面的寒冷。

颜淡拿起两块沾水的麻布，叠成厚厚的两块裹住手，将热气腾腾的砂锅端到矮桌上。香气扑鼻，汤汁犹自滚沸，冒着白泡。

这是一锅鱼汤，炖得已有些火候，汤微微泛白，鱼身白腻，犹如凝脂。

胡满不由得咽了咽口水。只见颜淡取了碗筷来，先舀了一碗，连同里面的一条鱼，放在他的面前："请用。"然后再用勺子舀了半碗汤，跪坐在余墨身边，慢慢地吹着热气。

胡满三两下便将一碗汤喝了个精光，再风卷残云一般把鱼肉也啃干净了。食物下肚，终于不再腹中空空，他满足地长吁一口气。

而余墨却一口也咽不下去。颜淡舀出一勺鱼汤来，耐心地吹去了热气，送到他嘴边。他还没咽下，就掏心挖肺地一阵咳嗽，将鱼汤全部都咳出来。颜淡看来也是慌了，抬手在自家公子背上不断轻抚，语音温软："公子，你若是不想吃，就不要勉强。等你有胃口了叫我，我再煮。"

余墨点点头，沉默地靠在软垫上。

颜淡又舀汤给胡满，低声道："我家公子身子不太好。"

胡满接过碗："身子调养调养就会好，只是这个福气，是别人求不来的。"他眼珠一转，心中已打定主意，这个病弱公子哥肯定是留不得的，反而是这个少女，俏皮可爱，温柔体贴，还有一手好手艺，抓回家当妾也不错。

用过晚饭，胡满突然道："我在这里又吃又喝的，没什么可回报两位，不如就讲一段故事来听听。"

颜淡微微一笑："好啊，我最爱听故事了。"余墨则裹着毛毯靠在软垫上，一言不发。

胡满要讲的故事是近来江湖中流传甚广的，这也是最后一次试探对方，只要是江湖中人，绝不会没听过。

"这个故事发生在青石镇上。一个穷小子，家中老爹死了，又没钱打棺材，只好拉到乱坟岗胡乱埋了。那穷小子还有些孝心，觉得把老爹扔在外面，尸骨可能会被附近的野狗啃掉，于是用铁铲挖了个坑。挖着挖着，突然听见咔的一声，只见土里有个亮闪闪的东西。你猜是什么？"胡满故作神秘，见颜淡摇了摇头，又接着说，"那是一只金子做的杯子，已经扁了一块。那个穷小子跳下土坑，用手往下挖，不多时就挖出几块蝶形的玉佩来。他没见过值钱的东西，但是那些玉，就是毫不识货的人，也能看出可以换不少银子。他捧着这些宝贝跑回家，连老爹的尸首也不管了。他挖到宝贝的消息很快就在镇上传开了，也渐渐传到别的地方去。不少人闻风而来，想找那个穷小子问话，推门进去却吓了一跳。你猜这又是怎么了？”

颜淡还是摇头：“猜不出。”

胡满抬手在桌上一拍，灯影跳了一跳：“那个穷小子已经死在自己家里，双目突出，脸色发紫，像是受了什么惊吓。他的尸首已经烂了，上面有尸虫爬来爬去，而他手中还握着那些从乱坟岗挖出来的宝贝。那些找来的人就把他手上的玉佩拿走了，可是不出几日，又全部死了，死状都是一模一样。”

颜淡脸上露出几分害怕，连一直半躺着的余墨都微微睁开眼。

“这就像是瘟疫，凡是碰过这玉的人，每一个都会死。终于青石镇来了一群本事很大的人，他们一直找到乱坟岗里的古墓，闯了进去，只见古墓中间摆着一具棺材。这棺材很厚，木质也很好，还镶着金银。光是棺材就如此了，里面的陪葬品的价钱更是可想而知了。那群人撬开棺材，只见里面躺着一个女子，貌美如花，竟是活生生的一个人。”胡满讲到这里，语气也有些颤抖，“那女子突然跃起，手指插进领头那人的心口，将一颗血淋淋的心挖了出来。那人双目突出，惊恐至极，连反抗都没有就死了。剩下的人立刻转身逃跑，回去一点人数少了几个，但是再也没人有胆子去乱坟岗了。”

颜淡听得害怕，往余墨身边缩。余墨轻拍她的肩，低声安慰：“朗朗乾坤，天地正气，世上哪里有什么鬼怪。这个故事也是传出来的，越传越走样，别去相信。”这两句话说得甚是书生意气。

胡满只是一笑，没有反驳。

过了一阵子，颜淡突然道了句：“哎呀，我忘记把外面洗好的衣衫拿进来烘干了。”她站起身，急急往船尾走去。胡满就是看见她在外面洗衣裳才找过来的，心中暗笑她粗心大意，又觉得不精明的女子还算可爱。而余墨闭上眼，躺下不动了。

胡满看见时机到来，拔出袖中的匕首，慢慢走到余墨身边。

角落里的火盆烧得正旺，通红的火光映在躺软垫上闭目养神的年轻公子脸上，更显得他俊秀非凡。胡满突然扑过去，用手掌捂住了他的嘴，手中匕首高高举起。只见余墨睫毛轻颤，慢慢睁开眼。

旭日东来，江边的薄雪化为水滴。

兰溪江上还浮着几片薄冰，江上的船正顺流北上。

一位年轻俊秀的公子负手在船头，仰头闭目，襟袖翩飞，周围山岚正不断后退。他睁开眼，一双眸子竟是红色的："你收拾好了没有？马上就要到岸了。"

只见船帘一掀，一个淡绿衣衫的女子走了出来，手上端的木盘盛了不少事物，道："好了好了，你别催我。"她低下身，将手上的东西全部丢进江中。木盘顺着水流漂走了，匕首扑通一声沉入水底，水面上只浮着一套脏兮兮的男子衣衫，还有一只装着烂泥枯叶的紫砂锅。

"那人看来也是饿坏了，连树叶烂泥都吃得津津有味。"她嘴角带笑，仰起头看着身边的年轻公子。

"你明知道是什么东西，还敢端过来喂我，你的胆子可越来越大了。"他闭了闭眼，待睁开时眸子又变得漆黑，"我看你又不安分了吧。"这话是笑着说的，语气也不怎么像威胁。

颜淡微微笑着："那个凡人心术不正，满身血腥，这么肮脏的精魄你都敢吃。树叶烂泥可比它干净多了。"

余墨回味了一阵，点点头："的确不太干净。不过聊胜于无，太纯净的精魄吃了会遭天罚，我还不至于嫌命太长。"他眯起眼，一脸满足，"你就想着，这是在日行一善。委屈自己，造福天下，还有什么不能忍的。"

颜淡默然许久，还是忍不住："你这鱼精脸皮真厚。"

余墨看着她，半开玩笑："这有什么不好的？再说了，鱼和莲本来就是一对。我若是脸皮厚，你也一样。"他抬手一指，但见前方山峦辽阔，崖边兀鹰盘旋，最高的山峰上还覆盖着皑皑白雪，"我们到家了。"

喀纳什尔，又称铘阑山，在古语中是漠北之璧的意思。

铘阑山外，是一片广袤的大漠，常年风沙肆虐。而山中却又是另一番光景。彼时铘阑山中的深雪还未化，刚长成的幼鹰被雄鹰推下山崖，拼命拍打着翅膀飞起来；毛茸茸的松鼠在松树中探出个头，黑漆漆的眼睛一眨不眨地看着周遭；胖胖的小老虎在雪地里打滚，不一会儿便被虎妈妈叼着拖回窝去。

真正的漠北之璧，却是山脉中的一处山谷。

余墨抬手在横亘眼前的巨大古树上一印，粗壮的树干竟出现了一个清晰的手印。只听隆隆几声，树上的积雪纷纷掉落，树干中心出现一个甬道。他一拂衣袖，径自抬脚往里走。颜淡跟在他身后，也走了进去。

两人在漆黑无光的树洞里转了几转，眼前忽然一亮，明媚的日光一下子刺得他们睁不开眼。目之所及俱是繁花似锦、绿草如茵、湖光粼粼，拂面而来的风和煦温暖，山谷外边的料峭春寒似乎对这里没有一点影响。

余墨微微眯起眼："还是家里好啊。"

颜淡左右看了看，奇道："往常这个时候，丹蜀肯定会在这里等我回来讲故事给他听，怎么今日不在。"

余墨嘴角微动，还没说话，只听见远处传来一声凄厉的叫喊，一团东西从山头上滚下来，手脚并用地爬到两人的面前，泪涕横流："棺、棺材！那边有棺材！山主，呜呜呜，好可怕！"那是一个头上还长着耳朵、屁股上拖着尾巴的孩童，红通通的、苹果一样的脸蛋儿，身上穿着的衣裳却是胡乱绞成了一团挂着。

余墨皱眉："紫麟山主呢？"

"紫麟山主不见了，山主的房间里有棺材，呜呜呜……"

余墨一把拎起他的衣领，往颜淡手中一塞："让这个小鬼马上闭嘴。"

颜淡在他头顶的柔软耳朵上挠了挠，柔声细语地哄着："丹蜀乖，丹蜀不哭。我来告诉你一个关于紫麟山主的大秘密好不好？"

丹蜀耳朵一动，还是泪汪汪的："什么秘密？"

颜淡轻摇手指："你知道威风凛凛的紫麟山主的真身是什么吗？"

丹蜀果真被勾起了好奇心，身后大尾巴一摇一摇："是什么？"

颜淡微微笑了，还是柔声细语的："我告诉你，你可不能再哭了哟。等一下余墨山主还要带我们去看棺材，你再哭，他会生气的，一生气就罚你去一辈子看棺材，当个守墓人。"

丹蜀打了两个寒战，忙摇手道："我不哭了，保证不哭。山主你千万别让我去管一辈子棺材。"

余墨不可忍受地闭上眼。

颜淡摸摸丹蜀的头，低声道："悄悄告诉你，紫麟山主的真身是一只山龟，埋在土里都看不出的那种。"

"噗——"丹蜀破涕为笑，忙伸手捂住嘴，大眼睛骨碌碌转了几转。

余墨轻喟一声，心中默念三遍"紫麟我对不住你，居然让别人知道了你的惊天大秘密"，方才道："我们去紫麟那边看看。"

卧房正中摆着一具棺材。质地是极好的杨木，棺木很厚，敲下去没有声响，棺材上还立着一只雕刻精致的鹰头狮身镇棺兽，正朝向他们。

铺在地上的砖头已经被撬起好几块，露出底下的黑土。

这具棺材有一半被埋在黑土里。

丹蜀不停地往颜淡身后蹭，企图将自己缩到最小，突然衣领一紧，被拎到最前面。颜淡掸掸他的大尾巴，鼓励道："不要怕，不过是一具棺材而已。"

余墨二话不说，走上前仔细看了看，从旁边的兵器架上抽出一把短刀，顶在棺木接缝处，稍一用力，就有杨木屑掉下来。

颜淡在旁边又补上了一句："看来这棺材合上还不久，棺盖和棺身都没连在一起。难道最近有干尸住进这里来吗？"

丹蜀抖成一团。

颜淡又指着棺木上龇牙怒目的镇棺兽，缓缓道："镇棺兽，可是专门镇压恶鬼的，不知棺材里面有什么……"

丹蜀抖得更加厉害了。

颜淡忽然在他肩上一拍："对了！"

他喉中一噎，忍不住打了一串嗝："……什么？！"

"我给你讲个故事。这个故事发生在青石镇上，一个穷人家的孩子，大约和你差不多大，家中老父过世，又没钱埋葬，只好拉到乱坟岗。"颜淡津津有味地开口，只见丹蜀连滚带爬扑倒在余墨脚下："我再也不要听故事了，山主，你也不要把棺材打开，好可怕好可怕！"

余墨一把将他拎起来，呵斥道："你是狼妖，竟然还怕鬼？狼族的脸面都给你丢光了。"

颜淡继续讲故事："那个像你一样大的穷人家孩子，就死在自己家里，双目突出，脸色发紫，尸首发臭，引来苍蝇尸虫在上面乱爬乱咬，把他那皮包骨头都啃干净了！"

余墨看她："颜淡？"

颜淡嘟起嘴，悻悻道："好吧，下次再讲。"

丹蜀闻言，又抖成一团，恨不得用尾巴把自己包起来，寸步不离地挨着自家山主。

余墨手上用力，只听当的一声，棺盖被推开。他往棺木里瞧了一眼，神色不定，隔了片刻突然将衣摆从丹蜀手中抽出来，扬长而去。

颜淡心中好奇，往前走了两步，想要走近去看。

棺木里突然伸出一双手，直挺挺地举着。

颜淡吓了一跳，不由后退一步。丹蜀捂着嘴，却记得之前颜淡说过的话"要是再哭山主就会让你一辈子去看棺材"，眼泪只能一圈一圈地在眼眶打转，强忍着不掉下来。

突然棺材里砰的一响，一具干尸从里面跳了起来，它脸上的皮肉已经破败不堪，双目突出，脸色发紫，就和颜淡刚才描述的一模一样。那具干尸一跳一跳，口中发出咯咯的轻响，向他们逼近。

颜淡瞧了两眼，抓着丹蜀的衣领："我告诉你一个紫麟山主的大秘密好不好，关于他真身是什么的秘密哟。"

只见那具干尸急冲过来，一声大喝："不准说！你要是敢说出去，本座就杀了你！”

“紫麟山主！”丹蜀张大嘴，几乎可以塞进一个鸡蛋。

一道华光闪过，干尸顿时变成紫麟山主的模样。一袭墨绿的长衫，黑发垂腰，眉目颇清俊。颜淡倾身施礼，微微笑道：“山主你是故意吓我们来着。”

紫麟负着双手，冷哼一声：“本座好好地睡在里面，你们却无故来惊扰，没重罚就不错了。”

丹蜀凑近颜淡耳边：“为什么山主喜欢睡在棺材里，然后把自己埋到土里？”

颜淡忍住笑：“你还记得他的真身是什么吗？”

丹蜀长长地哦了一声。以往看这位山主，总觉得威风凛凛，颇有气势，话都不敢多说一句，眼下知道他的真身是什么，昔日威慑力大减，忍不住想笑。“那山主穿着的那墨绿色的衣衫，不是很像龟壳上的青苔？”他那双大大的眼睛咕噜一转，突然蹦出一句话来。

颜淡一怔，却一点也不想笑。

紫麟耳目灵敏，将龟壳和青苔听得一清二楚，脸色渐渐阴沉。不待他说话，颜淡拎起丹蜀立刻往外退去。

余墨正在外面，突然眼前一花，就见颜淡抛出了丹蜀，往自己身后一躲。紧接着就看见紫麟暴怒的脸：“余墨，你让开，我今日要宰了这只狼崽子，还有那个混账莲花精！”

余墨微微苦笑：“先消消气。慢慢说，他们到底犯了什么事？”

丹蜀在地上连滚带爬，涕泪横流。

颜淡躲在余墨的背后，踮起脚在他耳边低声：“因为丹蜀刚才说，紫麟穿着这件墨绿袍子，很像龟壳上包着青苔。”

余墨轻咳一声，忙拉住暴怒的紫麟：“这件事等等再处置。狐族的人已经等在谷外，我们先去看看，莫要让他们久等了。”

紫麟整整衣衫，慢慢平息了怒气：“正事要紧，回头再来收拾你们两个。”他扫了两人一眼，眼神如刀，“要是让我听到半点不好的传闻，你们俩就等着魂飞魄散。”言罢，转身走了。

余墨斜斜看了颜淡一眼，抬手在她鼻尖一捏：“又欠我一回。这笔账你拿什么来还？先说好，我可不收不值钱的东西。”

……

丝竹绕耳，佩环叮咚，舞姬起舞衣翩翩。

紫麟斜坐在矮桌前，不动声色地打量着下首坐着的狐族女子。狐族是傲慢优雅的种族。当时整个铘阑山中其他的族类都归附了他们，狐族却放出话来，就是灭族也绝不会臣服于人下。他没什么野心，对此也只是半真半假地赞了句好风骨。

而底下端坐的那个狐族女子一身素白，裹着斗篷，用面纱遮住容貌，低头盯着眼前的碗筷菜肴，一动不动，对周遭如何似乎完全看不见听不见。

紫麟原本还想等她说明来意，结果一个时辰都过去了，她连坐姿都没变。他心中不耐烦，转头去看余墨，只见对方膝上趴着一只毛茸茸的幼虎。老虎正仰着头，张大嘴，露出刚长出来的尖牙，爪子扒着余墨的衣袖。余墨抬手在它头上轻轻地摸着，又拿起一根筷子在酒杯里沾了沾，送到它面前。老虎伸出舌头舔了舔，咂咂嘴抖抖背上的毛，满足地趴回余墨的膝上。

余墨抬头瞧见紫麟脸上的不耐烦，轻轻笑了，缓缓道：“贵客到访，不知我们二人可有什么能效劳的？”

丝竹声倏然中止，起舞的舞姬立刻退到一旁。

那狐族的女子起身，盈盈行礼，风姿优美：“我叫琳琅，是族长的女儿。”她顿了顿，语气坚定，“琳琅这次来，确是有件事想请两位相助。而我狐族也非知恩不报之辈，琳琅愿意委身于山主大人。”她微微抬起头，面纱外露出的一双眼十分美丽。

紫麟抬指轻叩桌面，道：“不知是什么事？”

琳琅低下头，从斗篷里捧出一团雪白的毛球。那团毛球突然抖了一下，慢慢抬起头，一双眼睛犹如黑曜石，额上的毛垂下来，有点遮住眼。它好奇地看了看周围，又缩回去蜷成一团。紫麟眼神锐利，已经看清那团毛球竟然是三尾的雪狐。

“这是我的弟弟，是我们狐族最高贵的三尾。它年纪还小，有次偷跑出去，回来的时候腿上被下了咒毒，我们都拿这个咒毒没办法。如果两位山主可以解开，琳琅愿一辈子侍奉山主。”

三尾雪狐是极高贵的血统，将来定会继承狐族族长之位。这件事，于两方都好。

余墨将膝上的老虎抱到一边，淡淡问：“琳琅姑娘应是还有别的要求，不如此刻一道提出来，也免得以后再说，反而可能闹僵，那就不美了。”

琳琅抬起头，用一双美丽妩媚的眸子看着余墨：“琳琅只有一个要求，我们狐族对于伴侣忠诚，也希望山主可以按照我们的习俗来。”

余墨嘴角噙着笑意：“你就不怕我们已是姬妾成群了么？”

她似乎笑了笑，声音冷若冰霜：“那也无妨。只要山主将她们全部杀了，不就只有我一个了吗？”

第二章·赌局和小狐狸

庭中，沉香炉升腾起袅袅青烟，空气中飘浮着淡淡的菡萏清香。

“我狐族也非知恩不报之辈，琳琅愿意委身于山主大人。”百灵一手举着筷子，拿腔拿调地学狐女琳琅说话，从声调到口音居然都模仿得惟妙惟肖，“我们狐族对于伴侣忠诚，也希望山主可以按照我们的习俗来。”到这里，她停下来看着余墨。

余墨会意，笑着接了一句：“你就不怕我们已是姬妾成群了么？”

“那也无妨。只要山主将她们全部杀了，不就只有我一个了吗？”百灵说完，一拍桌子，愤愤道，“不就是狐族吗？有什么了不起，竟敢来这里放大话！”

“说起来，狐族的人都生得十分美貌，性子又高傲，这也是难免的。再说这也是山主的事，你叽叽喳喳来什么劲？”元丹慈爱地拍拍一旁眼皮打架的丹蜀，“要睡出去睡，别在这里打盹。”

百灵更是气愤，指着狼族族长元丹的鼻子：“男人的通病！花心，软骨头，犯贱！”

元丹还在拍幸福得流口水的丹蜀：“快醒醒。”

只听紫麟轻轻地哼了一声，百灵立刻把指着元丹大骂的手放下。元丹收回正在拍儿子的手，丹蜀擦擦口水四处看：“怎么了怎么了？”只有颜淡还是只顾低头对付盘子里的煮虾，完全游离界外。

百灵忍不住，说了一句：“颜淡，你来说句话，山主肯定会听的。”

颜淡拿起手巾，将手擦干净，挪到余墨桌前，动情地唤道：“主公！”

紫麟噗地喷出一口清酒，忙拿起手巾擦拭嘴角。

余墨轻握她的手指，含笑看她：“莲卿。”

“主公，臣妾什么都不求，唯愿永远伺候身侧。可那狐族娘娘比我们美貌百倍，臣妾自惭不已。只要主公高兴，臣妾愿饮鸩酒了断，绝不教主公为难。”

余墨慢慢用手心覆住她的手，缓缓道：“卿如此知心，我又怎么会负了你？”

颜淡扑哧一笑，回头看着百灵：“山主说了，他绝对不会为了狐族杀我们的。”

百灵在心里嘀咕着：“你就不能好好说话吗，难为山主肯配合你，山主还真是温和啊。”

忽听紫麟阴恻恻地说了一句：“颜淡，你既然那么能干，可有法子收服那些狐族的人？”

他们都放出话来，宁可灭族都不会臣服，她又有什么办法？

“紫麟，你是在为难人了。”余墨含笑看着颜淡，“不过话又说回来，那狐女琳琅自恃美貌，骄傲得紧，我却觉得你也不输给她，只是狐族实在傲慢，不会承认罢了，你可有法子让她自承不如呢？”

颜淡看着他，一字一顿：“我为什么要做这种无聊的事啊？”

余墨一手支颐，悠然道：“莲卿刚才的那些话，可都不记得了么？”

紫麟不由想，这混账莲花精终于掉进彀里了。

颜淡想了又想，叹了口气：“主公都这么说了，臣妾也只有去办，定不会辜负了主公的厚爱。”

……

琳琅看着桌上痛得抱腿打滚的狐狸，长长叹了口气，摸着它的脑袋：“子炎你再忍忍，他们马上就会治好你了。如果他们也不行，我再带你去找神霄宫主，他一定能解开你身上的咒毒。”

忽听门外响起了两声轻叩声，房门吱呀一声开了，走进一位绿衣少女，手中端着果盘，正是颜淡。

琳琅头也不抬，顾自安慰狐狸。

只听脚步声走近，那少女伸手过来，在狐狸腿上一碰，焦黑的咒毒上晕开一层白气，正痛得乱滚的狐狸立刻安静下来了。

琳琅诧异地看她，许久才问道：“你能治好它吗？”

颜淡摇摇头，歉然一笑：“我做不到。”

琳琅一动不动，眼中失望：“对，你是办不到的，但是你们山主可以。”

颜淡垂下眼，神色真挚：“值得么？你为了狐族牺牲这样大，他们却未必会感激你。”她抬起眼，看着对方的眼睛，“这世间，并不只有山主大人可以解开咒毒，你还是去找别人罢。”

琳琅盯着她的眼睛，像是想看出些什么来：“你让我离开这里？你就是山主的姬妾吧？”让她离开，可是害怕她来争宠？

“我是花精一族，当初来这里的时候确是山主的姬妾。”颜淡笑了笑，“我也不打扰琳琅姑娘了。”说完，她就干脆地转过身往门外走，待走到门口的时候忽听琳琅在身后问了一句：“看你生得如此容貌，山主难道还会对你不好吗？”

颜淡脚步一顿，简单地回了一句：“姑娘多保重。”

“你等一等，”琳琅起身拉住她，关上房门，“你不用怕，有什么说什么，我不会让别人欺负你的。”

颜淡心中得意，面上还是不露半分，斟字酌句：“其实当初我是被强送过来的，什么都不懂。那时余墨山主他就只要最美貌的那一个。我本来是极不愿意，可是到了那个地步，要想活下去就先要被山主看上。我们花精一族化成人形后容貌都不差，于是我就向山主自荐枕席，说我比其他人都好，修为也深。山主很高兴地收了我。可是后来，我才知道……我是大错特错了！”

“山主当年曾被一个生得很美的妖骗去天地至宝的异眼，直到现在那颗异眼还是没有夺回来。所以我才会……”颜淡微一迟疑，突然动手解衣带。琳琅讶然道：“你这是做什么？”她这一句话还未说完，突然就哑了。颜淡背向着她，脊背优美，肤色犹如白瓷，泛着象牙白的光泽。只是上面遍布着好几道焦黑的陈年伤疤，深深凹陷，可见当时受的伤是如何重了。

“空口无凭，现下你该是相信了吧？”她低头系好衣带，“幸好我本来就长于治愈之术，总算保住了性命。”

琳琅露在面纱外的妙目突然淌下一串眼泪，别过头去看着桌上的小狐狸，身子颤抖："我该怎么办？这世上怎么会有如此人面兽心的畜生！"

颜淡轻声安慰道："琳琅姑娘，你明日千万要谨慎，我言尽于此，这就该走了。"然后带上门，步履轻盈愉快地走远了。人面兽心的畜生，骂得真是太好了。她微微笑了笑，直奔山主居处。

余墨正在前庭的莲池前，往下撒鱼食，引得鱼儿争相来抢。

颜淡凑过去："余墨余墨。"

余墨斜斜地看了她一眼："什么？"

她从他手中的瓦罐里抓了一把鱼食，慢慢往下撒："你帮我个忙可以么？"

余墨推开她的手："别把它们喂撑了——你要我帮什么忙？"

"我要糯米、朱砂和夜明砂，晚上就要。"

余墨转过头看她，正色道："前面两个没问题，夜明砂你自己去找蝙蝠精取。反正就是蝙蝠粪便么，你尽管去拿，多少都有。"

颜淡在瓦罐里抓了一大把鱼食，作势要往莲池里扔："你不答应，我就把你的同族喂到撑死。"

余墨冷着脸："颜淡！"

"在！"

"难怪紫麟想活剥了你，我现在也想得很。"他掂着装鱼食的瓦罐，"把你手上的都放回来，东西晚上就送到你那里去。"

颜淡依言把鱼食放回罐子里，微微笑道："还是你最好了。紫麟就凶巴巴的，半分不通人情。"

余墨失笑着看她走远，只听身后轻咳一声，紫麟负着手走到他身边："颜淡要这些东西，看来是想帮三尾雪狐解咒毒了。"

余墨转头看他："看来是的。"他十指相交，搁在莲池边的凭栏上，"反正我们也不想让狐族怎样，就算白帮他们一个忙，他们记着就行了，不记得也无所谓。只是定要杀一杀他们的傲气，这种话都说得出来，真是混账。"

"其实你之前的那些话，只是想让她去看一看狐族的人。你却知道她只要见到他们，就会出手相帮。”

“这个么，”他笑了笑，意味深长，“认识得久了，她是什么样的性情，我多少还是知道的。”

……

琳琅跪在软垫上，低着头不敢往前看。只听脚步声轻响，眼前出现一幅淡青色的、苏绣精致的衣摆，微凉的手指慢慢托起她的下巴。余墨微微一笑：“你还戴着面纱。现在也该摘下来了，我只爱容貌好的，若是不够好，也不想要你了。”

琳琅背后冷汗涔涔，跪着往后挪了几步，连忙道：“不不，我生得不够好，恐怕污了山主的眼。”

余墨逼近两步：“听闻狐族的女子都是绝色。”

琳琅想起昨日看到的颜淡的惨状，连连摇头：“不，并不是这样的！”她随手一指身旁端着盘子缓缓走来的女子：“山主大人，我的容貌还不如她！”

顺着琳琅的手指看去，颜淡正在一旁，倾身施礼：“山主。”

余墨轻轻笑了：“真有你的。”

颜淡很是谦虚：“哪里哪里，山主实在过奖，这还远远不够，还要勤加努力。”

琳琅睁大眼，看看这个，又看看那个，就想到肯定是哪里不对了。她的眼神如刀锋一般尖锐，盯着颜淡：“你骗我。”她突然扯掉了面纱，露出面纱下绝美的面容，“你竟敢骗我，你根本不是山主的姬妾，你还说你是被人送来的。”

余墨点点头：“这倒是真的。”

“你还说你是主动迎合山主，你比其他人好，山主才会收留你！”

“这也是真的，那时候颜淡来铘阑山境，就是有所图。”

琳琅气得发抖：“那，那她还说……还说她背上的陈年旧伤都是你下的手！说你生性残暴，喜欢虐待下人！”

颜淡忍不住插言：“我那时只是给你看了伤，可没有一句话说是山主下的手。”

“可是、可是你说从前有一个妖抢了山主的异眼，所以他才会痛恨所有生得美貌的妖，才会狠狠地折磨她们……”她的声音渐渐低了下去。余墨听着，也不甚在意。

颜淡叹了口气，神色诚挚而遗憾：“关于异眼的事情也是千真万确的，只是我没有说这件事和我受的伤之间有何关系，是你自己非要把它们联想在一起的。”

琳琅抖了半天，脸色发青，闭上嘴不说话了。

余墨很同情地看着，回过身瞥了颜淡一眼，一拂衣袖走上台阶，在紫麟身边坐下。

只见琳琅肩上的斗篷里钻出一个蓬松的脑袋，狐狸那黑曜石一般的眼睛一眨一眨地看着周围。颜淡突然伸出手去，将它捉在手中。

小狐狸离开姐姐，凄厉地叫起来，不断地挣扎。

琳琅大惊：“你想干什么？！”

颜淡将手中托盘放在地上：“解咒毒。”她拿起刀，手指凑到刀锋上轻轻一抹，殷红的鲜血顿时涌了出来。

“可你昨天解不开……”琳琅说了半句，又闭上嘴。她也不是笨蛋，一看托盘里的东西，就知道她的“解不开”只是因为东西还没准备好，而不是真的解不开。

颜淡按着狐狸，将划破的手指凑近它的腿，嘴角微动，似乎是念了几句咒文，只见那道焦黑的咒毒渐渐变淡。而一团黑雾却慢慢浮起，越来越大。颜淡放开狐狸，抓起旁边的糯米朱砂撒了过去，手指微曲捏了个诀要。只听哧的一声，黑雾消失。

她拿起剩下的一只盘子，递给琳琅：“给雪狐服下，就没事了。”

琳琅接过盘子，倾身道：“颜淡姑娘，多谢你。”她朝狐狸招招手，“快过来。”

余墨看着三尾雪狐嘴里叼着的盘子，神情复杂。如果没记错，里面应该就是夜明砂，也就是蝙蝠的粪便，还是昨晚刚取来的，又新鲜又热乎。

紫麟起身：“琳琅姑娘，我们也算是朋友了，之前的那些话就算是玩笑，就此作罢。庭院里已备好了宴席，贵客先请。”

琳琅微微一笑，看着颜淡：“不，已经出口的承诺怎么能收回？既然颜淡姑娘救了我的弟弟，我该是服侍姑娘才对。”她想了想，又加上一句，“如果颜淡姑娘觉得不好，我也可以化为男身，尽心尽力地服侍。”她将“服侍”二字特别咬了重音。

颜淡吓了一跳，转头去看余墨。琳琅抬手一拦：“姑娘既然不是山主的姬妾，还会有什么顾忌吗？难道是我的相貌不够好？”

颜淡一指叼着盘子的狐狸：“其实，我还是比较喜欢它一点，又小又软，还毛茸茸的。”

狐狸立刻丢掉了盘子，扑到她身上，嗯嗯啊啊地往她身上蹭。颜淡将它捉到手上，只见它伸出舌头来，吧嗒吧嗒地舔着她的手指。

琳琅笑着说：“既然颜淡姑娘喜欢，也只好如此了，只是——”她顿了一顿，“子炎他有点不懂事。”

第三章·日行一善

颜淡在日益消瘦。

颜淡已近心神崩溃。

狐狸蹭到她身边，嗯嗯啊啊地叫唤。一日十二个时辰，她至少有十个时辰对着狐狸。不论她走到哪里，狐狸都有本事把她给找出来，然后讨好地在一边蹭着。开始几天还好，可是被狗皮膏药一样贴着过十天，没有人能受得了。每次她想把它甩下的时候，它都抓得死死的，一面哀哀地叫着，让她觉得自己在做的事情实在是惨绝人寰。

于是在剩下的两个时辰中，她连做梦都能听见狐狸的声音，梦中都是狐狸在她身上蹦。

一日到紫麟那里蹭饭，余墨、琳琅居然都在。

“子炎他很黏人，只要是喜欢的人，他就会黏上去。在狐族的时候，他每时每刻都要跟着我，别人碰我一下他都会不高兴，所以这次父亲才不得不派我来。现下你解开了他身上的咒毒，他似乎又很喜欢你，比原来跟着我的时候还要黏。”琳琅很高兴地说。

颜淡看着扒着她衣袖的狐狸，忍不住问：“他什么时候才会不这样黏人啊？”

琳琅笑笑：“可能是成年之后吧。那个时候他就可以化成人形，应该会改的。”

颜淡问：“他离成年还有多久？”

琳琅算了半天：“大概还有一百五十多年吧。”

颜淡埋头去切烤羊腿上的肉。

紫麟心情舒畅，大笑三声，手上的青铜酒盏咔的一声被他捏扁了。

狐狸仍旧在颜淡身上蹭了又蹭，嗯嗯啊啊地叫唤。

余墨拿起一边的手巾抹了抹嘴角，起身来：“我明早要出门，就先回去准备，诸位少陪了。”

紫麟了然地点点头：“早点歇息吧。”

余墨走过颜淡桌前，只见她跪坐着挪了两步，呼唤道：“山主！”

余墨站定了，然后侧身避开她这一拜：“怎的行如此大礼？在下不敢当啊。”

“正好我也想出去散心，不如我和山主同行，一路上也好照应山主的衣食住行。”

紫麟立刻接上一句：“你可是忘记了还有三尾雪狐么，你若走了，谁来照顾他？枉费他对你这样看重。”

余墨嘴角带笑：“也对，莫要辜负了人家。”

狐狸跳到颜淡肩上，嗯嗯啊啊地往她颈上蹭。

颜淡想了想：“我有遗言。”

余墨：“请讲。”

“等我死了以后，狐狸就托付给你了，千万要替我好好待他。”

余墨头也不回地扬长而去。

紫麟将膝上的老虎抱到桌上，让它舔沾了酒的筷子，一指颜淡：“你知道什么叫黑心？她的心肠最黑。你知道什么叫坏心？她的心肠最坏。你知道什么叫毒么，最毒的砒霜都没她毒。”

颜淡忍不住分辩：“砒霜才不是最毒的。”

天边泛白，眼下春意渐浓，天也亮得越来越早。

余墨将包袱放进船舱，然后一撩衣摆，坐在岸边的木桩子上，长腿交叠，遥望远处。不多时，只见一个人影越来越近，瞬间就到了眼前。颜淡抱着包裹，看了看身后，长吁一口气：“终于甩掉了，我们快走。”

余墨抬手一拦：“我可没答应过。”

颜淡嘟着嘴，挨到他身边撒娇：“余墨，余墨……”

余墨轻轻笑道："怎么你连三尾雪狐的撒娇法子都学过来了？"

颜淡恶狠狠地："如果你这次不帮我，我就每一天、每一个时辰、每一刻都黏着你，把你烦得晚上睡不好，夜里做噩梦，像狗皮膏药一样怎么甩都甩不开。"

余墨点点头，干脆地："尽管来黏好了。"

颜淡无言以对，忽见远处一个黑点正一跳一跳地朝这里蹦跶："他又找过来了，猎犬的鼻子都没他灵。"

余墨起身，掸了掸衣袖："我来教你两招，看好了。"言毕，手指凌空虚划，立刻形成一个透明的结界。狐狸想扑过来，结果一头撞在结界上，在地上滚了两滚，冲余墨亮出它尖锐的小爪子，悲愤地叫了两声。

余墨闭了闭眼，复又睁开，眼眸变得殷红，和他对峙的狐狸连毛都炸起了，跌跌撞撞退开两步。他一转身勒住颜淡的腰身，拉近了在她唇上亲了一下，看着狐狸："我的人是你碰得的么？你还有一百五十年才化人，拿什么和我争？"狐狸耷拉着耳朵，哀哀地叫唤，可怜兮兮地看着颜淡。颜淡已经完全游离界外，人事不知。

余墨一把将颜淡拉上船："好了，我保证以后他都不敢缠着你。"

颜淡坐在船头，许久才吁了一口气："余墨，你这招釜底抽薪好生厉害。"

余墨用竹竿在岸上一点，船离了岸："这叫斩草除根。"

颜淡钻进船舱，找了一张毛毯就在软垫上倒下："好困，这几天都没怎么睡，到岸了叫我。"

颜淡醒来的时候正好天黑，她从船舱里探出头问："我们要去哪里日行一善？"

余墨笑了笑："你怎么知道我是去做这件事？"

"我认识你的日子也不算短了，多少总知道的，我就是看你一个眼神，也知道你在想什么。"

"是么。"

"我就是看到你一根头发丝，都猜得到你在想什么。"

余墨微微笑了："我们去南都，那里是大周的国都，最为繁华，可以下手的凡人也多。"

颜淡忍不住道："凡人的精魄多半肮脏，亏得你还不在意。"

余墨长眉微皱，隔了片刻道："其实凡人中也有纯净魂魄的。很久以前我就见过一个，是个盼着夫君高中后来接她的女子。只是那书生金榜题名，高中状元，却再没来看她。她等了很多年，还是一直在等。"

"那个书生还活着吗？要是还活着，我就把他割成一块块的。"

"不知道，已经过去快二十年了，凡人一般都活不了太长。"余墨顿了顿，又接着道，"我那时还没见过那么纯净的魂魄，就迷了心窍，化成那个书生的样子去找她。她故去的时候，以为真的是自己的心上人来了，还算心满意足。"

颜淡想了想："虽然于她来说，你所做的也不算是件坏事。不过于理来说，就是天理不容了。"

余墨轻轻一笑："后来我的确是被打回原形了。当初从那个女子那里赚来的修为半点不剩，还折损了不少原来的修为。"

颜淡心中一顿，忍不住道："原来你是真的被打回原形过，谁有能耐做这事？"余墨没回答。她顿时了然："是那个夺走你异眼的美丽的花精姑娘吗？哎呀，原来你这么痴情，人家这样对你，你还念念不忘，被打回原形都不记恨。"

余墨板着脸："谁说我喜欢她，我明明是——"

颜淡已经完全听不到他在说什么，只顾自己自言自语："人世自古有情痴，莫问何处是沧桑。余墨，我当真对你另眼相看了。不过看现在这样，那位美丽的花精姑娘肯定是不要你，所以你才一直形单影只。不过古语有云，过去种种，譬如昨日死，又好比水流东逝，一去不回头，过去的事就不要再伤心了！"

余墨忍无可忍："颜淡！"

"什么？"

余墨一指船舱："你还是太困了，再进去睡一觉。"

周仕明是个恶霸，祖上颇有些产业，横行乡里近十年，还想继续去南都城开枝散叶，将他那恶霸的事业发扬光大。只可惜当朝的睿皇帝圣德，大周国泰民安，南都城更是到了夜开户门、路不拾遗的境地，将他开山立派的愿望给生生扼杀了。

周善人是周仕明收的养子，承了养父的姓，本来的名字就叫善人。周仕明甚是满意，于是没有再给养子赐名。周善人专业司职跑腿，如果有哪家大姑娘生得还入眼，立刻冲上前抢了人就走。附近乡里乡亲都避之不及。

阳春三月，春水如碧。岸边桃花三两枝已初绽花颜，灼灼其华，和树下水边的人交相辉映，花颜之艳，人面之娇，恍如画卷。

“江南好，翠竹直，做箫送与哥哥带，吹出一支桃花调，问这箫好勿好，”水声哗哗，江南水乡的渔女一边哼着调，一边将渔网撒下。几个渔女聚在一起，笑语莞尔，总有说不完的悄悄话。

周善人挺胸凸肚，冲过去抓人。渔女们惊叫一声，纷纷往江中跑。最后一个跑得不够快，被周善人一个饿虎扑食抓住。那个渔女的衣衫已经湿了一半，瑟瑟发抖，模样可怜。他扳过渔女的脸瞧了瞧，觉得还算勉强满意，正要扛起人带走，忽听岸边传来一声清脆的笑声，他抬眼一看，眼睛顿时发直了。

一只细白的手抓着鲜嫩的桃花枝，摇了一摇，却没能将桃花折下，花瓣簌簌落落地掉下来。她皱了皱鼻子，回头笑着向身后的年轻男子说了句什么。那年轻男子抬起手，将她攀着花枝的手给拉了下来，也笑着回应了一句话。

周善人站得有些远，听不到他们在说什么，只见那年轻公子举步往对岸的桃花林走去，留下那个女子独自在树下的石头上小憩。他松开渔女，大步冲过去，一把扛起那个少女，沿着堤岸往上游狂奔。

那少女几拳打在他背上，也是轻轻的，不痛不痒。她打了一阵，就无聊地缩回手，嘴角带起几分狡黠的笑。

周善人越跑越快，但见江中心一艘画舫正顺流而来，大声叫道：“停船，快快停船靠岸！”画舫上的船夫听见他的声音，赶紧往岸边划来。周善人不待画舫完全靠岸就跳了上去，红光满面：“我今天抢到个好的，等义父以后玩腻了，说不定还会赏给我们底下的。”

少女嘟囔了一句：“真是一屋禽兽。”

周善人没听清，在她身上一拍：“别怕，你跟了我们，以后可要享福了。”他走进船舱，将少女扔在锦墩上，谄媚一笑，“义父，你看这个丫头生得如何？”

周仕明正躺在软垫上，身旁有两个水灵灵的丫鬟为他捶腿，窗格边的沉香炉正升腾起袅袅白烟，周围弥漫着一股清甜之气。他身上穿着一件蜀锦的袍子，白白胖胖，保养得甚好，左手拿着一只碧玉鼻烟壶，手指也是白生生、胖乎乎的。

他一挥手，捶腿的丫鬟立刻退到一边，周善人也识趣地出了船舱。

“你叫什么？”

少女坐在锦墩上，看了看周围，微微一笑：“我叫颜淡。颜色的颜，清淡如水的淡。”

周仕明看着她：“那你知道我是谁吗？”

颜淡叹了口气：“原是不知道的，但是现在不知道也不行了。”她仔细地瞧着对方，由衷地说，“你一点都不像恶霸，反而像享清福的富贵老爷。”

周仕明大笑：“你这姑娘真有趣！要知道看人不能只看外表，懂吗？”

颜淡点点头，这句话她最懂了。

周仕明站起身来，慢慢向她走去：“既然知道我是谁了，你也该知道，还是乖乖听话的好，不然我有很多办法让你求生不能、求死不得。”

颜淡一脸诚挚地开口：“大叔，你的下巴上有五根胡子没刮干净，左边那个鼻孔里有三根鼻毛，还有右边眉毛上的那颗痣上有根——”

周仕明脸色铁青，几乎被气炸了，伸手去撕她的衣衫，突然身子一轻，砰的一声在船舱的木墙上撞出一个洞来。

余墨走上前，一把拎起他的衣领，又呼的一下把人丢到船板上，转过头看颜淡：“你是要等到被人赚去便宜才动手？”

颜淡衣袂轻拂，弯腰从那个被周仕明撞出的缺口走出去，恶人先告状：“是你来得太慢，害我差点被那个白胖子欺负。”

船舱外的甲板上，十来个家丁手执木棍短刀等在外面，周仕明一边揉着老腰，一边大声痛骂周善人：“我叫你去找几个模样好的，结果弄来这种臭丫头，还有一个莫名其妙冒出来的男人！”

余墨轻撩衣摆，也弯腰从缺口走出来，仪态雍容。家丁看见对方双手空空，不禁跃跃欲试。正要上前，但见余墨一拂衣袖，所有兵器都飞上半空，咚的一声掉进水中。

他语气平淡，慢条斯理："若是想活命，就跳下船去。我数五下，还留在船上的，我就不客气了。一、二、三——"他刚数到三，一群人已经争先恐后爬上船舷，扑通扑通往下跳，就跟下饺子似的。周仕明虽然胖，但是身手矫健不输少年，利落地跳上船舷，突然脚踝一紧，被一股力道往后拖去。

余墨正好数到五，很是遗憾："只剩一个也好，聊胜于无。"

颜淡蹲在周仕明身边，手上还牵着一根麻绳，是刚才顺手在船板上捡的，麻绳的另一头正拴着周恶霸的腿。

周仕明颤巍巍地指着颜淡："你这……你是妖怪，妖怪！"

一个寻常女子怎么会有力道把他这样的成年胖子从船舷上硬生生地拖回来？除了妖怪，也不会有别的解释。

颜淡晃着手中的麻绳，但笑不语，一直看到对方头皮发麻，才慢悠悠地开口："唉，看人不能只看外表，这句话还是你讲给我听的呢。"她用绳子戳了戳周仕明，露齿一笑，端的明眸皓齿，"你的肉长得白花花的，似乎很好吃。"

周仕明号叫一声，不知从哪里生出一股力气，拼命蒙头往前爬，突然眼前出现一幅淡青色的、苏绣精致的衣摆。他抬头一看，又哭号一声，往左边爬。余墨抬脚踏住他的蜀锦袍子，慢慢低下身："她骗你的。她一向觉得凡人肮脏，怎会想吃你的肉？"

周仕明颤巍巍地抬头看他。

余墨和善地笑了："她不吃，我吃。"

周仕明双眼一翻，直挺挺地躺倒在地。

余墨衣袖一拂，一柄短剑已经拿在手中，在对方肥厚的双下巴上比了一比："先从哪里开始割比较好？"

颜淡蹲在他身边，轻摇手指："还是取精魄吧，万一割得不好痛死了怎么办？"

余墨说："先割，再取精魄。"

周仕明一翻身当场给跪下了："两位大仙求求你们就给我个痛快吧，我求你们了，求求你们了！"

颜淡没理他："先割股吧，那里的肉比较有韧性。"

余墨手中的短剑上移了几寸："还是耳朵比较好。"

周仕明捶着船板哭道："求求你们了，求求你们了！"

余墨叹了口气："男儿流血不流泪，做人要有骨气，你哭什么？"

"我知道我作恶多端、十恶不赦，不该欺男霸女、欺善怕恶，你们就饶过我吧，我以后再也不敢了，再也不敢做坏事了。我、我对天发誓，发毒誓我绝对不会再做坏事，不然就天打五雷轰，对……就是天打五雷轰！"

余墨突然望向一旁，眼中杀气微现，一把拉过颜淡，往边上滚去，只听一声清锐的金铁之声劈下，船板上顿时破了个大洞，江水纷纷涌进画舫。

一位水墨长袍的年轻男子立足于船舷之上，衣袖翩飞，修眉俊目，手中长剑一翻，指着他们。

第四章・天师唐周

余墨慢慢站起身来，将颜淡挡在身后，闭了闭眼，待睁开时已是双眸殷红。

那个年轻男子单足一点，轻飘飘地落在两人面前，踏前一步，手中长剑化为一道青芒自下而上划去。

只见青黑的妖气紧紧地缠住了剑锋。

余墨抬起手，周身的妖气带得他衣衫翩飞，眼中却微露异色。这世间能强过他的妖已经不多了，更不用说这样一个凡人。

忽见剑光暴涨，竟是透过了层层妖气，径自刺入他的胸口。余墨一时只觉血气翻涌，耳边嗡嗡作响，忙拉过颜淡，跳下船去："走！"江水溅起，化成蛟龙模样，高高昂起龙头，张开大口仿佛要择人而噬。

那个年轻男子不慌不忙地从袖中取出一张符纸，手指轻送，念道："破！"

巨龙在顷刻之间化为无数水滴。晶莹剔透的水珠落在甲板上，发出滴滴答答的响声，好似下了一场阳春急雨。

他抬手将长剑送入剑鞘，正准备去追，突然脚下一紧，竟被人紧紧抱住。而船板上那个洞，正有江水不断灌进来，濡湿了他的衣摆。

周仕明抱着他的脚，一身白花花的肥肉不断乱颤，凄厉哭号："大侠，你不能走啊，你快救救我，我还不想被妖怪吃掉！"

他长眉微皱，看着脚边的白胖子："妖怪已经走了。"

"不不不，他们一定还会再来的，来割我的肉吃，大侠你一定要救救我！"

那年轻男子看着周遭，那妖怪早已不知去向，抬脚踢去："滚。"

余墨走上岸，脚步踉跄，突然呕出一口鲜血，坐倒在地。他索性躺在河岸边，闭目养神。

颜淡坐在他身边，只见他脸色苍白，嘴角带着血丝，时不时咳嗽几声，只好抬手轻轻抚着他的胸口：“余墨，你怎么样了，没事吧？”

余墨突然斜着坐起身，一手支在地上，掏心挖肺地咳嗽起来。颜淡吓到了，忙在他背上轻轻拍着，连声问：“你要不要紧，是不是伤得很重？”

余墨突然不咳了，气若游丝地倒在她身上。

颜淡抱着他，一动不敢动，心中焦急如焚：“余墨，你再撑一撑，你千万不要死啊！”隔了良久，只觉得余墨动了一下，有气无力地开口：“现在哭丧还嫌太早吧？”他的脸色还是不太好，却已经有了血色。

颜淡板着脸，冷冷道：“主公。”

余墨笑着回应：“莲卿。”

颜淡冷冰冰地道：“请恕臣妾抱恙在身，不能为主公送终。主公莫怪。”

余墨看着她，正色道：“莲卿一番深情，看来只能来世再报了。”言毕，忍不住先笑起来。

颜淡也笑了一笑，还是有些许担忧之色，慢慢道：“那个天师好生厉害，连你都不是他的对手，更不用说我。”

余墨懒懒地嗯了一声，低声道：“也不奇怪。他的魂魄想必很是纯净，才能将道术用到这个地步。三界之中，最厉害的并不是天庭的仙君，也不是上古时被灭的魔，而是一种最纯净的东西。妖术还远远不够纯粹。”

“余墨，我可不可以说一句话？”

“你说。”

“你转过头往后面看，那个人已经追过来了，马上就能到这里。”

余墨低声咒骂一句，站起身来：“从来都只有我追得别人逃的时候，今日却反过来了。”

颜淡的表情很真诚：“历练对修为有好处。”

余墨看着她的眼：“我们分开走，万一运气不够好，死一个总比死两个好。”

他一指前方，“你走这边，我走水路，和你相反方向。”

颜淡看着他，迟疑了一阵，还是说：“好吧。”从余墨这个方向过去，说不好会和那个天师打个照面，而她这条路却保险得多。事到临头，只要她不去拖他后腿就好了，渣渣没有资格选择。

余墨一推她：“快走。”

颜淡转身就走，走出一段路又回头去看，只见余墨慢慢地走下河岸。她走到山道拐弯处时再回头，已经看不到他的背影。她用力一跺脚，咬咬牙疾奔而去。

夜色渐渐深了，颜淡还在山里走，又冷又累，却不敢停下来。透过层层树林，她能看到远处天际的一颗帝星，比天上的任何星辰都要明亮。帝星越亮，说明一个王朝的根基越稳，正是中兴时候。

颜淡突然想起这是从前学过的东西，其实她的禅理学得最好，只是临到头还是没什么用。那时又骄傲，可以满不在乎地说，她从来都不想入仙籍，因为不稀罕。现在想来，好似过去很久很久。

待到天亮之时，她终于看见远处的村庄，村庄之后的山上是一片茶园。

她松了口气，在树桩上坐下休息。忽听身后脚步声轻响，她回过头一看，几乎要按捺不住跳起来，那个天师竟然追到这里来了。那人衣袖宽大，衣带翩翩，眉目清俊，身上还有种少年人特有的清韧之气，看来年纪也不大，不过弱冠之龄而已。颜淡叹了口气，真是白活了这许多年，竟然还不如一个凡人。

那年轻的天师走过她身边时缓下脚步，皱眉打量了她一番，斯文有礼地问道：“请问姑娘是本地人么？”

颜淡心中一喜，昨日都是余墨出手，他不会将她的模样记得太清楚，现在心里最多只是怀疑，觉得自己有点眼熟，便慢慢道：“你看，今年的茶树长得比往年都好。”

那人一怔，又问：“在下没有恶意，只是想问问哪里可以借宿一日。”

颜淡回答：“你可看见那边山头有几块像猴子的石头？我可喜欢它们了！”

那人终于放弃了，径自往前走。颜淡看着他的背影，心中寻思，她该是往前还是原路折返？她已经没这个力气再走一遍，万一那人发现不对追过来，恐怕也躲不开。若是和他走一条路，虽然冒险，却有置之死地而后生之意，说不定就此能够脱身。

她打定主意，也站起身，往前面的村庄走去。

才刚走了两步，果然看见那人又折转回来，问道："姑娘，你可有看过一位像你这样大年纪的女子经过，模样很好看，也和你差不多高。"

颜淡看也不看他，径自从他身边走过，浑浑噩噩地道："我要回家去，娘亲在等我，你也要跟我一起回去吗？"

走出两步，只听身后有人轻叹一声："原来是个傻子！"

颜淡嘟着嘴，却只能在心里开骂。本来照着她的性子，肯定要好好整回来，只是对方道术太高明，只好忍气吞声。她走了一段路，忽听身后有人轻声念了一段咒语，又轻又快，只听耳边呼呼风响，眼前突然一片漆黑，只有头顶上一点光亮，似乎是掉进一个黑乎乎的洞里。随后，顶上唯一的亮光也被堵住。

颜淡大惊失色，手指轻弹，一道白光击在周围的墙壁上，又被反弹回来。

只听一个慢条斯理的声音在外面响起："别白费力气了，凭你的本事，除非有人能放你出来，否则就只能待在法器里。"

法器？

颜淡往旁边摸了摸，触手冰凉光滑，倒像是玉。她又在周围转了一圈，似乎有一个圆圆的弧度，这该、该不是开光的玉葫芦？

颜淡沮丧了一会儿，只好坐在地上："我哪里露出破绽了，你刚才明明都相信了。"

"你做戏是做得很真，我差点也被你骗过去。只可惜你身上的衣料太好，一双手也不像是劳作过的。还有你的脸，如果常常风吹日晒，自然而然会变粗糙。"

颜淡叹了口气，只好自认倒霉："请问天师尊姓大名？"

隔了许久，那人才回答："唐周。"

颜淡躺在葫芦里，闭上眼："我还有最后一个问题。你碰见我的那个同伴没有？"

唐周简单地回答："碰见了。"

"那他呢，是被你杀了，还是脱身了？"

"我已经回答过你最后那个问题，所以这个问题，我不必再回答。"

颜淡一敲葫芦底座，愤愤道："你这混蛋——"气得正要破口大骂，她突然又轻轻笑了，"原来他脱身了，幸好幸好。"

唐周还是没上当，听声音似乎是笑着的："自作聪明。"

颜淡只能闭上眼睡觉。她现在筋疲力尽，起码也要先养足精神，才能逃出困境。

因为实在太累了，所以她很快便沉沉入睡，葫芦里黑洞洞的，也比较容易睡着。她醒来的时候，周围还是黑漆漆的一片，不知外面是昼是夜。

她坐起身，抱着膝慢慢想脱身的法子，想了十七八个，可行性都不大。突然天摇地动，她咚的一声撞在葫芦壁上，捂着脸鼻子发酸。

只听唐周在外边慢悠悠地说："你那么安静，我都以为你不在里面了。"

颜淡没好气地回答："里面太舒服，我睡到现在才醒。"

唐周低声笑了笑，语声低沉悦耳："你和之前被关进来的妖都不一样。他们可都害怕得睡不着觉。"

颜淡心中一动，问道："你还收过其他的妖进来？"

过了好一会儿，才听唐周的声音传来："你是不是想问，我最后是怎么对付他们的？"

颜淡被看穿心中所想之事，大大方方地承认："嗯，想。"

"当年我抓到第一个妖的时候，才刚学会炼丹，不小心把方子看错了，火候又不对，所以那个蜘蛛精死得比较惨。第二个是熊妖，下场比蜘蛛精要好多了。至于第三个么，是芍药花精，全身都很宝贵，就用来研究了几个百年前遗留下来的方子。"唐周的语气很是慢条斯理，"第十个我都还没怎样，他自己就先吓疯了。而你，是第十一个。"

颜淡听得身上发冷，勉强笑道："那可真是荣幸。"不管是谁听到前面这一串同类的下场，都会受不了的好不好？

她在黑暗中睁大眼，突然说："唐周，我饿了。"

唐周的声音似乎有些惊讶："你是妖，还会觉得饿？"

颜淡嘟着嘴，尽量不让自己的声音听起来太生硬："妖当然会饿了，就是神仙也会饿的。在外面，我可以吸取天地间的灵气，不吃东西也没关系，可这里什么都没有，就是黑乎乎的一片。"

隔了片刻，头顶一亮，颜淡还没来得及适应这突然的光线，一根草叶就掉在自己身边，随后周围又是漆黑一片了。颜淡气得发抖，不断告诫自己一定要忍耐，再忍耐，不忍则乱大谋。

过了很久，她方才从牙缝里挤出一句："你可真是一个好人啊。"

"太客气了，举手之劳而已，不必称谢。"听声音还是笑着的。

颜淡只得抱着膝，继续想办法。她活到现在，只要她想的话，几乎每个人都能被她耍得团团转，现在碰上了一个同样奸猾的——不，是同样聪明的，她得好好合计一番。

其实人都是有弱点的，只要找对方向，就可以一举击溃对方。

可是唐周的弱点是什么？

她记得紫麟的弱点是怕别人知道他的真身是山龟，丹蜀的弱点是怕鬼，余墨的弱点，嗯，是只要不过分的要求，余墨都会替她去做，也因此养成了她好逸恶劳的习惯。

而余墨现在又在哪里？是不是平安？

她虽然有七八分把握确定余墨已经脱险了，却还是剩下那么两三分不确定。唐周的口风很紧，什么都问不出来。

颜淡头疼得要命，只好将下巴搁在膝上，闭目养神。可是葫芦里太过安静，只过了一会儿工夫，她竟然又睡着了。

第五章·逃跑与反逃跑

武力不是关键，自古以弱胜强的例子不胜枚举。

颜淡打算开始认认真真了解这位年轻的天师，哪怕是细到一根头发丝的事。她挪到葫芦壁上，在上面敲了敲："唐周？"

唐周语音模糊，轻轻嗯了一声，听上去似乎刚睡醒不久。

这个时机抓得最好，早一分将他从睡梦里吵醒，肯定会提前抓她去炼丹，晚一分他会完全清醒，套话就不容易了。

颜淡放软声音，缓缓道："你的道术这么高明，一定有位名师？"教出这样一个徒弟，这个师父定非寻常人，最好是性格怪异，脾气古板，能让弟子怨声载道的那种。那她就能轻而易举挑拨离间了。

"我师父是位世外高人，人有些古怪。你问这个怎的？"唐周的声音还有些低哑，随口便答道。

"你师父很讨厌我们这些妖吧？"

"不是讨厌，是痛恨。"他轻声道，"他出家之前，本来有妻儿。一日从外面回到家里，却发现自己的妻儿被妖给食尽了，只剩下两具白骨。"

颜淡欲哭无泪。唐周从小受的是什么熏陶，已经可想而知，她逃出生天的希望变得异常渺茫。她想了想，斟字酌句："可是，并不是所有妖都会作恶的。"

比如她。她就是一只纯良的好妖。

隔了片刻，唐周才道："或许是，只是我没见过。"

颜淡只恨不得大叫，那个纯良的妖早已近在眼前，只是被他关进玉葫芦里不见天日。忽又听唐周接着道："记得我同你说的那个我第一次捉到的蜘蛛精吧?

我那时看他可怜，就把他放了出来，结果他出来后做的第一件事就是反扑向我。”

颜淡叹了口气，觉得自己已经没有生还的希望，有气无力地说：“原来如此。那你心里呢，是不是也和你师父一般痛恨妖？”

“你的问题未免也太多了。从今天开始，每天只准提三个问题，回不回答看我高兴。”听声音，他像是完全清醒过来，“如果你是想说服我放了你，还是别费心机了，玩这种把戏的你不是第一个。”

颜淡贴着葫芦壁，忍不住道：“这里黑漆漆的，我怎么知道什么时候天黑，什么时候天亮，怎样才算一天？”

唐周淡淡道：“你自己估摸着算时辰，过时不候。好了，今日你已经问了三个问题了。”

颜淡重重哼了一声，恨得咬牙切齿，只听唐周慢条斯理地调侃说：“你再这样哼下去，小心鼻子长歪。”

颜淡气得捶地，捶了两下，突然又笑了。不管如何，现在总算还是有些进展。只要有时间，就还有希望，她更艰难的状况都能安然度过，偏不信这道坎跨不过去。

她必须在这黑洞洞的法器中保持清醒，饥饿有时也是保持清醒的法子。她不像凡人，两三天不进食就头晕眼花。她反而要逼迫自己花更多时间修炼妖术，像这世上最神秘的密宗，就是用这种饥饿的方式提升修行，磨炼心智。

她时时听着外面的动静，感知唐周走过的每一条路，接触过的每一个人。

关在法器中，基本与外界隔离，除了唐周和她说话的声音可以听见，其余时候都是静悄悄的什么声音都没有。在这样安静黑暗的环境里，没有勇气和意志的确也待不长久。

可是慢慢的，颜淡竟然能隐隐约约听见外面的声音，这不能不说是一大惊喜。

“唐周？”她静坐许久，还是忍不住说话了。

唐周似乎叹了口气，有点挫败地问：“你想说什么？”整整十天了，从来都没有一个妖能在玉葫芦里待过那么长时间，他现在也不得不和对方较上劲了。

“我想知道，你心里是不是很痛恨我们这些妖？”这个很关键，只要对方有半分恻隐，还是能被她说服打动的。

唐周却掉转话锋：“你怎的不问你那个同伴的事。”

她当然想问，只是时候未到。现在她做什么都落于下风，自然不能让对方将她的心思一起猜中了。何况她就是问了，照唐周那种看她越气急败坏就越高兴的性子，问了也是白问，全然自讨没趣。

“我现在自身都难保了，还管人家死活干什么？”

唐周似乎笑了一笑：“你们妖的情谊，也就是这么一点。枉费那鱼精不自量力来拦我，还想让你逃走。”

颜淡不说话，心中如焚烧般煎熬，但转念一想，又觉得自己该相信余墨。如果他回到铘阑山境，发觉自己没有回去，必定又会出来找，最后还得和唐周对上，她一定要尽快想办法脱身。

“那是因为你心中本来就有偏见，其实根本不明白，”颜淡心里生气，还是硬生生克制着，“我们妖也是时刻被约束着，有自己的原则，就算为恶，也不会比你们凡人更坏。”

唐周没说话。

那就意味着，今日他不会再理会自己。

颜淡翻来覆去地想着办法，最后慢慢闭上眼，正在似醒非醒之时，突然又被一阵细细的水声惊醒。她翻身坐起：“你能不能让我出来透透气，一盏茶工夫就好。”

唐周非常干脆地应道：“好。”

突然头顶出现一道亮光，颜淡心中的欢悦简直不可言表，她慢慢飞到葫芦口，趴在口子上往外看。她现在被法术束缚，身子缩小太多，哪怕一扇窗于她而言都显得格外庞大。看窗外透进来的光，现在大约是傍晚时分。而他们现在应是在一家客栈中，只是客房的布置都很旧了，外面又没有闹市的嘈杂之声，想来是郊外的客栈。

“是不是觉得一切都和你原来看到的不一样了？”唐周突然轻声笑问。

颜淡点了点头，回过头去，但见眼前水汽缭绕，一时间连话都不会讲了：“你你你……”

唐周往后靠了靠，将自己被水沾湿的黑发拨到木桶外边，似笑非笑：“我什么？”

颜淡立刻指责：“我才不要看你洗澡！”

唐周很是无辜地看她：“是你说要出来透透气，再说，我又没请你看。”

颜淡趴在葫芦口，一手支着下巴，嘟起嘴：“好啊，我就在一边看你洗澡，你有种让我看全了！”

唐周手一松，玉葫芦扑通一声掉进水里。颜淡还没反应过来，就连着灌进两大口洗澡水，连忙闭住气，缩回玉葫芦中，用妖术在葫芦口上封了个结界，不让水灌进来。

唐周起身，将身上的水擦干了，扯过屏风上的里衣披在身上，才把玉葫芦从水里捞起来：“如何？”

颜淡只觉得肚中翻腾，咳了半天什么都咳不出来，气鼓鼓地道：“卑鄙无耻！”

唐周但笑不语，把玉葫芦放在桌上，慢悠悠地系上衣带，再穿中衣，最后披上外袍。

颜淡眼波一转，微微笑道：“四处奔波一定很累是么，要不要让我帮你捶捶腿，揉揉肩？”

唐周转过头，淡淡看着她。

“你放我出来，我保证不逃。何况就是我逃了，你也能追回来，这种傻事，我也不会做啊。”就是要一步一步来，当前要先从玉葫芦里出来，这样才好见机行事。整日关在暗无天日的地方，才什么办法都没有。

“你这是在引诱我么？”他也轻轻笑了，慢慢地，一字一缓地说，“你想不想知道，从前有只狐妖也来这一手，她最后的下场是什么？”

颜淡听着他说话的语气，只觉得全身凉飕飕的，禁不住瑟缩：“不想不想，我半分都不想知道。”

事实上，要离开玉葫芦，首先必须得保证她还能活着。如果最后只剩下一丝魂魄飞出去，那也完全没有意义了。

唐周拿起玉葫芦，用木塞把葫芦口堵上：“如果你真是聪明的话，就老老实实的不要动歪主意，这样才能多活几天，死的时候也干脆。”

眼前又重归黑暗。

颜淡想了想，问：“那个狐妖生得很好看么？”

唐周不假思索地回答：“比你好看多了。”

颜淡指责道：“有那样的美人投怀送抱你都不动心，你到底是不是男人啊？！”

估摸过了三个时辰的光景，颜淡隐约听见外面传来一声响动。现在正是夜深人静的时候，会有什么人半夜出来走动？她连忙贴着葫芦壁，凝神听外面的动静。似乎有人在房内走动，而且绝不止一个人。

那些人的脚步虚浮，落地之间的动静听在她耳中十分清晰。而唐周走路的时候，步履轻捷，几乎落地无声。

颜淡想了想，嘴角带起一丝笑意，她终于等到脱身的时机了。如果没猜错的话，唐周住进去的客栈正是一家黑店，而他用过的饭菜茶水中一定有蒙汗药，所以现在才会睡得那么沉，连有人走进来都不知道。

她还以为唐周有多精明，其实也不过如此。

突然天摇地动，颜淡身子一倾，从葫芦的一头滑到了另一头。只听外面有人粗声道了一句：“这个葫芦是玉的，不知值多少银子？”另一人接话道：“看上去光泽很好，你打开木塞看看，不定里面还装着什么宝贝？”

颜淡轻轻笑了，心道你快快打开，这样我也好尽早脱身。

突然玉葫芦被人倒着翻了过来，颜淡身子失重，从葫芦口一下子穿了出去。只见青烟袅袅，她旋身转了一圈，衣袂舒展，抬手挽了挽青丝，转头往床上看去，这位年轻的天师果真还睡得人事不知。

身后那三人俱是目瞪口呆，许久才从喉咙里憋出一句：“有妖怪啊！”随后跌跌撞撞地撞门出去了。

颜淡手指轻弹，令得最后那个人扑通一声摔在地上，半天爬不起来。那人全身发抖，不知从哪里来的力气，哀号一声，终究连滚带爬地逃了。

颜淡微微不满：“我看上去有那么可怕么？他们竟然会吓成这个样子。”

不过今日她心绪大好，什么都不想计较。

她走到桌边，打开茶壶盖子闻了闻，又掰了块盘子里的点心放进嘴里咬了一口："果真是蒙汗药。"她回身走到床边，低下头看着唐周。

他睡得很沉，呼吸绵长，面容恬淡，模样生得很是清俊。颜淡轻声自语："你看不起我们做妖的，可我却偏偏要让你欠我的人情。"

但这几日受的气还是要出的，她慢慢抬起手，积聚力气，然后用力往下挥去，打算赏他几个耳光，可还没碰到他的脸颊，手腕突然被握住。

唐周突然睁开眼："怎么？"

颜淡强自镇定，露出一个淡淡的笑颜："你脸上有虫子，我想帮你拍掉。"

唐周慢慢坐起身，还是笑着的："刚才你的手抬那么高，我还以为是想打我的耳光。"

希望突然变成失望，简直让她愤恨至极。

她气得发抖，只差跳脚："先说好，我宁可自尽，也绝对不回那个法器里去了。你是要零碎着剁，还是拿我去炼丹，就尽管来，我才不怕！"

唐周从枕边的外袍下面抽出一张符纸，贴在她的手腕上。只见华光一闪，那道符纸突然变成了一只沉甸甸的玉镯。他松开手，慢慢道："这个禁制，是让你不得离开我身边五步之外。"

颜淡伸出手去，指尖触到镯子之时，镯子会一下子把她的手指弹开。这下她虽从玉葫芦里脱身，却被下了禁制，必须跟在唐周身侧五步之内，也是连逃跑的机会都没有。

她看了这个镯子一阵，还是不死心："五步也太少，能不能宽限到十步？"

"我本来觉得三步最好。"唐周下了床，抬手整理衣衫，突然衣袖一紧，被颜淡拉住。她神色凄楚，央求着："就算是二十步我也做不出什么事情来，十步好不好？"

他低声笑了笑，眉目清俊："真是我见犹怜，我都忍不住想动心了。"语调突然一转，变得冷酷无情，"再说一句就把你收到法器里。"

颜淡嘟着嘴，低声嘀咕了一句什么，突然回过身在桌边坐下，拿起桌上的点心咬了一口。

唐周抬手握住她的手腕，长眉微皱：“这点心里有蒙汗药。”

“饿的时候就是里面有砒霜我都吃，”颜淡骄傲地一笑，“何况区区蒙汗药？”

唐周将她手中的点心拿走，又放回盘子里：“前面不远就是青石镇，去镇上吃。”

“青石镇？”她微微一怔，“你去青石镇做什么？”

唐周没说话，径自拿起包袱往门外走。

颜淡立刻觉得有一股无形的力量硬拖着她跟在唐周身后，两人一前一后，刚好是五步距离。

“我听别人说，青石镇那边发生了很多事，有人无端死在家中，还有人被挖心，乱坟岗上恶鬼作祟，你去那里干吗？”颜淡问。

唐周回过头微微一笑：“没见过恶鬼，想见识一下。”

颜淡走了一段路，又忍不住问：“你之前没有碰黑店里的食物，所以才没被蒙汗药迷倒，对不对？”

唐周避而不答，反而加快了步子。只见天边微露鱼肚白，朝霞明丽，他们已经可以看见不远处的青石镇。

第六章·墓地啊墓地，干尸啊干尸

王二在青石镇上干了二十多年跑堂，还是头一回见到如此俊秀的人物来下馆子，不由感叹今日掌柜的提早开门是开对了。

颜淡坐在桌边，握着筷子："有什么好菜，统统端上来就好。"

王二一呆，赔笑道："姑娘，这才早上，店里的掌勺师傅要到中午才来，吃热菜恐怕还太早了？"

只见那位眉目如画的少女抓着筷子往桌上一敲："什么管饱的就通通端上来！"

颜淡露出的那种饿汉气魄让店小二肃然起敬，立刻下去忙碌了。

唐周慢慢倒了一杯茶，颇为惊讶："你真有这么饿？"

"你可以试试二十天只喝过一口恶心的洗澡水，完全不进食，这样你就知道会不会饿了。"

"这样说来，之前你说过的妖也要吃东西，那些话都是真的？"

王二端着一笼热气腾腾的包子放在桌上，问道："厨房里还有半只昨日剩下的烧鸡，要不要热一热给姑娘端上来？"

颜淡将一锭银子放在桌上："还有多少都拿过来！"

王二将银子拿在手中一掂，大约有三四两重，这样出手很是大方了，何况还是在青石镇这种不算繁华的小地方。

"我没事说着好玩的，你千万不要相信。"说话间，颜淡已经咽下一个包子，用筷子戳了第二只咬了一口，一双眼睛还虎视眈眈地盯着第三只。

唐周倒了杯茶推过去："慢点吃。姑娘家这副吃相，也不怕难看。"

颜淡瞥了他一眼，斯斯文文地撕下一块包子皮，斯斯文文地嚼了几下才咽下，斯斯文文地开口：“吃相难看有什么关系？最重要的是吃得快、吃得多，撑死自己就能饿死别人，你懂吗？”话音刚落，又继续风卷残云。

唐周低下头，轻笑出声，笑了好一阵才停下。

颜淡满足地喝了一口茶，长吁一口气：“这样吃饱了才最舒服了。”

“吃饱了那该办正事去了。”

“啊，中午还有热菜呢。”

唐周作势要走。

颜淡连忙拉住他：“等一下，再等一下。你听我一句话。”她眼波一转，笑得有些狡黠，“你这是第一次独自出远门么？”

唐周长眉微皱，复又缓颜了，带点少年人特有的清稚：“是又怎样？”

“乱坟岗就在那个地方，又没长着腿，怎么都跑不掉不是？所以早去晚去都是一样的。但这里是青石镇，镇上的人一定知道比那个传闻还多的事情，你觉得什么地方最适合听故事？”

唐周看着她：“你那点小聪明要是用到正道上就好了。”

颜淡轻摇手指：“不不，我这是历代圣贤推崇的大智慧，迟早要让你见识到的。”

唐周笑了笑，手指划过她手腕上的镯子：“我只知，你现在还是阶下囚，那种大智慧见不见识有差别么？”

颜淡嘴角微动，想要骂人，可左思右想，最后还是不说话了。

临近中午时分，饭馆里的客人渐渐多了起来，人声嘈杂，中间混杂着几个北地口音，闹腾腾的一片。

“我看两位面生得很，不是镇上的人吧？”一人操着当地口音走过来，拖开板凳坐下。那人獐头鼠目，形容猥琐，露出谄媚的神情。

唐周微一颔首，淡淡道：“是头一回来这里。”

颜淡看着掌柜身后的竹削牌子，念得又轻又快：“爆炒猪肝，黄焖仔鸡，炒三鲜，水晶丸子，糖醋排骨……”她一口气报了十几道菜。王二满头大汗：“这位姑娘，你们才两位，四道菜已经很多了。”颜淡瞥了唐周一眼：“这位公子付账，一分银子都不会少。对了，还要加上一碟酱猪肚。”

唐周全当没听见，只道：“小二，再加副碗筷。”

那个凑过来坐的当地人脸上立刻笑开了花：“大兄弟真是爽快人。”

唐周道：“不知这镇上有什么新奇有趣的事情？”

那当地人摸了摸脸，眼巴巴地望着王二端上来的菜肴。颜淡微微一笑，拿了双筷子递到他手中，又悄悄指着角落那一桌坐着的几个身上佩剑带刀的大汉：“大叔，我们一路过来，见过很多像这样的人，一脸凶巴巴的，他们来这里做什么？”

那当地人夹起盘子里的热菜，流水似的往嘴里送，含含糊糊地说：“你这姑娘一定是顽皮，从家里偷跑出来的吧？”

颜淡点点头，一脸惊讶：“大叔你怎么知道的？”

那人哈哈大笑，甚是得意：“我还知道这位兄弟是你的情郎，你们这是瞒着家里人私奔吧？”

私奔你个头！

两人同时在心中咒骂了一句。

颜淡眼波一转，笑得很乖巧：“大叔，你是在故意扯开话题了，其实你不知道那些人来这里是干什么的吧。”像这种混吃混喝的人，往往又很爱充面子，这样一说，他立刻就会把心里话往外倒了。

“我怎么会不知道，嘿，你这姑娘！我在这里都住了大半辈子了，还有什么不知道的。”那人果真受了激将法，放下筷子，“他们是来找娘娘墓穴的。”

唐周问道：“当今皇上怎会把自己的妃嫔葬在这里？”

“不是现在的皇上，是已经亡了国的那个皇帝。那时候你都还没生出来呢。当时天下三分，北燕、南楚、齐襄各据一方，我说的是齐襄的那位贵妃娘娘。”

唐周更是怀疑：“既是皇族，定有自己的皇陵，又怎么会葬在这里？”

那当地人笑了：“那时候，现在皇宫里的那位皇帝还没当皇上，是南楚的大将军。他灭了齐襄之后，齐襄的亡国皇帝带着他宠爱的贵妃，在手下人的保护下逃走了。当时南楚那边追得很紧，到了青石镇的时候，那亡国皇帝手下有人叛变，把那皇帝杀了，而贵妃娘娘和亡国皇帝伉俪之情甚笃，不愿独活就自尽了。他们出逃的时候从皇宫里带出很多金银珠宝，都被瓜分。可随身带着钱财外露，很容易招致杀身之祸，于是那些人就想了一个法子，为那个娘娘修了一座墓穴。一来在墓穴里藏着珠宝，可以随时来拿；二来也是因为那位娘娘是含恨而死，怕她死不瞑目化为恶鬼，也想用这座墓穴镇着。这就是娘娘墓的由来。”

颜淡随口道：“你一定也去找过这座娘娘墓了。”

“找是找过，不过，”他看了看左右，低下声音，“那位娘娘鬼可凶了，一定是只厉鬼，谁拿了这里面的宝贝，就会死！我们镇上的人，宁可绕道也不从乱坟岗里走。”他拿起筷子，继续往嘴里塞热菜，又无暇说话了。

唐周在桌上轻叩：“想来这也只是传闻罢了，最后越传就越走样。”

那人摇摇头，嘴里含着排骨：“宁可信其有，不可信其无啊。”

颜淡想起之前在兰溪江上碰到的那个江洋大盗，他也提起过关于青石镇的传闻。她抬起手，将一块蝶形玉璧在那当地人的眼前一晃：“我昨日傍晚经过乱坟岗的时候，还捡到了这个玉。”

唐周斜斜地看了她一眼。

昨日傍晚，她明明还关在玉葫芦里。

那人嘴唇发抖，脸色发青：“你这姑娘快……快把这玉扔了，这是连小命都不要了吗？！”

颜淡嘟着嘴，一副不乐意的模样：“为什么，这玉很好看啊。”

“我告诉你吧，我们镇上有个年轻小伙子，生得可壮实了，家里穷，又没什么亲戚，老爹死了也没钱好好安葬，只好埋到乱坟岗上去。他挖着挖着，就挖出几个金银杯子还有几块玉，结果不出十天，就死在自家里了。我从来没见过那么难看的死状啊，还是不说了，再说就吃不下饭了，还是吃饭，吃饭！”

唐周知道再问不出什么事来了，便低头用饭，举止斯文，像是大户人家出身。

颜淡突然说了一句：“那个人的死状，你就是不说，我也能想象得出来。”

那当地人只埋头猛吃。

“他家里没有其他亲人，等有人发现的时候一定连尸首都烂了，身上爬满尸虫，有老鼠啃他的肉，还有苍蝇四处乱飞。”颜淡夹起一块糖醋排骨，“他的尸首啊，就和这块排骨一样，骨头都软了，上面沾着肉。”

唐周一向细嚼慢咽，闻言也不禁噎了一下。

那当地人正要去夹那块最大的排骨，听了这句话，筷子一拐，去夹旁边的爆炒猪肝。只听颜淡立刻道：“他的肝也定是烂了，就和这猪肝一样，是酱色的。”

那人脸色焦黄，去夹水晶丸子。

“唉，那人的眼珠应该还在吧。听说死人的眼珠就是白生生的。”颜淡夹起一个丸子，咬了一口，“不知道是不是像这个水晶丸子一样有韧劲，有嚼头。”

她伸过筷子，点着盛酱猪肚的盘子：“听说这种酱的东西要在酱缸里腌很久，所以很多乡野店都把那些发酸发臭了的内脏和肉腌起来。那些奇怪的味道被酱汁的味道盖过去，就尝不出来异味了。不知这里的是不是这样。还有，那个人的尸首不会被黑店腌着当猪肉卖了吧？”

话音刚落，那当地人脸色青白，踉踉跄跄地奔出去趴在门口呕吐不止。

颜淡看着唐周，又问了一句：“你觉得我说得对么？”

唐周面无表情，取出一张符纸。

颜淡立刻求饶：“我错了我错了，我知道错了！”

唐周起身，招来王二结了账，然后左手拉起颜淡，右手拎包裹，把她往饭馆外拖：“我看你还是喜欢待在法器里。”

颜淡诚恳地看着他：“我错了，我真的错了，我以后再也不敢了，你再给我一次改过自新的机会嘛。”

唐周看了她一眼：“真的不敢了？”

颜淡脸上的神情更是诚恳：“真的。”

唐周松开手：“那走吧。”

他们到乱坟岗上时，已经有五六个江湖人聚在那里了。看见他们走来，立刻有人拔出兵器。倒是他们身后一位杏黄道袍的年老道人抬手阻拦：“这位是唐周贤侄，是凌霄观主的弟子，都是自己人。”

唐周上前施礼：“唐周见过凌虚子前辈。”

那年老道人摸了摸胡子："听说你师父近几年还收了女弟子，就是你身后这个小姑娘吧？"

唐周顿了顿，点头道："这是我师妹，还不懂规矩，失了礼数，各位莫怪。"

颜淡小声嘀咕一句，配合地摆出怯生生的神情："师兄……"

其他人都笑了，连连摆手："唐兄太客气了，我们还怕吓坏了你那个师妹。"

唐周又寒暄几句，方才转过身，压低声音："等下不要打歪主意，也不准装神弄鬼，听明白没有？"

颜淡微微一笑："师兄尽管放心。"

唐周想了想，又问："你叫什么名字？"

颜淡很是老实，立刻回答："颜淡。颜色的颜，清淡如水的——"还没来得及说完，唐周已经转身往前走去。她立刻就被一股无形的力量拖着往前，不由叹了口气，这阶下囚的滋味果真不好受。

忽听唐周的声音在耳边响起，十分清晰："等下你跟紧我。那些人当中有心术不正的，暗中多留个心。"

颜淡看了看周围，其他人似乎都没有反应。

"这是用内力传音的功夫，所以他们都听不见。"唐周似知道她在想什么。

忽听前方传来一个女子清脆欢快的笑声，宛如铃声叮当。身边立刻有人铮的一声拔出兵器，拿在手中。

一位雪白衣衫的少女站在枯树下面，手中抓着一把米，正在喂树上的鸟儿，还时不时做出倾听的模样，轻声对着鸟儿说话。她突然转过头来，柳叶眉弯弯，未语先笑："鸟儿，今儿镇上来了很多客人，果真不假。"她拍了拍手，很是欢喜，"我好久没有看到这么多人，这样热闹过了。可是鸟儿却告诉我，人多，坏事也多。因为人大多喜欢作恶。"

第七章·听鸟语的少女

凌虚子皱了皱眉，上前一步，和气地问道：“姑娘何出此言？”

那雪白衣衫的少女看着枝头上的鸟儿，对着它唧唧咕咕了一阵，又回过头：“鸟儿说了，明日会下雨，问我信不信。我当然信了，你们信不信？”

唐周偏过头看了颜淡一眼，只见她看着前面，微微蹙眉，若有所思。

凌虚子拦住身后要仗剑上前的同伴，神色和善：“那鸟儿还说了些什么？”

少女侧过头，像是在倾听，还时不时点头，隔了片刻方才道：“鸟儿说，鸟为食亡，人为财死，自古不变。”

话音刚落，所有人的脸色都变了。

只听身后有人三步并作两步地跑过来，是个肥胖妇人，边跑边气喘吁吁地喊：“小姐，小姐，你怎么又到这种地方来了？老爷的话你总是不听。”她跑到近处，抱住那个雪衣少女，连连向众人赔不是，“各位爷，我家小姐生下来就是傻的，你们大人有大量，不要同一个傻姑娘计较。”

那少女挣扎着，看着惊起飞走的鸟：“它、它被你吓走了！你赔给我鸟儿，现在就赔！”

妇人从身后用力架住自家小姐，连连道：“对不住，当真对不住。”

凌虚子突然拦住她们的去路，双手合十：“不知这位姑娘是哪家的小姐？”

妇人立刻答道：“我家老爷姓沈，是镇上的商人。”

凌虚子点点头，便让开了一条路。他的确是知道的，这青石镇上有一位姓沈的商人，当地的稀罕物品都是他从各地带来的，只可惜家中小姐是个傻子。

少女被妇人架着，不再挣扎，经过唐周身边的时候，突然痴痴看着他：“你相信我能听懂鸟儿说话吗？”

唐周点了点头。

少女看着他一笑，如春花绽放：“我悄悄告诉你，这里有鬼，是恶鬼，它喜欢啃人的骨头，咔嚓咔嚓，一点渣都不剩。这都是鸟儿告诉我的，不过它还说，恶鬼不可怕，人才是最可怕的。”

妇人连忙捂住少女的嘴，连连赔笑：“对不住，真是对不住，痴儿胡言乱语呢。”

那少女这一番话，已教人心生寒意。

唐周看着她们的背影，心思百转，那妇人虽然说自家小姐是个傻子，可是她出口的话却又很有道理，绝不是一个傻子可以说得出来的。

颜淡眼波一转，突然笑问：“我能听懂鱼儿说话，这话你信么？”

唐周偏过脸看着她，轻声道：“我看，你是又想回法器里待着了吧。”

颜淡叹了口气，幽幽道：“总之我说什么，你都不相信就是了。”

忽听凌虚子轻咳一声，当先往前走：“我们还是先找娘娘墓穴，再说了，就是真的有厉鬼，老道顺手就能收了，各位莫慌。”

另外那五人立刻应声附和。颜淡瞧着那些人，从兵刃到衣衫，都没放过，仔仔细细打量了一番。唐周低声道：“你左前面那位使刀的，是断魂刀翟商，右边是弄影剑秦明阳。除了前面的凌虚子，就是这两位功夫最好。并排走的那三个人是三兄弟，姓吴。”

颜淡也轻声问：“我可不可以问你一件事？”

唐周看了她一眼，立刻道：“不许问。”

“你到底是为了什么来青石镇？”颜淡很是苦恼，“你就说出来听听嘛，你不告诉我，我心里总是会想啊想啊，一直想很憋屈的。”

唐周一拂衣袖，淡淡道：“那你就慢慢想，说不好哪一天就想到了。”

“这就是墓穴了，”凌虚子蹲下身，拂开一块青石板上的灰，一运力，就把石板挪开了，露出一条地道来，“我们不是第一个找到这里的人。不瞒各位，老道的师弟就曾经进来过，他是一群人当中唯一活下来的，只是……唉，已经失心疯了，也问不出他到底是看到了什么东西，才会变成现在这样。”

翟商接口道：“我倒是听说，有人曾亲眼见过墓中女鬼挖心。”

凌虚子摆了摆手：“这个决计不会是真的。”他语气一顿，又道，“我们这番下去，很可能会碰到危险，各位有不想下去的，不妨留在上面。”

秦明阳将腰上佩剑取了下来，握在手中。吴氏三兄弟相视一阵，虽然心有戚戚焉，还是摇摇头。

在外面等了一会儿，待里面的浊气散去，一行人慢慢沿着地道走下去。

颜淡往下走了几步，轻声道了一句：“这里面黑漆漆的，什么都看不见。”忽然眼前一亮，秦明阳举着一支点燃的蜡烛，微笑道：“在下身上还有二十几支蜡烛，应是可以支撑着走到墓地尽头。”

凌虚子不由赞道：“还是秦公子细心。”

秦明阳矜持地一笑，突然一阵风吹来，他手中的蜡烛嗤的一声熄灭了。

只听不远处有个粗豪的嗓门大叫起来：“是谁踢的老子？！”突然又有人骂道：“有种出来比画比画！”随后，身边响起了呼呼风声，掌风拳声不绝。颜淡往左边退了一步，突然有一只手伸过来握住她的左手。手指修长，有些凉冷。

她试探地叫了一声“唐周”，却听唐周在右边应了一声，她心头一惊，那在自己左边的人是谁？那人轻笑一声，倏忽间绕过她身后，阴森森地说：“发我丘者，诛。”待到最后一个字的时候，声音已经在远处了。

眼前火光亮起，凌虚子举着火折子，脸上的肌肉微微抽动。

只见秦明阳倒在地上，身边掉落一卷蜡烛，眉心有一点殷红。凌虚子捡起蜡烛，点亮了一支，撕下半幅衣袖裹着手，到秦明阳的鼻下一探，已经气绝。但他脸上神色平静，甚至没有半分痛苦之色。

唐周走到近处：“是眉心一击致命。不过——”他蹲下身，抬手在秦明阳身上一按，“尸首已经冷了，绝对不是刚死的。”

翟商忍不住问：“那之前和我们一起进来的岂不是……”

唐周淡淡道：“就是刚才说话的那个人。”

“这怎么可能，我是和他一起到青石镇上的，中间并没有分开赶路！”

颜淡叹了口气，很是同情地看着他：“那就说明，你一直都不知道同行的人在途中就被人杀了，而杀秦明阳的那个人还扮成他的样子和你一起赶路。唉，这样想想，他现在要是想扮作我们当中的任何一个人，也不是难事。是不是觉得很可怕？”

唐周语气凉冷：“师妹，你又在顽皮了。”

翟商喉中发出一声急促的声响，却说不出话来，怀疑地打量着其他人。

凌虚子将蜡烛分给其他人：“幸好还有这些蜡烛，后面的路总是好走一些。”

颜淡正想说“这些蜡烛还不是那个人留下来的”，就听唐周低声道：“我看你是太悠闲，又想回法器里去待着了。”

颜淡嘟着嘴，不满地抱怨：“你威胁来威胁去，就是这一句话，偶尔也要换换新鲜的么。”

忽听吴老大哑声道：“你们来看。”

只见前面的墓室中，一扇石门半敞开着，石门上刻着五个大字：发我丘者诛。

沉默一阵，唐周上前推开石门，走了进去。

颜淡只得跟上去，过了片刻，还是忍不住说：“其实适才蜡烛熄灭的时候，我碰到那个人的手了，虽然比一般人要凉一些，却不是鬼怪。我也肯定对方不是妖。”

唐周沉吟道：“那人的手上可有茧？”

颜淡回想了一阵：“应该没有。”

唐周道：“那就怪了。”他看见对方不解的眼神，便将手摊开，“你看我的手，我练过剑术，食指和虎口都会有茧。不管是用什么兵器，手上都会起茧，只是位置不一样。这样说来，他到底是如何伤人于无形的？”

他们走了十几步，就听见身后有脚步声响起，回头看去，只见其余五人全部都跟了进来。

在墓道中走得深了，耳边响起阵阵流水声。凌虚子道：“就这里的风水来说，这个墓果真是葬女子的，女子宜葬在有水的地方。”

转眼间已经走到墓穴尽头，又是一扇石门横亘眼前。吴老大突然大步走到最前面，用力去扳那扇石门，脸涨得通红，石门却一动未动。吴老二和吴老三也走过去，三人一起用力，石门这才咔咔发出响声，缓缓打开。

三人冲进墓室，只见墓室中摆着一张矮桌，矮桌正中是一颗发着幽光的夜明珠。吴老大立刻伸手去拿那颗珠子，可珠子像是有千斤重一般，怎么也拿不起来。

颜淡举着蜡烛，去照四面石壁上的壁画。看颜色，壁画还比较新。第一幅图，画的是一位窈窕女子坐在窗前，对镜梳妆，窗外柳枝青青，正是春光明媚的好时节。第二幅图，画中的女子和第一幅中的是同一个人，她跪在宫闱中，一个穿着明黄龙袍的男子在她面前。

唐周在她身边，低声道："这里埋的果真是一位妃嫔。"

第三幅图，千军万马，气势非凡，画的却是征战了。

"想来这是当年齐襄灭国的场景。"唐周看着第四幅壁画，那上面画着几个面目模糊的人，拿着一根绳子，绑住那女人的手脚，把她投入墓地。他语气变得沉重起来："这妃嫔不是自尽的，是被手下人给活生生装进棺材里闷死的。"

颜淡点点头："想来他们只是要找一处藏金银珠宝的地方，正好借了这个名头。将活人关进棺材里，手段真是残忍。"

话音刚落，突然听见身后有人纵声狂笑起来，笑声在墓室中回荡。加之烛影摇曳，让这墓地显得更加阴森恐怖。颜淡连忙转头，只见眼前血光一现，一道鲜血突然飞起，撒在壁画之上，吴老大手拿长刀，竟将身后的吴老二拦腰砍断！

他眼中赤红，脸上抽搐，突然向唐周冲过来。唐周往旁边一避，只觉得身后似乎触到了什么东西，脚下震动，隐约有机弩之声。

吴老大一击落空，又扬起长刀，激起风声呼呼，当的一声砍在壁画上，碎石纷纷落下。唐周长剑出鞘，青芒一闪，掠过对方的咽喉。吴老大捂着喉咙撞到墙壁上，抽搐一阵，便不动了。吴老三怒吼一声，合身向唐周扑去。

翟商伸脚一绊，吴老三便重重摔在地上。

凌虚子厉声道："你大哥只怕是身中剧毒，神智不清，才会胡乱杀人。若唐贤侄不出手，我们也不能活着出去了！"

他说话之时，墓室底下的震动越来越大，机弩之声也越来越响。唐周突然觉得脚下一空，摔到一条甬道中。饶是他反应极快，立刻伸手去攀身边的一面石壁，可石壁被打磨得光滑，根本用不上力，他只能顺着甬道往下滑。

颜淡还没完全反应过来，立刻头朝下被一股大力拖了下去。甬道中有一处拐弯，若不是她有妖术护身，只怕要撞得头破血流。她借着这一股力冲出甬道，一下子撞在什么柔韧的事物上。眼前一片黑暗，完全看不清东西。她伸手摸了一下，又摸了一下，忽听有人在黑暗中用一种凉飕飕的声音慢慢说道：“你到底摸够了没有？”

第八章·墓地中的娘娘

颜淡一个激灵，连忙爬起来退开五步："原来是你啊……"

蜡烛又被点了起来。唐周慢慢支起身，看着她："你过来。"

颜淡可怜巴巴地摇头："不要生气嘛，我真的不是有意把你当垫子用的，我可以对天发誓，发毒誓也可以。"

唐周还是看着她："过来。"

"我错了我错了，都是我的错，不要把我关到法器里去嘛……"

唐周叹了口气，有气无力地开口："你刚才撞了我的那一下，正好撞在穴道上，我起不来，你过来扶我一把。"

颜淡一下子安心了："你不早说？"

唐周语气不善："谁教你自作聪明？在背上……往上两寸，偏右边一点，用力多敲几次就行了。"颜淡一分不差地按他说的做了，然后乖乖地等到一边。

唐周起身，掸了掸身上的灰："你要是时常这样听话，我就不会把你收到法器里。"

颜淡忍不住问："那你打算什么时候放了我啊？"

他还没回答，就听见那个甬道口传来凌虚子的声音："唐贤侄，你还好吧？"

唐周走过去，扬声道："底下也是墓室，石道里很滑，下来的时候当心些。"

颜淡被打断了话头，心里恼火，只恨不得那牛鼻子老道在里面摔个七荤八素。她只得再问了一遍："你什么时候会放我走？"

唐周淡淡道："我已经仁至义尽了。"

他的意思很明白。虽然不把她收进法器，却不代表可以放她走，弄不好她一出青石镇就要被炼成一颗丹药了。

颜淡只好继续安慰自己，只要还有时间，她还是有希望逃出生天的。

只一会儿工夫，凌虚子已经从甬道中滑下来了。紧接着，是翟商和吴老三。

翟商脸色难看："这石道如此滑，只怕往上爬不容易。"

凌虚子道："这墓地机关做得如此巧妙，一定还有别的出路。"

他们进来时有八人，转眼间便只剩下五人。

凌虚子语声凝重："这墓地中机关甚多，暗中还有敌人窥探，我们必须同心协力，绝不能再自相残杀，不然一个都回不去。"

翟商立刻道："当是如此。"

众人推开这间墓室的石门，只见石门后面的，也是一间同样的墓室。

墓室中央，摆着一具棺木。棺木的盖子已经被移到地上，棺木中有一双手举得直直的，像是托着什么东西。

吴老三后退一步，牙齿咯咯作响："僵尸，那是僵尸！"

凌虚子往前走了一步，舒了一口气："不是僵尸，只是娘娘的尸首罢了。"

"那她的手为什么还举着？"

唐周将蜡烛放在脚边，低声道："她是活着被人塞进棺材里的，死前一定拼命挣扎，想把棺木打开。"

翟商走到棺木前面，眼中一亮："看！有陪葬的宝物！"

吴老三一听有宝物，立刻就冲上前去，探身进去抓了一把，凑到蜡烛下仔细看。只见他手中握着的是一把东珠，幽幽地泛着光泽，每一颗都有拇指大小。他手指颤抖，捏起其中一颗。那颗东珠突然碎裂，喷出一股黑色的毒水来，尽数喷在他的脸上。他捂着脸在地上滚了两下，马上不动了。

唐周抽剑出鞘，架在翟商颈边，微微眯起眼："你是谁？"

凌虚子吃了一惊："唐贤侄，你这是干什么？"

"他已经不是翟商了。"唐周看着对方的手，手指修长，指尖柔韧，手上没有茧，也没有陈旧伤痕，练武多年的人不会有这样文弱的一双手。

那人轻轻笑了，声音低低的，入耳舒适："发我丘者诛。你们还要往里走么？"

墓室里的烛火突然熄灭，周遭完全陷入黑暗。唐周长剑一划，将周身破绽护住，然后将火折子晃亮了。

火折子亮起的一瞬间，突如其来的亮光刺得人睁不开眼。颜淡只觉得身边有人轻轻掠过，就手指轻弹，一道淡淡的白光在两人之间漾开。只听那人说了句："原来我们是一样的……"倏忽间，又不知去向。

颜淡想着那句"原来我们是一样的"，若有所思。

他们最终在墓室的石门后面找到翟商的尸首，依旧是眉心一点伤痕，面容平静，似乎没有经受过半分痛苦。

唐周默默地看了一阵，忽听身边的凌虚子发出一阵痛哭声，紧接着，哭声变成笑声，他就在那里又哭又笑，捶胸顿足。

颜淡低声道："他骇疯了。"

凌虚子的师弟会在这墓地变成失心疯，只怕也是因为经历过和他们相似的事情。

——那是绝望的感觉。

暗中有这样厉害的对手，不知什么时候会变成自己的同伴出现，墓地中有各种各样歹毒的机关——仅剩下的感觉便只是绝望。

唐周转过头看着她："你怕么？"

颜淡微微笑了："我知道那个人究竟是什么了。他不是凡人，也不是妖，更不是魔，游离于三界之外，什么都不是。他不会真的杀了我们，只是试探。"

话音刚落，只见一道人影突然闪进墓室。那人身形挺拔，发丝如墨玉一般，清华万端，丰姿雍容，只是一张脸生得极为丑陋，说话之间，却又能让人忘记了他的容貌，只记得他的风采之盛，他说："在下的确不会出手，若两位活得够长，日后还当相见。"

他说完话，身形如轻烟一般从石门间穿了出去。唐周立刻追去，但只一会儿，就连那人的一片衣摆都看不见了。

唐周忍不住问："你怎么知道他对我们没有恶意？"

颜淡看着他："他若是要动手，有的是机会。可若说没有一点恶意，倒也未必。不知你有没有听过神霄宫主？那神霄宫主就是他了。"她语气一顿，又接着道，"那人的行事一向是亦正亦邪，有时候杀人如麻，有时候心地又很好，完全是凭他自己高兴。若不是他今日的心绪很不坏，那就是还有别的图谋，这个就不得而知了。"

唐周微微苦笑："这世上竟还有这种人。"他想起凌虚子还留在后面的墓室之中，正要回头去找，忽听颜淡道："不如先找出口，带着一个疯子，只会碍手碍脚。"

唐周点点头："也只好如此。"

两人并肩在墓地中越走越深，很快就走到尽头。那墓地的尽头，还有一扇石门。

唐周抬手按在石门上，还没用力，石门突然旋开，将两人推入里面，然后吱嘎一声又合上了。

眼前的，已经不是墓室，简直如同皇宫一般华丽。

水蓝色琉璃铺地，墙面上镶嵌着如龙眼大的夜明珠。幽幽的珠光和琉璃相映衬，华美奢侈，却又鬼气森森。

颜淡一指前方："那边似乎还有一道门。"

唐周轻轻嗯了一声，抬手握住了剑柄，步履沉稳，慢慢往前走。他忽然停住脚步，盯着那道门："有人。"

颜淡闻言，立刻走过去，讶然道："真的有人。"

门边的阴影中，倚墙坐着一个紫衣女子，脸色煞白，细长的睫毛正轻轻颤动。那紫衣女子听见响动，慢慢睁开眼，如水的眼眸定定地看着面前的两个陌生人。

这个女子怎么会孤身处于墓地之中？

颜淡后退一步，微微笑问："姑娘，你怎的会在这里？"

那紫衣女子看着他们，没有动弹，嘴唇微动，却没有声音发出。

颜淡会读唇语："你是被人带进这里来的？你不会说话，是哑巴？"

紫衣女子点了点头，又摇摇头。

颜淡奇道："你的意思是说，你不是哑巴，那你为什么不会说话？"

唐周斜斜地看了她一眼："她被点了哑穴。"

颜淡立刻很识相地往旁边一让："穴道这门学问，师父没教，师兄博学多才，想必是会的。"唐周不客气地把她往前一推："你照我说的做。"

颜淡觉得更奇怪了："为什么啊？"

唐周冷着脸："你做是不做？"

不是东风压倒西风，就是西风压倒东风。颜淡只得走上前，听着唐周师兄的命令："腰往上三寸……太多了再往下，向右……你这是往左边了！"颜淡将人翻来倒去，总算推宫过血了一遍，那紫衣女子满脸红晕，闭着眼不敢睁开，睫毛轻轻颤抖。颜淡微微笑道："你不要害羞嘛。"她来动手尚且如此，要是换了唐周来，只怕那位姑娘当场就要为保名节而自尽了。

紫衣女子站起身来，脚步还有些不稳，敛衽行礼："多谢公子和姑娘相救。不知两位如何称呼？"她抬起眼，看了唐周一眼，脸又红了。

只见唐周一反常态，温文有礼地应答："在下姓唐，唐周，字慎思。不知姑娘芳名？"

那紫衣女子脸上微红，轻声道："女子姓陶，名紫炁。"

颜淡想了想，约莫记得九曜星之一便叫紫炁，这位陶姑娘的父母真是奇怪，竟然会取这么一个名字。

陶姑娘和唐周在前面走，时不时说上几句话，颜淡识趣地走在五步之处，在心中默念，苍天保佑，快让唐天师觉得她跟在后面很碍眼，立刻将她驱逐，她便可重获自由，保佑保佑，苍天保佑。可是念了半天，只听唐周回头道了一句："你磨磨蹭蹭地在做什么？"

竟然还敢嫌她磨蹭，她已经那么识相了！颜淡微微一笑，一脸天真无邪，语气温软："师兄，人家走得太久了嘛，脚疼。"

唐周看着她，语气凉冷："师妹，你又在顽皮了。"然后转头向着陶姑娘说，"我师妹她健壮得很，连一头老虎都打得死。你若是累了就说一声，我们歇歇再走。"

颜淡柔似春风地一笑，明眸皓齿，嗔道："师兄，瞧你说的，真是。"背过身将牙咬得咯咯响，这个混账，竟然这般编派她，就算是再豪爽的女子，被人说成"健壮得连一头老虎都打得死"，也不会高兴吧？！区别待遇也不用这么明显的！

她嘟着嘴，敢怒不敢言，只好别过脸去瞪过道的墙。陶姑娘正说起她被掳来的经过，是一个容貌极为丑陋、却又丰姿清华的男子将她带到这里来的。颜淡想，这男人大概就是那位神霄宫主了。正这样想，脚下没留神，被什么东西绊了一下，扑通一声摔得很重。更该死的是唐周还往前走了一步，这样他们之间的距离就超过了五步，害她被一股无形的力道在地上向前硬生生拖了一步。

唐周听见动静，大步走了回来，长眉微皱："你在做什么？好端端的走路难道也能摔跤？"

颜淡在地上摸了一阵，似乎是摸到一个圆圆的东西，便拿了起来："我是被这个东西绊倒的。"

陶姑娘看见她手中那个东西，立刻发出一声惊叫，踉踉跄跄后退。而颜淡也看清了，自己手中举着的竟是一颗骷髅头。

陶姑娘后退的时候也被绊倒了，然后伸手在身边一撑，也摸到了什么东西，就抬起来看。结果她摸到的是一根长长的肋骨，顿时脸色煞白，怕得连叫都叫不出来了。唐周走过去扶她，颜淡立刻又被拖出好几步，简直像受了车裂之刑，愤愤道："唐周，你这个混账还不快停下来！我就要断了啊！我到底哪里得罪你了，你有本事就直说，不要故意整我！"

第九章·又入险境

颜淡蹲在地上，躲躲藏藏地用妖术为自己治愈零碎伤口。

唐周根本就不同情她，反而觉得她是故意拿这个骷髅头来吓人的，并且把她收进法器里的威胁又重复了一遍。

苍天待她，何其不公。

唐周在离她三步之遥的地方，语气平淡："你歇好了没有？"

颜淡闷着头，不理睬他。

唐周的语气柔和了一些："我们该走了。"

颜淡还是一动不动。

唐周居然走到她身后，托住她的手臂往前拖。颜淡挣扎两下，见挣脱不开，便回过身搂住他的颈，柔声细语："师兄，当初你我学艺山中，青梅竹马，两小无猜，眼下你身边又多了别人，果真便要负了曾经的海誓山盟么？"

唐周看着她沉默，颜淡似嗔似怨地叹了口气。

唐周松开手，将她扔在地上，转身便走。

颜淡连忙起身，这次她学乖了，和前面两人始终相隔四步，万一再发生什么事情，也好有一步留着打底。

她身上还有些疼，不由小声嘀咕："我开个玩笑反应就这么大，怎么开我玩笑的时候就不见客气……"她心中想着等她有一日有了无穷妖法，一定要将唐周先零剁碎了，再整个浸盐水，最后活埋，这样想了一会儿，心中怨气稍稍减轻。

三人走了长长的一段地道，眼前的路变成了一模一样的两条。颜淡趁着他们在讨论走左边还是右边时，仔细地打量周围。慢慢往上看去，只见头顶上是一段断龙石，只要一触动机关，石头放下，恐怕被关在里面的人就没有法子脱身了。

她往前走了几步，只见那两条路的顶上竟然也有断龙石。

唐周看了她一眼，问道：“如果是你，你会选哪条路？”

颜淡抬头向上看：“哪条路都不选，就坐在这里。”

唐周道：“那好，就走右边，不定这两条路其实是相通的。”

“喂……”

没有靠山，本事又低微，只能向恶人低头。颜淡叹了口气，想她从前是如何风光，如今竟然被一个凡人欺压到头上，真是悲从中来。

右边石道修得并不深，只需百步就走到底，尽头还是一间墓室。颜淡已经心生敬意了，一座坟墓修成这个模样，不知要费多少人力钱财。当她看见石室中的景象，忍不住赞叹一声：“真是风雅。”

这间石室同之前地上铺满水蓝色琉璃、墙上镶着夜明珠的那间相比，简直可算简陋，但更风雅。里面摆设齐全，湘妃竹制桌椅，青花瓷茶具，白陶花瓶，七弦古琴，所能想到的一样都不缺。棋盘摆在桌上，黑白子争雄，正下到一半。

陶紫炁走到琴桌前，抬腕拨弦，琴声叮咚，如珠落玉盘：“这张琴是由桐木和梓木做的，音色悦耳，看来琴主人定是精通此道的高人。”

唐周在墙边，看着墙上那幅水墨画，画的是江上烟水缥缈，绰绰影影可见青山逶迤，一笔一画，风骨清华。颜淡目不转睛地看着，呢喃道：“生死场，夜忘川，黄泉道。”

陶紫炁闻言，不解地看她：“你刚才在说什么？”

颜淡露齿一笑，露出一排白生生的小白牙：“陶姑娘，你相信我去过幽冥地府么？”

陶紫炁一下子坐倒在竹椅上，刚刚开始红润的脸色又刷地白了。

唐周语气不善，斟字酌句：“师妹，现在做梦还嫌太早。”

颜淡一摊手：“好吧好吧，说笑而已，大家不要那么较真嘛。”

她转身走到茶几边，只见软垫上摆着一只沉香炉，是檀香木雕，里面贴着一层铜锡。仔细一看，就会觉得这只沉香炉很像一朵莲花。她伸出手去，慢慢摩挲，从边角上刻得精致的莲叶，到炉壁上栩栩如生的菡萏。她微觉恍惚，好似置身于寂寂空庭之中，赤足踏在冰凉的石砖上，落地时会发出嗒嗒的声响，慢慢在长庭回荡。

突然额上一凉，她立刻回过神来，伸手在额上一摸，摸到一张纸。她撕下来一看，果真是一张符纸，上面还描着歪歪扭扭的驱邪咒文，忙揉成一团朝唐周扔过去："你你你……"

唐周正色道："你刚才表情不对，怕是中邪了。"

颜淡一言不发，别过头顾自生闷气。

陶紫炁微笑说："唐公子，你师妹多可爱啊。"

唐周矜持地笑了笑："都被宠坏了，脾气大得很。"

颜淡继续装聋作哑，心中却想这种宠爱再多几分，她怕要气疯了。

唐周又道："看来这里是没路了，不如再折返回去看看。"

三人沿着原路返回，待走回之前那个岔道口的时候，陶紫炁抬手在一头青丝上摸了半天，神色惊惶："糟了……"她咬着嘴唇，嗫嚅道，"我的簪子不见了，可能是落在之前那间石室里了。那是我娘亲唯一留给我的东西，我、我看我还是回去找找看。"

唐周见她着急，便淡淡道："陶姑娘，你在这里歇一会儿，我帮你去找。"他一走，颜淡就是不乐意，也要被牵着一起走。她抬头看着石道顶上每隔十步就悬着的断龙石，眼波流转，笑问："师兄，你有没有想过，那位陶姑娘之前被神霄宫主掳到这里来的种种，都不是真话，其实她是化为人形的旱魃，又或者，和我是同道中人。"

唐周斜斜看她一眼："陶姑娘身上没有妖气。"

颜淡伸出手腕："你闻闻看，我身上也没有妖气。"她本来是闹着玩的，结果唐周当真握住她的手腕闻了一下，长眉微皱："妖气是没有，不过有股莲花的味道，你的真身是菡萏吗？"说话间，两人回到那间石室，果然在竹椅上找到一支做工粗糙的簪子。

颜淡一指头顶，悠然道："你看头顶上，千斤断龙石，里面还有最坚固的玄铁，放下来后就算有再大的本事也插翅难飞。你猜什么时候会落下来？”她话音刚落，墙壁中立刻传来机关响起的隆隆声。

唐周拉住她的手腕，疾步往前，只听身后轰隆隆的巨响不绝于耳，脚下的震动越来越大，地动天摇，不断有碎石子砸下来。他不觉加快了步子，身后的断龙石一块一块地落下，而出口处的巨石正慢慢与地面贴合。

他们离出口之处越来越近，不过十步之遥。而出口那块断龙石离地面还有及膝的距离。唐周一推颜淡：“快，你先走！”忽觉头顶风声凌厉，一块断龙石又砸了下来。他只得低下身往后一滚，只听轰的一声巨响，巨石落地，周围暗不透光。

他坐起身，用剑鞘往断龙石上一敲，隐约有金铁之声，只怕就是如颜淡所说，这巨石里面还包着玄铁。

这一下，他恐怕要出不去了。

“这世上最会作恶的不是妖魔鬼怪，而是人。这句话，你现在该信了吧。”颜淡的声音在黑暗中响起。

唐周颇为意外：“你怎的也在这里？”

颜淡微微笑着说：“我来说道理给你听啊。”她挨过来，慢慢道，“也不知道陶姑娘在外面是不是也遇上危险了。”

“你说，这断龙石是不是她放的？她是不是故意骗我们进来取簪子？”

颜淡很干脆地回答：“那我怎么会知道？再说是不是有差别么？”

反正不管是不是，他们都被关在地道里了，结果都是一样的。

唐周闭上眼，沉默不语。在这墓地中，遇上的事都扑朔迷离，而同行的人却不能信任，是友还是敌，虚虚实实，辨不出真假。

颜淡靠在断龙石上，慢悠悠地道：“这里会越来越气闷，我们不久就能和这墓地里的娘娘一样尝到被活埋的滋味了。听说人被活埋的时候，会连气都喘不过来，只好乱抓乱咬，可惜这里四面全是石头，没什么能抓能咬的。”

他慢慢睁开眼，眼前还是黑漆漆的看不真切：“是我连累了你，本来你可以脱身的。”

颜淡轻声道：“你糊涂了啊，你设了五步禁制，我就是想逃也逃不出去。你若是心里过意不去，就把我放了吧？”

唐周突然握着她的肩，声音冷静：“差点就被你骗过去。只要我一解开你身上的禁制，你恐怕就能离开这里了？”

颜淡嘟着嘴：“男女授受不亲，你挨得这么近做什么？”她叹了口气，又说，“我们来谈条件好不好？”

唐周冷笑：“我为何要听你的？”

“你不愿也没办法。反正我二十天滴水不沾、粒米不进也能活，我们就来比比看谁撑的时间长好了。只要下禁制的人不在世上了，禁制也就没用了。”

“撑不住之前，我也可以拖你一起上路。这点你也莫要忘记了。”

颜淡被他这样一点醒，才想起还有这一回事。只是谁先露怯，气势上便输了。这关乎她的脱身大计，肯定是不能认输的，于是胸有成竹道：“既然如此，那就尽管试试好了。”可惜黑暗之中，看不清唐周此时是什么表情，实在很是遗憾。

隔了良久，唐周慢慢道：“你的条件是什么，说出来听听，只是别太长了。”

终于，等到她占尽上风的时刻了。颜淡回味一阵这种占上风的感觉，笑着说：“我的那个同伴是不是平安？你告诉我实话，我立刻就带你出去。”

唐周一怔，没想到她提出的条件竟是这个，道：“我根本就没去收他。”

颜淡很是怀疑：“你会有这么好心？”

唐周轻咳一声：“那鱼精遁到江里去，我难道还会跳下去追？”

“原来你不会游泳？！”颜淡顿时大为后悔，早知如此，当初就不该走山路的。她不满地嘀咕了一句：“这余墨，运气还真是好！”可是心中重负终究是放下来了，便扶着断龙石慢慢站起身来。

她的耳朵动了动，说道：“咦，似乎有人来了。”

话音刚落，就听轰隆隆的巨响，像是断龙石被机关拉了上去。

不多时，面前的巨石也开始摇动，石头缓缓抬起，露出一张如春花烂漫的脸：“鸟儿说，有人被困在这里面，它还说被困在里面的不是坏人，让我来救。果真如此！”

第十章·富商沈家

一身雪白衣衫的少女站在外面，微微歪着头俏皮地笑。她的肩上站着一只色泽鲜艳的鹦鹉，正在亲昵地啄着她的耳饰。

颜淡忍不住问："你是怎么进来的？"

少女抬手摸摸肩上的鹦鹉："是它告诉我的，鸟儿是这世界上最聪明的了，什么都知道。"

唐周心思百转，猜不透对方是否在装傻。

少女转过身，走了两步，见他们没有跟过来，便回头挥了挥手："快走快走，鸟儿带我们出去。"她一边走，一边和肩上的鹦鹉唧唧咕咕地说话，时而说笑，时而生气，脚步却一直不停，一路打开墙上的机关，快步往前走。

他们在地道中转了几转，突然眼前一亮，竟是从乱坟岗下的一个山洞里穿出来了。此刻正值傍晚，他们竟然在墓地中挨过了整整一天一夜。颜淡走近两步，微笑着问："那鸟儿有没有告诉你，是谁将我们关在地道里的？"

少女别过头，笑颜如春花绽放："鸟儿什么都知道，当然会告诉我了。鸟儿说，是一个蛇蝎心肠的漂亮姐姐，她被别人救了还要恩将仇报。"

颜淡闻言，同唐周相视一眼，接着问："那她为什么要恩将仇报？"

少女偏着头，像是在倾听肩上的鹦鹉说话，那只鹦鹉呱呱叫了两声，少女说道："它说，因为那位漂亮的姐姐和一个丑陋的哥哥很要好，你们看到了那个哥哥的秘密，她才要把你们一辈子关在里面，让你们永远不能把这个秘密说出去。"

"秘密……"颜淡不由轻声重复。

陶紫炁是神霄宫主的手下，这件事倒很有可能。

可是秘密，又是什么？

“小姐，小姐你怎么又跑到这里来了？”之前见过的那个妇人扯着嗓门跑过来，累得气喘吁吁，“真是不让人省心，我才一个不留神你又不见了！”她抖开手中的披风，将少女裹了进去，看着唐周和颜淡，“多谢二位照顾我家小姐，不如来家里坐一坐吧？”

唐周婉拒道：“我们并未帮到什么忙，更不好上门打扰，这份好意只能心领了。”

妇人点了点头，面色沉重：“这样也好，我们沈家现在闹鬼闹得正凶，之前有个叫凌虚子的牛鼻子老道要来帮忙驱鬼，刚刚跑过来，整个人疯疯癫癫，又哭又笑，也不中用了。”

唐周想了想，道：“在下也是天师，同凌虚子前辈也相识，不如让在下去贵府看看情形，说不好会有对策。”

妇人看着他，迟疑了一阵，似乎觉得他年纪太轻不够牢靠，最后还是点点头。

少女一听他们要去自己家中，更是高兴，缠着他们说些莫名其妙的话。那妇人在一旁看着，感叹一句：“真是造孽啊，我家大小姐身子不好，足不出户，二小姐又什么都不懂，生下来就是傻子，可怜我家老爷没有儿子……”

沈家是青石镇上出了名的富豪之家，在郊外修了一座大宅，门口立着两个高大健硕的护院。

唐周踏进沈宅，就听颜淡轻轻说了一句：“果真是鬼气森森。”他也立刻感觉到周围的冤灵之气：“能否领我去见一见沈爷，我有些事想问他。”

那妇人将他们领到花厅中，又让人端上了茶：“两位稍坐，我这就去回禀我家老爷。”

颜淡在大厅中来回走了几步，眼波一转，笑得很乖巧：“师兄，你既然打算帮他们驱除鬼气，总不是想让我也时刻跟着吧。你看这个禁制——”

唐周看了她一眼：“你再熬一熬，晚点我就帮你解开。”

颜淡心中欢跃，不禁晏晏而笑，心中又还有些狐疑，觉得对方这回实在是太好说话了，只能偷偷打量对方几眼。只是唐周始终不动声色，她也看不出什么。

不一会儿，沈家老爷便出来了。

寒暄几句之后，唐周话锋一转，直接说起正事："不瞒沈爷说，这宅子的确不怎么干净。沈爷可知道这座宅子的由来？"

沈老爷是一个白面商人，面目平庸，和之前的少女并不怎么相像。他指甲修得极短，身上的衣料很好，想来也是会享受的人。他听见唐周如是说，不禁脸露惊恐之色："这宅子是后来购置的，请了风水先生看过，说是风水很好。我这几年在外走商，财源也很稳。家里怎么会不干净？"

"可能是之前这座宅子里冤死过人的缘故。"

"这、这驱逐起来可是方便？公子若能帮我们这个忙，不管多少酬金都只管开口。"

唐周点点头："也就两三日的工夫，沈爷不必担忧。之前令千金帮过我们，酬金就不需要了，只当是还了一个人情。"

沈老爷苦笑道："你是说我的二女儿湘君吧。唉，她是个善良的好孩子，可惜偏偏是个傻姑娘，老天无眼啊。"

"我看沈姑娘眼神清明，可能只是不谙世事。"

"唉，我也希望是这样。湘君她，若是有她姐姐半分的聪明伶俐，我也心满意足了。"沈老爷语气一顿，又连连摆手，"看我，这么多废话做什么，两位也累了吧。胡嫂，胡嫂！"之前带他们来这里的妇人立刻赶过来。

"胡嫂，你赶紧替两位安排厢房，再让人多烧点热水让贵客沐浴。"沈老爷吩咐几句，又转向唐周和颜淡，"两位想吃点什么就和胡嫂说，厨房那边会送过来的。"

唐周淡淡道："您太过客气了，不必如此麻烦。"

沈老爷立刻道："要的要的。"

若是在平日，颜淡肯定不耐烦这种客套来客套去的啰唆，可是刚才唐周答应帮她解开禁制，让她心绪甚好，安安静静地等在一边。胡嫂将他们安排在了东厢，相邻的两间厢房已经收拾妥当。

唐周果真帮她解开了手上的禁制，然后带上门去隔壁客房休息。颜淡心中还剩下的几分狐疑也消失了，又在送来的热水中泡了一会儿，更觉得神清气爽，待用过晚饭后，便觉得应该开始实施她的逃跑大计。

她刚一打开门，忽觉眼前金光闪烁，踉跄着后退几步，坐倒在地上。颜淡凝神看去，只见门边和门槛上贴着几张符纸，想来又是唐周的手笔。原本满心的欢喜像是被一盆冷水浇过，心中透凉透凉的。

晚风轻拂，送来沈湘君清脆的笑声，还有唐周低低的话声。两人慢慢走近，沈湘君的肩上还停着那只花斑鹦鹉，她时不时唧唧咕咕地同鹦鹉说两句话，又和唐周说上两句，神态亲昵。唐周低着头，耐心地听她说话。

颜淡抱着膝，死死地盯着唐周。唐周很快便感觉到她的目光，同沈湘君说了两句话，她马上带着鹦鹉走开了。唐周走到客房门口，轻轻笑道："怎的坐在地上？"

颜淡气极反笑，语调居然还很柔和："师兄，你要是怕人家跑出去被恶鬼缠上就直说嘛，何必要在门口贴那么多符纸呢。"

唐周笑着道："还不是怕师妹你尽做些顽皮事，不得已才出此下策，难为师妹可以懂得为兄的苦心。"

颜淡冷下脸："你到底打算何时拿我去炼丹？"

唐周走进客房，在桌边坐下："这个先不急。"

颜淡起身，掸了掸衣衫上沾到的灰："这天下妖怪何其多，你怎么偏生不放过我。"

唐周在暮色苍茫中看着她，慢慢地嗯了一声："其实，我是想过到底要不要放了你，你的性情似乎并不坏。"

颜淡目光灼灼地望着他。

"不过也好不到哪里去。或者应该让你再跟我一段时日，把心性再磨一磨。"

颜淡立刻道："你还是快点把我炼成丹药吧。"

庭院中火光点点，可这又不是普通的火光，透着鬼气森森的蓝绿色。过了一阵，那磷火又自己慢慢熄灭了。

唐周轻轻走进庭院，低下身将地上的土包了一些拿在手中。他正要折回客房，忽听西厢传来一阵似哭似笑的怪声，声音隐约熟悉，像是在哪里听过一般。他轻轻走到西厢，侧身贴在门边，往门缝里看。

只见一个杏黄道袍的年长道士坐倒在地，捶胸顿足，又哭又笑，正是凌虚子。此人也算是一代宗师，竟然会落到如此的地步，让人叹息。

唐周转过头，忽见眼前寒光一闪，锋利的长剑几乎是贴着他劈过。唐周两指一拈，立刻将剑身夹在手中，只见那执剑的人竟是沈湘君。他微微一怔，想来夜色苍茫，她一下子没有认出他来。他才刚松开手，沈湘君又是一剑刺来，又快又狠。

只见她面色阴郁，眼中凶狠，竟和白天变了个人似的。

唐周不想伤她，便用剑鞘在她的肩井穴上一点，沈湘君手一松，手中长剑咣当一声落了地。他转过身，单足一点，轻飘飘地离去了。

从西厢回东厢，必须要经过庭院，只见一人慢慢走过来，却是沈老爷。他背着一只背篓，还拖着一把花锄，看起来十分吃力。他解下背篓放在一边，拿起花锄开始挖起坑来。唐周步履轻捷，绕到他附近的树上，什么声响都没发出。

只见他挖了很久，一直挖了三尺多深，方才停手。他拿起脚边的背篓，慢慢把里面的东西倒进坑里去。唐周藏身于树上，只能看到他的侧影，却看不清他埋进去的是什么。他想了一想，突然记起之前帮陶紫炁找回的那支簪子还在他这里，便看准远处的石砖投去。

簪子落地之时发出叮当一声，沈老爷立刻寻声而去。

唐周跃下树枝，借着月光往坑中一看，只是周围实在太黑看不清，只好伸手从里面取了一些出来，和之前的那包土包在一起。刚做完这些事，就听见沈老爷的脚步声又近了，他身形如青烟一般，回到东厢客房。

颜淡房门口那几张符纸依旧贴得好好的，房中的烛火已经熄灭，想来她已经睡下。唐周回到自己的房中，借着烛火看着取回来的东西。那包土的土质很杂，可能是时常翻搅所致。而沈老爷埋下的东西更是奇怪，竟是几片鲜嫩的桃花瓣。唐周不觉奇怪，一个商人，怎么会去葬花，葬的还是刚摘下来的花瓣。庭院中的土为何会那么杂，难道有人时常在那里挖掘填埋什么东西吗？

他随便洗漱一番便吹熄了灯躺在床上，只是心中想着事情，一时不能入睡。蒙蒙昽昽之中感觉有人在自己床前，他一下子清醒，却见床前空空荡荡一片，房门却早已被风吹开，在风中啪啪作响。

第十一章·疑云重重

这一夜，唐周睡得极不安稳。窗外天色刚刚泛白的时刻，他又被一阵笛声吵醒。这笛声如泣如诉，低婉哀愁，吹笛的人仿佛有无尽伤心事。唐周披上外袍，不由自主地循声而去，只见昨晚探过的庭院中空无一人，地上却出现了一个大坑。

他按着剑鞘，缓缓走近。

只见那个坑里铺着浅浅一层桃花瓣，正是昨夜沈老爷埋下的，只是花瓣不再鲜嫩，已经变得干枯起皱。他低下身去，用剑挑开这一层花瓣，赫然可见底下有一只手，看起来还是如陶瓷一般细白柔软。

被埋在下面的人可能还活着！

唐周手边没有锄头之类可以挖掘的事物，只有用手上的长剑挖下去。幸好埋得并不深，不多时，那人的脸便慢慢露出来。他伸手探了探鼻息，已经没有任何气息。唐周抬袖将那人脸上沾到的沙土轻轻抹掉，渐渐露出清晰的面貌来。

那是一张女子的脸，眉目如画，嘴角还带着一丝笑意，三分俏皮七分乖巧，好像还活着一样。

唐周手上一顿，忽然身后传来一阵轻微的脚步声。他回头看去，不由微微皱眉："你怎么出来的？"

颜淡捏着一张符纸晃了晃："我对沈姑娘说，门外的纸太难看了，不如撕下来好，她就照着做了。"她走近土坑，看了看里面的人，轻轻咦了一声，"这是怎么回事？莫非，你在毁尸灭迹？"

唐周看着她："这里面的人，你不觉得很眼熟么？"

颜淡蹲下来仔细看了一阵，一手支颐，还有点困惑："是啊，好像在哪里见过……”

“这个人，长得和你一模一样。”

颜淡吓了一跳，站起身道：“给你这样一说，的确是很像。这个世上，怎么会有和我长得如此相像的人？！”

唐周缓缓开口：“不只是长得相像，就连神情都是一样的。你真的相信，这个世上会有这么相似的人么？”颜淡看着坑里埋的那个女子，喃喃道：“的确是不会有了。”她眼中哀伤，慢慢抬起头来，“这样说来，我其实已经死了，而我却不知道……”

唐周默然不语，只见颜淡脸色苍白，喃喃道：“原来如此，原来如此……”她突然回转身，抓住唐周的衣袖，嘴角带着凄恻的笑，“我会这样，全都是你害的……你，你该怎么偿还？”她手指苍白，身上慢慢地渗出血来，“如果不是你……如果不是你，我又怎么会落到这个下场？你欠我的，又打算何时来还？！”

她神色悲伤，眼中满是绝望，这是他从来没有看见过的。

唐周没有挣脱，也不想挣开，只是问：“我欠了你什么？你要我还你什么？”

颜淡深深看着他，许久才缓缓道：“你欠了我半颗心，我要你吐出来还给我！你快把这半颗心还给我……”她说话的声音已经不复温软，带着哭腔，更显得凄恻。

唐周惊骇莫名，往后退了一步，却不知撞到了什么，头上生疼。

他睁开眼，发现自己正躺在客房的床上，枕头掉落在地，他竟是磕在床头。唐周坐起身，抬手揉了揉太阳穴。原来，刚才仅仅是梦。可是为什么偏偏会梦到颜淡？这可真是噩梦中的噩梦。他走下床，用盆里的清水洗漱，再慢慢穿上外袍。

忽听房外传来几声鸟叫，还有少女银铃一般的笑声，想来是沈湘君过来了。唐周想起昨夜所见，不禁踌躇。

只听颜淡温温软软的声音在隔壁响起：“沈姑娘，你起得真早。”

沈湘君笑着说：“早起的鸟儿有虫吃，是它叫我早早起来的。”

“沈姑娘，我可以向你的鸟儿说句话么？”

“你说吧，但是它听不听得懂，我就不知道了。”

唐周轻轻走到房门边上，将门推开一些，只见沈湘君正在颜淡的房门前，肩上还立着昨日见过的那只花斑鹦鹉，笑颜如春花一样娇艳。

“鸟儿鸟儿，你是不是也觉得门口那几张破纸实在很碍眼？你说我该不该把它们全都撕下来？”

唐周顿时明了，这莲花精是要借着沈湘君之手逃脱门口的禁制。他气定神闲，站在那里不动，想看她接下去会怎么编。

沈湘君忍不住轻笑道：“鸟儿说，这几张纸的确很难看，它还问你怎么不把它们早点撕掉？”

颜淡叹了口气：“这是师兄画的，我本事低微，他怕我被恶鬼缠上。”她眼波一转，复又笑了，“也罢，虽然看着碍眼，但毕竟也是师兄的心血。”她完，往前走了几步，突然身子一晃撞在门上。

沈湘君走上前，一脚踩着门槛上的一张符纸：“你怎么了，是不是身子不舒服？”她接着往前一步，这张符纸就粘在她的鞋底，从门槛上撕离了。

颜淡微微笑道：“没事，刚才不知怎的，突然头晕。”唐周贴着的几张符纸，每一张都很有讲究，只要少掉其中一张，也就困不住她这样修为极深的妖了。颜淡笑意盈盈，脚步轻盈，却在踏出门槛的一瞬间呆了一下，随即笑着道：“你也这么早啊，师兄？”

唐周抱着臂，似笑非笑：“沈姑娘刚来的时候我就醒了。”

颜淡笑得很讨人喜欢：“原来师兄是担心我欺负沈姑娘。我怎么会这样做呢？沈姑娘又美貌又善良，如果她成了我的师嫂，我一定很欢喜。”

唐周嘴角微抽：“师妹，你想太多了。”

颜淡立刻换上一脸困惑：“是么，可我还是很想让沈姑娘当我的师嫂。”

只听沈湘君对着肩上的鹦鹉问：“师嫂是什么？”

唐周沉下脸，一把拉住颜淡的手腕往外边走，待走到沈湘君看不到的地方，便将一张符纸贴在她的手腕上：“这张符篆还是我昨天刚画的，不想这么快就用上了。”

颜淡眼睁睁地看着那张符纸化为一道华光，她的手腕又被一个沉甸甸的镯子扣住。她掂了掂手腕，满不在乎："这次是几步的禁制？就算我们是师兄妹，男女之间还是要避嫌的，我总不能和你同房吧？"

唐周微微笑道："这次的只是不能出沈家而已。"

她想了一想，还是没生气："不管怎么样，这似乎对我来说，还不算太坏。"

唐周看了看，只见她还是露出很讨人喜欢的笑颜，便转身往花厅走去，走出几步，又回头道："我刚才忘记了一件事。"

颜淡还在看手上的镯子，随口道了句："什么？"

"是这样的，我昨天画这张符的时候，突然觉得如果只是画一道不得出沈家的禁制，似乎还不太够。"唐周慢条斯理地开口，"于是我又加了一道，封了你大半的妖法。万一你真的被恶鬼缠上，剩下那一点应该也可以对付了。"

颜淡将牙咬得咯咯响，随便拔起一边的一株草叶，连根带土往唐周身后扔去。唐周侧身避开，只听她咦了一声，低头盯着土里，像是看见什么东西。他同颜淡也相处过一些时日了，她每次这样，多半都没好事，便索性当作没看见。

颜淡看了一阵，倒抽了一口凉气："唐周，你快来看。"

唐周想也不想："你直接告诉我就好。"

颜淡抬起头，神色复杂："你把那株草再拿回来，我不是和你闹着玩的。恐怕这件事会有其他的变故了。"

唐周明白她所说的"这件事"是指他为沈宅驱除鬼气，便捡起地上的那株草，往颜淡身边走去。她慢慢道："我早就奇怪了，为什么这里的花草会长得那么好，而镇上别的地方，都生不出这样的花草来。为什么别的地方土地贫瘠，唯独这里如此肥沃？"

唐周低头看去，只见一块黑土之中，露出一截白森森的东西，像是一根指骨。他想起之前的那个梦，忍不住转头看颜淡，只见她低着头，睫毛遮住了眼，突然她眼睫一动，抬眸，漆黑的眸子一眨不眨地盯着他。

唐周看着她的眼眸，竟挪不开视线。她的眼中没有玩笑的意味，瞳孔漆黑通透，很像温顺的小动物。忽见她微微一笑："你怎么脸上一阵青一阵白的？"她摸摸脸颊，自语道，"最近怎么总有人被我吓到？莫非我实在是长得太有威严了？"

唐周抬手将那株草放回原来的位置，掸了掸衣袖："威严倒没有，大概是长相太吓人了。"

颜淡小声嘀咕了一句什么，抬手挽了一下发丝，嘟着嘴抱怨："偶尔说一句好听的你会死啊！"

唐周轻哼一声："那倒也不会死。只是我为何要说违心话？这样你心里舒服了，可我就不舒服了，你说对么？"

颜淡捏着拳头僵硬地站着，隔了片刻方才露出牙疼似的笑："你说得太对了。"

沈家是镇上出了名的富豪之家，一顿早点自然也十分丰盛。

颜淡斯斯文文地掰着莲蓉包子咬一口，再咬一口，吃相虽然好看了，可是一只包子很快就没了，于是她用筷子夹过一只羊肉馅的。

沈老爷见她只夹包子，慈祥地笑了："颜姑娘，这包子是填肚子的，不如喝点粥？那边的酥油茶还是西北带回来的，味道很别致。如果吃不惯，就是喝点参茶也好。"

颜淡摇摇头："我从前没怎么吃过包子，很喜欢。"

沈老爷立刻惊道："莫非姑娘从修道至今，已经练到可以不进食的地步了？"

唐周叹了口气。

颜淡思量一阵，居然回答："大概可以七八日不吃东西。"

沈老爷肃然起敬："姑娘年纪轻轻已经有这个修为，实在佩服，佩服。"

唐周忍不住了："沈老爷，你别信她的。我师妹顽皮得紧，十句话里有八句都是胡乱说着玩的。"

颜淡举起筷子夹了个牛肉馅的包子给他："师兄，我知道你最喜欢这个。"

唐周看着那个包子，不知该吃下去还是扔还给她，思量之后，还是决定咽下去。他才刚吃完，又是一个包子夹过来。颜淡乖巧地说："师兄，还是我来帮你夹吧。"

沈老爷看着他们这样，摸摸鼻子："唐公子和姑娘真是情谊深厚。"他长叹了一口气，又道，"本来老夫还想……嗯，看来还是不用了。"

颜淡闻言一笑，又用一个包子堵过去给唐周："沈老爷，我和师兄只是兄妹之情，你莫不是误会了些什么？"

沈老爷眼中一亮，拊掌道：“其实是这样的，湘君刚才和我说什么师嫂来着的。我这个女儿脸皮薄，她应是很喜欢唐公子。唐公子一表人才，难得待湘君又好，我本来是很赞成这门婚事。只是湘君她……唉，毕竟是个傻孩子，谁会不嫌弃她呢？”

唐周刚要说话，立刻被颜淡抢了先：“如果我有了沈姑娘这样的师嫂，也是很高兴。何况沈姑娘聪明善良得很，师兄一定不会嫌弃的。”

唐周轻咳一声：“沈老爷，其实我——”

“我从就和师兄一起长大，还从来没见他对哪个女子这般上心过。”

唐周搁下筷子：“你——”

她立刻堵上话头：“你堂堂一介男儿，喜欢就是喜欢，承认了也没什么大不了的。”

他沉下脸：“师妹，你够了没有？！”

颜淡一摊手，又继续对付包子：“说完了。”

唐周顿了顿，方才慢慢道来：“沈老爷，令千金美貌善良，当配如玉良人。只是在下身上还有些事没办，还不能安定下来成家，当真抱歉。”

沈老爷摆摆手，笑着道：“我明白，我明白。唐公子有这份心就够了，湘君她……依我看是嫁不出去了，如果待到将来，唐公子把事情都办完了，还记得我这个傻女儿，哪怕是收她做偏房，我也安心了。”

他话音刚落，只见一个窈窕的人影走进花厅。沈老爷看到那个人影，脸色突然变得灰白，连执筷的手都抖了一抖。

“有你这样的爹爹，湘君她真是可怜。”走进来的女子有一张同沈湘君一模一样的脸孔，只是神色沉郁，眼中隐约有凶狠之意。

唐周顿时想到，昨夜碰到的那个人不是沈湘君，而是眼前的这个女子。

颜淡用余光瞥见沈老爷的一举一动，从他的神色到下意识的动作，每一个细微变化都看得清清楚楚。为什么他会这样害怕那个女子？她和沈湘君长得一模一样，应该是他的长女，他为什么要害怕自己的女儿？为什么两个长得如此相像的人，会有这样大的差别？

第十二章·沈家姊妹

沈老爷咳嗽一声，脸上的灰白已经退了下去："这是我的长女怡君。怡君，这位是唐周唐公子，这位颜淡姑娘是唐公子的同门师妹。"

沈怡君走到桌边，死死地盯着唐周："原来是你！说，你昨晚鬼鬼祟祟地在我家里做什么？"

颜淡很艳羡，她要是也能这样嚣张地和唐周说话就好了，可惜她还不敢。

沈老爷立刻过来打圆场："怡君，唐公子是客，你这是怎么说话的？"

唐周淡淡道："昨晚我听见一阵哭声，觉得这声音很熟悉，就循声过去看看，结果看见了那位凌虚子前辈，还有令嫒。并非鬼鬼祟祟在贵府乱闯，而是循声而去，怕有人遇上了什么麻烦，也好施与援手。"

沈老爷看着自己的长女，怒道："现在唐公子说明白了，这样你可放心了？"

颜淡看看沈老爷，又看看沈怡君，心中总觉得有什么不太对劲的地方，至于到底是哪里不对，一时又不太想得出来。只见沈怡君突然看了过来，眼神还是很凶狠："我们沈家没什么可以招待两位的，不如尽早离开吧。"

沈老爷气得直跺脚："住口！你、你、你真是要气死我了！"

沈怡君冷冷地回望过去，然后嘴角一动，露出一丝古怪的笑，转身走出了花厅。

颜淡支着下巴，悄悄凑过去轻声问："唐周，你昨晚对这位沈小姐做了什么不得了的事？她看你的眼神很凶哟。"

唐周斜斜看了她一眼，没有说话。

沈老爷脸色一阵红一阵白，勉强笑道："二位，当真是招待不周，招待不周啊。"他搓搓手，像是在努力措辞，"怡君她从小就孤僻，性子冷漠了些，也都是怪我这个父亲没有看好她。”

唐周微微一笑：“其实也没什么，沈老爷，我看也差不多该办正事了。只是要驱除鬼气，最好的时机是在正午，那时候也是一天中阳气最盛的时候。从现在到正午，什么人都不能靠近庭院。”

沈老爷点了点头：“不知唐公子还要什么东西？我马上让下人准备去。”

唐周淡淡道：“有我师妹帮忙就够了。”

颜淡立刻警惕地看着唐周。她现在被封了大半妖法，剩下的那一点可谓宝贵至极，半分都不能浪费在他身上。

两人沿着长廊折转回庭院，一路之上果真再没有看见一个人影，可见是沈老爷吩咐过的。唐周突然问了一句：“你平日会去葬花么？”

颜淡用一副被呛到的表情看着他：“难道你昨晚见过女鬼葬花不成？这里的怨灵都很弱，根本不会化成鬼怪，更不会成形让你看到。而且，这种凡尘女子会做的伤春悲秋的事情，我肯定是不会做的。”

唐周轻喟道：“葬花的是个男子。若是女子这样做，我自然不会问你的。”

颜淡一下子就听出他话里带的刺，轻声嘀咕一句：“既然是男子，你怎么不问自己？还来问我干吗，我又不是男人……”她走了两步，突然问，“难道，是沈老爷？”

唐周轻轻嗯了一声。

颜淡摇摇手指：“我现在可以给你两个主意。第一，从现在开始，不论觉察到什么异样，都当作没瞧见，驱完鬼气后立刻就走人。这是最方便的一条路，也最为稳妥。第二，拖延些时日，有些事情只要有人做过，总会有痕迹留下，也终会有水落石出的一日。这条路最为凶险，可能你还没摸到真相，就已经没命了。所以我觉得还是第一条路比较好走。”

“我也觉得还是第一条路比较好。”一个冷冰冰的声音突然飘来。颜淡连忙往后退了一步。唐周看着前方，只见庭院外的月洞门边倚着一个窈窕的女子，面色沉郁，眼中隐约有凶狠之意，正是沈怡君。

沈怡君嘴角一牵，露出一个古怪的笑容："靠近这里的都已经是活死人了，难道你们还想变成真正的死人？"

唐周看着沈怡君的背影消失在长廊尽头，手指叩着剑鞘，突然像是下了什么决心似的，大步往庭院走去。一切谜题，都是在这里开始，也必将在这里找到蛛丝马迹。

颜淡突然抬手拉住他的衣袖，轻声道："你先等一等。"

唐周低头看她："干什么？"

她悠悠然道："我们先来想想沈姑娘的用意为何。她之前在花厅时候，就已经说过让我们离开这里的话。现在又特地过来再说一遍，而且还是要瞒着沈老爷专程等在这里。所以，可以想象得出，她一定知道其中的奥妙，只是不能说出来。那么这宅子里的秘密必定很是了不得。"

唐周点点头："或许她所知道的也不完全，只是一个大概而已。"

颜淡嗯了一声，又道："那她为什么要来提醒我们呢？这个秘密既是在她的家中，有很大的可能和她家里人有关，她为什么要偏帮外人？"

"那就有两种可能。或许是她出于好心，所以特别来提醒我们千万别涉险。又或者，她也不想让我们查到这底下的事情，所以出言恫吓。"

颜淡微微一笑："不愧是师兄，看事情真是犀利。"

唐周似笑非笑，又举步往庭院里走："是么。"只听颜淡在身后叹了口气："其实还有可能是第三个原因。她知道有种人，觉得自己很是厉害，明知道前面有危险，还是会为了一探真相往里跳。她说得越是神秘危险，那个人就越是想反其道而行之，义无反顾地往挖好的陷阱里跳。"

唐周转头看着她："你觉得我会义无反顾地往别人的陷阱跳么？"

颜淡想了想，老老实实地说："不会。"

"颜淡，其实你也很想知道这究竟是怎么一回事吧？从青石镇上的人离奇死亡，到墓地中所见，最后是沈家的种种，这其中一定有某种关联。我说的对么？"

颜淡左思右想，不得不承认："是啊。"不过相对于这其中的秘密，她更加想尽快摆脱唐周。如果唐周最后死于非命，她定会记得每逢清明帮他烧纸的。她到底还算是素来善心纯良、品行良好的妖。

唐周见她承认，又接着道："我希望你能助我一臂之力。毕竟，在沈家我能相信的只有你。"

颜淡受宠若惊："你已经够厉害了，恐怕不需要我帮什么忙了吧？"

唐周轻轻一笑，眉目清俊："是这样的，之前在草堆里看到的那具尸体，麻烦你想想法子挖出来。"

颜淡被呛得咳嗽。原来他之前让人不要接近庭院，是为了来挖尸首的。她神色凄楚，语音温软："我虽是妖，但毕竟是女子，你就忍心让我做这种粗活？"

唐周讶然："花精一族的男子和女子不是一样的么？原来还有区别？"

"你到底是哪里听来的，这怎么会一样？"

"那也无所谓。我认识你到现在，从来都没把你当成女子。"

颜淡咬牙，许久才憋出一句："你可真是好。"

颜淡蹲在坑边，看着里面那具森森白骨。她看了一会儿，又转头去看唐周，却发觉他神情复杂地看着自己。唐周见她看过来，忙不迭地别过头去看向另一边。颜淡很想把这个场景当成"唐周幡然悔悟，被她的智慧和容貌打动"，但她也知道，与其等唐周被她打动，还不如让紫麟突然在意她来得容易。

起码紫麟还是心智正常的妖，而唐周生冷不忌、软硬不吃，比女娲当年补天用的七彩石还难敲打。

隔了片刻，唐周突然问了句："你只有半颗心？"

颜淡不由坐倒在地，抬手在他眼前晃了晃："唐周，你中邪了还是染风寒了？是不是觉得头晕眼花？"

唐周拍开她的手："没事，我随口问问。"

颜淡狐疑地看了他几眼，突然有了好兴致："如果我说，我只剩下半颗心了，你信不信？"

唐周斜斜看了她一眼："你觉得我会信么？"

颜淡一摊手："我也是随口问问的。"她起身，拂了拂身上的灰，"除了这具骸骨，这地底下恐怕还有别的，你是不是也想一具一具都挖起来看看？”她转过身走开两步，想了想又回过头来，“我去那边的莲池边上坐坐，你自己慢慢在这里想。想不通的地方，或许我能告诉你一个最接近真相的答案。”

唐周低头看着那具骸骨，骨骼上并没有伤痕。可为什么这宅子里会有这么多怨灵？他想起沈怡君和沈湘君两姐妹，她们长得如此相似，但个性全然不同。沈怡君之前说过的那些话到底有什么用意，是警示，是驱除，还是一个陷阱？沈老爷既然会在这里葬花，应该也见过这具骸骨，他为什么从来没提起过？沈家搬到青石镇的日子也不短了，这具骸骨的由来他们当真不知？

他想厘清思路，却怎么也不能将一件又一件的事连在一条线上。

唐周起身，漫无目的地在庭院里走了一圈，果然看见颜淡坐在莲池边上，不知从哪里弄来了一把鱼食，往水池里抛去，鱼儿摇动尾巴游过来争抢。

他走过去，坐在颜淡身边。

颜淡喂了一会儿鱼，笑着问：“我能听懂鱼儿的话，你相信么？”

这句话她在进墓地的时候就说过了。唐周清楚她说话的时候必定是真假掺半，十句话中至少有一半不可信。比如这句话是随口乱说的，那么下一句必定有几分道理，再下一句可能就是真话了，最后一句又定是胡编乱造的。除非他失心疯了，否则就不会把她的每一句话都当真。

颜淡叹了口气，幽幽道：“你果真是不相信的。你不信我听得懂鱼儿说话，却相信有人能懂得鸟语，真是奇怪。”

这句话正中了他心中所想。唐周不动声色，淡淡道：“沈二姑娘总归比你可信一些，何况有些人身负异禀也不定。”

“这两位沈姑娘是同胞姊妹，我看也是这世上最不相像的姊妹了。就算是刚见过她们的人，也能一眼分辨出谁是姐姐，谁是妹妹。据我所知，同胞姊妹的性子不至于相差那么多，除非她们两人的境遇大不相同，但她们自小就在一起，没有分别过。”

这几句话恐怕就是真话了。唐周点点头：“你知道得倒清楚。”

颜淡神色悠远：“因为我也有个姊妹，她和我生得几乎一模一样，很多人都会认错。”

唐周淡淡道：“就算长得像，还是会有不一样的地方。”

“是啊，每个人都喜欢她。明明是一样的容貌，但她看上去就很高贵温柔。你和她说话的时候，不会想开玩笑，只想把实话全都说出来。”颜淡微微闭上眼，“可是还是有人会认错，有人会把我错认成她，却从来不会有人把她错认成我。”

唐周一怔，从认得她到现在，从未见她对什么特别在乎过。将心比心，如果换了是他也会受不了，任谁都不会甘愿当另外一个人的影子。只见颜淡伸过手来：“如果你真的同情我，就把这个禁制去掉好了。”

唐周看着她，慢慢道：“我是同情你的姊妹，竟然还会有人把你错认成她。”

颜淡微微一笑，明眸皓齿：“这就没办法了。不过照现在看来，等百年之后，你说不定会有机会见到她的，只怕到时候你会更同情她，竟然和我长了同一张脸。”她将手上最后一点鱼食都抛进莲池，衣袂飘飘，远远看去恍如仙子。

第十三章・死胡同

午时一过，沈老爷便到了庭院，神色谨慎，笑着问："唐公子，不知事情可有些进展？"唐周看着他，沉吟道："进展是有，只是……"

沈老爷立刻正色道："只是什么？"

唐周知道自己已经摸到一点端倪了，却始终有被牵着走的感觉。他不能总在暗中观察，所得的猜测，不管多有逻辑，依旧还是猜测而已。"我感觉到西南角的怨气最重，就循着过去，结果发现草堆下面有具尸骨，埋得很浅，看起来埋的年数还不长。"他慢慢道来，果见对方的脸色剧变，嘴唇嗫嚅，欲言又止。

唐周微微一笑："自然，在下只是天师，不是捕快，也不想追究这到底是怎么一回事。可是沈老爷你也不希望自己身边总跟着一股怨灵吧？"

沈老爷脸色苍白，许久才道："这件事，其实还要从老夫的发妻说起。老夫的发妻是彝族人，依照那边的习俗，人死之后都是拾骨葬。"

唐周静静地听他说下去。颜淡本来已经转身回客房去了，听到这番话又折回来。只听沈老爷继续说道："拙荆一家在彝族中有些地位，彝族中很多有地位的人家都会巫蛊之术。她刚嫁入沈家的时候就告诉我，她是家中唯一不会巫蛊之术的人，所以家中长辈才没有反对我娶她入门。"

"拙荆嫁入沈家之后，思乡情切，于是我们便搬到彝族聚居地居住。在那里，我见过一次拾骨葬。那时候，族长刚过世，他的子孙们将他的尸首直接埋在屋后的地里，只挖了一个浅坑，每日用滚水浇在土上。我那是第一次见，惊骇莫名。就习俗而言，我们中原人一定会买了厚木棺再入土。"

唐周越听越莫名其妙，只能道："汉夷习俗大多很不相同。"

“这样每日都浇些滚水，过了两三月之后，尸首就腐烂了。彝族人再把填埋尸首的坑挖开，将脱去腐肉的白骨取出来，用罐子装了埋到山上去。据说那些养巫蛊的彝族人留下的尸骨里也有蛊虫，用这个方法可以不让里面的蛊虫跑出来。”沈老爷叹了口气，“这样的场面，只要你见过一次，就不会忘记。后来拙荆过世，我便带了女儿来到青石镇。那时候怡君已经懂事了，开始照料家里。我见她这般能干，就放心地出门走商去了。”

颜淡突然问了一句：“你们搬来这里多少年了？”

“整整有七八年了，怡君和湘君今年也有廿四岁了，可惜都没有找到好人家成亲。”他顿了顿，又接着说，“有一次我去南都走商，快三个月才回家，回来之后就觉得怡君和平日有些不同。两位今日也见过她笑起来的样子了吧，似乎有些古怪。我心里不安，晚上睡得也不踏实，有天半夜里去账房，想把没看完的账目看完。走过庭院的时候，我看见怡君用花锄在那里埋什么。我想当作没瞧见，谁知心里越来越不安，账目也看不进去，只好回到庭院，在她埋东西的地方把土翻开来看，结果……”沈老爷突然用手捂住脸，很是痛苦不堪，“我看到一具尸首。那具尸首死状很难看，身上的血肉都已经干了，像是被吸尽全身精血一样，面皮发紫，双目圆睁，皮肉几乎贴着骨头。我当时就明白了，拙荆曾经说过的不懂巫蛊之术，都是骗我的。她教会了怡君这些歪门邪道。”

颜淡若有所思：“也就是说，我们在草堆里找到的那具尸骨之所以埋得这样浅，只是在等它烂到只剩下骨头，之后再用拾骨葬埋一遍。”

沈老爷默默点头，许久才继续说道；“这之后，青石镇上开始隔三岔五有人离奇暴死，大家都说是娘娘的厉鬼在害人。我却知道不是这样的，他们都是被歹毒的巫蛊之术吸干了精血。我心中有数，可是怡君毕竟是我的女儿，我自然只能回护。但无端惨死的人太多，我心里到底不安，于是找人作法驱邪。请了好些人，其中有不少是很有名的天师，最后他们大多都不告而别。我猜想他们中的不少人，已经埋在地底下了。”

唐周轻咳一声，淡淡道：“沈老爷，这件事你只是猜测，没有真凭实据。你且宽心，我不会说出去的。”

沈老爷将脸埋在手中，点点头："多谢唐公子。"

颜淡看着他的背影消失，一手支颐："这个故事听起来还挺有意思的。"

唐周斜斜看了她一眼："你不信？"

颜淡偏过头微微笑道："我知道彝族的确是有拾骨葬的习俗，但是这巫蛊之术就太玄乎了。所以就暂且信一半好了。"

唐周冷冷道："可我一个字都不信。"

颜淡讶然："是么，我倒觉得他有些话是真的。比如他说，他的发妻是彝族人，我觉得他一定是在西南待过不少时候，不然不会知道拾骨葬的。他说，青石镇上的人离奇死去，不是娘娘的厉鬼作祟，这点我也相信。沈家小姐是彝族人，也应当是真的。"

"除去这些，要紧的事情倒没有一件可以确信。"

颜淡笑得很讨人喜欢："你这是在偏帮沈姑娘了，其实我也不介意再多一位师嫂的。"

唐周看了她一会儿，面无表情："其实我一直觉得没有将你的妖力全部封掉，实在有些可惜。现在看来，你也是这样想的。"

沈老爷说的话，究竟有几分是真的，这沈宅中，是不是还有更多不为人知的故事，这恐怕在一时间都不得解了。

唐周觉得眼前一切都像是蒙着一层薄雾，当他有了一点进展之后，事情又会朝着更加扑朔迷离的方向前进。而颜淡对这些似乎已经漠不关心，一得空闲便坐在莲池边喂鱼，时常在池边一待就是半日。他有时候也会想，颜淡是不是真的如她所说，能够听懂鱼的语言，这个想法一出，立刻就被否定了。颜淡身上还带着禁制，寸步不能离开沈宅，甚至连妖法也被束缚了，根本没有办法装神弄鬼。

之前他就不把这个莲花精的那点微末妖法放在眼里，现在更是和他相差甚远。只是他也不得不承认，颜淡有时看事情确实见解独到，说话也耐人寻味。

妖中有些奸猾之辈，也有些单纯的，但是总的来说，对于人情世故都不太熟谙。而颜淡却对凡间人心世故十分熟稔，她打听他的师承经历，想来也是为了找到他的软弱之处。而在墓地之中，她开始就料到断龙石的机关会被开启，却故意一直不说，直到他们被困住以后，才来和他谈条件。颜淡没有直接要求他放过自己，却问了同伴的下落，也是极聪明的选择。这个要求，他不会拒绝，也没有必要拒绝，毕竟破例过一次之后，难免以后还会心软，于是再次破例。何况她问这个，更显得知分寸、有情义，让他慢慢地不再提防。

唐周不由叹了口气，无论如何，他现在的确是对她没有那么深的敌意了。

他信步走着，竟然又走到那晚到过的东厢。客房门前，凌虚子坐在台阶上，膝上铺着一张揉得皱巴巴的纸，正聚精会神地看着。这个光景，他竟不像是被骇疯了的模样。唐周走近两步，只见对方拿着那张纸的手微微一抖，手背上有青筋浮起，却没有抬头，呆呆地看着纸上的字。

唐周看见他的动作，心中更是多了几分肯定。他原没有细想，现在想来才觉得其中有好些不妥之处。凌虚子毕竟算得上是一代宗师，阅历见识都比自己高出不知凡几。他既能从古墓之中安然脱身，而凌虚子又怎么不可能是在装疯，然后伺机脱身呢？毕竟任何人对一个疯子都不会太过提防。他走到近处，眼角突然瞥到宣纸最上端的四个字“七曜神玉”。他莫名觉得，这和他长久以来想要寻找的东西，应是有些联系。

只见凌虚子突然跳起身来，捶胸顿足，将手中的那张宣纸揉成一团，拼命往嘴里塞。唐周踏前一步，忽然又停住了，静静地看着对方：“前辈，你何必要再装下去？”那张宣纸上或许有他想知道的一切，他却更想凭着自己的本事慢慢查个水落石出，而不是去抢夺对方的东西。

凌虚子笑着看他，口中不断说着：“你为什么要装下去？我看你还能装到几时？”说罢，就又哭又笑起来。

“你这么大年纪了，还大哭大闹，羞也不羞？”只听一道清脆的声音传来，沈湘君摸摸肩上的鹦鹉，咿咿咕咕地笑。她拉拉唐周的衣袖，仰起头来笑得纯净，“我知道你是不会欺负他的，定是他欺负你，还要赖给你。”

唐周看着她那双明净的眸子，心底有一股淡淡的怜惜。在这沈宅之中，只怕只有她才是无辜的。他微微一笑，轻声道：“你怎的知道？”

沈湘君偏过头想了好一阵，又看着他：“姊姊说这人是疯的，而我是傻的，正好是一对。只有你才不会说我傻，你是好人。”

唐周抬手按在她肩上，语声温和：“你怎么会傻呢？你是个聪明姑娘。”

沈湘君歪着头，将脸颊贴近他的手背，蹭了一蹭：“你能不能陪我去后院走走？那里有个好地方，知道的人不多，你一定会觉得新奇。”

她所说的“好地方”就是一口废井，井沿爬满了青苔，井口很窄，刚好可以塞进两个人，水位已经很低了，隐约可见底下一泓碧绿。

沈湘君趴在井边，探下头去：“爹爹说，从这口井可以看到前世今生。这个只有我和爹爹两个人知道，连姊姊都不知道。”

唐周负手在一边，心中不以为然。只见沈湘君突然回过身来，轻轻一拉他的衣袖：“你也过来看啊。”唐周失笑，只得走到井边，只见井水幽深，似乎还泛着丝丝寒气，水中映着他和沈湘君并肩而立的身影，微微有些扭曲。

“你瞧见没有，我的前世是一只鸟儿，灰色的羽，尖嘴，还有黄色的蹼，所以我现在才能听懂鸟儿说的话。”沈湘君笑着，“有时候，你向井中看去，水里的人影对着你笑，可是你却没笑，这就是祥兆了。”

唐周看了她一眼，只见她双眸晶莹，微微泛起一丝涟漪。他低头向井下看去，只见水波微动，水中那个和沈湘君并肩而立的人影神色不动，却有一道殷红从眼角缓缓流下。唐周心中一顿，这难道是他今后的预兆？

摇摇头，这些在他看来，从来就只是无稽之谈而已。

他闭了闭眼，又往下看去，却再没有看到适才的景象。难道方才是他的错觉？

忽听身后轻微的脚步声响起，他转过头去，只见颜淡气息未定，在离他们七八步之遥的地方。她缓过一口气来，眼中光彩盎然，嫣然一笑：“这么巧，我也是随便出来走走，结果走着走着，就和你们走到一块儿来了。”

她说话时，神情真诚，但唐周想也不用想就知道她在胡说八道。先不说她怎么会无缘无故散心到偏僻的后院来，还恰好同他们撞见，这也太过巧合。

颜淡抬手摸了摸垂落肩上的青丝，又抬起手腕：“师兄你莫不是在担心我碰上厉鬼？你瞧，我都把你送我的避邪信物戴着了，不会有事的。”

唐周点点头：“没事就好。”这个避邪信物第一个避的就是这只莲花精的邪。不过她现在戴着这个禁制，连一点水波都搅不起来，他全然不会放在心上。他试探地问了一句：“你可有生出错觉的时候？”

颜淡骄傲地一笑：“我一向只靠自己的真才实学，哪会有错觉？”

待回到客房之后，天色已经暗下来了。唐周用过晚饭，思及今日所见所闻，更觉匪夷所思。沈湘君说过，这口井只有她和沈老爷知道，连沈怡君都不知道；而他想了许久，觉得在井中看见的那个眼角流血的身影，该不是错觉，这内里一定还有乾坤。他收拾一番，在袖中放上火折子和一柄匕首，只身折回后院废井。

今晚夜色深沉，大半弧月被乌云遮蔽，天边繁星稀疏黯淡。

唐周晃亮了火折子，抬手支撑在井沿，探身下去。有了火光，眼前的一切更是清晰。他依稀看见水中有一张白生生、干巴巴的脸孔，双目大睁，十分可怖。唐周一怔，突然听见咔的一声清响，井沿突然坍塌，他没了支撑之处，扑通一声摔进冰冷的井水中。

他不善水性，落水之后一连喝了好几口冷水，连忙闭住气，慢慢贴着井壁往上潜。井水冰冷入骨，泛着阵阵寒气，现在才是天气回暖的日子，整个人泡在水中滋味很是不好受。

唐周从水中探出头来，正好对上一张面皮青白、皮肤已经干瘪起皱的脸。饶是他再镇定，也不禁被吓了一跳。他刚刚伸手摸到袖中的匕首，突然感觉腕上一冷，仿佛被一道铁环扣住。那张干瘪起皱的脸颊突然一抽，眨眼间已经贴在他面前，惨白的嘴唇动了动，吐出一句：“是巫蛊，走，快走——走！”

第十四章·真相假相

唐周贴着井壁，借着几丝月光，终于认出这个已经不成人形的人，竟然是凌虚子。只是他的身体已经干瘪，像是被吸干精血一样，在水中泡得久了，皮肤开始泛白起皱。

他定下心神，问道："会巫蛊之术的是谁？"

凌虚子嘴唇颤抖，像是想起一件世上最可怕的事情："七曜神玉，七曜……"

"你见过七曜神玉？"

凌虚子哆嗦几下，突然惨叫一声，只是他已经一点力气都没有，嘶哑的嗓音也轻得和蚊子叫一般。惨叫之间，身子已经凌空而起。唐周连忙伸手去拉，只触碰到一截冰冷的铁爪，想是井上有人抛下铁爪要把他拉上去。

他只得收回手。这里地方偏僻，若是上面那人不怀好意，只要将井口封死，他就只能死在井底。唐周在一瞬间思定利害，便靠紧井壁，凝住吐息。

只听井口传来一声狞笑："你这牛鼻子老道，竟然撑到现在还不死，这里谁都不会来，没有人能救你。"

唐周听得明白，这个声音熟悉，正是沈老爷的。

这陡然的转折让他脑中一乱，又听一声锄头落地的声音，井边有人挣扎一下，就此寂静。沈老爷这才自言自语道："死了岂不干净？你这老道士还是出家人，却也如此肮脏。这世上，只有死人才是最干净的。"锄头落地的声响又重新响起，一下一下挖得用力。

唐周浸在水中，只觉得身上冰冷，开始微微发痛。他将匕首插在井壁的缝隙中，往上摸了摸，触手皆是滑腻的青苔，要爬到井口实在难于登天。何况还不知道沈老爷会挖多久，如果现在贸然动弹，只怕会被他发觉，更是不可能逃脱了。

“这些桃花还是新摘下来的，铺在你身上，也沾点花香。”沈老爷的声音变得十分温柔，像是和自己的心上人说话一般。

唐周终于明白他为何会在深更半夜葬花了。

忽然挖掘的声响止了，只听沈老爷突然道：“奇怪，这井怎么会坍了一大块？”言语间，脚步声也离井边越来越近。唐周不由苦笑，自己一条命终究还是要葬送在这口井中。在这种叫天天不应，叫地地不灵的地方，恐怕也只能自认倒霉。看来之前在井里看到的倒影真的不是他的错觉。

只听对方的脚步声响在他头顶上时停住了，一个烧着的火折子落了下来。唐周连忙潜下水中，火折子浸水发出嗤的一声之后熄灭了。顶上方才有人探下头来，瞧了半天，自语道：“原来没有人……”

唐周等到沈老爷走开方才从水中露出头，长长吐出一口气，可还没调匀气息，就听到一阵搬石头发出的声响。他立刻明白，沈老爷虽然没瞧见人，但是为了谨慎行事，还是要用石板把井口彻底封死。他就算有这个能耐爬上去，可支撑着触手滑腻的青苔，根本没有办法从井下把石板推开。他虽道法极高，可是眼下除了等死什么都做不了。

忽听一个清亮的声音远远传来：“鸟儿鸟儿，你到底要我来这里干什么？这里好黑，早知道我就不跟你来了！”

挪动石板的声音戛然而止，沈老爷的声音反而有些慌张：“你……你怎么来了？”

沈湘君轻声笑道：“鸟儿要我过来瞧瞧的，姊姊还不知道。爹爹乖，爹爹莫怕啊。”

唐周本已冻得麻木，听见这句话时心中却有一种奇怪的感觉，好似有什么念头闪过——彷佛是一个契机，抓住之后所有一切谜题都可以解开。

沈老爷却许久没有回话。

只听沈湘君道了句：“入夜以后，这里又阴森又可怕，我可不想再待了。”

沈老爷立刻接上一句：“来，我送你回去。”

唐周听见他们的脚步声渐远，方才摸到井壁，用匕首插入缝隙之中，一点点往上挪。他身体冻僵，动作也不怎么灵便，只一会儿就觉得气息变粗，抬头一看，离井口还有长长一段距离。

他喘了口气，又接着往上爬，突然身子失重，又摔回水中。这下摔得极重，全身骨骼几乎要散开来。他歇了一会儿，又凭着一口气慢慢往上爬，这次爬到一半的时候，又听见脚步声响起。唐周进退两难，如果再潜下水去他只怕再没有力气逃脱，可是留在这里很容易被人发现。

忽然一根麻绳垂了下来，一直延伸到水中。

上面的人一直没有说话，只是静静等着。唐周隔了片刻，方才握住那根麻绳，在手腕上缠了几道，沿着井壁慢慢向上而去。待离井口还有三四尺距离的时候，他松开了麻绳，提气向上一纵，眼前突如其来的光亮让他眯起眼。

旭日东来，晨曦烂漫。面色阴郁的女子低下身解开一旁树上绑着的麻绳，随便卷了几卷。唐周不由道："是你。"

那女子冷冷瞥了他一眼，嘴角牵起一丝古怪的笑："当然是我，不然你以为会是谁？我妹子，我爹爹，还是你那位乖巧聪明的师妹？"

唐周微微苦笑："多谢你。"

沈怡君将一卷麻绳随手丢在一边，冷冷道："看来你在井里这一晚，已经看到听到很多不该知道的事情了。"她将垂散在耳边的发丝往后一掠，轻声道，"你那位师妹说得对。我一直不想让你们查到关于这庄子的秘密，却不想你还是知道了。"

唐周默然不语。温暖的春日阳光映在身上，麻木的身体开始有了几分暖意。

"我娘亲是彝族人，她爱上了我爹爹，甚至不顾族人反对嫁给了他。我娘她其实是会巫蛊之术的，可是因为爹爹不喜欢，她便一直隐瞒着。可是——"

这个世上没有能永远被掩盖的事实。

这一段话，和沈老爷之前说的一模一样，想来也是不假。

"可是，爹爹不久就发现了这个秘密，但是他没有责怪我娘。因为这件事，我娘更是对他千依百顺。"沈怡君深深地吸了口气，"九年前的某一天，我娘去深山采药，没有再回来。大家去找了很多次，都没有找到，于是每个人都说，我娘是在深山里碰见大蟒了，被它们撕碎了吞掉。我不相信，有一晚出去寻找，回来的时候才过二更天，我看见一个很像爹爹背影的男人在埋什么东西，就躲在树丛后面看。爹爹埋完就离开了。我刚想走出去，又怕他突然回来察看，只好一动都不敢动地蹲着。果然没多久，爹爹又折回来，看见没人才真正离开。”她眼中阴霾渐深，冷冷道，“我蹲得腿脚也麻了，好不容易起来走到爹爹埋东西的地方，用双手挖土，指甲也挖掉了，满手都是血，终于看到里面埋着的东西。”她古怪地向唐周笑了一下：“你猜我看到的是什么？”

唐周低声道：“是令堂的尸首。”

沈怡君点点头：“对，就是我娘亲的尸体，她全身都干瘪了，像是被人吸去所有的精血。她根本就不是被大蟒吃掉了，是被我爹害死的！这个畜生，知道我娘会巫蛊之术之后，求着她教给他，然后用这个法子将她害死。后来我爹大概发现他埋的地方被人挖过，就开始怀疑我们两姊妹。我妹子是傻的，浑浑噩噩什么都不知道，他能怀疑的其实也只有我。我为了不被他看出破绽，不知吃了多少苦。后来我们一家就迁到这青石镇上，这镇上不断有人离奇死去，我一看死状就明白是怎么回事，却没有办法阻止。”

她说到这里，眼中已经泪光莹然：“幸好我妹子她什么都不懂，什么都不知道，这一切，只要我一个人懂就足够了。”她用衣袖用力在眼角一擦，“你认识的那个叫凌虚子的道士，就是我爹爹害死的，他恐怕也是因为查到了什么。唐公子，我看你还是离开吧，越快越好。你师妹年纪还小，又这样聪明，如果死在这肮脏的庄子里多可惜。”

唐周终于想到之前那个一闪而过的念头是什么了：这一家人的行事处处透着古怪，明明是父女，却互相提防、中伤。

沈怡君两次提到颜淡，也让他有一种不好的直觉。颜淡本来是不会有什么意外的，却被他封去了大半妖法，遇上应对不来的事情也很有可能。

他转身折回前庭，在拐角处和一个人撞在一起。那人身子温软，轻轻啊了一声，赫然是颜淡的口音。

颜淡偏过头，看着他一身狼狈，微微笑道：“咦，师兄你怎么一大早就去游水了。”

唐周看着她，只见她笑容可喜，肤色细白，宛如刚出产的上好白瓷，模样温良，却满肚子坏水，淡淡道：“我昨夜一晚都在游水。”

颜淡听出了画外音，走上前温柔地开口：“现在还是四月光景，若是着了凉可怎生是好？师兄你快快去换身衣衫。”

唐周回到客房，正要脱下外袍，发觉颜淡也跟了进来，施施然在桌边坐下，一手支颐，另一只手摆弄着茶杯。唐周瞥了她一眼：“你不回避么？”

颜淡笑吟吟的：“我就坐在这里说话，定不会朝你瞧的。”她语气一顿，又道，“你昨日问我，有时候会不会有错觉，可是因为你在那口井里瞧见什么了？”

这件事和最主要的事情比起来，根本就无足轻重。唐周随口嗯了一声，将湿透的衣裳换下来。

颜淡轻轻一笑：“这件事很重要的，你不要敷衍我嘛。”

唐周看着她，缓缓道：“你是不是已经知道什么了？”

颜淡眼波一转，静静地定在他身上，嘴角微弯：“不如我们再来谈条件吧。我把我知道的全部都告诉你，然后你把我手上的禁制解开。”

唐周立刻道：“你想也别想。”她知道的说不好他全部都知道，这种交换条件根本毫无意义。

颜淡很是干脆地起身：“既然谈不拢，那就只好算了。”唐周见她走到门边，几乎要开口叫住她，最后还是忍住了。果然，颜淡回过头来，不死心地问了一句：“你真的不答应么？”

唐周心中好笑：“与其信你，我还不如自己慢慢想。”

颜淡叹了口气，只得无功而返。

唐周披上外袍，系带的手突然一滑，衣带落在地上。他慢慢低下身去捡，突然想到一件事。从沈老爷的所作所为来看，他并不知道井沿为何会坍塌。那么，是有人故意凿开了井沿，还是仅仅是一个巧合，井沿恰好在那时坍塌？

如果只是一个巧合，沈怡君又如何知道他在井底？沈老爷为什么会中途随着沈湘君离开？

如果是有人故意这样做，又有什么用意?

颜淡坐在莲池边上，将手放进水中，有鱼小心翼翼地凑过来，在她指尖咬了咬，一摆尾巴嗖的一声游远了。她忍不住轻笑，隔了片刻，只见先前那条鱼慢慢靠过来，又试探地咬了她的手指一下，然后再逃开，只是这回躲得没有上回那么远了。

颜淡摸了摸脸，很是苦恼："难道我长得就这么不可相信吗？明明人家都一直是笑着，这么友善……"她忽听身后有脚步声靠近，回头一看，只见一个身形窈窕的女子已经站在身后。她微微一笑："沈姑娘。"

那女子俏皮地笑道："我会和鸟儿说话，看你时常坐在这里，是不是在和鱼儿说话？"

颜淡点点头："是啊，它们告诉我很多事情呢。"

沈湘君在她身边坐下，微微歪着头："鱼儿会说什么？"

"它们说，这里有很多怨灵，只是被牵制住了才没法子离开，还说进这庄子一定要带上避邪的东西。"颜淡抬起手晃了晃，"幸好师兄先前送了我这个镯子。这个镯子上还有他使的道法，我就是碰上什么不好的事了，他也能感觉到。"

沈湘君伸出手去，摸了摸她手腕上的镯子，触手光滑温润："这个镯子很漂亮，摸起来也很舒服，他待你真好。"

颜淡被自己的口水给呛着了，唐周待她的"好处"简直是罄竹难书。不过她觉得没必要向对方哭诉，只能难堪地嗯了两声。

沈湘君看着她，双眸晶莹，眼中滑过几许涟漪。颜淡同她对视片刻，神色困顿，慢慢地打了个呵欠，身不由已地合上了眼。沈湘君伸手取下她手腕上的镯子，随手往莲池中一扔，只听咕咚一声，镯子立刻沉入池底。

她慢慢沉下脸，眼中隐约现出凶狠，哪里还是天真懵懂的沈湘君，分明是阴郁冷漠的沈怡君，看着颜淡冷冷道："没了这避邪的镯子，光是一点小聪明，你还有什么用？"她起身，胡嫂立刻走过来，将宽大的衣袍裹在颜淡身上，将她抱起来，笑着道："大小姐，这姑娘身子真轻，好像没有骨头似的。"

沈怡君嘴角一牵，露出几分古怪的笑意："若是身子骨重些，还少吃些苦头。"

她径自往后院走去，胡嫂抱着颜淡跟在后面。

沈怡君走到废井边，就停住了步子，回头向着胡嫂说："扔下去。"胡嫂将颜淡抛进井中，只听哗的一声水响，裹在她身上的那件外袍立刻浮了上来。沈怡君一眼瞥见附近摆着的那块扁平石板，伸手抓住一头："把这块石板抬起来，压在井上。"

只听咔嗒一声，石板严严实实地压在井沿上，坍塌的地方还有些空隙，只是这空隙太小，还容不得一个孩童爬过。

沈怡君伸手在石板上按了一按，然后掸掸手上沾到的灰，缓缓绽开的笑容宛如春花烂漫。

第十五章·谜题背后

唐周将事情经过回想一遍，从进入墓地开始，一直回想到昨晚在冰冷井水中的所见所闻，越想越觉得不对。那位前朝娘娘的棺材所在的石室，后面还有另外的通道，一般寻常的墓室，用来摆放棺木的往往就是尽头的墓室了。而且后面的密道中，都设了铸有玄铁的断龙石。密道尽头那一间石室的摆设又太过风雅，和墓地本身风格不合。

他和颜淡被断龙石困住后，是沈湘君来找到他们。如果懂得鸟语这件事是她信口雌黄的，那么她就对这墓地非常的熟悉。可是陶紫炁又是什么人？她真的如沈湘君所说的，是个蛇蝎心肠的女子？

再是昨夜，他已经知道沈老爷之前对他的那番话不尽不实，那么沈怡君的话就可以相信么？他们两人，在不怎么关键的事情上口径一致，然而碰到最要紧的那部分，则是南辕北辙。他们之中必定有一个人说了假话，或者，他们两人所说的都是假话。那么，事情的关键到底是什么？

真相已经渐渐明了，只差一点就可呼之欲出。

然而那个引出真相的线头又是什么？

他正慢慢想着，忽听门外传来几声叩门声，便随口道："请进。"只听一阵银铃般的笑声传来，沈湘君蹦蹦跳跳地走进来，手上还端着一只盘子，里面装着几只光洁鲜红的苹果："这几只苹果生得真好看，我一看到就忍不住要去咬一口，结果被姊姊骂，她非说不干净。"她将苹果放在桌上，笑着说，"现在我洗过才给你送来，不脏的。"

唐周看着那盘苹果，摇了摇头："我还不想吃，等一会儿吧。"

沈湘君扁了扁嘴："好吧。"

唐周突然问了句："我师妹去哪里了，怎么现在还没回来？"

沈湘君愣了愣："我没见过她，我去问问姊姊有没有看到她。"

唐周想想她也走不出沈宅，更不会有什么意外，便道了一句："也不用特意去问，师妹一向顽皮，很可能又不知去哪里玩了。"

沈湘君伏在桌子上，眼睛一眨不眨地看他："我和鸟儿时常玩捉迷藏，你们会玩什么？"

唐周想了想："捉妖怪。"颜淡就是他随手捉来的。

沈湘君又追问了一句："捉来之后呢？"

"等妖怪逃了，再捉回来。"这句是完完全全的大实话，"因为有种妖很是伶牙俐齿，所以还得陪着说话。"

沈湘君已经完全糊涂了，茫茫然道："是吗？"

唐周不知想到什么，突然笑了一笑："偶然还会碰到那种很懂人情世故的妖，狗腿、会撒娇，说起话来只会挑好听的、无关紧要的来说。"

沈湘君看着他，忍不住道："我觉得你不像在形容妖怪，反而很像……我也说不出来到底像是什么，总之妖怪肯定没有这么有趣。"

唐周微微一怔，突然觉得眼前的事物似乎开始摇摇晃晃。他强自支撑着站起身来，身子却没了力气，踉跄着后退几步跌坐在床沿上。沈湘君见他这样，突然跳了起来往客房外奔去，一边大叫着："姊姊，姊姊你快来，这里有人病了！你快来看看啊！"

唐周屈起膝，却发现自己很快连动一动手指的力气都没有了。他收敛心神，积聚起最后几分力气，在舌尖一咬，一股淡淡的血腥味在嘴角升起。

只听门外脚步声响起，沈湘君折转回来，伸手来扶他："你哪里痛，要不要紧？我姊姊不知去哪里了，我现在就去找她！"

唐周苦笑不已："你找她怎的？"他是被人下了药，才会动弹不得，却又想不出究竟怎么会中毒的。他看着沈湘君颠三倒四的行事，只能轻喟一声，她大概什么都不知道，也什么都做不了。

沈湘君拉起他的手，用尽力气想要把他拉起来，可是唐周全身无力，光是凭她的力气怎么也拉不动，只能急得直跺脚，过了片刻又道："我再去找姊姊！"奔了出去。

隔了不多时，一个窈窕的人影出现在房门口，沈怡君脸色阴沉，款款走近，慢慢地贴近，直到离他只剩下一息之隔，方才古怪地笑了笑："果真，是最纯净的魂魄……"

唐周虽不能动弹，可心中清明如水："原来是你。"他昨晚会掉入深井中，现在又动弹不得，想来都是沈怡君在茶水中动的手脚。她设计让他听到、看到沈老爷所为，只怕也是一个令他陷入彀中的障眼法。

沈怡君看着他，点点头："我知道你一定会再去井边看的，也知道你会看见爹爹在那里埋人，你本来就不信他，看到这些之后，就只会相信我的，不是么？"她脉脉看着唐周，眼中热切，"你的魂魄这般纯净，我实在太过喜欢，本来我并不想这样对你的。"

唐周看着她伸过手来，手指慢慢地在自己脸上滑动，这样近的距离，可以清楚地看见她嘴角的一颗痣。只听沈怡君温柔如水地启口："唐公子，你生了这样一副好相貌，只要女子见了都会喜欢，我也不想让你变成那种干瘪起皱的样子，可这也是没法子的……有时候由不得我不喜欢。"

唐周笑了笑："事到如今，你又何必惺惺作态？"

沈怡君凝视着他，脸上绽开了一个如春花般的笑颜："你是喜欢湘君多一点，还是喜欢我多一点？"

唐周懒得理她，径自闭上了眼。

忽听一个温温软软、带着笑的声音近在咫尺："他自然是喜欢你多一些，就是不知道你信不信？"

唐周睁开眼，只见沈怡君脸色灰白，身体微微颤抖，大声道："你到底是谁？你是人还是鬼？"她慌乱地起身，往四周看着，却没有看到什么人影，忽觉一只湿漉漉的手在她颈边摸了一下，刚才那个声音轻笑着道："我是鬼，是一只淹死的水鬼！”

沈怡君往颈边抹了一把，只见手上沾着一块滑腻的青苔，顿时像是被鞭子抽了一记：“你出来！不要以为你变成鬼我就会怕你！”

唐周听出是颜淡在说话，只是沈怡君的反应实在太过奇怪了。她为什么会这么害怕她？

“我知道你不会怕我的，我也不要你怕我。你若是怕我，就不好玩了。”沈怡君转了两圈，都没有瞧见颜淡的影子，可是对方却像是贴在自己耳边说话一般。她眼中泛起血丝，大声道：“你给我出来，不要再装神弄鬼！”

只听一声幽幽的叹息在她耳边响起：“我本来就不是人，不装神弄鬼那该做什么？我是应该见见你的，毕竟是你把我害成这样。可是我现在的样子委实难看，这样的模样让人见到，我心里也会不好受的。”

唐周隐约听出些门道来，沈怡君之前定是对颜淡下了什么毒手，可她却不知道颜淡不是凡人而是妖。

沈怡君勉强笑道：“你活着的时候我都不怕，何况死了之后？”她话音刚落，只觉得身后有一只冷冰冰的手摸到了自己脸上，还带着湿哒哒、滑腻腻的青苔。她一个激灵，猛地转身，只见颜淡就在那里，一身白衣，发尖还滴着水，衬得原就细白的脸庞更是惨白，原就极黑的发丝更是如墨一般。颜淡眼神涣散，阴恻恻地说：“我出来了……我就在你面前……”

沈怡君眼睁睁地看着她又慢慢伸过手来，突然尖叫一声，飞快地从她身边奔逃，待跑到门槛的时候没留神绊倒在地。沈怡君回头看了一眼，更是吓得魂飞魄散。颜淡动作僵硬，一跳一跳地蹦跶过来，像极了尸变后的样子。她吓得要命，根本没想到尸变哪里是那么一两个时辰就可以完成的，只咬着牙拼命往外挪。

颜淡看着她的背影消失，抬手挽了挽长发，回转头来瞧着唐周：“师兄，别来无恙否？”

唐周看着她慢慢走到近处，然后施施然蹲在自己面前，嘴角带着一抹三分俏皮七分乖巧的笑，缓缓吐出几个字来：“这沈家上下我都找遍了，才找到这一件白衣，还不那么合身。”

唐周看了她一眼，无言以对。

颜淡支着下巴，轻轻笑道："你猜猜，这件衣裳我是从谁那里找出来的？"她问了一声，见唐周别过脸不理睬她，突然抬手捏住他的脸，慢慢正对着自己，嘟着嘴说，"师兄，你怎的不理人家？"

唐周脸上镇定，可耳根却慢慢泛红："你……"

颜淡嫣然一笑，明眸皓齿："唐周，你之前那样待我，现在老天有眼，终于让你落在我手里了。"她凑近过来，还是笑着说，"不过在算账之前，你还有什么没弄清楚的，我也可以告诉你哦。"

唐周默然半晌，淡淡道："你从什么时候开始怀疑沈怡君的？"

颜淡叹了口气："你怎么不问问沈二姑娘呢？说起来这沈家就只有一位沈姑娘，根本就没有什么同胞姊妹，你难道还没有发现？"她伸手点了点嘴角，"沈姑娘的嘴角有一颗痣，你注意到没有？而沈二姑娘的嘴角也有这样一颗痣。就算是同胞姊妹，长得再是相像，还是会有些地方不一样的。可她们嘴角的那颗痣不管是位置还是大小都是一模一样的。就算退一步来，你还真的相信沈二姑娘是傻的么？我瞧她精明得很，知道用听懂鸟语来混过一些事情。"

适才沈怡君挨得近，他确是看见她嘴角的那颗痣，可是男女授受不亲，平日根本不会去仔细盯着看。颜淡微微一笑："你还记不记得，我和你说过的，我能听懂鱼儿话。这句实话我说了那么多遍，每一遍都是真心诚意的，你却不相信。"

唐周不由心道，这句话由她说出来，只要是没得失心疯的都不会去信。

"在庭院里的那个莲池，里面的鱼儿虽然知道的事情不多，却告诉我了一句很关键的话。在这沈家，沈老爷和沈姑娘根本就不是父女。"颜淡眼波一转，缓缓道，"之前我看见他们在花厅争执，就有种奇怪的感觉，觉得他们不像是一对父女。由这一点，我推测，他们搬来青石镇一定是有图谋的，和这镇上的人离奇死去一定有关。他们互相中伤对方，可见这两人一定是心有嫌隙，都想借你之手除掉对方。只可惜，你对他们两人的话都没有全信。而你的魂魄又恰好很纯净，味道也很好，于是沈姑娘就先动手了。"

"之后沈姑娘带你去后院的废井，我突然有了两位沈姑娘可能是一个人的猜测，就立刻过去证实，结果就发现了那颗痣。但是我还是有一点不太明白，就是你在井中看到的东西，你觉得是错觉，而我却觉得应该还有别的原因。后来我才知道沈姑娘习过一种摄神之术，和她对视之后会被她控制心神，她就用这种法子把我弄昏迷了，又让胡嫂把我扔到那口废井里去。”颜淡抬起手腕，手腕上沉甸甸的镯子已经没有了，“她却不知道自己在无意间帮了我一个大忙。我对她说，这道禁制是你送给我避邪的，万一我出了什么事你就可以感觉到。结果她就帮我把这只镯子取下来扔了。她真的很好骗，连这种事都会相信。”

唐周低声道：“这样说来，之前她说的懂鸟语的事情也不是真的了。”

“沈姑娘其实很笨的，她和什么鸟不能说话，偏偏喜欢带着一只鹦鹉，我有一个羽族的朋友，她能模仿任何声音，她曾告诉过我，鹦鹉可以说是这世上最不会说话的鸟了。所以我从一开始就知道她的那些全部都是胡说八道，这样推想下来，她既然这样熟悉墓道里的机关，那么之前在暗道里放下断龙石的也是她。”颜淡语气一顿，突然抬手打了唐周一记耳光，不算太重，但是清脆又响亮，“我虽然是妖，可是我害过你吗？还是我欠了你什么？你是怎么对待我的？就为了一个脑满肠肥的恶霸，你险些杀了我的同伴！”

唐周看着她，连眉都不皱一下。

颜淡慢慢站起身：“你现在欠了我一条命，你想怎么来还？不过像你这样喜欢恩将仇报的人，说不定反而想要了我的命，对么？”

唐周不假思索地开口：“我从没有这样想过。”

她走到房门口，回首道：“那位沈姑娘已经被我吓走了，你身上软筋散的药性很快就会过去。师兄，我们后会无期了。”

唐周见她踏出门槛，突然道：“我现在毫无还手之力，沈家不论是谁回转过来，我岂不是都无幸了？”

颜淡叹了口气，转过身道：“所以我才更要在这时候走啊，等到你有还手之力了，我的本事就算再多一倍，还不是要被你捉回来？”她说到这里，眼中多了几分警惕，“你该不是想拖延时间，等药性过去吧？我还有很多事要做，没这个空暇和你磨蹭。”

她刚转身走了一步，忽听唐周在身后慢慢唤了一声：“颜淡……”

颜淡立刻转身，留心看他的一举一动，脸上带着讨人喜欢的笑颜："师兄，你之前喝的茶水里有软筋散，药性有一个时辰，全身无力是很平常的。总之我一定要先走一步，师兄你就不必挂心我了。"

唐周看着她，缓缓问："你在哪里落脚？或许有一日我还可以来看你。"

"还是换我拜访你好了。"如果唐周到了铘阑山境，只会吓跑一屋子的妖，说不定最怕鬼的狼妖丹蜀从此改怕天师了，"长幼有序，一日为师兄终生为师兄，我怎么能让师兄奔波劳累呢？"

"襄都唐府，你若到了襄都，随便找人问问便知道了。"

颜淡摸了摸竖起的寒毛，心道她刚才什么都没听到，现在应该赶快去换件厚些的衣裳，她身上这件用来装神弄鬼的白衣服实在是太单薄了。她刚走开几步，忽觉背后风声响起，她下意识地转头去看，额上突然一凉，身子便不能动了，随后手腕上一紧，一张符纸端端正正地贴在上面，在华光之中化为一只沉甸甸的镯子。

唐周收回点在她额上的手指，笑着说："这回只差一点你就成功了，下回再来过。"

第十六章·七曜神玉

颜淡看看腕上的禁制，再看看在眼前那么气定神闲的唐周，终于呆住了。她想原来你没有中软筋散，又想问你为什么要在沈怡君面前装得好像中毒一样，难道你知道我最后一定会出来？可这些话最后还是化成一句：“你可以百毒不侵？”

唐周很干脆地回答：“我的血可以克制百毒，所以沈姑娘过来的时候，我就咬破舌尖了。”

颜淡呆呆地看着他：“之前你在那家黑店里其实被蒙汗药迷倒了，只是那种迷药太寻常，所以很快就醒来了，对不对？”

唐周毫无惭愧之色地点点头。

颜淡大受打击，游魂一般退后几步：“原来是这样。”

“其实你这次只差了一点，如果不是要和我解释一遍事情始末的话，就真的成功了。”

颜淡踉踉跄跄地扑回客房，一眼就看到桌子上摆着的光洁鲜红的苹果，随手抓起就往他身上砸去。唐周躲闪了一下，有点不好启口：“你现在没有妖法了，就和寻常女子一样，用苹果是砸不伤我的。”

颜淡慢慢抬头看他，重复一遍：“没有妖法，跟寻常女子一样？”

“这道禁制，是封全部的妖法。”唐周有些过意不去，“我随身带着的符箓，就只有这么一张了。”

颜淡赌气地将手上的苹果重重往他身上扔过去：“谁说我用苹果不能砸伤你的？我就是要用苹果把你砸死啊啊啊！”

唐周走上前一把抓住她的手腕，微微笑道：“可是苹果怎么砸得死人呢？乖，别闹了。”

“砸不死也要砸！”

“你等等，我都看到你的肩了，把衣衫拉回去。你这件衣裳该不是胡嫂的吧？”

的确是的。颜淡不甘心地僵在原地，不知是进是退。

唐周在她肩上一推：“去换身衣衫，我们先离开这里。”

颜淡只得回到自己的客房，从包裹里取出一件淡绿色的衣裳，磨蹭了一会儿，才慢慢开始穿。她突然想到一件从来没有想过的事情，她虽然曾经有过一段时日修为大减，却从没有落到和寻常凡人一般地步。寻常凡人女子一日可以赶多少路，有多少力气，一顿饭要吃多少，不管是哪一件，她以后的日子只会更加悲惨。

更糟的是，她之前还打了唐周一记耳光，虽然这是她梦寐以求的事，但是眼下她连妖法都没有了，她该怎么办？假装忘记这回事，还是哭诉她是被胁迫的，还是说她刚才被鬼迷了心窍，才会做出这种举动来？

颜淡一边想，一边换衣裳，最后才磨蹭着出去了。

唐周抱着臂在外面，没有等得不耐烦的神色，只是淡淡地说了句：“之前，你扇了我一巴掌。”

果然来了！是福不是祸，是祸躲不过，就算躲得了初一也躲不过十五。颜淡一脸凄楚，轻声道：“你若是生气，就尽管打回来好了。”她紧紧地闭上眼，一面在心里默念“我是在说反话，快点心软，不要打千万不要打，要打也不要打脸”，等了好一会儿，果然还没等到对方一巴掌过来。她偷偷睁开眼看，只见唐周正伸过手来，不由心道，这人真是卑鄙啊要趁她没有防备的时候动手。

唐周在她头上轻轻一拍：“走吧。”

颜淡很不是滋味：“我阅历比你深，年纪比你大，你怎么可以拍我的头？”

他们这次是从乱坟岗后的山洞进入古墓，唐周一路走去，将石壁上的机关都破坏掉。颜淡瞧得心疼不已，这个机关一废，墓道之上的断龙石就没有一点用处了，把这么沉的石头吊上去做成机关，不知曾耗费多少人力物力。

两人走到当时的分岔道上，有一块巨大的断龙石堵在那里。唐周将机关开启之后，只见巨石之后空空荡荡，连半个人影都没有。颜淡不由道："难道陶姑娘已经离开了？"

"就算没有离开，也早就死在这地道里了。"唐周随口道。

颜淡一摊手："天妒红颜啊。"

唐周斜斜地看了她一眼，语气平淡："陶姑娘用意如何，你我都不得而知，不过现下已经没什么要紧了。"

颜淡在墓道里走了一趟，只觉周围漆黑气闷，待回到乱坟岗时才大口地呼吸，嘟囔道："奇怪了，我怎么会觉得身子无力，好像走不动似的。"

"应该只是饿了吧。"

颜淡慢慢、慢慢地扭过头看他，甚至还能听到僵硬的脖颈发出的咔咔声："饿了？"

唐周点点头："现在差不多也该是用晚饭的时候，你会饿也不足为奇。"

颜淡心神俱伤，神态凄恻："我救了你两回，你却这样待我，封了我的妖法，为什么？"她语气一顿，想了想之后要说的话，按照戏文里演的，她该一怒之下沉江、跳崖，然后在跳下去之前回首，凄然欲绝地抛下一句"你莫要再劝我，我意已绝"，然后那个戏文里的男子往往会幡然醒悟，懊悔不已。她看了看周遭，所在的地方是一个斜土坡，没有江河，不管怎么跳，大概最多只能崴到脚吧。

唐周一副理所当然的模样："当凡人有什么不好，现在你身上一点妖气都没有，岂不更好？"

颜淡有气无力地摇摇手指："第一，我身上从来就没有妖气；第二，我半分也不想当凡人；第三，我连神仙都不愿当我还会想当凡人？"

唐周不置可否："现在先就近去青石镇上的客栈将就一晚吧，我看现在怎么赶路都来不及赶到下一个城镇了。"

颜淡也只能附和，只是走进前些日子去的那家饭馆时，王二看她的眼神怪异，好像生怕她将整间饭馆拆了入腹一般。颜淡饿极了，一见盘子端上来，立刻执起筷子去夹。唐周一筷子敲在盘子边沿，慢慢道："现在一路过去，你都必须学着些寻常女子的礼仪。主人还未发话，客人怎么可以先动筷？"

颜淡叹了口气："你有什么目的？你原来都不在乎这些的。"

"我之后要去齐襄。"

颜淡眼前重新有了希望；"你既然想回家探亲，就不要带上我了吧？我绝对会吓到你家人的。"

"所以我才要教你些礼数，你这么聪明，学东西也很快，我说的对么？"

"你就算夸我也没用，我才懒得去理会这些繁文缛节。"

唐周淡淡看着她："还是慢慢来，先从言谈举止学起。女子都不能这样抬着头，直视别人说话，你先记住了。"

颜淡捏着拳头，在堂堂花精的尊严和温饱生存之间徘徊许久，慢慢低了低头："知道了。"

唐周很是满意："菜都凉了，可以动筷了。"

她从善如流，立刻拿起筷子，只见唐周又是一筷子敲下来。他缓缓道："你难道不知道这是一句客套话，这时候你应该同样回我一句话，请我一道动筷，然后我们才能一起吃。"

颜淡立刻反唇相讥："你们凡人就是扭捏造作。"

这一顿饭果真吃得她更加郁结，心神俱伤的程度又加剧了。用过晚饭，便找了家镇上的客栈休息，颜淡几乎是一沾到被子就睡过去了，因为睡得太早，半夜就醒过来，便打开窗子透透气。

只见唐周房内的烛火还亮着，里面绰绰影影，可见他还坐在那里。唐周会来青石镇应该有他的目的，不知究竟是为了什么？

颜淡抬起手腕，看着上面那道禁制，轻轻地叹了口气，看来一时之间还是逃不掉。虽说凡人的一辈子都不长，她还等得起。可是看唐周这样的，活个百八十岁应该不成问题，那么她有可能要受他欺压过个五六十年。

岁月，有时候真的很残酷。

之后这一觉似睡似醒，梦中有无数个零碎片段闪过。先是她在莲池边喂鱼，周围萦绕着沉香淡淡的香气。然后是她置身于云雾之中，看着一人在雾气中翩然而来，那人穿着一袭飘逸长袍，前襟袍袖上面罩着冰冷的铠甲，举步之间沉稳而高贵。

一转眼，雾气散了，她正对着族长那象征智慧的锃亮秃顶，忍不住轻笑出声，抬头之时，正好看见前方那一双幽深漆黑的眼。那是她第一次见到余墨。他是个生得俊雅雍容的男子，嘴角噙笑时有种很生动的清俊隽然。只是一边被这样一双幽深的眸子盯着，一边又眼尖地瞧见对方手上的茶杯咔的一声裂成两半，她立刻开始猜想自己是不是长得很像这位山主的仇人。

之后相熟了，她时常会旁敲侧击，却什么都挖不出来，日子久了也就厌倦了，再也不在这件事上动脑筋。

她醒过来没多久，便听外面锅碗瓢盆的声响大作，脚步杂乱，还有人扯着嗓子喊："失火了，失火了！"

颜淡一骨碌从床上爬起来，手脚利落地穿上外裳，推门出去看。

只见唐周正从客栈外面回来，神色有些微妙，看见她时轻声道："你猜这失火的地方是哪里？"

颜淡眼波一转，接口道："沈家？"

唐周点点头，声音低沉："昨夜起的火，等到有人发现的时候已经烧去了大半。"

"说不定是他们觉得事情败露，在这里待不下去，索性就一把火把宅子烧了。"

唐周淡淡道："这也有可能。到底是怎么回事，去那里看看便知道了。"

沈家的庄子已经被烧成一片废墟，只剩下几截残垣断壁。

一片焦地之中，除了昔日庭院中的莲池还能看出形状外，其余的花厅厢房早已面目全非。莲池中有水，可在这一场大火中，池里的水几乎干涸。

颜淡看着莲池底下，微微皱眉："这……"

和浮在仅剩的几分池水里肚子翻白的池中鱼一起的，竟然还有一具女子的尸首。唐周找来一根烧去大半的木棍，将这具尸首翻了过来。虽然在水中浸泡多时，已经有些辨认不出面目，可是从身上的衣着首饰，还有大致的面貌轮廓来看，这个女子，赫然就是沈怡君。

颜淡抬起手，指天发誓："我昨日只是吓吓她而已，绝对没有杀她。"

唐周看了她一眼："看她似乎也没有别的伤，多半是溺死的。"

"这莲池才多深？要是可以溺死人，她也不用费力气把我搬到废井那边去了。"

唐周摇摇头："或许她碰见了什么特异的人和事，并不是单纯失足溺水。"

颜淡看了看周遭，只见莲池旁的岩石边有什么东西闪了闪，她低下身去找，果真在后面找到两截玉。她将这两截玉拿在手上，将断口对了对，正好相合，可见这原是一块玉。这块玉只有半根拇指大，色泽暗沉，形状也算不上奇特，甚至还没有细细打磨过。

唐周看着她手心的两半玉，不由道："这是七曜神玉。"

颜淡怀疑地看了他一眼："七曜神玉是传说中的上古神器之一，会是这么灰扑扑的模样？"

唐周伸手过来，拿过了两半玉，慢慢地合在一起，只见那道裂痕之上有淡淡华光掠过，一整块玉又恢复如初。

颜淡看得怔住了，半晌才道："我听说七曜神玉可以净化魂魄，同纯净魂魄之间会有相合之处。由此可见你的魂魄果真是世间难得的纯净。这七曜神玉若是不用到善处，却可能将人的魂魄吸入其中，这件神器落在沈家那几人手中真是可惜。"

那些人的死状都像是被吸干了精血，恐怕就是七曜神玉的缘故。

唐周微有困惑："沈姑娘也曾说过我的魂魄纯净，难道这七魂六魄也各有特异？"

"自然是有的。每个魂魄都从轮回道上过去，然后投生到人间，一旦少了七魂六魄中的一点魂魄，在没有恢复之前就无法再轮回。每轮回一次，重新为人后，你就不会记得上一世的事情，但是那些记忆并没有消失，只是被封存起来了。"颜淡想了想，又道，"就拿你们这些修道之人来说，一旦走火入魔，说不定就会不小心打开前几世的回忆，便会把今生前世弄混。投生之后，就是新的一个人，前世种种，和这个人再没有什么关系。但是人虽不同了，魂魄本身是没有变的，如果在前世受到什么重创，今生还是会保留，只是永远封存，不会被打开。"

唐周点点头："你的意思是，我的前世是毫无遗憾离开人世的，所以我现在的魂魄才会变得纯净？"

颜淡偏着头沉吟一阵："也有可能是无欲无求，对这一世再也没有什么惦念了。要知道，无欲则刚，每一件惦念的事情都会成为怨气，而没有怨气的纯净魂魄是很少的。相比别的魂魄来说，也是纯净的味道最好。"

唐周听着她用那种讨论酒楼招牌菜的语气讨论魂魄，不由苦笑："我现下总算明白师父为什么会收我为徒了。"

颜淡眼波一转，微微笑道："如果你不会道术，早就被啃得连渣渣都不剩了。"她往后退了一步，"还是快点走，过会儿镇上的人过来，可能会把我们当成放火的凶徒。"可是唐周却往前走了一步，低下身用剑鞘将沈怡君袖中露出的一角丝帕挑了出来，只见上面写下了一行血字，有好些字已经被水晕开，变得模糊。

——他绝我性命，我断他一世念想。

仔细一看，沈怡君已经浮肿的脸上竟然还带着古怪得意的笑。她难道是知道自己已将无幸，方才写下一封血书。

第十七章·最后的线索

隔了许久，两人都没话。还是唐周先打破沉寂：“我们在庄子里看一圈，不知沈老爷的尸首在不在？”颜淡有气无力地说：“唐周，自从和你走在一起，我时时刻刻都在倒霉。”唐周一怔。颜淡踉踉跄跄从瓦砾断壁中踏过，往后院跑：“等你找到沈老爷的尸首，也可以顺便帮我收尸了。”

她话音刚落，不远处就响起了杂乱的脚步声，有人大声道：“大家千万小心，说不定放火的凶徒还留在里面！”

颜淡一听人声已经很近了，更是加快了步子，打算先到后院再往外跑，进来的那一条路肯定是不能走了。当初她有妖术在身，自然不会怕区区几个凡人，可是现在她和寻常女子无异，只能落得一个狼狈逃跑的下场。

她还没有跑到后院，就听身后有人大声道：“里面有人往后面跑了。”

颜淡回头看了一眼，只见那些镇民亮出了锄头铁锹追过来，嘴角也开始发苦。忽觉手腕一紧，唐周一把拉住她，低声道：“右边。”

颜淡往右一看，是一堵烧去一半的墙。她还没来得及说话，就觉身子一轻，已经被唐周抱起来，下意识地伸手扒着墙垛。她听着镇民的喊杀声渐渐近了，也不知哪来的力气，竟然一下子翻了上去，然后想也不想就往下跳。这堵墙虽然顶上断了一个口子，还是有近三人之高。颜淡落下时一个没留心便摔倒在地。她也顾不得查看脚踝有没有扭伤，立刻爬起来就跑。

唐周见她如此勇猛，就把那句“还是我背你”给咽下去了。

颜淡直跑得上气不接下气，可是强烈的求生意志还是让她片刻不停，一直跑出了青石镇的镇界。

她看着眼前刻着襄都二字的石碑，知道这之后百里都是襄都的地界，腿一软就坐倒在地。她适才跑得太急，停下来就抱膝咳嗽起来，咳完了就大口大口地喘息。

唐周由衷地说："你还挺厉害的。"

隔了许久，颜淡气息平定，方才转过头看着他，阴恻恻地说："我扭到脚了……"

唐周默然无语。

"从墙上跳下来的时候就扭伤了。"

"咳咳，你真的很厉害，扭到脚了还可以不停地跑半个时辰。"

颜淡气得咬牙："脚踝都肿了啊！你这个混账！"

唐周走到她身边，慢慢低下身："我看看。"颜淡拍开他的手，愤愤道："你别碰我，全部都怪你，我让你早点走你偏偏不走，还要害我跳墙，害得我扭到脚踝！"

唐周叹了口气，不同她争辩："可是你不让我看，万一伤到筋骨怎么办？"

颜淡想想也对，这最犯不着的，就是和自己过不去。唐周伸手轻轻地按在她的脚踝上："是肿起来了，还好骨头没事。等到了下一个镇就去找大夫看看。"他侧转身，"来，我背你。"颜淡突然想到这不是一个脱身的好时机么，立刻老老实实地扒着唐周的肩。

她趴在唐周的肩头，方才体会到他步履沉稳、落足又轻的好处，几乎都感觉不到颠簸。她斟酌半晌，语音温软地开口："唐周？"

唐周嗯了一声。

"其实你不用这么累地背我的。只是扭伤而已，我自己就可以对付。"颜淡慢慢地说，"只要我有那么一点点妖术……"

隔了一会儿，唐周问："你为什么非要当妖？"

"啊，这个么，"颜淡想了一会儿，"如果不当妖，而我又不是凡人，也不是仙，不就游离在三界之外了？天地之间，没有自己的同类，岂不是很孤独？而我不是人也不是妖，啥都不是，不成了三不沾的怪物？"

"现在我封了你的妖术，你从此就和凡人无异，这难道不好吗？"

颜淡这才发觉自己在被他牵着走，断然道："如果我把你变作妖，你会觉得好么？”

唐周居然避而不答，反而说了句完全无关的话：“行李都落在客栈了，我身上只有几张银票，而银票在城镇恐怕用不了。”

颜淡想也不想：“这个简单，路上看见商旅，打劫他们的就好。”

她话音刚落，就听见远处响起马车轱辘转动的声响，不一会儿就到了近前。

那辆马车从他们身边掠过之时，慢慢地停了下来。在前面拉车的四匹俱是清一色的骏马，连赶车的黝黑汉子身上的衣料也极好，这就好比在身上写了几个大字“我很有钱，快来劫我”。只可惜颜淡现在这样，只有别人来打劫她的份，而唐周不动手，她也没这个胆气逼他去干。只见马车车帘一掀，帘后露出一双毫无波澜的淡然的眸子。

一个姿容秀丽的女子从车上跳下，语音婉转：“唐公子，我家公子请两位上车一聚。”

颜淡只道唐周必定会推拒，谁知他竟然一口应承：“如此多谢了。”等到那个姿容秀丽的女子伸手来扶她的时候，她只觉得越发伤感：这样大的力，一看就是练家子，她现在连个凡间女子都比不上。真是好惨啊。

马车的主人坐在里面，手上拿着一只青瓷茶杯，手指修长有力。他向着唐周微微颔首，便转开视线，直勾勾地看着另外一边。

颜淡顺着那人的目光看去，正对着挂着绣毯的车壁。她看了那张绣毯许久，除了发觉这上面的绣线丝绒都很好、是沂州特有的绣法，再没有觉得有什么特异之处。她回过头看向那人，对方还是看着绣毯，不知在想什么。

唐周轻声道：“这位柳兄同家师颇有交情，时常来找我师父对弈。”

颜淡立刻压低声音：“那位柳公子的棋艺是不是很烂，每回都输，但是又觉得很不甘心，于是时常会来找你师父下棋。”

唐周沉默了。

之前扶颜淡上马车的那个女子微微笑道：“姑娘说的大致不错，只是有一点反了，那个棋艺很烂、每回都输，却又觉得很不甘心的，其实是唐公子的师父。”

颜淡肃然起敬，在她想来那种弈棋高明的，往往都是世间难得的聪明人，运筹帷幄、走一步算三步。她带着同刚才很不一样的心态去看那位柳公子，结果对方一动不动，依旧看着对面的绣毯。

颜淡只得再仔细去看那块壁毯，除了发觉某个角落有一针织错了，还是没有看出什么特别之处，顿时很茫然。

那位柳公子名维扬，字思退，柳州人士，喜好游历五湖三川，年初时出行去幽州，现在方才返家，顺道去探望唐周的师父。

这些都是他的随身女侍絮儿说的。

而此时柳维扬半靠在软垫坐着，手上端着茶盏，抬手揭开盖子，衣袖微动，将浮在水面的茶叶轻轻吹开，慢慢地、优雅地喝了一口，更加显得高深莫测。颜淡却知道，就算是给傻子一个杯子，教他观茶色品茶味，也没有人能看出他是傻的。

絮儿轻声道："公子，前面是安平镇，是要下车打尖，还是让人把菜肴送到车上来？"

柳维扬抬起眼，微微一点头。

马车一个颠簸，颜淡来不及坐稳，咚的一声撞在车壁上。

絮儿低着头，温温柔柔地说："絮儿明白了。"

颜淡忍不住问："你究竟明白了什么？"

絮儿微微笑笑："我家公子，他想下车打尖。"

"你怎么知道的？"

絮儿神色茫然，好像很不解她为何要这样问："因为我家公子点头了。"

颜淡完全放弃了，缩回角落里。唐周看了她一眼，不说话。大约过了半个时辰，马车慢慢地停下来了，絮儿掀开车帘往外一看："安平镇到了。"

颜淡放心地下了马车，在实地上走了两步，方觉肿胀的脚踝已经好得差不多了。

说起这件事，其实还是要多谢柳维扬的。唐周开始说要去镇上找跌打大夫，那位柳公子二话不说伸过手来一把抓住她的脚踝。颜淡敢指天发誓，在那一瞬间她绝对听见自己的筋骨发出了一声清脆悦耳的"咔吧"，足足有半盏茶工夫，她都沉浸在那种明明剧痛难忍却连叫都叫不出的状况。

颜淡从此再不敢正眼看他，这个人，绝对比唐周还狠。

四人走进镇上的酒楼，絮儿一直跟在柳维扬身后，待他们在桌边坐下之后，絮儿还是站在柳维扬身后。颜淡猜想这位柳公子的身份必定很不寻常。柳维扬，柳州维扬，爹娘不会懒成这样，把两个地名一合，就算是子女的名字了吧。

柳维扬看着唐周，低声道："唐兄，你来点菜。"唐周摇了摇头，推辞道："还是柳兄来，叨扰许久，这顿当由我相请。"

柳维扬微一颔首，用低低的、入耳舒适的声音报了几个菜名。颜淡第一次听见他一口气说了这么多个字，心中莫名有所触动。

只是这顿饭吃得委实无趣，将食不言寝不语发挥到了极致。柳维扬点的菜是好的，这家酒楼大厨的手艺也是好的，只是吃饭的人太过无趣。而在铘阑山境，绝对不会出现这种情况，慢慢就养成了她一天说不到一百句话就难受的习惯。

之后错过了宿头，只能在田边夜宿。颜淡煎熬了一整天，除了絮儿回答过她几句话之外，她又不想和唐周说话，柳维扬估计一年到头说过的话不会超过五十句，而那位黝黑的车夫和他家公子一样也是个锯嘴葫芦。

颜淡熬得难受，只得去远处走走。

晚风拂过水田，带来一阵泥土味道，银白的月挂在田边，安详而宁静。这时候还是春日，如果到了夏日，大概还会有虫鸣之声，更有别样滋味。

颜淡沿着田间路走了几步，忽见一道灰色的人影蹿出来，不由往后退开几步。那人和她打了照面，两人俱是一怔。颜淡看着那人异常眼熟，立刻就想起来："你不就是——"那人抱住脸，一边逃窜一边大叫："不是我，不是我！"

只听一声风响，唐周衣袖翩翩，衣襟带风，从那人头上掠过，剑鞘一划，将那人点倒在地："说，沈家那场大火是不是你放的？"

那人立刻赔笑道："我怎么会去烧自家宅子呢？"

此人竟是富商沈老爷。

颜淡走上前，微微一笑："既然庄子不是你放火烧的，沈姑娘一定是你害死的了。"

沈老爷苦笑道："姑娘莫要笑了，我怎么会去害自己的亲骨肉啊。"

颜淡铮的一声抽出唐周手上的长剑，这才发觉这把剑实在太沉，她踉跄一下，险些对着沈老爷的脸一剑劈下。唐周在身后扶了她一把，剑身一偏，正好钉在沈老爷的脸边。沈老爷吓得冷汗涔涔，好声好气地跟她商量："颜姑娘，小心，千万当心，手莫要抖。这把剑太沉，还是让唐公子拿比较稳妥。"

颜淡微微嘟着嘴："你还在胡说，沈姑娘才不是你的亲生女儿。"

沈老爷干脆地回答："是，怡君的确不是我亲生的，但是我一直待她如己出。就算她有时候又疯又傻，我还是待她如此。我怎么可能会害死她？"

唐周拿过颜淡手里的长剑，慢慢道："这样来说，你是知道凶徒另有其人了。"

沈老爷立刻闭上嘴，脸色灰白："哪里有什么凶徒？这天干物燥，失火也不算什么奇事，你何必……"他看起来害怕得厉害，不论唐周问什么，都闭口不再说话。

唐周叹了口气，只得还剑入鞘。忽听颜淡语音带笑，温温软软地开口："你真的是不打算说实话了？那也好，之后你千万不要招供哦。"她憋了一天，没人陪着说话，难得有人送上门来，自然不能轻易地放走了。

沈老爷干脆闭上眼，打定主意不理睬他们了。

颜淡蹲在他身边，悠然道："当朝有位大人对刑法很是精通，官拜刑部尚书，在他手底下从来没有人敢不招的。这位尚书大人姓迟，叫迟钧，你听过没有？"她点着对方的眼皮，"迟大人说啊，挖眼珠算什么，要把眼皮割干净但是眼珠还在，那才叫本事。"说着话，她冰凉的手指从沈老爷的眼皮滑到鼻子，"割鼻子有什么了不起，要割得正好，还能和从前一样呼吸才好。而舌头留着却没什么用，拿掉了也免得叫喊太凄厉。"

颜淡笑眯眯地继续说："你知不知道什么是活剥？听说要把人放在火上烤到三分熟，然后皮肉就会松动，只要刀割开一个小口，再一揭——"沈老爷睁开眼睛，颤声道："我，我全部都说，你别再说了！"

颜淡轻摇手指："不不，你还是别说。师兄，你去点一堆火，我们来试试看活剥之刑到底是不是和那位迟大人说的一样，然后再慢慢地、一点一点地，割。"

沈老爷颤声叫道："沈怡君和我同是……的手下，我们都是听他的命令行事。

唐公子的魂魄纯净，如果能够弄到手，就不用再受制于人。我们都想要，结果才会被那个人发现我们起了异心，所以、所以……”

唐周轻声道：“那个人是谁？”

沈老爷眼睑抽动，发出几声喉音，却说不出口。

颜淡叹了口气：“看来还是先弄一堆火来，边烤边说。听说人皮被揭下来后，里面的肌理还是完整的，经络脉动都能看得一清二楚，你一定很想看吧？”

忽听几声咳嗽，一个佝偻着背的老农叼着旱烟管，背着手慢悠悠地走过来。唐周将沈老爷往路边的灌木丛中一拖，拉着颜淡退到五步之外的草丛中。颜淡叹息：“前日被当成凶犯，这回又要当贼。”

唐周压低声音道：“你对那些刑罚倒是熟得很啊。”

颜淡轻轻一笑：“我与迟大人神交已久，幽冥地府中那些断手断脚的鬼魂一直惦记着他的好处，我连着听几天耳朵都要生茧了。古往今来，论起酷吏，他应算是第一人了。”

唐周不知她是在胡说八道，还是在说大实话。说话间，那老农慢吞吞走过去，一边吸着旱烟，夜色中可见烟管上火星微红。忽然一道微光闪过，快得几乎看不真切，唐周立即上前几步，拨开灌木：“糟了！”

借着清幽的月光，颜淡也清清楚楚地看到了沈老爷眉心赫然有一点致命伤，伤痕血迹未干。两人沿着老农走过的田间路追过去，只见路的尽头放着几件粗布衣，还有一支旱烟管。

而那个老农已经不知去向。

第十八章·线索中断

过了许久许久，颜淡方长长吁了一口气："这易容术好生厉害，这杀人的手段，也好生厉害。"

唐周低声道："至少现在知道这些事同神霄宫主脱不开关系。"

"虽然知道了，还是和不知道一样。神霄宫主是什么人，长相如何，年岁几许，他这样做到底有什么用意，这些全部都不知道。就算是看过他的真面目，也不能肯定这是他易容的，还是他真正的脸。我唯一知道的，就是神霄宫在一个叫镜湖水月的地方，而镜湖水月在哪里，只怕也没有人会知道。"颜淡轻声说道。

唐周微微一笑："算了，莫要再想。既然事已至此，我们也没有别的法子了。"

颜淡想了一想，也确是如此，别人都不着急，她更没什么好担忧的。

"其实，沈姑娘留下的血书上说，她要断绝取她性命那人的念想。如果那个人是指神霄宫主的话，她又是要断他什么念想？"颜淡若有所思。唐周已然接口道："莫非是七曜神玉？"

颜淡笑嘻嘻地打趣："师兄，你最近反应快了很多，别人都说近朱者赤，果然有道理。"

唐周笑着摇头，和她慢慢往回走。

颜淡见他不说话，又接着道："我第一次见山主的时候，不知被他整得有多悲惨，这二十年磨炼下来，现在算是旗鼓相当，输赢对半开。所以，吃的亏多了，也就学聪明了。"

"你的山主，可是上回和你一起的鱼精？"

"你怎么知道？"

唐周淡淡一笑："我从前碰见的妖还不及他一半厉害，这样的修为也算难得了。"

说话间，已经走回了马车附近。柳维扬坐在火堆边，跳动的火苗映在他脸上，显得神色有些沉郁，可仔细一看，才会发觉他一直面无表情。颜淡突然想到，柳维扬会在这时候碰巧出现，说不好之前也是在青石镇上。这个猜测虽然大胆，但也并非一定不对。

她回想起在古墓密道中关于神霄宫主的所见所闻，再转头看了看柳维扬，不由想，这柳公子怎么会这么木啊，拿这样一只锯嘴葫芦和扮什么像什么的神霄宫主相比，实在太对不起神霄宫主了。

颜淡慢慢挪近几步，轻声道："柳公子。"

柳维扬波澜不惊地转过眼看着她。被这样淡淡的眼神看着，颜淡不由自主地顿了一下，小心翼翼地问："柳公子，你也是修道之人吗？"

柳维扬微微颔首。

"修道还分两宗四派，司职有斋醮、符箓、超度亡魂、炼丹等，炼丹又有内丹和外丹之别，各流还分清修和阴阳，你是哪一种？"

柳维扬缓缓回答："都不是。"

"啊？"

柳维扬掸了掸衣袖，转身躺下睡了。

颜淡顿时觉得妄想从他这里问话的自己真是傻子。

翌日旭日东升之时，一行人又继续赶路。

"柳公子，一个人下棋多闷啊，不如让我来陪你下一局？"颜淡心里盘算着怎么正好输他两三颗子，把他哄得高高兴兴，然后对自己有问必答。

一盏茶工夫后。

"我是下在这里的，结果手一抖就放错了！"

唐周侧目。

两盏茶工夫后。

"对不住，刚才衣袖带到了，这一块由我来复盘吧！"

絮儿侧目。

又是半盏茶工夫过去，颜淡呆呆地看着被白子占去大片江山的棋盘，缓缓道："再来一局。"

夕阳西下，柳维扬用两指夹起一枚棋子，啪的一声落在棋盘上，然后自顾自地开始算赢了几手。颜淡崩溃了，向着唐周哭诉："他太狠了，一块边角都不留给我！"

唐周同情地看着她："其实我师父同柳兄下了十年都没赢过一局，你才下了一天而已。"

"十年？他十岁时下棋就能胜过你师父？"

唐周沉吟一阵，摇摇头："我是听师父说的，我认得柳兄才不过一两年而已。不过师父有次无意中提到，柳兄修道颇有所成，所以长相变化不大。可能十年前和现在也差了不多。"

第二日，颠簸的马车中。

柳维扬摆出棋盘，径自和自己开始对弈。

颜淡咬牙挪过去，坚定地说："我再来陪你下。"

柳维扬把盛黑子的盒子放在她手边，这是在让棋了。

等到夕阳再次西下时，颜淡踉跄着扑到絮儿身边，哭诉道："你家公子太狠了，哪有他这样下棋的？"

柳维扬拈起一枚白子在棋盘上轻轻一敲，缓缓道："比昨天少输了三颗子。"

絮儿微微笑道："颜姑娘，你看我家公子都夸你有长进了。要知道这几年唐公子的师父可是越输越多的。"

第三日，颠簸的马车中。

柳维扬轻轻揭开茶盏的盖子，吹开浮在上面的茶叶，缓缓地喝了一口。这时，颜淡坚定地挪过来，坚定地表示："今天接着来。"

柳维扬一挑眉，淡淡地看了她一阵，然后不动声色地取出棋盘。

当黑夜再次压倒夕阳的时候，连外面赶车的黝黑闷嘴车夫都探头进来看了。

“啪”，最后一颗子落定，棋盘上尸横遍野。颜淡趴在矮桌上，用怨恨的眼神凌迟柳维扬。后者对着棋盘数了一遍，突然“嗯”了一声，然后又飞快数了一遍，抬起头道：“明天接着下？”

颜淡握着拳，毫不犹豫地说：“好。”

第四日，在马车颠簸之中，襄都城终于近在眼前。

颜淡方才想到，她究竟是为什么要和柳维扬对弈的？而且还这么辛苦下了一路，也被他给虐了一路……

好像，现在同当初的目的已经偏得太远了。

“我打算先回家一趟，过几日再去拜见家师，就不同柳兄一起上山了。”唐周同柳维扬拱手作别，然后转过头看了颜淡一眼，“我们走。”

柳维扬走过颜淡身边，轻描淡写地问了一句：“你的脚好些了么？”

颜淡立刻觉得脚踝开始隐隐作痛，耳边还回响起那一声清脆悦耳的“咔吧”，立刻回答：“好很多了。”她要是敢说不好，会不会被他像那天一样再整治一遍？这样没伤也变有伤，小伤也成大伤了。

柳维扬点点头，就此走过去了。

唐周淡淡道了一句：“据我所知，柳兄他应该不是在关心你。”

颜淡道：“我知道啊。他根本就是一只锯嘴葫芦嘛，要么不说话，一说话肯定就有别的意思。”她说到这里，神情古怪，“唐周，你老实告诉我，你师父住的地方是不是很难找，山路还很陡峭？”

唐周闻言，默默地点了点头。

颜淡立刻伸出手腕，神情凄楚：“唐周，你快把禁制拿掉嘛，没有妖术我什么都做不来啊。”

“你若有了妖术，我倒是要怕你吓到我家里人。”

“那你不要带我去你家就好了。”

“不行。”

“唐周，做人偶尔要自私一点，你这样不遗余力替天行道、亲力亲为把我看管起来真的太辛苦了。”

“不辛苦，真的。”

“……”颜淡很消沉。

襄都不愧为旧朝故都，其繁华甚至不输于南都。四条主街两侧商铺林立，茶坊酒肆、庙宇公廨，卖绫罗绸缎、珠宝香料、古董奇珍的应有尽有。街上人流熙攘，贩卒往来其中，叫卖声不止。

颜淡随着唐周走过热闹街市，拐入一条幽静巷子，一座独门独院的大宅伫立眼前。红漆铜环大门，两旁立着威武的石狮，门楣上方是一块金字牌匾，上书唐府二字。她很怀疑地看着唐周：“你没有弄错吧，这里是你家？”

唐周没答言，径自走上前叩门。

颜淡想到凡间一些大户人家底下的下人也是跟着当家人姓的，立刻了然。只见红漆大门吱呀一声开了，门后站着一位锦衣管事，一见唐周立刻道：“少爷，你终于回来了，老爷和夫人刚才正惦记着你呢。”

颜淡又变得很消沉。

“表哥，还好你回来了，姨母每天念叨你，我听得耳朵都快长茧了。”只听一道年轻明朗的声音从身后传来，一位衣饰华美的少年从颜淡身边走过，笑嘻嘻地一拳砸在唐周肩上。

唐周微微一笑：“这次离家的日子是长了些。”他语气一顿，又道，“你看上去，倒不大像刚从书院回来的样子。”

少年腼腆地说：“表哥你别向姨父姨母说，这端午要到了，我有几个朋友想博那赛龙舟的彩头，我就跟去江边瞧了。”

“你放心，我不会说的，不过你也得先擦把脸，把脸上的汗渍给擦擦。”唐周转过头看了在台阶下的颜淡一眼，颜淡立刻自觉地走上前。

少年瞧着她，笑着道：“表哥，这位姑娘是……？”

唐周随口道：“我师妹颜淡。”

颜淡不由无聊地想，他现在对家里人称她是他的师妹，等到了师门，遇上正牌师妹了，她是不是又得变成谁的表妹了吧？

少年目不转睛地看着颜淡，嘴巴微微张开，很是震惊："表哥，我从前问你，你那个师妹长得什么模样。你那时说她面如黑炭，力能扛鼎，人称代战女金吾。这个、这个颜姑娘委实和你说的太不一样了吧。"

颜淡不由心道，唐周这人说话，实在是太恶毒了，怎么还没被人给打死。

唐周轻咳一声："这是我表弟景凌。"

颜淡半垂着头，嫣然道："景公子。"她可以对天发誓，她绝对按照凡间女子的行事规矩来，笑不露齿，不抬头直视别人，结果景凌脸红了，结结巴巴地回了一句："颜姑娘，你、你不用这样见外，直接叫我景凌就好。"

唐周回头看了她一眼。

颜淡趁着景凌悄悄溜回房间的时候，低声道："人妖殊途，要是有了奸情会遭天打雷劈，我绝对不会对一个凡人起什么心思。"

唐周嘴角一牵，笑笑道："是么。"

"颜姑娘是丘观主的入门弟子，这山上的日子对你一个女孩子来说只怕是太清苦了吧？"唐夫人执起筷子，夹了一块鱼放到她碗里。夫人一看就是大户人家出身的女子，肤色白腻，眉梢眼角都透出一股端庄，眼角那一颗泪痣为她的容貌平添几分风韵。

颜淡看了看唐周，而他不置可否地低头扒饭，只能硬着头皮瞎掰："道观修在山里，路不好走，进出一趟不太容易。不过我师父说，天降大任，必定要吃些苦的，忍人所不能忍，方为人上人。"

唐伯父满意地点点头："说得好。"

"颜姑娘是哪里人，身边可有什么家人？"唐夫人眼中带笑，温柔地看着她。

颜淡不由沉浸在对方温柔的眼波之中，突然一个激灵清醒过来，依照凡间的规矩，一个男子的父母问到一个女子家中有何人、住在何处，不是要下聘礼，便是要收为义女。不管是哪一种，她恐怕都消受不起。

“我也不知自己家中还有什么人，是师父将我带回来的，已经很久了。”

唐夫人一怔，立刻道：“看我，好端端的问这个做什么？颜姑娘，你莫要伤心，生老病死，这都逃不掉的。”

颜淡乖巧地一笑，轻声道：“我知道，何况我家里人只是在很远的地方，终有一日我们还是要重聚的。”她话音刚落，只见唐夫人的眼眶突然红了，用手上的丝巾擦了擦眼角，伸手摸了摸她的头：“你这孩子……”

颜淡只是觉得对方抚摸自己头发的手太过温柔，一句话脱口而出：“……好像娘亲啊。”唐夫人带着泪笑了，用慈爱的眼神久久看着她，慢慢吐出几个字来：“那我当你的娘亲好不好？”颜淡呆住了。

唐周放下筷子，脸上的表情说不出是震惊还是别的什么：“娘……”

“我家这孩子性情还是不错的，有时候虽然急进了些，可是待人处事都还算周到，有些话喜欢憋在心里，只是不好意思说出口而已。”

颜淡在心里嘀咕一句从认识到现在，唇枪舌剑、明讽暗刺是家常便饭，他绝对没有不好意思说出口的时候。

唐周忍不住开口道：“娘，时候不早了，师妹她也累了，有什么话明天再说吧。”

唐夫人立刻道：“对对，我都忘记了，你们还是赶了长路回来的。翠隐，你带颜姑娘到客房去，再让人准备热水。你早点洗洗睡了吧。”最后一句话却是对着颜淡的。

颜淡还是乖巧地笑了笑：“谢谢伯母。”她心中只想立刻跳起来，逃得远远的，却还是起身道了安，方才慢慢地走出大厅。

她走到大厅外面，就听到唐夫人温柔的声音从里面传出来：“虽说颜姑娘的出身配不上你，可是品貌没话说，我看你也怪喜欢她的。”

她可以对天发誓，发毒誓也可以，这句话她真的不是有意要听见的。只是她妖法虽不在，可耳目灵敏却没变。这声音偏偏要灌进来，她也没办法。她看了看手腕上的禁制，不由想，还是快点想法子脱身的好，不然再下去真的要人妖殊途、天打雷劈了。

第十九章·棋局

脱身是必然的。

颜淡自问还不想从一只野生草长的妖变成一只野生家养的妖。然而逃跑计划中所要做的第一件事就是把手上的禁制解开，不然逃出虎口又落狼口，实在太不划算了。

颜淡对着油灯，慢慢卷起衣袖，伸手摸了摸扣在腕上的禁制。这道禁制并没有像上两次一般将她的手指弹开，她能够真真切切地摸到它。颜淡静下心来想了一想，猜测是因为她身上完全没有妖法，就和一个凡人无异，而禁制对于凡人来说自然是没有用的。那么也就是说，她这回可以完全不借助外力，自己将它摘下来？

颜淡伸手拔了几下，这禁制卡得太紧，除非把手给斩下来，否则是怎么都不可能拔出来的。虽然古时有蝎螫手，壮士断腕的典故，但她还是想做一个好手好脚的妖。她摸了摸桌角，用力把禁制在桌边砸了两下，再对着油灯一看，连条缝都没有。由此可见，这道禁制很坚固。

她转而蹲在地上，把禁制贴在地面上磨，磨了好一会儿，地上多了一摊白屑。再摸摸禁制，原本呈圆弧的地方果然有些平了。颜淡捣鼓一阵，觉得还是把它磨出个口子的办法最可行。古人都能把铁杵磨成针，她磨开个禁制应该也不算太难。

她一把推开房门，打算去厨房找块磨刀石，却见唐周正在门口，抱着臂了然地看着她。颜淡一个激灵，呱的一下跳开一大步，笑着问："师兄，有何贵干？"

唐周靠在门边，微微一笑："原来我是想来问问你，客房里有什么缺的，不过走到门口的时候听到了砸东西的声音。”他看了她的手腕一眼，“不过似乎砸不碎，还挺牢固的？”

颜淡怯怯地拉住他，晃了两下，轻声道：“你放了我吧，我保证以后再也不做坏事，一心向善。每逢佛诞日，我都会去上香捐香油钱；还为你立长生牌位，早晚三炷香。”

“你自己选一个，是带着禁制还是被炼成丹药？”

颜淡深深地看了他一眼，嘟着嘴：“唐周，你这个忘恩负义的小人，我可是救了你两次性命。”

唐周直起身，慢慢道：“如果我解开你的禁制，你逃还来不及吧。”

这不是废话么，她不逃难道还等着他再来抓。

“你既然都说了我是一个忘恩负义的人，我又怎么会放了你？”

“唐周，我错了，我真的错了！我刚才什么都没说，你就算听到什么也马上会忘记掉，你看你离家这么久，也会想家对不对？我现在也很想回家，我家丹蜀还等着我给他讲鬼故事听，子炎还眼睁睁盼着我，紫麟没有我在一旁鞭策修为会荒废的……”

唐周嘴角微抽：“听起来，似乎你家里的妖怪都是公的？”他慢慢把袖子从她手里抽出来，“我看你当凡人也没有什么不适的地方，以后也这样好了。”

颜淡大受打击，呆了一会儿，才抬手揉了揉眼睛，喃喃自语道：“说起来，我当了这么多天的凡人，会不会变老了？”她想到这里，只觉得内伤更重了。

唐周缓步走开几步，听见身后就此没了声息，有些奇怪地回头看了一眼。但见颜淡垂着头，站在那里不动，突然眼中掉下一滴晶莹的液体，在地上晕开了一点浅色。他不由一窒，又叹了口气，转身走到她身边，迟疑了一下，还是伸手按在她的肩头：“早点睡吧，现在时候也不早了。”

颜淡转过头望了他一眼，又别过头不理睬他。

唐周慢慢伸过手去，轻轻拭过她的眼角，好声好气地说：“你今日也累了，去睡吧。”

颜淡走到门边，砰的一声把他关在外面，然后转过头看着方才在地上磨出来的白屑，自言自语："碎屑都吹到眼睛里去了，好疼。"

其实真正的事实是这样的。

颜淡蹲在地上，将手腕上的禁制磨平了几分，磨的时候白屑进了眼睛，但是她顾不了这么多，马上飞奔出去找磨刀石，结果在门口瞧见唐周。她立刻往后跳开一步，一脚踩到那堆白屑上，不让唐周瞧见，结果白屑又飘进眼睛里去了。

她揉了揉眼睛，眼中微微湿润起来，刚才那种微痛发痒的情形就不见了。

至于无心插柳柳成荫，柳树长成梧桐树，这是上天瞧见她现在受苦的惨状，终于来解救她了。颜淡对着镜子看了半晌，下了定论："好像是老了一点点，应该还没有半岁这么老。不过唐周好像很怕看见我掉眼泪啊，看来不用找磨刀石了，还是找个洋葱吧。"

翌日一早，颜淡顶着微红的眼眶，踏着虚浮的脚步，出现在人前。她真的不知道洋葱会这么厉害，开始剥了两片连感觉都没有，还以为不灵，片刻之后眼睛就开始发酸，忍不住用手揉了一下，结果弄巧成拙。

颜淡消沉地低头喝粥，突然眼前多了一碟花卷。唐周低声道："别只喝粥，多吃点别的。"她抬头看了他一眼，继续消沉地喝粥。

"都不合胃口吗？那你想吃什么，我让厨子去做。"他又轻声问了一句。

颜淡终于完全了解百灵曾指着元丹的鼻子说的那一番话了：男人的通病，花心、软骨头、犯贱。可是她现在真的没有胃口，口中还是一股洋葱呛人的味道，就摇了摇头，默默地喝完碗里的白粥，轻声说了句："唐伯父、唐伯母，你们慢用。"

唐夫人看着儿子，皱了皱眉："你欺负她了？这孩子像是哭了一晚上。"

唐周推开椅子，转身追了过去，轻轻牵住她的手腕："昨晚我昏了头，有些话其实不该说的，对不起。"

颜淡不由自主地"啊"了一声，神情复杂地看着他，斟字酌句地说："其实，你从前说过比这个还过分的话，做过更加恶劣的事情……"所以，昨晚的事如果能把她气得哭一晚上，那么她之前早就被他给气死了。

唐周大为难堪："……是么？"

颜淡消沉地转过身，走了。

唐周在那里回想了一遍，正巧见翠隐走过来，就出声说道："我有话问你。"翠隐停下脚步，微微笑道："少爷，你问吧，我定把能说的都说给你听。"

"如果你第一次见到一个人，他就把你的同伴打伤了，你会怎么想？"

翠隐问道："我的同伴伤得重吗？吐血了？差点没命？"她每问一句，唐周都点了一下头，她立刻气愤地说，"把这人送官，先打五十大板，打断那人的腿，最好把全身骨头都打断。"

"之后这个人还把你捉起来，关在暗无天日的地方，也不给东西吃，过了二三——"

"什么，还在黑乎乎的地方饿了两三天，这个人还有没有人性啊？！"翠隐简直义愤填膺，"少爷你不用说下去了，这种猪狗不如的恶人一定会遭天打雷劈的！"

唐周缓缓道："好了，你下去做事吧。"

第三日，颜淡终于摆脱洋葱的毒害，一见到唐周便问："不是还要回师门么？不如就今天吧。"等唐周到了师父那里，应该就没有这么多时间看管她，哪怕先把手上的禁制磨掉一块也是好的。谁知平日总会和她抬杠的唐周二话不说，立刻收拾了几件换洗的衣衫，让人备了马车，前后还不到半个时辰，他们已经在凌绝山山脚下了。

颜淡望了望眼前陡峭狭窄的山路，不论是马车还是驴子，都不可能上去，看来只能用脚走。唐周指了另外一个方向："往那边走。"

那是一个被杂草埋起来的碎石道，大概还是前人上山时候走出来的。

"师兄，你便是想整治我，也不用挑这个时候吧。万一我走了一半没力气，你还不是要多费事？"颜淡微微嘟着嘴。

"上山的路，就属这条最好走。那条只铺到一半，剩下的就要用爬的了。"

唐周踏上碎石道，用剑拨开眼前的草丛，当先走上去。

颜淡见他一直用剑敲击地面，想到很多采药人便是先用拄杖探路，把蛇虫惊走，便问："难道这里还有蛇？"

"山里总会有些鸟兽虫蛇，这有什么好奇怪？"

颜淡点点头："那你们还有野味吃。"

唐周默然无语。

他们到山脚下时，日头还没当正中，等到了山上道观的时候，已经是夕阳西下。

颜淡看着眼前的白墙黑瓦，同周围绿树相互映衬，吹着晚风徐徐，听着暮钟轻响，观崖边云海缭绕，果真有几分仙气。她刚要一脚踏进道观门槛，忽听一阵咯咯叫声，一只五彩斑斓的大公鸡挣扎着从她头顶掠过，她还没来得及后退，一个人影就从身边飞扑过来，一个饿虎扑食，将那只公鸡按倒在地，然后捏着脖子拎起来，横刀向天。但见刀光一闪，鸡头呼的一声落在颜淡脚边，鸡目圆瞪，还死不瞑目地盯着颜淡。

那一手捏着鸡脖子，一手提着菜刀的是个蜜色皮肤的女子，眼睛黑如点漆，又大又圆，向着唐周微微一扬菜刀，傲然道："师兄，你瞧我这招踏沙式使得如何？"

虽然人家姑娘根本就没问她，但颜淡还是立刻赞道："女中豪杰！"

唐周斜斜地看了她一眼。

对方颇有知遇之感，将菜刀交到另一只手上，然后用空着的手抓住她的手，重重地摇了几下："你的眼光真不错，不如我就把这招教给你可好？"

颜淡遗憾地说："可我没练过武。"

"没关系，我从头教你一遍，从基本功开始，保准你学会！"

唐周凉凉地开口："师妹，她就这把骨头，要从基本功练起的话，只怕要全部拆开来重装一次才行。"

颜淡消沉地看着他，竟然这么快就恢复正常了，早知道就不来这里了，真是失策。

“我叫秦绮，你叫什么？”蜜色皮肤的女子又摇了摇她的手。

“颜淡。我是——”她转头看了看唐周。唐周立刻会意地接上：“她是我的远房表妹。”

果然是表妹，这样没意思。颜淡微微嘟着嘴，含含糊糊地应了一声。只听唐周问了句：“师父在里面吧？”

秦绮立刻露出鄙夷的神色：“正缠着柳公子下棋呢。”

颜淡在心里想，为什么会露出这种表情啊，凡人不是有种说法叫“一日为师，终生为父”嘛，是她记错了，还是她已经完全跟不上凡间习俗的改变了？

唐周用毫无回旋的语气说：“肯定又输得厉害。”

喂，你们这是对师尊不敬吧？

秦绮撇了撇嘴，很是不屑：“这次老头子想出办法来了，地方选到瀑布底下。喏，就在那块石头上面，还说如果棋子被水冲掉了也不能复盘。这样还叫下棋？还不是耍赖皮嘛，虚伪。”

颜淡插话道：“瀑布在哪里？”

秦绮很干脆地说：“我带你去好了。”

瑰丽的夕阳之下，细细的迷蒙水雾也被染得淡红，被风一吹，便湿漉漉地打在脸上。一条玉带从山石上冲击下来，宛如银龙落地，倾泻于碧水寒潭。寒潭边上，种满了菡萏，莲叶还微微打着卷儿，色泽鲜丽。

烟水中有两人对弈于石上，年长的那一位看来已经颇有些年岁了，灰发稀疏，眼神锐利，清明如年轻人。颜淡坐在石桌边上，嘟囔了一句“你师父很像我们族长呢”——都有一个锃亮的秃顶，看着就十分亲切。

秦绮好奇地问：“哪里像？”

颜淡张了张嘴还没说话，就立刻被唐周打断：“咳。”颜淡默默地闭上了嘴，转过头看着水雾弥漫中对弈的两人。

只见柳维扬发丝衣衫尽湿，紧紧地贴在身上，修长有力的手指夹起一枚棋子，按在平整的石块之上。他这一按看似轻描淡写，棋子却嵌入石中，足足有半分深浅。瀑布冲击下来，怒吼着击打在两人身上。柳维扬脸色微微发白，一双眸子却同往常一样的波澜不惊，落子的时候又快又稳。

忽听一声长啸，颜淡吓了一跳，手上的茶壶险些拿捏不住摔在地上。接着眼前一花，一道人影已经近在眼前，如疾风般一把夺过她手中的茶壶，直接对着壶嘴咕嘟咕嘟地喝了两大口。

唐周起身道："师父。"

颜淡瞧了他一眼，终于放下心来，原来她还没有跟不上凡间的习俗，至少当着师父的面，还是一日为师终生为父。

秦绮立刻抓过一件外袍，为师父披上："师父，你这回赢了吗？"

道长一言不发，一掌拍在石桌上，整个桌面跳动一下，茶杯啪的一声摔在地上，碎了。颜淡绷紧了身子，尤其当道长那锐利的眼神扫过她身上的时候，她竟有种说不出的害怕。她想起唐周曾说过的，他师父在出家之前有妻儿，但出远门回来后发觉妻儿被妖怪啃得只剩下两具白骨。她是妖，是花精，一点都不想变成白骨精！

所幸那道目光很快就移开了，道长头也不回地离去。颜淡骤然松了一口气，慢慢抬起头，只见柳维扬从一片水雾中走来，衣襟半敞，不断有水珠从额上的发丝滑过高挺的鼻梁。颜淡才看了两眼，突然被唐周扳过脸。唐周看着她，慢悠悠地道："你又忘记了，女孩子都不能这样直视别人。"

颜淡说："我突然发觉锯嘴葫芦好像没有那么不顺眼。"

柳维扬一挑眉，用那种淡淡的、令人发悸的眼神看她："锯嘴葫芦？"

颜淡僵住了，没想到这柳公子虽然像木头，可是耳目却这样灵敏。她转过头，用很肯定的语气说："你一定听错了。"

柳维扬没有反驳，披上外袍扬长而去。

秦绮拍了拍额，道了句："差不多快到用晚饭的时候，我去把饭菜都端出来。"

言罢，也快步走了。

颜淡看着两人的背影消失，方才转向唐周："你师父会不会发现我是妖？"

唐周叹了口气："你身上本来就没什么妖气，师父不会发现的。"

"如果他还是发现了呢？"

"如果非到那种地步，"他伸手在她头上摸了摸，"你也不会有事的。"

颜淡皱着眉："你又拍我的头。"

唐周若有所思地看着自己的手："因为拍下去的时候，觉得很顺手。"

颜淡瞪了他半晌，忍了。鱼肉在砧板上菜在刀下，她还有什么不能忍的？就算这个连她年纪的零头还不到的凡人把她当猫狗摸两下头。

第二十章·神器现世

一桌子人低头夹菜扒饭。

颜淡看了看左边，道长吃饭的样子也很威严；看右边，秦绮大块吃肉大口扒饭，果然是女中豪杰。斜对面，唐周最小的师弟可怜巴巴地望着她碗里的一只炖鸡腿。颜淡用筷子夹起鸡腿，看着他问："你要么？我这个给你。"

道长一声咳嗽，师弟立刻一个激灵，坐得笔直，大声说："多谢姑娘，不用了！"

道长满意地笑了。

颜淡自从那日分别到现在，再没有见过絮儿，便问了一句："絮儿姑娘去哪里了？"柳维扬放下筷子，难得好心地答了一句："没跟来。"

秦绮寻着空子连忙开始问话："柳公子，你怎么能一下子把棋子嵌进石头里？不如也把这招教给我好不好？"

柳维扬没说话，反而是道长接了一句："这几十年的功夫在里面，你这丫头还想一天学会吗？"

颜淡咬着筷子想，就算有二十年的功夫，这柳公子看上去也不过二十来岁，那他只是看上去很年轻？只听道长又道："为师一直到练武的第五十八个年头才办到，凭你的资质，最快也要再过六十年。"秦绮只得低声道："师父教训的是。"

颜淡茫然了：所以说，柳公子今年贵庚？

"师父，我听有些传闻说，近来上古神器现世。"唐周忽然开口。

道长道："近几年一直有这些传闻，既然能传得出来，必定也是有这件事的。"他转头看了看柳维扬，"据我所知，这上古神器一共有四件，可是这样？"

柳维扬点了点头。

“上古神器其中一件是七曜神玉，还有一件叫楮墨，剩下那两件为师就不清楚了。”道长看了自己的弟子一眼，“你问这个作甚？这些神器都不是凡人血肉之躯可以碰的，别说你找不到，就算找到了也不能碰。”

颜淡看着道长在心中道，七曜神玉已经在您的弟子手上了，剩下的他肯定是要的，至于其中原因，她也很好奇。

柳维扬淡淡道：“我曾在古书上看过，西南原只是闭塞之地，彝族更是蛮夷，却不知从哪里学来巫蛊术，甚至可通天眼。我猜想，他们定是在无意中得到过神器。”

颜淡不由点点头。沈怡君是彝族人，而她手上确是有七曜神玉。

秦绮对上古神器不感兴趣，只是目光灼灼盯着柳维扬：“柳公子，你练了多少年功夫？就算我的资质驽钝，我也要练成你这样的。我可以加倍勤学苦练！”

柳维扬想了一会儿，缓缓道：“五六十年吧。”

颜淡呆了：为什么他的头发还没有秃，牙齿还没有松动，皮肤还没有起皱？

她大受打击，出声问：“柳公子，你今年贵庚？”

唐周斜斜地看了她一眼，不说话。

柳维扬终于正眼看她，修长有力的手指一拨，一双筷子发出咔嚓一声脆响，断了。

颜淡立刻道：“我只是随便问问，你不用告诉我，真的……”

入夜之后的山上凉了很多，颜淡听着秦绮的呼吸声变沉，从对面的床上翻了下来，推开门出去。

头顶的弯月正亮，颜淡在天井中绕了一圈，找到一块尖锐的石块，蹲在旁边继续磨手上的禁制。她磨了一阵，忽听不远处有轻微的窸窸窣窣的响动传来，连忙躲在树影中不动，紧接着一道人影从她眼前穿过。她借着月光，看出那人应是个女子，身形娇美，穿着夜行衣。

颜淡抬手抵着下巴，暗暗觉得这人的背影看上去有那么几分眼熟。她接触过的凡人也不算多，认得的更是两只手就能数得过来。只见那个女子突然在十几步远的地方停住了，像是在等什么人似的。

颜淡慢慢往前挪了两步，躲在大树后面，又在背阴之处，只要不发出声响，就不会被人发现。她才躲好没多久，只觉得身后有微风拂过，腰上先是一麻，身子便不能动弹。她感到微凉的手指又在她颈边一点，眼皮也开始沉重。

迷迷糊糊之际，只闻到一股淡淡的檀香味道，她拼命想保持清醒，却越来越困。在完全失去意识之前，只听到一个冷若冰霜的声音说："要不要杀了？"她怨恨地想，为什么最近她总是那么倒霉？

颜淡醒过来的时候，发觉自己还好手好脚地活着，连一点伤都没有。她想坐起来，可是连根手指都不能动弹，想叫人来，却发现被点了哑穴，根本不能发出声音。

一只不知名的虫子正从她手臂上耀武扬威地爬过。那虫子的腿上还有倒刺，爬过她露在衣袖外的手腕时，她不由寒毛直立。虫子爬走了，又来了一只蛤蟆，跳着跳着，就跳进了她视线所及的范围内。她和那只满身起皱皮、眼睛鼓起的蛤蟆对视片刻，那蛤蟆终于倒退着跳开了。又过了好一阵，只听咝咝的声响越来越近，颜淡只觉得心中凉飕飕的，就算是隔着衣衫，还是能感觉有什么黏黏腻腻、冰冰冷冷的东西慢慢缠了上来。

她之前是问过唐周这山上是不是有很多鸟兽虫蛇，但没想到落到这般地步。

颈上突然一凉，那种缓缓蠕动、细鳞片摩擦的感觉让她全身起鸡皮疙瘩。只见一条细细的、花色斑斓、头呈三角形的蛇伏在她颈边，慢慢地扬起身子，张大嘴露出里面的三颗尖牙。

颜淡眼睛发酸，却连眨都不敢眨一下，现在这蛇还是在等待时机，如果她闭上眼，它立刻就会咬下来。她现在同凡人无异，要是被咬一口，肯定当场送命。

蛇身直立，在月下缓缓扭动，舌尖吞吐，不断发出咝咝的响声。颜淡已经在心里把唐周骂了十七八遍，准备开始骂他家的祖宗，终于忍不住闭了闭发酸的眼，只听呼的一声，一道森冷的剑光从她鼻尖擦过，将那条毒蛇斩成两段。那把剑上的力道很大，还往前滑了好几尺，势头不减，最后钉在沙土中。

颜淡睁大眼，惊魂未定地看着唐周走到她身边，将剑还入剑鞘，然后将她扶坐起。唐周见她不说话，便问："你被点了哑穴？"颜淡眨了一下眼，看着他。唐周立刻将她的哑穴解开，又问："你记不记得还被点了哪里的穴道？"

颜淡幽幽地开口："你刚才差点割了我的鼻子……"

唐周宽慰道："我出手向来很准的。"

"我记得似乎是在腰上麻了一下就不能动了。"颜淡回想一遍，"不过我只知道大致位置。"

唐周不吭声，将她的头搁在自己的肩上，伸手在她腰后推宫过血了几下。颜淡只觉得身子一松，竟是可以动弹了。她抬起衣袖擦了擦颈，露出恶心的表情："我这辈子都没被一条蛇从身上爬过。"她说到这里，理所当然地把一切都归结到唐周身上，"都是你害我被凡人追得逃命，还要担心你师父看穿我的身份。随随便便什么人都能把我点倒，要是那人杀了我，我连仇人是谁都没瞧见。现在更好，连一条蛇都爬到我头上来！"

颜淡喘了口气，怨恨地看着他："自从碰上你，我时时刻刻都在倒霉，别是这辈子，就算是下辈子我都不想再看见你！"

唐周缓缓地抬起手，按在她的背上，低声道："你原来是这样讨厌我么……"他轻轻一握她的手腕，只见一道微光闪过，那道禁制突然裂成两截，落在地上。

颜淡看着空荡荡的手腕，还有些不敢置信。

"现在你若是要走，谁也拦不住你。"

颜淡听到这句话，反倒怔了一下，一动不动。

唐周转过身，慢慢走出几步，在一片夜色中回头看她："或许等我找到了那四件神器，我们还能再见。"

他们花精一族的族长曾用自己漫长的人生阅历定下一个结论：花精们都有着强烈的好奇心，源自于他们曾经百年扎根在同一个地方。

颜淡原以为自己是例外，眼下看来，还是没能免俗。

她在原地，踌躇了一会儿，还是忍不住问："你为什么非要去找那些上古神器？你师父说得很对，这些仙器，的确不是凡人的血肉之躯可以触碰的。"

唐周微微一笑："我总是会做一个梦。梦里，我在一个全然陌生的地方，那里什么都没有，只有漫天白雾缭绕。我似乎是想去追前面的那个人，就在云海里一直跑，每次快追上的时候，那个人就会突然消失。我听到一个声音对我说，如果我想明白这一切，就必须得到上古四神器中的一件。”

“你要找的那件神器肯定不是七曜神玉吧？”

“那件神器叫地止。”

颜淡叹了口气：“据我所知，上古四神器还是盘古氏开天辟地之后保留下来的，归于九宸帝君所有，后来在天庭同邪魔的一场大战中，全都遗落凡间。你现在已经找到七曜，还有楮墨、理尘和地止，或许你穷其一生也未必能找到第二件。”

“我不知道。只是心里隐约觉得，那个人很重要。你上次说过，前世的记忆会被封存起来，我想这就是很久以前的记忆。就算过了千百年，我已经什么都不记得，却唯独记得那个人的背影。”唐周眼中温柔，轻声说，“我只是想再见一见她。至少，等到以后回想的时候，不再是只记得一个模糊的背影。”

颜淡只觉得满腔热血涌上心头，一时也来不及细想自己到底说了什么：“既然如此，我就陪你去找地止。其实我也没什么特别的事要做，知道的也比你多，说不定有什么可以帮到你的地方。”

唐周笑了笑：“多谢你。”然后转身走了。

颜淡说完这番豪言壮语，那股罕见的、从头烧到脚的正义感已经消失，只能无精打采地抱头蹲在地上，喃喃自语：“我怎么会说出这种话来啊？明明已经脱身了，还眼巴巴往牢笼里跳，我难道真的是个彻彻底底的笨蛋，不会吧？”

她抱着头想了一会儿，突然想到沈怡君临死前写下的血字：

他绝我性命，我断他一世念想。

“那神霄宫主也在找上古神器，连余墨都说他和紫麟两个加起来还不及一个神霄宫主，”颜淡已经崩溃，“我现在岂不是在做虎口拔牙的蠢事！我看我还是连夜逃走吧，弄不好连神器都没见到一眼就白白丢了性命，这件事哪赚哪赔也太明显了，反正我一向把发誓当饭吃，毁诺背信这种事谁会在乎？”

她慢慢起身，刚踏出一步，耳边又似乎回响起那句话“我只是想再见一见她。至少，等到以后回想的时候，不再是只记得一个模糊的背影”，下一步便怎么也迈不开了。

颜淡心绪低沉地回到房间，秦绮还是睡得香甜，她却翻来覆去怎么也睡不着。她一会儿想到神霄宫主，一会儿猜测之前看到的那个有几分眼熟的背影到底是谁，一会儿又想着点了她穴道的那个神秘人的身份，就这样迷迷糊糊、半睡半醒，等到睁开眼的时候，天竟然已经亮了。

第二十一章·西南之行

西南是偏壤，景致却是极佳。八百里青山连绵，河川奔流，茫茫然空阔无边；数峰交错，形如北斗紫微，浑然天色山岚。

颜淡叼着当作干粮的馒头，满心郁结地看着坐在对面沉默安静的柳维扬。在她心中，赶路时最不适合同行的有两种人，哑巴和君子。哑巴不会说话只会吃，无趣；君子行止端正，一点坏事都不会做，更无趣。她不知柳维扬算不算得上君子，不过确是算得上是大半个哑巴。

那日她同唐周离开凌霄道观，再回到唐周的家中收拾了些行装便出了襄都城。此时已值暮春，枝头只剩下几点残红。柳维扬站在桃花树下，波澜不惊地看着他们。颜淡也不知道唐周同他说了些什么，总之结果就成了妖、天师、不明年纪的高人结伴去西南。

这一路过去十分顺利，竟然连个响马山贼的影子都没碰上，让颜淡又遗憾又感慨，都说现下大周的睿皇帝励精图治，吃闲饭不做事的官吏太少，平白无故剥夺了她很多乐趣。离彝族长居的朱翠山越近，柳维扬则越是沉默，停下来休息的时候就直直看着天，不知在想什么。旁人和他说话，他最多不置可否地嗯一声，也不知到底有没有听到。

颜淡实在太清闲，只能猜测柳维扬到底在想什么。一个凡人，一旦想到某些龌龊的事情，就算摆出正气凛然的表情，眼神还是会流露出几分卑鄙下流；如果想到杀人放火、无恶不作，那么就会咬牙切齿，把拳头捏得咯咯响。可是柳维扬眼神清明，神情淡然，总不至于是在担心天会不小心掉下来一块吧？

颜淡咬完一个馒头，开始慢慢往火堆里送柴火，突然灵机一动，指着前方的朱翠山："峰秀近扶玉蟾，南走遥烟锁浮云，凌夷蜿蜒，何妨择胜登高处。"

唐周一口馒头噎着，咳了几声方才道："你怎的突然吟诗作对起来。"这只花妖的确和他从前见过的有那么些不一样，除了会撒娇、狗腿，胸中竟然还有几分墨水。他转头往颜淡指的方向看去，只见朱翠山高可扶月，雾霭沉沉，山势蜿蜒。他在修道之前，还考取过童生，颜淡念的这几句词除了词韵不平之外，倒是相当应景。

"吉气走曲，煞气走直，山环水抱则为气，看来这朱翠山必是人杰地灵之地。"颜淡转头看着柳维扬，"柳公子，你说是么？"

柳维扬看了她一眼，自顾自看着朱翠山方向。

颜淡不死心，又道："不过我看山下那两条河没有聚首，水汽不接，灵气外泄，好端端的成了败笔。"

柳维扬摇摇头，还是没说什么。

颜淡终于放弃了，慢慢躺在干草上准备好好睡一觉。她睡得很浅，突然听到一声细微的声响，睁开眼就见柳维扬慢慢起身来，手上似乎有什么东西在月光下微微一闪。颜淡躺着不动，只见柳维扬慢慢走到唐周身边，低头看了他一会儿，又转过身往她这里走来。

她心中奇怪，便闭上眼吐息绵长，装作熟睡。她感觉到对方静静地看了自己一会儿，慢慢走到远处。颜淡轻手轻脚地爬起来，小心地跟在他身后，只见他走到一棵槐树下，抬手轻轻地掸了掸树干。

在颜淡看来，柳维扬是个绝不拖泥带水、不做多余事情的人，他的每一句话、每一个动作，不太会是毫无意义的。她正百思不得其解，只见柳维扬慢慢靠在树干上，将手中拿着的事物贴近嘴角。

借着银白色的月光，颜淡看得真切，他拿着的仅仅是一支玉笛。竟然只是笛子，而不是兵器，枉费她刚才还紧张了一下。

月悬正中。谁家玉笛横吹，如断肠，如低诉，正是少年疏狂，七分醉意。

柳维扬眼中清清冷冷，一身从容轩然，如玉树碧竹。颜淡看着他吹完一曲，音调一转，又隐隐露出些金铁之声。他青黛色的衣袖在风中漫漫舞动，清华万千。

颜淡慢慢往后退回去，倒在干草堆上。隔了片刻，柳维扬轻轻走回火堆边，复又坐下。颜淡迷迷糊糊地想，这回真的是她太过多疑了。

翌日一早，便入了朱翠山，谁知才走到山口，湿漉漉的雾气就扑面而来，脚下湿滑，不太好走，只能退了回来。

唐周道："看来这山路不太好走，只怕要请个当地人来带路。"柳维扬还是不置可否，颜淡眼波一转，笑着说："我突然想到一个故事。"

唐周斜斜地看了她一眼，微微失笑："又是什么故事？"这几天除了赶路便没什么事，不用想也知道她心里一定憋得慌。

"古时有位君王，他想出兵攻打邻国，于是便问丞相这个主意可不可行。那丞相听了，只说了一个字：'然。'这位君王百思不得其解，究竟这个'然'字到底是好呢，还是不好呢。后来君王重病，发兵的事情也就搁了下来。弥留之际，他也想着丞相这个'然'到底是指什么意思。那位君王最后还是忍不住把丞相叫到病榻边，把自己猜测到的告诉对方，问他是不是这个意思。结果那丞相又呵呵笑道：'然。'那君王立刻就气绝身亡。"

唐周又好气又好笑，也亏得她想得到这么一个典故来影射柳维扬。可是柳维扬就像是没听到一样，连眼神都没偏一下。

颜淡顿觉无趣，嘟着嘴不说话了。

待走到山外一个村口时，唐周低声说了句："你倒是很喜欢磨着柳兄说话啊。"颜淡皱着眉想了一想，笑逐颜开："所以你嫉妒了。"

唐周不假思索地回答："没有这回事。"

颜淡幽幽地叹了口气："其实你承认了，这也没什么大不了的，我又不会取笑你。"

"我真没有。"

正说着话，只见迎面走来两个当地人，穿着粗布大襟的衣衫，两人一高一矮，看见他们一行三个人，走上前笑着说："看三位的样子，是来朱翠山游玩的吧？

现在气候正好，就是山里容易起雾，没有当地人带着，很容易迷路。”

唐周微微颔首，只听那个子高点的当地人继续说道：“其实每年都有不少人来朱翠山，我们兄弟俩也不是第一回领路了，这个价钱嘛，自然好商量。”

唐周取出一锭银子，淡淡道：“最多两个时辰，我们就要进山。两位看看还需要买些什么，剩下的银钱就等到了地方再算。”

那人接过银子，掂了几掂，笑着道：“公子尽管放心，只要半个时辰，咱们就可以出发，保证万无一失。”说罢，拉着那个矮个子的当地人走开了，一边还用他们听不懂的土话在那里嘀嘀咕咕。

柳维扬低声道：“这两人身上有股腥臭味。”

颜淡立刻抖擞精神：“我看他们眼光闪烁，又太过殷勤，恐怕其中有古怪。这一路当真有趣了。”

“就算有什么古怪，也不至于应付不了。”唐周看了看包袱，“剩下的干粮不多了，进了山也不知哪里才会有人家，趁现在多买些带着。”

柳维扬摇了摇头，淡淡道：“他们既然敢带人进去，肯定是有了计较。总之，多加留心便是。”

颜淡毛骨悚然：“那你刚才说的腥臭味该不是……”

柳维扬不置可否地看了她一眼，又一声不吭了。

唐周微微奇怪，她平日倒不会这般吞吞吐吐、一句话只说半句，便问道：“那腥臭味怎么了？”

颜淡神色复杂：“我也是随便猜的，你还是别知道比较好，恐怕能让你好几天都食不下咽。”

唐周见她不愿意说，也不勉强，三人去村中买了些干馒头带上，又打了井水，再回到村头的时候，就看见那两个当地人背着麻绳斧头，拎着探路的手杖等在那里了。

朱翠山雾气浓厚，层层叠叠积聚在一起，连十步之外的事物都看得不甚清晰。颜淡悄悄地打量斜前方正用手杖探路的那两个当地人，他们眉目相似，面皮黄里透黑，笑起来也只抽动脸皮。

只见那个矮个子的当地人转过头来，向着她咧嘴一笑，露出焦黑的牙齿：“姑娘，你可要跟紧些，这山里有大蟒，专门喜欢吃细皮嫩肉的姑娘。”

颜淡立刻摆出一副害怕的模样：“这山里还有大蟒？！”

“这大蟒有手臂粗细，这么长。”那人用手一比，“它张大嘴的时候，可以把整个人都吞进去。”

“够了，你别说了，”那个高些的当地人立刻打断他的话，笑着道，“那也只是我们地方上的传言，姑娘莫怕，要真是碰见大蟒了，我们两个尽可以砍死它。”说着，拍了拍背上那一卷麻绳缠着的斧头。

颜淡明眸皓齿地一笑，语声温软：“那我可就放心了。”

又在白雾中走出一段路，她随意地往四周看了看，却突然发觉，原走在她身后的柳维扬突然不见了。她知道凭柳维扬的身手，就算落单也不会有大碍，只是她一直觉得，柳维扬会与他们同行，应该也是有他的目的。毕竟人心难测，至少眼下还不能断定他究竟是敌是友，抑或有什么别的图谋。

她正想着要不要把这件事告诉唐周，不经意间余光瞥见一个人影。她回头一看，柳维扬神情平淡，正走在她身后。

颜淡揉了揉眼睛，心中怀疑难道刚才是她看错了？这雾气迷蒙的，一时眼花也不奇怪。她这样频频回头，连柳维扬也感觉到了，不解地问了句：“你看到了什么？”

“你刚才有没有看到什么奇怪的东西？”颜淡试探地问。

柳维扬摇摇头，倒是那个矮个子的当地人又转过头说了一句：“这里雾气大，山路又难走，难保会眼花。不过姑娘你也太会疑神疑鬼了，该好好练练胆量。”

颜淡很想把那多嘴多舌的凡人整治一顿，但想着他还要留着领路，只得暂时忍住。她当年练胆量的时候，这多嘴的凡人还不知在哪里呢，竟敢说她胆子小，还需要练，真是岂有此理。

他们在山里不知走了多久，眼前还是白茫茫的一片。唐周不由问了一句：“还要走多久？”那高个子连声道：“快了快了，等到了山道口，顺着山路走上去，就能翻过这座山头。”他手中拿着一把锉刀，敲了敲身旁的一棵树，“我这样一路做记号，再看准方向，就是闭着眼睛走也不会迷路的。”他正要拿刀在树皮上划下去，忽听那个矮个子大叫一声：“这、这地方我们刚才来过！”

那个子高的立刻斥道：“你胡说什么，别自己吓自己了！这山里我们也走了不下十七八回，哪一回不是很快就走出去的？”

“可是你看这树皮上的记号，不就是你之前划上去的那道？”

那个子高的顿时脸色发白，喃喃道：“怎么会这样……这从来都没有过，莫非、莫非是鬼打墙？”

颜淡低下身看了看树干上的记号，又仔细看了看周围的草木，之前确是来过这里。可如果是鬼打墙的话，她不会一点感觉都没有。

只听唐周语气镇定地开口：“那就重新再走一遍，如果还是绕回原地，再想别的办法。”

那两个当地人立刻重新辨认方向，走在前面带路。

颜淡一边走，一边静静地看着周遭，余光之中，只看见柳维扬每走出几步，都会用脚尖将地上的几块石头挪开，刚开始她还以为是他生性谨慎，一路做些记号。可时间一久，就开始觉得有些不对劲。做记号，必须要方便辨认，而他排列出来的石子，却是杂乱无章，没有一点规律，似乎只是为了将那几颗石子踢开而已。

这样在茫茫白雾中走了大约半个多时辰，那个矮个子的当地人激动地转过头来，一指前方：“这就是山道口了，看来刚才只是找错方向才兜了个大圈子。”

颜淡悄悄地看了柳维扬一眼，只见他目不斜视，眼中波澜不惊。

她仔细一想，就觉得其中有些奇怪的地方：这两个当地人他们在山里少说走了十七八趟，没有道理会认错方向，除非他们是在故弄玄虚。可是看他们刚才那脸色发白，惊疑不定的样子，要是全是装出来的，那未免也太厉害了。而在她想来，这种做法也委实太过多余。

如果还有其他原因，那应该和柳维扬有关。她亲眼看见柳维扬消失，却又在下一刻看见他凭空出现。这究竟是不是她一时眼花？如果不是，他到底离开了多久，又是去做什么？还有，柳维扬有意无意地挪开那些石子，又是为了什么？

她突然想起很久以前在锵阑山境的一个晚上，那晚天气闷热，怎么也睡不着，就想去湖边透透气。结果余墨也没睡，正负手站在月下。颜淡走近了，才看见地上摆满了石子，星罗棋布，每一颗石子摆放的位置看似平平无奇，却又像有某种玄机。余墨听见她的脚步声，仅仅转过头看了她一眼，又继续低头看着地上。颜淡很是奇怪，想再走近些看，就被余墨一把拉住："这些石子是依照伏羲八卦排列，有进无回。"

颜淡不相信，结果走进去后眼前景象突变，周围杀气腾腾，怎么走都在原地打转，幸好余墨最后把她拉了出来。之后整整半年，她看到余墨都是小心翼翼的，生怕哪里惹到了这位山主大人，他一不开心就想把她往那个石头阵里扔。

如果他们刚才在原地兜圈，是因为走进了一个伏羲八卦阵，那么布阵的人又是谁？柳维扬觉察到有人在那里布了阵形想困住他们，却为何只字不提？她是想直接问他，转念一想，既然他不说，应该也有他的道理。假如柳维扬别有图谋，她这样问了反而打草惊蛇；若他确实出自好心，她这一问很可能就坏了他的大事。

颜淡抬头向前看去，只见雾气之中飘起了细细雨丝，迎面吹拂到脸颊之上，正有一个淡薄的人影，从雾气中翩翩而来。那人一手提起衣摆，脚踏木屐，面目模糊，每一步像是走在云端，身形飘逸，有那么一股子说不出的清气。

第二十二章·采药人

但见那人到近处，面目渐渐清晰。颜淡不由轻叹一声："可惜！"

这迎面而来的，是一个粗布麻衣的男子，泥水沾满一双木屐，一直溅到衣摆。他长得獐头鼠目，满脸麻子如繁星点点，要有多猥琐便有多猥琐。

反正那高个子的当地人一副很瞧不上那人的模样："伍顺，你这小子没事进山来做什么？"

伍顺立刻赔笑着取下背上的背篓给他们看："还不是进山来采点草药换银钱吗？我家里就快揭不开锅了，要是运气好，还可以抓到蛇。蛇胆可以卖，蛇肉……蛇肉可就是珍馐美味！"他说到这里，几近垂涎三尺了。

颜淡又叹了口气。

原以为是谪仙一样的人物，结果却是个说不出有多猥琐的采药人。她的眼神，近来真是越来越不好使了。

那采药人伍顺一转头，就瞧见颜淡，嘴巴微张，便再也移不开眼，许久才回过神来，咂了咂嘴，不知在打什么龌龊主意。

颜淡怒从心头起，只恨不得一剑劈了他，立刻要伸手去拔唐周的佩剑。她还没来得及动手，手腕便被柳维扬不动声色地握住了。颜淡呆住了，僵硬着脖颈转过头去看身边的柳公子。柳维扬看着她，微微摇了摇头，然后慢慢地松开手。

伍顺听说他们要去登朱翠山，立刻就殷勤地走在前面领路，还时不时回过头讲两句荤笑话。颜淡摸摸手腕，总觉得很不对劲。柳维扬是不可能去拉她的手腕的，颜淡对这点很肯定。难道走在她身边的，已经不是柳维扬了吗？

那会是谁？不管是谁，只要不是神霄宫主就好。她一想到神霄宫主，不由自主地毛骨悚然。唐周看了她一眼，低声问："你脸上又青又白的，是怎么了？"他半开玩笑道："总不至于被人看了几眼，就怕成这样了？"

颜淡偷偷瞥了柳维扬一眼，慢慢往唐周身边靠了靠："我还会怕人看么？我又不是见不得人。"

唐周想了想，伸出左手给她："你要是怕的话，就拉着我好了。"

颜淡迟疑了，她这是拉还是不拉？拉的话，未免太损伤她的自尊心了，可是不拉的话，还真是有点于心不安。她突然觉得身侧有一道目光扫过来，立刻一个激灵，将自己的手送到唐周手中。唐周轻轻握住，笑着说："你忘了你在墓地里说过的话了么？"

她那时在墓地里说过的话，少也有二三十句，到底是指哪一句？她自己都要不记得了！

颜淡回想了一会儿，突然想到，莫非是那句"他不会真的杀了我们，只是试探"？就是说，唐周也注意到柳维扬消失后又出现的事了，那就说明，这一切真的不是她的错觉。假如现在的柳维扬是神霄宫主假扮的话，也就表明他暂时不会向他们动手。她那时还曾猜想过柳维扬的身份，怀疑他就是神霄宫主。现在看来，倒不是高估了柳维扬，而是太低估神霄宫主了。

因为开始耽搁太久，等到太阳落山之际，一行人还在深山中间。

那两个当地人动作利落，砍了树枝回来，用打火石划擦几下，点起一堆火来。又从随身的包裹里取出一只砂锅，接了山泉水放在火上煮。采药人伍顺立刻从背篓里挑出黄精，放进锅中一起煮。

几个人分了一包馒头，用火烤到馒头上出现几个蜂窝一样的口子，慢慢呈现出焦色，而那一锅黄精也煮沸了，方才慢慢填饱肚子。

颜淡知道唐周是百毒不侵，她也不怕凡间的毒物，便心安理得地吃起来。柳维扬还是和往常一般沉默，对着火堆默默无言，像是有无尽心事。

一行人吃过干粮，便轮流守夜。高个子的当地人守前半夜，另外一人和采药人伍顺守后半夜。颜淡见他们这样安排了，也顾自挨着火堆边闭目睡去了，她向来都睡得不深，也不怕他们在背后做什么手脚。

她迷迷糊糊睡了一阵，惊醒时已是月上中天，雨歇后的山涧苍穹清澈如碧，繁星点点，格外明朗。她看了看周围，只见柳维扬和唐周依然熟睡，而守夜的那三个人却没了踪影。她轻轻起身，步履极轻地往前面山林中走去。走了十几丈外，只见斜方山坡上火光点点。她慢慢走近了，只见伍顺腰间系着麻绳，正小心翼翼地沿着山道往上攀爬。麻绳的另一头则抓在那个高个子的当地人手中，他满脸不耐烦，粗声道："你这小子，磨磨蹭蹭的，还不快点？！"

伍顺唯唯诺诺，爬三步又摔回一步，手脚发软，动作难看。颜淡瞧着直叹气，可这一口气还没叹完，耳边突然炸起一声极凄厉的惨叫。只见伍顺扑腾一阵，像是陷进什么里面去了似的，只剩下半边身子还在山道上边。

颜淡悄悄挪动身子，想再走近些看，只见那个高个子的当地人突然一斧头砍断麻绳，伍顺的人影顿时消失不见。

颜淡摸摸下巴，心道这西南地底溶洞极多，看似平整结实的地面，实际却是中空的，那采药人伍顺大概就是摔进溶洞里去了。只是那两个当地人若想将他拉上来，应该不算难事，现在一斧子把麻绳斩断，就是故意要把他给弄死，实在是太狠毒了。

只听那个矮个子的当地人说："为什么不把伍顺拉上来？好歹大家也是一个村子里的。"

"我看这小子压根就不安好心，还不是想分一杯羹。他现在掉下去就干脆由着他去，少一个麻烦。"高个子的当地人重重地哼了一声，"等下他们要是问起来，就说伍顺家里还有急事，提前走了。他这样摔下去，正好喂了山神爷，对我们也好。"

颜淡听得糊涂起来，但见他们往回转，只得飞快地往火堆溜去。还差着十几步的时候，只见唐周正从斜方的山道上下来，脸色不算太好。颜淡道："我刚才去跟着那三个当地人了，他们……"唐周做了个噤声的手势，淡淡说："你看见的那些，我适才也全部都瞧见了，这条山路和那边是相连的，而我是在你离开后，跟在柳兄身后去的。"

天刚蒙蒙亮的时候，一行人又继续赶路。

颜淡看看周围，突然问了句：“咦，昨天那个叫伍顺的采药人呢？怎么一早就不见了他？”

矮个子的当地人干笑两声：“昨、昨晚的时候，这小子想起家里还有事，不等天亮就回村子去了。他走的时候你们还没醒，也就没、没招呼一声。”

颜淡鄙夷地看着他——连假话都不会说，一开口就磕磕巴巴的，一听就知道在说谎。“原来他一早就回去了啊。奇怪，现在还没入夏吧，你怎么大早上的就直冒汗？”她微微笑道。矮个子的当地人只得又干笑几声，彻底闭上嘴。

唐周警告地看了她一眼，低声道：“颜淡！”

颜淡叹了口气：“就算你把我的名字叫得千回百转，我还是不会明白你想什么，对不对？”柿子都是挑软的拿捏，如果现在的柳维扬真是神霄宫主假扮的话，她还是去欺负唐周比较好。

唐周反倒没生气，在她的手心慢慢写下一个“柳”字。颜淡觉得有趣，也拉着他的手写下一个“霄”字。唐周摇摇头又点点头。颜淡立刻明白，他想的大致就是，眼下的柳维扬很可能不是原来那一个，至于是不是神霄宫主扮的，也难说。

他们这样你写一个字我写一个字，很快就落在最后面。高个子的当地人回头笑着说：“我看你们倒像是从家里私奔出来的小两口，一刻都不停地黏在一块儿。”

颜淡僵硬地看着唐周，挤出一个比哭还难看的笑容。唐周很是无所谓：“我们确是从家里跑出来玩的，光明正大，也不算是私奔。”

颜淡呆住了，柳维扬也明显地愣了一下，唐周又笑着问了一句：“是不是，颜淡？”

颜淡很郁结，还没来得及反驳，突然脚下山道松动，站立不稳往下摔。唐周连忙伸手抓住她的手臂，却被她下坠的巨大冲力带得身子一晃，脚下地层发出一声清脆悦耳的断裂声。

两个人同时摔了下去。

颜淡只听见耳边风声呼呼，随手抓了一个像是石笋一样的事物，只听咔嚓一声，细长的石笋居然也断了。她脑中顿时只留下一个想法，难道是她最近过得太安逸，变肥了很多？突然手腕一紧，她的身子还没来得及止住下落的势头，另一只手腕也被抓住。只是那两个力道来自完全不同的两个方向，颜淡痛得差点昏过去。

她宁可直接摔倒地上摔个嘴啃泥，也不要悬在半空被人从中间撕成两半。

只听唐周的声音从头顶上慢慢传来："颜淡，你真沉。"

颜淡气哼哼的："胡说，哪里沉了，沈家那胡嫂还说我轻得像没骨头一样。"

"你和胡嫂比，当然是轻得和没骨头一样。"

"你闭嘴，快闭嘴！"颜淡气得咬牙，一抬头正瞧见柳维扬低头看着她，眼中幽深，而她的右手正握在他手中，冷汗立刻就下来了，"柳公子，我太沉了，你放我下去吧。"

柳维扬恍若轻风地一笑："没关系。"他笑的一刹那，当真是暖风和煦，仿若蝶舞莺飞，繁花洗尽纤尘。

颜淡立刻奉承道："柳公子，你笑起来真是好看。不过你还是快点松手吧，我们总不能在这里一直吊着是吧？"

柳维扬微微敛住笑："我松手以后，你这样掉下去没有关系吧？"

颜淡乖巧地说："没关系，没关系，我心里有数，所以你尽管松手吧。"

柳维扬立刻松开手。

颜淡只觉得身子向下一沉，左手腕关节发出咔的一声，连忙大声道："唐周，你还不快放手！我的手要断了！"

唐周哦了一声，也松了手。颜淡只觉身子轻轻向前一荡，直接朝对面的石壁撞去。所幸柳维扬轻飘飘地落了地，好心地将她往后一拉。

颜淡心中咯噔一声，心中暗自奇怪：为什么明明是柳维扬的脸，她却有一种很熟悉的感觉。

忽然头顶上的光线一暗，不断有泥土从他们摔下来的石洞中掉落下来。

唐周晃亮了火折子，只见顶上的洞口已经被一块花岗岩堵死，而面前的溶洞九拐八弯，不知通往哪里。

西南一带雨水丰沛，地层根基不稳，地底多溶洞。而那些溶洞多半相通，走进去就如同走进迷宫一般，越走越糊涂。那两个当地人果真是心怀不轨，把他们往溶洞多的地方引，等他们摔下去就封死顶上的洞口。

他们这样做的图谋多半是要谋财害命吧？只是他突然想起昨夜那高个子的当地人曾说要把伍顺去喂山神，难道是……

他转过头去，只见颜淡居然欢快地扑向柳维扬，喜气洋洋地搂着他的脖颈道：“主公！”

但见柳维扬身上涌起一阵淡淡的青芒，他的模样竟然渐渐变了，如墨发丝陡然间长了不少，眉目俊雅，嘴角还噙着一丝笑意，生动而清俊。

颜淡揉揉他的脸颊，语声温软：“主公，你瘦了也黑了，皮肤也不够水滑了！”

“莲卿的气色倒不错，身子都重了整整五斤六钱。”余墨将她抱起来，笑着说，“连腰也粗了半寸。”

唐周重重地咳嗽一声：“柳兄呢？”

余墨淡淡道：“在进山的时候我就把他拦了下来，这个人，不是那么简单的。”

颜淡不由道：“可是这一路他什么坏事都没做啊。”

余墨伸手轻轻一捏她的鼻尖：“你还记不记得有一次，他半夜起来吹笛子的事？你以为他只是在吹笛而已么？你们进了山中，被困在伏羲八卦阵中，就是有人事先布下的。”

颜淡立刻了然：“所以你半路把人给换了，又破了这阵法？”

余墨笑着点点头：“不过你倒是没有一开始就认出我来，还怕得要命，嗯？”

颜淡微微嘟起嘴：“你不知道那神霄宫主有多可怕，简直是扮什么像什么！这么说，柳维扬到底是什么人，莫非也是神霄宫主的手下？”

“我也不清楚。”余墨转头看着唐周，缓缓道，“西南朱翠山，离镜湖水月也不远了，你要找上古神器，也不必去彝族找。因为这神器，早就落到神霄宫主手中。”

唐周看着他：“你知道镜湖水月在哪里，也知道上古神器不在彝族而是在神霄宫主手中，假设你说的这些我都相信。可你是如何得知的？”

余墨坦然道：“我曾去过镜湖水月，也见过神霄宫主两回。”

颜淡看了看余墨，又看了看唐周，只觉得他们之间的气氛好比绷得紧紧的弓弦。

“那么，现下又怎样才能到镜湖水月？”

余墨轻轻一笑：“这我就不知道。”

颜淡忍不住小声道：“余墨……”他之前去过镜湖水月，却又不知道该怎么去，简直堪称最蹩脚的假话。

余墨低下头看她，一派风轻云淡：“怎么，连你也不信？”

颜淡想了想：“虽然听起来好像有点不可能，但我还是信你的。”

唐周抱着臂，淡淡道：“除非你能给一个合情合理的解释，否则这种话只怕连小孩子都不会相信。”

颜淡顿时觉得寒毛直立，余墨和唐周第一次见时就斗得你死我活，加上之前的积怨，这一路恐怕都麻烦了。

第二十三章·山神

唐周手里的火折子慢慢烧到了尽头，噗的一声，周围又陷入一片黑暗。

颜淡一拂衣袂，一团氤氲银白的光在黑暗中透了出来，慢慢地映亮了地底溶洞：周围俱是钟乳石，有水滴从石笋上滴落，发出滴滴答答的响声。

余墨轻轻一笑，径自往前走去，走了几步方才回头道："唐周，你信是不信，你以为这会很重要么？"他顿了顿，又慢条斯理道，"你若是想去镜湖水月，就跟我来；若是不想，就此分道扬镳。"

唐周冷冷地说："那就麻烦你带路了。"

颜淡见状，不由松了口气，拉着余墨的衣袖摇了一摇："余墨余墨，你怎么会来找我的？"

余墨低头看着她，眼眸漆黑，微微笑道："我赶回铆阑山境，却发觉你没有回来，就猜想你是不是碰见什么危险了，才一路找过来。不过现在看来，你似乎也没吃什么苦头。"

"谁说的，你不知道，我啊，这一路可惨了……"颜淡一路绘声绘色地将分别之后的事情历数一遍。余墨侧着头静静地听着，听她说到有趣之处，忍不住轻笑。唐周听着她将他的所作所为夸大好几倍来痛斥，也只得失笑着摇头。

"说起来，既然你在襄都就找到我了，为什么一直不出来？"颜淡突然想起这件事。

余墨微微颔首："你那时不是正想怎么脱身么？我何必出手打乱你的计划，更何况——"他语气淡淡，"后来等你不受禁制约束了，就想着帮忙找神器，我要说什么，你还会听得进去么？"

颜淡顿时无话可说。虽然她的确该听山主的话，可是余墨从来没摆过架子，日子一久，她也随性出习惯来了，连平日说话都是直呼他名字。

“我一路随着你们到西南，发觉之前都会有人为你们探路。西南这一带便是朝廷也管不到，又怎会这样安定？”

颜淡长长地哦了一声，她之前还觉得官府管得太多，连个山贼响马都没留下，原来是她错怪他们了。真正的罪魁祸首其实是柳维扬啊。

唐周突然停住脚步，低下身看着前面的一堆碎屑。颜淡凑过去看了两眼，奇道：“这是什么东西？”

余墨瞥了一眼，淡淡道：“蛇皮。”

唐周想了想，喃喃道：“莫非他们口中的山神其实是一条蛇。”

“这也不奇怪，这里是偏壤，古怪的风俗自然比中原要多。”余墨不甚在意地说，“那两个领路的当地人身上有一股腥臭味，大概就是蛇的味道。想来带着这一股味道，蛇也不会吞了他们。”

颜淡讶然道：“原来是蛇的腥臭味，我还以为是因为他们平日吃腐尸，身上才有那么一股味儿。”

唐周斜斜地看了她一眼：“你怎的总有那么些奇奇怪怪的想法？”

颜淡嘟着嘴不说话了。她才不奇怪好不好？她会这样想，就是人之常情而已。

余墨微微笑道：“看来颜淡跟着你倒还是有不少好处，起码学会适可而止了。”颜淡大受打击，只见余墨淡淡地瞧着她，嘴角带笑：“不过也是我从前对她太客气了，才把她惯成这样。”颜淡简直怒极攻心：“你你你……”

唐周矜持地笑了笑：“哪里哪里，理应如此。”

颜淡眼睁睁地看着刚才还不对盘差点打起来的两人竟然开始称兄道弟，只得拖拖拉拉地走在最后面，顾自生闷气。

他们在地底越走越深，脚下也慢慢变得湿漉漉的，踩下去还有积水溅起。

颜淡抱着手臂，开始觉得有股寒气从脚上涌起，耳边还不断响起一阵若有若无的沙沙声，似乎有什么正往这里蠕动，开口问道：“你们有没有听见什么奇怪的声音啊？”

唐周停下脚步，听了一会儿，摇摇头：“什么都没有。”

颜淡嘟嘟囔囔：“你当然不会听见了，凡人的听觉嗅觉都迟钝得要命。”

余墨微微笑道：“我也没听到什么声音，你莫不是太紧张了？”

颜淡忙停下来细细倾听一阵，果真再没有听见什么响动，只好不说话了。可是他们一旦开始往前走，她便又听见耳边响起一阵沙沙声，不由道：“可是真的有！”

余墨抬起手，只见一团青色的光晕慢慢绽开，一下子把整个溶洞映得青气森森。就在一片青芒之中，颜淡直直地看着前面有一团一团纠结在一起的蛇慢慢往他们这里爬来，蛇鳞映着淡青的光，更显得鬼气森森。这大团大团的蛇所经之处，留下一道道亮晶晶的黏液。

颜淡指着前面，颤声道：“这里是蛇窝吗？！”

余墨往周遭看了一圈，一指左手边的溶洞：“往那里走！”

颜淡自然不等他催促，立刻转身就跑，只听身后嘶嘶声响越来越大，忽觉后面传来一阵风声，她立刻低下身，只见一条色彩斑斓的毒蛇从她头顶蹿过，撞在石壁上。她还没来得及直起身，不知是谁在她身后用力推了一把，她顺势踉跄着往前冲。

一路跌跌撞撞，跨过石笋，踏过水坑，颜淡只听见身后唐周说了一句：“好了，应该是甩掉了。”

颜淡上气不接下气，手指轻划，漾开一道白光，只见眼前摆着两只黄澄澄的灯笼。她一愣，方才慢慢地看清了那两只黄灯笼是长在一张满是鳞片的三角形脸上，而那张脸几乎已经贴到了她的鼻尖。

她几乎要惊叫出来，总算立即就反应过来，一把捂住自己的嘴。她慢慢往后退了一步，只见那张恐怖的脸又贴了过来，只听嘶嘶两声，一截细长分叉的舌头在她眼前吞吐一下。颜淡脚下一软，一下子坐倒在地。

那是一条巨蛇！

她虽然还没能看清它的身子究竟有多长，可是这么大的一只蛇头摆在那里，想自欺欺人也不能。她强迫自己抬头和巨蛇对视着，她不能动，也不敢动，哪怕只是稍稍眨一下眼，这巨蛇也会直扑过来。

唐周想拔剑，却见余墨伸手一拦，慢慢摇了摇头。

“颜淡，你千万别动，我就在你身后。”余墨慢慢靠近，步履之间尽力不发出一点声响。

颜淡眼睁睁地看着那巨蛇慢慢张大嘴，露出尖尖的、如刀刃一般锋利的牙齿，一股陈年腐臭味儿也拂面而来：“余、余墨……”

“等下我碰到你肩的时候，你们就立刻往前跑，在跑到底之前都不要停下来。”余墨慢慢伸出手，在她肩上轻轻一推，“快走！”

颜淡才踏出一步，唐周就伸手抓住她的手腕，拉着她往前面跑去。她忍不住回头去看，只见余墨周身都漾起了一股淡青的妖气，这妖气越来越浓，转眼间已经成了青黑的色泽，而那巨蛇身上则有一股妖气死死地捆着它，它只能不断抽动着尾巴，嘶嘶吼叫。

颜淡觉得最近自己当真是霉运连连，开始被凡人追着逃窜，现在又被蛇撵得逃跑，两回都狼狈至极。

地道越来越潮湿，甚至可以听见不远处水声哗哗，眼前也渐渐开阔起来，尽头似乎有一点亮光透进来。哪怕一点光，对于在黑暗中行走的人来说都是无价之宝。

颜淡跑到尽头，只见面前已经没有路了，外面水声震天，竟然是一处极为壮丽的瀑布。她低声道：“这就到头了。”

唐周突然问了一句：“你跟着余兄有多少时日了？”

颜淡想了想，干脆地说：“差不多快二十年了。”

“那么，你对他的事算是了解的？”

颜淡思忖片刻，点点头。

唐周淡淡地：“我觉得他很可能就是神霄宫主。”

颜淡一愣，觉得有些不可思议：“这怎么可能？我认得余墨这么久，从来没发现他有神霄宫主那种喜欢扮成别人的癖好。”

“这世间的易容术多少会有破绽，可神霄宫主的却已是出神入化，而余墨也能够随意变成别人的样子。就算这一点只是巧合，但他知道其中一件神器是在神霄宫主手中。他曾和你说过，他同神霄宫主相识么？”

“这个倒是没有。”

“他明明自称见过神霄宫主，却推说不知道去镜湖水月的路，这不是很荒谬的事？”

颜淡也曾想到这一层，说：“可是余墨怎么会用这种破绽百出的话来骗人？这点岂非更是荒唐。”

唐周淡淡一笑：“像他这样的聪明人怎么可能会说这种破绽百出的谎，你是这样想的，对不对？所以这些话听起来荒唐，一定有其缘由。”

颜淡支着下巴，慢吞吞地说：“你说的是没错啦，不过余墨要真是神霄宫主的话，我高兴还来不及呢。”

“若我说我确然不是，你岂不是要失望了？”余墨衣袖翩翩，大步走过来，漆黑的眸子微微眯起，“看来有些事不说清楚，大家心里都有一个结。你们想问什么就尽管问，凡是能说的我都知无不言。”

颜淡蹭到他身边，露出一个讨人喜欢的笑颜：“我只有一件事不明白，你说你见过神霄宫主两回，那么这神霄宫主是不是柳维扬？”

余墨微微摇头：“神霄宫主的易容术当世无双，我也不确定所见的是不是他的真面目，不过不是柳维扬那个样子。”他转头望向唐周，“我之前说，我并不知道镜湖水月怎么走，只是因为我一路都是被蒙着眼的。颜淡一摔下这个地底溶洞，我就觉得似乎和我曾走过的路有几分相像。我全是凭着感觉和周围的声音记下路线。”

唐周慢慢道：“那条蛇怪呢？明明你我都可以把它砍死，你却不愿这样做，还阻止我出手，这又是为什么？”

“那条蛇怪全身都是毒，连鳞片上都有，若是溅上它的血，立刻就会全身溃烂而死。杀了它的确不是难事，可是溶洞狭窄，地层也不够牢固，这不划算。”

唐周微微颔首：“原来如此，那么去镜湖水月的路，你现下可是找到了？”

余墨一指瀑布：“就在这底下。”

颜淡探出头往外看了看，不知该不该就这么眼一闭不管不顾地往下跳。毕竟跳下去就等同于跳崖，就算她是妖，也只有这样一副骨头，若是碎光了，她哪里再去找一副新的重新来过?

只见余墨径自走了过去，眼都不眨一下，便往下一跳。遥遥听见底下传来一声水花飞溅的响声。

主公都跳了，颜淡自然也得跟着跳。何况余墨就是面子上不动声色，她也知道他现在一定火气不小。颜淡跳下瀑布底下的水潭，整个身体都被这冰冷的水冻得一个激灵，立刻从水里探出头来，往周围看了一圈，不由道:“这里风景不错啊。”碧潭如洗，湖光山色，映衬着蓝天白云，格外的明丽。

颜淡慢慢往岸边游去，看见唐周也在她之后下来了，连着呛了好几口水，明眼人一下子就能看出他的水性不怎么样。如果当初在南都狭路相逢之际，她走的是水路，真的可以少受很多折磨啊。

余墨就站在岸边等他们，见她游到岸边也没去拉，淡淡地说了一句：“现在沿着湖往前走一百一十四步。”

颜淡偷偷地看了他几眼，小心翼翼地拉拉他的衣袖：“主公你在生气？不要生气了……”

余墨转头看着她，还是不动声色：“你又知道我在生气了？”

颜淡乖巧地笑：“我一看你的样子，就知道你在想什么。不，就算是看到你一根头发丝，都能猜得到你在想什么。”

余墨看了她一阵，嘴角缓缓勾起一丝笑意：“是么。”

他们沿着湖边走了长长一段路，只听前方传来两声惨呼，只见面前一个淡紫衣衫的女子手中长剑上正有鲜血缓缓滴落，而倒在地上的那两具尸首一高一矮，正是为他们领路的那两个当地人。

那紫衫女子背对着他们，听见身后脚步声蓦然回首。颜淡不由失声道：“陶姑娘！”这个淡紫衣衫的女子竟然是在青石镇古墓暗道中识得的陶紫炁。

陶紫炁瞧见他们，连神情都没变，声音如碎玉一般:“尊主派我来为三位领路，去镜湖水月一顾。尊主已经煮茶等候诸位多时了。”

颜淡看着她背过身去，不由皱了一下眉，又微微笑问：“神霄宫主对于茶道很是精通吗？”她一下子记起在凌霄道观被人从后面偷袭之前，看见的那个穿夜行衣的身影和陶紫炁的背影很像。

陶紫炁冷冷地看了她一眼：“尊主琴棋书画、杂学经书，无一不精。”

唐周淡淡说了一句：“陶姑娘，原本我还担心你被困地道，眼下看来你还是安然无事。”

陶紫炁背影一僵，冷冰冰地开口：“承蒙唐公子关心。那墓地暗道的后半段其实是尊主后来修的，我是奉了尊主之命，想把你们带来这里，却没想到沈怡君突然叛出，还把我关在地道里面。”

颜淡不由心道，神霄宫主做戏的水准已经是超凡脱俗，没想到近墨者黑，连手下人也沾上了这个喜好。陶紫炁在墓地中都是一副娇怯怯、含羞的模样，现在杀个把人连眼睛都不眨，手都不抖一下，真是物以类聚，人以群分。

“神霄宫主把我们带到这里来又是为了什么？”唐周问。

颜淡叹了口气，要是她肯说，当初早就说了，唐周这一问真真多余。

哪知陶紫炁迟疑一下，轻声道：“尊主他得到神器其一，需要一个纯净魂魄方才能解开这个神器上刻下的咒印。虽然这世上，有纯净魂魄的并不只是唐公子你一人，但解开咒印的过程太过艰险，若是没有一点功夫，根本不可能办到。”

一行人边说边走，已看到不远处的岸边停靠着一只小船。陶紫炁走上前，解开船尾的绳子，走上船头：“你们现在还有时间想想清楚，究竟要不要去镜湖水月。一旦到了那里，再后悔就来不及了。”

颜淡微微疑惑，虽然陶紫炁是神霄宫主手下，她怎么感觉她的所言所为都不是向着自家尊主？说得好听点，她这叫虽是为恶心却良善，说难听点，就是吃里爬外。

唐周转过头看着他们，轻声道：“你们回去吧，陪我到这里便足够了。”

说这句话的时候，他的神情隐约有些模糊不清。

第二十四章·镜湖水月

余墨负手而立，隔了片刻才缓缓道："既然都走到这里了，索性就一条路走到底，怎能半途而废？"

颜淡惊讶地看着他，不觉道："余墨？"

余墨抬手在她肩头轻轻一推："走吧。"颜淡心中通透，向着他微微一笑，右颊隐隐露出一个浅浅的梨涡。

陶紫炁将船划到湖中心，突然把船桨一推，扑通一声跃入水中，平静的水面漾起了阵阵涟漪。余墨撑着船舷，淡淡道："我先下去。"言罢，也跟着踏进水中。

此刻已近黄昏，淡红的夕阳将天边云彩浸染得通红，连碧绿的湖面也漾开了阵阵薄红。颜淡趴在船边往水里瞧了瞧，又抬头看着天色，不由道："若是到了有星有月的晚上，可不是镜湖水月么？"

唐周瞧着她白瓷般细致的脸颊，她笑的时候眼角会微微弯起，清澈无邪，不由轻喟道："你们何必要跟来？"

颜淡摇摇手指，笑着说："你千万不要误会，我不都是为了你。第一是为了送你早日去见那位梦中姑娘，第二是日子过得实在无聊，我也活得太长，偶尔找些事情来做也好。"她转头看了看天边晚霞，又看着水里，喃喃道，"奇怪，余墨怎么要去这么久？"

她慢慢伸手到水里，拨了两下，眼前忽然水珠飞溅。余墨从水中露出头来，伸臂搭着船舷，长长地吐出一口气："下来吧，我来引路。"

颜淡跳下船，向着唐周招了招手："快来。"她伸手拉住对方的手腕，低声道，

“你只要闭住气，跟着我走就好。”她看着余墨当先潜入水中，也慢慢将身子沉了下去。从水下往上看去，湖水是晶莹的浅蓝色，水底俱是白色的沙石，水草袅绕，时不时有细长柔软的鱼甩着尾巴从身边经过。

余墨径自往前渡水而去，足足有三炷香时间，突然往上破水而出。颜淡也跟着上去，只见眼前不远处是一座华美的宫殿，大理石台阶一直延伸到水中，待往上走了几步，只见几缕云雾慢慢飘来，萦绕于周身。

这一切似真似幻，好似走在缥缈云层之上。

宫殿外，立着一块石碑，上面是四个古篆字：镜湖水月。

颜淡转头往身后的湖面望去，只见天边一轮弯月皎洁，倒映在湖中，银白色的月影随着水波缓缓摇曳。

唐周低声道：“这里便是神霄宫了吗？”

“前两次入神霄宫都是有人为我引路，这一回却没有。”余墨转过头，微微皱着眉，“神霄宫主既然要借你之力解开神器封印，想必也会在里面布下机关。”他话音未落，只见宫殿门口突然出现一个麻衣落拓、脚踏木屐的身影。一缕云雾飘来，正好将那个身影拢于茫茫云海之中，依稀看见那人提着衣裾，身形飘逸。

颜淡不由道：“那个伍顺他不是摔进地底溶洞里去了吗，怎么会在这里？”她追了两步，却发觉他们之间的距离非但没有缩小，反而越来越远。那采药人伍顺像是被什么牵着走一般，步履飞快。

唐周看了看她，问道：“你会不会认错了？”

颜淡心中也有些怀疑，只能说：“可能是我看错了。”

“颜淡向来细致，还没有看错的时候，那个人很可能就是伍顺。”余墨淡淡道。颜淡简直受宠若惊：“其实我真的没你夸得这么细心，真是太夸奖了。”

而神霄宫已近在眼前，眼前所及之处俱是漆黑一片，寂静无声。

三人在这一片漆黑中慢慢走远，只能听到落足时发出轻响。这样走了一段路，颜淡终于忍不住道：“这里怎么还是黑漆漆的，连根蜡烛都不点。”她也只是随口抱怨一句，可是她话音刚落，就听哧的一声，周围立刻点起一片烛火。

余墨神情有那么几分复杂，断然道："快走，免得夜长梦多。"他一句话还没说完，就见两旁嗤嗤连声，大团大团的烈焰涌起，瞬间将地面烧得微微发红。唐周不禁道："这里的地面竟然都是铁铸的！"

颜淡已经十分确定她这几日一定犯了什么煞星。初时跑了几步还不觉得如何，只隔了片刻，便觉得脚下好像火烧一般。过道两旁俱是熊熊大火，火舌吞吐，不断向他们席卷而来。颜淡只闻到一股焦味，也顾不得想到底是从哪里发出来的，只能脚步不停地往前跑。她唯一庆幸的便是自己是妖，多多少少比凡人在这火狱中好受一些。

转眼间走道已是尽头，面前却是一大片梅花桩。桩子有两人多高，下面俱是密密麻麻的铁刺，光泽锃亮。若是一个不小心跌下梅花桩，就是万刺穿心。

颜淡一时迟疑，不知该不该另寻出路。余墨已经毫不犹豫地跃上了梅花桩，看着她还在发呆，不由没好气地说："你还发什么愣，快上来！"

颜淡只得用妖气御风而上，踏在桩子上，往下一看，心里有点胆寒。神霄宫主能想出这种修行的法子，可见他这人一定有毛病。

只见唐周对着这一片梅花桩连脸色都没变一下，如履平地地过去了。颜淡奇道："唐周，你似乎很擅长这个啊。"

唐周回过头看了她一眼，不甚在意地回答："习武之人多少都练过梅花桩，家师也很偏爱这个。"

颜淡恍然大悟，忽听身后轰的一声，巨大的热浪从身后袭来，闻到的俱是一股浓浓的硫黄味。她吓了一跳，连忙飞快地往前跑跳，而身后的热浪也紧跟着追来。她不用往后看就知道发生什么事了——这神霄宫主竟然在门口布下了火药，一等他们进来，就点起了引线。

爆破声震耳欲聋，不断有朵朵灿烂的火焰窜到她身前，她甚至可以闻到自己的发丝发出阵阵烧焦的气味，而眼前的梅花桩却迟迟不见尽头。

颜淡听着身后的风响，果断地避开了几团火焰，一脚踏在桩子上，不待完全站稳，又往前跳到另一根桩子。这样灵敏的身手，她在之前的大半辈子里连想都没想过，不论哪一个动作都绝对干净利落。

她渐入佳境，正有点理解为什么凡人练武总喜欢整这种稀奇古怪的东西，忽见眼前人影一闪，甚至连一眨眼的时间都没到，她看准的那个梅花桩子上立着一道高挑颀长、清华万端的身影，赫然是神霄宫主。

颜淡身在半空，清楚地看到他的脸。她也算见过不少皮相生得好看的人和妖，却还是第一次见过长成这样的人。若说神霄宫主丑陋，可他的五官却明明无比清俊，可是若说他生得好看，那么这世上就不会有长得丑的人。

她眼睁睁地看着那张脸离自己越来越近，甚至连鼻尖都快相触了，终于把憋着一口气长长吐了出来："啊啊你快走开，啊啊啊——"

她说话的时候，身上的妖气顿时泄了，身子一沉，立刻摔了下去。总算她反应极快，伸手往上一抓，正好按在桩子边上。她在半空中晃荡两下，偶尔一低头立刻瞧见底下铿亮锋利的铁刺，心里不由哆嗦一下。

只听唐周的声音开始还在远处，可是一句话还没说完已经近在咫尺："你敢踏下去，我就会让你此生此世都解不开神器封印！"

颜淡感动得不得了，唐周平日待她虽然算不上好，可是在这紧要关头还是靠得住。她艰难地伸出另一只手去扒桩子，只见眼前那双墨绿的软缎靴子正要抬不抬，似乎随时准备踩下来。颜淡挣扎着和自己做斗争，如果他这一脚真的踩下来，她是死活不放手好呢，还是立刻放开手？毕竟神霄宫主这一脚踩下，她若是最后支撑不住松开了，还不如一开始就自己跳下去好，还少受折磨。

隔了片刻，还是没有任何动静。颜淡只觉得手臂开始酸软，抬头往周围看，只见神霄宫主还是那么站在原地，余墨和唐周俨然已经和他成为对峙之势。颜淡叹了口气，如果他们这样一直下去，她也不知道能不能撑到被拉上来的时候。

人果真还是要靠自己，靠别人大多靠不住，就算对妖来说，也是一样。颜淡好声好气地开口："神霄宫主，我可不可以问你一句话？你这一脚到底是打算踩下来还是收回去？先说给我知道，大家也不用在这里僵持这么久不是么？"

她话音刚落，只见余墨望了她一眼，眼神很凶。她表示有点委屈，她又没有说错，敢情不是他挂在桩子上，自然就不会体会到她此时此刻的心情了吧？

只听神霄宫主慢悠悠地开口："……还没有想好。"

颜淡迟疑了半天，还是没这个胆气去挑衅他，只好认命地挂在那里。她之所以敢去挑衅紫麟或是余墨，是因为知道他们最多给自己一点苦头吃吃，绝不会杀了她。而对于神霄宫主，她却没有这个胆量。

她扒着桩子，咬牙坚持着不放手。她骨子里就是有股傲气，容不得别人看轻了自己。

只听一声轻微的响声，像是衣料摩擦发出的声音，她的手臂突然被人拉住了。颜淡抬起头来，只见唐周正拉着她的手臂，不由问："神霄宫主走了？"

唐周点了点头，微微笑道："你运气还算不错，他竟然就这么走了。"

颜淡骤然松了口气，喃喃道："走了就好……"

不管是余墨还是唐周，她至少还知道对方比自己强了多少，而面对神霄宫主的时候，却是一点底都没有，由不得她不害怕。

梅花桩的尽头，是冰冷的大理石铺成的宫殿，安静、沉寂、毫无人气。幽幽的灯火摇曳，映在大理石板上，宛如鬼火。

面前的是一扇雕花青铜大门，门环是一头正张开嘴露出獠牙的狮子，惟妙惟肖，好似活物。而这扇门之后，不知会有什么等着他们。

唐周看了看同伴，毅然走上前推开青铜大门。只听一声沉重的吱呀响声，大门开启，眼前的房间摆设极为雅致朴素，就和他们在青石镇的娘娘墓道中看到的那间石室几乎一模一样。唯一不同的是，房间中央摆着一块石碑，上面刻着歪歪扭扭的文字图案。

石碑前，站着一个麻衣落拓的男子，衣摆上还沾着点点泥水，看起来瘦而猥琐。他听见身后有人走近，也只是呆呆看着石碑，一动不动。颜淡认出是那个采药人伍顺，便往前走了两步，奇道："你怎的在这里？"

伍顺却全然充耳不闻，依旧一动不动地站着。

唐周也觉得奇怪，想要上前查看，可也只是堪堪走近了几步，忽觉天旋地转，眼前一片混沌，好似天地开辟之前的茫茫混乱，没有光，没有草木，只有无尽的黑暗和无力。他不知身在何处，只能任由那一股神秘的力量牵引着自己。

这股力量，完全不可抗拒。

他依稀听见颜淡的声音，似乎就在身畔不远。他也没有惊慌，隐约知道会这样。

最后一次回首，他清楚地瞧见了伍顺脸上露出一种说不出的奇怪笑意，身形却一下子拔高了好几分，一张人皮面具慢慢落在脚边，赫然露出那张丑陋却清华的脸。

神霄宫主看着石碑上的水纹渐渐平缓下来，轻声自语："最好他们能顺利到达魔相尽头。"他伸手慢慢解开粗布麻衣，里面则是一袭淡白色的外袍，没有任何修饰，就连衣带也是白的。那是只有人祭才会穿成这样。

他轻轻触碰着石碑上古怪的铭文花纹，一字一字说得很慢："楮墨，魔由心起……"他突然身子一僵，立刻觉出身后被冰冷的剑锋抵着。他连头都不回，淡淡道："是你？"

"尊主，你也没有想过有一日会落到被人用剑指着的境地吧？"陶紫炁语调如冰，满怀恨意，"我等这一天，已经很久了。"

"我只记得一直待你不薄。"神霄宫主微微偏过头，不意间却见她满脸的愤恨，这种愤怒和仇恨，像是不共戴天。

"我原是九曜星中的紫炁，便是因为你，才会落到如今的地步。"她脸色潮红，眼中慢慢绽开一点笑意，"当年仙魔那一场争斗中发生的事，你已经全都不记得了吧？"

神霄宫主一直平缓的呼吸突然凝滞了一下。

"我知道你现在想不起来，以后，也不会想起了。"陶紫炁将手中长剑往前一送，"因为你马上就要陪着他们下去！这世上，再没有人能告诉你当年发生了什么，你只有一辈子纠缠于过去种种！"

神霄宫主不得不往前走了两步，只觉得天地间倏然倒转，头昏目眩。他突然回过身，伸指夹住了陶紫炁的长剑，用力一拗，只听铮的一声剑锋崩断，断裂的剑身正好刺入陶紫炁的咽喉。

“九曜星紫炁又如何？背叛的下场都一样……”

石碑上面的水纹突然平复，只剩下一把断了一截的长剑落在地上，发出一声哐当清响。

紫炁伏在地上，眼角不断有清泪滑落。她咽喉受伤，奄奄一息，已经不能口齿清楚地说话，只能含含糊糊、费力地吐出一个名字：“计都……”

第二十五章·昆仑神树

颜淡只觉得自己不断下落，周围却是混沌，好像一条灰暗甬道，没有尽头。而下一个瞬间，眼前突然明亮起来，那亮光甚至微微刺痛了眼，她感到一种从骨子深处传来的疼痛，像是有什么硬生生地从自己身上分离开了。

只听一声尖利的风响，一道粗糙柔韧的枝条从斜里伸过来，一下子卷住了她的腰身。颜淡一惊，下意识地挣扎，只见依附于眼前那棵参天古树上的藤条缠上了她的手脚，缓慢而有力。地下一块块土堆龟裂开来，不断有粗糙的树枝从地底伸出。

她心思如电，嘴角轻动，飞快地念起咒术来，只见一道细细的火焰沿着缠住她双手的藤条蔓延开去，枝叶噼噼啪啪的灼烧声，而这火焰却始终避开了颜淡。

如果她没有记错，这就是昆仑神树。天地间除了天庭的最南端有一棵之外，就再找不出同样的一棵。难道他们现在已经到了天庭？

她还没想清楚，缠着她身子的树枝突然一抖，将她重重地掼在地上，烧起的火苗顿时熄灭了。随即，又是一道树枝勒住了她的身子，立刻收紧，将她绑得连气都透不过来。她眼睁睁地看着唐周和余墨先后落下，想大声告诉他们这昆仑神树怕火，却始终发不出一点声音。

唐周只是凡人，自然不可能想到便是一棵树也会威胁到他们的性命，所以她只能把希望寄托在余墨身上。

只见余墨在半空中稳住了身形，指尖溢开了点点火光，还没等他念完一句完整的咒术，粗壮柔韧的树枝挟着呼呼风势向他抽去。余墨用手臂阻挡，只见那树枝好似通了灵性一般，突然一个折转，绕过他身子卷住了他的手腕。千钧一发之际，他抽出短剑干净利落地将缠住手腕的树枝斩断。只听一声长长的、愤怒的嘶吼从地底传来，尘土飞扬，地上的土层争先恐后地跳起，十几道树枝从地底探出来，将他紧紧困于其中。

余墨手上失力，短剑滑落，顺势插在土里，剑柄还微微颤抖。

颜淡不由轻叹一声："可惜……"

转眼之间，他们三人都被昆仑神树困住，动弹不得。

颜淡看着一截粗壮的树干慢慢从地底升起半截，虽然那树干就和寻常的大树一般无二，她却有一种被紧盯着的感觉。

"颜淡。"她听见不远处余墨用一种极为平淡的声音叫了一声她的名字，她慢慢转过头，只见余墨朝着她淡淡一笑，恍若清风拂面。到弥留之际，才能懂得自己真正的心意。颜淡忽然想，她的心意是什么？

"似乎上面又有人下来。"唐周望着顶上，轻声道。

颜淡慢慢看向上方，只见一个人从上面跳了下来，越来越近。那个人显然是有准备而来的，因为他不像他们一样几乎是头朝下被扔下来。待她看清了那人的面容，不觉低低嘟囔了一句。

下来的是谁都好，只要不是神霄宫主，然而现实却多半残忍。

颜淡不由想，神霄宫主之前把他们骗到了这里，为什么自己又跟着下来？这未免也太奇怪了。

那十几根向天际伸展的树枝突然动了，飞快地抽向了神霄宫主，而他却意态闲雅，不慌不乱，袍袖翩翩，周身有股沉稳而临渊不乱的气度。也没见他如何拔剑挥剑，只听嗤嗤轻响，这十几根树枝突然从中断开，噼噼啪啪地落了一地。

蓦地，地底传来一声尖锐痛楚的嘶吼，像是野兽受伤时的绝望和暴怒。

颜淡已经看不到上面的状况，只能静静地听着周围的声音，昆仑神树还在吼叫，而神霄宫主那里却始终没有太大动静。

忽然，呼的一声，一团火焰就这么砸在她身边，还卷着火舌朝她身上烧过来。颜淡只觉得捆着自己的树枝突然松了一松，连忙用力挣脱开来。可是发尾和衣角还是被烧到了。

而昆仑神树却突然向上一缩，竟将自己连根拔起，死命地想扑灭枝叶上的大火，可是火势蔓延得太快，只能在地上滚了几圈，带着熊熊烈焰和阵阵黑烟一跳一跳地蹦跶向了远方。远远看去，就如同一只巨大的火球。

颜淡用力地拍灭自己身上的点点火星，只觉得一股愤怒从头烧到脚，简直是怒从心中起、恶向胆边生，指着神霄宫主恶狠狠地说：“我和你有世仇吗？！你这是故意的，故意几次三番地找我麻烦！”

神霄宫主掸了掸淡白衣袖上沾到的烟尘，不甚在意地瞥了她一眼道：“你想太多了。”

颜淡气得发抖，直想扑上去掐死他，立刻被余墨从身后抱住了。余墨忙伸手遮住她的眼，轻声安抚：“你就是扑上去也杀不了他，还是安分一点。”颜淡一听，立刻乖乖地任他抱着：“主公……”

余墨慢慢松开手臂，微微笑道：“消消气，毕竟他也是救了我们。”他望向了神霄宫主，淡淡地说，“虽然，我也不知道宫主好端端的怎么也跟着下来了。”

神霄宫主沉默片刻，简短地回答：“陶紫炁起了异心。我被逼进了魔相。”

颜淡鄙夷地看向神霄宫主，陶紫炁那点微末本事要是能逼他，那才奇怪了：“你编谎话也要编个能让人相信的好不好？”

神霄宫主缓缓地看了他们一眼：“不信也罢。”

唐周看着对方，静静地问：“我们所在的，到底是什么地方？既然我们聚在一起，有些事再故作玄虚也没什么意义。”

神霄宫主微微皱眉，语气平淡：“这里就是上古神器楮墨引起的魔相。”

余墨闻言，不由朝地上一看，他们身后竟然没有影子。神霄宫主顿了一下，接着道：“的确是不会有影子，因为我们所在的是自己的意识。”

唐周顿觉荒谬，不由自主地皱了皱眉，看向余墨和颜淡。余墨略略低着头，没说话。颜淡则抬着手指叩了叩下巴，像在苦思冥想。她想了一会儿，笑逐颜开：“你的意思是不是说，神器楮墨上刻着不少仙法的痕迹，而这些痕迹也就成了和人一样的记忆。与其说我们是在自己的意识里，倒不如说我们的意识、记忆都和楮墨连在一起了？”

神霄宫主微微颔首："差不多如此。"

唐周听了她的解释，举一反三："这样说来，刚才那棵树妖是因为我们之中有人曾经见过，才会出现在魔相里？"

颜淡叹了口气："树妖？你怎么觉得那是树妖，那明明就是神树嘛。"

"我的确是见过昆仑神树。"余墨淡淡道，"颜淡应是也见过，不然也不会知道用火对付得了它。"

颜淡看着他，讶然道："你怎么可能见过？我记得除了天庭那一棵，别的地方就没有了。"

余墨没回答，反而望向了神霄宫主："你需要魂魄纯净的人替你解开楮墨的封印，因为这样一来，魔相中可能出现的危险会少很多。"

神霄宫主点了点头："魔相里出现的事物，至少是我们之中一半人曾经见过。本来我想等你们走到魔相尽头再进来，没想到你们连区区昆仑神树都对付不了。"他倒不是自负，语气神情都更像中肯地陈述一个事实。

颜淡嘟囔一句："那你何必找什么魂魄纯净之人，你自己不就可以闯过魔阵了么？"

"我见过的事物太多，路途艰险只会更胜。"神霄宫主轻描淡写地说，"若是只有你们三个，可能昆仑神树已经是最难过的一关，但是加上我，这恐怕算不上什么了。"

颜淡顿时毛骨悚然。

这是一块广袤无边的大地，没有任何人迹，所过之处俱是蓟草沙石，一片荒芜。一行人在石林之间升起了篝火，火焰跳动，是这荒凉黑夜里唯一的光源。

唐周用佩剑支着地，靠着岩石坐下。走了大半日的路，除了些微疲倦，居然没有饥饿感。他觉得奇怪，便问了出来。颜淡一摊手，很是无奈："如果我们是在楮墨的意识里，自然是不会饿的，神器又怎么会饿呢？我猜想，我们虽然走了这大半天路，其实在外面也不过是半个多时辰。才过了这点时辰，就更是不会饿了。"

唐周思忖一下，又道："依你这样说，这里所见的都不是真的？"

颜淡用蓟草拨了拨火堆，偏过头想了一会儿："换个明白点的说法，这里的一切是真的，只不过是很久以前的模样了。我们所看见的蓟草、戈壁、石头也都是很久以前的事物。不过如果不幸困死在这里，那也可以当自己死了。"

"只要保住自己的性命，自然能出去。"神霄宫主轻描淡写地说了一句。

颜淡轻轻叹了口气，嘀嘀咕咕："……这都是谁害的，说得倒轻松。"她知道前路艰险，养足精神才能应对，便慢慢往后靠着石块，想换个舒服一点的姿势。可是这石块棱角尖锐，硌得她很是难受。忽听余墨轻声唤道："颜淡。"

她转头看去，只见余墨将手搁在膝上，微微笑道："到我这里来。"

颜淡立刻喜气洋洋地扑过去，枕在他的膝上，余墨动了动身子，让她枕得更舒服。颜淡忽然想到之前被困于昆仑神树，他朝着自己微笑，就像映出了她一直不敢面对的心意。她这样想着，下意识地抬头去看他，突然扑哧一笑："余墨，你脸红了！"

"我没有。"

"可是我看见了，"颜淡觉得有趣，忍不住抬手去触碰他的脸庞，"这里，还有那里！"

"都说了没有，别闹，快点睡！"

颜淡还待乘胜追击，忽然眼前一花，一道剑光正好掠过眼前，晃得她难受，转头去看到底是哪个罪魁祸首。只见唐周抽出了佩剑，正对着火堆慢慢擦拭，从剑柄的凹凸纹路一直擦到剑身，火光映着青森森的剑锋，当真剑光如秋水。

这是把千古难得的好剑，你看杀气含而不露，剑光明净似水，难得的好剑啊好剑。

唐周的师父把剑送给他的时候说了这样一句话。

颜淡被剑光晃得眼花，杀气腾腾地支起半边身子，突然眼前一暗，余墨伸手遮着她的眼，低声在耳边道："睡吧，明日还要赶路。"

他的手指带着一股清凉之气，颜淡心绪平缓，挨在他的膝上慢慢闭上眼。不过半盏茶工夫，她已经睡意沉沉，只隐约听见余墨低沉悦耳的声音响起："没发觉么，自从到了魔相，就很容易变得暴躁，连颜淡的脾气都坏了很多。"

颜淡渐渐坠入睡梦，梦中那层层白雾之后，站着一个颀长清华的身影。隐约可以看见他一袭青衫，袍袖飘逸。只见他握着一把匕首，在手上割开长长一道口子，血珠顺着他的手腕滴落，每一滴血都化作一只血雕，在苍穹中扑扇着血红的翅膀，突然朝着她这边扑过来！

颜淡一下子惊醒，只见余墨正低头看着她，黑眸幽深。他忽然低声道："你刚才也听到了吗？"

"听到什么？"颜淡顿时毛骨悚然，往旁边看了看，只见唐周和神霄宫主都醒着，尤其是神霄宫主，不知怎么回事，神情有些古怪。

"刚才我们都听到一个模糊的声音在耳边说话，可是这里除了风声，就没有别的声音。"余墨语气平淡。

只听神霄宫主缓缓道："上古神器一共有四件，七曜，楮墨，地止，理尘。"他每说一个神器，便在地上写下一个名字，"这四件神器是盘古开天辟地时留下的，后来归于天庭九宸帝君所有，但是在仙魔之战中全部遗落。这是一种说法，我觉得其中一定有什么不对的地方。"

他顿了顿，又接着道："盘古开天的传说自然大家都知道，那么就是在后面我们不知道的部分有蹊跷。"

颜淡想了想，觉得还算有道理，就点了点头。

"九宸帝君有三位，天极紫虚昭圣帝君，东极青离应渊帝君，还有元始长生大帝。若神器真的有四件，那么就有一人会有两件神器，这样九宸三帝的平衡就被打破了。"神霄宫主语气凝重，"如果只有三件神器，混入了其中的第四件却是什么？"

余墨淡淡道："如果当真如此，那么三件神器是出自天庭，而第四件便是来自当年仙魔之战被灭族的魔族了。楮墨很可能就是魔境的东西。"

神霄宫主轻描淡写地道了一句："如果这样，是我弄错了。"

颜淡原正在分神想别的事，突然听到他这句话，顿时觉得怒火燃烧。他们被神霄宫主用计骗到魔相里，也不知能不能活着出去，他倒是用轻飘飘的一句话就打发了。余墨见她这副模样，轻声道："魔相中很容易心浮气躁，颜淡，你要沉住气。”

颜淡想了想，自己一到魔相，的确是很容易急躁，在外面她说什么都不敢去挑衅神霄宫主，倒是进来以后时常被气昏了头。

神霄宫主看了看泛白的天色，低声道：“楮墨上面的古篆文只是说魔由心生，里面的一切都由心生。而这里出现的，都是记忆中有过的东西。我需要靠它想起过去的事情，这是我为什么要把你们带进魔相的缘由。”

颜淡闻言，不由问：“你不记得过去的事？”

她第一次看到神霄宫主笑，却是带着几分淡淡悲凉的笑意：“如果可以记起过去的那些事，便是刀山火海我也会去。”

第二十六章・血雕

天色微亮，他们再度启程。

大约是神霄宫主终于把该说的话都说清楚了，这个心结解开，四人之间反而处得融洽多了。颜淡不知道是不是最近气候温暖合宜，她的心肠也变得更好，总觉得神霄宫主连自己是谁都记不起来，实在有点凄惨。虽说这些过去的事，也未必全部都会让人高兴，可是总好过茫茫然无所知。这样一想，她的心绪也不怎么浮躁了。

“仙魔之战究竟是怎么回事？”唐周淡淡问，“我看一些典籍上都不过是寥寥几句话带过，只是很简单地说邪魔被灭族。”

颜淡立刻响应：“这个我知道，我那时已经化为人形，再清楚不过。你想听简单的还是复杂的？”

唐周微一挑眉：“你原来有这么一大把年纪了？那怎么还是这副十六七岁的模样，多少也该长一些吧？”

颜淡僵着脸冷冷道：“我喜欢。怎么样？”

余墨抬手按在颜淡的肩上，微微笑道：“年纪大点怕什么，反正也看不出来。”

颜淡看了他一眼，嘟着嘴：“你这是在骂我还是夸我呢？”她话锋一转，说起当年的旧事，“仙魔之战前，魔不叫魔，而是叫邪神。仙和邪神那一场大战，其实在很久以前就有隐患，好比是二十年前南楚和大周争天下一样，不能说谁错得多谁是对的。大周最后一统江山，而天庭上的仙君们死的死、残的残，最后还是比邪神少损伤一些，于是就胜了。”

“这里面最惨烈的仙君就是九曜星中的计都星君和天极紫虚昭圣帝君，连个尸首都没留下，就和魔境一起消亡了。”颜淡摸摸下巴，“这就是一个大概的经过。若是要仔细地说，恐怕好几天都说不完，不过这里面还有件奇怪的事，就是计都星君和紫虚帝君先入了魔境的云天宫，见到了邪神之首的玄襄，随后整个魔境就跟着崩坏、消亡，没有人知道云天宫里到底发生了什么。大概是他们在里面拼得你死我活，同归于尽了吧？”

唐周不由道：“胜者为王败者为寇，自古便是这个道理。”

只见神霄宫主忽的变了脸色，沉声道：“低下身！”颜淡也感觉身后有什么朝自己扑来，连忙低了低身，只见那如同野狼一般大的野兽呼的掠过，爪子落地时一弹，立刻转过身来死死地盯着他们。

颜淡这回看清楚那野兽的模样，不由倒抽一口凉气。兽类的身体上，顶着的竟然是一张人脸！只是那张脸木然僵硬，没有任何表情。脸也比寻常人要长两三寸，看过去就像是一个四肢着地的、形貌古怪的人正看着他们。

这就是人面玃。

颜淡脑中已是乱糟糟的一团，除了这个名字，还有“人面玃的皮毛很硬，刀枪也难入，所以才没被拿来裁衣用”“人面玃其实很单纯，只会直接把敌人给撕开算数”等说法。她还没想到对付人面玃的法子，就见那人脸野兽把古怪僵硬的长脸转向了她，后腿用力一蹬，朝她扑了过来。

颜淡只得拔下束发的簪子，凌空一划，只见那支青玉簪子化作一柄长剑，向着人面玃的咽喉处刺去。只听铮的一声清响，剑身微微弯曲，人面玃倏然向后跳开，开始围着颜淡慢慢地兜着圈。

颜淡暗暗咬牙，他们一共四个人，它却只看见她，实在太不可理喻了。只听神霄宫主用一种平淡的、陈述的语气道：“传闻人面玃通人性，确然如此。”颜淡咬着牙道：“畜生再通人性还是畜生，尤其是这种在仙魔之战后就灭亡的怪物！”

唐周却说得越发不含蓄：“它一眼就能看出我们之中最弱的是谁，的确不简单。”

颜淡哼了一声，将手中剑向上一抛。人面玃见她没了兵器，立刻磨着爪扑上去。只见长剑坠落，幻化出千万剑刃，冷气森森。人面玃尚在半空，忽然向旁边一滚，千万道剑气如流星坠地，在地面上钉下一个个浅坑。可是这剑气居然不能刺穿人面玃的皮毛，只是在它的人脸上划开几道血痕。

唐周看着她手起剑落，总觉得她这个法术非但没有妖气，反而有点像仙术。人面玃吃了亏，舍弃颜淡，突然爪子一蹬转向神霄宫主。

神霄宫主之前对付昆仑神树之时，颜淡只是看见半空有白光闪过，枝条就断成几截，甚至连他是用什么兵器的都没看见。只见神霄宫主微微侧身一避，袖中滑出一支碧绿晶莹的玉笛。他将玉笛接在手中，轻轻一旋，露出里面一截只有手指粗细的短剑。他转过玉笛，将剑尖噗的送进人面玃的腹部，再干净利落地拔出，随后往后飘开几步。

神霄宫主动作虽快，手中的玉笛还是被扑过来的人面玃张嘴咬住了，它腹部的毛皮很薄，转眼间就被鲜血染红。那张人脸上的眸子泛起血丝，死死地瞪着神霄宫主，闪电般伸爪向着神霄宫主的脸上、颈上狠狠一抓。

颜淡不由得啊了一声，想也不用想被这样的铁爪抓过，一定是血肉模糊了。虽然神霄宫主的皮相也不怎么好看，可是再难看，总比血肉模糊的一团要好一些。

只见神霄宫主在这时弃了兵器，伸手捧住它的脖子，用力往旁边一扭。只听一声清脆响亮的“咔吧”，人面玃身子一抖，就不会动了。

颜淡不由自主地抬手摸摸自己的脖子，都替人面玃觉得疼。

神霄宫主捡起玉笛，伸手触碰到脸上被抓开的面皮，揉了几下，扔下一团人皮面具。颜淡看得张口结舌，磕磕巴巴地说：“锯嘴……不，柳、柳公子？！”她摇摇头，又马上自我否定，“不不，你应该是见过那个叫柳维扬的人，然后做了张和他的脸很像的人皮面具吧？”

神霄宫主看了她一眼，连说话的声音语调也变得和柳维扬一模一样：“你说呢？”

颜淡老老实实地回答：“我不知道。”她顿了顿，突然一个激灵，“这样就对了，我那晚在凌霄道观看见的那人是陶紫炁，从背后偷袭我的、最后害得我被虫子蛤蟆毒蛇欺负的那人就是你！”

柳维扬面无表情，既不否认，也不承认。

“我真的很想抽你一顿啊！”颜淡咬着牙吐出几个字，最后还是忍了。横竖都不是他的对手，还是忍一忍，多退几步算了。

日头渐渐升高，攀到了头顶，阳光刺眼而通透，晃得人眼花。眼前依旧是一片怪石林立的戈壁，他们走到后来甚至连蓟草都不见一根，更遑论绿洲。

颜淡抬起袖子擦了擦淌到下巴的汗，抬起手遮着眼前的阳光，衣袖滑落，露出一截细白的手腕。她看看前面探路的余墨和唐周，再看看走在最后面的柳维扬，不得不承认，不管是哪一个，都要比她靠得住。

忽听柳维扬在身后轻轻嗯了一声，颜淡立刻一个激灵，跳开三步，回头问："什么？"柳维扬皱了皱眉，语气还是平淡无澜："从现下开始，大家最好能什么都不想，只管往前走，不用多久就能走出这一段戈壁。"

颜淡很是好奇，刚想开口问为什么，可一看到他那张面无表情的脸，一句话都到了嘴边，最后还是咽了回去。直到现在，她还是不能接受柳维扬就是神霄宫主的事实。她想起在青石镇的古墓地道中所见的关于神霄宫主的一切，再想起刚进朱翠山遥遥望见的那个清华潇洒、不可直视的身影，而这个人影却突然变成猥琐的采药人伍顺，真是想有多优雅就有多优雅，想要多猥琐就有多猥琐，而这样的男子，怎么可能会是柳维扬？

"尤其是你，最忌胡思乱想。"柳维扬的目光最后定在颜淡身上。

颜淡怨恨地看了他一眼，突然道："说起来，我早上的时候还做过一个梦，梦里是一个穿青衫的年轻男子，他用匕首划开手腕，鲜血滴下来的时候还会变成血红色的大雕。"她话音刚落，忍不住伸手捂住嘴，"我错了我错了，我根本不该想这些的……"

余墨不由轻轻叹了口气。

柳维扬看着她，问了一句："你说那人的血变成了血雕？"

颜淡点点头。

只见他淡然的神情微微一变，低声道："你看见的那个人是邪神之首玄襄，这楮墨果真是魔境的东西。"他突然停下了脚步，遥遥望着前方向这里飘来的乌云，语声凝重，"是血雕。"

颜淡吓了一跳，仔细看着远处那飘过来的乌云，这才发觉它们竟隐约透着血红，只是太多重叠在一起，看起来反而显得乌黑一片。她也只是随口说起早上那个奇怪的梦，可这现世报来得也太快了吧。

唐周也没说什么，只是抬手握住剑柄，手指微微用力。颜淡很是过意不去："其实我们，还是换条路走比较好。这种血雕的身上有火毒，只要沾上了，连皮带肉都会被烧焦，之后慢慢火毒攻心，神智不清，发作的时候会头疼欲裂、痛苦不堪。"她说到这里，觉得自己实在是太过于助长对方的气势了，又补上一句，"不过那是仙魔之战之前的事情了，邪神玄襄、紫虚帝君和九曜星君计都在云天宫同归于尽之后，血雕就不存在于三界里。毕竟过了这么久，天地变迁，现在想来血雕不定也没有那么厉害。"

余墨看了她一眼，淡淡地开口："我看你说了这么一大堆，倒是一点也不着急。"

颜淡指着两侧石林："血雕是邪神玄襄用自己的血化出来的，不怎么灵光，我听说只要在石壁之间躲着，它们就只会在外面撞石头。"

她熟门熟路地在一大片石林中找到一个岩洞，让大家躲进去，又搬来一块石头，遮住大半边洞口，刚忙完这些，那一大群血雕已经盘旋于顶上，鹰啸尖利。领头那只最大的血雕忽的凌空飞下，猛烈地撞向了岩洞。

碎石崩裂，血雕撞在石块的棱角上，往后摔了出去，却立刻就扑着血红的翅膀跳过来。唐周站在最外边，看得真切：那血雕的一边翅膀有些不自然地扭着，像是刚才那一撞撞折了。正在这时，几十几百只血雕飞扑下来，接二连三地撞在岩洞周围，却又立刻扑着翅膀再次撞上来。它们好像没有知觉，只会不断地撞击、嘶鸣。

唐周问正看得出神的颜淡："这个法子你是听谁说的？"

她一时语塞，半晌才吞吞吐吐地说："其实我才刚化为人形的时候，在天庭待过一段时日，那时邪神刚灭，总有喜欢炫耀的仙君说起那时候的事。"

唐周闻言道："原来如此。"

颜淡刚松了一口气，就见余墨正看着她，黑眸幽深。他嘴角微动，最后还是一句话都没说。颜淡不由想，看余墨的模样，他定是不信自己说的那番话了，却也不想戳穿她。

却听柳维扬突然说了一句："我似乎来过这里。"他低下身，慢慢地摸着他们藏身岩洞的石壁，脸上殊无愉色，"这个记号是我划的。"

颜淡凑过去看，只见他手指触碰的地方，果然有一串形状古怪的记号，不由问："这个记号是什么意思？"

柳维扬慢慢摇头："没有特别的意思，只是到过这个地方，为了怕自己忘记，就刻个记号。"他屈起手指，轻轻叩击石壁，独自出神。颜淡轻手轻脚地往后退开两步，转头去看洞外的情况，只见一群又一群的血雕不断飞上半空，又俯冲下来，但就算一次次撞得头破血流，仍然没有停歇。

忽然，挡在洞口的石块被撞碎了一个角，一只最小的血雕就势挤进了岩洞，扑扇着羽翼飞扑过来。血雕腾空的时候，还带起一道殷红的火焰。颜淡立刻低下身避过，被血雕抓伤之后皮肉会立刻灼烧腐烂，这可不是好玩的。她这一让，血雕就向着她身后还对着石壁发怔的柳维扬飞去。

若在平常，柳维扬绝对不会闪避不了，可他现下心神涣散，完全没有注意到岩洞内的剧变。只见那飞腾着的血雕突然落在他的脚下，慢慢合上了翅膀，一动不动地蹲在那里。颜淡要脱口而出的提醒顿时"咕咚"一声咽了回去。

柳维扬终于听见身后动静，回转身来，看着脚边老老实实蹲着不动的血雕，微微地皱了皱眉。他大步走向洞口，推开堵在外面的石头，漫天血红的雕突然顿了一顿，拍打着翅膀停在周围的石林上。

颜淡知道百鸟朝凤的奇景，却觉得还是不及眼前所见的一幕奇妙。柳维扬一袭淡白的衣衫，清华高贵，就像天地间的君王，所有锋芒、气势不露声色，好像收入剑鞘内的利剑。

"他只怕就是被灭族的邪神之一，甚至很可能是……"唐周沉下声音，最后几个字细微不可听闻。

颜淡心道，邪神早已被灭族，魔境也早在很久以前就消亡。就算柳维扬当真想起过去的事，那也是一段不甚愉快的回忆。每段隐痛的故事里，都有美好却再不会成真的往昔。沧海桑田，世事变迁，所有的同伴早已抽身而去，而最后剩下的那个人只有不断地回想，好似饮鸩止渴，想忘却不敢忘怀。

直到，沧海不再，桑田不再。

只见柳维扬抬起手，呼啦一声，一大群血雕振翅远去，间或有几根血红的羽毛慢慢飘落下来。隔了片刻，他的神色已经恢复如常，回头轻声道："继续赶路吧。"

第二十七章·尸鳖

待走到日头偏西的时候，周围景致总算一改寸草不生的荒芜，慢慢地开始有了绿草矮树，耳边还能依稀听到潺潺水声。

他们在日头暴晒下走了一整日，已是疲惫至极。颜淡强自撑着，一句也不抱怨，毕竟她是四人中本事最低微的，若还有脸叫苦，实在太说不过去了。她抿着唇，在听见若有若无的水声之后，更觉得口干舌燥。她仔细地分辨着耳边所有细微的声响，其中那股若有若无的潺潺水声却越来越清晰。

颜淡不由松了口气：还好不是她渴得都幻听了。

可是等她欢欣鼓舞地奔到水边，顿时傻了眼。这条溪虽是活水，可是不断有一团团黏糊糊的、惨绿惨绿的东西顺着水流漂下。她还没完全低下身去，扑面而来的，就是一股浓烈的恶臭。

余墨往水里一看，语气平淡地说了一句："不知这水里浮着的是什么？"

颜淡欲哭无泪，哪里还管水里是什么恶心的东西，心中响起一阵旷古回声：没有水没有水……再没有水喝她就会渴死了渴死了……

唐周低下身看了一阵，最后还是摇摇头："看不出来是什么，倒是有点像——"颜淡正把心一横，颤抖着把手伸到溪水里，闻言立刻道："不要说出来！"可还是太迟了，唐周掷地有声地搁下两个字："虫卵。"

颜淡崩溃了，拉着唐周的衣襟摇晃："敢情你不渴不累！我都叫你不要说出来了，你还说！"

只见柳维扬走上前，单膝跪在溪边，慢慢伸手掬起一捧水，默默地泼在脸上，随后又掬起一些，面无表情地喝了一口。

颜淡看得目瞪口呆，心中只有一句话反复回荡“他喝了他喝了，他真的喝下去了”，还没等她从震惊中恢复过来，只见余墨也低下了身，慢慢掬起一捧溪水。她自然知道，凭他们现在的处境，若是不喝水，只怕支撑不到找到下一处水源的时候，可是让她喝这么脏的水，不管是心理，还是这几年过得安适的身体，都忍受不了。

她一把扯住唐周的衣袖，颤声问：“你会去喝这种溪水么？”

唐周看着她，用陈述的语气说：“你不敢喝。”

“我当然不敢喝，这可不是什么羞耻的事情！你闻闻这股腥臭味，看这绿油油的虫卵，要是用手一捏，肯定会爆出一摊绿油油的脏水！”

余墨转过头看她，语气很不好：“颜淡！”他取出一块丝帕，在水里浸湿了，也不绞干，回身递给她。

颜淡默默地把东西接在手中，不甘不愿地抹了抹脸，把干得泛白的唇润湿，然后用两根手指拎着那块丝帕瞧了瞧，奇道：“余墨，你怎么随身还带着丝帕？”她展开丝帕，对着上面的百鸟争春图从上到下、仔仔细细地看了一遍：“看这针法还是百灵亲手绣的，这么精致，竟然这么被你生生糟蹋了。”

柳维扬见他们都喝过水，方才不紧不慢地开口：“这不是寻常的虫卵，是尸鳖。”

颜淡用手捂住唇，失声道：“尸……”尸鳖她是知道的，是一种专吃尸体的虫子。她想起在青石镇那家饭馆里曾戏弄了一个当地人，没想到报应不爽，终是轮到她头上来。毕竟，嘴里说说是一回事，真正咽下去了又是一回事。

“看这些虫卵，这附近不知有多少尸鳖。前路也应是不太好走，还需留个心眼。”柳维扬说完，衣袖翩翩扬长而去。

颜淡恶心得要命，只觉得脸上也麻痒起来，连忙把手上捏着的丝帕丢到一边。百灵的刺绣虽精致，不过沾过那种东西了，还是扔了比较好。

一行人所经之处，草木拔高，开始有成片的树林。在天边淡淡的斜阳映衬下，一群野狼一般大的野兽正伏在地上，伸爪梳理着皮毛，看上去十分温顺无害。

颜淡走过去的时候，它们也没有动弹。她不由得多看了一眼，只见其中一只忽然站起来抖了抖身子。她心中咯噔一声，只见那野兽的身子上赫然生着一张比寻常人要长了好几分的脸，双目呆滞，却在一瞬间暴开了几道红血丝。

整整六只人面獾，甚至在她还来不及眨一眨眼的时刻，立刻嘶吼着扑了上来。之前只有一只就弄得她手忙脚乱，现在一下子来了六只，她除了逃跑也想不出别的法子。只见柳维扬抽出玉笛中的短剑挡开一只人面獾，语气严峻："沿着弯曲小路走！"

人面獾扑击的速度很快，若是走直路，很容易被它们抓个正着。

颜淡刚跑开几步，只听身后冷风袭来，连忙低下身向前一滚，避过飞扑而至的一头人面獾。她甚至还来不及起身，第二只人面獾爪子一弹从斜方冲了过来。颜淡只得狼狈地爬开两步，堪堪躲闪开去，正好和另一头人面獾打了个照面。只见那张怪异的人脸已经近在咫尺，几乎把鼻尖贴到她脸上。

颜淡顿时脸色惨白，全身僵硬。

忽见青森森的寒光一闪，飞溅出一串血珠。人面獾暴怒地仰起头嘶吼一声，向着森森剑气冲过去。颜淡见机立刻退到一边，余光瞥见出剑的是余墨。他掣剑的瞬间，剑脊上漾开一道青色的光影，似龙非龙，似鱼非鱼，直直从人面獾的腹部穿透而出。

一时间，颜淡只瞥见鲜血淋漓，还有什么白花花的东西啪啦啦落了一地。剩下那几头人面獾被这样的场面震住了，磨着爪在喉中嘶叫着，却再不敢上前。

余墨伸手拉住她的手腕，径自大步往前。颜淡被他牵着，不由心道，难道余墨就不能多修习一些比较好看但杀伤力也很强的妖术？这样每回不是狂风暴雨，就是开膛剖腹的，实在太血腥了！

她正这样想着，忽觉拉着自己手腕的力道一紧，余墨沉稳的脚步突然踉跄了一下。颜淡顿觉不太对劲，连忙挨近了去看，只见他另外半边脸上，眼角血迹未干，已经肿了起来。他的眼睛伤成这样，连睁开都很费力，更不用说还要看路了，难怪刚才会步履不稳。

余墨别过了脸，不甚在意地微微一笑："没大碍，你看着路就是了。"

颜淡乖乖地应了一声，扶着他的手臂尽量挑平坦些的路走："可你的眼睛……"

“一点皮外伤，没事的。”

“是吗，你上回受重伤也说没大碍啊。”

“别看我，看路。”

颜淡只得一心一意地看着前方，也不知是不是错觉，明明走在平地上，却觉得地面好似在轻微震颤。她只得暗自想，这该是她的错觉吧，好端端的，平地怎么会震动？这里又不是凡间，怎么会有地震这回事？

只听柳维扬一如既往冷静的声音从斜后方传来：“向西走！”

颜淡下意识地依照他说的去做，毕竟从进入魔相到现在，他都是最为可靠的同伴。她沿着西面的山道一路攀上去，抬头一看，心凉了半截：眼前已经无路可走，只有一处空荡荡的悬崖。

在她还没完全反应过来，只觉有人从身后重重推了她一把。颜淡站立不稳，径直往悬崖下摔去。她眼疾手快，立刻松开余墨的手臂，伸手去抓崖壁边的藤蔓。她自己摔下去也罢了，总不能还拖着余墨一起下去，更不用说他的眼睛还受伤了……

所幸颜淡的运气不差，这样胡乱去抓居然还摸到了那些藤蔓。她费力地转过头，眼角只瞥见森冷的剑气划过，她紧紧抓住的那些救命藤蔓立刻断成几截。

剑气之后，是迎风轻拂的淡白色衣袖，还有那人淡然的、毫无波澜的眸子。

颜淡不知道是不是自己命大，从那么高的地方摔下来，就算有妖气护身，也会丢掉半条命。可她现在，正安然躺在一片柔软的沼泽中，手脚都好好的。

她刚摔进沼泽的时候，受惊之下挣扎了几下，很快就发现挣扎得越是用力，身子下沉得就越快，便老老实实地躺在那里不动。过了一会儿，就发现这片沼泽还在慢慢流动，把她缓缓往岸边推。

颜淡望着头顶苍穹，有点懊恼地想，柳维扬同他们一直对立，因为一同进入魔相，才会成为同伴。竟然就此对他不再心存戒备的自己也是傻得厉害了，她这回被推下悬崖，完全是自找的。

只过了大约半盏茶工夫，她感到背上碰到了实地，赶紧用尽力气往上爬。双脚才刚踏到实地，只听隆隆巨响从远处传来，如雷如震，在山谷中回响不断。颜淡静下心来辨明声音的方向，似乎是从她摔下来的悬崖那里传来，那么她摔下来之后到底发生了什么事？

她也顾不了衣衫被沼泽弄得脏兮兮的，连忙循声赶去。

她清楚地记着自己是从悬崖上摔下来落入沼泽的，而且悬崖下的石壁微微倾斜，触手光滑，完全没有可以攀爬的地方。可是眼前，没有悬崖峭壁，只有大片大片的山丘，看地势就算是完全不会武功的凡人都可以爬上去。

颜淡震惊至极，究竟是哪里出了差错？会不会是因为在神器楮墨的魔相之中，她才会在摔下悬崖后又到了另外一个全然陌生的地方？而眼下，就只剩下她一个人了。

颜淡微微出神，最后还是辨清方向，独自往前走。

如果魔相真如柳维扬所说，里面出现的事物他们之中至少有一半人见过。那么余墨和唐周应该能对付前路上的危险，反倒是她和柳维扬，实在堪忧。柳维扬是死是活，她都无所谓。最重要的是，她一定要保住自己的性命。

颜淡在山林中走了许久，脚下的路渐渐开阔，遥遥地，还可以瞧见半空中升腾起的青烟。她不由怔了一下，那远处的袅袅烟气，只怕是寻常人家做饭烧水升起的炊烟。难道这里还住着人家？

她又走近几步，远处村落木屋映在眼中逐渐清晰起来。炊烟，落日，喧闹，总会在不安稳的时候给人安定感。

颜淡不由自主地加快了脚步，走过枝繁叶茂的古树时，头顶上突然哗啦一声，枝叶摇曳，碎叶纷纷飘落，一张脸却突然横亘在她眼前。

那人脸上肌肉抽搐僵硬，肤色惨白，双目圆睁，死死地盯着她。

这一下太过突然，颜淡连忙向后急退三步，定睛一看，方才长长吁了一口气，喃喃道：“原来只是死人啊，还以为又是什么奇怪的东西……”

她抬起头，仔细看了看那具被倒挂在树上的尸首，那尸首穿着一件素白色的衣衫，没有束发，只是随随便便地用一根白绳绑着。

此情此景，怎么看这人都是人祭。

人祭，就是把活人作为祭品，献给某位神灵。这是古时常有的一种祭祀方式，越是在偏壤蛮荒之地，就越是多见。人祭多半是在那人还未成年，甚至刚生下来时就选定了的，在成年之后穿上白衣被送给所祭祀的神灵。有时候，碰上水患泛滥，也有地方会用抓阄的方式把选中的活人和祭品一起放在木筏上，献祭给河神。

颜淡突然回想起柳维扬身上就穿着一件淡白色的袍子，他说过自己是被陶紫炁逼进魔相的话，可她没怎么信，这样想来，原本他应该就是想把自己当成人祭送进来吧？她仔细看了看周遭，俱是一片山林，周围似乎没有什么凶猛野兽的气息，那么这个人祭是要献祭给谁的，为什么脸上会有这么痛苦僵硬的表情？

颜淡一时好奇心起，伸手拔下簪子，将其变为一把长长的玉剑，轻轻地划过那人祭的衣领。只见领口之下的肌肤全是一个个青黑色的圆点，小的比铜钱稍大一点，大的却有手心这么大。

她心里不安，遥遥看着前方村落那番炊烟袅袅的祥和景象，思忖究竟是借道往村落里走，还是宁可多走些路绕过去。

很多时候，不可知的事物，远远比已知的危险事物更令人恐惧。你不知前面会发生什么，也不知它带给你的究竟是什么。

颜淡思忖片刻，还是决定直接从村落借道，如果运气好的话，不定还能在那里借宿一晚。

她正要抬脚往前走，只听咔的一声，头顶一根树枝断裂，那尸首蓦地下沉了两尺。颜淡往前平视，正好对着那尸首的腹部。那具尸首的上裳下摆已经完全破碎，正好露出破烂不堪的腹部，里面挤满了黑色的尸鳖，好似把这人的尸首当成了窝，里面黏着一层层绿油油的虫卵，这些虫卵就和她之前在溪边瞧见的一模一样。

颜淡只觉得一股恶心反胃的感觉冲上喉咙，脚下一软，差点坐倒在地。一只凉冷的手突然从后面伸过来，轻轻捂住她的嘴。颜淡立刻闻到一股淡淡的、若有若无的檀香味儿，可这股檀香味儿中还带着些许血腥气。

只听柳维扬的声音在她耳边低低响起：“噤声。”

第二十八章·洛月

颜淡想到是他将自己推下悬崖，实在很手痒，很想给他来那么一下子，比如抽他一个惊天动地大耳刮子，可最后还是硬生生地克制住了。随着柳维扬慢慢松开手，她闻到的那股血腥味更浓，不由转头去看，只见对方淡白色的外袍下摆被染得一片殷红。

柳维扬往前走了两步，尽管身形依旧挺拔，还是可以看得出他走路的姿势和之前不太一样。颜淡摸摸下巴，如果他受了伤，对她来说可真是天大的便宜，之前把她从悬崖上推下去的事情也该一起算一算了。

柳维扬停住脚步，回头瞥了她一眼，一双淡然的眸子还是波澜不惊。颜淡立刻会意，跟着他往前走。

曾有人对她说过，共患难的朋友未必能共享福，而敌人也未必不会变成同伴。对于这句话，颜淡深以为然。

柳维扬缓缓从那具尸体边走过，密密麻麻的尸鳖突然不动了，但只一眨眼的工夫，它们疯了一般拼命往上爬，像是想避开柳维扬。

颜淡看得清楚明白，不由讶然。柳维扬身上还有血腥味，从来对血腥尸臭趋之若鹜的尸鳖怎么可能会闪避呢？她想起唐周的血可解百毒，再看看柳维扬外袍下摆的血迹，莫非，尸鳖惧怕他的血？

颜淡斟酌一阵，待他们走到村头的时候，放软了声音开口道：“柳公子，你的伤还好么？”

柳维扬脚步不停，不置可否地嗯了一声。

颜淡顿时有一种和哑巴争辩的无力感，索性一不做二不休，快步走上前一把拉住他的手臂，目光灼灼地望着他。

柳维扬不得不停下脚步，低下头看她："怎么了？"

颜淡眼中发亮，热切地盯着他瞧。紫麟曾诬蔑她，说她这个表情简直能让人三天食不下咽。不过有用就是好的，至于到底是让人食不下咽还是垂涎三尺，这个根本无关紧要。她活过了这许多年，早已明白有些事情，能有个好的了结就行。

柳维扬面无表情，想把袖子从她手里抽出来。颜淡立刻死死按住。

柳维扬抽不回袖子，无奈地开口："你想要做什么？"

颜淡暗自得意不已：你不是把我们都骗进魔相里来送死么，不是把我推下悬崖么，不是我问一百句话你都当没听见么？天地间因果循环，种下了因，就必定食下那个果，现在该是他受报应的时候了。

柳维扬见她不说话，依旧目光灼灼地看着他，忍了一会儿还是不得不挪开目光："你到底想怎么样？"

颜淡微微一笑，乖巧清澈，温言软语："柳公子，不如让我帮你包扎一下伤口，这样子伤才好得快。"

柳维扬动了动嘴角，在她热切的逼视下，终于还是道了一句："有劳了。"

他找了个树桩子坐下，撩起染血的衣摆给她看。颜淡蹲在边上，看着那道绝对不浅的伤口实在忍不住幸灾乐祸："这伤口看起来倒像是利器划开的。"她当然不会有那么好心给他治伤，只不过想乘机做点手脚，顺便再偷偷抹一点他的血藏好，万一尸鳖真是害怕他的血，那她以后心里也好有个底。

"是从悬崖上跳下来的时候，在石头上划开的。"柳维扬语气平淡。

颜淡怔了一下："从悬崖上跳下来？"

柳维扬看了她一阵，缓缓道："看来，你果然不知道。"

颜淡顿时有种被他设计的感觉。

"我们之前走过的并不是山路，而是走在翻天的背上。等我发现的时候，它已经要翻身了，逼不得已只好从悬崖上跳下去。"

颜淡曾听师父说起过翻天，若论起渊源，翻天和紫麟还是同族同宗，只不过翻天比紫麟高大生猛得多。因为个子大，也异常的懒散，时常躺在那里几十年、甚至几百年也不起来爬两步，身上自然而然地就生出草木来了。但是它躺久了，偶尔还是会起来翻个身。这一翻身，当真就如天地都翻过来一般，才会有“翻天”这个名字。

颜淡有点不好意思，原来他也是好心，却是她误会了。她抬手虚按在他的伤上，轻声念了几句治愈的咒术，只见淡淡的白光漾开，本来裂开的伤口立刻就收紧愈合了。

柳维扬若有所思，轻声道：“既然不是你，那还有谁会见过翻天？”颜淡把一角沾着他的血的丝帕叠了叠，收好，随口问道：“这个很重要么？”

柳维扬放下衣摆，起身走了两步，淡淡道：“多谢你。”

“奇怪，那余墨和唐周呢？”不会被压在翻天底下去了吧？如果真是这样，余墨不定还有救，唐周肯定成肉泥了。

柳维扬摇摇头，示意他也不知道。

他们走到村落外面，只见村头那棵大树下立着一块石碑，上面写了两个大字“洛月”。

不光是颜淡，连柳维扬淡然的眸子中都闪过一丝惊异。

邪神和上古时候的神仙一般，是古老的种族。

那个时候，天还不是天，地也没有成为地，天地几乎是聚合在一起的。盘古开辟天地后，人世间才不再是一片混沌。

女娲用泥捏了凡人，而邪神用自己的血肉化成了洛月族人。

在仙魔之间的那场争斗中，邪神灭族，魔境消亡。洛月族不得不迁出魔境，隐居在凡间。可是邪神一灭，他们也受到了波及，寿命越来越短，只能依靠子孙不断繁衍来维持血脉。洛月族极为傲慢，这点像极了他们的始祖邪神，他们不愿同凡人接触，更不用提通婚了，也就是因为这样，如今这世上几乎再找不出一个洛月族人。

洛月人同他们的始祖一般，在千百年的洪流中已经消亡了。

颜淡抬起手指敲了敲下巴，低声道：“这里的洛月族，应该是魔境消亡之前的洛月族吧？”

柳维扬难得答应了一句：“也未必，若是在邪神没有灭族的时候，他们怎么会用得到人祭？”

颜淡顿时毛骨悚然。在仙魔之战前，洛月人是出了名的美丽。他们的始祖就不无得意地宣称过，天地间凡是他们造出来的，都没有半点瑕疵，不像有些神仙捏出来的凡人，总有些许缺憾。从那个时候起，天庭同魔境之间就时有纷争，慢慢地，积怨越来越深，仙魔两界终于开战。那时魔境的主人是邪神玄襄，他和紫虚帝君、计都星君在云天宫同归于尽，魔境就此消失。而洛月人离开魔境，不管是容貌还是身体都发生了很大改变，原本美丽的容颜开始变得古怪，身体也渐渐扭曲。

“再娇艳的花也有凋谢的时候，再美好的容颜也会苍老，可是亲眼见到了还是觉得可惜。”颜淡话音刚落，就见柳维扬颇为意外地望了她一眼，好似在诧异她也会正儿八经地说话。

她撇了撇嘴，不满地想，她有的是内涵，只不过还没人发现罢了。

颜淡当先走进洛月族人群居的村落，过了村头那一片桑树林，便见远远近近有不少人家，每户人家都搭着高脚木屋，一条清澈溪流弯弯地绕过，清亮的溪水在落日下闪着粼粼波光。她打从心底觉得，这里是魔相中最美好的地方了。

之前那些人面貛、血雕什么的，实在是太凶猛太蛮夷，她委实不怎么欣赏。

“你们是谁，怎么会闯到这里来的？”

这道声音听得出是出自一个少年口中，还是清稚、秀气的小少年。颜淡回过头，只见夕阳余晖中站着一双少年男女。躲在刚才说话的那个少年身后的是个看模样年方豆蔻的少女，乌黑的眼一眨不眨地看着他们，不，确切来说，是直接越过颜淡，定定地看着她身后的柳公子。

那少女忽然笑了，就这么对着柳维扬娇憨地笑：“你是来娶我姊姊的吧？”

颜淡转头看了看面无表情的柳维扬，再看了看这双少年男女，很不厚道地扑哧一声笑出来。

颜淡很容易在洛月族找到了落脚的地方。这实在多亏了柳维扬。之前那位笑得很娇憨的少女恰好是来自洛月族中颇有声望的人家。用凡间的风俗来说，那是名门望族，祖上庇荫，好比现在的天下是裴氏的天下，裴姓也比别的姓氏高贵些。

至于其间种种，寥寥数语也能说清。

洛月族人取名的法子古怪，只有名没有姓，之前那个少年叫南昭，少女叫水荇，他们是表兄妹，而少女水荇的那位将要嫁给柳维扬的亲姊姊芳名依翠，这是其一。

其二，依翠是洛月族中的美人，不知怎么曾梦到过神霄宫主柳维扬，从此心心念念，甚至还撂下了非君不嫁的话来。只要柳维扬一进洛月族的村落，立刻就会有一群人把他扭送到依翠小姐的面前。

颜淡初时很惊讶，待看到亭亭玉立、楚楚柔情的洛月美人依翠，只能感叹柳维扬真是桃花绵绵，每一株都是千娇百媚、百里挑一。本来神霄宫中女侍就多，貌美如花的更多，结果到了魔相好不容易碰见这么一村子人，就出来了一位瞧上他的美人。

于是颜淡在依翠柔情万千的眼波中，把柳维扬卖掉了。

一卷画轴铺开，慢慢露出里面青衫翩然、清华万千的男子。那道人影背后，是青山隐隐，万里河山，然而这些不过是隐没在背后衬托其人风采，仅此而已。

颜淡低头看画，那画中男子的眉目，果真和柳维扬生得一模一样。可惜这画笔法虽好，画中人神韵却不足。

“这就是玄襄殿下，是历代邪神之中本事最高，最有才情的一位。”南昭低下了声音，“依翠姊也只是在很久之前见过他一回，就时常梦见，就算到了出阁的年纪，还是想嫁给他，就算当妾也没关系。后来玄襄殿下战死，她也觉得殿下只是失踪而已。”

颜淡心里咯噔一下，道：“可惜柳维扬不是邪神，最多是长得像罢了。”

南昭嘴角牵起一丝笑，微微有些苦涩：“就是柳公子和玄襄殿下生得太像，而柳公子身上还有邪神的血脉，依翠姊才会一心认定他就是殿下。”

颜淡默默点头：“这样说来，倒也有几分道理。”

这世间长得十分相像的，已是不多了，而柳维扬身上还有邪神血脉，更是真了几分。何况他现在根本想不起自己从前是什么人，做过什么事，而所有记忆中断的那一块正是在仙魔之战。

她也不得不承认，柳维扬是邪神玄襄这件事，很可能是事实。

颜淡叹了口气，打从心里同情他。从前他在追寻自己身世的时候，完全游离于三界之外，天地间再没有他的同伴。而现在，如果他真是邪神，那么天地之大，他将再无容身之地。当年仙魔之战打得轰轰烈烈，便是想忘都忘不掉，若是天庭上的那些人知道邪神玄襄还活着，那三十万天兵每个都来补一刀，也尽够受的。

她刚叹完这口气，只听身边的少年也幽幽地长叹一声。

颜淡不由看了他一眼，只见少年皱着眉，颇为沮丧的模样，心中忽然一动："凡人有句古话不知你听过没有？落花有意，流水无情。你就是再喜欢依翠姑娘，她心里却只惦记着玄襄罢了。"

南昭的脸一下子涨得通红，结结巴巴地说："这、这句话我知、知道，可、可是我、我、我没有……"

颜淡是出言试探，见他这个样子，知道自己猜得不错，轻轻拍了拍他的肩，好声好气地劝说："这种事，当断则断，她若无心你便休，你也拿出一点男人的魄力来。"像南昭这样秀气老实的少年，若是养得不好，难免变成娘娘腔。

南昭低下头，轻声道："颜姑娘说得是。"

颜淡正待趁热打铁多劝导他几句，只听一道寒得掉冰渣的声音从身后传来："颜淡，你过来。"

她冻得一哆嗦，方才慢慢地想，这声音听起来，约莫大概仿佛，是柳维扬在说话。

看来东窗事发，他该是知道自己被卖了。

第二十九章·三界三生

柳维扬在桑树林边，负手而立，衣袍翩翩，像是入了画。

颜淡突然想起一句话来，任是无情也动人。不管是邪神玄襄，还是神霄宫主柳维扬，他便是这样静默地站着，就有一股内敛的华光。

柳维扬沉默了一阵，忽然冒出一句古怪的话来："在青石镇的古墓里，你感觉到我的气息，就能知道我不在三界之内。而你动手的时候，我也知道，你同我是一样的。"

颜淡望着头顶一串串饱满的桑葚，半晌才道："你说的不差，不过有一点还是不一样，我后来自愿入了妖籍。"

因为太孤独了。

这么多年，没有遇见过一个和自己一般的同伴，还不如一团空气，一滴水，她什么都不是，完全游离在三界之外。就算有一日，她不再活在这世上，也没人会知道。

"我也没有感觉到你的气息，你那天没有用咒术，而是用的凡人的武功。"颜淡转过头看着他，认真地说，"我做不到你这样，我那时同凡人处在一起，可我还是觉得自己是不一样的，没法子，那种异样的感觉根深蒂固，让我时常睡不着，很难熬……"

柳维扬转过头看着另一边，轻声道："那有什么用，我连自己是谁都记不起来。"

"如果，我是说如果，你是邪神玄襄呢？"

"无凭无据的事，我从来不会去想。"他语气平淡，"我是不是邪神玄襄，那又怎么样。"

颜淡忍不住反驳："怎么能算是无凭无据的事情，血雕的反应不就很奇怪了么？刚才南昭也说了，你身上有邪神的血脉，而玄襄同你长得那么像，你觉得这只是巧合而已？"

这种巧合未免也太巧了，这世上哪会有这么多连续不断的"巧合"？！

柳维扬倏然转过头来，一双眸子还是淡然不动声色："那是你的推测。你虽能推测出沈怡君他们的事，却未必能猜到别的事。"

颜淡瞪着他，两人对视片刻，无奈从气势上她就差得太远，只好放弃："好吧好吧，那你到底想怎么样？其实你是不是玄襄，和我真的一点关系都没有。你如果有什么想法，方便的话就和我说，看我能不能帮到你。"

"陶紫炁把我逼进魔相的时候，她说过，她是九曜星之一的紫炁星使。"

颜淡抬起手指叩了叩下巴："紫炁星使是九曜星中唯一的女子，但也算平常。对了，当年仙魔之战时，天极紫虚帝君和计都星君是最先见到邪神玄襄的，这两位仙君最后连尸首都没找回来。"她顿了顿，又补上一句，"计都星君也罢了，那紫虚帝君真是可惜了。我那时在天庭修行过一阵，所有见过紫虚帝君的小仙都说他风度翩翩又博古通今。"

"是么。"柳维扬出神了一阵，又问，"那你呢，怎么会游离出三界之外的？"

"啊，我……？"颜淡呆了一下，不知他怎么突然把话锋转到自己身上，只得尴尬地笑，"这个么，其实我原本是天庭小仙，后来犯了天条，要上天刑台。你也知道嘛，天刑台上走一遭，人不像人鬼不像鬼，能不能活得下来还不知道呢，然后我就逃了。"她停顿了一下，见柳维扬还等着她往下说，只得硬着头皮讲下去，"后来我才发觉，我找到的那条路居然是轮回道，下去后就是七世轮回，地府名册上缺了什么就顶上，万一这些年都少些蟑螂臭虫王八的话，那我岂不是会被人耻笑？于是我放弃仙籍，才没有去轮回七世，但这样一来，就游离出三界了。"

柳维扬默然不语。

颜淡来回走了一趟，忽然道："说起来，青石镇古墓最后一间石室里的那幅山水画可是你画的？"

柳维扬微微颔首。

“你还记不记得那画中的地方是在哪里？”

“不记得。”只是脑中始终会有这么一个模糊的印象而已。他踏破千山万水，连一些偏壤镇都没放过，至今也没有寻到画中的那个地方。

颜淡叹了口气：“看来你我的经历会有对得上的地方了，你画的那个地方是在冥府。”她看着柳维扬的神情微变，便耐下心来解释，“我说的冥府，就是凡人常说的阴曹地府。生死场，夜忘川，黄泉道……其实那里景致很美，不是凡人说的那般可怕。而你那幅画几乎画得一分不差了。”

“我脱离仙籍之后，就到了冥府。用了八百年的时间渡过夜忘川，很多一起渡河的人，等到岸边就把前尘全部忘记了，然后再世为人。可我忘不掉，也离不开冥府……”颜淡吁了一口气，慢慢皱起眉，“又过了很多很多年，我终于找到从冥府回凡间的路，但这千年之间，我的修为全部荒废了，成了现在这样。”

柳维扬嘴角微动，正要说话，只见颜淡倏然握住他的手，一本正经地说：“我可以懂你的感觉，不过依翠姑娘真的很配你，你就从了吧。”

柳维扬一下子甩开她的手，扭头大步走开了。

颜淡笑嘻嘻地看着他的背影：“柳公子，刚才对你说的那些话，我连对余墨都没说过。这种事实在太丢脸，你千万不要说出去。”

柳维扬脚步一顿，回过头微微一笑：“待我再想想。”

他最常有的表情就是没有表情，再要么就是悲凉的苦笑，而这一刹那的笑意，宛如薄冰乍融。

颜淡摸摸下巴，不觉想，之前嫌弃柳维扬死气沉沉，平日连话都没一句，现在看来还不算那么讨厌。

颜淡提着一串饱满深紫的桑葚，蹲在溪边洗。洛月一族虽然已经衰败了，却还远远没到最惨不忍睹的地步，若真到了那地步，她把柳维扬卖出去的时候也难免会心有歉疚了。再说眼下情形，柳维扬只怕是娶也得娶，不娶也得娶，完全身不由己。她不过是顺应情势罢了。

她拿着那串沾着晶莹溪水的桑葚，美美地咬了一口，余光突然瞥见两个颇为熟悉的人影，立刻把手上的桑葚给丢在一边，笑逐颜开地扑过去："主公主公——还有师兄，你们，咦……"

唐周走上前，一把将她紧紧抱住，淡淡的气息拂过她的鬓边。颜淡顿时僵在那里不会动了。幸好他很快便松开了，仔仔细细地看了她一会儿，微微笑道："看来你倒没受什么伤。"

颜淡自认为脸皮也算是磨炼得厚了，居然觉得脸热："看来还是我运气好些。"她转头看了看余墨，吓了一跳，"余墨，你的左眼还能不能看见东西？"他眼角的伤，比她那日见到的似乎更重了，已经红肿起来。

余墨伸手碰了碰，淡淡道："还好，能看，就是有点费力。"

颜淡松了口气，喃喃道："能医就好……"她伸手扶住余墨，轻声说，"我借住的地方就在前面。"

唐周看着他们，只问道："柳兄呢？我们差不多一起摔下去的，那时整座山已经翻了一半了。"

颜淡将牙咬得咯咯响："我把他嫁出去了，谁让他都不说一声就把我推下悬崖的！"

唐周倒没太惊讶，只是轻唔一声："嫁出去了啊。"

余墨微微一笑，语声低沉悦耳："原来是迁怒。"

"是迁怒怎么样？！"颜淡摆出最蛮横最不讲理的表情。

"没怎样。我只是想，他起码还是把你推下去，而我和唐兄是被踢下去的，这笔账该怎么算？"

颜淡不觉想，这柳公子真是太狠了，若他不是有这一身本事，早就仇家遍天下，怕被分尸十回都不够。

余墨的眼伤很严重，伤口裂开过两三回，又沾了脏东西，隐隐有些化脓，就算她用了咒术，也不是一时之间就能好起来。

颜淡趴在床边，托着腮看他的睡颜。她用的是一个让人产生睡意、却可以算得上简陋的妖术，若是余墨不配合，只怕也对他没什么用。她不禁想，这世上，她或许是唯一一个可以让余墨放心把性命交付的人了，而她也同样放心把自己的安危全部交托到他手上。

只是这二十年间，她从来没告诉过他。

她不知道这种话该怎么说出口。

真要说出来，就觉得别扭，还很肉麻。

“好像你这几年受什么伤都是我害的，这回又是这样，要是我有柳公子一半的本事就好了，至少你不会只顾着我而忽略了自己。”颜淡很苦恼，“其实我也努力地学妖法啊，但根基不好，到现在还是个半吊子。”她抱着一团被子，蹲在床边，慢慢来了睡意，“但是余墨呐，你以后能不能不要用那种动不动就开膛剖腹的妖术？实在太血腥太难看了……”

她入梦的时候，依稀还闻到一股淡淡的沉香味道。她不禁迷迷糊糊地想，好像在铘阑山境的时候，余墨就对沉香情有独钟，这种喜好虽然很是古怪，可放在他身上倒也算不上很突兀。这样久而久之的，连他身上都有那么一股若有若无的、很舒适的菡萏味道，而那恰好也是她最喜欢的沉香味。

她在睡梦中，依稀听见轻轻的叹息，有人在她耳边缓缓道：“因为晚了，就没有位置留给我了么？”

颜淡不自觉地皱眉。

什么早了晚了，她真是一点都听不明白。

自从进了魔相之后，颜淡变得很嗜睡，一躺下去就常常无知无觉。等她醒来的时候，楼阁外的光线已经透了进来，而她正是躺在床上，身上还盖着薄被。

她一坐起身，就觉得周遭的气氛很不对劲。

她慢慢地、僵硬地转过头去。只见房门大开着，柳维扬正倚在门边，那支淡绿的玉笛搁在手臂上，微微屈起一条腿，姿态潇洒得紧。她还从来没见他这么潇洒过，只是干吗偏偏要在这里潇洒？而唐周则意态闲雅地坐在桌边，一手支颐，一手端着茶盏，见她醒来了也坐着没动，目光掠过她的衣领，停了片刻，又转开了。余墨背对着她在窗前，发丝如墨，身形挺拔，慢条斯理地开口：“这还真叫人想不透彻了。”

颜淡险些呕出一口鲜血来。谁来告诉她，这到底是怎么一回事？这间房现在好歹还是她住着的吧，余墨在这里也就算了，为什么另外两个都在？！她抖了半天，憋出一句话来：“你们为什么在这里啊？”

“就算他们想要来拦我们，只怕未必能拦得住。”唐周搁下茶盏，淡淡道。

柳维扬微微摇头：“既然我们在魔相中，就得按照魔相的规则来。”他转头望向了余墨，“这些幻境阵法，到底还是你来得精通，不知有何高见？”

余墨侧过头，微微笑道：“高见说不上，不过我也觉得还是顺着魔相的规矩来。我现在已经没有感觉到魔相中心的杀气和波动了，可能过了这一关就会找到出路。”

“只怕多少有点困难，我看他们已经认定这件事和我们脱不开干系。”唐周缓缓道。

“喂，你们——”颜淡只能垂死挣扎。

“那就要看柳兄怎么对付了。”余墨看了柳维扬一眼，笑着说，“洛月人总会多少敬柳兄三分的。”

颜淡气得在床边重重一捶：“你们三个到底在这里做什么？还是有什么话非要在这里才可以说？”

柳维扬终于把头转向她，轻描淡写地说了一句：“你醒了。”

颜淡捏着拳头，挤出几个字来：“我醒了很久了。”

也被你们这三个家伙忽略很久了。她感觉自己睡了一觉似乎错过了许多事。

唐周轻轻一笑：“这才留意到，不过你这么生气作甚？”他居然脸不红心不跳，气定神闲地张口就说谎。她刚才醒过来的时候，明明就捕捉到他瞥过来的眼神的！

颜淡只能自愧不如，甘拜下风：“我没生气，我怎么会生气呢，毕竟不是每个人都能在一觉睡醒后看见房里突然多出了人来。说到底，你们在这里做什么啊？”

余墨走过来，大大方方地在床边坐下，长腿交叠：“昨天夜里，有洛月人暴死了。”

颜淡立刻追问："是谁？"

柳维扬的嘴角微微一抽，直起身一拂衣袖，道了句："我这就去探听一下情况。"

颜淡顿时了然："是柳公子的泰山大人，还是岳母大人？总不至于是未过门的妻子吧？"

唐周嘴角带笑："是岳母大人。"

"哦，那真成红白喜事了。"颜淡突然骨碌一下从床上翻下来，"等等，柳公子那位岳母大人过世了，不会还要算在我们头上吧？"

余墨连忙伸手将她抱住了，微微笑道："他们可没这样说，只是说一日找不出凶手，我们就一日不能离开。"

颜淡一时只想到"祸不单行"四个字。

第三十章·画像

柳维扬和洛月族族长被关在同一间屋子里差不多半个时辰后，水荇从屋外探进头来，很羞涩地微笑："哪位是余墨公子？柳公子请他过去。"

余墨起身来，又听水荇说了一句："爹爹让我和你们说，他先谢谢各位的好意了，这桩婚事只怕要推后些时日，几位若是觉得闷，可以到处走走，不过千万别走得太远，这前面的林子有些危险。"

颜淡看着水荇和余墨走远了，握着茶杯似笑非笑："柳公子真有一手，这么快就把泰山大人摆平了，人家不但不把我们当凶徒了还要来称谢。"柳维扬一向沉默寡言，偶尔说句话就是让人信服。颜淡心说，旁人看他这般性情，会误以为他一旦开口每一句都是真话，而实际上被柳宫主骗得团团转了还不自知。

唐周走到门边，又回首问道："你要不要和我一道去外边走走？"

颜淡也觉得留在屋子里发霉没什么好处，便点点头："好啊。"

两人并肩沿着溪水走了一段路，唐周忽然停住脚步，伸手在她露在衣领外的颈上一点："这是什么？"

颜淡被他这样一碰，只觉得隐约有些痒，忙蹲在溪边照了照。这道溪水清澈，隐约映出她颈上有一点微红。颜淡支着腮很疑惑："昨日还没有的，难道我睡着以后，有虫子爬进来咬了我？"

唐周沉默片刻，突然低下身扳过她的肩来。颜淡本来是蹲着的，突然被他这样一扳，只得维持着极其困难的姿势，眼睁睁地瞧着唐周低下头来。

"唐周，你就算饿了也不能咬我啊啊——"

唐周松开手，很是细致地对比了一下两个痕迹，点点头道："果真是不一样。"

颜淡扑腾两下，捂着脖子甚是凄凉："当然是不一样的，你要比较就自己咬自己去！"就算她不是凡人而是妖，那也只有这么一副皮相，要是给咬坏了以后还怎么用？

唐周掸了掸衣袖，低着头看她："我要是想自己对比着看，怎么也咬不到颈上，你说对不对？"

颜淡哼哼两声，喃喃自语："我怎么就觉得你是故意的？"她转过头看着另一边，只见一个少年的身影越来越近，手上还捧着一卷画，那少年正是南昭。她想起上一回还待趁热打铁把南昭培养成一个顶天立地的男子汉，结果没说上几句话，就被柳维扬打断了。他现在来得正好。

颜淡直接从溪的一边跳到另一边，招招手："南昭！"

南昭吓了一跳，手上一抖，那卷画哗的一声抖落下去。颜淡见他之前捧着画的模样，这画只怕是他的珍爱之物，连忙一拂衣袂，将那画轴接在手上。

颜淡匆匆扫过一眼，只见这画轴装裱的宣纸已经有些泛黄，画中的女子着了一件浅湖色冰绡衫子，嘴角有一对浅浅的梨涡，柳眉如弯月，眼波似水，嫣然巧笑，其神态灵动，好像会突然从纸上跃然而出一般。

她将这幅画还给南昭，随口问了一句："看你这么宝贝这幅画，这画上的人是谁啊？"她初初看到的时候，倒觉得和依翠姑娘有六七分相似。

南昭抱着画，温文有礼地道了谢，方才开口："这是我娘亲的画像，我怕沾了潮气，又看今日天好，就想拿出来晒一晒。"

颜淡想了想，这画中的女子太过年轻，大约是南昭的娘亲年轻时候的模样。想必南昭的母亲已经过世了，他也只能看看画像，睹物思人。她同南昭接触几回，心底很喜欢这个文弱真诚的少年。

"你娘亲长得真美。"

南昭腼腆地笑了起来："我娘亲年轻时候是我们族里出名的美人呢。"

"咦，你不是还要晒画么？快点去吧。"颜淡给他让开一条路，目送他抱着画急急走开。待南昭走出一段路之后，斜里突然蹿出一个锦衣青年，一下子撞在他身上。南昭身子一晃，几欲摔倒，却还是紧紧地抱着画。

那青年却不放过，用力将他撞倒在地，又一把扯过他手上的画轴，掂在手上瞧了瞧，冷冷道："这种女人是我们洛月族的耻辱，还留着这画像做什么？！"他双手用力，竟是摆出要把画撕成两半的架势。

颜淡看得着急，如果那人是冲着她来的，她起码有一百种整治他的法子，可那人偏偏是冲着画来的，如果她用妖术隔空取物，难保不会有所偏差把画撕成两半。正着急间，只见唐周的身影一闪，干脆利落地在那人举着画的手臂上一点，点穴、夺画、飘然落地一气呵成。

颜淡终于确定一件事，不管是他们妖，还是洛月人，原来都是有穴道这回事的。

唐周执着画卷，轻轻卷起，在做这些事的时候不经意皱了一下眉，然后把画递到南昭手上。他低头看了坐倒在地的青年一眼，淡淡道："要撕这画像的，怎么也轮不到你。"

那青年脸色铁青，憋了半晌终于吐出一句话来："你是、是凡人！你竟然是一个凡人！"

颜淡愣了一下，随即记起洛月人都瞧不起凡人这回事。

那青年指着南昭，胆气很盛："你们一个是凡人，一个是凡人的野种，倒是一个鼻孔出气了！"

唐周微微皱眉，神色却还是和平常一样。

南昭垂着颈，隔了一阵子猛地抬头，大声道："我爹爹是凡人没错，但他是个好人，我娘亲才会爱上他！"他握着拳，急急地说着话，脸上涨得通红。

颜淡不由想，南昭能有这股气势，实在不用她再多此一举去把他教成一个顶天立地的男子汉了。

那青年深深地剜了他们一眼，转身扬长而去。

南昭抱着失而复得的画，向着唐周道："多谢唐兄。族人大多不喜欢凡人，邑阑他又是族长的长子，所以才会说一些无礼的话，还请唐兄不要介怀。"

唐周微微颔首，抬手在他肩上一拍："我不会记在心上的。"

颜淡看着南昭的背影消失，方才叹了口气："洛月人的宗族观念很深，南昭这样的，恐怕吃了不少苦头。"

唐周若有所思，淡淡道："我刚才看到那张画像，总觉得画里的人有几分古怪的邪异之气……"

颜淡回想了一遍，也想不出一幅画像怎么会有邪异之气，很肯定地说："洛月人本来就生得和凡人有点不一样，你一定是看错了。"

待颜淡逛回借住的屋子时，就见余墨已经坐在桌边等她了。他一手支着颐，长眉微皱，像是想到什么难解的事情，就连她走近了都没发觉。

颜淡玩心突起，轻手轻脚地绕到他身后，正要把双手按到他的肩上，忽见余墨身子一偏，迅速地扣住她的双腕。颜淡吓了一跳，有点收不住脚，挣扎两下无果，最后还是跌坐在余墨身上。

她傻了，估摸着余墨也没想到会这样，半晌没有反应。

颜淡和他眼睛对着眼睛地对视片刻，只听余墨轻咳一声，低声问道："你刚才出去闲逛了么？"

颜淡还是有点反应不过来，含含糊糊地应了一声，心中想着，在这个时候，余墨难道不应该立刻把她推开吗？

但是他为什么不推？

余墨看着她颈上的两个痕迹，突然伸手按着她的后颈，以额相抵，鼻尖轻轻相触，缓缓道："颜淡。"

颜淡只觉得寒毛直立，翻来覆去地想，他这是想做什么？是诉衷情还是打算亲吻她？如果是前面那个，她该答应还是婉拒，抑或含糊以对？如果是后面那个，她该沉住气不动，还是直接拿个茶杯敲在他头上？

隔了片刻，只听余墨慢条斯理地说："柳宫主说，他有一点想不明白，在魔相里，出现的事物应该是我们中至少有一半人见过的。可之前的翻天，你没见过，我也没见过，唐周是凡人自然也不会见过。"

颜淡愣愣地问："你到底想说什么？"

"其实我也觉得这没什么大不了的，如果你见过不妨直说，这也怪不得你。"

颜淡明白了，笨手笨脚地从他身上爬下来："原来你想说这个啊！我怎么可能——不对，余墨，你不要太过分了，你别平白无故地诬蔑我，我绝对、绝对没有见过翻天！我是真的没见过，你还要我直说什么啊！”

余墨嘴角噙着笑意：“没见过就没见过，你这么激动做什么？”

颜淡一呆，随即咬着牙一声不吭，她绝对不会把自己刚才自作多情的丑事描述出来的。

他长身站起，突然道了一句：“你现在还想出去走走吗？昨晚暴死的那位，是给人当胸一剑刺死的，我正打算去义庄瞧瞧。”

那一剑从胸口一直划到肋下，最初的劲力渐消，最后只浅浅地划开一道浅痕。

颜淡和余墨到了义庄的时候，柳维扬已经早到一步，正负手在棺木边上。他听见身后的脚步声响，连头都不抬一下，顾自将手伸到棺木当中，将尸首的手臂抬起，展开已经僵硬的手指看了看。

此情此景，颜淡其实很想开句玩笑说，柳公子你果然对这件事特别上心，毕竟这关乎你的终身大事啊。谁知她一看见柳维扬面无表情的样子，这句话转到了嘴边还是咕嘟一声咽下去了。

她的胆终究不够肥。

余墨走上前两步，低声问：“如何？”

柳维扬微微摇头，语声低沉：“伤口不平，深浅也不均匀，看来那把剑很钝，有点像没开过锋那种。”

余墨闻言，微微沉吟片刻：“如果是没开过锋的剑，又是正面刺伤夫人，那么这个凶徒的功夫应该很不错啊，不过看这用剑的力道，好像那人的功夫又很一般。柳兄，依你的意思是，这个凶徒应该是夫人熟识的人了？”

柳维扬点点头，又道：“这也是推测而已，还算不得数。”

颜淡走到棺木边上，趴在木头边沿往下看，只见躺在棺木里的女子已经有些年岁了，眼角有寥寥几道浅浅的皱纹，模样倒是和南昭的娘亲有些相似。南昭和依翠、水荇两姊妹是表中之亲，那么他们的娘亲应该是姐妹，难怪会长得像。

她见过凡间的仵作验尸，便伸手去掰尸首的下巴，谁知还没摸到，就被余墨拉住了。余墨无奈地看着她："你想做什么？"

颜淡答得理所应当："验尸啊。"

余墨屈起手指在额上一抵，更是无奈："这个轮不到你，在这之前就有洛月族的大夫仔细瞧过了，不管是夫人的嘴里还是指甲，甚至连头发都查过，什么痕迹都没有。"

颜淡哦了一声，很是遗憾地收回了手。

他们说话间，一道窈窕的身影款款走进义庄。颜淡听到脚步声，下意识地回头去看，只见进来的是洛月族的依翠。她目不斜视，径自迎向了柳维扬，脸露微笑，语声娇柔："我去找过你，结果你不在，我问了别人才知道你来义庄了。"

柳维扬不置可否地看了她一眼，没搭话。

"你也不要总是这样冷淡呀，等我娘亲的丧期过了，我就要嫁给你了。"依翠伸手去拉对方的手腕。谁知她还没碰到，柳维扬突然出手卡住她的脖颈，语气冷漠："昨晚夫人过世，你既是第一个赶到，你到底瞧见了什么？"

颜淡张口结舌，她知道柳维扬是沉默寡言了一些，却没想到他会这么粗暴。

依翠抬手去掰他的手指，俏丽的脸蛋因为窒息而涨得通红，吃力地开口："我没有……"

柳维扬缓缓松开手："你不说也罢，你还真的以为凭你们洛月人就可以拦得住我？"

依翠捂着脖颈剧烈地咳嗽，抬起衣袖擦了擦眼角沁出的泪光，突然站直了身子，眸中有股火焰在烧："我心中只有玄襄，只有你。我一心想着你，这又有什么不对？"她总算看了杵在一旁成了摆设的颜淡和余墨一眼，微微笑道，"颜姑娘，你是不是觉得我这些话很不知羞耻，没有半点矜持？"

颜淡想不到她会问自己，尴尬地啊了一声："民风，是民风不同而已。"

依翠抬起脸，直视柳维扬，毫不避讳地说："我知道你不喜欢被逼迫，时至今日，你也不再是从前的玄襄殿下了，我自觉没有配不上你的地方。而我也知道，你恨不得立刻离开这里，所以在这件事上，有些话我确是隐瞒了爹爹他们的。只是因为，我想留下你。不管你到底是不是那位殿下，如果你想要离开，我就会告诉所有族人，杀死我娘亲的凶手就是你！”

柳维扬面无表情，衣袖却是微微一动，已拈住了那支碧绿的玉笛。

依翠根本没有瞧见柳维扬这个细微的动作，自顾自地说下去：“昨晚，我赶到的时候，娘亲还有一丝气息，她对我说，这是诅咒。我本来还想再问个清楚的，可娘亲已经支撑不住了。她只是说，这就是诅咒。”

第三十一章·诅咒

颜淡悚然动容，倒不是因为依翠关于诅咒的那句话，而是她宁可让柳维扬被自己的族人误认为是杀害她娘亲的凶手也不愿让他离开，这实在太过偏激了。

只听一声轻响，柳维扬手中的玉笛已经旋开，露出里面细细的利刃，抵在依翠眉心："我生平最不喜被人胁迫。"他抬手一挥，但见数道剑光闪过，瞬间将身旁那张矮桌劈成几十块，然后一拂衣袖扬长而去了。

颜淡蹲下身，捡起一块木头翻来倒去地看，每一面的边角都异常齐整，不由喃喃道："很厉害啊……"她摸摸心口，庆幸自己最多在口头上占点便宜，没有真的把柳维扬惹恼，不然被切成这么多块，就算她妖法无边，也没办法再把自己给拼回去了。

依翠突然抬手捂住脸，低低抽泣起来。

颜淡见她哭得梨花带雨的模样，虽然有几分怜惜，但还真的一点都不同情。本来男女之间的情感，就应该两相情愿的，她现在做到这个份上，未免也太过了些。换了她是柳维扬，也会受不了。她不自觉地想，初初见到依翠的时候，觉得她既娇柔又美丽，却没想到会是现在这样。他们家也算是洛月族中的名门望族，难道她爹娘都没好好教导过她吗？她是怎么养成这个性子的？

他们走出义庄，扑面而来的是温暖通透的阳光。只听余墨突然低声说了一句："有时候，感情当真会让人发疯。"

颜淡想了想，微微笑着说："感情本身并不会叫人发疯，而是人性中的软弱，会让那个深陷泥沼的人疯狂罢了。"

余墨垂下眼，细不可闻地笑了一声："说得也是。"

颜淡很不乐意，微微嘟着嘴："你好歹也夸我几句嘛，就这么轻飘飘的一句说得也是，一点诚意都没有。"

余墨停住脚步，不由自主地伸手扳过她的肩，可是当他一瞧见颜淡那张得意非凡、好似写了"快点夸我，狠狠夸我吧"几个大字的脸，沉默了。隔了许久，他才轻声道了一句："实在说不出口，还是算了。"

颜淡见他转过身要走，连忙抓着他的手臂，磕磕绊绊地开口："余墨，之前都是因为我，你才受伤的我知道，都是我不好但是，那个……呃，谢谢……"

余墨别过头，缓缓地笑了："不谢，反正也不是第一回，都习惯了。"

颜淡顿时很难堪。

然而依翠口中的诅咒还在继续，就像是一场瘟疫，慢慢地，不动声色地在洛月族中蔓延开来。

第二位躺在义庄棺木里的，是那日想撕掉南昭画像的那个青年邑阑的父亲。

邑阑的父亲年轻时是洛月族出名的勇士，后来当上洛月族的族长。他也是被人当胸一剑刺死的，这道伤口依旧是从胸口划到肋下，深浅不平，像是被一把未开锋的剑划开。如果说，依翠的娘亲还能被一个功夫很一般的熟人偷袭的话，那么邑阑的父亲怎么可能会被一个庸手从正面得手？

邑阑的父亲濒死前曾拼尽最后一分力气从房中爬出来，声嘶力竭地叫喊："这是诅咒！他们、他们又回来了！"看得出他胸口曾狂喷鲜血，被鲜血染红的半边脸很是狰狞。双目圆睁，脸上有一种说不出的惊恐情状。

邑阑瞧见颜淡他们来了，疯了一般扑上去，眼中通红，嘶喊着："都是你们这些外族人！就是你们把诅咒带来了，我要杀了你们，杀了你们——"颜淡知道他此时心神俱丧，会迁怒到他们身上来，也是情有可原，便闪身避开，一句话都没说。

却见柳维扬踏前一步，一袖子把他抽到一边，冷冷道："你自己好好想想，这世上哪来的诅咒？"

邑阑摔倒在地，半天爬不起来，一双眼还是死死地瞪着他。忽听依翠曼声道：

“大家静下来想一想，我们族里谁有这个能耐害死族长？”

颜淡心中一跳，忍不住转头看她，只见依翠面色漠然，亭亭玉立地站在火把灯笼之中，却又有股不出的狠毒。邑阑的父亲是洛月族里出了名的勇士，自然鲜有对手，她之所以这样说，根本就是想把事情推到柳维扬身上。

隔了半晌，原来面面相觑的洛月人，终于把目光转到了柳维扬身上。

只听一声暴喝，一道矫捷的人影当先扑了上来。

顿时，数道寒光闪过，柳维扬手中执着细刃，淡白的衣袖在风中曼舞，而那个扑上来的洛月人身上衣衫几乎都碎光了，一块一块往下掉，但皮肉却没有半分损伤。

柳维扬淡淡道：“我要杀人，根本就不会让这人还留着一口气在。”他抬袖慢慢将玉笛合上，掩入衣袖，语气还是淡淡的，却带着那么一股子倨傲之气，“现下还有谁要上来，我也不在乎多杀几个。反正并不费什么力气。”

到了此刻，颜淡方才觉得，现在的柳维扬是真正的神霄宫主，根本不管别人如何看他，只按着自己的想法行事。无端地，她居然有些羡慕。

柳维扬撂下这句话后，洛月人果真没有再敢上前半步的，反而向后让开一段距离，这样默不作声地对峙着，气氛诡异。

这时，一位穿着藕荷色薄衫的少女急急跑来，气喘吁吁地唤道：“爹爹、爹爹，不好了，南昭被人打伤了扔在外面，咦——”她眼珠转了转，看着眼前的情景，也知道不太对劲，便闭上了嘴。

“水荇，你刚才说南昭怎么了？”依翠的父亲沉声问。

水荇拍了拍心口，缓过一口气，轻声道：“我也不知道是怎么回事，南昭的颈上被人扼出好大一块淤血，我找到他的时候，他就昏迷在外面的草丛里，到现在还没醒过来。”

“很可能南昭是瞧见害死族长的凶徒了，才会被灭口。柳公子，恕我们多有得罪，这事情没了结之前，你们还不能离开。”他拱了拱手，大步往外走去，“水荇，你给为父带路，我们去等南昭醒过来。”

“我们现在走还是留？”唐周沉默片刻，淡淡开口。

柳维扬握着玉笛，若有所思：“留下来。这件事绝对不是诅咒，里面肯定还有别的玄机。”

颜淡百无聊赖地蹲在溪边看水荇和南昭练武。

从她这边望过去，可以清清楚楚地看见南昭颈上那一大块淤青，可见下手的那个人出手可谓很重了。在南昭昏迷的时候，不少在洛月族中颇有名望的人家都派了人来等他苏醒，毕竟他很可能是唯一见过凶徒模样的人。

可惜南昭醒来之后，对于自己是怎么会昏死在草堆里、颈上怎么会有这一大块瘀伤的事完全不记得，根本一点线索都没有。所有想从南昭口中问出其间关键的人，最后只能失望地不了了之。

而经她大半天看下来的光景，亏得南昭比水荇年纪大一两岁，将来也要长成堂堂男子汉的，功夫居然还不及水荇。而水荇，不是她太严苛，也实在不怎么高明啊，果然是她最近和高人相处多了，连看人的眼光都变挑剔了……

她正想着，只见水荇的脸突然在眼前放大好几倍，耳边也炸起哇的一声大叫：“颜姊姊！”颜淡忙伸手挡住她的脸，隔开了一点距离，有气无力地问：“做什么？”她之所以会在这里看这双少年人练武，真是多亏了柳宫主，他轻描淡写的一句话便把她发配到这里眼巴巴地看着这两人如何的青春年少、韶华美妙，便是不想承认自己的年纪实在是有一大把了，也不得不服老。

柳维扬说，如果确实是凶徒对南昭下手的话，这一次不成，可能还会再来，她在一边盯着也能照应一二。不过她看了一整天了，连蚂蚁都没看到几只，更不要说什么疑似凶徒的人，反而把自己弄得心神俱伤，觉得自己无端老了很多很多。

水荇蹦蹦跳跳地沿着溪边走了两步，冲她招招手：“颜姊姊，我们去那边的河里洗澡好不好？我练了一天的剑，出了好多汗。”

“现在天都没黑，你这时去洗也不怕有路过的人瞧见？”

水荇摇摇头：“当然不会瞧见了，在我们洛月族，男子只在男河里洗澡，而女子只在女河里洗，平日也不会有人从那边走过。”

颜淡今日方知，洛月人居然还有这个讲究。不过她现下在洛月族村落也待了不短的时日了，觉得洛月人的风俗习惯和凡人也差不多，连水荇他们练的剑法、拳法也和唐周会的差不多。只是水荇拉她去女河边，就看不住南昭了。她想了想，一把扯过南昭："你也一起来吧。"

南昭脸涨得通红，嗫嚅："我、我不能去的……"

水荇扑哧一笑："他刚来这里的时候，还不知道这个规矩，结果有一回走到女河那里，那时我依翠姊姊连衣衫都脱了一件了，把他打得像个猪头一样。"

颜淡见她提起依翠，便试探地说了一句："你依翠姊姊的性子和你差了很多啊。"

水荇想了想，故作老成地开口："那自然是不一样的，姊姊年纪比我大，见过的世面也比我多，她小时候还见过玄襄殿下呢，可惜我那时还没出生，不然也可以亲眼见一见了。光是看画像我就觉得，他真是一个很好看的男子。"

颜淡想想说道："啊，你们千万不要被柳维扬那人的表面功夫骗了，我告诉你，这世上绝对找不出比他更恶劣的人来，喜欢顶着别人的脸过日子也就罢了，还专门扮成那种猥琐人，用火药炸我、用火烧我，还把我推下过悬崖，他做过的坏事简直罄竹难书。"

"听起来好像是很过分，那唐周公子呢？我听南昭说过，邑阑大哥对他很不客气，他也没生过气呢。"

你们都太天真了，唐周不同对方计较的原因，就只有一个，那就是他瞧不上对方，顺便还可以摆出一副高人架势来，其实他是个连芝麻那么点大的事都要计较的人。颜淡简直要义愤填膺了："他绝对是天下第二恶劣的人！我从前被他关在法器里整整二十天，不见天日不说，还差点把我活活饿死，整整二十天滴水滴米不进啊！好不容易等我出来，又是这道禁制、那道禁制地锁着我，更气人的是，他还和别人说我健壮得连一头老虎都打得死，但凡女子，谁听到这句话会高兴啊？"

水荇语塞一阵，只得问："余墨公子呢？他听别人说话的时候都很耐心，笑起来也很温柔。"

"你还是被骗了，余墨虽然比前面两个好一点，但也差不了太多。族长那时候把我们送到余墨那里，要给他当侍妾，结果他在这么多族人当中选了我，我想大概是自己的长相性情对了他的喜好。结果他下一句话就让我去书房把书桌理干净，还叫了个人来教我怎么整理他的房间。现在我的族人教训自己的女儿都会说，你千万不要学颜淡，你看人家就算收了她做侍妾，却连一根指头都没碰过，后来干脆连侍妾的名分都没有了，你要是像她以后肯定没人要。”

水荇喃喃道：“听起来，好像你过得很凄惨啊！”

很凄惨吗？

颜淡想了想，老老实实地说：“那倒还算不上多凄惨。”她遥遥看到远处的一条河，便停住脚步，“水荇，你自己过去罢，我和南昭在这里，我怕会有人寻着机会向南昭下毒手。”

水荇本来还待拉她一起去，听到最后一句话，便点点头：“那你们要在这里等我哦，不可以自己走开。”

南昭腼腆地笑笑：“你快去，我们在这里等你。”

颜淡看水荇走过去了，转过身看了看南昭颈上的瘀伤，轻声问：“你一点都不记得是谁伤的你么？”

南昭摇摇头，歉然道：“我真的想不起来了，那时只觉得一下子透不过气来，然后就什么都不知道了。”

“如果你再见到那个人，能不能认出来？”

他皱着眉苦苦思索了半晌，又敲了敲自己的脑袋，沮丧地低声道：“可能也是不行。”

颜淡见他沮丧，便轻轻拍了拍他的肩，他们俩身量仿佛，拍起来十分顺手：“你若是一点都想不起来也好，这样那人没有顾忌，反而会再动手的。”

南昭低着头，血气涌上了单薄的双颊：“其实我小的时候，练功夫很有天分，后来生了一场病，身体也越来越弱，不知为什么，从前看一遍就会的剑招便是练上几十遍几百遍都学不会。我知道我很没用，连水荇都不如……”

只听颜淡突然问：“你今年几岁？”

南昭惊讶了一下，腼腆地说：“再过十几天就满十六岁了。”

颜淡笑着按住他的肩，语声温软："凭我的年纪当你的太奶奶都绰绰有余了。今后你有什么不开心的事，就和我说，说不定讲出来以后就好很多了。"

南昭一下子面红耳赤，嗫嚅着："颜、颜姑娘，你看上去连我娘亲的一半年纪都不到，何必还要当我的太奶奶？"

颜淡很郁结，难得她有这么温暖善良的时候，对方竟然还嫌弃她没有鸡皮鹤发、满脸皱纹。

第三十二章·浮云寺

方外一浮云，遂有寺名浮云。

他们花精一族的族长曾教训自己的族人，他们为妖，这世上有三件事物是一定要避开的，法器，寺庙，锁妖塔。

颜淡如今已经见识过其二，唯独锁妖塔早已在上古时候倾塌，就算想见也见不到了。她带了五六天的孩子，从捞鱼到采桑葚甚至是说故事都陪着水荇他们做了个遍，而柳维扬那边却没甚进展。

那个凶徒，可以把事情做得天衣无缝、漏洞全无，是个人才。

有一回，水荇告诉颜淡，自从南昭受伤之后，夜里时常会做噩梦，她爹爹找了大夫开药还是一点用都没有。颜淡便告诉她，吃药还不如在房里点助眠的沉香，白木香树是做这种沉香的最好材料。可惜白木香只在村落西北面百丈山顶的浮云寺才有，水荇便死活拉着她往寺庙里跑。

用晚饭的时候，颜淡便把明日要陪着水荇他们去浮云寺的事说了。柳维扬拿着筷子，一声不吭地细嚼慢咽，没说好也没说不好。颜淡也不敢肯定他到底听见了没有，反正最后就把他的没反应当成默认了。

余墨将袖里的短剑推到她面前，微微笑道："这柄剑是我用术法加持过的，你就带在身边，总之处处留心便是了。"

颜淡摸了摸剑柄，又拿起来瞧了瞧，这柄剑她也不是第一回用，觉得很顺手。不过她只是要找块白木香而已，带着这么好的剑，最后用来砍木头不是大大的暴殄天物了吗？

唐周搁下筷子，缓声问："你们去百丈山，一日也该回来了吧。"

“听水荇说想在浮云寺里借住一宿，应当是翌日一早回来。”

“要是你们碰上什么不能应对的危险，超过这个时候未归我们也该知道，你只消想办法支撑得久些。”

颜淡怒了：“唐周，你这是什么意思？！只不过是砍块木头，你还咒我！”

唐周不甚在意地开口：“只不过觉得你沾染是非的本事很高明而已。”

“你你你……”颜淡吸进一口气又呼出，竟然毫无反驳之力。

“十足的事实。”余墨拿起手巾擦了擦嘴角，淡淡地评价一句。

颜淡为这句话消沉了一晚。第二日天还没亮，水荇便强拉着睡眼蒙眬的南昭把她的房门敲得震天响。当她看见水荇和南昭手上的长剑，彻底无言了。他们两个扛着那么重的兵器去登百丈山，若是山路陡峭些，那还怎么走？且不论这个，就是他们带了兵器，真要遇上野兽凶徒，除了装装样子，也没什么用。

事实果真不出她所料，还没走到半山腰，他们都累得气喘吁吁，最后还是把长剑当拄杖走上去的。

“水荇儿，你怎么突然跑到这里来的？莫不是惹爹爹生气就逃到我这里来了？”说话的是位长者，一身灰扑扑的袍子，衣摆被随意地卷起来打了结，露出底下一双穿着麻鞋的大脚。

颜淡不很肯定这位长者算和尚不。她在凡间也见过不少僧人，因为茹素苦修的缘故，一般都是瘦削的，脸上带点庄严宝相。而眼前这位，头顶是光的，顶上的六个戒疤也赫然在目，只是身子有些发福，整个人看上去油光光的。虽然不够庄重，不过看上去倒十分亲切。

水荇扑到那位老者身上，撒娇地说了几句话，那老者一直都乐呵呵地抚摸她的头。她总算想起来身后还有别人，转过头向着南昭和颜淡：“这是我法云叔伯，年轻时和爹爹是好朋友，可惜啊，现在出家当了和尚。”

颜淡微微倾身施礼：“大师安好。”

法云点点头，双手合十：“姑娘这一路定是辛苦了。”

南昭也拱手为礼：“是我们叨扰了。”

“你叫什么？”这句却是问的南昭。

颜淡抬起手指敲敲下巴，觉得有些奇怪，这法云大师和她一问一答之间，只朝她草草看了一眼，而现在盯着南昭的这一眼未免太长了吧？

南昭虽然有些惊讶，还是低着头道：“我叫南昭。”

法云抬头看天，喃喃道：“南昭、南昭……转眼都这么大了啊。”他突然回过神来，一把捏住南昭的肩，微微低头问，“南昭，你今年多大？”

南昭突然脸色发白，像是一口气噎着，声音越来越低：“快、快满十六了。”

颜淡心中咯噔一声。这很不对劲。

她不由又看了法云大师一眼，只见他的眉间有一颗很大的黑痣，他捏着南昭的力道应该也不小，这个文弱少年的身子几乎都在摇晃了。

只见法云慢慢松开手，长叹一声：“十六年……原来都过去这么久了……”这声叹息颇有萧索之意，最后却没把这句话说完，而是转身走进寺庙里去了。

水荇见他顾自走了，急忙叫道：“叔伯，我们是来讨一块白木香的！”

法云抖抖袖子，脚步却不停：“你要就自己去取便是，别把后面的树都弄坏了就成。”

颜淡则压低声音问南昭：“你以前见过这位大师吗？”

南昭摇摇头，脸色煞白：“见是没见过，不过，我看见他眉心那颗痣，觉得很眼熟，好似见过……”

颜淡又问：“那你瞧见他那颗痣的时候，是什么感觉？”

南昭想了想，咬牙道：“害怕。”

颜淡伸手摩挲着手中那块白木香，将它缓缓浸到清水之中，催动术法，那一盆清水居然开始散发淡淡的菡萏香气。

颜淡做着这些事的时候，完全凭着熟练的手法，将那块沉香木翻来倒去几遍，顾自想着心事。南昭，他完全没有看清那日对他下毒手的人，但现在又说，他看见法云眉间那一颗黑痣的时候，觉得好似在哪里看过，还觉得害怕。

法云那一颗痣，不管是大小还是位置都生得颇为特别，只要认着这么一颗眉心痣，就不会错认了人。

如果之前两桩血案的凶徒是法云大师，那么濒死前那两人大呼“诅咒”又是什么缘故？

房中香气渐浓，颜淡将白木香从水盆中取出，想找个地方晾晾干。推门出去，但见夜幕已深，天边有几颗极稀疏的星子，连月亮都没有，她便随手把沉香放在窗台上。

她看着那块白生生的沉香木，心里有股满足感。这世间人有千百样，每一样水土都养出不同的来。颜淡兴趣不多，做沉香便是其中一件，闲下来没事就一样一样地试过来，到后来发觉还是莲的味道最安神。而她自己恰好就是那么一株修为颇深的菡萏。

颜淡放好了沉香，往四周看了看，便七拐八弯地从浮云寺专门拨给女眷住的外院偷偷往内院的禅房溜。她早就留了一个心眼，白天的时候把这条路来来回回走了三趟，就算是夜里摸黑，也不大会走错。她偷偷摸到禅房外，只见窗格紧闭，窗纸上有烛火跳动的影子在摇晃。

颜淡紧张地挨近一步，再挨近一步，最后贴着墙边不动了。她来是想走到窗户前面，用手指在窗纸上戳破一个洞往里面看，可这样一来，就等于把自己的影子也映在上面了。若是因为这样被寺庙里的和尚抓了个现行，面子里子可不就全部丢光了？

她屏息凝神注意禅房里的动静，只听几声轻轻的脚步声，从禅房的一头到了另外一头，想来是里面的人十分不安，所以正自踱步。

也不知过了多久，只听窗格发出“吱呀”一声，法云那颗光秃秃的头探了出来，左右瞧了瞧，又把窗子关上了。颜淡脑中顿时起了一种很不合时宜的想法，法云探出头时的表情，既紧张又期待，像是戏文里等待和富家小姐楼台会的穷书生一样。

说起颜淡的兴趣喜好，做沉香是一件，而写戏文也是一件。

按着戏文的套路，这接下来的一出应该就是楼台相会诉衷肠。颜淡不由想，法云之前看到南昭就露出那一副表情，然后感叹什么十六年不十六年的，莫非南昭其实是法云的儿子？那么南昭岂不是成了一个和尚的私生子？

洛月人可真乱。

就在颜淡越想越远的时候，只听禅房里突然响起一阵敲击木鱼的清响，和着法云的诵经声，听起来居然还很有几分端庄肃穆。

颜淡被这诵经声念得头疼欲裂，生了退缩之心，正要慢慢往后挪，只听房内传来法云低低的声音：“你果然来了。”

颜淡闻声立刻紧紧贴在墙上，顺便往窗边凑了凑。

“我知道你会记着的，毕竟那个时候……”法云突然静默了下来，而在禅房里的另一个人从头到尾连一句话都没说。

颜淡费力地探着身子，不能让自己的影子出现在窗纸上，又想要看里面发生的事，实在是困难。只见一个发福的身影急急在禅房内走着，他的影子映在窗纸上，忽明忽暗，忽长忽短。

忽听一个细细的、有些娇柔的声音响起：“因果报应，你既种下了因，便要食下这个果。你的好日子已经太久，太久了……”

颜淡无端在夜风里起了一身鸡皮疙瘩。

那个人从头到尾都是捏着嗓子说话，既娇且柔，让她有点消受不了。

只听法云急促地嘶吼了一声，像是从喉咙里发出的声响一般，隔了片刻方才颤声道：“你、你这是……”他顿了一下，只会反反复复地说一句话，“怎么会这样，怎么会这样？！”没有人回答他，他却一刻都不停地问，说话声音都完全变了调。

颜淡几乎就要破门而入了。可是一种妖的直觉让她待在原地，连大气都不敢出。她是半途当的妖，很少和别的妖一样全凭直觉来判断事情，她的直觉少得可怜，可唯有这次，竟是那么强烈。

而那个人完全没有理会他惊恐的质问，反而轻轻笑了：“你不是曾对我很是情深吗？怎么现在吓成这个样子？”

颜淡不由一呆，这话听起来，怎么就这么怪异……这分明是一出风月折子嘛。难不成还真的给她一语成谶了？

可还没由得她思考多久，只听嗤的一声，一片鲜血直接在她身边的窗纸上飞溅开来，点点殷红，连成一道邪异的弯弧。

与此同时，房门也砰的一声被撞开了，法云发福的身子踉跄着扑倒在地，面皮扭曲，声嘶力竭地长声喊叫："诅咒，这是诅咒！哈哈哈哈哈，来得好，来得好啊！"

颜淡忙探身去看，只见禅房里已经空无一人，而向西北面的窗子在夜风里呼啦啦地作响。

法云大师当晚便躺在冰冷的棺木里，那致命一剑从胸口划到肋下，深浅不平。

他是第三个。而他后面，还有多少人会死？

杀人的又是谁？

法云大师和前面两位被害者无一例外都提到了诅咒，这其中到底有什么玄机？

颜淡将手上的沉香木交给南昭捧着，一路心事重重地从浮云寺下来。事到如今，她还是半点头绪都没有。

她甚至忘不掉那人用细细的声音说着因果报应的时候，她分明从心底感觉到一种说不清的恐惧情绪。

神器楮墨产生的魔相，到底要把他们引向什么境地？又想要他们做什么？

颜淡呼出一口气，在通透绚丽的阳光里微微眯起眼。那时候，法云大师说完最后一句话后，立刻倒地身亡，别的禅房的僧人听见动静都往这里过来。颜淡只得用妖术化了一个障眼法，把身子隐了摸回自己的客房。

如果在那个时候被人抓了个正着，才是真正的有口难辩。

她有点郁结地想，唐周先前还说她沾染是非的本事高明，现在可不正是这样？只不过这不是她有意要去沾的，而是是非偏偏要缠上她。

忽听水荇声音颤抖着指着前方："颜、颜姊……你看那边……"

颜淡下意识地抬头看去，只见前方的路上俱是黑压压的一片。

尸鳖。

路面上密密地爬着尸鳖，正往他们这里如潮水般涌来。

第三十三章·未开锋的剑

颜淡看了看身后两个少年人瞬间煞白的脸，微微笑着安慰道："没事的，有我在，不用怕啊。"

谁知水荇带着哭腔说了一句："就因为现在是你在这里，又不是柳公子，我才会怕！"

颜淡顿时无言以对，她看上去就这么靠不住吗？不过，她做事似乎是不怎么靠谱，这点和柳维扬自然是不能比的。颜淡抬起手凌空一划，在他们仨面前结成一道薄薄的结界。潮水一般涌来的尸鳖到了结界前就被挡住了，挤在那里叠成一团，徒劳地挥动两只大螯。

颜淡这招还是从余墨那里学过来的，这个结界能持续的时间也不太长，一拉身后还怔在那里不动的南昭和水荇："快走！"

水荇被她一拉，跌跌撞撞地跟着往前跑，而结界也不断延伸向前，将前面密密麻麻的一片尸鳖挡开。颜淡掐时辰算着，凭她的妖法，大概可以把这个结界维持三盏茶工夫，这点时间要回到洛月村落有点困难，可要逃脱这群尸鳖应该不算太难？

颜淡看着身边那一堆堆扎在一起的尸鳖，又是惊讶又是疑惑。他们昨日去浮云寺走的也是这条路，为何昨日没事，今日偏偏会碰见尸鳖呢？

只听南昭牙齿打战地问了一句："这个虫子会不会咬人啊？"

颜淡平日里喜欢在不太要紧的事情上东拉西扯，真正到了要紧关头，也就没了那个兴致。眼下，她兴致缺缺，很快地说："一般来说是不会的。"南昭和水荇的脚步顿了一顿，绷紧的脸也松了一松，又听颜淡接着道，"不过看它们这么威武雄壮的模样，我想应该会吃活人吧。”

南昭脚踝一拐，差点就这么撞上身边那层结界。只见那只贴在结界上的尸鳖朝他挥舞了两下大螯。那大螯看上去锋利无比，漆黑锃亮，在阳光下泛着熠熠的光。

颜淡忙道：“小心点，别把结界撞破了。”

她说这句话的时候，还真的有点不好意思。如果换了余墨来结阵，只怕有十个南昭撞上去都不会破。

渐渐地，颜淡的脸色也有些变了，她已经感觉到自己布下的那个结界开始摇摇欲坠，可眼前的尸鳖却始终不肯散去。她约莫知晓，这些虫子虽然凶悍，毕竟没有思考能力，攻击人的时候也只凭本能罢了，怎么就不依不饶地追着他们？

忽听嘶的一声，一只尸鳖当先撞开结界，向着他们蹿了过来。南昭想也不想，拔出背上的长剑想挡，但哪里挡得住，那只尸鳖已牢牢地趴在他肩上。

颜淡眼见着那尸鳖正要把一只大螯刺入他的颈，忙抽出余墨的短剑，斜斜地划过一道剑光。那只尸鳖断成两截，摔在地上，抖了抖就不动了。她拔剑的时候，剑鞘正好勾出一块沾了血的丝帕。颜淡一看见这块丝帕，立刻想起这上面沾的还是柳维扬的血，是她之前为他治伤的时候偷偷藏好的。

人命关天的事，她自然不会把希望都寄托在这块沾了血的丝帕上。可现在这个情形，她要想带着水荇和南昭全身而退，除了把死马当活马医，一时也想不出别的办法。

颜淡抖开了那块丝帕，那一堆堆正要涌上来的尸鳖突然顿了一顿，疯了一般四散逃逸，唯恐不够快似的，转眼间连个影子都没了。

水荇看着她手上那块丝帕，半天没缓过神来：“这上面有什么不寻常的吗？为什么这些虫子这么怕它？”

颜淡有个可贵的好处，从来不会把别人的好处据为己有，当下毫不犹豫地答道：“这上面的血是柳公子的。”

水荇张大了眼，喜滋滋地说：“我还在想你怎么会这么厉害，原来是柳公子。真不愧是玄襄殿下，便是一滴血都能把那些讨厌的虫子吓走。”

颜淡很郁结，咬牙切齿地喃喃自语：“什么嘛，他的血不过可以驱赶蚊虫罢了，这个很叫人赞赏吗？”

此番顺利回到洛月村落，颜淡心中还是感慨万千的，更何况，她还亲耳听见了那个凶徒说话的声音。

但见唐周半靠在不远处的栅栏上，像是知道他们这个时候要回来似的。颜淡心绪明朗，待走近了就很高兴地对他说：“你看我把他们都平安带回来了，还不错吧？”

唐周支着颐，似笑非笑的，突然低下身帮她掸了掸衣袂上的灰：“看上去，似乎还算可以。”

颜淡讶然看着他这个动作，结结巴巴地开口：“唐周……啊，你、你……”

唐周没甚在意地嗯了一声，抬起头看她。

这世间有个真理，看得久了再不顺眼的人也会顺眼了，何况唐周还真的有一副好皮相。颜淡不觉想，好像最近唐周对她的态度都很有些怪异。不过她也知道自己一向想得比较多，那种自作多情的事情她绝对不敢再做了。

只听身后余墨的声音低低传来，却是和南昭在说话：“你手里的白木香能不能分我一块？”

南昭应了一声，想拿长剑去截一块下来，只见余墨伸出手来，也不见他怎么用力，咔的一声就直接徒手掰下一块。

南昭呆了一会儿，忍不住道：“你能不能指点一下我的功夫？”

余墨笑了笑：“我的功夫你学不来，你可以请唐兄，或者柳兄指点，这样才是对症下药。”

颜淡郁结地想，反正不会有人想要她指点一二就是了，转开话题说道：“对了，我这一趟去浮云寺还发现一些事情。”

“所以，你确然听见那个凶徒的声音了？”柳维扬靠在桌边，手上把玩着那支碧绿的玉笛，“那么这个凶徒到底是男是女？”

颜淡苦思一阵子，不太确定地说：“应该是女子吧？”

“应该？”

“那人说话的语态又娇又柔，轻嗔薄怒似的，她说‘你不是曾对我很是情深吗’，这口吻语调完全是女子在说话了，可是……”她皱着眉，缓缓道，“这个女子说话声音真的很难听啊，我那时起了一身鸡皮疙瘩。”

柳维扬垂下眼，默默无言。

唐周倒了杯茶推到颜淡面前，轻声道：“不论如何，事情总算有一些端倪了。”

柳维扬摇了摇头，突然长身站起：“我去浮云寺看看。”他一向独来独往，现下总算还记得说一声，然后就匆匆离去了。

颜淡看着他的背影，忍不住问：“难道他知道什么了？”

余墨淡淡道：“其实这件事，还是要让柳兄亲自解开的。我们四个之中，只有他才是人祭，要走出魔相，就必须由柳兄把这里的谜题一一破解。”

颜淡支着下巴：“那我倒是不担心，这点本事柳公子想必还是有的，更何况这洛月一族很可能就是他的子民。就是我早就想问了，他是魔相的人祭，这又是怎么一回事？”

“要解开楮墨上面的上古封印，除了需要一个魂魄纯净的人之外，还需要另外一个修行高深的人用自己的血涂在封印上面，之后就可以作为祭品进入魔相中心。现在楮墨之所以会有了意识，就是柳兄用自己的血养着。我两次进神霄宫，也是因为这件事。”

“倒真是不惜血本，其实柳公子现在这样也没什么不好的，西南这边朝廷又管不到，简直就和皇帝一样了，偏偏还要自找苦吃。用佛家的话来，就是犯了嗔念，妄执啊。”

余墨看了她一眼：“你好歹也是妖，怎的满口禅理？”

“这个嘛……”

“海纳百川，有容乃大，你是不是想说这个？”唐周眼中带笑，低声笑问。

颜淡立刻反手握住唐周的手：“师兄，知己啊！”

阳光透过树叶间的缝隙，倾泻出一地斑斑驳驳，树上还有知了一声声叫唤。

颜淡坐在树荫底下，舒舒服服地看着那两个少年矫捷的习武身姿，真是青春年少，生龙活虎啊。若是放到她身上，就只能是精神矍铄，回光返照了。

忽然余光中瞥见一个紫衫的青年踱步过来，看模样分明就是邑阑。颜淡抖擞精神，目光灼灼地看着对方。她这几日果真是太闲了，巴不得有人来寻她的麻烦，好让她不那么清闲一点。

只见邑阑瞟了她一眼，瘪瘪嘴很不屑地走过去了，最后堪堪停在南昭身边，扬声道："啧啧，你这也能叫练武？"

颜淡大受打击，难道这个洛月人觉得她连南昭都不如？！

邑阑低下身拾起一把剑，在手中掂了掂："把剑拿起来，让我来领教你的高招。"

水荇自然是偏帮南昭的，大声道："我爹爹吩咐过，我们不能私下打架，不然爹爹一定会罚我们的！"

邑阑眼中怒气一现，笑着朝南昭扬扬下巴："听说你从前还是块练武的材料，怎的现在会如此不济？你不敢比画两下也没关系，反正，你这种凡人的野种就是窝囊废。"

南昭突然低下身拾起一把长剑，微微咬牙："我是不是窝囊废，由不得你说了算，而我爹爹，也不是由得你侮辱的！"

颜淡很是赞赏他的气魄，便坐定在那里，最不济等下在关键时候偷偷帮南昭一把。

然而，那两位比剑的场面只能用一个词来形容：惨不忍睹。她见过唐周用剑，胜在剑气，一招一式都是仪态雍容，后来又见过柳维扬用剑，长于飘逸，他的剑招快得只能看见寒光一点。平日里看得多了，她便是个外行人，都多少摸到了一点门道。

至于南昭，更像是单方面被殴打。

只听邑阑清喝一声，手中长剑径直往南昭肩上砍下。颜淡连忙翻过手心，屈指一弹，邑阑手上的剑立刻脱手而去，他这下若是砍得实了，还不把南昭一条手臂都卸下来？

颜淡看着那柄长剑直飞上半空，又一招衣袂，那长剑像是有了灵性般快速绝伦地朝她飞过来。她抬手稳稳地接下，翻过剑脊看了看，吁了一口气：这剑看来只是寻常练武时候用的，根本就没开锋，若是被轻轻划几下，连皮肉都不会被划破。

她翻转剑柄，只见剑身上隐隐透出一点红色，她闭上眼凑近闻了一下，分明就是一股血腥味儿。

没开过锋的剑?

柳维扬说过，那把当作凶器的剑很钝，有点像没开过锋的那种。

而死去的三个人身上的伤口俱是深浅不平，仔细一看就会发觉那是钝器划出来的。

颜淡手一抖，长剑一下子落到地上。

其中的关键，只怕她已经找到了。

第三十四章·魔相

颜淡抓起这一柄未开锋的长剑，飞快地站起身，甚至连身上沾到的灰也不掸一下，便从南昭他们身边跑过："这把剑借我一用！"

她一路疾步走过村头，沿着去浮云寺的那条路走，待走到当日被尸鳖围上的地方才停下来歇了口气，因为心中激动，连握剑的手都有些发抖。她在那里等了一阵，只听耳边渐渐响起细微的沙沙声。而这沙沙声响越来越大，越来越密集，整片林子里都回荡着这种声音。

颜淡长长吁了一口气，凝目往四周环顾，只见灌木丛里，一堆一堆的尸鳖正往她身边爬来，阳光映在它们的硬壳上，散发着熠熠的光。

果然和她想的一样。

颜淡收起长剑，转身御着妖气从扎堆的尸鳖上凌空而过，只听身后有脚步轻响，她下意识地回头一看，只见柳维扬衣袖翩飞，正从身后过来。那些尸鳖见到他，都停在了原地，想一拥而上，却又像是害怕他似的，只能僵持着。

柳维扬目不斜视地从路上走了过来，那些尸鳖也愣在那里不动。

他走近了，瞧见颜淡手中的长剑，淡淡道："原来你也想到了。"

颜淡这时候才从刚才的心神激动中平复，细细一想，便觉得不太对劲："这剑我是从南昭、水荇他们那里拿来的，剑上有血腥气。而今早我们从浮云寺回来的时候，之所以会被尸鳖围上，也是因为这股血腥气。可是水荇和南昭根本不像是连杀三人的凶徒，我有感觉，绝对不会是他们。"

柳维扬神色沉静如水，低声道："感觉？"

颜淡点点头："他们用这把没开过锋的剑根本杀不了人，更何况，我同他们待在一处，觉得他们都很善良。”

柳维扬一拂衣袖，慢慢沿着路往前走：“连亲眼看到的都未必是真的，何况是感觉？但在没有真凭实据的情况下，我也不会就此认定凶手和他们有关。”

颜淡说不过他，只好低声嘟囔了一句：“我和他们相处这么久，就是知道这件事和他们没有什么关系。”

柳维扬突然停住脚步，低声道：“颜淡，你还记不记得，在青石镇沈家的时候，你为什么可以一下子看破他们的把戏？”

颜淡不假思索地回答：“那两个人简直就是漏洞百出，哪里都有痕迹可循，要再瞧不出来，我这许多年不就白活了？”

“那个时候，你完全是用局外人的眼光看事情。”他偏过头，轻声道，“而在这里，你已经站错了地方。这是魔相，这里的一切可能曾存在过，但都和我们无关，莫要感情用事。”

颜淡愣住了，便怔怔地问了一句：“你难道没有感情用事过？”她完全忘记了，柳维扬连自己是谁都想不起来，就算他曾经热切动容过，也不会记得。

柳维扬却微微一笑，笑意淡若清风：“自然是有的，便是到现在还会有。”

之后连着几日，洛月村落中再没出现什么了不得的大事，那个神秘的凶徒似乎已经罢手，再无声息。而那些没开锋的剑都是从洛月族的库房取来的，但凡哪家子弟习武，都会去拿来用，这样一来，这条线也和断了没甚差别。

南昭的生辰将近，水荇一提到为南昭过生辰的事，就异常热切，还要去爹爹房里偷一坛酒出来，硬是拉着颜淡和南昭一块儿去做贼。南昭性子本就和顺，虽然觉得不好，还是顺着水荇的意。颜淡见他们对这件事这么有兴致，也只好陪着。

水荇的爹爹白天时一般都不在房里。水荇胆子也大得很，直接闯了进去，开始翻箱倒柜：“我也是前几天听依翠姊姊说的，爹爹得了四五坛好酒，她磨了好半天都求不到，那还不如像我一样直接拿，反正爹爹也不会知道。”

颜淡靠在门边，一面听着外面的动静，一面看着水荇在那里找东西。她虽不是主谋，也算得上是帮凶，若是刚好被人进来撞见就不好了。

只见水荇把屋子里的柜子都翻了一圈，却连半个酒坛子都没瞧见，便转身奔到床边敲敲打打。

南昭不由道：“没有便算了，不过是个生辰而已。”

水荇头也不抬：“我知道定是这里了，这里有个暗格，我有一回曾见我娘往里面放东西。”她话音刚落，只听咔的一声，机关开启，床边上那块木板突然松动了，这木板大约比寻常的抽屉还大一些。颜淡站直了身子，颇为好奇地看着，水荇的娘亲是第一个暴死的人，她私藏的东西会不会和这桩血案有关呢?

水荇却突然跳开两步，甩着手满脸恶心状：“这里面是什么啊，怎么油腻腻的？”

颜淡心中一动，忙上前两步，挡住水荇和南昭的视线：“你们把头转过去，别看。”

南昭立刻听话地转过头去看着窗子那边，水荇磨蹭了一会儿，还有点不乐意：“好好的，干吗要我们转头。”

颜淡板着脸，冷冷道：“转过头去！”她平日都是笑眯眯的，和别人也很容易亲近，现下一下子板起脸来，倒把水荇吓了一跳，立刻照着她的话做了。

颜淡回过头，取下那块虚盖着的床板，一股油腻的黑水从里面涌出来。她迟疑了一下，还是扯了块床帘下来，包在手上，慢慢把手伸进去。她还没碰到里面的东西，便把手收了回来，起身往后退开两步。

只见那股油腻的黑水越来越多，听得噗的一声，一截断肢掉了出来。颜淡呼吸一滞，喃喃道：“怎么会这样？”

就在这时，一颗圆圆的东西滚了出来，正好落在她脚边，一张男子儒雅清秀的脸赫然映入眼中。那个人，甚至嘴角还带着一丝笑，微微睁着眼，宛如活生生的人!

颜淡愣在那里，根本无法思考。

只听身后传来一声撞翻茶几的动静，她转过头，但见南昭脸色煞白，眼角微微发红，喉中发出咯咯的声响。他到底还是没能忍住，偷偷转过来看了。在他身边的水荇看见他这副模样，奇道：“南昭，你这是怎么了？”说话间，作势要回头。

颜淡立刻反应过来，连忙挡在前面："水荇，千万不要回头！"

南昭眼神虚无，慢慢地转向了颜淡，声音细若游丝："那是我爹爹……"

颜淡还记得这个文弱少年曾露出憧憬崇拜的神情，对她说："我爹爹是凡人没错，但他是个好人，我娘亲才会爱上他。"

她慢慢伸出手，挡住他的双眸："南昭，不要看了，不要再看了……"

南昭捏着她的手，一双眼睛已变得通红，声音也渐渐大了起来："这是我爹爹，这就是我爹爹！他怎么会成现在这个样子，你告诉我为什么？！"

颜淡任由他抓着自己的手，轻声细语："南昭，你若是想哭，就大声哭出来吧。"

南昭抬眼看着她，眼泪一滴滴从眼角掉下来，却始终没有哭出声来。颜淡担忧地看着他，他这样憋着，实在很容易岔了气。而她的脑中也是混沌一片，不知该如何是好。或许是她这回太当真了，明明这里是魔相，这里的一切都和她无关，她还是被这突如其来的剧变弄得六神无主。

颜淡强自让自己回神，只听房外有几声轻轻的脚步声传来，依翠的声音已经近在咫尺："水荇，你们在这里做什么？"

门口站着依翠和柳维扬。

颜淡看着这两人，一时也想不出托词。只见依翠走过来，也不朝地上七零八落的尸首看一眼，一把将水荇拉了出去，轻斥道："谁让你来乱翻爹娘的房间的？"

颜淡转头看着依翠，心中只是想：她竟是知道的，她一定知道床上的暗格里有南昭父亲的尸首。这房间是她爹娘的，她的爹娘之中至少有一方知道这里藏着尸首。可是谁把南昭父亲的尸首封在这里？而依翠宁可诬陷柳维扬是凶手，也不愿他离开，这么可怕的偏执，也是由这里开始的吧？

魔相，魔由心生。

这里面的人都已经疯了。

只见依翠把水荇赶走了，瞧也不瞧他们，径自走到柳维扬身边，娇笑道："我想请你尝尝爹爹刚带回来的好酒，却不想会这样。"

颜淡慢慢握紧了拳头，脑中乱哄哄地充斥着一个声音：杀了她，立刻就杀了她。

她这样想着，不由自主地抬起手，手上妖气萦绕。可还没来得及动手，突然颈上一紧，随即双腕也被卡住，她眼中只瞧见一双淡然的、毫无波澜的眸子。随后她也不知道发生了什么，只觉得脸上突然一凉，被硬生生地按到水里。

颜淡一个激灵，立刻恢复神志，连忙扑腾两下，颈上的力道也立刻松开了。颜淡呛了两口水，恨恨地抬头看去，只见她已经在屋外那个为防火而备好的水缸边，之前那个按着她的头，把她往水里塞的正是柳维扬。

柳维扬波澜不惊地瞧着她："清醒了没有？"

颜淡抹了抹脸上的水，愤愤道："我本来就清醒得很！刚才我亲眼看见那床边的暗格里面滚出了一个人头，难道这些都是我在做梦？"

"这是真的。"

"那好，然后你和依翠就出现在门口了，要是寻常人见到这些个断肢残躯，至少会大吃一惊吧？可她没有，她根本一早知道这暗格里有这么个东西，难道我这样推测不对？"

"推测得很对。"

"那你干吗还把我拎出来浸到水里去？！"

柳维扬低下头看着她，语声低沉："在魔相里发生的一切都和你无关，一旦牵涉进去，就会入魔，你刚才只差了一点。"

颜淡气闷地转了个身，嘟着嘴不说话了。

柳维扬转身走进屋中，点了缩在角落里双眼通红的南昭的睡穴，将人背在肩上。依翠见他要走，忙叫住他："你这就要走了吗？可是难得进来这一回……"

柳维扬淡淡道："我过来，就是为了这件事。"

颜淡顿觉奇怪，难道柳维扬当真瞧出了其中端倪，还掐着时辰过来，不早不晚刚刚好。只是他这一手美人计未免也玩得太卑鄙，还嫌依翠不够偏激一般再刺激她一回，他要是以后也出现在那个暗格里，她一点都不会惊讶。

果然，还没等他们走出多远，只听呼的一声，一张矮凳就这么被砸了过来，堪堪从身边擦过。

他们走回现下暂住的院落，只见唐周和余墨都在，见着他们两人这个情状也微有惊讶之色。

柳维扬把南昭放在床上，沉声道："这几日我都查清楚了，那三个暴死的人之间都有一个相似之处，他们和南昭的爹娘甚是相熟。而法云是在南昭的娘亲过世那一年出的家。颜淡，你应是会往生咒吧？"

颜淡愣了愣。往生咒是一种可以看到别人记忆的咒术，他这样问，该不是要让她把往生咒用到南昭身上？她可半点都没有窥探别人心事的喜好。

"这个咒术嘛，我不怎么会啊……"

柳维扬面无表情地说："是吗，我以为你从前是九重天庭上的仙子，至少应该学过。"

他这句话一说出口，本来正低头喝茶的唐周立刻抬头望了她一眼，余墨倒是没什么反应，连头都懒得抬。

颜淡悲愤至极，颤声道："明明都说好了，这是要保密的，你为什么还要说出来？！"她估计要是自己不答应，这位柳宫主还会把她别的丢脸的事情一起说出来，只得在床边坐下，"好吧好吧，我这就试试看，也不知道行不行。"

第三十五章·前尘往事

往生咒，是一种可以和被施咒者意识相通的咒术。这种咒术实在是弊大于利，早已被列为禁术，九重天上的仙君若是用了，是要上天刑台的。颜淡从未如此庆幸自己是妖这件事。

颜淡并不觉得这几桩血案会和南昭的身世有什么关联，便回首看了柳维扬一眼："咳！这便开始了？"柳维扬坐在一边的椅子上，一手支在椅子扶手上，微微颔首。

颜淡把手放在南昭额上，一道淡白的光晕缓缓漾开，她闭上眼，只觉得周围都在震动，一阵淅淅沥沥的雨声却越来越清晰。隔了片刻，那雨声从小变大，哗哗冲刷天幕，眼前雨雾迷蒙，无星无月，连天色也是灰蒙蒙的。

颜淡感觉到一阵颠簸，雨声中又夹杂着马的嘶鸣声和车夫挥动鞭子的脆响。有一双温柔的手臂缓缓抱紧了她，女子既娇且柔的声音在耳边回荡："昭儿，再忍一忍，马上就可以找到大夫了。"

她是透过南昭的眼，在回顾这些前尘往事。

颜淡轻声说："我看到南昭和他的娘亲在大雨里赶路，南昭好像是生了病，他们要找大夫。"

"是什么时辰？那天的天色如何？"柳维扬微微直起身。

"下雨，雨很大，天是灰蒙蒙的一片，大约是入夜时分，"颜淡顿了顿，"有人从后面追上来，马车停了。"

她感觉到马车缓缓停下来的那一刻，之前在耳边温柔说话的女子突然松开了怀抱，用手轻轻触碰了一下她的脸颊。那女子的手指很冰，还微微颤抖着，颜淡想这绝不仅仅是因为南昭正生病、脸上发烫的缘故。她睁大眼想看清那个女子的长相，然而她的五官却是模模糊糊不太看得真切，好像埋在一团雾里，只能看清她穿着一袭湖色冰绡衫子，袖口领口都用金线绣着精致的花边。

那女子似乎凄然笑了笑，沉下声音："昭儿，你要记住，今日追来的人都是害死你爹娘的凶手。你要好好地看清他们每一个人的脸。"

颜淡寒毛直立，只感觉自己低不可闻地应了一声。这一切是发生在南昭身上，而她不过是暂且占了南昭的意识，也觉得有股说不出的森冷。

"昭儿，你要好好的，活下去……"那女子说完这句话，突然撩开马车的车帘，腰肢轻摆，风姿优美地下了马车。车帘被钩子挂起一个角落，颜淡趴在垫子上，还是可以清清楚楚地看见外面发生的一切。

只见那个女子突然旋身，径自撞上了一柄长剑，殷红的鲜血还没凝结，立刻就被雨水冲散，她握着刺入心口的长剑，突然厉声笑起来："你们都会有报应的！我诅咒你们死后不得入棺，魂飞魄散，永世不得超生！你们的儿女下场会和我今日一样——"

她青丝尽湿，湖色冰绡衫子早就被泥水和鲜血染得辨不出颜色，如同阴曹地府无名业火中爬出来的厉鬼一般，声色俱厉，句句生寒。

突然，她猛地往后退了一步，那柄长剑从身子里抽出，她摇晃两下，委顿在地。颜淡透过车帘的缝隙看去，只见那个女子挣扎着抬首望过来，一直望进她的眼中，曾经娇美的朱唇灰败如凋谢的花，用尽力气无声地吐出两个字。

报仇。

颜淡终于看清楚了那女子的脸，和画像中的一模一样，柳眉如弯月，眼波似水，可她脸上的神情却极其可怖扭曲。她用唇语告诉南昭，报仇。她在世上向自己的孩子说的最后一句话，是报仇。

"看来这是他们的孩子。"一只粗糙的大手伸过来，"还起了烧，模样都呆呆的，都病糊涂了。"

颜淡努力地辨认眼前这个人是谁，那人还很年轻，手上结着茧，肩膀厚实，眉间赫然有一颗黑痣。

颜淡辨认着，缓缓道："追上马车的一共有三个人，其中一个是法云大师，我看见他眉间的黑痣。第二个，是邑阑的父亲，他那时的相貌和现在变得不太多。最后一个，看不清楚，天色太暗了。"

柳维扬已经从椅子上长身站起，语调也变得有些急切："再看仔细点，是不是——"他话音未落，只听颜淡已经抢先开口："是水荇的爹爹！"

柳维扬沉默片刻，淡淡道："就这样吧，知道有这回事就够了。"

颜淡收了咒术，脑中反反复复是那个眉目浓丽的女子临死前的神情，忽见柳维扬走过来，用被子将南昭一卷，负在肩上，转身要走，不由问："你要把他带到哪里去？"

"送回他的房间。"

南昭一直和水荇那一家子住一块儿，她原来不知道有这样一段往事便罢了，现在亲眼看到了，便觉得这简直是送羊入虎口："这怎么行？他岂不是和仇人住一个屋檐下面了？"

"这么多年都住过来了，一直相安无事，现在也不会有事。"柳维扬脚步轻捷，转眼间已经连背影都看不见了。

颜淡看了看唐周，又看了看余墨，忍不住问："你们不会觉得南昭就是那个连杀三人的凶徒吧？"

唐周起身，一言不发地走了出去。

余墨搁下茶盏，缓缓道："法云暴死的那晚，南昭也在浮云寺。而他能接触到的兵器只有那种未开锋、用来练武的剑。现在连下手的原因也寻到了，难道不是么？"

颜淡大略回想一遍，又问："可是那个诅咒该怎么解释？"

"那位夫人过世前，不是说了，她诅咒他们死后魂飞魄散永世不得超生。"余墨起身，待走近了伸手拂过她的侧颜，低下声音，"颜淡，有很多事情，并不是你想怎样就能怎样的。有些事，投入太多，失望也越大。"

颜淡仰起头，他的眼眸漆黑，幽深不见底，隐隐约约有几分熟悉。好像在很久很久之前，她也曾见过这样一双眼。

有些事，并不是他们凭着一己之力可以掌控的，三分天命，七分人事，越是认定的，到头来却带来更多的惆怅。

颜淡明白这个道理。

她曾经付出过最惨痛的代价，才明白了这个道理。

只是她现在思考人生的地点和姿势都不太对。她拨开面前的草叶，探头往前看，只见水荇爹娘的主房里烛影重重，一个瘦长的影子映在窗格上，形状有些诡异。柳维扬在吃过晚饭后就匆匆出门了，她跟了一路，结果发觉他是冲着水荇一家来的。他现在就在他们家的屋檐上守着。

颜淡本来还想把余墨或是唐周一起拉来，结果他们两个都认定做这种蹲别人家偷听壁脚的事太没面子，她怎么好说歹说都没用。而面子这回事，有时候看重一点也是好的，可是太看重了，那就会剥夺很多乐趣。好比柳维扬，肯定一早发现她跟在后面，只是甩不掉，就只好装作没瞧见，任由她去了。

看着西边的月亮一点点爬上头顶，她蹲得脚也酸了，正要动一动，只听身后一阵沙沙的声音由远及近，一道浅淡的人影从她六七步的地方掠过。

还是来了！

颜淡抖擞精神，凝神屏息，只见过去的那个人影纤瘦，一袭浅湖色冰绡衫子在草叶上擦过，转眼间到了主房外面。

颜淡呆住了。她清清楚楚地记得，这件衫子就和南昭娘亲死前穿着的那件一模一样，连衣袖边角上绣着的金线都不差。

还没由得她愣太久，只见那个人影拉开房门闪身进去，几乎同时，柳维扬也从屋顶上跃下，破门而入。颜淡不由心道，柳宫主这是傻了吗，他从屋顶上跃下来到推门进去那段时间尽可以省掉，直接打破屋顶从天而降那该是多么风光又扎眼啊。她完全没去想，如果就这么从天而降，也等于明明白白告诉对方，有人在屋顶窥探了很久。

事不宜迟，颜淡起身，也飞奔到主房门口，只见水荇的爹爹捂着胸口坐倒在地，指缝间虽有鲜血沁出，却不多，不是之前死者那种鲜血狂喷的惨状。他低着头，脸色灰败，痴痴看着面前的那一幅画，画上那个穿着浅湖色冰绡衣衫的女子正盈盈微笑，神态灵动，好似随时会从纸上跃然而出。

而对面的窗户打开，柳维扬和之前那个神秘人都不见了踪影。

颜淡皱了皱眉，走到水荇的爹爹面前，问道："人呢？"

对方却像是没听见一般，依旧死死地盯着那幅画，口中低声喃喃："他们还是回来了……他们果真把诅咒带来了……"

颜淡想起之前在这个房里看到的那些断肢残躯，心里就来气，一把扯着他的衣领把人拉起来："当初你们把人家逼得走投无路、家破人亡的时候，就该想到会有今日。"

水荇的爹爹哆嗦一下，死命地抓着那幅画，连连道："我们洛月人，怎么会看得上凡人？羽灵她一定是被骗了，被蒙蔽了心智……"

他手上的血流到画上，慢慢在发黄的宣纸上晕开，画中人明明还在笑，却带着一种说不出的古怪。颜淡将画拿起来，对着烛火仔细端详，画中明明是这样娇美的人，眉宇之间却是阴森邪异。

她想起唐周曾说过，这幅画有些邪门。而她那时根本没放在心上。

忽听窗格上咔的一声，颜淡抬首望去，只见柳维扬手执玉笛，从窗外跃入屋中。他头一回露出倦怠之色，低声道："还是让那人跑了。"他微微抬起手，有一道细细的血流从手腕淌到指尖，衣袖上也隐隐沾着血色。

颜淡惊讶至极："你受伤了。"

柳维扬的本事多大她是知道的，这次不但没追到人，反而弄伤了手腕，足可见对方如何了得了。

他随手撕下一块衣袖，松松地裹住伤口："是我大意了，以为很容易就能阻拦，结果挡那一剑的时候偏了半分。"他说完，便在桌边的圆凳上坐下，用没受伤的那一只手支着颐，轻声道，"颜淡，你打盆水来，把这人弄清醒些。"

颜淡应了一声，便拿起屋角架子上的铜盆，在外面的水缸里舀了一盆。她认识柳维扬到现在，没见过他为什么事动容过，唯独刚才，他脸上流露了黯然的倦怠。

颜淡端着水盆走进主房里，哗的一声泼在水荇的爹爹身上。

他被冷水淋得一个激灵，眼中渐渐恢复了神志。

柳维扬隔了片刻，沉声道："暗格里那具尸首，你打算怎么处置？"

对方听出他语气不善，战战兢兢地开口："按照我们洛月人的规矩，应该烧化了再埋起来。"

柳维扬起身，径自从他身边走过，淡淡地扔下一句："那就今晚处置吧。"

颜淡本来还有话要问，谁知柳维扬就这么顾自走出去了，忙放下铜盆追上去："你到底有没有看清楚那个凶徒的模样？那个人到底是谁？难道还真的是南昭？"其实她还想说，南昭的功夫差劲得要命，说话的声音也和那凶徒一点都不像，何况他在母亲过世的那一晚起了烧，生了一场大病，未必还记得那时到底发生了什么。

柳维扬脚步不停，淡淡道："收拾一下，准备离开这里。至于结果，你等下自然会知道。"

颜淡心里憋屈，愤愤道："你说的'等下'到底是指什么时候？"

柳维扬又是一声不吭。

她捏着拳头，忍不住咬牙切齿："我真的很想抽你啊！"

叫你故作高深，叫你沉默寡言，叫你只当一只锯嘴葫芦！

第三十六章·尽头

空旷的场地上摆着一堆堆柴火，村中的祭司慢慢倾下火把，点燃了最大的那堆柴火。柴火上，摆着一块块断肢残躯，那个儒雅清秀的男子面容依旧清晰，好像还是活生生的。颜淡努力不避开视线，细细地看了一遍那张脸，南昭的眉眼的确和他生得很像。

只是这些都徒然教人伤感。

生离死别，原是天地循环中必经的一环，她果然还是看不透。

“这个故事发生在许多年前，一双姊妹，三个知交。后来一个陌生的江湖人闯了进来，妹妹便背弃了族人和那个江湖人走了。而姐姐也在心中思慕那个江湖人，当她知道他们要逃离这里，便把那个江湖人杀了藏在房里，成为自己永久的收藏。后来那个姐姐的长女发现母亲房里的秘密，当场受到了惊吓，生了一场大病，等到病好后，也变得和她母亲一样。觉得如果自己得不到想要的东西、想要的人，她就一定要毁掉他们。”柳维扬语声低沉，“而故事里的妹妹带着只有六岁的孩子离开了，最后还是被她的族人找到，她那时已经知道自己的夫君不在世上，便撞在剑上自尽，死前还让孩子一定要记着报仇。”

他顿了一顿，又道：“其实每个人心里都有恶念，在压制不住的时候，这种恶念就成了心魔。”

颜淡听得寒毛直立，忙不迭打断他：“够了，不要再说下去了。”

柳维扬眼中波澜不惊，望着前方：“来了。”

颜淡凝神看去，只见一道纤瘦的人影慢慢从阴影中走出来，那一袭浅湖色冰绡衫子在火光下微微泛着光，袖口边角的金线更是灿烂夺目。那人的脚步细碎，像是姣好女子漫步于闲庭，裙裾微微摆动。而那人的头，却一直低着，隐没在夜色中看不真切。

颜淡只觉得喉咙发干，半晌才伸出手拉住余墨的衣袖，牙齿直打战："我们快走吧，这没什么好看的。"

余墨伸手揽住她的肩，轻声道："好，我们这就走。"他话虽如此，这一步却怎么也没挪开。

只听凉风中突然响起一声轻笑，那人语声娇柔，像是在和心爱的人撒娇一般："原来你在这里，我终于找到你了……"只见浅湖色的衣衫一闪，那人已经抢到了中间，从噼噼啪啪烧着的柴火中小心翼翼地捧出一截断肢，抱在怀中。

"南昭南昭，你这是怎么了？！"一道少女清脆的嗓音蓦然响起，水荇从人群中挤了出去，一面急切地叫喊，"南昭，你为什么穿成这样？"

待她奔得近了，才有人反应过来，大声呵斥："快回来，不要过去！"

水荇跑到少年面前，扯着他的衣袖，眼泪啪啪往下掉："南昭，你为什么不理我了？你说话啊，你怎么会变成这样？"

几乎在电光石火的一瞬间，一截未开锋的剑尖从水荇后背穿出。那个颜淡在浮云寺听见过的、好像捏着嗓子一样细细的声音说道："我说过，你们死后不得入棺，魂飞魄散，永世不得超生，你们的儿女下场会和我今日一样！"

南昭脸色阴沉，和平日完全不同。

颜淡喃喃道："原来这就是心魔么……这个少年已经不是南昭了。"

水荇睁大眼，艰难地想伸出手抱住他，带着哭腔唤道："南昭，你快点醒来，你忘记了吗，明天是你的生辰，我们说好要一起过的！"她疼得脸色惨白，一边抽着气，一边挣扎着去抱那个少年，幸好终于还是触碰到了他。

微凉的夜风中，南昭站着没有动，脸上依旧是呆呆的，却伸手抱住了水荇。这一双洛月人相拥在一起，片刻已是生死之隔。

这也是颜淡所度过的，最难忘记，也最不愿记起的一晚。

那晚的风很凉，刮到脸上就好像数九寒天般冷冽。

翌日旭日东升之时，他们已经在离洛月村落近二十里的地方了。

颜淡回首看去，已经再也看不见那片村落，便长长地吁了一口气："还有多久才能到魔相尽头？"

柳宫主一如既往地沉默是金。

颜淡转过身，笑眯眯地瞧着他："你真的不说？"她拍了拍袖子，捏着嗓子拿腔拿调地开口，"柳公子，我的心我的肝我的宝贝儿——"

柳维扬抖了一下，慌忙应道："快了，不用天黑就能到。"

"那么第二个问题来了，等你想起了过去的事情，该怎么报答我们？"

柳维扬面无表情地扫了她一眼。颜淡冻得一哆嗦，还是挺住了，继续捏着声调柔情万种："柳公子，我的心肝我的——"

"……只要是我办得到的随你提。"

颜淡心满意足地回过头，只见唐周和余墨俱是用那种心胆俱裂的神情看着她。她摸摸侧脸，无辜地问："我脸上有什么东西吗？"

余墨当下别过头不语。

唐周迟疑一阵，低声问："你该不是昨晚刺激过大，中了魔吧？"

颜淡很苦恼："我说师兄，你同我待在一起的时候这样长，一点玩笑都经不住，这样怎么行？"

她话音刚落，只听前方发出砰的一声巨响，一座气势恢宏的宫殿从天而降，一时间地动山摇，尘土漫天。颜淡被震得踉跄，随手抓住唐周的袖子才得以站稳。

只见前方那座宫殿上挂着一块白玉紫晶牌匾，上面龙飞凤舞地写着三个大字——云天宫。

他们已经到了魔相的尽头。

云天宫的主人是邪神玄襄。

西方邪神，都是傲慢而善战，玄襄更是个中翘楚，传闻中可当三万天兵。颜淡在天庭上修行的时候，曾也和那些仙童聚在一块儿磕牙，聊到的其中一件便是那个可当三万天兵的邪神玄襄是如何长相。

有仙童绘声绘色地描述，那玄襄殿下生得修眉斜飞，两道长眉之间长了一只铜铃似的大眼，目光摄人，双耳垂肩，四个头，八条腿，十八只手，手上十八般兵器样样齐全，总之是眼观六路、耳听八方，兼具了增长、持国、多闻和广目四天王之长。

颜淡自然是不会相信了。在她想来，人不可貌相这句古话还是有道理的，好好的一个人长成这个模样，实在太寒碜了。

只见柳维扬似深深吸了一口气，走上前将手按在那扇青铜镂花大门的把手，也不见他如何使力，只听长长一声“吱呀”，青铜大门缓缓打开。柳维扬缓步走进云天宫，宫殿外共有左中右三条通道，而他熟门熟路地走了最右边的那一条，脚步不停地往里走。

不多时，颜淡发觉眼前渐渐变得空旷，却是到了尽头一间石室。顶上被人镂出许多孔，有光线从孔里透进来，在地上打出斑驳的印记。

余墨仰头看了一阵子，低声道：“中间为天枢，外面是紫微垣、华盖、帝、后、北斗，再外面，是二十八星宿。这云天宫应是按照这个星相排布建成的，难怪鲜少有人能走到这里。”

柳维扬攥着玉笛，像是在强自按捺：“我到过这里。”他走到正对面的墙壁前，轻声念了句咒言，一道火光腾空而上，将墙面上的壁画映得异常清晰。

这幅壁画已经有些褪色，色泽黯淡，不过还是一眼就能看出上面画的东西，是一条黑龙。黑龙的眼睛是琥珀色的，鳞甲熠熠，矫健腾空，十分美丽。柳维扬往右边走了两步，那道火光也跟着往右边移动，只见第二幅壁画上的黑龙生得威武了不少，琥珀色泽的龙目开始有一股狠绝戾气。到了第三面墙的时候，壁画上除了那条黑龙，还多了一位风姿绰约的仙子，她手执玉剑，朝那条黑龙劈去。

只听柳维扬淡淡道：“这壁画上的黑龙是邪神的始祖，那位执剑的女子便是上神女娲。邪神本性傲慢，将那时几位上神全部都惹恼了。这位邪神始祖最后是死于女娲上神剑下。”

颜淡目不转睛地看着，下一幅壁画画的就是奄奄一息的黑龙，它慢慢合上那双带着狠绝的眼，再往右边看，便是第一幅黑龙腾空的壁画。她不由得“咦”了一声，问道："我怎么觉得，这壁画像是连着的。左手那一幅是黑龙死了，可是前面那幅又是重生。"

柳维扬微微颔首："差不多就是这个意思，这些壁画也是画了天地间生死循环的道理。每一任邪神的君王诞生，就象征着邪神势力的重生。"他这句话刚完，只听咔的一声，最前方的壁画突然从中间分开，现出一条长长的宽敞的走道，一直延伸到远处。

而走道尽头，摆着一张白玉镶金的长椅，下面的台阶铺着一整块雪白的老虎皮。

这样远远看过去，只见那张华贵奢侈的长椅上不甚端正地坐着一个人。

柳维扬捏着玉笛，那支笛子经不住他的力道，裂开了几道痕，有几块碎玉掉落下来。他背影挺拔，一步一步沿着走道往上走，每一步都谨慎而缓慢。紧张的情绪让颜淡也觉得呼吸有些不顺畅起来。

待慢慢走得近了，那个在华贵奢侈的白玉镶金长椅上坐得不甚端正的人影愈加清晰。那人抬手支着侧颜，将手肘倚在椅子扶手上，身子斜斜地甚至有些慵懒地坐着，眉目间恍然有千山万水，就这样毫不惊讶地带着三分笑意看他们慢慢走近。

颜淡在洛月族已经看过邪神玄襄的画像，如今才知，那幅画像竟是没有画出其人神韵的万一。纵然他和柳维扬的眉目有九分相似，还是能够一眼辨认出这是两个人。柳维扬确是不会有他那种狠绝却丰神俊朗的姿态。

如果这长椅上坐着才是邪神玄襄，那么柳维扬又是谁?

颜淡微觉茫然，如果柳维扬不是玄襄，为什么之前的血雕见到他会有那种奇异的反应，为什么这两人眉目会如此相似?

只见坐在长椅上的那人终于动了一下，却又换了个更不端庄的坐姿，目光掠过底下，曼声道："你们终是到了。"他看到柳维扬的时候，眼神略微一顿，还是带着三分笑意，不浓也不淡，"天极紫虚昭圣帝君，我的族人，我的兄弟。"

九重天上的九宸帝君一共有三位，为首的便是天极紫虚昭圣帝君，其后是元始长生大帝和东极青离应渊帝君。

而这位紫虚帝君运道委实不好，同计都星君当先进了云天宫，之后和那位玄襄殿下同归于尽，英年早逝，连半块尸首都没能找回来。

当时他座下几位仙童都哭红了眼，强行拉着颜淡哭诉他们帝座是千古难得的仙君，风度翩翩不必说，为人严谨又和易，细致又温雅，博古通今，无一不知，只差痛斥天妒英才。颜淡悄悄地看了一眼柳维扬，风度翩翩也算了，那个和易不知该从哪里找，至于细致温雅根本连个影儿都没有。

不过，玄襄好像刚刚说过，紫虚帝君是他的族人，他的兄弟？

也难怪那血雕的反应会如此奇特，他们的眉目是有九分相似。

莫非当年仙魔之战的时候，他们俩来了个里应外合，紫虚帝君其实是埋伏在天庭上的细作？那还真是可怜了计都星君，夹在中间生生成了垫背的。至于最后为什么云天宫会消失，魔境会毁灭，大概是因为玄襄和紫虚帝君分赃不均，生出了什么嫌隙，最后自相残杀了吧？

颜淡这个故事方才编了一半，就听玄襄沉着声音道了一句：“离枢，没想到许久不见，你倒成了这般中看不中用的模样。”

柳维扬已经稳住了气息，波澜不惊地开口：“那也好过有人连投胎都不行，只能把自己封在楮墨里。”

颜淡胆寒了。

只见玄襄突然长身站起，沿着台阶缓缓走了两步，眉目间似有千山万水：“这千年之间，我一直等着有谁能来，我愿倾己所有，以求得一件事。”他展开手心，一时间大殿上光芒耀眼，“我已经把自己的魂魄修补齐全，可以直接轮回转世。只要你能把我的魂魄带出这里，我愿拿全部修为和你交换，从此天上地下再寻不出一个可以同你比肩之人。”

柳维扬沉默一阵：“我只想知道，当年我到了云天宫之后，到底发生了什么。为什么我会失去这段记忆？”

“那时我解开魔境的镇境封印，这里的一切将要消亡，然后冥宫就凭空出现。那位计都星君要一探里面天地终极的奥秘，你们便一起结伴进了冥宫，至于后面的事我也就不会看见了。”

颜淡抬手抵着下巴，心中想着，听他们这一问一答，当年的真相倒是像这位玄襄殿下活得不耐烦了，自己把自己的地盘给毁了。紫虚帝君和计都星君看过这番热闹后，恰好瞧见那座喜欢四处乱飘的冥宫，而传说中那冥宫还藏着天地终极的秘密，他们两个一拍即合，就结伴进去了。后来不知又发生了什么事，紫虚帝君失去记忆，成了现在的柳维扬。

亏得天庭上的传闻一向都是他们三位怎么大战一场，简直是惊天地泣鬼神，最后才同归于尽，这根本和事实南辕北辙，难道那些传闻都只是传着好玩的吗？

柳维扬慢慢伸出手去："我会帮你把魂魄带到的，你且放心。"

玄襄缓缓微笑，那笑意还是三分，不深也不淡："那么，我就送诸位出去吧。"

他话音刚落，周围景象都扭曲旋转起来，一如当初进入魔相之时，忽觉天旋地转，眼前一片混沌，好似天地开辟之前的茫茫混乱，没有光，没有草木，只有无尽的黑暗和无力。不知身在何处，只能任由那一股神秘的力量牵引着自己。那股力量，完全不可抗拒。

混沌过后，颜淡睁开眼，发觉自己正躺在一块石碑面前，周围的布置很是雅致，确确实实是回到神霄宫里了。

矮桌上那一壶茶正煮到沸腾，散发着阵阵茶香。

第三十七章·一点尾巴

茶香盈满于室。

柳维扬轻拂衣袖，将墨色的陶瓷盏推到桌子中间："请用。"

颜淡拿起其中一只杯子，低下眼瞧着茶水的色泽，青碧清浅，淡香飘逸，茶叶如钩，正慢慢沉向杯底。她浅浅地喝了一口，不觉问："你现在知道自己是紫虚帝君了，那么以后应该会回天庭吧？"据她所知，天底下的妖没有几只是不想飞升为仙的，而凡人也大多对求仙得道心心念念。更何况，凭他这么一长串仙号，便是在天庭也找不出几个可以平起平坐的，可谓风光无限。

谁知柳维扬不甚在意地回答："还没想过要回去。"

颜淡不由道："你和那位玄襄殿下一般奇怪，他好端端的干吗把魔境给拆了？"

"玄襄的血统并不纯，只不过因为他很骁勇善战，才会被族里的长老推上这个位置。而我却是在天庭长大，那回在云天宫见到他时，才知道自己原来还有兄弟。"柳维扬喝了口茶，又继续道，"玄襄觉得，他们的始祖就是因为不遵守天地法则，最后才会被女娲上神斩落剑下，完全是活该。后来的仙魔之战，他也是一力反对。"

颜淡既失望又遗憾，本来是多么轰轰烈烈的一场战事，结果却是玄襄自己临阵倒戈，搅得一团糟："那他后来为什么想要转世，甚至还把自己的魂魄封在楮墨里，邪神不是该看不起凡人的么？"

柳维扬嘴角微挑，轻轻吹去茶水上浮着的茶叶。颜淡顿时毛骨悚然，他这个表情该不是在笑吧，还是那种阴笑。

"这个也是我不久前才想到的，那时听闻玄襄不知怎么有了心爱的人，那人又轮回转世去了，他也想方设法要跟着去。没想到居然是真的。"

“不过照他那副皮相看，第一眼瞧见很少能有人不动心的吧。”

“那女子根本不认识他，他只是自己在一头热罢了。”

“咳……”颜淡呛住了。

之后几日，颜淡把神霄宫逛了个遍，还找到柳维扬用来研药炼丹的药房。满架子全是瓶瓶罐罐，墙上挂满了各式各样的人皮面具，丑的俊的、半丑不俊的，每种都不缺。她数了数，发觉还是丑的多了七张。

结果到了晚上，颜淡做了一宿噩梦，梦里面她被做成了一张皮，扁扁地挂在他的药房里。正当她冷汗涔涔吓醒过来的时候，天色还没大亮，一转头便看见不远处绰绰约约有一个人影。颜淡顿时寒毛直立，这里还是神霄宫吧，如果有贼能光顾进来，一定是天下第一贼。

只见那个人影长身站起走到床边，神清气爽地问了一句：“你醒了？”听说话的声音口吻，看那人的长相，是唐周没错。

颜淡沉吟一阵，问：“你是柳宫主扮的吧？”

对方皱了皱眉，没说话。

“你扮得真像，我都差点以为是唐周本人了。”

只见对方从袖中抽出一张符纸，面无表情：“你再看看我到底是谁？”

颜淡忙道：“连一道符纸都能画得那么气势非凡，自然非师兄你莫属了。不过现在天都没亮，你找我做什么？”

唐周一撩衣摆顾自在床边坐下，长眉微皱：“如果有一件东西你一直很想要，后来好不容易得到了，却发觉这不是自己想要的，那当如何？”

颜淡左思右想，恍然大悟：“原来你是来找我打禅机的啊，难道你以后不想当道士了，突然想改当和尚？”话音刚落，额上已经被敲了一记。唐周收回手，脸也黑了一半：“谁和你说我是道士的？”

颜淡微微嘟着嘴：“那你到底想说什么？”她原本还想和他谈谈男女授受不亲，就算她是妖，他也不能连说都不说一声就闯进来，后来转念一想，唐周这人完全没有这种谦谦君子的传统美德，说了也是白说。

唐周迟疑半晌，斟字酌句地说：“柳兄承诺为我办一件事，只要是他办得来的，什么都可以。”

“那你就让他帮你找到神器地止的下落，他既然能找到楮墨，这想来也不算强人所难。”

“你觉得，我应该让他找地止？”

颜淡拢了拢被子，不解地问：“你之前不是一直都很想要地止，然后找到梦中那个人吗？难道你是叶公好龙？”

唐周低着头，轻声道：“有时候，我会觉得梦里那个人和你有点像……”颜淡僵硬地别过头看着他，心里直哆嗦，他下一句话该不是想说，那就直接把她当成梦中那个人算了？她可不当替身的！

“虽然只记得一个背影，但是感觉她不仅容貌生得美，又善解人意，善良温柔，哪怕只是待在一起就会觉得高兴。”唐周一直望进她的眼中，微微耸肩，“这样想来，和你真的没有一点相似之处。”

颜淡深深地吸了一口气，突然气势万千地扯住他的衣领：“我哪里不善良温柔了，哪里不善解人意了，难道我长得很难看吗？！”她抓着唐周死命摇晃两下，咕咚一声将他按倒在床上，“就算我长得不算是好看，起码也别有风味吧？我至少比沈家那个胡嫂长得好看多了！”

唐周轻嗤一声：“就算你比胡嫂好看很多，那也没什么可得意的吧？况且……”他伸手拢了拢衣襟，把颜淡适才扯开的衣领给拢了回去，“你这个姿势，就不怕被人撞见了误会么？”

颜淡呆住了，她现在这样手上抓着唐周的衣襟、还将他按在床上的姿势，分明就是意欲用强，手忙脚乱地爬到床的另一边，以示清白：“这里好歹也是我住着的，你不说一声就闯进来不提，还好意思做出一副被我赚了便宜的样子！”

唐周微微笑道：“这便宜你确是赚了。”他支起身，又拢了一下衣襟，走到门边时又打住了，回首道了一句，“看天色还早得很，我先去睡了，你不妨再睡个回笼觉吧。”

颜淡捏着拳头，将牙咬得咯咯响：“师兄，你难道不觉得男女之间理应避嫌吗？”

唐周转身带上房门，笑着说：“你都叫我师兄了，亲密无间些也是应该的，怎么能为区区世俗所缚？”

颜淡很神伤。

这世间有不少修行的方式，其中最残忍的一种，便是在精神上进行折磨，最后终于超然物外。

颜淡现在，已经超脱了一半。

“当年你在天庭上化人的时候，我正去了西方论法，才错过了。你还有个双生姊妹的吧？”一个斜眼歪嘴的中年男子满面春风地从颜淡身边擦身而过，突然轻飘飘地扔下这一句话。颜淡震惊万分，许久才回过味来，刚才那个语调声音，听起来像是柳维扬？

她连忙转身追过去，吞吞吐吐地说：“柳公子，你慢慢想起以前的事是可喜可贺，可是真的不需要连带着我的份儿一块儿想起来，我不过是个无足轻重的人物么。”

柳维扬很是轻描淡写地说：“自然是记得清楚明白的，本来我打算收你入我门下，可惜被你师父抢了先。”

颜淡干巴巴道：“柳公子，收我为徒真的没什么好的，像我师尊，那几年掉了不少头发，都快秃完了。”她一想到差点要唤柳维扬为师父，不由寒毛直立。他那张常年面无表情、又过于青春年少的脸，实在让她那一声师尊不太叫得出口。

不得不说，这一切都是缘。

他们便是缺了那师徒缘分。幸好幸好。

颜淡突然一个激灵，忙道：“柳公子，那些事都过去了，你不会时常记在心里吧？”

“这也说不好，不定有一日想找个人诉说诉说。”他掸了掸衣袖，淡淡道，“喜欢听故事的人，也不少。”

颜淡挣扎许久，方才有气无力地说：“我懂了，你欠我的那个承诺，恐怕我都不会有用得着的那一天了。”

柳维扬走开几步，忽然又回过头：“你还记得在魔相里出现了翻天这件事么？我现下终于想到了其中缘故。”他语声低沉，入耳舒适，“你们其中一人，不该用着现在这张皮。”他说完，便转身扬长而去，只留下颜淡独自战战兢兢呆立在原地。

当晚，颜淡又结结实实做了一晚和人皮有关的噩梦，其中恐怖花样更是比之前的推陈出新。

翌日入夜时分，她只得抱着被子去敲余墨的房门。

余墨在房门口，看见颜淡的一刹那便细微地皱了一下眉。在烛火的映照下，颜淡将他那个皱眉的神态看得无比真切，想了想还是决定当作没看见，放软了语调："余墨，我睡不着。”

余墨身上的玄色外袍已经宽了下来，整整齐齐地挂在屏风上，身上只有一件单袍，看来是打算睡了。他一听颜淡这句话，又是一皱眉。颜淡的脸上慢慢现出一个凄恻婉约的神情，望着他的眸子诚恳地说：“我这几日总做噩梦，睡不好。”

余墨扶着门，不冷不热地问：“所以……？”

“我不会占你多少位置的，最多半张床，不，只要随便给我留点空就好。”

余墨看了她一阵，缓缓让开了身。颜淡抱着被子走了两步，好声好气地和他商量：“你是喜欢睡外面还是里面？”

如果可以让她选的话，她一定会毫不犹豫地选外面，就地形地势而言，外面易退好守，里边易攻难守。

余墨还是一副不冷不热的模样：“随你喜欢。”

颜淡把被子摆在床上靠外边的地方，谄媚地说：“你若是晚上想喝水，就叫我一声。”

余墨没应声，低头吹熄了烛火，走到床边往里躺下。

颜淡占下半张床，一转头正好瞧见窗外那一轮弯月，忍不住道：“这里的月亮看上去很大啊。”余墨喜欢清静，两人在一起的时候，总是她的话比较多。颜淡自顾自地往下继续说："月亮映在水里的时候最好看，可是很多人都说那叫镜花水月，不是真的……"

忽听余墨语气平淡地说了句："日有所思，夜有所梦，你以后少想那些奇奇怪怪的东西，自然也就不会再做噩梦了。"

颜淡嘟着嘴不说话了，她也不想去多想的，偏偏柳宫主慎重地说了这么一句"你们其中一人，不该是现在这张皮"的话。柳维扬从来不做无聊事，这句话总不至于是为了吓她才说着玩的吧。

这一晚，大概是有余墨在的缘故，倒是没有梦见她自己被做成一张血淋淋的人皮，反倒梦见余墨蜕皮了，蜕了一层又一层，最后变成了那头长住在地底溶洞里、眼睛有黄灯笼那么大的蛇怪。

唔……真是跨越种族的变化……

颜淡吓醒的时候，很是神伤，虽日有所思夜有所梦，她却从来没把余墨和那头蛇怪想在一起过。

她决定还是把那句话的意思向柳维扬问个明白，只是坐下来还没来得及开口，便见许久不见的絮儿姿态优美地踩着碎步走进来，低下头轻声道："禀尊主，第三件神器的下落已经查到了。"

第三十八章・第三件神器

第三件神器在南都，而南都是眼下大周王朝的国都。而且神器的具体位置在皇家的深宫内苑里。据说是北地某位地方官得到了这件神器，觉得很是别致，便放在贡品里送进宫去了。

颜淡不怀好意偷偷瞥着余墨，心中想着，他们和皇族真是有脱不开的联系啊。当年余墨不知从哪里得来异眼，那是集了天地精华之灵气，可参透世间循环的宝物，一个意外被一位美丽的花精姑娘不劳而获了。那位花精姑娘在逃避余墨追杀的途中又和凡人起了凡情，而那个凡人，恰好是真龙天子，现在坐拥天下，荣华无尽。

她光是想想其中的爱恨纠葛，就觉得比任何一出戏文都精彩了。

"现下还剩了两件神器，在南都的那件也未必就是地止。"柳维扬当先领路，却是从这一带的地底溶洞里走的。颜淡因为之前的那个梦，还清清楚楚地记得这溶洞底下大蛇怪的模样。那蛇怪很威风，两只眼犹如黄澄澄的大灯笼，张开嘴獠牙锋利，可以一口将她吞进去。

唐天师近来心绪不算坏，听柳维扬这样说，不甚在意地应道："我也知道没这么容易，不过慢慢找，总会有找到的那一天。"

柳维扬微微颔首："你能这样想就好。"

颜淡很是奇怪，似乎柳宫主这几日对唐周都是异乎寻常的客气，平日会和他论法说道无所不谈，便是话也不似从前一般惜言如金。

说话间，已经走到他们当日碰上蛇怪的那个溶洞，只见黑暗中两只又黄又大的灯笼慢慢移到身前，突然停住不动。

颜淡立刻凝神戒备。

但见柳维扬踏前一步，那蛇怪立刻伏下身子，讨好似的凑在他的脚边蹭来蹭去，就差摇头摆尾，活脱脱一副狗腿相。柳维扬目不斜视，径自从蛇怪身边擦过。而余墨走过去的时候，那蛇怪明显地瑟缩一下，蹭着地面往后挪了挪，似乎还牢牢记着他当日怎么收拾过它。待到唐周走过时，那蛇怪只是动了动尾巴，还是伏在地上没有动弹。

颜淡完全放心了，想来柳维扬扮成伍顺的时候，也曾掉进过这地底溶洞里，凭他的本事，能让这蛇怪永生永世惦记着他的手段了。所以她根本就不用害怕了！

她才刚抬脚走了两步，只见那张长满鳞片的三角形蛇脸突然凑到她面前，咝咝两声，分叉的舌在她面前吞进吐出。

好一条趋炎附势、欺软怕硬的狗腿蛇！

颜淡怒了，一把扳下身边立着的石笋，冲着那张蛇脸狠狠抽去，叫它狗腿，叫它欺软怕硬，叫它区别对待！那条蛇怪不想她会突然发怒，被打得在地上可怜兮兮地滚了两滚，慢慢爬到了阴暗处。

颜淡扔下手上的石笋，掸了掸手上沾到的石屑，气哼哼的："还真当我是随随便便就能欺负的么？"

她走近几步，方才看清了前面那三人的神色，都有那么几分古怪。

唐周道："妖和怪也算是一家的，何况它同你，还真的挺像的。"

颜淡的愤怒更深："哪里和它像了？它是怪我是妖，它是蛇我是菡萏，它长了鳞片我没有！"虽然她不知道这蛇怪算不算得上是一条长得比较美的蛇怪，不过在她看来，这蛇怪委实长得寒碜了一点。

唐周微微一笑："不是长相，而是性子。"

她的性子到底如何，颜淡自己也说不好，只能转头看着余墨："我和它像吗？"

余墨居然避开了她殷切的目光，转过头沉默了。

颜淡只能去看柳维扬，他们好歹也曾同病相怜过，多多少少还算有点交情吧。可柳公子明显很捧唐周的场，微一颔首道："很像。"

颜淡大受打击。

那条蛇怪慢慢爬回来，羞涩地对着柳宫主露出一副狗腿相。

颜淡阴沉着脸跟在最后面，待走过那蛇怪旁边的时候，再也按捺不住，直接从它身上踩了过去。

从西南朱翠山到南都，哪怕是日夜不停地赶路，也要一个多月。他们一行人在路途上耗去两个月的时间，待到南都之时，已经到了初秋时节。南都的秋天总是多雨而湿润，烟水迷蒙，如果将这座古城比作仕女，那么秋日里的南都便是卸了妆后倦怠慵懒，却不失风华的绝代佳人。

颜淡是喜欢南都这个地方的。这里便是入了夜，也不会变得凄清寂静。她才能在从前很多个睡不着觉的夜晚坐在屋顶上听远处章台江畔传来的歌声笑语。

然而这回故地重游，实在让她高兴不起来。她作为妖魔鬼怪中的一只，却要和天师、仙君们结伴同行，这已经算得上是酷刑了。唐周那张嘴有时太过恶毒，柳维扬不知为何对他又很是客气，而最该同气连枝的余墨却丢下她不管，眼睁睁地看着她自生自灭。于是这两个月于颜淡来说，绝对是精神上巨大的折磨，便是自己想想，心境都有些沧桑起来了。

“第三件神器就在皇宫中，我留在外面接应，其他的你们就自己对付吧。”柳维扬走进客栈的客房里，便在桌边坐下了，还顺道吩咐店小二去买一副棋盘棋子送来，想来是打算自己和自己下棋消磨时间。

唐周点点头：“还是等天黑再动身，毕竟这回也算是去偷东西。”

颜淡想了一想，觉得去皇宫里在皇帝的眼皮底下偷东西实在是件既刺激又有趣的事：“我会障眼法，要潜进皇宫里不难，不过万一碰上什么厉害的符咒还是要靠你对付了。”

唐周看着她，嘴角带着几分笑意：“那么万一被抓到了，你别急着把我供出来就好。”

颜淡立刻反驳：“谁知道是不是你先被抓到了！”

忽听余墨静静地开口：“有你们两个去就够了，我不去了。”

颜淡很惊讶：“你不去，为什么？”

余墨板着脸不言。

“难道你是觉得做贼太丢面子？”

“还是觉得皇宫太大懒得走？”

“莫非,你是怕见到皇宫里的某些旧相识？”颜淡连问几句余墨都是一声不吭，只得放弃，“那好吧，你喜欢留在客栈里休息也没关系，反正我和唐周应该也可以对付的。”

最要紧的事情敲定，大家都各自回客房，该休息的休息，该为今晚的事情做准备的做准备。

颜淡往自己那间客房走，忍不住低声问唐周：“你有没有觉得，余墨最近总是板着一张脸，就是问了他也什么话都不说，好像谁欠了他银子不还似的，我明明记得最近都没有惹他生气过啊。”

过去二十年，足够她慢慢去懂得一个人。

然而这二十年对于妖来说，只是一段很短的时间，她以为自己是懂余墨的，知道他喜欢清静，不会刻意去和谁特别亲近，并非真的冷淡。现在才发觉，这种懂得还远远不够，之前未曾相识的几百年，他有过怎样的过往，有过怎样的欢喜忧愁，有过怎样的爱恨离别，她全部都不曾了解。

就像她绝口不提她在天庭待过的那一段。

唐周沉默片刻，低声道：“你不是一直都说，便是瞧见余兄一根头发就能知道他在想什么了，这件事情，你不是应该比我更清楚？”

颜淡叹了口气，嘟囔了一句：“我要是知道那还问你干什么？原来还只听说过姑娘家的心事纤细些也善变些，没想到现在连男人都这么难办。”

待傍晚时分，内城封道，宣华门紧闭。

颜淡施了个障眼法，和唐周趁着御林军交接的时分混了进去。她原先只在书里见过那些形容皇宫气魄的词句，可现下亲眼见到了，不禁突发感慨：“其实我觉得若论富丽堂皇，天下再找不出比这皇宫更好的地方了，可是论雅致气魄，反而是镜湖水月更胜一筹。这南都有一位大周的睿皇帝，西南还有一位民间的土皇帝。”

唐周毫不犹豫斩钉截铁地说："胡说八道。"

颜淡哼哼两声，不欲同他争辩。

大周皇宫有五门，他们走的是东侧的华阳门，直接通到御书房。

颜淡想来想去，觉得既然是件神器，就是件了不得的宝物，就算是九五至尊，见到这样的事物，也会一时好奇心起，也许会把它放在书房里玩赏。

他们到了御书房的时候，天色刚刚有些暗沉，在书房里服侍的宦官将周围的几盏彩华镂金灯点了起来，又拿了一块白布将书桌柜子通统抹了一遍，看手上的白布没有沾上什么灰尘，就掩上门出去了。

那宦官刚走，颜淡立刻上前拉开门溜了进去，随手把身上的障眼法给解开了。一直持续用妖法，对于他们妖来说，也是费神而劳累的。

颜淡搓搓手道："我们先把书房找一遍，没有的话就去库房那边看看，要是再没有就随便抓个人来问问。"

唐周不待她说完，就顾自找了起来。颜淡也走到柜子前面细细看了一阵，那柜子上面的确是摆着几件古玩珍品，可看上去都不像是神器。她不由想，以前在史书上看过，某个朝代的皇帝没别的喜好，除了斗斗促织，结果御书房摆满了装促织的瓶瓶罐罐。可是现在看起来，这位睿皇帝也不像是有什么喜好，除了几件摆着好看的古玩，就是满满几架子的书册，而书桌上除了两叠放得整整齐齐的明黄色绸面的奏折，便没有什么别的值得一看的东西了。

唐周皱了皱眉，低声道："看来还是得去库房里找找看，就怕到天亮也未必能把库房翻个遍。"

"可惜我没见过那神器到底长什么样，只有拿在手上才会有感觉，不然只要一个术法就能把它挖出来。"

"没关系的，要是来不及，就明晚再过来。"

颜淡看着他不说话，心中却道，他该不会觉得这样偷偷摸摸，用障眼法跳进跳出很是有趣吧？

他们说话间，忽然听见一阵脚步声由远及近，只听一个尖尖细细的嗓音道："皇上，皇上您慢些走。"紧接着是一片衣料摩擦的声响，十几个完全不同的声音齐声道："皇上万岁万岁万万岁。"

颜淡一个激灵，觉得这实在很有些不妙，方才妖力耗损过多，这时障眼法也不好施展。忽觉唐周轻轻扯了她一下，往上面一指。颜淡立刻会意，随着他跃上高高的房梁，凝息安静地蹲在一处。大概是由于这房梁很高的缘故，看得出并不是经常打扫，别说是一尘不染了，踩在上面立刻就是两个浅浅的脚印。

颜淡吸进了灰尘，险些咳嗽起来。

唐周眼疾手快，立刻伸手紧紧捂住她的嘴，方才松了一口气。他们这样闯到皇宫里来，若是被发觉了，可是杀头的大罪。

颜淡被捂住了半张脸，只露出一双眼睛，眼珠转了几转，恶狠狠地示意唐周赶快放手。谁知唐周正看着下面，手上的力道却一点都不松。

只见一道明黄色的挺拔人影走了进来，身后还跟着几个宦官宫女。那人走到书桌边上，拉开椅子就坐了下去，顾自拿过一奏折看了起来。身边那个为首的宦官接过底下端上来的茶盏，从袖中取出一根银针在茶水里搅了搅，然后将茶壶里的茶水倒了一些到另一只空杯子里，自己喝了一口，隔了片刻确保无虞方才把茶盏轻轻地放在皇帝的左手边。

颜淡往下看去，依稀可见端坐在书桌前那个人的面容，和二十年前还是有些不一样了。她和余墨二十年前在南都城外的章台江畔见过这位睿帝，那时候他卷入储君之争中，被暗地里伏下的杀手在江心伏击。她便是看不过那种以多欺少的行径发生在光天化日之下，被一股从头烧到脚的正义感驱使，拔刀相助了。

岁月不饶人，睿帝相较二十年前，真的老了许多，两鬓都有些泛白了，可是眉目依旧俊朗，一双眼清亮逼人。他坐在那里，慢慢地翻看奏折，有时候会提笔批注，有时候只是匆匆扫一眼便合上放在一边。

颜淡在房梁上蹲得发慌，忍不住探头去看外面的天色。他若是批几个时辰的奏折，她岂不是还要在上面蹲几个时辰?

唐周手上松了一松，用内力传音给她："不要乱动，忍一忍就过去了。"

颜淡用力把他的手从脸上掰下来。

只听那个为首的宦官尖细着嗓音道："皇上，您瞧天色也不早了，不如先传膳吧。”

睿帝轻轻地嗯了一声，沉声道：“不必，等晚点过去绛妃那里。”

颜淡不由在心里哀叹，这皇帝真是一心为国事啊，连晚饭都没空吃，最后还是去爱妃那里蹭一顿消夜就算吃过了。她慢慢凑近唐周脸旁，把声音压得极低：“我和这位皇帝还是认识的，你说是直接问他讨东西好呢，还是继续做贼好？”

她已经想得清楚明白，她不像唐周一样会用内力传音，只能辛苦点凑近他耳边说话，结果才说了这么一句，唐周猛地一把推开了她。

颜淡甚至还来不及挣扎，就直接摔下了房梁。

第三十九章・生死场

总算她反应极快，落地的时候稳住了身形，正好落在那张书桌前面，和听到响动抬起头来的睿帝正好对视。

颜淡一动不动，维持着蹲在书桌前面的姿态，低下头道：“皇上万岁。”其实她一直觉得，这世上能千秋万岁的，除了王八就是天庭上的仙君。

她只听到身后传来几道抽气声，一队侍卫围在书房门外，弯弓的弯弓，刀剑都已经出鞘，只待皇帝一声令下便冲进来把她剁成肉泥。

睿帝合上手上的奏折，在下巴上轻轻一抵，起身道：“平身。”他往外看了一眼，“都退出去吧。”

颜淡顿时觉得他这两句话说得极有风度。

外面的侍卫立刻退得干干净净。

颜淡看着那一幅明黄色的衣摆慢慢踱到眼前，还是低着头。她心里明白得很，闯进皇宫惊了圣驾已经要砍头了，若还不老老实实的，就算被凌迟也是自找。何况，大多数人对于礼数周全而态度温文的人都会生出些好感来。

谁知睿帝沉吟，问出一句让她张口结舌的话来：“你是妖？”

颜淡用余光瞥见那个为首的宦官从头到脚都开始颤抖，真不知道是该矢口否认，还是干脆地承认了这个事实。

睿帝挥了挥手，沉声道：“你们全都出去吧。”皇帝都发话了，那些宦官宫女唯有惨白着脸、抖着双腿退了出去，将书房的门轻轻掩上。

颜淡有些不明白，为什么凡人一听见妖怪，不是吓得手脚发软，就是直接拿狗血拿符水冲上来喊打喊杀，而见到天庭上那些仙君仙子的时候却完全不是这样，其实她觉得妖和神仙也差不多嘛。

睿帝靠在桌边，笑着道："起来吧。朕的绛妃，其实也是妖，那时候想想，你也应该是的。如今二十年过去，你的容貌却一点都没变，果真如此。"

颜淡磕磕巴巴地说："皇上，我确是妖，你的绛妃只怕不是的。"

她记得那位美貌的花精姑娘的确和她是同道中人，但是她这回进皇宫却没发觉有妖气。

"我也知道绛妃她现在已经不是了，也就是随口问问罢了。"他慢慢抬头往上看了一眼，"你还有别的同伴？"

颜淡颓然嗯了一声。

只见唐周从房梁上轻飘飘地落了下来，姿态雍容得很，然后一撩衣摆，单膝跪了下来："参见皇上。草民冲撞御驾，实属冒犯天颜，请皇上责罚。"

颜淡捏着拳头，很想往他身上招呼过去，本来好好的，若不是他突然一把将她推下来，根本就不会有人发觉的。哪来的冲撞和冒犯？！

睿帝抬了抬手，温雅地开口："平身。"

"皇上，其实我们这回过来，是有事相求。"颜淡见他的反应不像是在生气，便低着头轻声道，"听说最近有位北地的地方官进贡上来一批贡品，这其中有一件便是上古四神器之一。"

"所以，你们进宫是为了寻这件神器的？"

颜淡想，真不愧是皇帝，吐属就是优雅，用的是"寻"而不是"偷"。

他连犹豫都没有，便一口答应："朕这就让人从库房里把那批贡品找出来，你们且挑挑看。"

颜淡又想，真不愧是皇帝，说话也是那么干脆，一言九鼎，说一不二。她立刻见缝插针地称赞："我这几年总是听百姓夸皇上您如何政治清明、一心为国事操劳，今日亲眼见了才知这些话果然不虚。"

睿帝正走到书房门口，将门打开了和候在门外的首领宦官低声吩咐了几句话，闻言不由一愣，忽又转过身来看向唐周："她是妖，而你应该不是吧？"

唐周一时没想到对方的用意，便微微一点头。

只见睿帝又转过头去，对着门外的侍卫道："妖也就罢了，你们这么多人竟然让一个普通人在宫里出入自如，今夜当值的通统都罚一年俸禄，自己去内务府领罚。"

颜淡刻意忽视了那些怨恨的、停留在她身上的目光，转头对唐周说："你看，都是你不好，人家有一家老小有要养活，你却害得他们被扣了一年俸禄。"

唐周沉着脸一言不发。

皇宫里的人办事情果真很快，还不到两盏茶的工夫，便有十几个手脚利落的宦官抬着九口大箱子进来。

睿帝在书桌边坐下，端起茶盏品了一口："东西都在这里了，你们自己挑吧。"

唐周缓步走到箱子边上，低下身一件件取出来看。他一连看了五个箱子，还是一无所获，不由微微皱了皱眉。待走到第六口箱子前，见这箱子已经明显比前面的小了一些。他刚伸手进去，神色明显就有几分古怪，收回手的时候，拿出一面圆形的镂花古镜。这面镜子的纹理打磨得十分精致，却看不出是什么质地的。

颜淡将古镜接在手里敲打一阵："这是理尘还是地止？"

唐周摇摇头："我不知道。"

睿帝在一边曼声道："既然已经寻到了，那还有别的事没有？"

颜淡立刻道："回禀皇上，没有别的事了，叨扰多时，我们即刻离开。"当务之急，是要立刻和柳维扬、余墨会合，离开南都。就算皇帝之后想起来要治他们的罪，也只能是空想了。

她正集聚心神，要用妖术再施个障眼法溜出宫去，听得睿帝慢悠悠地道了声"且慢"。颜淡立刻转过头看着皇帝，虚心求教："陛下还有什么高见？"

"我派人送你们出宫，这样跳进跳出的成何体统。"他拍了拍手，当值的几个侍卫立刻走进来单膝跪地，"传朕的口谕，即刻送这位姑娘和公子出宫，不得有误。"

颜淡看着那几个跪着的侍卫抖得实在可怜，不由心生同情。

待出了御书房拐弯的地方，颜淡转过头瞧着身边脸色惨白惨白的侍卫，好声好气地说："当真对不住，害得你们丢了一年的俸禄，现下有什么要求尽管和我说，我定会补偿你们的。"

那侍卫手上的刀摔在地上，踉踉跄跄退到五步远的地方，颤抖着声音："不不真的不用了，这位大仙，你就忘了见过小人这回事吧，啊？"

可见凡人见到他们妖，大多还是会害怕的。

可是那位睿帝明明知道枕边人曾是妖，却没有在意，大约也是因为真正爱上了吧。

颜淡只得转过头对唐周说："如果你拿到了地止，还要做什么？还是和楮墨一样，要解开什么封印？"

他们从景阳殿边经过，只见一个模样很是俊俏的少年迎面奔来，身后还有一群宦官、宫女追着赶着。那少年经过颜淡身边的时候，脚步缓了下来，朝着她微微一笑，隐隐约约有那么几分风流潇洒的影子，然后回头看了一眼，跑了过去。

颜淡倏然记起很久以前，那时她还没有成为妖，流离在六界之外，也是在这座古城，看了一出琅台旧戏。那时的睿帝还是少年，却风流成性，看不出半分真心。后来，他却肯为一个女子收心，就算如今身居帝位，也依旧没有变。

那个少年的笑意长相，恍然就是睿帝少年时候的模样。

颜淡不由喃喃道："可是为什么一个人，会为毫无关系的另外一个人付出这么多？"

她转头去看唐周，他为了找到梦中那个人，不惜安危去寻找上古神器。为什么她从来就没有遇上那么一个让她觉得是被倾心爱着的人？

她曾有一段时日以为，余墨至少是有些喜欢她的，因为他一直都待她很好。后来才发觉，这种关怀，并不是只有对她才有，他对百灵，对紫麟都是十分的真心。他们待在一起的时候，总是她的话比较多，也是她黏着他的时候比较长。如果有一日，他们要分道扬镳，真正舍弃不下的其实只有她吧？

她回首看过去，只见唐周嘴角微动，最终还是没有说话。

他看见颜淡那双晶莹澄透的眸子，隐约像是裂了缝的琉璃，里面的情绪支离破碎。而他，只是无能为力。

柳维扬拿着那面古镜翻来倒去看了一阵，下了一个结论：这是理尘，而不是地止。

颜淡有些失望："你怎么知道这是理尘？"

他将古镜翻过来，手指在背面的纹理掠过："这上面刻着的上古文字，就是说理尘可以参透天地间的奥秘，教人博古通今。"他搁下理尘，宽慰了一句，"总之再找出最后那一件，就必是地止无疑了。"

唐周坐在桌边，没有动弹，也没有搭话。

颜淡心道这柳公子说的真是废话，统共四件神器，现下已经见过其中三件，剩下这一件除了地止哪里还会是别的。再说就是这最后一件，其实才是最难找的一件，也不知道何年何月才能找到。

忽听柳维扬轻轻地嗯了一声，语调微微上扬。

她立刻警惕地看着对方。

柳维扬已经将理尘放在桌边，可手心却始终贴在镜面上，竟是不能移开了。

余墨原靠在门边，见到这个情状脸色微变，往里面走了几步："柳兄，你从前有的那件神器是什么？"

柳维扬抬头看着他，眼中流露出几分慌乱："难道是理尘？"

颜淡见到他们这番模样，更是奇怪："理尘从前是你的东西，现在又拿到了手，那也很好啊。"她这句话才出口，就知道为什么一向面无表情、眼中波澜不惊的柳维扬会头一回流露出慌乱的情绪。她只觉得自己被一股无形的力道拉扯着，眼前是极刺目的光亮，全身好似浸在千年寒冰中一般寒冷。周围的景象开始扭曲、拉伸，晃得她头晕目眩。

等一切平定下来的时候，她睁开眼，眼前的景致恍如一幅精彩的水墨画，江上烟水蒙蒙，绰绰影影可见青山逶迤。

生死场，夜忘川，黄泉道。

她以为自己永生永世都不会再回到这个地方。

柳维扬单膝跪倒在岸边，脸色苍白，似乎在那一瞬间遭了重创，低头呕出一口鲜血。那支玉笛也从衣袖中掉出，摔在地上折成两截。

只听余墨淡淡说道：“柳兄原是天极紫虚昭圣帝君，而理尘唤回了他的仙力，凭他现在的躯体，已经承受不住从前的仙力了。”

唐周沉默一阵，道：“这里的景象，和之前在青石镇古墓最后一间石室里看见的那张画上的很像。”

颜淡叹了口气：“我那时看到那幅画，还问过陶姑娘信不信我去过幽冥地府，那时你对我说，现在做梦还嫌太早。其实这里就是幽冥地府，我本来也没在开玩笑的。”

她在这里耽搁了整整千年，又怎么可能会忘记？

生死场，夜忘川，黄泉道。

依稀如昨。

她怎么会忘记？怎么可能忘记？

第四十章·冥宫和鬼尸

柳维扬缓缓起身来，抬手捂着胸口，嘴角还带着殷红的血丝，眼中却恢复了淡然：“这里，确是幽冥地府。”他一字一字说得很用力，像是记起了什么重要的事，“我就是在这里失去了一切记忆。”

颜淡看了看他，不知为什么自己竟然还能笑得出来：“我知道通往凡间的鬼门在哪里，我们还是快点回去吧，这里阴气太重，若是阴气上身就麻烦了。”

柳维扬却似没有听见一般，直直地盯着烟水迷茫的江面，脸色发白。

颜淡顺着他望的方向看去，只见在迷离云雾之中，隐约可见一座华美宫殿的轮廓，不由喃喃道：“这难道就是冥宫……”

她也只是从前听师父说过，冥宫里面藏着上古时期天地间的奥秘，能参透其中万一的人，天下再无人可与其比肩。而上古的混沌天神盘古氏，以及创世神天昊、毕方、据比、竖亥、烛阴、女娲早已在时光洪流中同天地化为一体了。由此冥宫的奥妙之处再无人知晓，更为神秘。

而传说冥宫只会出现在衰败之气甚重的地方，上一次是在即将消亡的魔境，而这回，出现在幽冥地府。

她正想着心事，只见柳维扬突然跳下了夜忘川，往冥宫的方向渡水而去。

颜淡一个激灵，忙叫道：“柳公子，这是忘川水，你不能下去！”

夜忘川一过，可让人忘却前尘，重新轮回转世。他如今才记起了一部分记忆，如果因为这个缘故再度把过去都忘记了，那之前这么多年的努力岂不是功亏一篑？

柳维扬停住了，转过头来说道：“你从前渡过夜忘川的时候不也没有忘记么？这回，我不会再忘一次的。”

颜淡只觉得喉咙发干，半晌说不出话来。

她那时之所以没有忘记，只是因为忘不掉，也不愿忘记。

可现在的情状又和那时大为不同。

柳维扬在忘川水中，青黛的衣袖拂动，垂下眼看着水中，静静地说："你们从鬼门出去吧，我只想弄清楚那时到底还发生了什么。"

颜淡想了一想，又道："你这样渡河也不是办法，我知道渡口有船，但一直有人看管，我们去把船弄过来。"

柳维扬抬起眼看了她一会儿，缓缓点了点头。

唐周走上前在柳维扬的肩头敲了一下，微微笑道："不管怎样都到了这里，自然是大家一起出去。"

柳维扬微微挑眉，也伸手在他肩上一拍："好。"

颜淡觉得很是奇怪，柳维扬的性子冷漠得近乎孤僻，刚开始的时候对他们都是一概的一视同仁视而不见，而从魔相里出来之后，他对待唐周的态度转变得未免有些太快了。不过柳宫主的想法大多很难臆测，也不用她费脑子。

她偏过头望了望余墨。他还是一声不吭，顾自望着烟波迷蒙的江面，隔了一会儿，方才转过头看她："忘川水当真可以叫人忘却前尘么？"颜淡点点头："这是自然。"余墨没说话，眸光却沉了沉，纠结成一片漆黑幽深。颜淡莫名其妙，她应该也没说什么了不得的话吧，为什么他的反应这么古怪？

一个也罢了，现在两个三个都是这样奇奇怪怪的。这年头，不光女人难办，连男人都变得这么难办了。

颜淡烦躁地来回踱了两步，往东面一指："这边过去就是渡口，不过守船的是牛头马面，不太好对付就是。"

唐周在之前二十年的岁月中，只在书上看过所谓幽冥地府是如何阴森可怕，现在环顾四周，觉得冥府的风光倒很有独特之处。

他正这样想着，忽觉衣摆被什么轻轻一扯，不由低下头去，只见一张嘴正咬着他的外袍下摆。

那只是一张嘴，别的什么都没有，呆呆地浮在地面上。

这张嘴感到唐周正低头往下看，松开了他的衣角，露出白森森的牙齿：“是凡人活生生的气息，很美味……”唐周无比镇定地转过头，即见一双眼珠呼的飞到他面前，快乐地滚翻着：“啊啊啊，这个凡人长得真俊，摸起来应该会很舒服！”

唐周攥着剑柄，一袖子把那双滚得欢快的眼珠扫到一边。

只见柳维扬面无表情屈指捏决，对着正在他身边不停嗅来嗅去的鼻子念道：“破！”那鼻子嘭的一声化为一股袅袅青烟，其他正飘浮在半空中跃跃欲试的眼睛嘴巴耳朵和一截截手臂腿脚立刻退得老远，齐声呱呱大叫起来：“这个人好凶好凶啊啊，大家快退！”

柳维扬伸手扶了扶额：“这些是鬼尸，只有一部分躯体，没有思考能力，千万不要和它们说话，只会纠缠不清。”

他这边刚说完，就见颜淡蹲在不远处，看来已经和周围一圈眼睛嘴巴鼻子耳朵说了那么一会儿的话了：“你们怎么会变成这个模样的？”

“我们是鬼尸啦，你是没听过还是没见过，实在太孤陋寡闻了！”

“啊，莫非你们是被天雷劈了才变得零零碎碎。”

“姑娘你长得很可爱啊，皮肤也很滑，摸啊摸，摸……”

“你们也长得很好看啊，眼睛是眼睛，鼻子是鼻子，嘴巴是嘴巴的。”

“对啦对啦，再没有人比你更有眼光！”

柳维扬摆了摆手：“当我刚才那句话没说过。”

唐周突然走到她身边，一把将她从后面架起来拖走：“你是要留在这里和鬼尸说话还是继续往前走？”

颜淡微微嘟着嘴：“等下你可千万别开口说话，你身上有凡人的气息，这里不是活生生的凡人能进来的。”

渡口就在不远处，只是百步的距离。

渡口停泊的那艘船的桅杆上挂着一盏长明引魂灯，灯火如豆，微弱昏黄。

颜淡走上前，向着看管渡口的牛头马面微一倾身，微微笑道：“两位大人，许久不见，近来可好？”

马面看了她一阵子，居然露出惊恐的表情：“你你你……居然让你这样就投胎去了！不、不对啊，你怎么又回来这里了？”

颜淡笑嘻嘻地说：“我是没有投胎啊，不过你们这里有条通往凡间的路没有封死，然后我就悄悄溜出去了。我在外面待得久了，突然想去鬼镇见见老朋友，你能不能借一条船给我啊？”

“借船的事，你想也不用想！”

“马面大哥你就稍微通融一下嘛，我是真的想去看望老朋友的。”

“你是在凡间惹了大祸，只好逃回来躲着吧？”

颜淡眼波一转，还是笑着：“怎么可能？我从来都不惹是生非的。你要是担心的话，就坐在船上送我到鬼镇好不好？反正也不远。”

“不行！”

“为什么？反正你们现在也没什么事，只是一会儿工夫。”

“说了不行就是不行！”

颜淡长长叹了口气，状似萧索地往回走，心里一面默默数着，果然还没数到十，就听牛头在身边道了声：“且慢”。她转过身，神色诚挚：“两位大人还有什么见教？”

牛头迟疑一下，缓缓问：“你刚才说，这里还有条通往凡间的路没被封死？”

颜淡点了点头。

“如果你带我去找到那个出口，我就载你们去鬼镇。”

颜淡笑逐颜开：“一言为定，反正我也不会回凡间去了，那个万妖臣服的铘阑山主实在太讨厌了，害得我连躲的地方都没有……呃，”她说到这里，微微一顿，又顾左右而言他，“怎么最近都没有人渡夜忘川吗？”

马面上了船，解开绳缆：“要上船就快些，我看你再啰唆下去，那些追杀你的人都要追来了，说不得你就会变得和那些鬼尸一样。”

“就算他们真的追过来，两位大人要对付他们还不是一根手指的事？”颜淡转过头看了看自己的同伴，微微一眨眼。她就知道，一旦说起幽冥地府通往凡间的那条没封死的路，牛头马面就一定会上钩。

其实那条路封不封死都差不多，那些恶鬼魂魄根本没那个能耐从那里逃到凡间。

水流哗哗，击打在船舷上。江上雾气弥漫，十尺外的景象就是朦胧一片，看不真切。因为有那盏长明引魂灯的缘故，船根本不需要人掌舵，顺着水流慢慢往前。

颜淡指着东面，轻声道："就在前面不远，大约还有一炷香的路程。"她这句话说完，微微偏过身子，两道劲风正好从身边掠过，只听扑通扑通两声，牛头马面已经被扫到了船下，在夜忘川中沉沉浮浮。

柳维扬慢悠悠地整了整衣袖："秦广王有这班愚笨手下，难怪地府总是麻烦不断。"

余墨动作利落，转眼间已经结下好几层结界，一手按在船头，淡淡道："那盏引魂灯会碍事，还给他们算了。"他屈指捏决，只见那盏挂在桅杆上的长明引魂灯晃了晃，哗啦一声落在水中，还在江水里扑腾的牛头马面立刻争着去抢那盏灯。

颜淡蹲在船头，笑眯眯地看着江水，忽见在水里沉沉浮浮的那两人嘴角微动，又轻又快地念出一段咒术。她会读唇语，能将这段咒术猜出个大概，不由脸色微变："糟了，他们想召唤鬼王！"

她话音刚落，只见船下的江水仿佛沸腾一般，不断有黑色的水泡咕嘟咕嘟往上冒，一层黑气慢慢笼罩在夜忘川之上，显得周遭景致鬼气森森。忽听底下传来一声嘶吼，像是来自无明业火中受七世之苦的恶鬼的嘶叫，尖利刺耳。

只见一个诡异的长脸从水中慢慢升起，那张脸生得枯瘦，双颊凹陷，一双眼黑洞洞的，没有鼻子，也没有嘴巴，而下巴却是方方正正的。如果这张脸不是在离颜淡这么近的地方升起的话，她可能会笑出来，毕竟传说中的鬼王原来长了一张这么奇怪的方脸，实在很出乎她的意料。

只见那张巨大的方脸突然一下子从水里蹿了上来，露出下面漆黑的身躯，朝着船俯冲下来。那张方脸一下子撞到船上的结界，砰的一下子弹开好几尺，又重新摔回水中。

余墨将手心贴在船头，原本透明的结界缓缓流动着淡青色的光，明明没有风，他的衣袖发丝却微微拂动起来。

鬼王嘶吼一声，又重新腾到半空中，再次俯冲而下，又被结界反弹开去。

唐周低声道："这鬼王怎么像是没有知觉一样，只会不停地乱撞。"

"鬼王是由忘川水底下的鬼尸化成，没有意识和记忆。"柳维扬沉默一阵，转过头看着余墨，"等下你把结界撤走片刻，再立刻结阵回来，这样可以吧？"

余墨思忖一下，点了点头。

柳维扬伸手按在唐周的肩上，缓缓道："等下结界撤走的时候，你用七曜神玉收了它，我们两个联手应该可以办到。"

颜淡只得蹲在一边瞧热闹，这种场面，她的确是没本事处理。

只见那个黑漆漆的鬼王慢慢沿着外面那层结界爬到顶上，开始用头砰砰撞起来。余墨缓缓抬起手，语声低沉："那么我数到三就撤开结界，一、二、三。"话音刚落，那层流动着青色光芒的结界立刻就消失了，鬼王正用那张令人毛骨悚然的脸用力往下磕，立刻撞了个空，呼的一声冲了下来。

颜淡听见唐周轻声念了几句咒言，只觉得寒毛直立！既是因为那只方脸鬼王已经把脸凑得很近了，而他居然还能慢条斯理字句清晰地念咒言，也是因为她之前被他收进法器的时候，也是来了同样的一段，如果一个不小心，她和鬼王被关在了一起，那真是生不如死啊。

可是那鬼王冲下来的势头正好是对着她的。颜淡只能眼睁睁地看着鬼王黑洞洞的眼眶对准了她，原该是鼻子的地方完全是平的，只有两个孔可以透气，漆黑枯瘦的手指上，指甲又尖又长，堪堪碰到了她的眼皮。她吓得连话也说不出，连滚带爬地往后退，直到撞到不知是谁的双腿，立刻如同抱住救命稻草一般搂了上去："唐周，你到底还要念到什么时候去啊啊！"

只见鬼王那张悬在颜淡斜上方的方脸突然一顿，猛然停住了，似乎被一股什么力道牵引一般，慢慢往上拉。鬼王挣脱不了，胸腔中不停发出尖利的嘶吼，最后嗖的一声被收进七曜神玉之中。

它待在玉里依旧不安分地用头撞着，似乎想从里面冲出来。

唐周举起七曜神玉看了看，还有几分意犹未尽："这个神器用起来倒是很顺手。"

他低下头，对着颜淡道，“你要不要仔细看看？”

颜淡哆嗦着，脸色青白：“我才不要看，拿远点，不要凑过来啊啊！”她抓着身边那人衣摆的手则攥得越发紧了，只听余墨的声音从头顶传来：“颜淡，你现在可以先松个手吧？”

颜淡一个激灵，顿时想到自己刚才那一副丑态可被他们看了个齐全，顿时心神俱伤：“我只是看鬼王那张脸长得太奇怪才吓到的，其实我的胆子没有这么小……”

唐周恶劣地将七曜神玉拿到她眼前，曼声道：“我自是知道你胆量大得很，其实这鬼王的长相多看几回就不怕了。”

颜淡僵硬地看着玉里的鬼王，只见它也正将头探过来，用一双黑洞洞的眼眶对着她，不禁大声道：“唐周你这卑鄙小人，如果你刚才和它脸贴脸过，也会害怕的好不好？！你这人怎么能这么讨厌！”

唐周看着她，有一瞬间的失神：“你刚才说什么？”

颜淡呆了呆，她刚才似乎没说什么了不得的话吧，怎么他的反应会这样奇怪：“如果你刚才和它脸贴脸过，也会害怕的好不好，这句话？”

“前面一句。”

“你这卑鄙小人？”

唐周沉默片刻，喃喃道了一句：“应该只是错觉吧。”

颜淡很是奇怪，怎么她原来都没发觉唐周有喜欢听人骂他的怪癖，早知如此当初就该多骂他几遍讨回一点本钱来的。

第四十一章·冥宫的秘密

雾气消散，江面上那一座华美宫殿在缕缕水汽中渐渐清晰起来。瑰丽，却带着衰败之气。

这是颜淡一瞬间的感觉。

柳维扬负手站在船头，从衣袖中取出一串泛着耀眼光华的七彩琉璃。烟水朦胧的夜忘川上，忽然升腾起一片夺目灿烂的光晕。一阵熏风拂过，江面上的水雾转眼间散去了，夜忘川上波光点点，远处逶迤青山因清晰而愈加壮丽。

他手上用力，七彩琉璃碎成一片片，点点破碎的琉璃渐渐幻化成了一个淡淡的人影。那人影浮在水面上，面容淡淡，依稀可以看出眉间的千山万水，这样的容貌，便是看过一眼就很难忘记。

那是邪神玄襄的元神。

他衣袖轻拂，抬手行礼，就算是谦然有礼的举止，也会教人觉得，这个男子不论何时都有高人一等的尊贵。

颜淡心想着，这位玄襄殿下当年是何等骁勇善战，其实那只是他的一面而已。他之所以会自己把魔境毁去，也是因为再不愿被族人推到争端的最前方罢了。与其最后同归寂灭，不如自己先退一步。毕竟，柳维扬是他的兄弟，是他的族人，他再是狠绝，也做不出弑杀亲人的举动。

玄襄在水面上，脚下的水波平缓，唯有一圈圈浅浅的涟漪荡漾开去。他看着柳维扬，缓缓伸出手去，衣袖滑落，正好露出手腕上那道深深的伤痕。在魔相中，颜淡曾梦见过他划开自己的手腕，每一滴血都化作一只血雕。

柳维扬也伸出了手，在他手上重重一握。

玄襄笑了一笑，还是那种不深也不浅的笑意，转身慢慢向着远方而去，渐渐消失在天水交接之处。

船身忽然微微一震，想来是碰到冥宫一直延伸到夜忘川中的石阶了。

四人从船上下来，踏在水中的石阶上。

那石阶是整块大理石铺成的，光亮可鉴，隐隐约约映出人影的形状。

颜淡还记着要把船拖到妥当的地方，这里她不是第一回来，甚是清楚若是没有了船，他们就得游着去找鬼门，然后回到凡间，这该是多么凄凉且悲惨之事。

一行人拾级而上，只见冥宫那扇青铜镂花大门紧紧闭着，周遭毫无人气。

颜淡仰起头，看着这座雄伟奢华的宫殿，心头生出敬畏。

冥宫是那些上古先神所住的地方，里面每一个角落都有他们的仙迹。还在很早很早以前，天地混沌，天和地甚至还连在一起。在这一片混沌中，便出现了第一位先神，他是被称为混沌天神的盘古氏。盘古氏在天地开辟之后，便和这天地一道融为一体，元神永灭。而在他之后，陆陆续续又出现了创世神女娲、天昊、毕方、据比、竖亥、烛阴。这些先神也和盘古氏一样，在时光洪流中化为山川河流中的一部分。

至今，没有人知道他们是如何创造天地万物，也没有人知道他们当年的仙力到底有多深。

只要打开了这扇青铜镂花大门，这些奥秘都会揭开。她曾在天庭修行的时候，就听九重天上十分有修为的几位仙君说过，冥宫中的奥秘，若是去触碰，便是万劫不复。当年女娲上神在冥宫外刻下封印，只要有仙君、仙子去打开冥宫，就会仙元尽碎，永世不得超生。

这道封印并非无法解开，只是谁也没有这个胆气，除非他已经有超过女娲上神的仙力。

柳维扬低下身，从地上拾起一块已经缺了角的玉佩，淡淡道：“这是计都星君的。”他拿着这块玉看了一会儿，又淡淡道，“冥宫会感觉到某处衰败之气甚重而出现。当年仙魔之战后，玄襄毁去魔境，冥宫便出现在那里。”

“我同计都星君曾到过这里。大门上刻着女娲上神的封印，凡是沾着仙气的人是无法打开的。我那时并不相信。我在天庭当了千年的仙君，掌管六界的礼易道艺，我并不觉得那些上古先神的仙力是我无法企及的。”柳维扬轻轻地喟叹一声，“我那时，太过于专注自己的修为，也以为自己有了挑战上古先神的本事，实际上我还只是井底之蛙罢了。”

颜淡听得心神俱伤，柳维扬当年可是天极紫虚昭圣帝君，堪称天庭上修为最高的一位，便是她那很了不得的师父都自承不如。他这样还算是井底之蛙，那她是不是应该早点自我毁灭算了？

“我试图解开冥宫门口的这道封印，却触动了里面的死灵，那种境况便是现在想起来都是……”他垂下眼，淡淡道，“后来，我身受重伤，从冥宫的台阶上摔了下去，只能抓着最后一级台阶。那时候，冥宫正从魔境飘回夜忘川，如果我松开手，很可能会被冥宫压在底下。冥宫本身喜欢衰败死亡的气息，那时我的身上便是有股衰败的仙气。”他说到这里的时候，忽然停住了话头。

颜淡瞧着他手上的玉佩，脑中忽然浮现出一双眼角微微上挑的眸子。那个人对她说过，这世上，朋友未必能共享乐，而敌人也未必不会成为朋友。她一直记得清清楚楚，包括他说话时候的眼神，薄凉得叫人心惊。

颜淡突然一个激灵：“原来你是被人推下去，不然怎么会落在夜忘川里而失去一切记忆？”柳维扬转过头波澜不惊地看着她。“那个把你推下去的，就是计都星君。”她回想起曾经在幽冥地府度过的那千年，终于把一直缭绕心头的疑问都想明白了。

柳维扬将手上的玉佩抛给她，低声道：“看来你也见过计都星君了。”

颜淡接下玉佩，只觉得这玉触感冰冷，上面已经没有任何气息：“我一直以为，他只是个叫赵桓钦的凡人。”

“赵桓钦是计都星君在凡间用的名字。”

颜淡看着底下烟水弥漫的忘川水，将手上的玉佩抛进水中，慢慢叹了口气。

只听柳维扬忽然道：“这些事本来和你们无关，只是大家现在既然牵扯了进来，我就应该解释明白。现下，也到了分别的时候，我要进冥宫，你们还是从鬼门回凡间吧，这里阴气甚重，待得久了总是不大好。”

“什么？”颜淡吓了一跳，“可是你上回……”

柳维扬微微摇头：“这里面有很多我不知道却很想知道的东西，如果为了它丢掉性命，或者还要再重新追寻一遍自己的过去，很值得。何况，我已经没有仙气，不属于六界中的任何一个，正好能够进去。”

原来，还是到了分别的时候。

天下无不散之筵席。

更何况柳维扬对于自己在做什么，一直都十分清醒，完全没有别人置喙的余地。想来是因为这个缘故，唐周和余墨始终都没有说话，只是轮番拍了拍他的肩，就此作别。

颜淡没有说话，反倒是柳维扬淡淡地说了一句：“颜淡，现在想来，当初没能收你入我门下，真是可惜了。”

这句话，应当是夸奖吧?

颜淡微微笑着：“如果真是这样，有你这样一位年轻英俊有为的师尊，我一定会日久生情的，到时候你就得陪我来一出师徒禁断——啊，唐周，你干吗打我头？！”

唐周面无表情地收回手：“你觉得，一位年轻英俊有为的仙君会陪你做这种无聊事吗？”

柳维扬淡淡一笑，伸手按在那扇青铜镂花大门上面，慢慢地，那扇青铜大门开启，里面是漆黑一片，深得看不到尽头。

柳维扬缓步走了进去，冥宫的大门在他身后吱呀一声合上，这座带着衰败气息，却华美雄伟的宫殿渐渐消失在水雾之中。

夜忘川上出现一个黑色的漩涡，船经不住颠簸哗啦一声翻了。

颜淡在水里挣扎两下，向着余墨大声道：“那个漩涡就是去凡间的鬼门，快结阵。”余墨的动作更快，才刚被卷进那个漩涡的口子上，已经布下一层结界，将他们三人都护在里面。

漩涡之后，是一条长长的、漆黑无光的石道。迎面不断涌过来的漆黑油腻的水中，还沉沉浮浮着各种残肢断臂。石道两旁，不断有厉鬼尖声嘶叫，时不时有惨绿色的鬼火烧过来。

颜淡缓过一口气，忙道："千万不要碰到边上的石道，那都是从六道轮回里跑出来的恶鬼，吃人不吐骨头的。"

唐周看了她一眼："也亏得你能找出这么一条路来。"

颜淡怒了："你这是什么意思？有路走就不错了，还要挑三拣四、挑肥拣瘦！"

余墨拉开她死命搂着自己的手，缓缓道："我不会撤走结界的，你可以放手了。"

"不是啊，前面有段路——"结界突然重重地一震，颜淡险些咬到自己的舌头，当下搂得更紧了。她果然没记错，前面那段路九曲十八弯，又窄又陡，上一回她就在这里被摔得七荤八素，十天半个月都缓不过来。

余墨下意识地抱紧了颜淡，眼前却越来越混沌，几乎被转花了眼。唯一清晰的是头顶那一点光亮，也越来越刺眼。

突然眼前猛然明亮，颜淡只觉得身子失重，咕咚一声摔了下来，所幸不是那个垫在最底下的。她缓缓地支起身，环顾了一下周遭，不由自主地吁了一口气，看周围的布置，还是在客栈的客房中，如果从天而降摔在大街上，难保不会被人当成妖孽扔石头。

只听底下人凉凉地道了句："你可以起来了没有？我实在不喜欢被人骑着。"

颜淡哼了一声："唐周，亏你还修道呢，说话这么粗俗！"

"那么还请这位小姐不要坐在在下身上了，这种姿态若是被人瞧见，小姐你的清誉也就被在下毁了。"

他这句话才说了一半，只听砰砰两声，客房门被人踢开。外面站着个带刀侍卫，一个穿了寻常富商锦衣的中年男子翘着手指挡在前面，用尖尖细细的嗓音惊道："绛妃娘娘，这里面实在是不堪入目，肮脏得紧！您金贵玉体，可经不得这种污秽场面。"

余墨施施然起身，整了整衣衫，在桌边的椅子上坐下，慢慢地倒了一杯茶，目光直接略过侍卫宦官，落在后面那个红衣女子身上："你来做什么？"

大约是他的语气太过不客气，那一排侍卫立刻拔刀出鞘，那个宦官跳着脚细着嗓子道："混账，你不要命了，敢对绛妃娘娘无礼？！来人啊，直接绑了拖出去——"

绛妃莲步轻摇，缓缓走到房门口，微微笑道："我听宣离说你们来了南都，便想起有话要同你说，这才过来的。"她转过头看着身后的随从，语声温柔，"你们都出去吧，我有话和他们单独谈。"

颜淡立刻竖起耳朵凝神倾听。这位绛妃是睿帝最爱的人，当年余墨手上的异眼落到她手里，之间生出了不少恩怨情仇，里面的纠葛想来也是十分精彩。她准备搬个板凳，嗑把瓜子看好戏了！

只见余墨缓缓地转过头，低声道："颜淡，唐兄，我也有些话要单独和这位夫人谈。"

颜淡的失望之情简直不能用言语表述，可是山主都发话了，她不能不听，只得磨磨蹭蹭地带上门出去了。

第四十二章·情缠

颜淡其实很想知道隔了一道墙壁的两人到底在里面谈什么。那个宦官急得在屋里团团转，一边转一边自言自语："这可怎么办呢？孤男寡女共处一室，于礼不合先不提，万一、万一那人意图不轨，这、这可……"相比之下，她实在是太有风度了。

她慢慢喝了一口茶："公公，你就放心吧，我家公子从来没有用强的喜好。"

"你懂什么？还有，你们刚才又在房里做什么好事了？"

"如果我们刚才真的做了什么好事，我家公子越加没这个心力用强了嘛。"

"你你你你这——"

眼见着那宦官又要喊出那句"来人啊，直接绑了拖出去"，唐周伸手将颜淡拉过来："看来他们还有的谈，不如我们先去外面走走？"

颜淡任由他拉着，隔了片刻才幽幽道了一句："柳公子该是不会再回来了吧？"

唐周怔了一下，微微笑道："你不是说九重天上的紫虚帝君很厉害么？他会回来的。"

"计都星君一定也是用这个法子混进冥宫的，可我拿到他的玉佩的时候，能感觉到他已经魂飞魄散，仙元尽碎，永世不得超生了。"

唐周停住脚步，伸手按在她肩上，低声道："我不知道计都星君是一个怎么样的人，但是柳兄追寻的是一种很纯粹的东西，他当初进冥宫不是为了君临六界，而是为了里面的奥秘，为了早已失传的术法。"

颜淡点点头。

隔了片刻，唐周轻声问："你这样关心柳兄，是因为喜欢他么？"

颜淡想也不想："这怎么可能，我尊敬他就像尊敬我的师尊一样，柳公子比我的师父还要亲切。更何况以前虽然没有接触，我也早就听说紫虚帝君是位冷冰冰的根本不会动情的仙君，我才不要自讨苦吃呢。"

两人走下客栈的楼梯，迎面碰上客栈的店小二。那店小二朝着他们笑道："两位出去啊，今日是佛诞日，没有宵禁。晚点还有烟火、放灯、庙会，两位不如四处去耍耍？"

颜淡寒毛直立："佛诞日？！"

看来今日果真不宜出行，事事不顺。

唐周却有了兴致："佛诞日也无妨，反正你还算有点修为，又不会被怎么样。"

颜淡还是兴致缺缺，在这个时候，果真就显现出他们俩的年纪差距。她要是和唐周手牵手去逛庙会，那不就成了太奶奶领着孙子出去玩？就算是换了余墨，大概也有姑姑和侄子的辈分了。

她把这个想法向唐周说了，结果唐天师面无表情地取出一张符纸："这是三步禁制，看来你现在一定很想用。"

颜淡立刻见风转舵，诚恳地说："没有没有，其实我更喜欢一步不差地跟着师兄你，这三步未免显得太不亲厚了。"

于是唐周满意地将符纸收了回去。

只听一道道破空之声响起，微暗的夜空突然绽开几朵烟火，拖出明亮的、极长的尾巴，将迷茫夜色陡然映得明如白昼。紧接着，是大片大片在暗夜苍穹中绽放的绚丽烟花，烟火的爆破声响将底下的欢声笑语都盖了过去。

颜淡在树下，仰起头看了一阵，转过头时却发觉唐周没了人影。她东张西望了一会儿，遥遥瞧见唐周正在漫天的绚丽烟花下。他手上拿着一盏花灯，身边还蹲着一个孩子，正哆哆嗦嗦地用火折子去点鞭炮的引线，只是手抖得太过厉害，怎么都点不着火。

唐周低下身，就着那孩童的手把火折子凑近鞭炮的线头，一点微光在夜色中如蛇般扭动摇摆。他一手将那孩童抱开几步，正好头顶的烟火倏然绽开，铺散开千万光彩，在他身侧晕开了淡淡的微光。

颜淡不禁微微笑了，想了一想，却也说不好她究竟是在笑什么。

眼前的烟花骸坠下一点火星，颜淡下意识地往后退了一步，却感到背后撞到了人。她回头看去，只见一个女子正低下身去捡落了一地的线香和蜡烛。颜淡连忙蹲下身子，将地上的几支线香拾起，放进那女子身边的篮子里。

颜淡做完这些，忽见那女子慢慢抬起了头，烟花明丽而寂寞的光映在她脸上，映出一张愁苦而姣好的容颜。颜淡心中咯噔一声，不由自主地唤道："你……掌灯仙子？"那女子也死死地瞪着她，待回过神来抓起竹篮就走，脚步慌乱踉跄。

蒙尘许久的记忆浮现，颜淡一把拉住她："你是掌灯仙子吧？你怎么会在这里？你不认得我了么？"她每问一句，对方都不停地摇头，口中发出唔唔啊啊的声音，脸上的神情又是害怕又是慌乱。

颜淡松开了手，那女子立刻头也不回地跑开，却又突然急急收住了脚步。颜淡眯眼瞧着她，只见她双肩颤抖，像是随时都会跌倒在地一般。颜淡顺着她的视线方向看去，只见唐周正低下身，手把手帮之前那个孩童点燃了一支线香烟火，细碎的白光在漫天烟火中微弱而温馨。

唐周偏着头，笑着说了句什么，侧颜在细碎的光下显得温和。那孩童踮起脚举着线香烟火，笑容纯净无邪。

此情此景，任谁看了都会忍不住微笑的吧。可是那个女子却像是被抽了一鞭子似的，冲上去一把夺下那孩童手中的烟火，扔在地上踩了两脚，然后硬是拖着他挤进人潮中，很快就不见了身影。

唐周不甚在意地直起身，拎着手中的花灯向颜淡走来："走吧，这个时候该去放灯了。"

颜淡想了想问："你有没有觉得刚才那位姑娘真的很奇怪啊？"

"如果你看见自己的弟弟和一个陌生人玩在一起，多半也会紧张。"

颜淡抬起手指抵着下巴，低声喃喃："说得也是，我多半是认错人了。"

唐周将手上的花灯交到她手上，微微笑道："按照我们凡间的习俗，在这盏灯里面写下愿望放到河里，这个愿望若能上达天庭，便会实现。"

颜淡举起花灯看了又看，瘪瘪嘴：“这分明是骗人的嘛。”

“这种事情本来就是为了一个希冀，”唐周将一支炭笔递了过去，“你最想要什么，写在灯里面，说不定有一天会成真。”

“那你呢？换了你，你会写什么？”

“我嘛，自然希望爹娘能够身体安康，长命百岁。”

颜淡奇道：“虽说有孝心是好事，不过我还以为你会写快点找到神器地止呢。”

他眼神闪烁一下，转开话锋：“你打算许什么愿望？”

颜淡捏着炭笔，皱着眉苦苦思索。

她曾经最想要的，已经不可能再得到。而如今想要的，到底是什么？她却不知道。

颜淡在章台江畔，看着天边烟花明灭，忽然深深地吸了一口气，警惕地看着他：“我写的时候你不能偷看。”

唐周立即别过头，凉凉地说：“我也没那种窥探你心思的怪癖。”

花灯渐渐离开江岸，被水波缓缓推向远方。一江灯火，明明暗暗，格外美丽。

颜淡低下身将花灯放下了水，掸了掸衣袖：“嗯，好了。”

最后她还是什么都没有写，其实现在，她已经没有什么求而不得的了。铘阑山境，就像是她的家，那里大大小小的妖怪都是她的家人，如果可以，她打算在那里待一辈子。

她正想着心事，忽听天边划过一道闪电，雷声随即滚滚而来，不一会儿几滴黄豆大的雨点淋到她的脸上。

天边绚烂的烟花被这突如其来的雨水浇灭，章台江畔烟雾弥漫，那些相携看烟火、放花灯的年轻人嬉笑着躲到一边，却没有被搅了兴致的不悦。

颜淡还没反应过来，就被唐周拉着跑向不远处的屋檐，雨点越来越大，渐渐有倾盆之势。徒留一地烟花骸，静静地冒着白烟。他们两人的衣衫有些濡湿，被迎面而来的夹着雨丝的夜风一吹，有微微凉意。毕竟现在已经入了秋，不如盛夏时那么热了。

颜淡听着一阵闷于一阵的雷声，突然腰上一紧。唐周已经倾过身搂住了她。

如此亲昵的动作，他还是第一回做。颜淡转过头，目不转睛地瞧着他，而对方脸上非但没有半分羞耻之色，反而搂得更紧了些。

“喂，你这是什么意思？总不至于是瞧上我了吧？”

唐周愣了愣，复又轻轻笑了：“怎的这个时候你说话这样直截了当，真是一点叫人想回答的兴致都没有。”

颜淡一时感慨万千，她这株千年都没人要的菡萏，总算碰上了识货人，其艰难程度，实在不亚于铁树开花。

唐周用下巴抵着她的头顶，低声道：“我一直觉得很对不起爹娘。他们生我养我，我却不能在膝下承欢尽孝。”

“呃，你能这样想自然很好，孝顺可是一种传统美德。”

“颜淡，我原来是对你们很有些偏见，就算是现在，还是不能完全不念着这种偏见。”

颜淡听得云里雾里，也弄不清他到底在想什么，只是约莫想到，她这回大概又是自作多情了。

天边滚来一声轰隆隆的闷雷声响，就在这雷声中，她听见唐周在耳边低低说了一句话。

很轻。

她甚至都怀疑自己是不是听错了。

唐周说：“我想过了，不会再去找神器地止。我放弃了。”

第四十三章·回程

船顺着水流而下，月色氤氲，倒映在粼粼波光，在水中晕开一泓银白。

颜淡很苦恼。

她和唐周看完烟火放完花灯又等到雨停了才回客栈，结果余墨和那位绛妃还待在房里。那宦官已经急得在门口团团转，不停地抬袖擦汗，一副恨不得上前一脚把门踹开的架势。颜淡不觉想，这世上有什么事需要谈这么久，就是要谋权篡位也该谈完了吧？正当那个宦官实在沉不住气，想让侍卫破门而入的时候，房门吱呀一声开了。

绛妃扶着门，向着里面柔柔地道了声："我走了，你多保重。"颜淡敢拿项上人头担保，门开的一刹那，那宦官眼睛都直了，仔仔细细、上上下下把他们家娘娘的衣衫首饰都看了一遍，连个边角都不放过，一副食君之禄忠君之事、要为当今皇上捉奸拿赃的姿态。

颜淡笑眯眯地想，绛妃出宫想来也是睿帝同意的，做皇帝的都不怕自家爱妃出事，太监偏偏急得像一锅热粥似的。

绛妃走到她身边，轻轻拉住她的手，微微笑着："颜姑娘，好久不见，快有二十年了吧？"颜淡一碰到她的手，立刻感觉到对方身上的妖气已经完全没有了，不光是妖气，连修为都一点不剩，完完全全的，变成了一个凡人。她迟疑着要不要问问她和余墨在里面谈了些什么，还没来得及开口，就见余墨从房里走了出来，倚在门边淡淡看着她们。颜淡一个激灵，对着绛妃脱口而出："你老了很多啊……"

只听几声刀剑出鞘的声响，背后杀气腾腾。

绛妃倒没有生气，笑着轻声道："当然会老了，我已经和从前不一样了，这样说……你懂吗？”颜淡忙点头，这点她一开始就猜到了。按照常理，方圆百里之内，只要有她的同族，她立刻就能感觉到。而她是知道睿帝和一位花精姑娘在一起的，不可能在了皇宫还觉察不出妖气。那么就只可能是一个原因，那位花精姑娘，也就是睿帝心爱的绛妃已经不是同道中人了。

“我来找余公子其实是……”

颜淡立刻竖起耳朵仔细倾听，脸上还是不动声色。

余墨靠在门边轻轻咳嗽一声。

绛妃顿了顿，笑着看了余墨一眼，松开了拉着颜淡的手：“其实也不是什么大不了的事。”一时间，颜淡的失望之情简直不能用言语形容。任谁被吊足了胃口，而说话的那个人却不肯继续说下去了，都会失望透顶。

绛妃在走过她身边的时候压低声音道了句：“余墨他很关心你。”颜淡自然知道他很关心自己，不然也不会在她被唐周收进法器后千里迢迢来找她。

绛妃走后，唐周便同他们分道扬镳，独自回襄都，而他们自是回铘阑山境。

临别时，余墨跟唐周一握手，淡淡道：“这是设在铘阑山境门口的禁制，你凭着这个可以找到我们。”

颜淡离得近，甚至在禁制落下后可以闻到一股皮肉烧焦的味道。

想当初她刚到铘阑山境的时候，宁可自己花大半天解开在山门口设下的幻术，也坚决不要被烧掉一块皮，这想想都觉得痛。

唐周看看手心上的禁制，微微颔首：“等再过一阵子，我必定上门拜访。”

于是从上船直到现在，颜淡都一直在想，好奇心不是罪过，她该如何隐晦而不露声色地打听事情的起因经过结果呢？

余墨一向是温雅含蓄而内敛，除了要泄愤追杀谁的时候。

颜淡觉得要问出事情始末，自然也要问得十分的含蓄。那毕竟是人家的私事，若是问了反而被堵一句“我的事于你何干”，那就实在是很尴尬了。

颜淡左思右想，慢慢撩起船帘钻出船舱。但见余墨负手站在船头，月华在他袖上氤氲生辉，更衬得其人俊雅万端。他听见身后动静，微微别过头，颜淡瞧见他的手上正拿着一颗漆黑剔透的珠子。

颜淡恍然大悟，原来绛妃是来还异眼的。她一早听说过，异眼是天地至宝，集结了天地精华之灵气，若是被他们妖拿到了，哪怕和这异眼没有缘分，光是吸取其中瑞气，对修为就大有好处。

余墨看了看她，又看了看手中的异眼，忽然伸手递了过去："你喜欢的话，就送给你。"

颜淡傻了，她听说当初便是因为这颗异眼的缘故，余墨还被打回过原形。他现在重新拿回异眼，可谓很不容易，现在却要白白送给她。

"这么贵重的宝物，就算给了我也是浪费，你知道的，我这么懒平日也不怎么修炼，你还是自己用比较好。"

余墨细不可闻地低笑一声："既然没用，那还留着作甚？"话音刚落，他将手里的异眼随手一抛，异眼在半空划出一道弧线，咕咚一声落进江里，慢慢沉入江底。

颜淡震惊地看着他，磕磕巴巴道："这、这么宝贵的东西，你、你就这么扔了……"这未免也太暴殄天物了，他既然不把异眼当一回事，以前干吗拼死拼活地要把它找回来，难道是找着好玩的吗？

余墨微微皱着眉，神情在淡淡的月华下显得朦胧一片："你不要，又不许我扔，到底想我怎么样？"

颜淡来不及细想他的用意，便纵身跳进江里，将一江的月影搅得粉碎，很快的，那一瓣瓣破碎的月影又重新聚合在一起。余墨依旧负手在船头，粼粼波光映在他的瞳仁，也映出点点碎影。

他隔了一会儿，慢慢闭上眼，轻轻地叹了一口气。

只听一声破水的动静，颜淡从水中探出头来，伸手举着异眼，笑靥如花："还好找回来了，我本来还想着这江底黑漆漆的，不怎么好——"她一句话还没说完，忽见余墨低下身，将她紧紧地抱在怀里。他的动作很用力，几乎要将她嵌入身体一般，勒得她差点缓不过气。

颜淡动了动，想从余墨怀里探出头，毕竟适才在水底待得太久，这股气憋得很是难受。她才刚一动，就觉得余墨加大了手劲按着她的肩，慢慢将脸颊贴到她的颈边，闷闷地说："别动，只要一会儿。一会儿就好。"

颜淡慢慢平复了气息，方才感觉到余墨抱着她的手臂竟有些颤抖，照理说该抖的也是刚出水的她吧……她忽然很想看一看余墨此时的表情，虽然她很确信，比起平时也不会有很大的不同——依然带着他微微的半分笑意。

隔了片刻，余墨松开手臂，抬手摸了摸她的侧颜，语调神情都跟往常没什么两样："去换身衣衫吧，小心着凉。"

余墨这乌鸦嘴。

颜淡愤愤地把毛毯裹在身上，一边打了两个喷嚏，瑟缩着去抓另一条毛毯。她一定是天地间第一只会着凉生病的妖，若是传了出去，只怕会贻笑大方、遗臭万年，铘阑山境的那些山妖水怪一定会笑死的。

莫非她和凡人相处得太久，也学会感染风寒了？

人妖殊途这句话，果真是世间至理。

她伸出去抓毛毯的手才伸到一半，只见余墨撩起船帘低下身走进船舱。他一见这个情状，立刻拿起毛毯裹在她身上："你觉得怎么样了？"

颜淡想了想，说道："很冷。"

余墨拿起放在桌上的外袍，也帮她裹上了，顺手探了探她的额。颜淡看着他，只见他微微皱了一下眉，又低下头以额相抵，不由问："怎么了？"

余墨面无表情："好像起烧了。"

颜淡只觉得一道天雷正劈在她的天灵盖上，凄凉万分地重复："起烧？！"

余墨站起身："船也快到岸了，我去请个大夫来看看。"

颜淡挣扎着抓住他的衣摆，简直声泪俱下："不要不要，我绝对不要看大夫！"她一定是天下第一只会生病还要找大夫的妖，这实在太可笑了。

余墨只得低下身，一寸一寸地把衣摆从她手里拔出来："就算不找大夫，还要去镇上买吃的，你这样扯着我，我怎么去？"

"你真的不会找个大夫来？"

“你再抓着不放，我就去请大夫来给你把脉。”

颜淡立刻老老实实地松开手，裹着一身毯子膝行两步：“主公慢走。”

余墨倾下身，轻轻一捏她的鼻尖，低声道：“我不在的时候，不要到处乱走，就算哪里有热闹也不要去看，懂了么？”

颜淡忍不住：“余墨，你好像我爹爹啊……”

虽然她并没有爹娘，可是不代表她不知道凡间的父母是如何对待自己的亲骨肉的。他一听，整张脸顿时黑了。

余墨果然信守诺言，没有带大夫过来。

颜淡一手抓着毯子，一手在他买回来的东西里翻：“咦，还有玫瑰糖和松子糖，莫非你很喜欢吃糖啊？”

余墨从里面挑出两大包药：“糖是给你的。”

颜淡一哆嗦，立刻道：“我不要喝药。”她其实对吃的东西是最不挑的，有好吃的自然不会错过，没有的话只要能填肚子就好。像糖果蜜饯之类的零嘴，其实还是百灵比较喜欢。若是因为要喝既难闻又苦的中药才有颗糖做奖赏，这种本末倒置又不划算的事情她才不会去做。

余墨偏过头看了她一眼，将手上的两大包药摆在一边：“就知道你会这么说。我问来一个土方子，等下炖汤喝下去，有用就不必喝药。”

颜淡知道所谓的土方子，有一些还是很灵的，便裹着毛毯缩在一边，看着余墨把羊肉、牛杂放进砂锅里炖着，待滚开后又塞了一把干红辣椒进去。颜淡忍不住道：“这辣椒放太多了吧？”

余墨头也不回，淡淡道：“这个方子是发汗用的，出了汗热度也会退下去。”

颜淡无端地打了个寒战。她似乎是听过有发汗这个说法，可是对妖怪会有用吗？但这砂锅里炖的，算是她的救命法宝，最后喝不喝药，全在于这一锅东西有没有效。

待余墨把砂锅端到矮桌上，揭开锅盖，颜淡只闻到一股浓烈的辣味，立刻打了一个喷嚏。等她凑到桌边，瞧见砂锅里被煮得色泽油亮的羊肉和泛红的汤底，又再接再厉连着打了两个喷嚏。

余墨按住衣袖，动手帮她盛了一碗羊肉汤："这么辣，喝一碗也应该差不多了。"

颜淡忙道："够了，绝对足够了。"她拿起勺子，舀了一口尝了尝，立刻被呛得直咳嗽。虽然她是头一回吃到余墨煮的东西，但这锅羊肉汤实在不需要什么烹饪的水准，除了辣根本就尝不出还有别的味道了。

余墨迟疑一下，缓缓伸手在她背上轻拍着顺气。颜淡端起瓷碗，一闭眼干脆地把碗里的汤一口气倒进喉咙里，眼泪汪汪地看着余墨："这个土方子真的有用么？"

余墨迟疑片刻，避开了她殷切的眼神："应该是有用的吧。"

第四十四章・铆阑山境

一碗香辣羊肉汤灌下，颜淡非但没能发出一点汗来，反而在嘴角生出了一个水泡。她这副壳子这回看来定要和她对着来了，硬是一滴汗都不肯出。

她这样一阵冷一阵热，怎么也睡不着，只好睁大眼睛看着微微颠簸的船舱顶。颜淡发觉，她实在是只心思怎么也细腻不起来的妖，这个情状，孤灯冷被，凄清凉夜，多多少少该有一点感伤吧，而她这时心里想的居然是，江南菜清淡好入口，比北方的菜肴对她胃口。

忽然眼前一亮，余墨将点起的油灯挪了挪，吹熄了手上的火折子。他在昏黄烛火下看了看颜淡，像是微微一惊，在她身边低下身来，微凉的手指摸了摸她的额头："比之前更烫了，还是去看大夫吧？"

颜淡立刻摆出坚定的神情："我不要去。"可是说出来的话却缺乏气势，轻得几乎听不见。

余墨沉默片刻，淡淡道："等天亮了就去，你都这副模样了，少给我耍性子。"

颜淡微微嘟着嘴不吭声了，隔了一会儿才道："余墨，我觉得冷。"

"毯子全在你身上。"

"还是冷。"

他迟疑了好一会儿，隔着毛毯将人抱住："这样呢？"

颜淡忍不住扑哧一声笑了，慢慢靠在余墨身上："你说，我好好的，怎么会染风寒起烧呢？"

余墨抬手顺了顺她的黑发，稍微调整了一下坐姿，想让她靠得更舒服些："你本来就很怪，这种事情放在你身上也没什么好奇怪的。"

颜淡闻着他身上淡淡的沉香味，慢慢地有了睡意，语音渐渐模糊："余墨，我觉得你最近好像都不太开心……"她只依稀听见余墨轻声地回应了一句"没有这回事"，就意识涣散，既安心又神伤地入睡了。

她安心的是，余墨便是这样抱着她，也不会起一点别的心思，她就是睡死过去也没关系；而神伤的却是，她都这样睡在余墨身边了，他居然连一点邪念都没有，这对他们这自负容貌不差的花精一族来说可是一记沉重的打击。

她就这样既安心又伤神地睡着了，却做了一个不怎么高兴的梦。梦里她回到天庭，不知为什么又跳进了七世轮回道，一次一次，反反复复，没有尽头。待醒来的时候，背后的衣衫有些湿，却是发了汗。

余墨细致地撩开了她黏在额上的发丝，微微笑着："总算不起烧了，感觉好些了吧？"

颜淡也回以一笑："这样就不用喝药，也不用去找大夫了，对吧？"

余墨嘴角带笑，斜斜地支着颐看她："亏得你就惦记这个。"他抬手碰了碰她的嘴角："你现在虚火旺、嘴角生水泡，回到铘阑山境一定会被紫麟取笑一通。"

颜淡趴在矮桌边，忍不住道："紫麟也和你一样修为年岁，怎么就幼稚不堪，我看他啊，就算再过一千年也不会有人看得上。"

他们闲闲说着话的时候，桌上那一壶水正煮到沸腾，余墨舀了茶叶放下去，只见碧绿的茶叶在水里沉沉浮浮，船舱里很快便清香四溢。

颜淡接过青瓷茶盏，闻了一闻，奇道："你在放下茶叶之前还放了什么进去？"

"我看你虚火这么盛，就放了点清火的金银花、碎荷叶。"

"荷、荷叶？"颜淡一个激灵，说话底气甚足，"你想让我自己吃自己吗？"

"不是你身上的，是药铺里顺便买的。"

"我当然知道不是我身上的，但这好歹也是我那一家子里面的一个吧？你知不知道，我们一家已经很可怜了，开花供大家玩赏，花谢了莲蓬多半被折下来吃掉，吃不完还要被晒成莲子，连泥里的藕也不能逃过，现在连叶子都拿来泡茶用，实在太过分了！"

"你不想喝，我也不会硬灌你喝下去。"余墨不甚在意地端起茶盏，只见颜淡突然凑近过来，阴惨惨地说："那你也不能喝。"

余墨沉吟片刻："你以前炖鱼汤的时候，我不也看着的？"

颜淡眼疾手快，一把夺过他手上的茶盏："那我们来交换吧，我以后都不吃鱼不喝鱼汤，你也不能打莲子和藕的主意，对了，叶子和花也不行。"

余墨皱了皱眉，没说话。

"好不好嘛？你答应了也不吃亏的，这天下没有比这个更公道的了……"

他微微失笑："也好，就这样吧。"

等他们回到锵阑山境的时候，已经秋末冬初了。

颜淡刚进自家山门没多久，便和紫麟狭路相逢，两人唇枪舌剑斗了一番，紫麟一如既往暴跳如雷，扬言要把她抽筋剥皮。颜淡早对这个威胁不痛不痒，很是无所谓。一转过头，只见琳琅款款而来，取出袖中的精致丝帕帮紫麟抹了抹脸，然后盈盈一笑。

颜淡看着东面，喃喃自语："奇怪，今天太阳还是从东面升起的嘛。"

丹蜀吃力地顶着一团雪白的毛球挤过来，他屁股后面的尾巴已经消失了，可见近来修为有成，从十分不堪的人形向比较可看的人形迈进了一大步："颜淡姊姊，山主，你们这回出去了这么久。"颜淡立刻拿出一包松子糖给他："你最近看来是好好修行过了，连尾巴都没了呢。"

丹蜀如获至宝地抱着那包松子糖，笑得很天真："我也是这样想的，可是爹爹还是嫌弃我没用。"他取出一颗松子糖，头顶上趴着的那团毛球立刻抖了一抖，嗯嗯嗯地叫唤几声，伸长脖子将糖含进嘴里。

颜淡伸手摸了摸毛球："子炎也长大了不少。"

狐狸伸出舌头，吧嗒吧嗒地舔舔她的手，忽然一转头瞧见余墨，又大大颤抖一下，缩成毛茸茸的一团，死死地扒着丹蜀的头顶，在喉咙里呜呜地低叫。

颜淡不觉想，余墨带给狐狸的精神创伤，恐怕它很长一段时候都恢复不了。幸好他们妖的寿命是很长的，日子久了，自然而然也就淡了。

回到锹阑山境后的日子还算舒心，只是有两件事让颜淡不太高兴。

原先，她和紫麟都算是修为颇深的妖，千年都没什么桃花，甚至连烂桃花都不怎么有。紫麟虽是山主，为人无趣又暴躁，之前几位侍妾不是看上别的妖便是看上了余墨，于是紫麟成了千年光棍山龟。然而如今，这样美丽的琳琅竟然看上了他，真是一朵鲜花插在牛粪，不，插在乌龟壳子上。

从今往后，她可以用来嘲讽紫麟的事情又生生地少了一桩。

另外一桩，便是关于余墨的。

她和余墨的住处不在一块儿，却也离得不算远。她本想问他借修行妖法的书来看看。第一回去的时候，百灵告诉她，山主大人去了深山布阵，大概要后日才会回来。颜淡没在意，过了几天又走了一趟，结果还是没见到余墨。百灵将一叠关于修行的书交给她，很遗憾地说，山主近来闭关了，没有十天半月都不会出来。

颜淡微微觉得奇怪，还是捧着书回去了。过了一阵，她听说余墨出关，便捧着书想去问他几个结阵的法子，结果依旧吃了闭门羹。

颜淡隐约觉得，这样三回都见不到人，很可能是余墨故意避而不见。

她自问是只很识时务的妖，如果余墨是真的想要对她避而不见的话，她也不会去对质追问，想来想去，觉得还是从他身边亲近的人旁敲侧击打听比较好。

这其中最好的人选自然是紫麟。他平日看上去严肃威风，实际上却脾气暴躁，一生气就管不牢自己那张嘴。而余墨却是心思细密沉静，只要是他不想出口的，就只会烂在心里。当初颜淡刚到锹阑山境的时候，觉着他们性子南辕北辙居然还能合得来，感到很是奇怪。

结果紫麟这次学乖了。

他绷着一张脸，一边在琳琅递过来的苹果上咬了一口，一边语气凉冷地说："余墨最近常常闭关，这有什么不寻常的？不过就算他是因为不想见到你这张脸才闭关的，也不奇怪。你看看，你有哪样可以拿得出手、叫人念念不忘的？更加不要同琳琅比了。"

颜淡憋着气不发作，紫麟这人，寻着机会就来数落她。也怪不得他们这二十年来一直仇上加仇，酿成如今的深仇大恨。

琳琅闻言嫣然一笑，容色娇艳，映得周围墙壁摆设都是一亮，轻声嗔怪："紫麟，瞧你说的，我哪有你说得这么好……"

颜淡看着面前两两相望、深情款款的两只，全身鸡皮疙瘩直跳，只得识相地轻手轻脚往后退。她真的不该来的，现在紫麟那只千年光棍山龟铁树开花，这花不但开了还开得娇艳逼人，而她这边孤家寡人好不凄惨，光是两人那股肉麻劲就足够叫她食不下咽了。

颜淡走出十几步，忽听琳琅在身后道了句："你等一等，我有话要说。"

颜淡转过身，只见琳琅抬起纤纤十指整了整因为疾走而拂乱的发丝，微微低着头踏着优美的碎步走到她面前，顿时心生感叹。一向听说狐族专出美人，琳琅又是美人中的美人，现在这么一朵枝鲜叶嫩的花儿被紫麟攀折了去，真的太便宜他了。

琳琅在离颜淡三步的地方停下，嫣然巧笑："我当初来这里的时候，恨不得立刻就回去，可是待了一阵子之后，反而再也不想走，也难怪这么多妖来过锲阑山境就在这里住了下来。"

颜淡附和道："嗯，锲阑山境确实很不错。"冬天最冷的时候还温暖如春，常年繁花似锦、绿草如茵，有山有湖，还有很多有趣的妖怪，天下再找不出一处比这里更好的地方了。

"我没有想到现在会和紫麟在一起，也是相处得多了，才发觉他是一个很温柔仔细，值得以心相待的人。"

颜淡可不这样认为。她第一次见到紫麟的时候，觉得这位山主严肃古板，威慑力很强，相处得久了，才发觉最开始的印象多半不可靠。他就是小气幼稚、脾气暴躁，一只很讨厌的山龟。

"我也是听紫麟说的，余墨山主近来心绪都不怎么好。他半个月前来过一趟，也只是找紫麟喝闷酒，问他却什么都不肯说。"

颜淡心中已经有七八分确信，余墨果真是唯独对她避而不见。半个月前，她去找他的时候，百灵说他又闭关修行了，总不至于他的修行其实是和紫麟去喝酒吧？

颜淡想起那晚在章台江畔，他将异眼毫不犹豫地抛进江里，那种绝然的姿态像是想抛却什么一直割舍不下的东西。

而她最后却把异眼找了回来，这回真的是她做错了吗？

第四十五章·眼里眉间

有一个人，你用心去了解且自以为懂得，到头来却发觉，那些了解的懂得的不过只是皮毛而已。

颜淡无端觉得消沉沮丧。二十年是一段不算短的日子，余墨已经渐渐变成她心中最亲近的人。她不知道自己算不算喜欢他，却觉得如果以后都见不到了，甚至老死不相往来，一定会有些难过。她自问行事还算是潇洒，当放手时便放手，绝不拖泥带水。余墨若是打算从今往后都避开她，她自然也不会去死缠烂打。有些话，自不必说透，给彼此都留点余地，等到事过境迁时候才好再相见。

颜淡仰起头，轻轻吐出一口气。

不知为什么，明明已经是过去了的事，她最近却会反反复复想起，余墨在船头，脸上神情在月华氤氲下模糊一片，他说："你不要，又不许我扔，到底想我怎样？"那个月夜，好像一道幻影，死命地纠缠着她。

她转身回到自己的屋子，迎面却碰见了百灵。

百灵看见她的一瞬间，脸上微微有些难堪和不知所措。颜淡虽是看清了她的神色，还是装作什么都不知道，微微笑着问："百灵，余墨山主近来可好吗，我许久没见他了，便想着问一问。"

百灵脚步一顿，含含糊糊地说："还、还算好吧，其实我也不是很常见到山主。"

颜淡点了点头："那样就好。"她脚步不停，就这样和百灵擦肩而过。

相知相近却未相亲，相逢未必就是缘。便是缘分，也终会有到头的那一日。更何况，余墨的态度心思，她越来越摸不透。

也可能，从头到尾，她都没能看懂过。

这样过了一段时日，冬天过去，又到了春暖花开、蝶舞莺飞的好时节。

近来颜淡的修为颇有进益，而这几日又到了月圆之时，正是修行最好的时机，便常常在夜里出来晒月亮。

她算了算日子，转眼间距之前柳维扬孤身进入冥宫、和唐周在南都分别，已经过去了整整三个月。她思量着要不要去襄都找唐周出去玩，毕竟有生之年，制得住她的天师也就唐周一个，如果结伴出游，一定威风八面。

正这样打算着，忽听远处传来两声极轻极沉稳的脚步声。颜淡听得出是余墨的脚步声，立刻一个激灵，慌忙找地方躲藏。他们现在见面只会徒增尴尬，虽然她也不知道自己到底是什么地方惹恼了对方。

颜淡摸到身边的一棵树，御风沿着树干攀了上去，在一根比较结实的树枝上蹲下。

只见余墨缓步走过来，径自在湖边用碎石子摆开了一个阵势。颜淡借着月光看他，只见他低下身将那些碎石子挪了又挪，最后站着不动了。她看到的只有一个侧影。余墨确是清减了些，原本很合身的玄色外袍显得有些空空荡荡，只是本来就挺直的鼻梁显得越加高挺。

颜淡支着腮想，余墨的容貌其实偏于柔和，只是鼻梁生得挺，反而将长相衬得英气而俊雅，眼里眉间总有那么一丝生动的笑意。她正想得出神，忽听余墨淡淡地道了一句："颜淡，你躲在树上做什么？"

颜淡顿时很尴尬，她这样躲藏闪避，反而显得鬼鬼祟祟。她一撑树枝，从树上翩翩落下，因为修行有成，觉得身子都轻盈了不少。她还没落到实地，就被余墨随手一捞，捞到了手臂上。

余墨笑了一笑，语声低沉温和："你怎的还赤着足？现在不到天气大热的时候，也不怕着凉。"他伸手一握颜淡的脚踝，铺开衣摆让她踏在上面。

颜淡简直受宠若惊："不会着凉的，我这几日都是这样过的。"

余墨微微抬起头，幽深的眸子一眨不眨地看着她："这些日子……"他顿了顿，嘴角带笑，"我想了很多事。"

颜淡斟字酌句又小心翼翼地问："那，你想通了吗？"

"想不想得通已经没什么关系了。"他顿了顿，又道，"颜淡，你看过戏没有？"

"不但看过，我还写过不少戏折子。"

"那些戏子，戏演得多了，明明知道不是真的，还是入了戏。而那些看戏的人，明明知道故事与己无关，可看得久了，这故事也慢慢变成了自己的。"余墨淡淡地道。

颜淡真心实意地说："我还是不太明白。"

余墨低声笑了笑，转头看着一边用碎石子列的阵势："这个阵形是我刚想出来的，原本凭我的本事，最多在半个铘阑山境布下结界，而用这个阵法，可以把结界扩大许多。"

颜淡想了想："可是这样一来，结界外面受到的一切冲击都会反噬到你身上，这样对结阵人来说实在不划算。"

"从前，我祖父为了保护我们全族布下了结界，最后族人都安然无恙、没有半点损伤，他却因为伤势过重而过世了。这是结阵人要付出的代价。为保护重要的人而付出代价，我觉得很值得。"

颜淡微微笑着："可是我觉得，如果为重要的人好好活着，那不是更值得？"

那一晚对月畅谈后，之前的一些事情似乎就此揭过不提。余墨待她又恢复了原来的态度，虽然不算很亲近，却再没有避而不见。

颜淡知道从余墨那里问不出实话，只好去找百灵："你说有没有这个可能，其实余墨很讨厌我，却又不好意思直说？"

百灵正用茶缸装了热水，慢慢地把桌上余墨那件外袍熨平，闻言笑着说："山主要是真讨厌你，早就寻个机会把你卸成几块随便丢哪里去了。"

"那我真的想不出其中缘故了。"颜淡一摊手。

百灵看了她一会儿，幽幽道："有时候山主在想什么，不是我们猜得到的，既然猜不到，又何必去猜？"

颜淡正待说话，忽听丹蜀在外面杀猪宰羊般的叫喊："不好啦，不好啦，那个鬼、鬼来了啊啊啊！"

颜淡忙走出去看，只见丹蜀一把鼻涕一把眼泪、连滚带爬地扑倒在她脚下，头顶上还趴着狐狸，颤巍巍地喊道："颜淡姊姊不好啦！"

颜淡见他这副模样，低下身柔声道："怎么了？"

丹蜀抖了一会儿，泣不成声："有一只、一只凡人闯进来了，他、他手上还有山主的禁制，而且还是、还是鬼……"

颜淡听着他缠夹不清，一会儿是凡人，一会儿是鬼，忽然心中一动："莫非是位天师？"她前几日还想着要不要找唐周出去玩，没想到他倒是先送上门来了。颜淡往外走了几步，果然见到一群天上飞的地上爬的妖怪远远地围在一起，而唐周正背对着她站在那里。

颜淡笑靥如花，快步飞奔过去："师兄师兄，你真的来了！"

唐周转过身，微微皱着眉像是有点困惑："我还是头一回被妖怪围观，有点不习惯……"他转头的一瞬间，本来远远看着他的妖怪立刻做了鸟兽散，上天的上天，入地的入地，一下子窜到了更远的地方继续围观。

"啊，大概是他们头一回看见有天师到这里来，所以很好奇。再说了，被看啊看的就习惯了嘛。"

唐周微微一笑："你的修为像是有点长进。"

"何止是有点长进，至少有三四点了吧！"

唐周轻嗤一声："其实你就算再长进十分，我也全然不放在心上的。"

颜淡简直怒从心中起，恶向胆边生："唐周，你到底是来干什么的，不要告诉我是专门来说我坏话的？！"

唐周掸了掸衣袖，环顾四周："我刚才就很奇怪，这里是北地，又靠近大漠，按理不该如此，但你们这里倒比江南还暖和舒适。"

"我刚到这里的时候对这点也很奇怪，后来听别人说，是铘阑山境的地底埋了什么聚气成山水的宝物。"

"我对宝物没有兴致，不如先说说别的事，"唐周嘴角带起几分笑意，更显得眉目清俊，"我千里迢迢赶来这里，你打算怎么尽地主之谊？"

颜淡发觉唐周此人当真有十分可怕的适应能力，才在铘阑山境待过一日，已经对于远远围观他的妖怪们视若无睹，吃得好睡得好，晨起练剑的时候，还客气地帮一只蜥蜴精拾起落在地上的绣帕。之后，颜淡便听百灵抱怨，最近库房里的绣帕不太够用。

而天气也渐渐热了起来，想来凡间也到了春末夏初的时节。颜淡念着要尽地主之谊，便陪唐周把铘阑山境玩了个遍。眼见天气渐热，还想出法子来，要狠狠操练一番唐周的水性。

唐周果然对下水心有戚戚，却死撑着面子："这不太好吧，男女有别，这样成何体统？"

颜淡笑眯眯的："没关系没关系，你看我都不在意，你还在意什么？"唐周要是早点懂得男女有别的体统也就罢了，偏偏这个时候才想起来，摆明了就是色厉内荏地找借口。她一脚踏到湖里，把唐周往水里拖："这个湖不深的，也就五六个你这么深。"

唐周身子一晃，衣摆已经被湖水浸湿："我水性不好，万一下了水和你拉拉扯扯，不是唐突了么？"

"不唐突不唐突，你放心，这个湖里还没有淹死过人——不，淹死过妖，你一定不会是第一个在这里溺死的……"颜淡心想，他自然不会溺死了，最多是半死嘛。这个想法才刚冒了个头，唐周突然干脆地朝湖中踏入，顺便一把将她按了下去。

颜淡蒙了，连忙大力扑腾两下，却不知踩到了什么，一股带着泥浆的水流冲过来，眼前一片混沌。幸好手腕立刻一紧，被唐周拉出水面，不然那个呛水的人只怕要变成她了。偷鸡不成蚀把米，颜淡有些悻悻。只见唐周踩水浮在湖面上，虽然勉强了一点但还算是浮着的："怎么样？"

她心里咯噔一声，恍然看着唐周被水沾湿的眉眼，这眼里眉间的神情，丝丝缕缕缠绕不去，勾起几分久违的熟悉。她还没来得及细想，只听水声哗哗，湖面中心出现了一个漩涡，而湖面越变越低，竟可以踏到湖底。一块黑沉沉的方块状事物漂了上来，上面结满了青苔，已经辨不出这东西的本来面目。

唐周笑意微敛，抬手拿起那东西，声音低不可闻："……这是地止！"

颜淡只觉眼前亮得刺眼，那原本黑沉沉的东西到了唐周手中，竟是华光直冲九天。一时间铘阑山境地动山摇，湖水干涸，风啸雷鸣，像是要被这道华光撕裂似的。唐周那一瞬间的神情像是想把地止抛下，却无能为力。他的嘴角溢出几丝殷红的血丝，终于还是硬撑不住，吐出一大口鲜血。

颜淡被那华光震得脚步踉跄，还没完全站稳，忽觉身后剑气森森，却是冲着唐周去的。她忙闪身挡在唐周面前，只见余墨手上短剑的剑脊正闪过一道似龙又似鱼的青芒，在几乎要刺到她身上的时候硬生生停住了。

余墨神色冷淡，低声道："你让开，现下杀了他还来得及。"他的衣袖发丝在风啸雷鸣中猎猎而舞，眸中的情绪却冷到了极点，"不让的话，我连着你一块儿杀。"

颜淡回首看了看唐周，再转过头去的时候，喉间突然一凉，冷气森森的剑锋已经抵在她的咽喉处。余墨的杀气愈盛，像是无法抑制："颜淡，我最后再说一遍。让开。"她还是没动，有些事可以退却，有些事却不能让步。

她目不转睛地看着他的眸子，只见其间的漆黑幽深纠结成深潭，所有杀气突然一沉。他衣袖轻拂，身上青黑的妖气大盛，一阵淡淡的青色光泽将整个铘阑山境笼罩起来，似乎想阻挡那股撕裂般的力量。

一大群山妖水怪逃的逃、跳的跳，响动嘈杂，十分混乱。然而在这一片混乱中，一道七彩华光从天而降，一队衣衫华美的仙子、仙君慢慢落在实地。一位穿了一袭雪白冰绡衫子的仙子越众而出，低着头上前两步，突然跪在泥泞地里，完全不顾惜身上洁白的衣衫："恭迎东极青离应渊帝君度过七世劫渡，重返天庭。"

她微微抬起脖颈，其眉目同颜淡生得几乎一模一样。

颜淡低不可闻地唤了声："芷昔……"

对方却没有转头看她一眼，依旧姿态优美地跪着，又道："芷昔、陆景、掌书恭迎帝君回府。"

东极青离应渊帝君。

Staread
星文文化

苏寞——著

SU MO
WORKS

浙江文艺出版社
Zhejiang Literature & Art Publishing House

第四十六章·四叶菡萏

颜淡慢慢转过头看着唐周，最后轻轻地，轻轻地说了一句："恭喜你。"

他要寻的人，已经找到；他从前所有的一切，也全部都找回来。而她仅有的，又再次被毁去。

你有没有爱过一个人。

你有没有恨过那个爱着的人。

兜兜转转，回过头来，却发觉还是痛恨自己多一些。

颜淡曾是天庭小仙。

这句话她向柳维扬说过，可惜还是不尽不实。

她的真身是四叶菡萏，是同九尾灵狐、九鳍青鳞这些上古遗族相似的，到现在已经灭族得差不多的稀少种族。这就注定了她不是种在九重天庭上随便哪位仙君的府邸，仅供仙君们玩赏，而被养在了瑶池畔，由西王母座下的仙子们悉心照料。

颜淡也记不清到底是从什么时候开始，她从一株无知无觉的菡萏渐渐可以听懂仙君、仙子说话。反正等她有了意识之后，便开始细致打量自己的住处。

仙气缭绕的瑶池，真的很挤。

这一池子莲花生在那里，叶子已经把池水给遮得看不见了。

同一个根，抽出双生莲。自她有了意识起，便一直和双生姊妹芷昔依偎在一起，随着风左右摇晃。

那时候，在这一方天地间，只有她和芷昔。她们同根同枝，相依相持。

就算是双生姊妹，她们还是有很多不一样的地方。芷昔文静，一心向道向禅，而颜淡比较活泼，对这些修道的事情完全不上心。

“芷昔芷昔，你看啊，明明是一件很简单的事，放在禅理上就可以扯出一大篇废话。”颜淡挨着自己的双生姊妹，很是苦恼，“我可不可以不成仙、不扯废话啊？”

芷昔微笑，温柔而文弱。

一般而言，化出人形要等到成年，但古往今来，还是会有例外。比如那千年绛灵草托身的东华清君就是一位，他化人的时候还是稚气少年模样，一时被各路神仙引为美谈。

颜淡却觉得化成少年人的模样实在没什么好的，长得嫩就代表资历浅，以后定会被别人欺负。

彼时，颜淡离成年还有一百来年。她从来不担心今后化人、定仙阶的事情，一直都过得没心没肺。只是最近开始很有些忧郁，这瑶池里种了那么大把大把的菡萏，开花时的确是有股闹腾的美，但再这么下去她真的会被挤扁的。若是因此被挤得歪着花茎长，化为人形后会不会也变成个歪脖子。

唔，歪脖子的仙子，虽然不能像东华清君一般传为美谈，但一定能在偌大九重天庭上扬名立万。

瑶池盛会的前夕，西王母座下的莲花仙子早早守在瑶池边照料，一边为生长如杂草般繁茂的一池莲花修剪枝叶，一边喃喃自语：“明日这个时候，全天庭的仙君、仙子都要过来，像是平日见也见不到的那三位，还有西方的佛陀罗汉，他们都会来。你们可要好好地开花，不要顽皮胡闹，切记切记。”

莲花仙子口中“平日见也见不到的那三位”，经过颜淡年长日久地蹲守在瑶池边整日听仙童们闲磕牙，对此已经烂熟于胸。那三位指的是九重天庭上的九宸帝君，为首的是天极紫虚昭圣帝君，其后则是元始长生大帝和青离应渊帝君。

颜淡很郁结。这位好歹也是莲花仙子，难道她不知道，这开花不是说开就能开的吗？现在离开花的时节还差了那么十天半月，怎么可以突然提前花期还开得一池热烈？

莲花仙子为他们修剪好了枝叶，又继续念叨：“是明天这个时候，你们可千万别早开了啊。”

于是，颜淡度过了极其奇怪的一个夜晚。晚上的时候，大家都忙着酝酿开花的情绪，明明困得要命也死撑着不睡，只有她睡得很圆满。

其实何必呢，那些仙君仙子和佛陀罗汉们才不是专门来赏花的。

不过这样也好，若是大家都憋出了花来，那么在这一大池子莲花里，谁也不会留意到居然还有那么一株懒得开花的，她挤在里面滥竽充数，称赞声还是不会少了她的。于是，她愈加的心安理得，干脆睡死了过去。

等到翌日，她慢悠悠睁开眼的时候，瑶池畔的盛会已然开始了。

她的邻居们竟然都各自开花，艳红的莲花铺满了一池，还有几枝伸展到瑶池之外。

芷昔看着她的嗔怪眼神，让颜淡第一次起了歉疚之心。然而这歉疚之心一起，不知牵动了哪根不得了的仙根，忽然觉得身子剧痛，恨不得滚进瑶池里淹死自己。

俗话说得好，无心插柳柳成荫，至于那柳树不但成了荫，还长成了梧桐树，这真的是她想都没去想的。

她居然在成年前一百来年就化人了。

颜淡在痛得死去活来的时候还迷迷糊糊地想，当年东华清君是早了十年化的人，结果是一个稚气少年模样，后来又过了好几百年，才从稚气少年长成了翩翩青年，那么她这回化出来的，会是什么样子？

颜淡化为人形的时候，天庭瑶池畔彩鸟齐飞，大朵大朵艳红的莲花遮掩了一池春水。各路仙君齐聚一堂，觥筹交错，谈道论法。

颜淡就这么施施然地，在各位同族艳羡到眼红、甚至杀气腾腾的目光中从莲叶莲花中爬了出来。

她化人了，比该化人的时候早了整整一百年，早知道会如此，她宁可到死都当一株无知无觉的菡萏。

她吃力地拖着短胳膊短腿拼命往前爬，想张嘴说话，却只能吐出唔唔啊啊的单音。幸好她虽然身体短，但是脑筋清楚，朝着莲叶密的地方爬得小心翼翼。因为若是一个不小心掉进水里，她一定会淹死在瑶池里面的。

这副新长出来的壳子，她用起来还不太顺，手脚配合着爬行的时候也不怎么利落。可是她得努力习惯它，毕竟在年长日久的将来，她也就这么一副躯体。颜淡正爬得渐入佳境时，突然一双手伸过来，一把将她抱出了瑶池。

颜淡仰起头，只见抱着她的是个白胡子老仙君，脸上带着的慈爱笑容让她无端起了一身鸡皮疙瘩，伸胳膊踢腿地挣扎半晌，无果，只能任由那位老仙君抱着。

忽听旁边一个扎着垂髫的仙童拍手大笑："师父，你瞧那边还有一个，是一对双生子。"

颜淡鄙夷地瞧着那仙童，你说话就说话，大笑就大笑，干吗还要拍手？再说了，这到底哪里好笑了？她费力地扭过头，只见淡淡云雾之中，一个白生生软绵绵的孩童小心翼翼地爬过来，突然身子一斜，哗啦一声摔进池里，摔皱了一池春水。

颜淡睁大眼，只见一个穿着水墨外袍，模样也十分俊秀的少年仙君飞身到瑶池上，随手施了仙法，就把掉到水里的那白生生软绵绵的一团给捞了上来。

周围顿时喝彩雷动，其中一个穿着白袍子、生得很花哨的仙君打开折扇摇了两摇，同身边那个一身黄色云纹龙袍的仙君道："玉帝，这应渊君真是越来越出息了。"

颜淡张了张嘴，往水里捞个人就叫出息吗，那她也做得到。她突然转念一想，更是心生鄙夷，应渊君，应渊，这个名字不正是九宸帝君中排在最末的那位青离帝君的名字吗？原来他还那么小，看上去也不像很有本事的样子。

这世上欺世盗名者，果真很多。

只见那白生生的一团和她一起被摆在一旁的空椅子上，颜淡爬过去瞧，认出来这一团真的是她的芷昔，于是瞧完了就伸出手指去戳，觉得很软。

芷昔被她戳得疼了，眼眶红了红，眼泪啪嗒啪嗒往下掉。

那个叫应渊的少年仙君忙伸手过去，把正哭着的那一团搂住。颜淡怒了，这白生生软绵绵的一团好歹是她家的，这个叫应渊的又算老几，敢来这里和她抢人！

她死命地扒着不松手，而那少年仙君居然也老着脸皮和她对上了。颜淡还是婴孩模样，力气小，胳膊也短，那应渊君也不能和她较真，是以两人一直僵持不下。

周围几个正在说话的仙君们一下子安静下来，朝着他们看去。

那应渊君嘴角抽了一下，想来觉得自己的脸皮有些撑不住，但是到了这个地步，不论他最后放不放手，这一幕显然已经被周遭那些同僚们瞧得一清二楚。

颜淡瞥见之前那个穿白袍子的、生得十分花哨的仙君打开折扇一下一下慢慢地摇着，脸上明显带着看热闹看得起劲、唯恐天下不乱的笑容。

她决定死不放手。

颜淡那时刚化人形，说话还远不利索，只能嗯嗯啊啊地吐单字，但是她脑筋清晰，目光正气，坚决要把芷昔抢过来。

应渊君最后只能放手，趁着周围人不注意的时候，又偷偷在颜淡脸上掐了一把。

颜淡很愤怒，这种只会暗地里偷施暗算的人就算仙品升得再高也不会有出息的，她费力地抱着芷昔，一面使劲用粉嫩的短手指戳着应渊君，一面一字字说话：“你这个……卑鄙……小人……”

第四十七章·一切俱是缘

其实她想的是你这个卑鄙无耻的人。

但是没完，都差不多，应渊君那很是俊秀的脸蛋黑了，那个生得很花哨的白袍子仙君啪的一下合上折扇笑得很嚣张，那一身金黄云纹龙袍的玉帝摸着长须不语，之前把她抱上来的白胡子仙君则举起袖子擦了擦汗，连连道："玉帝，应渊君，白练灵君，这、这……"

颜淡斜眼看那位穿着白袍子很花哨的仙君，心道原来他就是白练灵君啊。真是久闻其名，久仰久仰，她还是一株菡萏的时候就时常听他的名字了。只是闻名不如见面，他原来是这个模样的。

只见一位仙气飘飘，生得很是威严、穿湖蓝色袍子的仙君有款有派地走上前，很有范儿地说："我瞧这对四叶菡萏托身的双生子极有慧根，不如交由本座来管教吧。"

于是颜淡就无缘无故被冠上了极有慧根的名号，成了九宸帝君之一的元始长生大帝的入门弟子。

所以，这一切都是缘。

元始长生大帝门下共有五个弟子，颜淡和芷昔入门最晚，排在最末。

大师兄谈卓，最是出息，已经接下了看管天池山上仙灵草的重任，于仙法禅理都颇有见地，为人稳重踏实。

颜淡觉得，假以时日大师兄一定会升到上仙的品阶。而师父却对他百般挑剔，觉得他为人太愚钝，没有颜淡那样有慧根。

颜淡打从心底觉得，谈卓师兄那样踏实的性子是好的，绝不是什么愚钝。而她这样的，只是小聪明而已，她觉得自己和那些禅理道法都没什么缘分，更不用提什么慧根了。

关于这点，她绝对不是在谦虚。

她的师尊，也就是九宸帝君之一的元始长生大帝喜欢给几个弟子留难题。

第一回，师尊指着庭院里那一树海棠，说，这就是今日的课题，想不出来就留在这里接着想，直到想出来为止。

颜淡彼时已经会跑会走，还很利索，立刻跑到树下，一把抱住一丛花枝，冲着师尊脸露微笑。

师尊问，拈花微笑是为何？

颜淡答得很快，拈花微笑是般若。

她就成了那天唯一一个离开庭院的人。其实，元始长生大帝只需再问一句，何谓般若。那么，颜淡只能张口结舌了。

颜淡时常想，如果大家能稍稍注意一下师尊桌面上的书册，就不至于回回苦思冥想一整日了。好比师尊指海棠花的那回，师尊桌上就摆着一般若，翻开来第三页就是拈花微笑的典故，连这一问一答全是照搬书上。

不过这个秘密，她一直没敢说出来，万一师尊知道真相被她气得吐血，那罪过可就大了。而正因为有这股愧疚在，颜淡对于仙法修行还算上心。

师尊有不少至交好友，其中一位便是悬心崖的南极仙翁。

虽是至交好友，也分感情好的，和感情不好的。而南极仙翁和师尊，绝对就是感情不好的那种。他们做了几千年的神仙，便暗地里较劲了几千年，什么都要拿来比一比。

颜淡那个时候已经长到了十三四岁的模样，不知为什么个子一直长不高，很是忧心忡忡。而元始长生大帝近来总是当着南极仙翁的面夸她有慧根，今日又悟到了什么什么了不得的禅理。颜淡倒不觉得师父这般夸赞她会不好意思，反倒觉得南极仙翁看着她的眼神实在让人心里发毛。

后来趁着师父不在的时候，南极仙翁便时常带给她些鲜红圆润的果子，还诚恳地告诉她，他们的师尊是坏人，让她小小年纪就整日琢磨这么复杂的禅理道法，害得她长不高。而其当诛之心，只不过为了将他元始长生大帝的名号发扬光大，并且有朝一日取代天极紫虚昭圣帝君成为九宸帝君之首。

颜淡无言，莫非这天庭上的仙君都觉得她模样看上去稚嫩了些，就是个什么都不懂、十分好骗的懵懂笨小鬼？

除了这一点，南极仙翁在天庭上可算是位奇人。

他的仙邸建在悬心崖上，那里正好和幽冥地府形成对冲之势，阴风飒飒，天雷阵阵，鬼尸纵横，方圆百里寸草不生、怪石嶙峋。要当仙翁的弟子，必须有很好的承受能力和很壮的胆气，这样才不会惊吓过度。

颜淡自愧不如。

她就这样一直在师尊的教诲下安然蹉跎百年，终于发生了一件不大不小的事情。

那日，颜淡逛到悬心崖做客。

她到得极是不巧，南极仙翁刚刚出了远门。南极仙翁座下的仙童喜滋滋地告诉她，他们仙翁赴西方佛陀的一场佛法大会去了，没有十天半月都不会回来。

那仙童一边说着话，一边往桌上那只白玉浅盘里倒了少许清水。

颜淡凑过去看，只见白玉浅盘里正窝着一条银白的、细细的水蛇。那水蛇正闭着眸子，胸口一上一下轻轻地鼓动着，呼吸很细很浅，微微张开嘴巴，正睡得无比甜美。

颜淡支着腮看着，低声问："仙翁什么时候养了这条水蛇的？"

那仙童忙道："这才不是什么蛇，这可是一条龙，是东海敖广龙王家的公子敖宣。仙翁近来刚收了他当弟子。"

颜淡仔仔细细地把玉盘里的龙瞧了一遍，除了发觉他的头顶长了两个奇怪的、像肉瘤一般的犄角之外，实在看不出这东西有哪点像是龙的。

那叫敖宣的龙原本正安安静静地睡着，听见有人说话，慢慢将身子滚了过去，睁开眸子往上看。

颜淡真心实意地说："他还真的不像龙呢。"

她话音刚落，那条龙凶狠地嘶叫一声，快如闪电地扑上来一口咬住她的手指。

颜淡大惊，用力一甩，居然没能把那条龙甩下来，她更是用力，甩到第三下的时候，龙被她甩得晕头转向，化作一道银光奔着窗外而去，随即，外面传来扑通一声水响。这窗子外面正对着庭院的莲池，这东海敖广龙王家的公子被她不小心扔到莲池里去了，真是罪过。

那仙童登时吓得脸色发白："你、你怎么能把他扔出去？！"颜淡想，既然这是一条龙，应该不会淹死在莲池里吧？

那仙童接着结结巴巴地开口："这池子里那条、那条九鳍，可是这世上最后一条了，若、若是受了惊吓，仙翁一定会剥了我的皮的！"

颜淡一呆，立刻跑到莲池边去，只见莲池水平无波，里面有不少鱼儿正甩着尾巴游来游去。她卷起衣袖，脱了鞋，轻轻攀着池壁下水。

九鳍是上古遗族，是极有智慧的水族，只是生来欲望浅薄，繁衍不盛，才到如今濒临灭族的境地。虽然她觉得，这天地间唯一一条九鳍该不会柔弱到被一条银白色的龙吓到，但她既然把龙扔了下去，总归还是要把他重新捞出来的。

她才刚下了水，就听那仙童哭丧着脸道："你动静轻些，千万别惊动了那条九鳍。"

颜淡在池子里摸了半天，突然摸到一条滑滑的、柔弱的东西，立刻捉了起来，笑着道："还好抓到你了！"她摊开手心，看到一条全身漆黑的、柔柔弱弱的鱼在掌心扑腾，却不是刚才那条银白色的龙。她连忙把这条鱼放回水里，双手合十，很是歉然："对不住对不住，你还好么？我其实是来找一条龙……唔，虽是龙不过长得和水蛇一样，你有看见它吗？"

只见那条鱼晃了晃尾巴，一张嘴吐出一串泡泡。

颜淡呆住了。

那一瞬间，她分明觉得，这条鱼露出了鄙夷的神色。

可是这只是一条鱼而已啊……这应该，只是她最近修炼仙法太过辛苦，所以青天白日产生了错觉吧？

她还没来得及多想，只听身边响起一声清亮的水声，一条巨大的虎须鱼跃出水面，滑腻腻的尾巴正扫在她背上，硬生生要将她往莲池底下按。因为那虎须鱼的力气实在太大，颜淡没能稳住，就势往前一扑，生生落了水。

她在水里扑腾了两下，那虎须鱼还是不屈不挠地按着她，一时间竟然不能把头露出水面。她胡乱划着水，突然觉得手臂上一疼，这种疼痛的感觉和之前被那条龙咬住的疼痛感很像。

颜淡挥手赶跑了那条虎须鱼，总算得以浮出水面。她抬起手臂，果然看见上面正端端正正地咬着那条银白色的龙，正瞪着眼凶狠地望着自己。她用力把龙扯了下来，朝岸上的仙童一扔：“找到了。”

仙童手忙脚乱地接了，小心翼翼地把龙拢在衣袖里。

颜淡慢慢踩着水上岸，只见刚才那条被她惊扰的漆黑的鱼还是停在她身边，一动不动。颜淡仔细瞧了瞧它，这才发觉这条鱼的一双眼睛居然是红色的。只是它这样一动不动，她倒有些担心起来，这鱼似乎很是柔弱，也不知她方才的一捏会不会弄伤了它。

颜淡慢慢伸出手指，想碰一碰鱼尾巴，结果还没沾到，那条鱼就嗖的一下游开了。

颜淡顿时觉得这条鱼和她之前见过的都不一样。来这天庭上的鱼都是仙鱼，是有仙契的，自然非同凡响。她也喂过师尊仙邸里的池鱼，开始的时候，鱼儿都很怕生，一见她把手伸过去，就逃得老远。可这条红眼鱼虽是游开了，却游得不远，好像只是为了单纯避开她的触碰似的。

她觉得奇怪，又伸了手过去。当她的手指堪堪碰到那红眼鱼的鱼脊时，它又一摆尾巴滑开了。

岸上的仙童见她还在莲池里，急得直冒汗：“你快快上来，要是仙翁知道了，笃定会发怒的。”

颜淡爬上了岸，在莲池边回望，刚才那条红眼睛鱼早就不知潜到哪里去了，而那条巨大的虎须鱼又哗啦一声从水里跳出来，溅了她一脸的水，让她不得不感叹：“这九鳍生得真活泼啊！”

这样生猛的种族，还会落到濒临灭族的境地，实在是有点奇怪了。大约，他们这九鳍一族，其实是有什么不为人知的怪癖?

仙童苦着脸："活泼有什么用，就剩下这么一条了，万一死了可就真灭族了。"

第四十八章·重逢

颜淡顾自折回师尊仙邸。

她踏着彩云，一路闷头走得飞快。借道南天门的时候，忽然有一道绚丽的七彩华光升起，颜淡一时被晃花了眼，没来得及收住脚下云彩，直接从华光中间穿了过去。

天庭上的仙阶很复杂，凡是称得上君的，都是上仙。而这仙阶越高，出行的排场也越大，像她的师尊元始长生大帝则是品阶最高的上仙之一，能和师尊平起平坐的就是扳着手指也数得出。比如玉帝是一位，和师尊一同并称九宸帝君的那两位紫虚、青离帝君也是，再有的她也说不出来了。

而眼前这七彩华光辇，只有上仙才能用的。

颜淡一咬牙，反正都闯进去了，现在退出来也来不及了，还是逃得利落些好了。

她正要穿出队辇，忽然衣领一紧，就这么被直接拎了出来。

一张似曾相识的俊颜映入眼中，修眉俊目，清俊非凡。

那人手上用力，把她往上提了提，再把她转了个面对着身边的跟班："这是哪位仙君教出来的弟子，这般不懂规矩。"

仙随中也有年长的，支吾了半晌道："这……小仙不知。"

颜淡恨得几乎咬碎了牙齿，这真是奇耻大辱啊，竟然就这么被人提着晃来晃去，就算她个子长得不够高，那也不能随便让人拎着摇晃！她倒是奇怪了，这个没有修养的家伙又是哪位仙君教出来的？

她指着那仙君的鼻子，大声道："我师尊可是九宸帝君之一的元始长生大帝，我看你也是刚升了上仙的，不会不懂规矩，还不快放开我！"

她自认为这一番话说得底气甚足，依足了天庭上的规矩，那人身边的仙随听得个个脸色发青，眼神发直。她疑惑地想，该不是师尊的名号太过响亮了？

那拎着她的仙君手上又加了点力，慢慢把她转了过来，一双清亮得很好看的眸子望着她，脸上似笑非笑：“你可知我是谁？”

莫说颜淡是真的不知，就是他想告诉她，她也没有兴致知道。

“看你的表情，你也是不知道了。”那人嘴角带笑，更显得眉目清俊，“本君仙号，青离应渊帝君。”

颜淡傻了。

古人有句话叫冤家路窄，果真诚不我欺矣。

曾有那么一段时日，颜淡很苦恼。

师尊仙邸上，时不时有人上门拜会，有些是刚升了仙班的，有些是刚提了仙阶的，还有些是平日和师尊交好的。这样来来去去，少说有几百号人。她若是没撞见便也罢了，若是当面撞见了，却连对方的仙号都报不出来，干巴巴地愣在那里，岂不是很失礼。

她也是下了一番功夫的，凡是见过一回的，不论仙阶，她都能报得出名来。就算没见过的，只要听人说起过特征，也有不少记在心里了。

这样记的人越多，也就摸到一些规律。

先不论西方的佛和罗汉，只说他们修道的那些，但凡仙号中有清君、灵君、元君的，都是打头的上仙，如果有帝君二字，那更是上仙中的上仙，寻常仙碰见了，可是要称其为帝座的。她师尊就是一位，另外同列九宸帝君的两位也算是。

不过同是帝君，还是有些不同。

比如九宸帝君中为首的那位天极紫虚昭圣帝君，连仙号都这样长，更是不得了。据说他第一回为天庭立下大功时，由紫虚元君升格为帝君，第二回时就在紫虚帝君前加了天极二字，到了第三回的时候则加上了昭圣，可见这仙号有多讲究了。

不过，颜淡看了看眼前这位仙君，他刚才说他的仙号是……什么青离应渊帝君？

不、不会偏偏这么巧吧？！她随随便便闯到一个上仙的队辇里，对方就是和师尊平起平坐的九宸帝君之中的青离应渊帝君？而且她还清清楚楚地记得，她在化人的第一天便狠狠地得罪过这位应渊帝君。

不过既是帝君，那应该是整日忙碌而没空惦记过去那点事吧？

“你是元始长生大帝的弟子，”应渊君若有所思，“我约莫记得，他门下有一个四叶菡萏托身的弟子，性子还很是顽劣，她叫什么？”

颜淡想也不想就脱口而出：“芷昔。”话音刚落，她心里微微起了歉疚之感，只得在心里默念三遍：“芷昔不要怕，我一定会保护你的，但现在不得不借用一下你的名字”，歉疚的感觉才稍稍减淡。

应渊君慢慢把她放下，在她头上轻轻一拍：“好了，你回去吧，下次别乱闯乱跑。”

颜淡立刻踏着云彩逃之夭夭。

他转过头向着仙随道：“仙籍簿上不是还缺一个管祭祀的仙子么，我看那个叫芷昔的说不定可以，就暂且记在名册上吧。”

颜淡回到师尊仙邸，惴惴不安地过了些日子，可是风平浪静的好日子过得久了，这种不安总归还是渐渐淡了。

她原本以为，同列九宸帝君的那三位应该交情不错才对。然而事实却不是如此，紫虚帝君，元始长生大帝，青离帝君这三位并不常聚首，几乎是百年都不怎么碰在一块。

颜淡对此，很是心满意足。

如此又过去长长的一段时日，她的身量开始拔高，自问比之前短腿短手的模样好看了不止一点，眉目间也开始有了少女的味道。

就在她快忘记之前闯了青离应渊帝君的七彩华光辇这回事的时候，一位穿着淡蓝色袍子，看上去十分板正严肃的仙君驾临师尊的仙邸，指名要见芷昔。

那位仙君名叫陆景，是青离应渊帝君座下专门掌管文书的。他衣衫一丝不乱，连每一片衣角都熨得平整，玉冠下束着的发丝也一丝不乱，全身装束没有一丝差错可挑。就连他看师尊的眼神，也是恭敬到正好，多一分则显得谄媚，少一分就未免轻慢。

颜淡站在大师兄谈卓的身后。大师兄身量颇高，刚好把她遮得看不见人影。她就透过几道空隙偷偷往外张望。

陆景说道："应渊帝座的意思，这天庭上掌管祭祀的仙位一直空缺了不太好，觉得芷昔仙子可担此重任。这个决定，玉帝也是知道了的，认为芷昔仙子既是四叶菡萏托身，近年来修行颇有进益之处，也不会担当不了。就是不知帝座您觉得如何？"

有这种好事，师尊自然不会不答应，何况对芷昔来说，也只有好处没有坏处。

而颜淡却心有戚戚焉。

九宸帝君那三位一直各司其职，天极紫虚昭圣帝君司职六界的礼、易、道、艺，据说其博学已经到了无所不知、无所不晓的地步，元始长生大帝则司职长生、清修、飞升等，至于青离应渊帝君则司职凡间祭祀、王朝更迭。

芷昔此去岂不是注定在青离应渊帝君眼皮底下受欺负？

她那日报了芷昔的名，真的要把她害死了。

可是眼下这个情状，她若是出来大喝一声"芷昔你不能去"，那该怎么向别人解释清楚其中的来龙去脉呢？如果解释不清楚，又在陆景仙君面前失了礼数，师父会不会盛怒之下把她活剥了？

所以纵然良心不允许，她能做的大概也只有沉默吧……

于是她的双生姊妹芷昔便随着陆景仙君走了。

颜淡则在师尊的仙邸日日为芷昔担忧，近来入睡之后，也常常做梦，梦见芷昔哭得双眼通红，惨兮兮地和她诉说那青离应渊帝君如何欺负她。颜淡时常在梦境中杀气腾腾地惊醒过来，咬牙切齿地发誓，如果芷昔在那里受到半点委屈，等她长大了有了出息，一定把青离帝君仙邸夷为平地。

然而事实证明，这一切不过是她想得太多。

青离应渊帝君平日里忙碌得很，根本没心思惦记这种芝麻大点的事，他之所以会选上芷昔，也只是因为衹仙子的位置空置了太久，他一时之间也想不起天庭上还有哪些个仙子备选，经过颜淡闯了他的七彩华光辇后，便想起很久以前那个四叶菡萏托身的顽劣鬼。别说这顽劣鬼叫什么名字他没有半点印象，就是那日化人的是双生子这回事，他都没有记在心里。而芷昔搬到衍虚天宫近大半年，根本连青离帝君的面都没见过一回，更不要说受到“喜欢记恨的卑鄙无耻的人渣”的欺负了。

颜淡在芷昔每次回来给师尊请安的时候，都会急急地追问她，在衍虚天宫里有没有受到谁谁的欺负。芷昔开始还会笑着摇头，后来被她问烦了，冷笑着说：“谁敢欺负我，我定会把那人宰了丢七世轮回道，拜托你别每次都问同一句话。”

七世轮回道，大约是天庭上最重的处罚了。据说被投下七世轮回道的，不管你如何了得，也必须在凡间经受七生七世的轮回之苦，其中苦楚之深简直匪夷所思。简单来说，那就是地府生死簿上缺了什么，你就得投胎去顶上那个空缺。

曾有一位仙君犯了天条被投了七世轮回，头三世的时候，地府上都缺了些蟑螂老鼠臭虫，于是这位可怜的仙君就当了三世的蟑螂老鼠臭虫。到了第四世的时候，那仙君终于轮到了投胎成凡人的好事，而那凡人的命格偏生十分坎坷。刚出生不久便家破人亡，被人贩子卖去当了奴仆。为奴二十年之后，好不容易和同在一个大户人家屋檐底下过日子的丫鬟结为夫妻，结果大户人家的残暴少爷看上了那丫鬟，强要了人家。那位仙君在天庭便是个耿直的性子，投胎成凡人之后变本加厉，深谙贤人“贫贱不能移，威武不能屈”的道理，向着那个大少爷喊打喊杀，结果被其帮凶乱棍打死。而这还不算完，那大少爷正好认得十分厉害的法师，将那仙君的魂魄攫住了，整得仙元破碎，再也无法转世。于是那位仙君一去不回。

颜淡那时对于七世轮回道并没有什么概念，只是被芷昔那个态度弄得很是心伤，恍然有自家女儿大了不由娘的伤感。

她是那样喜欢芷昔，这世上再没有比她更亲近的人。

她那时候还不知道，自己的劫渡，便是从这个时候开始的。

第四十九章・悬心崖论法

转眼间，二师兄也出师了，他被派到天庭大军中担任幕僚。

二师兄的性子刚烈，就像火一样，有一回发起脾气来差点把师尊的花圃给一把火烧干净。师尊很是冷静地让他种了一年的花，从此二师兄便再不敢靠近师尊那片花圃，性情也比往常稍稍沉稳了些，不再会动则发怒。

二师兄有次回来看大家，说起当军队幕僚的事情，眼中恶狠狠地几乎要冒出火来。

颜淡趴在石桌上，支着腮听他痛斥某位很是欠揍的同僚。

“那个叫敖宣的，还真以为自己是东海敖广龙王家的公子就多了不起，眼睛都是生在头顶上的。到底不过是只半龙，天底下谁会看得起半龙？”二师兄说得口干了，颜淡立刻就递上一杯茶，他接过来喝了一大口，继续说，“我便是看不过去他这嚣张劲儿，想想东华清君这样修为的仙君都这么亲切，他一个刚出头的臭小鬼有什么好傲的？平日里大家一起练练术法武艺，都是点到为止，只有他故意让别人出丑，好显得他有多了不得，气死我了！”

颜淡听得十分明白，她的二师兄自从进了天庭大军之后，碰上了对手，那个对手名叫敖宣。敖宣公子性情恶劣，不喜欢在比试武艺术法的时候点到为止，而喜欢让对方不停地出丑，以此来衬托自己的风采。二师兄定是看不上眼，同他较量过一场，结果被杀得一败涂地，脸面丢尽。

不过这些话，她只能自己在心里想想，是绝对不能说出来的。

颜淡左思右想，约莫记起很久以前在悬心崖咬了她的那条凶狠小龙，似乎就是叫敖宣。

“这个敖宣，是南极仙翁的弟子么？”

“哼，是啊。你也知道他？”

颜淡笑嘻嘻的：“从前的时候见过，他那个时候都还没化人呢。”只是没想到，当年的小水蛇这么快就有出息了。咳，这样说起来，芷昔也是有出息了，似乎只有她还是老样子……

因为师尊是元始长生大帝的缘故，时常有人请师父去讲道，而颜淡最喜欢听的，却是各路仙童们聚在一起磕牙的闲话。

自从二师兄回来这一趟后，敖宣这个名字成了各家仙童最多提起的。

林林总总，大多是说这位东海敖广龙王家的公子当真十分了得，年纪轻轻就成了天庭大军的副将，就是脾气不怎么好。谁盯着他多看几眼，都会落到个凄凉的下场，而那位白练灵君就是排在凄凉名册上头一位的倒霉仙君。

白练灵君的真身是九尾灵狐，性子风流花哨，他门下一向只收长相好看的，男女无所谓。有位仙童夸张地说，哪怕是白练灵君仙邸中养在池里的乌龟，都必须是一只上天入地、碧落黄泉英俊潇洒数第一的乌龟。而那位白练灵君不知怎么觉得敖宣的长相对了自己的胃口，上前意图搭讪，结果被敖宣拔下了大把狐狸毛来。

颜淡听得心生感慨，当年还是一条细细的银白色小龙，如今连和白练灵君叫板的本事都有了，她比敖宣年长了这许多年，居然毫无建树。

颜淡感慨了没两天，师尊有一回在讲完课后逮住了她，颇严肃地说，明日是悬心崖论法的盛会，每一位仙君都会到，你就跟着为师一块去吧。

翌日，颜淡跟着师尊出现在悬心崖论道的盛会上。

第一个上去讲道的就是那位天极紫虚昭圣帝君。他是天庭学识最渊博的仙君，平日神龙见首不见尾，是以颜淡还没有见过。眼下，他在高高的岩石上，凉风飒飒拂动他的衣袖，丰姿高华。

颜淡只能瞧见一个模糊的人影，完全看不清他的外貌。只是觉得紫虚帝君说话的声音虽然好听，语调却平平板板，毫无波澜，当真叫人听着瞌睡连连。

颜淡听了一会儿，那些万物天极之类的道法于她真的太深奥了，完全听不懂，便趁着师父不注意的时候偷偷溜了。

她捧着从果盘里抓出来的一只大蟠桃，偷跑到庭院的莲池边。

可是莲池边已经有人了。

那是个一身淡青色衣衫的少年，生得模样秀致，眉目像是精雕玉琢出来的，让人疑惑不知到底该算俊还是美。

少年瞧见颜淡的时候，开口便道："是你！"

颜淡苦思冥想，这般人物她如果从前见过，多少都该有印象？可是她真的不记得认识这少年。这个时候，应该还是什么话都不说比较好。

那少年见她没吭声，又道了一句："没想到过了这么久，你还是这般没用。"

颜淡只觉得那少年的面目瞬间变得狰狞丑陋，他不开口还好，怎么一开口就夹刀夹棍的，就算长相好看，这样傲慢无礼的性子，也不会让人喜欢。

那少年笑了一笑："也难怪，你那个二师兄都这样了，想来你也不会比他能干到哪里去。"

颜淡斟酌良久，忍不住问："咳……虽然这么问很是失礼，可你到底是谁啊？"

那少年愣了一下。

"呃，我从前见过你吗？但是我真的想不起来，你不会是认错人了吧？"

"也对，你没有见过我化人的样子。"少年抱着臂，微微皱着眉，"你当年说我不像龙，这句话我还一直记着的。"

不像龙，还当年……

颜淡想了一想，恍然大悟："你原来就是敖宣啊！"

她突然很能理解为什么白练灵君会上前搭讪，最后还被拔掉大把狐狸毛了。不过这个敖宣还真是睚眦必报，这么一点芝麻大小的事都还要记在心上。

敖宣没搭话，却忽然往远处看去，脸色微微一变，不耐烦地啧了一声，一甩袖子匆匆走开了。颜淡莫名其妙，顺着他之前看的方向看去，只见两个仙气飘飘的人影正往这里过来，其中一个正是她的同族前辈东华清君。

敖宣同白练灵君有过节，而东华清君和白练灵君又是多年的好友，也难怪敖宣会唯恐避之不及。但这些事和颜淡无关，她自然也不会放在心上。

颜淡捧着鲜红的蟠桃在莲池边坐下，那条生着虎须的生猛大鱼哗啦一声破水而出，又生生溅了她一脸的水。她用刀削了一片蟠桃，将手伸进水中，那条虎须大鱼立刻就游过来抢。

颜淡喂了一会儿，却没有瞧见那条红眼睛的黑鱼过来吃桃子，微微有点奇怪。这蟠桃虽然不比太白星君的金丹，可好歹也算是好东西吧。

她仔仔细细地在莲池里找了一圈，终于发现孤零零安静地待在池子角落里的红眼睛鱼，她托着一块桃子把手伸过去，笑眯眯地说："来，我喂你。"

那条鱼动了动，却没理睬她。

颜淡还是不放弃，继续谆谆诱导："不要客气嘛，这个仙桃对你来说是很有用的，说不定好助你早日化人呢。"

那条鱼干脆一划水，调转了身子，拿尾巴对着她。

忽听不远处传来一个适才还在众人面前讲道的声音："看来我们和邪神这一战是必不可免了。玄襄很是有些雄才大略，就算我们倾尽兵力也未必能胜。就是不知应渊君怎么想？"

颜淡往周遭看了看，再没有可以悄悄溜走的路，周围也没有什么浓密的树荫，她该往哪里躲呢？

她在一瞬间思定利害，深深地吸了口气，跳进莲池里蹲在地下不动。

才刚藏好，就听到那两个人的脚步由远及近，正好走到莲池边上。

应渊君低声道："他们既然要战，我必定奉陪。"

紫虚帝君轻轻地嗯了一声："只是不知彦卿君怎么想。"

"这回邪神下了战帖，畏首畏尾，推脱不战只怕天庭上没人能放得下这个面子。"应渊君在莲池边站了一会儿，转身往前走，"离枢君，只怕我们要随波逐流这一回。"

颜淡听着两人说话的时候，那条虎须大鱼正潜到她身边，专心致志且津津有味地啃着她的胳膊，她却不敢动一下，只能任由自己的胳臂被一条鱼咬着。而听到紫虚帝君说到“彦卿君”三字的时候，又要拼命忍住笑。

彦卿，是她师尊元始长生大帝的名讳。

她第一回知道的时候简直要笑得打跌，她这么威风严肃有款有派的师尊居然有这么个女气的名讳，真的很可惜，而像青离帝君叫应渊，紫虚帝君叫离枢，名字都那么高深莫测。

幸好两位帝君很快就走远了，颜淡正要起身驱逐咬着她的虎须大鱼，只见那条很是柔弱的红眼睛鱼潜到了离她不远的地方，那条虎须鱼居然嗖的一下逃得老远，只敢在三尺之外可怜兮兮地窥探。

颜淡目瞪口呆。

这条虎须鱼看来是不害怕她的，那么它害怕的只能是那条柔弱小鱼了？

颜淡起身，目光灼灼地望着那条红眼睛鱼，很是惊喜：“我原来看你又小又软，还怕你被欺负，没想到你这么厉害。”

这番话是赞美之词，而对方虽然是一条鱼，但颜淡还是确信它听懂了。

因为那条柔弱小鱼摆了摆尾巴，张嘴吐出一大串水泡，一瞬间让她觉得，这鱼露出的果真是一种无比鄙夷的神情啊！

从那天论法的盛会之后，师尊便时常忙得连给弟子讲课都顾不上。颜淡百无聊赖，只能每日去悬心崖的莲池边蹲着。

她想，那条红眼睛鱼现在便是如此，等到化成人形，却不知又是什么光景？大约也不会比敖宣差吧，很可能年纪轻轻的便有一身让人艳羡的事。

那是一条聪明的神鱼。

颜淡有时会带一本书过去，对着一池子鱼读，读到要紧之处然后停住，每次那条红眼睛鱼都会把身子露出水面。颜淡真心觉得，它一定是听懂了。

之后，仙魔之战便轰轰烈烈地开打了。

师尊临行时，她和同门都去送了。远远的，但见应渊君穿了一袭飘逸的水墨长袍，前襟袍袖上面罩着冰冷的铠甲，举步高雅而沉稳，万人中央仍能一眼看到。

这一幕，便是很久很久以后，她还是时时会在梦境里见到。

师尊走后，她觉得不能荒废了修行，便时常去地涯借书。

地涯是紫虚帝君命人修的大殿，里面摆满了各种各样的典籍，有好些书还是孤本。她有一回读到紫虚帝君亲手写的一本册子，都说字如其人，这字迹飘逸而挺拔，可见其人一定也是如此。

九重天庭和魔境开战不久，捷报陆续传来，不多时便听到大获全胜的消息。而九宸帝君之首的紫虚帝君却没能回来，大家都说，他同计都星君一起和邪神玄襄在云天宫里同归于尽了。

师父平安回来，却废了右手，脾气也无端暴躁。

颜淡曾在地涯的书库里读到关于他们四叶菡萏一族的记载，他们一族之所以如此稀少而宝贵，是因为他们开出来的花香气可以宁定心神，菡萏之心可以治愈世间一切伤病。于是早在上古时候，就这么被别人采来炼药采成了秃子。她便在那个时候学着提炼沉香，然后将自己的花瓣拔下来融进沉香里，在师父的书房里点上。

扯下花瓣的时候虽然弄得鲜血淋漓，但她觉得总算是为养她教她这么久的师父做了一件微不足道的小事。

第五十章・地涯和昆仑神树

幸好沉香总算有用，师尊的心绪渐渐平和起来，那废了的右手也渐渐可以做些着衣端茶的事。

颜淡有一晚睡不着，便在庭院里坐着看月亮。

因为离得近的缘故，在天庭看到的月亮都是又大又黄，很像黄澄澄的枇杷。大概是眼下吃枇杷的时节快到了，难怪她会产生如此怪诞的联想。

结果师尊也没睡，在散步的时候正好撞见颜淡。

颜淡一直觉得师尊是天庭数一数二了得的仙君，她从来都没有见过他颓然丧气的样子。而那晚看见师尊的时候，一瞬间不禁怀疑这是谁冒充的。

元始长生大帝摸了摸她的头，颇萧索地说了一句："你师父还是老了啊。"

颜淡立刻奉承道："师尊，你这么英俊潇洒，又这么仙法无边，一点都看不出你变老了。"虽然她的师尊从外表看去绝对不算年轻人，同那位风华正茂的青离应渊帝君更不能比，但她还是狠狠夸赞了师尊。

元始长生大帝摸摸下巴，很是欣慰地笑了："其实为师从来都比离枢君更有风采，比应渊君更英俊，颜淡你果然有眼光。"

如果颜淡听到这句话的时候正在喝茶，一定会喷出去，还好没有。她低下头，勉强露出算是赞同的奇怪表情："师尊你本来就比另外两位更有风度。"

虽然她没有仔细看过紫虚帝君的长相，不过光是看个大概轮廓，就觉得他那种清隽气度，在天庭上没有哪个可以相比的；而应渊君，据她模糊的印象，实在是比她的师父要英俊了不止那么一点啊。

"为师知道底下那些仙童时常聚在一起闲话，"元始长生大帝说完这句话，颜淡顿时寒毛直立，她到现在还是喜欢和那些仙童聚在一起闲磕牙。只听师父顿了顿又道："他们有一回还说，我们九宸帝君从不一道出行，是因为为师嫉恨离枢君和应渊君的年轻英俊，真是岂有此理！"

颜淡默默在心里点头，师父您还是和南极仙翁走在一起的时候不这么惹眼……

"其实我们很少聚头的缘故，是因为上古神器。我们的仙气各不相同，如果影响到对方的神器，可能会造成整个天庭被毁掉。不过现在也好，那些神器都丢在魔境了，以后也不用整日担心这个。"

颜淡对神器一向没有什么兴致追根究底，反正掌管神器的那个肯定轮不到她。倒是二师兄对这些很感兴趣，自从听说师尊掌管着上古神器的时候，还偷偷摸摸溜进师尊的房间里想看看摸摸，结果当场被师父给逮着，为此被罚抄了半个月的经书。

师尊跟她说了这些话，大约也觉得困倦了，掸了掸袍子站起身道："颜淡，明日一早为师就送你去地涯。你在那里可要好好读点书，平日也要记着多多修炼，不要偷懒。假以时日，你会成为天庭上第一位被称为上仙的仙子的。"

于是颜淡便被送到地涯管书。

反正她原来也时常去那里借书看，现下也不觉得是一件苦差事。

师父的话在她听来只不过是一番殷切期望而已。这天庭上，从来没有一位仙子能够升到上仙的品阶，就像从古至今，也只有一位女娲上神罢了。她不是妄自菲薄，凭她目前修行的进境，要修到上仙，至少还要万年。

地涯在天庭的最南边。

平日里除了仙君偶尔来借书，就很少有人在周遭走动了。

颜淡仔细地将放错了位置的书册放回原本的位置，把摆在书架最顶上已经蒙了灰尘的书册擦干净，然后把自己要看的典籍整理出来，做好标记，抱到书桌上整整齐齐地垒成一叠。

她是抱着敬畏的心情做这些事，这里的书籍原都是紫虚帝君整理出来的，不知花费了多少时间才做到。她觉得有些事情不必认真可以胡乱开玩笑，而有些事情却不能随意轻慢，尤其这样似乎是在间接面对那位已经故去的但十分了不起的仙君。

她整理完书，正要静下心来认真地研习典籍，忽然下巴上一凉，迫使她不得不转过头去。映入眼中的是一双含着笑，还微微笑得有些轻佻的眸子。

抵在她下巴的描金折扇慢慢挪开，顺势挑起她的一缕发丝，一个低沉又十分悦耳的声音随即响起："你这小仙模样生得还不差，不如和本仙君一同回府可好？"

颜淡抬起头，看着他那俊美到花哨的模样，再看看他那一身白袍飘飘的装扮，最后看了看他摆出的那个架势，立刻想到来人是谁了。

当然是白练灵君。

白练灵君见她盯着自己瞧，潇洒自如地打开折扇，慢悠悠地摇着。

颜淡终于明白为什么敖宣会当场拔下一把狐狸毛来，想来白练灵君今日的这番话数不清和多少人说过了。

"咳，灵君，其实我师尊是元始长生大帝，我当年刚化人的时候，你也在场的。"如果是在凡间的话，白练灵君可是见证了她呱呱落地的场面。

白练灵君一听元始长生大帝的名号，立刻兴致缺缺，将折扇合上："原来是元始帝座的弟子，也罢，本仙君是来找书的。"他将折扇往书架子上一指，报了个书名，立刻有厚重的书册飞了过来，落在他手上。

颜淡肃然起敬。从前觉得白练灵君徒有其名，只有个空架子。但她见过来这里借书的仙君，几乎都没有报出书名就能隔空取到书的事。虽然隔空取物并不算是什么大不了的事，可是完全不知道位置也能隔空取物那就很了不起了。

她这七分敬意还没维持多久，只见白练灵君伸过扇子将她的下巴挑了起来，含笑道："怎么，觉得本仙君的本事很了不得是不是？那么，要不要跟我回府？本仙君定不会亏待你的。"颜淡立刻起了一身鸡皮疙瘩，原来有的七分敬意只剩下了三分。

白练灵君见她不吭声，便收回了折扇，朝着外面悠悠然道了一句："青召。"

一名生得眉目清秀的仙童立刻走了进来，身后还跟着十来个美貌仙子。那仙童侧过身，恭恭敬敬地垂手而立，口中道："恭迎灵君回府。"

白练灵君颇有仪态地走过去，那些美貌仙子立刻分成两队，前面六个，后面八个。一路花瓣纷飞，七彩绸缎漫天而舞，瑞气灼灼，仙光耀眼，拥着白练灵君往自家仙邸去了。

颜淡仅剩的三分敬意在看到这个场面之时，也一并烟消云散了。

这个架势排场，便是西王母见了都要自愧不如。

白练灵君，真是只厚颜无耻的老狐狸。

颜淡管了几天书，终于把地涯宫里的事情都处理妥当了。她打算后面几日在周围逛逛，顺道把周遭的情况也给一并摸清。

头一天，她先往南面逛，地涯已经是天庭的最南面，再过去就是九重天的尽头。

在绿树丛生、杂草疯长的尽头，她看到了一个人。

那个人被铁链锁着，困在一棵参天古树上。

她看不清那个人的长相，只看见对方有漆黑如墨玉一般的发丝，他一直低着头，铁锁有时候会丁零当啷地响着。颜淡想，看起来那人十分痛苦啊。

因为对方是被铁链捆着的，她也不担心那人会突然脱困伤到她。颜淡轻手轻脚地走过去，想看一看那人是谁，才刚走近几步，忽听地底传来几声尖利的呼啸，十几道柔韧的枝条从泥土中伸出来，将她绑了个严严实实，还慢慢地往那棵参天古树拖。

待离得近了，颜淡方才看见，那锁在树上的人，并不单单被铁链捆着，那棵大树上缠绕的藤蔓，也紧紧地绑住了他的手脚。

那人听见了动静，像是慢慢地清醒过来，微微抬起头。

颜淡看见的是一张被毁掉的容颜，从他的左颊到下巴都被灼伤了，结了薄薄的痂。他一直闭着眼，像是要努力倾听周围的响动，隔了片刻，方才开口："你是不小心闯到这里的吧？这里是禁地，你不该来的。"

颜淡听着他说话的声音，觉得似乎在哪里听过，正微微怔神间，只听那人低声念了几句咒术，一道细细的火焰在她周身蔓延开来，却唯独避开了她。颜淡只听见地底响起了一声极是凄厉的嘶喊，缠在她身上的树枝立刻松开了。

她一脱身，火焰也渐渐熄灭，那些树枝慢慢缩回了地底。

“这是昆仑神树，怕火。你要用炎咒对付它。”那人大约是许久没有说过话了，吐字的时候竟有些生涩。

颜淡站在那里，不知为什么明明害怕，却又不想离开。

她迟疑了一阵，还是问了出来：“你明明可以离开这里的，为什么宁可被这样绑着？”

“嗯，没有办法……”他像是笑了，可是大半容颜都被烧坏了，根本不能真切地看出来他到底是不是在笑，“如果我离开这里，一定会伤害别的人。我根本控制不住自己。幸好我现在是清醒着的，不然我很可能会杀了你。”

颜淡那时年岁还不算长，也很容易心软。

更何况，她终于认出这个满身狼狈的男子。

“应渊帝君？”

她之后时常会想，如果那日她没有到过九重天上最南端的尽头，必定能逃过那场劫数。

只要不是在那个时候。

若是在很久很久以后应劫，她也不会如此心软。

她那时明明对青离应渊帝君一直是看不顺眼的。

可是不早不晚，还是在那个时候，遇见了。

应渊君又是微微一笑，不甚在意地问：“嗯？就这样你都能认得出我来？”

第五十一章·情思劫（上）

应渊君的双眼已经完全看不见了。

颜淡还记得他有一双清亮得很好看的眸子。可是现在他只能闭着眼费力地去听附近的动静，有时候也会睁开眼，那一双眸子却不再漆黑清亮，微微泛着灰败之色，不能聚焦。他的容颜被毁，仙法被禁锢，一日之中有时会失去神志……他几乎什么都失去了。

颜淡见过一次他失去神志的模样，像是被梦魇攫住了，紧紧地咬着牙，却硬气地一声不吭。初初见到这个场面，她微微有些害怕，可是纵然心里害怕，还是没有走开。等到应渊君恢复过来的时候，他抬起头无力地笑："你怎的还在这里，以后你还是别再来了。"

颜淡磨蹭了好一会儿，嘟囔着："这里很少有人来，如果不来和你说说话，那我岂不是要闷死？"

应渊君眼下容貌被毁，初看之时会觉得吓人。但颜淡看久了，倒不觉得他这个样子难看。

应渊愣了愣，像是有些无奈："也罢了，你以后见着我火毒发作的时候，千万小心些。"

可惜颜淡更喜欢在意无关紧要的事："火毒？那是什么？"

"它来自魔境的血雕。它们是邪神的血化出的，扑击时会带出无妄之火，我的眼睛就是因为这个缘故看不见的。"他语气低沉，缓缓睁开了眸子，毫无聚焦地看着前方。那一天，他大约一辈子都不会忘记，眼前的光亮渐渐暗淡下去，那一片黑暗沉寂却越来越浓。他知道不久之后，自己的眼睛将再看不到一点事物，却只能强作无事。

直到魔境崩塌，才有人发觉异样。

可是血雕的火毒已经浸入体内，让他时常会失去神志。有一次他几乎将座下几个仙子仙君杀了，只得自己把自己困在这里。

颜淡想了想，忍不住问："这火毒不能医么？"

"或许可以，只是最长于医术的凌华元君都束手无策。"他神色沉静，"没关系的，我现在这样也不算糟。"

颜淡可不觉得这样还不算糟糕。她回到地涯之后，便去翻典籍，可是翻遍了书，也没有找到关于血雕的记载。

竹帘在风中微微摇晃，风铃叮叮咚咚地作响，清脆的铃声在寂寂空庭中回荡。

颜淡回首之时，看见窗格边摆着的瑞兽檀木沉香炉。一缕缕淡白色的烟从沉香炉中溢出，满室盈香。

她想起师尊从魔境回来的那几日也是脾气无端暴躁，一位修养甚好的仙君怎么会忽然变得暴躁呢？她走过去，捧起那只沉香炉，却微微有些茫然。

师尊是她最尊敬的人，就算为了师尊拔光了身上的花瓣叶子，那也是应该的。可是应渊君在她心里又算什么？不过是一个无关的人罢了，为一个无关的人损伤自己，那不是很奇怪？

颜淡想不通，走来走去又逛去悬心崖，远远地便瞧见南极仙翁在莲池边，口中念念有词。待她走近了，方才听到对方道："唉，算起来也快到化人的时候了，这九鳍可不要闹什么别扭，宁可当一辈子鱼吧？"

这世上还有喜欢闹别扭的鱼？

颜淡忍不住问："仙翁，这九鳍还要多少时候化成人形？"

"大概还有半年多，你不知道我当初要把这世间最后一条九鳍从玉帝那里抢过来费了多大的力，劳心劳力养了这许多年，连个蛋都没生出来，枉费老夫挑了一池子雌鱼伴着。"南极仙翁被她问到了痛处，痛心疾首地数落，"颜淡你看这池子里，长的扁的短的，还有纤细些的，什么样的雌鱼没有，偏偏就没有一条修成正果的！这到底是为什么啊！”

“咳咳——”颜淡禁不住呛着了，斟字酌句地道，“这个还是要慢慢来，再说，不定这九鳍喜好和别的不一样，不喜欢雌的。”

“就是想到了他或者是条断袖鱼，后来便放了雄鱼进去，结果还是没什么变化，倒是那条雄鱼甚是喜欢勾勾搭搭。”

南极仙翁唠叨完，心里好受很多，便心满意足地走了。

颜淡蹲在莲池边，隔了一会儿，只见那条红眼睛的黑鱼将头露出水面。她不由微笑：“改天吧，我今天可没带书过来。”

她话音刚落，就瞧见那鱼一晃尾巴潜进水底，不再搭理她了。

颜淡气恼：“喂，好歹我也读了几十本书给你听过了，没有功劳至少还有苦劳吧？你这是什么态度？”

莲池一片平静，只有那条生猛的虎须鱼欢快地跳上跳下。颜淡起身时想，从前的时候不管自己说什么，那条柔弱小鱼起码还会给点反应，虽然她觉得自己是完完全全地被鄙夷着的，最近却连这种鄙夷也省去了。这小鱼虽然聪明，还真的不讨人喜欢啊。

颜淡转过身的时候，又忍不住想，其实她自己想做什么，本来就和别人无关，又为何要在乎对方是否认同呢？

翌日，颜淡去看应渊君的时候，顺道捎上了一只沉香炉。

空气中弥漫开来一股宁定心神的菡萏香味。

应渊看来很是喜欢这种沉香味道，居然问了一句：“近来瑶池畔的莲花是不是开了？”

此时早就过了莲花盛开的时节，他困在这里久了，竟然连日子都记不清了。

颜淡轻轻地嗯了一声，想了想又问：“那你想不想去看莲花？”

应渊微微一笑：“就算莲花开得再好，我也是看不见了。”

“但是你可以闻到莲花的香味，听到风声，还可以用手去触碰，就算看不到花开的颜色，只要从前看过，还是能够想起来的。”颜淡觉得实在没有必要宽慰他眼睛会好起来的，她是四叶菡萏托身，本来对于治愈类仙术就很擅长，她也觉得应渊君是不可能再看见了。

应渊还是笑："其实我看过最好的一次莲花已经在两百年前了。"

那一日，四叶菡萏化成人形，大约是离成年还早的缘故，居然是个连话都说不清楚只会满地爬的恶劣小鬼。他原以为自己已经忘记了，现在却发觉还清清楚楚地记得。

只是印象中那么恶劣的小鬼在百年后却变得和原先有些不像。他有一日看完公文出来，想在衍虚宫里走动走动，舒活一下筋骨，结果瞧见一个穿着雪白冰绡衫子的仙子捧着一卷书在灯下看着，瞧衣饰应该是次于陆景的祗仙子芷昔。

他走过去的时候，芷昔慌忙将手上的书藏到了身后，姿态优美地行礼："帝座。"

应渊一眼瞥见那书名，便了然地笑了笑："这《临江四梦》的戏折子是紫虚帝君从凡间带过来的，还是孤本，别弄坏了。"

芷昔张了张嘴，最后还是低下头："是，帝座。"

应渊走开几步，忽又回头问："你觉得，这种凡间的戏折子里的男女情爱纠缠，可会是真的？"

芷昔捧着书，想了好一阵，方才道："回禀帝座，芷昔以为这种痴情哀怨是有的，也是真的。有好些事，不是自己想怎样就会怎样，所以才会有里面的悲欢与错过吧。"

应渊只是笑了笑，没有说话。

他其实也相信，哪怕是一台戏，也必定曾有相似的故事。只是在天庭，这样明目张胆地谈论凡俗的感情，是和修道相违的。芷昔到底还是年岁不足，可假以时日，她定会明白更多。而他活得太久，已经看得通透。凡俗的那些惦念情感，必定是不会随着沧海桑田变迁一成不变的。

如此隔了数日，颜淡眼见着自己的真身快成为秃子的时候，终于忍不住提议："你真的没想过离开这里吗？"

"为何要离开？"应渊微微惊讶。

"我是这么想的，反正这里是天庭尽头，平日也没什么人会过来。而地涯宫后面有间空置的屋子，住在那里总比被绑在树上好吧？何况，我前几日查了典籍，上面说昆仑神树是靠吸取灵气而生的，最后你会被吸成皮包骨头，还白白便宜了这么丑的一棵树。”

应渊默然不语。

颜淡甚喜，她知道自己这样晓之以情、动之以理一定会说服对方的。其实因为沉香的好处，应渊君近来清醒的时日越来越多，火毒几乎都不怎么会发作了。她觉得，他若是困死终老在这里，多多少少总有些可惜。

应渊想了想，慢慢道：“那就试试看，如果不行再回来。”

“怎么会不行呢？你最近发作的次数越来越少，不定再过一阵子就会好的。”

应渊费力地抬起手腕，连一点仙法都没用，那缠着他手脚的树枝立刻识相地松开了。颜淡目瞪口呆，看来他要是想挣脱，当真不必费一点功夫，只看他愿不愿意罢了。应渊低下身在地上摸了摸，将那截长长的铁锁拾了起来：“这捆仙锁万万不能取下来，你莫要忘记了。”

颜淡应了一声，走上前扶住他的手臂，扶着他把人往前面带。

应渊缚着捆仙锁，想来很是痛苦，但他从来都没有提过。

颜淡心想，她近来很喜欢同他说话，也想着他能早日康复，如果这只是同情，那么为何会这样心甘情愿？

她总觉得自己有些不对劲了，好像突然变得很是善解人意又温柔体贴。

而结论，想来也不会是她想要的那个。

第五十二章・情思劫（中）

应渊君慢慢大好起来，有时候也会自己摸着黑四处走走。

颜淡甚欣慰。她的真身，总算不必再继续秃下去了。要知道，他们这一族，每回开花都要等好几百年，秃了这一回就意味着在今后漫长的年岁中都必定是光秃秃的。颜淡不能容忍，这实在太可笑了。

其实应渊君在搬到地涯之后，中间还是发作过一回。

她那时在外面整理东西，一听见椅子桌子翻倒的动静，连忙赶过去。应渊君身上仙气耀眼，捆仙锁几乎都要被他身上的仙气给震断了。颜淡很是迟疑，自己要是贸然靠过去，会不会死啊?

听说之前应渊君火毒发作的时候，能一袖子把陆景仙君抽得半死，是以她现在虽然很担心他，可还是不想死得不明不白。

颜淡打定主意，蹲在不远处全神贯注地看着他的一举一动，小心翼翼地问："我讲故事给你听好不好？"

应渊身上的仙气突然暗了一暗，隔了片刻方才有气无力地回应："……什么？"

他都要怀疑是不是自己听错了？这小仙子竟然还想要给他讲故事?

颜淡将脑中记得的故事大略回想一番，慢慢开口道来："那我给你说那个盘古氏开天辟地的故事好了，盘古氏，又名浮黎，被尊称为上古的混沌天神。他出世的时候，天地好似一只鸡蛋，天和地是连在一处的。"

盘古开天辟地的传说，是个人都知道，不过颜淡的师尊是十分了不起的人物，平日只会同他们讲道讲禅，哪里会说故事？所以这个故事，她还是从凡间的书上看来的。

“盘古先神醒来后做的头一件事，便是用斧头把天地劈开。那时连接天地的是些嶙峋怪石，被神斧劈散之后只得沉入地底，永生永世不再冒头。盘古先神分开了天地，觉得很累就睡着了，他的躯体和凡间连为一体，便是山川，血脉化为了河流，眼睛变成了日月。”颜淡顿了顿，又道，“可是我觉得，这里面最无辜的便是连接天地的怪石，它们守着天地，最后却不得不沉到地底，永远不见天日。说不定那些怪石曾经尽己所能支撑着天地，纵然丑怪了些，可那份心却是真心实意的。”

应渊忍不住轻笑:“胡说八道。”他慢慢支起身，隔了好一阵才道，“依你这样说，浮黎上神倒成了坏人了？”

颜淡微微笑着：“老故事偶尔也要换个方式瞧瞧嘛。”

应渊慢慢睁开眼，看向了她的方向，尽管他已经看不见了，可颜淡却觉得自己像是被仔细端详一般，无由地有些紧张。

“上回你说，现在莲花正开了，我想去看看。”

颜淡张口结舌。现在早已过了花期，她上一回也只是随口答应的。这个时候只余了一池残荷，哪里来的莲花可看?

她左思右想，勉强点了点头：“你若是要看，其实也不难。”

寂寂空庭，一炉沉香如屑。

颜淡手中捧着那只瑞兽沉香炉，默默地看着在雕花窗格前的那道身影。她已经慢慢地想明白了，这些日子以来，自己到底是怎么了。

其实看透了，也不过是恼人的事情罢了。

来来去去，还是逃不过那一个字。

应渊君站在窗边，微微仰起头，很快便听见身后有轻盈脚步声响起，伸手在窗边摸着，不太灵便地转身：“颜淡？”

颜淡走近了些，寂寞空庭中的菡萏淡香越是清晰：“本来我是觉得瑶池那边的莲花开得更好，可惜不能够带你去那里，还好地涯这边也有莲池，虽然不算繁茂……”微风轻拂，挂在窗格上的风铃又开始叮当作响，和她说话的声音混杂在一块儿。

应渊轻轻笑着摇头："能闻到香味就够了。"他将双手交握着搁在窗格上面，低声道，"现在想起来，觉得你说得对。纵然我看不到，还可以去听，去触碰，用心去感觉，并不一定要亲眼看见才算。"

"这莲池里的莲花大多是白色的，只有最角落那朵是淡红的。我一直觉得莲花就是要开了红艳艳一片才好看，白色的，还是太素淡——呃？"颜淡正说到兴头上，突然一只手伸过来，轻轻掠过她的眉眼。

"让我摸摸你的脸，我想知道你是什么模样。"修长的手指仔细摸了半晌，嘴角勾起一丝清淡的笑，"若是有一日我又能看见，我一定可以马上认出你来，然后……"

颜淡心中一动。

他说得这么笃定，像是由不得她不相信一般。其实就算永远看不见也没有关系，她一样会陪着他说话解闷的。

她会做他的眼睛。

如此过去几日，应渊君一直待在房间里，有时在想事，有时就是坐着。

颜淡却在地涯的书库里翻出了一本关于他们四叶菡萏一族的典籍，她不必全部读完，便只看了最关键的部分。她以前就知四叶菡萏从上古时候起就是最为珍贵的可入药的种族，而这部典籍中提到了很重要的一点——菡萏之心可疗愈不治之疾。

颜淡呆了呆，许久才把厚重的书册合上，摆回书架最顶上。如果要医治好应渊君的眼睛，岂不是要把她炖了吃？到底是应渊帝君重要还是她这一株修为不高的菡萏重要，这其中高下立分。天庭上那位最长于医术的凌华元君想来也不会不知道，幸好他为人厚道，不然她可能已经横尸在地了。

这位素未谋面的凌华元君，真是心地良善。

可这个想法持续不久，立刻被应渊君一句话给打碎了。

"我自是知道四叶菡萏之心可以医治我的眼睛，凌华元君当初也提过，但我没答应。”他微微皱了皱眉，“如果一双眼要用活生生的人心来换，我宁可像现在这样。”

颜淡出了一身冷汗。她当初报了芷昔的名字虽然让她挂了祗仙子的仙阶，却差点害死她。如果那时应渊答应，那么被剜心的只怕就是芷昔了。她差一点就铸成大错。

应渊见她没吭声，缓下语气：“其实看不看得见我已经不在乎了，这件事你以后莫要再提起，也别和别人说这些话。”

颜淡被一股难得的正义感从头烧到脚，很是愤怒：“这凌华元君太不像话了，身为上仙净想着草菅人命！”

应渊微微奇怪：“元君也只是随口提起而已，再说这又不是要你怎样，你这么生气做什么？”

颜淡语塞。她觉得还是不要把实情告诉他的好。

地涯宫在天庭的尽头，平日便少有人至。

颜淡许久没有同那些仙童们一道磕牙，便是偶然遇见也没有像从前那样停下来挤在一起说闲话，可见她还是有所长进，还是有升为上仙的可能的。

她回到地涯后面的屋子，只见应渊坐在那里，不知从哪里找来了刀和檀木，摸着刻着什么，不由问：“你在刻什么？”

“是木人，那是凡间的东西，”应渊君笑了笑，“我从前下凡办事，看到有些手艺人刻过。那时候大约还和你现下一般年纪，觉得很有趣。”

凡间?

颜淡从记事开始，便一直待在天庭，凡间于她，当真是十分遥远的地方：“凡间是怎样的？”

“说不好，每个人的感觉大抵都不同。我原先掌管凡间王朝更迭，看到的就是百姓江山。凡间，是个很热闹的地方，凡人的寿命只有短短不足百年。有些凡人过得很是苦闷，而有些则很是快乐，和天庭不太一样。”

天庭上的人，其实并不会有大喜大乐，大苦大悲，也不会像凡人那样执拗，那样不撞南墙不回头。

颜淡支着腮，看着他慢慢在木头上刻着，那块檀木渐渐现出人形，虽然粗糙了些，却看得出这是一个微微笑得憨厚的木人：“你刻得倒是很好啊……”毕竟他现在完全看不见，雕刻东西只能凭借感觉。

“那时候我在凡间待得无聊，和街角的一个师傅学的。那位师傅的双眼也是看不见的。”

颜淡顿觉失言，磕磕巴巴地问：“那、那这个木人可不可以送给我？”

应渊君微微一笑，将木人递到她手上：“当然可以了。”

颜淡握着笑得憨厚的木人，忍不住问：“那别的东西你会不会刻？”

应渊君抬起眼，嘴角微微一弯：“你说出来听听，说不定我会。”

“沉香炉呢？”

他微微一怔。

颜淡也觉得自己过分了，立刻道：“我只是随口问问，你就当没听过。”

应渊君屈起手指抵了一下额，还是笑：“好啊。”他顿了顿，又道了一句，“其实我早就想问了，你似乎很喜欢沉香？”

“做人便是要有些喜好的，再说我就这一个喜好，这点和白练灵君的癖好比起来真是小巫见大巫。”

应渊君像是想起白练灵君那种花瓣彩绸翩飞的排场，嘴角微微一抽：“白练灵君那排场是有点……”

颜淡拿起一本册子，权作折扇在对方的下巴上一挑，学着白练灵君的语调：“你这小仙模样不差，要不要随本仙君回府？你跟了本仙君，以后定不会叫你吃亏的。他那时就是这样说的，我鸡皮疙瘩都掉一地，好恶心。”

应渊君伸手拿过她手上的册子，微微失笑：“那你喜欢怎样的？我此生只要你一个，别的都不会招惹，这样吗？”

颜淡猛地退开两步，正撞在后面的椅子上，心惊胆战地抖着声音：“你你你……”

“我怎样？”

颜淡摸摸脸颊，回答：“你这句话一出口，保准有仙子宁可犯天条也要随你碧落黄泉。”

应渊君伸出手，在桌面上摸了一阵，缓缓起身：“我现在这个样子，别说碧落黄泉，只要没被立刻吓走就不错了。”他想了想，还是淡淡道，“颜淡，还好你没害怕。”

颜淡不知该如何回答。他现在这个模样，的确只能隐约找回当初的几丝影子，可她不害怕。这世上美好的容颜有千千万万，可应渊君只有一个，就算他的容貌毁了，那种风姿还是不会损伤半分。

第五十三章·情思劫（下）

沉香炉刻好了。

是檀香木雕琢而成，里面贴着一层铜锡。仔细一看，会觉得这只沉香炉像一朵莲花，莲叶精致，菡萏开落，宛如活物。

颜淡珍惜地摸了摸，忍不住问：“你真的要把它送给我？”

应渊君抬手在额上轻轻一抵，微微笑道：“怎么，你嫌弃？”见他作势要拿回去，颜淡连忙伸手扒着：“啊，就算你现在不想送了，我也非得要！”她瞧见应渊君伸手过来，故意不去避开，他的手指正好触碰到自己的手背。

对方却一下缩回了手，沉默不语。

只是一瞬间的温热，然后消失，好似什么都没有发生过。

颜淡想了想，道：“无功不受禄，你想要什么，只要别是太难的，我可以帮你找来。”

“想要什么？”应渊君轻轻笑道，“我又不是你，成天喜欢这个又喜欢那个，没定性。”他忍不住抬手在她头上轻轻一拍，讶然道，“唔，你最近长高了一点吗。”

颜淡很愤怒，虽然她知道应渊君这话没有恶意，只是听在耳中还是很刺耳。她对自己这副人身很满意，除了偶尔耿耿于怀自己长不高：“就算你仙阶再高，也不能把我当小猫小狗一样摸来摸去嘛。”

应渊君还是笑：“嗯……可是这样摸上去正好顺手。”

颜淡静了静，微微嘟着嘴：“那你自己不想要什么的话，我就帮你选了，到时候你再要别的，就没机会了。”

她知道，她能给予的不多，但是有一样，一定会是他喜欢的。

纵然应渊君从来没有提起过，她也知道，他其实不想这样在黑暗里度过一辈子。

他们四叶菡萏一族的菡萏之心可以治愈百病，包括他的眼睛。幸而，只要她的半颗心。

用一只沉香炉来换半颗心，那也好。

应渊君见她没了声响，微微奇怪："非要让我选的话，那你就多陪我一些时候吧，就算以后升了仙阶不在地涯，偶尔也记得来找我说话，这样就好了。"他的手指掠过沉香炉，只见上面精致的莲花莲叶微微摇曳，花开花落，栩栩如生。

颜淡看着莲花开落，缓缓地点了点头。他看不见也没关系，有时候承诺不过是一句话而已，放在心里也一样。

应渊君觉得颜淡这几日很是奇怪，时常不见了踪影，问她也是一反常态吞吞吐吐。他没有问过颜淡的师父是谁，不过应该是修为高深的某位仙君吧，不然也不会把她送到地涯来。他约莫记得，地涯一直少有人迹，也没有仙君仙子在这里管书，从前都是紫虚帝君一力承担下来的。

仙魔之战后，紫虚帝君没能回来，他的位置便一直空置着。

颜淡应该不会陪他太久了。

那一场天庭和邪神之间的混战，将他的过去和如今完全割裂了。他现在不过虚挂了一个九宸帝君的仙衔，就算在仙号之前又加上"东极"二字以示尊崇，也再没有意义。

他摸到床边，才刚躺下，便听见门外传来了两声叩门声响。门外的人不等他应声，便直接推门进来，低下声音问："你睡着了没有？"

果然是颜淡，也对，这里除了她还会有谁？

应渊君支起半边身子，微笑道："就算睡了也被你吵醒了。"他听见颜淡轻手轻脚地凑到床边，自从看不见了，听觉触觉都变得异常灵敏，他甚至能够闻到她身上有股和平日不同的淡淡香气。

"那我有些事想问你，你要是想回答就告诉我，要是觉得累了就自己睡吧。"

这是做什么？应渊君微微皱了皱眉，还是依着她躺了下来："你想问什么？"

“我看了好多书，上面都没有提到过血雕。血雕要是这么厉害，你们最后是怎么收拾掉它们的？”

“我们和邪神那一战刚开战的时候，确是他们一直胜的。血雕是由邪神的血化成，并不是灵气之物，若是躲到石壁之间，它们就只会自己在外面撞。”应渊想了想，忽然自嘲地笑了，“若是早点发觉，也不至于……”

“那在魔境，还有什么奇怪的事物么？”

“嗯，还有人面獾，长了一张人脸，这个你一定不会喜欢看的。”

“如果你的眼睛能变好，会想做什么？”

应渊君只当她在开玩笑，便也笑着回应：“这种事我想都不敢想，不如你帮我想一想？”颜淡一直趴在床边，尽和他说些琐碎的事情，到后来，他也不记得到底还说了些什么，慢慢地没了意识。

他沉在睡意中，忽然觉得眼前有白光一闪，一切又恢复了黑暗。

沉寂如水。

颜淡轻轻合上房门，走出地涯宫，只见大师兄谈卓在外面，面皮紧绷，看着她皱眉不语。颜淡摸了摸脸颊，不知道自己现在看起来是不是惨白得像鬼一样，轻声说：“大师兄，你怎么不进来？”

谈卓嗯了一声，简洁地说：“这里我不能进去。”他顿了顿，又道，“颜淡，你知不知道偷食仙灵草是犯了天条的大罪，要上天刑台的。”

颜淡自然知道，可是除了这样，她怎么可能在剜下半颗心后还有余力用仙法，更不用说还能支撑自己残破的身躯走动了。谈卓师兄在天池山上守着仙灵草，偏生被她偷偷拔了一棵去，不用想也知道他现在定是很生气。

她只好歉然地瞧着他笑。她现在痛得要命，只能强自支撑，对方说了什么，她几乎都听不清楚，只是无意识地看着他的嘴唇一张一合。她甚至不知道自己接着去了哪里，好像那是一个全然陌生的地方。

那个地方，她本能地不喜欢。

“这里就是天刑台了。”

“我不会把这件事告诉师父他老人家的，你以后好自为之。”

“我现在把你锁在上面，三天以后才能放你下来。”

“还是面朝下好些，至少不必看到天雷。”

颜淡听话地照着做了，她感觉到师兄要走了，想伸手去拉，却拉了个空。谈卓停下脚步，沉声问：“你还有什么要同我说的？”

颜淡想了一会儿：“师兄你和芷昔说一声，让她把应渊帝君接回去吧，他现在已经好得差不多了。”她不敢确信自己那半颗心一定会有用，如果他好不了，她也回不去，那么就让芷昔帮她来照看他吧。

谈卓瞧了她一阵，似乎想不到她现在竟然还能顾着别的事情，许久方才叹了口气：“好吧，我去和芷昔说一声。我听别人说天刑头两天是最难熬的，你自己多保重。”

颜淡点点头，她一早就知道，大师兄是好人，踏实稳重，什么事交托给他一定会办得妥当，奇怪为什么师父却不太喜欢他呢？

她静静等待着三日过去，既然当初敢去偷仙灵草，那么她也料到最后会被发现，然后上天刑台。既然做得出，就要承担后果。耳边忽然炸起一声闷雷，她只听见身上捆着的铁锁叮当作响，背上麻木了一阵，慢慢地一股火辣辣的钝痛传了开来，这种痛楚似乎并不输给剜下半颗心时候的痛。

颜淡屈起手指，用力抓着天刑台粗糙的表面，眼前却好似浮现那人坐在桌边，一下一下慢慢摸着雕刻一只沉香炉的场景，甚至清晰到连他嘴角若有若无的笑意也看得明白。

她看得很清楚。从头到尾，她都是那么清醒。

但是她没有后悔，一点点都没有。

应渊慢慢地睁开眼。

他明明知道这样做全然徒劳，还是每一日都会如此。

只是今日似乎有些不一样了。他被初初映入眼中的光线刺得用力闭了闭眼，再缓缓睁开。眼前是淡青色的床幔，上面缀着细细的流苏，虽然摸过很多次，却从来没有想过可以再亲眼真真切切地看见。

“帝座……”陆景上前两步，躬身行礼，“帝座，你还好吧？”

应渊支起身，抬起头望去，只见陆景身后站着掌灯、掌书仙子，他敷衍地微微颔首：“还好，陆景你的伤也好了吧？”他也不知自己在找谁，总觉得最想看见的人并不在这里。

陆景又行了一礼：“回禀帝座，已经痊愈了。”

应渊越过陆景的肩，同祇仙子芷昔的目光正好相触，沉吟片刻道：“你们怎的过来地涯？”

“是芷昔自作主张，让大家过来这一趟，帝座若是要怪罪，便怪芷昔一人。”芷昔微微低下头，姣好的颈项优美，面目秀丽，教人无端生出许多好感来。

应渊突然想起，凌华元君曾经说过，若要让他的眼睛复明，就要祇仙子剜了心下来。他现下能看得见了，岂不是……

应渊闭上眼，只觉得眼中酸楚。

“既然帝座已经痊愈，不若早日回衍虚宫吧，凡间的事情也落下了不少。”陆景轻声道。

应渊嗯了一声，回首的时候瞧见窗台上搁着那只自己亲手雕的沉香炉，还径自逸散出袅袅青烟，那淡淡的烟气被风一吹，很快没了踪影。

第五十四章·当时惘然

颜淡不负众望地在天刑台上熬过了三天。

第三日的时候，二师兄也来了，把她从天刑台上抱下来的时候忍不住咋舌："颜淡，你可真是铜身铁臂，了不起了不起。"

颜淡没力气说话，但还可以怒视着二师兄。真是岂有此理，就算再豪爽的仙子都不会喜欢听这种话的。谁想当铜身铁壁啊！她一直向往柔弱娇媚。就目前看来，娇媚这点便是她一辈子拍马也追不上了，倒是柔弱还有些许可能。

她觉得自己真是辜负了四叶菡萏这么珍贵的血脉，犹如一棵杂草，将养了几天便可以下地走路了。她一旦能走，便想回地涯。师父把她送去地涯管书，她现在惹出了这么大的祸来，总不能连师父分派的一点事情都做不好吧。

谈卓没劝她，把她送出了天池山，语重心长地说："这回得了教训，以后都要乖巧些，别总是惹祸。"

颜淡嘟嘟囔囔："大师兄，你真的比师父还像师父了。"

她慢慢往地涯走去，走了一会儿，还望不到宫殿的影子，便开始觉得有些气喘。自从天刑台上下来，她的身体差了许多，更不用说背上横七竖八的伤痕看起来有多惨烈。幸好她本就擅长治愈的术法，不然早就没命了。

她走得累了，就停下来歇一歇，然后起来接着走，最后一次停下来休息的时候居然昏死过去了。在失去意识之前，她蒙蒙眬眬地瞧见一个玄色衣衫的少年走到自己身边。

那少年只是微微低头看着她，纹丝不动。不过那时她已经意识涣散，怎么也看不清他的长相。她有气无力地想，她现在这副模样，除了瞎子都能看出是怎么回事。可那个少年竟然还像是看新鲜事物一样盯着她瞧。

颜淡做了一个很古怪的梦。

梦里，她只是一株无知无觉的菡萏，瑶池云雾四起，池里有许许多多的鱼儿。突然来了一个玄色衣衫的少年，撩起衣摆很有仪态地蹲在池边。那少年生得俊俏，一双眸子幽深漆黑，肤色就像师尊舍不得多用的象牙白晶瓷盏，因为鼻子生得高挺，反而将柔和的容貌衬得英气勃勃。他就这么掐着她还是莲身时候才有的枝蔓，脸上什么表情都没有。颜淡不高兴了，忍不住伸手去敲打这少年，而那少年居然还是没什么表情，垂下眼覆下两片长睫毛。

颜淡不由想，她不是一株菡萏吗，怎么会有手，而且那种打到人的感觉也太真实了吧？

她一个激灵，一下子从梦中惊醒，环顾周遭，还是之前她休息的地方，而身边别说玄色衣衫的少年了，连个鬼影子也没有。

颜淡动了动，一阵火辣辣的痛又从背上传到全身，她忍不住龇牙咧嘴，直抽冷气。但这完完全全都是她自找的，痛死也活该。

她也不知自己那时是怎么想的。有时候觉得，真是傻透了。

回到地涯之后，发觉应渊还是走了。也是，他的眼睛能看见了，那么就该回去。

天庭上是不可能有情缘纠缠的，何况还是他们。

颜淡知道自己喜欢他，也知道这种喜欢根本没有说出口的一天。可能百年之后，凡间几番世事变迁，她总归也能淡忘。当务之急，便是先调养好自己的身子，毕竟这副壳子是她的，这条命也是她的，自己的东西要先收拾妥当。

颜淡又将养了好一阵，已经能走能跑，便开始闲不住到处走走。她有几回经过衍虚宫，会听见里面传出一阵琴声。她师尊元始长生大帝实则是位多才的仙君，琴棋书画纵然算不上精通，也算是拿得出手了。但他们几个徒弟却有负师尊才艺。大师兄生性端严，二师兄是武痴，两人不喜欢杂学，颜淡则完全没有学音律的天分，一张上好的七弦古琴能被她拨拉出弹棉花的调子。大约是她拖累了芷昔，芷昔虽然能弹几支简单的曲子，那音律却是跑得千奇百怪。

她在衍虚宫的墙边，侧耳听着里面的琴声，音色很正，只是弹琴的人很是手生，中间还夹杂着断弦的杂音。如此听了几回，颜淡实在忍不住偷偷溜了进去，一路上撞见几名端着盘子的仙童，对方瞧见她，低下头恭恭敬敬地唤了声“祗仙子”，便走开了。

衍虚宫是应渊君的仙邸，她本来不想进去的，到底还是耐不住性子。

颜淡站在庭院外面，看着自己的双生姊妹跪坐在琴桌前，衣袖微微滑落，露出一双皓白的手腕。琴桌的一角，正摆着一只沉香炉，袅袅地升腾起淡淡的白烟。应渊君低下身在她身后，时不时在琴弦上轻按拨动。

当的一声轻响，芷昔又挑断了一根琴弦，不由皱了皱鼻子，小声说了一句什么。应渊君一直微微笑着，甚是耐心地换下了断弦，重新调过音色。

这一双人，好似从画卷里走出来的一般。

颜淡站了许久，方才轻轻回身走开。芷昔是她最亲的人，如果她喜欢的人是应渊君的话，她觉得这样很好。这世上，她最亲近的人，和喜欢的人在一起，不会再有比这更好的了。

她一路走得飞快，喉中像是有股火不紧不慢地烧，迎面碰见的仙童依旧恭恭敬敬地道一声祗仙子。然而她却不是芷昔。她从前从来不觉得她们长得像有什么不好，这时听来却十分讽刺。

“芷昔仙子，”陆景捧着一叠文书迎面过来，瞧见她从身边慌慌张张地擦过，停下脚步好心地问了一句，“你不舒服么，走得这般急？”

颜淡微一踉跄。芷昔是不会这样跌跌撞撞、毫无仪态的。

陆景将文书换到一只手上，空闲下来的手轻轻地扶了她一把：“你若是不舒服，就回去歇一歇。”

颜淡心绪纷乱，也不知道自己到底在想什么，茫茫然中只听见自己语声尖利而失措：“我不是芷昔！为什么你们偏偏都要把我认成芷昔！”陆景愕然看着她，颜淡自觉失言，转身飞奔出去。

其实她不是痛恨自己和芷昔生得几乎一模一样的面孔，至少师父师兄们都不会认错。芷昔文弱而温柔，一举一动优雅斯文，她说什么做什么就是能让人心生好感。

她的确是及不上她的。

之后过了许久，颜淡都安安分分的，师尊到地涯检查过她的功课修行，几乎每回都很是满意。这样安分了些日子，便到了瑶池盛会。

当年颜淡化人，也是在一场瑶池盛会上。而如今，却能够坐在那边吃桃子饮茶了。她没有仙阶，自然不可能占到好位置，想蹭着师父的光沾点仙气，结果师父边上坐的是东华清君，两人论道布法说得她强忍连天呵欠，最后不得不偷偷地开溜。

应渊帝君也是西王母的座上宾，隔着重重人影，也不容易照面。颜淡觉得相见真如不见，就怕见了面，她又难免失态。她低下身摸了摸从水中探出花枝的菡萏，小声嘀咕："这里还是一般的挤。"只是不知道，会不会再有某枝莲突然化成人形，就像很久以前的她一样。她正想着心事，忽听身后传来一阵沉稳的脚步声，便下意识地回过头去看。

那人缓步踱了过来，伸手攀住一支菡萏，淡红的花瓣在他手上静静绽开。天地间，像是失了别的颜色，只有他，还有那抹淡红。

颜淡怔怔地看着他，转不开眼。

她果然，还是没有那么容易忘记。

"你怎么一个人躲在这里？觉得那边太过吵闹了？"应渊别过头，微微笑问。

他被灼伤的脸颊已经好了不少，渐渐显露出原本的容貌，眼神清明澄透。

颜淡看着莲池，干巴巴地说了一句："不是吵，就是不太喜欢待在那里。"

应渊低低地嗯了一声："那就回去吧，瑶池这一聚总要个好些天，少了一两个人谁也不会发觉。"他松开花枝，向她伸出手去，"走吧。"

颜淡看着他的手，心里泛起一股无法克制的恶念："你以为，你是在和芷昔说话是么？可我不是她。"

应渊微微一怔。

颜淡逼近一步，微微笑着："你以前说过，等到你的眼睛能再看见的时候，定会认出我来的……原来，也只是随便说说罢了。”她原以为，就算他没说过，心里还是多少有些喜欢自己的，原来从头到尾，她都是在一厢情愿。

“颜淡？”他眼中闪烁一下，诧异惊愕轮番上阵，最后变成无比复杂的情绪。

“你现在终于记起来了么，那你打算怎么回报我？”她明明不想说这些话，可还是管不住，剜下半颗心的痛楚，天刑台上的生不如死，日日夜夜的纠结，这些情绪一时被沉淀下去，终究还是克制不住被放纵倾泻。

应渊站在那里，无可奈何地、甚至带点倦怠地笑了笑：“你说什么就是什么，那你想要什么？”

你想要什么？

这句话，颜淡曾在地涯问过他，风水轮流转，这回换他来问。

颜淡脸上僵硬，不知该哭还是该笑：“那些日子我好像有些喜欢应渊帝君你了，你也能还我这个愿么？”如果对方愿意，那么上穷碧落下黄泉，她也会跟着去。就算他不愿，她不会纠缠不休。

“颜淡，这种玩笑话不能随便说着玩的。”

颜淡突然觉得好笑，为什么她说话的时候，总会有人觉得她是在开玩笑，而芷昔说什么，却从来都没有人会反问“你是在开玩笑吗”。

她一摊手：“玩笑话可不就是随口说来玩的，难道还要认认真真，一本正经地说吗？”

应渊淡淡地看着她，像是斟酌良久，才低声道：“……你原来不是这样的。”

颜淡别过头看着枝枝蔓蔓的菡萏，还是微微笑着：“那是因为你原来看不见，而我一直就是这样的。”

她现在还是不能忘记，于是屡屡失态，心中恶念横生，说话也变得尖刻，实在不讨人喜欢。

第五十五章·七世轮回

应渊同她并肩而立，一声不吭。他微微皱着眉，脸上那种明亮光彩渐渐褪去，显得沉郁。颜淡低着头站了一会儿，忍受不了这种沉默无语的气氛，简短地点点头："帝座，我先走了。"她侧过身，余光瞥见应渊突然伸过手来，像是想阻拦的姿态，不由自主地脚步一顿，期待地回首看着他。

应渊倏然收回手，微微颔首："你去吧。"

颜淡转过身，抬手摸了摸脸颊，满手湿漉漉的泪水。之前上天刑台，她都没哭过。她用袖子胡乱擦了擦，疾步离开。瑶池盛会有好几日，她待不下去了也得编出个像样的理由向师父告辞。

颜淡走出一段路，这才忽然想起，应渊会离开瑶池，大约是为了找芷昔吧，那么芷昔好好的会跑去哪里？她和自己不一样，可不会因为里面仙君谈的道法禅理太无聊而偷溜的。她正想着这件事，忽然觉得衣袖被人从边上轻轻一牵。

颜淡偏过头，只见面前站着的仙子颇为眼熟，似乎在哪里看到过，却又一时叫不出名字来。那仙子看了看周围，轻声道："我等了你好久了。有些话想私下同你说。"

颜淡蓦然回想起来，这位仙子应该就是应渊帝君座下的掌灯仙子，虽然碰面过几回，但一句话都没说过，怎么也不会有说"私下话"的交情。她轻轻叹了口气，所以这位掌灯仙子大约也是把她认成芷昔了，怎么一个两个，全部分辨不清。

她没心情解释自己不是芷昔，便一言不发地由着掌灯仙子拉着她走。

掌灯仙子不知安了什么心，挑了一条僻静的路七拐八拐，最后在一片烟雾腾腾的池子边站定。

颜淡认出眼前的池子就是七世轮回道，凡是犯了最重的天条的仙君仙子统统都是往这底下扔，然后在凡间受七生七世轮回之苦。现在就算只是站在轮回道的边上，也觉得底下阴森煞气极重。

掌灯仙子看了她一会儿，毫不客气地指责："芷昔，你迷惑帝座，妄图私结凡情，这是有违天道的事。"

颜淡不为所动，心中却微微不耐烦。芷昔迷惑帝座那也得她迷惑得了。若是对方不受迷惑，还不是徒劳无用？有了感情就是违逆天道？当真一派胡言。

掌灯仙子想不到她居然是一副听之任之根本无所谓的模样，一时无言以对。

反而颜淡心情恶劣，没好声气地开口："你这样，不过是因为你心里也惦记上了帝座，而帝座却未曾留心到你，如此而已。"

掌灯仙子气得发抖，花容黯淡，更是说不出话来。

颜淡和她磨蹭许久，耐心尽失，转身要走，忽然手腕一紧，被对方紧紧抓住。掌灯仙子硬是拖着她往后退开几步，一脚踏进了轮回道。颜淡一个激灵，想起从前听来的关于七世轮回的种种，下意识地用力将手抽出。

对方活得不耐烦了要往里面跳，可她不会嫌命长。

她抽回了手，手腕上被对方的指甲划出几道浅浅的红痕，而掌灯居然不慌不乱地朝她脸露微笑。颜淡呆了一下，忽觉身边有清风拂过，一道人影干脆利落地跃下轮回道，硬是将跌下去的掌灯仙子抱了上来。

应渊君低下身，将掌灯放下，淡淡看着她："这是怎么回事？"

颜淡心中清明，这个把仙子逼下七世轮回道的黑锅，她是背定了。适才那番情景，不论怎么看都像她故意把掌灯推了下去。

掌灯仙子委顿在地，瑟瑟发抖，轻声道："帝座，她不是故意推我的，全是我自己不小心……她真的不是故意的！"

颜淡大为头疼，这么劣等的戏文，她居然没有办法找出理由来辩解。应渊君没有看掌灯，只是淡淡地看着她，那种眼神，什么情绪都看不出。颜淡脑筋清楚，冷静得很，刚才哭也哭过了，她这辈子都不会再掉眼泪，更不会在他面前示弱。

隔了片刻，应渊君低声唤道："颜淡。"

掌灯仙子瞪大了眼睛，像是不可置信，不相信自己居然认错了人。

颜淡甚至无聊地想，她这副模样也难怪，这出戏文开演得如此轰轰烈烈，到头来却发觉找错了人，这多么令人诧异惋惜。

“颜淡，你可知道把人推下七世轮回道，是犯了天条的大罪？”

隔了片刻，颜淡抬起头看着他，那双曾清亮得很好看的眼中却是模糊一片，不是她惦记的那双眼了。她索然无味地道：“我没有推她。”

应渊君淡淡地看她，冷静淡漠：“那你告诉我，怎么可能会有人自己往轮回道里跳？”

颜淡张了张嘴，却还是说不出一个字来。

她可以忍受把心分成两半的痛，可以在天刑台上一声不吭，甚至笑着把芷昔交托给他——那些都是她一厢情愿。

她只是不能忍受这句话。

她是什么样的人，他原来从不明白。

许久，颜淡缓缓笑了，霎时间眉目灵动，容颜清澈：“就是我把她推下去的，那又如何？反正推都推了，她又没事，这事还能赖我吗？”

人们大多愿为对自己毫不在意的人赴汤蹈火，却又对为自己赴汤蹈火的人毫不在意。如今，她已经全然不想对他在意。与其奢求一个连她是什么样的人都看不清楚的男子来珍惜自己，还不如就此慧剑断情丝。

应渊君长眉微皱，天庭上还从未有人用这种讥诮口吻同他说话：“把人推下七世轮回道，理当上天刑台。”

颜淡缓缓向前走了两步，转头瞧着应渊，她心系之人，隔着淡淡云雾看去却又如此陌生：“那就请帝座带路了。”她又不是没上过天刑台，第一回能活着是运气，而这第二回，她却没有把握能够活下来。

应渊君沉默一阵，缓缓转过身，语声低沉：“颜淡，你不必怕的，其实……”

颜淡转过头，轻声说：“那种地方去过一次，就由不得你不怕了。”她突然回转身，一把拉住掌灯仙子，拖着她一块往轮回道里跳。掌灯吓得脸色惨白，失声惊叫，颜淡却觉得甚是有趣，忍不住轻笑出声：“你刚才跳下去的时候都没有这么害怕，怎么现在反而吓成这样？”

轮回道中的厉风刮到身上脸上，立刻割开了好几道细的口子，她甚至能够听到底下厉鬼的尖利怒吼。她束发的簪子被风割为两截，缕缕发丝也随之截断。颜淡甚至笑着想，慧剑断情丝，竟然是这样。

突然，她下落的势头止住了，她抬头往上看，应渊在厉风中稳住身子，一手拉着掌灯的衣带，另一手伸向她：“我会把你拉上去，把手给我。”

颜淡没有动弹。

他的脸色沉郁，如风雨欲来，缓缓重复了一遍：“把手给我。”

颜淡笑眯眯地想，该不该把那半颗心的事情告诉他，然后再跳下去？这样怕是最大的报复了吧，就算她得不到他的爱惜，也得到他的怜悯，永远是他心里卡着的一根刺，是染在他心头的朱砂痣。

如果她的真身不是四叶菡萏，如果她不能用半颗心去换他的双眼，她会毫无怨言地守在他身边面对一片灰暗，她就是他的眼睛。如果她有一天变得狼狈，她却宁愿沉在天地混沌中，就像盘古开天时候永沉地底的嶙峋怪石。

可这些“如果”若没有谁能懂得，永远就只是如果而已。

他不需要她成为眼睛，不需要她的陪伴，她没有变得狼狈，她坚持着自己的固执，最后却还是要变成沉在地底的怪石。若这是一场戏，自始至终，她都是一人念白舞袖，怕也该到尽头了。

她慢慢摇了摇头：“再上一次天刑台，我会没命的。”

“颜淡，你不准跳下去，听明白了没有？！”应渊君脸色发白，“天刑台我代你上，你不会有事的，快点把手伸给我！”

“我放过你了，所以你也放手吧。”颜淡仰起头，露出一个淡淡的、讨人喜欢的笑颜，“我把芷昔交给你，你要对她好，不要让别人欺负她。”她在那一瞬间觉得，应渊君眼中好似涌动着一股不知所措的忧伤。

她其实才舍不得放手，只是现在不放手也不行了。

她爱过的人，她最亲近的人，他们在一块，好好的，这样就很好。

颜淡压低声音在掌灯仙子耳边说道："你若是再敢陷害我妹妹芷昔的话，碧落黄泉，我也要你生不如死。"掌灯眼中惊惶，却说不出一句话来。

颜淡知道现在自己这个模样想必如同无明业火中跑出来的恶鬼，定能吓到对方。她伸手在掌灯背后用力一托，自己顺势迎着厉风下落，她听见身后有人在说话，可吹到耳中已经完全听不清楚了。

迎着猛烈的风，颜淡突然露出一丝由衷的笑意。她知道，从此再也没有谁能占去她所有的心绪，也没有谁能控制她的爱恨，为了这一瞬间，就算是付出所有又算什么？只要她还是她自己。

她飞快地回想一遍，坚定地出声念道："我愿放弃仙籍，从此不受天条约束。我愿折损修行，废去仙法，不受七世轮回妄尘。"七世轮回是让天庭仙君仙子应天劫设的，一旦她不再受仙籍束缚，也不会落入轮回。

颜淡感觉身上的仙力渐渐消失，不觉想，这些都没有关系了。

至少，她还活着。

第五十六章·夜忘川

江上烟水弥漫，绰绰影影可见水雾中的青山逶迤，恍如一幅精致的水墨画。

“这里对你们这些凡间来的鬼魂来说像幅画儿，可对点了几千年引魂灯的我们来说，这里就是生死场。当年上古先神征战的时候，屠戮下来的尸首把这忘川水都填满了。”鬼差解开挂开船尾的绳，“你们跟着船走，很快就能看到奈何桥。”

颜淡悄悄打量周围的鬼魂，每一个都神情呆滞，人事不知，鬼差说什么，他们便照着做。她虽然没被打入轮回道，却失了仙籍，依照冥府的规矩定不会让她随便离开，莫非她也要同这些凡人的鬼魂一般渡过夜忘川，然后再世为人？

她想起应渊君曾和她说起过的凡间，凡人不过短短百年的寿命，可在这百年之中，有人会过得自在，有人却痛苦。其中过程无法选择，那么总可以选择面对的方式，究竟是笑着，还是哭着。

颜淡跟着那些鬼魂，慢慢地蹚下夜忘川。身侧是鬼差的船，船头挂着一盏破旧的引魂灯，灯火晕黄如豆，缓缓跳跃。

渡过夜忘川，就会忘却前尘，从此以后，旧事同她再也无关。

纵然她能斩断情缘，却不能了断思念。除非全然忘记，否则还是会一直丝丝缕缕地惦记起她最初的念想，那些执着的感情。

她不知道自己走了多久，身子慢慢地在冰冷的忘川水中变得麻木，周围的那些凡人却渐渐离得远了，她拼命追赶也追不上。转眼间，就连渐行渐远的几点人影也远去不见。水天交接处，俱是一片空寂，漫漫夜忘川就只剩下她一个人。颜淡看着天边日头从东面移到西水之上，最后慢慢消失不见，那些细碎的粼粼波光，晃着摇着，失去了光泽。

这世间，静得就好像从来都是空空荡荡，除了细小的风声，什么都不曾有过。这世间，像是本来就只有她一人，那些人，那些似曾相识的面孔，那些事，笑过或是哭过，不过都是一场镜花水月，等伸手想去触摸的时候，突然间消失得干干净净。

那些幻影，在不经意间被搅得粉碎。

颜淡在水中慢慢地走着，忘川水很深，可她一直都是足不沾地走着。她不知道还要走多久才能过奈何桥，眼前只有浩浩然无边的江水。大约是她走错了吧，这么久却也没有人经过，告诉她哪里才是她该去的地方。

隔了许久许久，终于有一行魂魄从她身边走过，一眨眼的工夫，那些人不见了，又只剩下她一个。

她原来并没有走错，只要沿着忘川水一直往前走，就能找到她最终要去的地方。

这世间也并不是只有她一个人，她走得太慢，必定会被落下。

只不过等一等，再等一等，就会有别的人经过。她反反复复告诉自己，终会有这么一天的，她能和别人一块儿到另一个地方，只是慢了一点而已。

夜忘川的夕阳美好而寂寞，好像美人腮边的一抹红艳。颜淡已经记不清楚究竟有多少凡人从自己身后走上来，最后消失不见。她只听见鬼差在划船远去的时候叹气说，这真是个痴人，怎么也不肯忘掉前尘。

是不肯忘掉么?

颜淡的身体早已冰冷得失去了知觉，也越来越疲倦，却望不到奈何桥的影子。

她倦怠地想，自己到底在忘川水里待了多久?几年，十几年，还是几十年?

她不知道。

这般日复一日，晚霞一如既往的绚烂。而鬼差还是会划着船、点着引魂灯从她身边经过。有时候，划船的又换成牛头马面。他们每一个都向着她摇头叹气，然后远去。

可是她的容貌一直都没有一丝变化，她也不知道到底过去了多久。

最后一回，鬼差停下来，叹着气问，你知道你在夜忘川走了多少年吗?

颜淡茫然地摇头。

鬼差比了一个手势。

原来已经过去八十年了么?

这都有八百多年了,你再这样下去,就会变成江底下的一块块鬼尸,不能投胎,只会永远无知无觉。

八百年。一转眼间,刹那芳华。

颜淡笑容微弱。

她抬眼看着前方,烟波江上,残阳如血,好似一道裂痕,硬生生将天地割裂开来。

眼前依然能看到那人坐在桌边,伸手仔细摸着,慢慢地雕刻出一只沉香炉的形状,在听到她的脚步声时,微微偏过头嘴角带起若有若无的笑意。

颜淡没有变成鬼尸,亦没有魂飞魄散。

她缓缓睁开眼,动了动被木头床板硌得微微发痛的身子。这是一间很朴素的房间,桌椅窗格都有些陈旧了,泛着淡淡的茶色的光泽。

颜淡才刚坐起身,便听到房门吱呀一声开了。她抬头望去,只见门口站着个衣履素淡的男子,他的手中正端着一碗热气腾腾的汤药,眉目被白气笼在其中看不真切。

“你醒了,那就把这碗汤药喝了吧。”那男子走得近了,抬手将药碗递过来。他有一双文弱的手,指甲修得光滑,像是专门执笔写字的手。

颜淡接过药碗,喝了几口,觉得甚是苦涩,不由皱了皱眉。她懂得用来治伤的仙法不少,可是对于凡间的草药脉象却一窍不通。何况,她虽然没了仙籍,仍非凡胎,寻常的草药对她也没有什么用处。只是因为对方可能是自己的救命恩人,不太好意思拒绝他辛苦熬好的药而已。

那男子见到她皱眉,倏然笑了起来:“你果然还是怕苦,不过总算没有像从前那样使性子不肯吃药了。”

颜淡心中咯噔一下,端着药碗的手也顿了一顿,这好像哪里不太对?只是事出突然,她一下子也不能立刻想明白。她趁着对方转身之际,斜了斜身子将碗里剩下的大半碗汤药都倒进了一盆兰草，然后继续端着只剩了些药渣的碗。

那男子走到桌边，打开一只瓷罐，倒了些什么到瓷碗里，端着走了过来："喝完药，再喝几口银耳莲子羹，就不会觉得苦了。"

颜淡警惕地看着他端在手里的瓷碗，心里发怵，银耳莲子羹，打死她都不会喝的："劳烦你给我一杯水就好了，多谢。"

那男子笑了笑，转身倒了一杯水，却没有递到她手里，而是径自靠近了她的唇边："说什么谢，夫人怎么突然变得如此客气了？"

颜淡将药碗放在一边，拿过他手里的茶杯，喝了一口润了润干涸的喉咙，突然整个人僵住了：他刚才说了什么？夫人？他跟她……什么时候成了这种关系？！

她虽然从未去过凡间，但在书里还是看到过的，夫人应该是妻子的意思吧？

难道实则是她记错了，抑或是凡间的习俗已经完全变了，最近"夫人"就像姑娘、小姐一般，可以用来称呼素不相识的女子？

可是一般而言，就算是凡间习俗改变，也不至于变得这么快。这大约，是她在忘川水里浸得太久，不知人世变化了？颜淡权衡一番，觉得是自己听错了的可能性比较大，疑惑地低下头喝了两大口水，忽听对方语调微微上扬，又唤了一声："夫人……"

"咳、咳咳咳！"颜淡呛住了。

她咳嗽几声，勉强稳住气息，转头看他："夫人？你竟然叫我夫人？！"

那人微微低下身，满脸的诧异之色："你今日这是怎么了？有些奇奇怪怪的，你不愿我叫你夫人，那我便改口称娘子吧。"他的容貌生得颇为斯文，只是眼角上挑得厉害，隐隐约约透出几分清冷。

颜淡看了他好一阵，觉得他不像是在故意开什么无聊玩笑，便认认真真地回答："可是我不是你的妻子啊，我这是头一回见到你。可能只是你的妻子同我生得有些相似吧？"

那人的脸上始终没有半分喜怒，也没有仔细看她做一番辨认，只是拿过她手里的杯子，转身走到桌边："你还要再喝点水么？"

颜淡摇摇头，正要开口，只听外面传来一个女子大大咧咧的声音："赵先生，赵先生你在里屋吗？”

那人淡淡地应了一句：“在，我这就出来。”他放下杯子，走到门口时脚步微微一顿，背对着颜淡道，“夫人，你身子不大好，就好好在家休养着。”

颜淡气结，这人到底是怎么回事，口口声声称她为夫人。她是在天庭化人长大，后来又在夜忘川度过八百年，哪里能一夜之间多出来一个夫君？

荒谬，简直太荒谬！

隐约听见适才说话的那个女子声音从外屋传进来：“赵先生，尊夫人的病还是没有起色吗？”不知那位赵先生答了一句什么，那女子立刻道：“天可见怜，赵先生你好心一定会有好报的。”

颜淡只觉得头晕目眩，这位赵先生看起来这般斯文清冷，为人处事又平和周到，怎么看也不像得了失心疯。这究竟是怎么一回事？她不过一日醒来，发觉自己离开了夜忘川而来到这里，这中间到底发生了什么？这里，又是哪里，是不是还在幽冥地府？

颜淡抱着头苦苦思，却不得其解，忽然听见门外响起两声轻轻的敲门声，随后房门被推开，一位纤瘦的不甚起眼的少女端着一只木盘走了进来，木盘上摆着梳子铜镜发簪。那少女走到近处，微微倾身施礼，小声道：“夫人，我来帮你梳头。”

颜淡抬起头，微微有些按捺不住：“我不是什么夫人，你们认错人了。”

那少女一愣，随即小心翼翼地看着她：“夫人这是说的什么话，赵先生听了会生气的。”她将木盘放在床头的柜子上，拿起一柄木梳，伸手轻轻撩起颜淡的发丝，慢慢梳到底，手势又轻又巧。

颜淡没有动弹，只是死死地盯着铜镜中的影像。

这面铜镜是陈年之物，微微有些磨损，虽然照出来的那张面容不那么清晰，却已经足够。颜淡终于明白，为什么那位赵先生和这位少女会将她认成别人。

不是因为她和赵夫人有哪里生得相似，而是镜中所映出的那张脸，已经不再是颜淡原来的容颜。

第五十七章·身份成谜

颜淡抢过那面铜镜，细细看着铜镜中映出的影像，那是一张女子格外苍白的脸，此刻睁大着双眸，惊慌失措，嘴角微微有些下垂，显出几分郁郁寡欢。这种面相，她初看到的一瞬间便觉得，那位赵夫人定是心事敏感纤细，多疑急躁。

少女握着梳子，轻声问：“夫人，你这回想梳个什么样的发髻？”

颜淡放下铜镜，转头瞧着她：“你也觉得我是赵夫人？”

少女微微笑了笑：“夫人，你今日是怎么了？”

“虽然我不知道是怎么回事，但我确然不是你们家夫人。”颜淡撑起身子正要下地，落地之时却立不稳，跌坐在地。这是怎么回事？就算她在夜忘川的江水里待得久了，也不至于连起来走几步路的力气都没有。她顺手将床头柜子上的那只药碗拿在手中，用力往门外扔，还没扔脱出手，她就失了气力，那药碗啪的一声摔在不远处，碎瓷片飞溅。

那少女急急起身去扶她，一面焦急地埋怨：“小心些，别踩到那些瓷片了。夫人，你有没有哪里受了伤？”

颜淡怔怔地看着自己的手，怎么可能，连这点力气都没有了？

“夫人，我知道你病了很久，心绪难免不太好，可是也别拿自己的身子出气啊。若是伤到了哪儿，赵先生会担心的。”

颜淡被扶坐回床上，一时间不能言语。到底是哪里出了差错，为什么好端端的她会变成了赵夫人？为什么她的容貌会完全变了？她明明记得清清楚楚，她一直都在夜忘川中渡河，后来觉得累了，便闭上眼休息了一会儿，醒来后怎么会来到这里？

若是她不知不觉过了奈何桥，轮回到了凡间，那就不该还记得自己原来是谁啊！

这一切，到底是怎么回事？

颜淡还没来得及理出一个头绪，忽听房门吱呀一声开了，那位赵先生站在门口，长身玉立，眉目清冷："芒鬼，我让你先照看一下夫人，怎么弄出这么大的动静？"他垂下眼看了看地上的碎瓷片，再抬起眼，目光缓缓掠过颜淡，最后定在那位少女身上。

在他的眼神掠过时，颜淡无端起了几分畏惧。

那个叫芒鬼的少女一惊，磕磕绊绊地说："我、我马上、马上去收拾了。"她几乎是跳起来，低着头从赵先生身边跑了出去。

赵先生走进房中，衣袖拂过床边的圆凳，然后缓缓撩起衣摆在凳子上坐下，皱着眉问："好端端的，你又发什么脾气？"

颜淡捏着拳头，勉强克制住脾气："我刚才就和你说了，我根本不是你的夫人，你到底还要我怎样？"

赵先生垂下眼，缓缓站起身来，道了一句："你还是一个人静一静，我不吵着你了。"

颜淡简直怒从心中起，恶向胆边生，恨不得抓起那面铜镜冲着那位赵先生重重砸几下，说不定就此能把他砸醒，最后还是硬生生忍住了："我不知道为什么我的容貌会变成现在这样，但是我肯定不是尊夫人，你们既是夫妻，那一定看得出，我的性子和尊夫人还是不一样的。"

赵先生一言不发，径自走到房门口，打开门要出去。

颜淡终于失去耐心，愤愤道："你到底听明白了没有？！"

"听明白了。"赵先生侧过头，淡淡说，"夫人，我瞧你是昨晚发了噩梦，还是好好睡一觉吧。有什么事明日再说。"

颜淡自问脾气一向都还算不差，现在简直气得头脑发热，一阵阵的头疼："你根本就没有好好听我说，尽说些废话敷衍我，你给我回来——"

她话音刚落，只见一张略有些发福的中年女子的脸探了进来，笑着说：“赵夫人，你相公这般疼你，就别总是向着他发脾气了。还好赵先生脾气好，不然换了别的，还不休了你另外找人。”

颜淡已经气得说不出话来。

房门合上，只听适才那个中年女子说了句：“赵先生，我看你夫人的病是越来越严重，每日发作起来就大吵大闹的。”

颜淡抱着膝坐在床上，拼命想让自己冷静下来。

事已至此，她便是气死也没有一点用处。何况这其中，一定有什么她还没有想到的特异之处。

本来她不需为这点事情担忧，大可一走了事，可她现在连下地走动的力气都不剩几分，无论如何都不可能走出太远。她仙籍已失，原先会的好些仙术都用不了，现在想来，真是雪上加霜了。

她慢慢回想之前发生的一切，从睁开眼开始，第一个见到的人便是那位赵先生，他端来一碗汤药给自己喝。如果他当真是别有用心，那碗汤药定是有古怪。她虽然将大半汤药都倒掉了，可毕竟还是喝了几口。之后，她还喝过一杯水。那让她浑身无力的是药还是水？

那么赵先生这样做，到底是为了什么？为什么她的容貌会完全变了？如果只是因为赵先生思念爱妻，那又为何偏偏挑中自己，她的容貌当真同赵夫人没有多少相似的。

如果她这样想是错的，那么还能有什么缘故？

颜淡瞧着窗外落日西沉，之前那个叫芒鬼的少女端着饭菜走了进来，把碟子碗筷轻轻放在桌上，正待转身出去。颜淡忽然心中一动，出声道：“你等一等。”

芒鬼立刻站住了，转过头微笑问：“夫人还有什么吩咐？”

“劳烦你帮我倒一杯水过来。”

芒鬼很是乖巧听话，立刻倒了一杯水走到床边。颜淡接过杯子，抿了一口水，转而把杯子递给她：“我看你也渴了，喝点水吧。”

大约从前那位赵夫人也时常做出些奇怪的举动，是以少女眼中微微疑惑，还是几口把杯子里的水喝光了。

颜淡确定这水里没有问题，便点点头："你出去吧。"

芒鬼微微一倾身，慢慢退出房间，轻轻带上了门。

颜淡支着颐想，眼下她能想到的一种可能，便是那位赵先生把她认成自己的妻子，其实是有什么不可说的缘故。既是夫妻，没有道理连对方都分辨不出。那位赵先生一直冷静平和，要找出端倪来恐怕不太容易，反倒是那个叫芒鬼的少女，不定可以探出些话头来。

她原本一直觉得心里闷闷地钝痛，来来去去纠结于天庭上那段孽缘，可现在反而暂且忘记了那回事，只专注于眼前这件奇怪的事情来。

颜淡转过头，瞧见床边柜子上摆着的那盆兰草，喃喃自语："还是要靠你了。"

要摆脱目前的困境，首先要做的便是保持冷静清醒。

颜淡静静地躺在床上，闭目养神，不让自己胡乱猜测，徒然耗费心神。

她忍不住想，现在自己这样，就像是等候猎物的猎人，或者，她其实是躲避猎人陷阱的猎物，相互对峙，伺机而动。

转眼间，已经打过第一遍更，万籁俱静，颜淡忽然听见一阵轻轻的脚步声，连忙竖起耳朵全神贯注。

只听外面的脚步声突然停了，有人轻声问了句："夫人睡下了吗？"说话的正是那位赵先生。芒鬼立刻应声道："已经睡下好一会儿了，先生要进去看看夫人吗？"

颜淡顿时毛骨悚然，她现在的身份是赵夫人，岂不是要和一个陌生人同床共枕？这在夫妻之间虽是寻常……可她今日才认得这位赵先生，怎能把他当成自己的夫君？这也未免太困难了。

隔了片刻，只听赵先生淡淡道了句："既然睡下了，那还是不去吵她了。你也早点睡吧。"

一阵脚步远去的声音，另一人却站着没动。

颜淡心里很怄。

那人只在外面站了一会儿，便转身走远了。

这一出实在出乎颜淡的意料。

接连五六天，颜淡不吵不闹，有饭菜端过来就拉着芒鬼一块吃，如果是那位赵先生亲自送过来的，宁可饿着也不吃一口。至于隔天的汤药，就当着芒鬼的面喝两口，剩下的全部乘着她不注意倒进一边的那盆兰草里。

和芒鬼相处得熟了些，她便开始不动声色地打听那位赵先生的来历。可惜芒鬼知道的也不多，套话来套话去，也不过套出了那位赵先生双名桓钦而已。

赵桓钦，赵桓钦，颜淡把这个名字默念几遍，十分肯定，她是第一回听到这个名字。她根本就不可能认识他！

既然在他身上套不到什么东西，那么先知道这里到底是什么地方也是一样的。谁知芒鬼面有难色，欲言又止，用一种可以称得上担忧的眼神瞧着她。

颜淡被她用这种眼神看得心里发毛。芒鬼的年纪比她小得多，纤瘦羞怯，手脚勤快，时常低着头走路，平日里话也不多，本来这样的女孩子应是很能勾起别人的怜惜，可是芒鬼却时常被人欺负。她难得出门一趟去买些东西回来，脸上身上却常被人扔得脏兮兮的。

颜淡见到她这副模样，便会问几句，结果芒鬼一脸的受宠若惊。

她不由很奇怪，难道赵桓钦从来都不过问这些事么？

虽然只是家里的丫鬟，好歹对他服侍周到体贴，他吩咐点什么二话不说立刻去做，颜淡自问若是换了她可不会这样勤快。

眼下芒鬼为了她的话为难，颜淡心中明了，立刻道："罢了，你不想说就不说，其实我也不是很想知道。"

芒鬼的反应正好触动她的心事。芒鬼不肯，或者是，不敢说，可见其中一定有什么不妥当的地方。其实就算她不说，颜淡也不着急，她已经感觉到自己的身子正一点点在恢复。没人的时候她会扶着桌子柜子慢慢走上几步，虽然还是会累得气喘连连，但想来过不了太久，她就又能利落地跑跳。

而这一点，不管是赵桓钦还是芒鬼都不知道。

芒鬼听她这般轻易地就放过了自己，大大地松了口气，复又小心翼翼地说："夫人，其实赵先生他很担心你，你以后别让他担忧了。"

颜淡微微笑着说："你放心，我以后都不会让他操心了。"

若是赵桓钦有什么见不得人的勾当，她自然不会只让他担心一下而已。她可不是这么好心的！

第五十八章·死胡同

早上起身梳洗的时候，颜淡发现，那盆被喂了好几回汤药的兰草枯萎了，原本碧绿可爱的草叶已泛黄，奄奄一息地低垂着。

大约是这几回都没怎么喝汤药的缘故，身体也恢复得很快，她已经能够不借助外力，自己起身走动一阵。

颜淡洗完脸，不动声色地问："他……夫君可在屋子里？"

这是她头一回主动问起赵桓钦，芒鬼虽然奇怪，还是老老实实地答道："先生一早就出门去了。"

颜淡放下擦脸的脸帕，温温软软地开口："他倒是忙得很，成天都往外跑，我便是想见也见不到人。"

芒鬼一惊，连声道："夫人你别胡思乱想，赵先生人很好，才不会对不起夫人！"颜淡才不会胡思乱想，当初在地涯的时候，也看过不少凡间的戏折子，里面多的是负心薄幸、朝秦暮楚的男子："我只是随口说说，你这么紧张做什么啊？"她抬手按着床沿，做出想要起来却力不从心的模样，"我想去天井里走走。"

赵桓钦不在，她的身体也恢复得差不多，此时不走更待何时?

芒鬼连连摆手："可是，先生吩咐过我，不能带夫人出去。"

颜淡微微一皱眉，冷冷地说："我在房里都快闷出霉来，难道连自家院子都不能走动了吗？"

芒鬼战战兢兢扶住她，嗫嚅着唇："我不是这个意思……那我扶着夫人在屋外走走吧，但是夫人不能向先生提起，不然我会挨骂的。"

颜淡知道她胆小，自己这副样子定是吓到了她，但不这样做，又没有其他的法子。

扑面而来的光线让她微微有些不适应，幸好这里的阳光并不猛烈，不会觉得不舒服。颜淡在院子里慢慢走了一圈。院子其实很小，就算慢吞吞地走，也很快能走完。颜淡思忖再三，觉得自己有把握能离开这个鬼地方，便装作毫不在意的样子指着书房斜对面的一扇门问："这里怎的开了个边门？"

想来赵夫人身体不好，一直不能下地走动，对家里的一切布局并不甚熟悉。她便是指着那些事物问这是什么，那是怎么回事，都不算突兀。

芒鬼随口应答："这扇侧门是年前刚开的。"

颜淡心中一动，这是侧门，也就是说，从这里可以直接离开这座宅院。

她装了这些天的娇弱，已经厌倦不已，当下一下子甩开芒鬼的手，疾步往侧门走去。芒鬼料想不到她居然能够自己走动，且走得很是稳当，连忙冲过去拉住她："夫人，你不能——"

颜淡狠了狠心，御气将她挡开，偏过头道："你们瞒了我这么多日，难道还不够么？我陪着你们演了这许多天的戏，也该知足了。"她下意识地动用了术法，才知道自己的仙力纵然消失，却并非不能御气。

她现在，终究比寻常凡人要好一些的。

芒鬼呆呆地看着她，眼眶却慢慢红了。

颜淡推开门，瞬间被外面的景象吓了一跳。这不是凡间，她虽然从来没有见过凡间到底是什么模样，却能肯定这里绝对不是凡间。街角懒洋洋地躺着一个乞丐，正无聊地将自己的一颗头颅摘下来转着玩。斜对面那家铺子外面，浮动着好些个残肢断臂，上上下下欢快地滚动着。

这里还是幽冥地府。

她根本就没有渡过奈何桥，亦没有投胎轮回。可是她怎么从夜忘川到了这里来的？

颜淡踏出门槛，这外面又是一方新的天地，可她该何去何从？她现在没了仙籍，不仙不魔，游离于六界之外，这天地间想来再不会有她的同伴。

如果有法子离开幽冥地府……

转到街角的时候，忽听身后响起一个微微有些熟悉的声音："这不是赵夫人吗？赵夫人你怎的出来走动了？"颜淡回过头去，只见身后站着的正是她醒来那日在赵宅见过的那位大嫂，便微微点了点头。

对方走上前，亲亲热热地拉住她的手，满脸堆笑："我们都是粗人，连字都不认，赵先生教了好些日子也不过能写几个简单的字儿。赵先生他是好人，夫人你真是有福气了！"

颜淡勉强笑了笑："是吗，可这里到底是哪里？"

大嫂吃了一惊，奇道："这里是鬼镇啊，你竟然不知道？我们这些在鬼镇上的都是不能过奈何桥投胎的，才不得不留在这里。"

颜淡顿时觉得哪里不太对劲。她和凡人不同，凡人不能过奈何桥投胎是因为七魂六魄有所损伤。而她的真身虽然受损，元神却是完整的。她无意识地一抬头，正见一个一袭素淡长衫、眉目清冷的男子疾步走来，待走到近处时，微微皱了皱眉，上挑的眼角含着几分薄怒："你身子还没大好就走得这么远，万一出了事可怎生是好？"

颜淡捏着拳头，冷淡地开口："就怕继续将养下去，我连端茶端饭的力气都没有了。"

赵桓钦一怔："你这是什么意思？"

"什么意思？你隔日端过来的汤药里掺了些什么你会不知道？"颜淡知道现在她要反复解释她不是赵夫人，只怕也没有人会相信，倒不如直接把有真凭实据的事情说出，"我这几日都没有喝那汤药，现在总算有了走动的力气。我之前把汤药都倒在兰草盆里，结果那盆兰草枯萎了，你还有什么好解释的？"

那位大嫂听得目瞪口呆，战战兢兢地看向了赵桓钦："赵先生你……"

"王嫂，方才我出来的时候，王大哥正寻你。"赵桓钦微微别过头，转向了一旁。

颜淡心道定是自己说得对方哑口无言，只好找个借口支开旁人，当下乘胜追击："大家相识一场，为何不摊开来说明白？还是你根本就无话可说？"

赵桓钦抬手揉了揉太阳穴，微微苦笑："其实我原……"他顿了顿，坦然道，

“那汤药里的确是放了别的东西。”

颜淡呆住了，她本来想着赵桓钦会如何抵赖，她又如何反驳，现在他认得这样干脆坦荡，反而让她想好的一席话完完全全白费了。

“我一直想阻拦夫人你出门是怕你受不了。这里是幽冥地府，是鬼镇，我们阳寿已尽，实在算不得人了。我原本一直不敢向你说明白，便只好下药，这是我的不是。”

颜淡张了张嘴，硬生生将想反驳的话咕嘟一声咽了下去。她适才从王嫂那儿知道这里确是鬼镇，赵桓钦这招委实叫她应对不能。

“因为夫人你常年卧病的缘故，七魂六魄中少了一魂，没有法子再世为人。我心里担忧，所以留在鬼镇陪着夫人，却不想反而令夫人你误会我了。”赵桓钦叹了口气，语声倦怠，“你之前一直不知道我们已经到了地府，我便想着隐瞒下去，却并不是想伤害夫人你。”

这一番话说得情真意切，王嫂圆圆的脸上俱是同情之色，看向颜淡的眼神带着几分不满。

颜淡一口气差点缓不过来，简直怒急攻心，偏偏哑口无言、辩驳不能：“你……你你，好，算你狠！”

王嫂看着颜淡，忍不住问：“你是不是还想说，你其实根本就不是赵夫人，赵先生也不是你的夫君？”

颜淡铁青着脸点了点头，觉得心里好受了一点，不过，她是怎么知道自己的想法的?

王嫂满脸同情：“赵夫人，你从前犯病的时候也会这样，这、这真是太过为难赵先生了。”

颜淡捏着拳头，只觉得额角有根青筋抽得厉害。她用力闭上眼，深深吸了两口气，坚定地转向赵桓钦：“你现在听好了，就算我们从前有夫妻缘分，也到今日为止了，休书不必麻烦你写，我们就此分道扬镳。”

她不知道赵桓钦是不是失心疯，她只知道自己再多同他待些日子，定是自己熬不住先疯了。

“慢着。就算你现在不想见我，可这里哪里来的地方让你落脚？更何况，一旦进了鬼镇，没到魂魄补全的那一日便不能离开，而要等魂魄恢复至少还要再过五百年。或者，你是想同外面的鬼差起争执么？”赵桓钦伸臂在她身前一挡，不动声色地露出几分狰狞的笑意。

然而事实证明，赵桓钦脸上的狞笑全然是颜淡自己臆想出来的。因为，王嫂在身后喃喃道了一句：“赵先生当真是好人，这般情深意重，只可惜……唉！”

颜淡绷着脸，几乎从牙缝里挤出一句：“好，我跟你回去！”

在外面绕了一圈，却又回到原地。颜淡沮丧不已，狠狠地在门槛上一踩：“赵桓钦，明人不说暗话，我们还是把话都说明白了，其实你根本就知道我不是你的夫人。”

赵桓钦脚步一顿，上挑的眼角微微泛出些笑意：“夫人，你何苦总是同我怄气呢？”他的长相其实颇为凉薄，只是现下带着情深意重的神情，看起来还真像是有那么几分情意，“你既然不想喝那种汤药，那么从翌日起就不喝，只是别再使性子了，芒鬼这孩子今日还真被你吓到了。”

颜淡七窍生烟。

赵桓钦顿了顿，又道：“你原来就爱闹这些有的没的，徒然成了街坊邻居的笑柄，这是何必呢？”

颜淡终于忍耐不住，猛地转过身一拳挥到他身上，她气到极点，御足了气，若是寻常凡人的魂魄定是受不住这一下的。

谁知赵桓钦连眼睛都没眨一下，轻描淡写地将她的手腕抓在手中：“气伤脾，怒伤肝，夫人你的身子才大好了不久，切莫再气坏了。”

颜淡抽回手，蒙头走回之前住的那间房间，将门关得震天响。

如果不发泄出来，她真的会被逼疯的。

摆在梳妆台前的铜镜映出她现下的模样，这张全然陌生的脸看在眼里，更是徒惹心烦。颜淡一把抓过镜子，就往地上扔，还是不解气便踩了两脚。她转身把能扔的东西都糟蹋了个干净，方才累得坐倒在地。

隔了片刻，只听芒鬼在门外担忧地道了一句："夫人这样生气真的不要紧吗？"

赵桓钦的声音冷冷淡淡："等她扔得厌了，自然就没事。"

颜淡抱着头苦思冥想，既然她现在还是在幽冥地府，那就不可能是借尸还魂了。为什么她的容貌会改变？为什么她会成了所谓的赵夫人？

这其中一定还有什么是她没想到的。

第五十九章·峰回路转

翌日，原来必定会送的汤药没有了，颜淡便是想四处走走也不受限制。她本来还猜想着或许赵桓钦同她一样，也是被蒙在鼓里的，结果在街上走了一趟发觉大家都用怪异的眼神看着自己。就在她转过身的一刻，听见身后窃窃私语："这位就是赵夫人啊……其实她看上去不像得了失心疯的。"

"可不是嘛，这看人不能只看外表，谁知道呢？"

"这里想嫁赵先生的姑娘家可多着，偏偏老天无眼，让这么个上不了台面的……得了便宜去。"

颜淡只得自己在心里生闷气。

赵桓钦时常不在自家宅子里，听芒鬼说是在外面教人识字读书。回来之后大多时候就陪她坐着。他们两个话不投机半句多，便面对面干坐着。也亏得赵桓钦一直摆着那么一脸情深意重，若是换了颜淡，自问还是做不到别人给冷脸她还当什么都没看见。

入夜时分，赵桓钦便会识趣离开。

这样时日一长，颜淡还真的有些被弄糊涂了。要说赵桓钦是不怀好意，他却连一根指头都没对付过她，莫非还是她误会了？可若是误会，那她的容貌身份为什么会突然改变？

颜淡已经不想同赵桓钦理论了，这么一段时日积累下来，她已经明白不管自己好说歹说，不管是动之以情还是晓之以理，对方只会轻描淡写地回一句"夫人，你累了，多歇息吧"，像一盆冷水简直浇得她透心凉。

而要在芒鬼这里套话也不甚容易，有时候才稍稍说两句重话，这孩子居然含着两泡泪珠子瞧着她，让她发作不得。

再这样下去，她迟早会被整疯的。

颜淡不由想，她在天庭上背了一回黑锅，丢了仙籍，现下又碰上无头冤案，真真有苦说不出。她在这千百年间真是倒霉透了。

大约是老天也看不下去了，事情很快便有了转机。那一晚，她正想睡下，忽听外面传来沉重的敲门声，有人在门口大声道："我是阴司鬼差，快开门！"

颜淡想着定会有人去开门的，便没理会。而芒鬼却迟迟没有出来开门，门外的鬼差不耐烦了，只见一道蓝光闪过，那扇大门的门闸便跳了一下，从铜环里滑了出来。颜淡推开窗子，瞧见那名鬼差大步走了进来，扬声道："赵先生，你同尊夫人都在家里吗？"

颜淡在窗前，轻声道："我在，至于——"她话音未落，只见赵桓钦匆匆忙忙地从书房里疾走出来。外面天色已暗，她也不能很细致地看清赵桓钦的神情，只是觉得他和平日有些许不太一样的地方。平日里无论何时，赵桓钦都是衣衫齐整，仪态端正，如谦谦君子。可现下不知怎的，衣裳有些凌乱，走路的姿势也不太一样。

鬼差点点头，拱了拱手："打搅了。"

颜淡心中一动，便问道："鬼差大人，可是发生了什么事情？"

"也不是什么大事，不过是鬼镇外封下的结界破了一块，便来问问看有没有谁不小心走了出去。既然二位都在，那就告辞。"

自始至终，赵桓钦都没有说一句话，最后默不作声地回到书房。

颜淡靠在窗边，心中却想，鬼镇的结界破了一块，定是有人趁着鬼差不留心的时候偷偷离开了，是以他们才会这般大张旗鼓地一家家去寻。在鬼镇上的，都是无法直接去投胎轮回的魂魄，现在溜出鬼镇，是为了什么？

颜淡辗转思量了一整夜，觉得一直按兵不动也不是办法，倒不如先旁敲侧击看看。一早奔到书房门口，只见赵桓钦侧对着门口靠在桌边，掂着两根粗粗的木棍，芒鬼则埋着头在一边倒茶。她忍着一身鸡皮疙瘩，温温软软地唤道："相公……"

芒鬼手一抖，茶杯咣当一声倒了，茶水洒了一桌。

颜淡踏进门槛，继续温婉开口："相公，你看今日天气晴好，不如你我出去走走？"

赵桓钦捏着那两根粗木棍，眼望窗外："今日是阴天。"

"阴天凉爽，其实比晴好更舒适些。"

他沉吟片刻，将手上木棍递给芒鬼，径自走到颜淡身边，颔首道："既然夫人的兴致这般好，我自然也不会扫兴。"待他走近之时，颜淡便闻到一股若有若无的血腥气，她抬手挽住对方的右臂，顺手又在他肩上重重一拍："相公，我们很久没有一起出去走走了吧！"

赵桓钦眉心直跳，露出一脸忍耐的笑容："夫人说得是。"

颜淡疾走两步，将他的手臂往前面一带，回首微微笑道："你也知道，我犯起病来就脑筋不怎么清楚……我真是害怕惹人厌烦。"对方的脸色白了白，还是笑着的："这没大碍的。"颜淡初时闻到若有若无的血腥味，此刻见他这种脸色，便知道他是有伤在身，更是变本加厉，牵着他的手臂左晃右摇："算起来，我们成亲有多少年了？"

赵桓钦想抽回手，却不想被对方死死地抓着，嘴角抽了抽："近廿年了。"

颜淡哦了一声，突然佯作摔倒，一手抓着他的右臂，另一手环过他的肩，还重重地撕扯了一下。赵桓钦脸色煞白，扯着嘴角似笑又没笑，可是连声音都颤抖了："夫人小心。"颜淡将手背在身后，只觉得手心湿漉漉的一片，柔声道："相公，你的脸色好生难看，不如过几日再陪我出来逛？"

任是泥人也是有性子的，颜淡很懂得见好就收。

何况赵桓钦身上的伤不轻，也亏得他今日穿了深色的衣衫，便是伤口渗血也看不出来。颜淡看着他步履匆匆走进书房，顾自在院子里走了一圈，只见芒鬼拿着两根粗木棍迎面过来，轻声道了声"夫人"又离开了。

颜淡很纳闷，这两根粗木棍到底有什么特别的，怎的一早便见着两回？

待到了傍晚时分，鬼镇上多了好些鬼差走动，挨家挨户地敲门察看。颜淡思忖着昨夜破了结界出去的很有可能就是赵桓钦，否则他这一身伤是怎么来的？可是她昨夜也明明瞧见赵桓钦出来应门的，如果中途匆匆赶回来，万一在外面撞上鬼差，这风险未免担得太大了。

颜淡在屋子里正走到第十趟的时候，突然一个激灵：那两根木棍，芒鬼，昨晚的情形……这些串在一块儿，竟然让她想到了一件一直想不明白的事情。她为什么会被困在这里，她为什么莫名其妙成了赵夫人，她的容貌为什么会改变，和昨夜那个赵桓钦，其实都是一个道理。昨夜出来应门的很可能不是赵桓钦，而是易容扮成他的芒鬼，那两根木棍想来也是让她的身形能和赵桓钦一般高。

而她现在这个模样，想来也是被高明手段易容了。

这两人在鬼镇，根本就是有所图谋。她不过是凑巧撞进来，用来掩人耳目罢了。如果中间出了岔子，就像昨晚，鬼差便是来察看，也不会发觉有人不在。芒鬼从来不和她一起出门，之前千方百计想让她待在家里，只怕从前那个扮成赵夫人的人便是她吧？

颜淡趴在桌子上，一边叠着茶杯，一边自言自语："还差一点了……再等一等、等一等一定就能脱身了……"

师尊有一次曾叹息说过，你们这些兔崽子竟然连一个可以独当一面的都挑不出来，以后没了为师撑腰只有饿死的份。颜淡记得那时自己尚小，好不容易爬到石凳上坐稳，笑嘻嘻地向师父撒娇："什么兔崽子，我明明是莲花崽子。师父你就不要怪罪兔子了嘛……"

现在想来，并不是谁一生下来就什么都会、什么都做得好。

赵桓钦留给她的经历当真刻骨铭心，想来便是再过几百年都不会忘记。

颜淡被他磨了这些日子，自觉修养好了不止是那么一点，简直堪称脱胎换骨。尤其是瞧见他一面摆出一脸的情深意重，一面嘴角微抽的模样，真是心绪大好。

从前时候，她还没想到关节上，时常以为是自己误会了赵桓钦，现在看来，却觉得对方还是有破绽可循。她之前问过他们成亲多少年了，赵桓钦说有二十年，若真是二十年的夫妻，到了阴曹地府也不离不弃，想来不会连为她顺手掖个被角的习惯都没有。

赵桓钦本来就生得一副凉薄相，这般装模作样想来也不是一个好人。可颜淡却觉得芒鬼很好，乖巧羞怯，怎么偏偏就和赵桓钦凑在一起?

本来凭着她的本事，想要在赵桓钦手心里翻出什么动静来，简直是难上加难，可现在他不但受了伤，鬼镇上还加派了人手把守，形势反而变得对她有利了。

如此待到第五日入夜时分，房门外突然传来一声轻响，颜淡骨碌一下从床上翻下来，立刻推门出去看，只见赵桓钦脸色煞白地扶着外面的花坛，身子摇摇欲坠。一大片鲜血正从前襟渗出来，几乎把他身上的衣衫都染红了。

颜淡瞧着他讶然道："相公，你怎的弄成这样？你流了这么多血，是谁伤的你？！我去找大夫来！"她走出两步，又回头装模作样地道，"看我这记性，这里是鬼镇，哪里来的大夫，我去找鬼差大人们过来瞧瞧。"

赵桓钦扶着花坛几乎是从牙缝里挤出几个字："你装够了没有？！"

颜淡绕着他走了一圈，柔声道："相公，你这是怎么了？你从前对我说话可不是这么凶的……"风水轮流转，难得轮到她占上风，怎么也要奚落他一顿的，"你看你，脸色这么难看，这里没大夫，我便想请鬼差大人帮帮忙，这又有什么不对的？"

她话音刚落，只听一阵脚步声匆匆奔来，芒鬼轻手轻脚地将赵桓钦扶起，连声问："先生，你、你怎么会伤成这样的？"

赵桓钦推开她的手，将身上的外袍脱下来："现在不是说话的时候，马上把这件袍子烧了，门口的血迹我已经擦过了，你等下再去看看。"

芒鬼抱着染血的外袍，像是要哭出来似的，突然走到颜淡面前，径自跪了下来："求求你，这回一定要帮先生一次。"

颜淡让开了身子，慢慢皱起眉："我为何要帮你们？之前我请你帮我的时候，你可是没有透出半点口风。何况，就算我帮了你们，也是什么好处都没有，这种事我怎么会做？"

赵桓钦捂着胸口的伤，轻轻咳嗽两声，突然向着芒鬼道："你去把事情收拾妥当了。"芒鬼抱着那件染着血的外袍匆匆走了，他才缓缓转向颜淡，"你应是想离开幽冥地府，我有办法。"

颜淡冷冷地道："你觉得我会相信你？"

“共患难的朋友未必能共享福，而敌人却未必不会变成同伴。”赵桓钦神色冷静淡漠，“纵然你揭穿了我也是得不到半点好处，哪赚哪赔，你不妨自己仔细想一想。”

颜淡听见阵阵脚步声由远及近，此情此景根本就由不得她慢慢想，当即道：“好，我暂时就按你说的照办。”

赵桓钦脚步踉跄着从她身边走过：“进屋来，把门关上，再把梳妆台上的香粉拿过来。”颜淡想了一想，恍然大悟：“你原来是想对我图谋不轨！你这人果真很龌龊。”

赵桓钦伤得甚重，全凭一口气支撑着，实在没力气应付她：“行了，就你这样，我还不至于起什么心思。”

颜淡大步走过去给了他一个响亮的耳光，轻描淡写：“对呢，你是对我没起什么不好的心思，都怪我，我却不知不觉对你起了别的什么心思，你看，手一痒就打过去了。”

赵桓钦脸颊被她打得微微发红，却完全拿她没办法。她心头一喜，觉得自己憋屈了这么久，终于讨回了一城，这打人的感觉，实在是太舒爽了！

第六十章·冥宫和鬼门

鬼差破门而入的时候，颜淡正半倚在床边，衣衫单薄，缓缓地梳着头发。赵桓钦眼疾手快，拉过被角覆在她身上，冷冷淡淡地开口：“几位大人深夜到访，不知有何贵干？”鬼差忙退到门外，将房门虚掩上：“之前有人闯过鬼镇外边的结界，大家沿着血迹追过来，便进来看看。”

赵桓钦语声平淡：“原来如此。只是这血迹是在寒舍外发现的么？既然如此，不如把寒舍都搜上一遍，谨慎为上。”

“可能那闯进来的人并不在这里，打扰赵先生和尊夫人休息，真是对不住。”鬼差拱了拱手，转身便离开了。

颜淡转头瞧着赵桓钦不觉想，这人胆子大且心细如发，受了这么重的伤还能硬撑着，若不是她寻着机会落井下石，只怕还得生生受着闷气。鬼差离开不多时，芒鬼便捧着药箱走进屋里，轻手轻脚地为他裹了伤，又将血迹斑斑的被褥都收拾干净，迟疑了好一会儿才问：“赵先生，你的脸上怎么红了一块？”

颜淡扑哧一声笑出了声，趴在桌边瞧着他们。

赵桓钦果真是个人才，居然连神色都没变一下，淡淡道：“那些鬼差已经怀疑到我身上了，下一次，绝不能出半分差错。”

芒鬼垂下了头，低低应了一声：“是。”

颜淡支着腮：“既然我们现在是一伙的，能不能告诉我你们到底是想做什么啊？”

赵桓钦瞥了她一眼，很有几分瞧不上：“说了你也不懂。”

颜淡顾自望着芒鬼，微微一笑：“那还是由你来告诉我好了。”

芒鬼看看赵桓钦，再看看她，犹豫了好半天才道："先生是为了冥宫才留在鬼镇的，那个冥宫是……"

"冥宫？"颜淡倏然起身，"你们说的冥宫该不是上古先神最后留有遗迹的那个冥宫吧？怎么可能会真的有这种东西！"她还在地涯管书的时候，便寻到一册紫虚帝君亲手录下的手抄，冥宫中的秘密是由女娲等几位上古先神留下的。一旦领悟了冥宫的奥秘，六界将被解开奥秘的那人一手掌控。

由此可见，赵桓钦野心勃勃，实在不是个好人。

"你原来知道。"赵桓钦若有所思地看着她。

颜淡被他瞧得寒毛直立，忙不迭道："我对冥宫什么的一点兴趣都没有，我现在只想离开这里。你先前既然承诺过，想来也不会反悔吧？"其实他现在真的要反悔，她也没有办法，他们一起瞒过鬼差，便是拴在同一根绳子上的蚱蜢。

赵桓钦嗯了一声，隔了片刻道："夜忘川底下有一道鬼门，从那里出去就能直接到凡间，等我养好伤再领你去。"

颜淡左思右想，忍不住问："其实鬼差第一回来的时候，是芒鬼扮成赵先生你的模样吧？那么我现在这个长相其实也不是真的了？"

赵桓钦笑了一笑："既然你都猜到了，何必再多问。好了，你们两个人都出去吧，我想清静一会儿。"

颜淡嘴角动了动，最后还是不情不愿地推门出去，只听芒鬼在身后轻轻关上门，小声说了一句："颜淡姑娘，你还有什么想问的就问我好了，先生他伤得很重，实在没有力气再说话的。"

"你们留在鬼镇上是为了冥宫么，可是这里不是只有魂魄受损伤的才能留下吗？"

芒鬼摇头笑笑："确是这样，我便是少了一魂才会留在这里。在你来之前，我时常要扮作夫人，有时候不得已还得扮成赵先生的模样，这样别人才不会发觉先生离开鬼镇去寻冥宫的事。"

颜淡想了想，又道："你的魂魄是怎么损伤的？"

"赵先生要留在鬼镇，必然要有个缘由，我……我就是这个缘由。"芒鬼向着她羞涩地微笑，“我扮成他的夫人，他便能求得鬼差大人网开一面，然后留在鬼镇。先生是要办一件要紧事，自然不能伤了自己，所以——”

“所以就把你的元神损伤了，再装出一副多情的嘴脸留下，实则是为了寻到冥宫！”颜淡义愤填膺。若是人分九等，那赵桓钦必定是人渣中的败类，败类中的翘楚。

芒鬼吓了一跳，连连摆手：“这都是我自愿的，真的，这根本不关赵先生的事。”她顿了顿，又怯生生地开口，“颜淡姑娘你别气，你是好人，好人会有好报的。”

“好人会有好报，可笨蛋——”颜淡看着芒鬼明亮的脸庞，突然间不想说什么了。芒鬼与赵桓钦，好像她和应渊，她其实是明白的。

好人会有好报，可笨蛋是不会有好报的。所以她才会落到如今的下场。

芒鬼她真的一点都不知道吗？不，她其实心里很清楚，可她还是愿意为另一个人赴汤蹈火，在所不惜。那她还有什么好说的？

赵桓钦的伤才好了一半，便提出要再去冥宫，顺道送颜淡去鬼门。

颜淡乐得早日离开这个鬼地方，芒鬼却甚是担忧：“可先生的伤……”

赵桓钦摇摇头，轻轻叩击着桌角：“不必多说，我已经找到入冥宫的法子，何况留在鬼镇也不怎么妥当，早些动手总是不错的。”他说到冥宫的时候，眼神清亮，这世间他所在意的大概只有这一件事。

芒鬼只能依从：“不知先生想什么时候动身？”

“就今晚。一些细节我还待想一想，你们都出去吧。”他不耐烦地挥了挥手。

颜淡把希望寄托在他身上，硬生生忍住满心鄙夷愤慨，自忖做不到赵桓钦那般万事不动声色。颜淡打从心底里觉得，像他这样的人渣翘楚，应该就是抵达了她一直弄不明白的禅理中所说的“境界”吧？人渣的高深境界，她当然不懂。

芒鬼默然一阵，突然道：“既然今晚就要走了，我帮你把易容洗掉吧。”

颜淡也不知自己在想些什么，脱口而出：“其实不洗掉也挺好的。”

芒鬼咦了一声，笑着道：“你该不是看惯了现在这张脸，反而对原来的样子不习惯了吧？可是原来那张脸，才是你真正的样子呀。”她从药箱里取出一把小巧的剪子，柔声细语，“不要怕，你自己的容貌一定会比现在的好。”

颜淡摸了摸脸颊，低声道：“有镜子吗？”

芒鬼从袖中摸出一面圆镜：“等下你别乱动，我怕弄伤你。”

颜淡握着这面镜子，只见镜中映出一只纤弱灵巧的手，拿着剪子小心翼翼地在她的眼角剪开一道口子，那道口子渐渐剥落，也慢慢地显现出她本来的容颜。这世上，她的长相并不是独一无二的，还有另外一个人，她的妹妹，也是如此。

她在天庭，而她却在幽冥地府。

有时候想起来，那些日子好似一场繁华旧梦，突然间都消失了。

只是不知道消失的到底是她，还是梦里来去的那些人。

她既然选了这条路，不管是哭还是笑，只能继续走下去。她想笑着走完，还要把失去的东西，一件一件找回来。

赵桓钦确是有些本事。

颜淡虽然不怎么待见这个人，却还是不得不承认，若非有他带路，她就算仙力未失，只怕也很难从重重守卫中破开结界离开鬼镇，她轻声问：“若是等下鬼差再去挨家挨户地找人，而你们却都不在，岂不是会有麻烦？”

赵桓钦回首遥望，嘴角微微泛起几分凉薄的笑：“谁说我会再回到那里去？只要解开冥宫的奥秘，六界都尽在我手，便是九重天庭都算不得什么。”

有些人，是她一辈子都不可能会懂得，也不想去懂的。颜淡学着赵桓钦那样，慢慢蹚下夜忘川，冰冷的江水漫过胸口，好似又回到在忘川水中踟蹰前行的日子。只是那个时候，她跳下七世轮回道，却完全没有想过之后该怎么做。

而现在，她想离开这里，成为凡人、又或者当妖。最坏的事情都已安然度过，还有什么可以让她害怕？

烟波江上，一座华美却充斥着衰败之气的宫殿时隐时现，在缭绕白雾中更显得瑰丽。颜淡喃喃：“原来这就是冥宫……”

“冥宫是不会待在一个地方不动的，我在这里找了很久，才发觉这个时辰它必定会停在这里，半个时辰后消失。”赵桓钦眼中明亮，语气也不似平日一般寡淡。

他话音刚落，一阵阴风袭来，江面上的白雾更浓了，几乎无法看清十步外的景象。

赵桓钦神色微变，冷冷道："是阴兵借道，用手遮住口鼻，不要发出一点声响。"

颜淡抬起袖子捂住嘴，隔了片刻，只见一行穿着青铜铠甲的将士从他们身边不足六七步的地方走了过去。他们扛着长兵器，身上铠甲黝黑得毫无光泽，步履严整，却始终是漂浮在夜忘川上，甚至连一点水波都没有激起。

这些将士齐整肃穆地从他们身边走过，遥遥而去。赵桓钦也跟着往前走了两步，压低声音道："不要跟得太近，十步之内他们会察觉到。"

颜淡恍然，赵桓钦几次回来都带着伤，想来是同这些阴兵动过手了。

在水里蹚了快半个时辰，赵桓钦突然停下脚步，一指斜方的水涡："这就是鬼门，你家住何处便会直接落在那个地方。"

颜淡呆了呆，她从来就不是凡人，不知最后会落到哪里？她转过头看着芒鬼，微微笑问："你不如同我一起去凡间吧。"

芒鬼看着赵桓钦的背影，他已经顾自向着冥宫而去，根本不管她会怎么选择。她的眼神暗淡了下来，又缓缓回过头来向她笑了笑："不，我不回去了，也回不去了，你快些走吧。"

颜淡点点头，不再多劝，径自走向那个漩涡。几乎是一瞬间，她被一股大力卷入其中，正转得头昏眼花之际，迎面而来一片汪洋黑水。这黑水不但泛着油光，水里还漂浮着一截截残破的躯体。

颜淡用力捂住口鼻，若是这浸尸黑水被她咽了进去，只怕吐十天都不够。她正挣扎着，突然被浪花拍向边上的岩石，不由痛哼一声，眼睁睁地见着那黑乎乎的脏水往嘴里灌进去。颜淡被撞得七荤八素，只能随手乱抓，想稳住身子，好不容易抓住了什么，却听见身后传来咔嚓咔嚓奇怪的响声。

她回头看了一眼，只见石壁上贴着一只只瘦骨嶙峋的恶鬼，眼睛如同跳跃的磷火，泛着碧油油的光，正啃着她手里抓着的一截胳膊！

"啊啊啊，这是什么鬼地方？！"

浪头打来，油腻腻的黑水从头浇下。

颜淡欲哭无泪，只觉得自己被浪头抛起又摔下，在九曲十八弯的石甬道间乱碰乱撞。幸亏她还可以御气护着身子，不然早就摔成一堆碎骨头了。可就算如此，她也清晰地听见自己一身骨头正喀啦喀啦乱响。

骨头会断光的吧？还有她的腰，她都这把年纪了！

眼前突然一亮，这一点光亮越来越大，变得刺眼。颜淡咕咚一声摔在地上，半晌都爬不起来。她吃力地抬头向上看，只见五步之外的地方有一扇木门，门口摆着一把扫帚，周围是灰砖墙，像是一条狭窄胡同。

这里是凡间了，只是不知道她在凡间第一个瞧见的是不是一位好心人？那好心人看她可怜，于是将她收留……

她正这样想着，只听吱呀一声，那扇木门开了，当先踏出门槛的一人个子也不比她高了多少，后面的那人则高了前面那人整整一个头。两人穿着很是沉重、色彩繁杂的衣裳，袖子几乎要拖到地上，粉白的脸，艳红的唇，眼眶漆黑，腮是淡红色的。

颜淡正艰难地抬起头，一瞧见这两人顿时僵住了。她一直以为凡人该是和她长得差不多吧？怎么会、怎么会长成这个样子？！

四目相对，片刻沉寂之后，那个矮个子的粉面人当先跳将起来，中气甚足地喊道："妖怪啊啊啊，有妖怪呀啊啊啊！"

第六十一章·梨园戏班

颜淡怒了,她现在这个模样不就是狼狈了些,衣裳脏了些嘛,哪点像妖怪了?!这两个凡人——好吧,姑且算他们是凡人,脸涂得像白墙,腮刷得像猴子屁股,居然还敢喊她妖怪,真是岂有此理。

那个矮个子的喊了两嗓子,嗓音吊得又高又尖,磕磕碰碰地往门里挤,一路高喊:"妖怪啊啊啊啊,一只妖怪全身冒绿水从天而降啦!"

颜淡颤巍巍地往前爬了一步,伸出一只手来。只见那个愣在原地的高个子突然往后退开一大步,砰的一声撞在墙上,抖手抖脚地捏着墙边的扫帚,颤声道:"你、你是、你是何方、何方妖孽,敢来此、此作祟?!"

颜淡怒目而视。为什么这些凡人一门心思认定她是妖孽,而不是落在此地的仙子?虽然现在已经不是了,但好歹好几百年前她都是仙子来着。

忽听几步沉重的脚步声传来,颜淡的眼都直了,只见一个涂了一脸黑红相间油彩的雄壮大汉手擎青龙大砍刀,冲着她大喝一声:"何方妖孽竟敢来此作祟?!"

颜淡铆足力气,大声喊道:"我不是妖怪!"

咣当一声,那柄青龙大砍刀支在地上,尘土飞溅。可见这是一把货真价实的大刀,不是那种用来装样子、其实里面空心的那种,若是被这把大刀砍在身上……颜淡嘴角一阵抽搐,这后果是她想也不敢想的。壮汉身后慢慢探出一张粉白的脸,正是之前吓得跳走的矮个子,颤声问:"你真不是妖怪?"

"别、别听她胡说!妖怪都会说自己不是妖怪!"高个子那个正贴在墙上抖成一团。

颜淡趴在地上,心里苦楚难言,忽然觉得脸上有布帛拂过的轻柔触感,抬眼看去，只见那壮汉扯着高个子的长袖，将她的脸擦了擦，豪爽地笑道：“你大概是逃家出来的姑娘吧，弄得这一身脏。”

颜淡感激地点点头。

这一声“姑娘”当真叫得她受用无比，想当初她年纪还小的时候，总想着长大些才不会被人瞧不起，等到现在年纪长了，却想装得嫩一点。

“这衣裳弄脏了，班主还不骂死我？”高个子哭丧着脸。

“放心，等班主瞧见这姑娘就想不起来要骂你了。”壮汉呵呵一笑。

“不过她现在开始学功夫还是晚了点，不比我们从小练的好。”

“那有什么关系？现在老爷们就喜欢这个调调，白净细嫩、水灵灵的就好……”

颜淡不由想，这些人究竟是干什么的？是人贩子，还是青楼楚馆里管事的？

事实证明，她同孜孜在念的人贩子和青楼里的老鸨没有缘分。

她从鬼门出来，恰好摔在桐城一家戏班子的门外。桐城在北方，再往北去便是荒芜大漠，大漠里鲜少有人烟，只有大片山峦。那片山川名铘阑，主峰极高，终年白雪覆盖。她若是运气不好些摔在那里，真的只有冻死饿死的份了。

此时天下三分，桐城正是在南楚的疆域。南楚的都城是南都，据闵琉说起南都时那颇为向往的模样，想来南都是个风光繁华的好地方。

闵琉就是那日见了她吓得跳走的矮个子。她把脸上的油彩洗去后，颜淡仔仔细细看了好一会儿，觉得这姑娘容貌生得很好，尤其是一双眼和琉璃似的，光彩流溢。

颜淡还不太能欣赏凡间这琅台梨园的妆容，觉得真是糟蹋了闵琉的秀美容貌。

俗话说，伤筋动骨一百天，颜淡在戏班足足养了两三个月，才能下地走几步。在她养伤的时候，班主腾出地方来让她住下，睡的是硬木板的通铺，上面垫块布就睡人了，睡得她全身疼痛，让她本来两个月能好的伤硬是拖到第三个月。除此之外，一日三餐从来不少，有时戏班子登台演出，得了富老爷的奖赏还会分她一些时鲜水果和蜜饯零食。颜淡很是感激。

待到她能下地走动的时候，戏班的班主便提着算盘同她清算她已经欠下多少银钱，而这些银钱放在钱庄里又会生出多少银钱，问她是打算写信给家人让他们来接她好，还是留在戏班子里打杂还钱好。

颜淡一贫如洗，身无长物，又无家人，只得选了后者。

班主很是满意，拍了拍手叫道："涵景，你过来。"只见一道身段美妙的人影婷婷袅袅走了进来，低声道："班主，不知你叫我有什么事？"

颜淡大失所望，初时听见那名字再看见那身段和走路姿态，她还以为是怎样倾城的美人，待走到近处才发觉居然是个男人。她不由想，这凡间真是个奇妙的地方啊，从前在天庭时候她时常嫌弃白练灵君太花哨不像个男人，如今方知，白练灵君同这位比起来绝对是男人中的男人。

她正想着心事，冷不防被那个叫涵景的拧了好几下脸，还没来得及愤怒，对方面无表情地说："皮肤还算过得去，上妆不难。"

颜淡吁了一口气，敢情他不是在调戏她老人家。

班主更是满意，点点头道："你给她唱一句简单的，先来听听音色。"

涵景面无表情地转向颜淡："我唱一句《临江仙》里的唱词，你跟着我唱一遍。"他不待颜淡答应，径自轻轻一扬衣袖，水眸微微垂下，腰肢轻摆，嘴角微微带起一丝笑，好似满园中的一点殷红，"最撩人是经年一点，烟波江里是碧玉一泓，断垣画梁芍药儿浅，丝丝柳叶轻垂心似牵呵……"他衣袖轻舞，缓缓弯下腰去，轻挽长袖。曲子已尽，余音袅袅。

颜淡目瞪口呆，她实在是不怎么能欣赏男人的柔弱风姿，这几句唱得颇为幽怨哀愁的词听着身子就禁不住直打寒战。班主咳嗽一声，道："怎么，你刚才没仔细听吗？涵景，你再唱一遍。"

颜淡忙不迭地阻拦："不不不，我听到了，这位姐……咳，哥哥唱得很好，我就不知不觉听得入了神。"她一句话还未说完，就见涵景瞪了她一眼，顿时又起了一身鸡皮疙瘩，"我唱，咳咳那个现在就唱，断垣画梁芍药儿浅，丝丝柳叶轻垂心似牵……"

只听班主叹了口气："算了，这个资质能念几句词就很好了。"颜淡自觉除了声音有点抖，还算不错，却不想班主觉得她资质太差，不由问："那我以后，该做什么？”

“看你也像是好人家里出来的，认字吗？”

颜淡甚是骄傲地回答：“当然认字了。”她虽不敢夸口这世间的每个字都认得，但平日常用的绝不会有她不认得的。

班主点点头：“那就帮着写些联子，顺道把账给理明白了，戏台子底下端水送茶也少不了要跑个腿。”

目送班主和涵景离去，颜淡摸摸脸颊，很是不解：“我唱得就这么难听么？”

她觉得自己还挺好的啊。

“不是难听，而是，”闵琉从门口探进头来，眼中流光溢彩，笑嘻嘻地说，“非常、非常的难听。我从来都没听过有人唱小曲能唱这么难听的。”

颜淡大受打击。

“嗳，不是我说你啊，也亏得你唱得这么难听，花涵景那人可阴了，你要是比他唱得好，他肯定会欺负你的。”闵琉走过来，拉了拉她的衣袖，绕着她转了一圈，“要是你长得再高一些，再丰满一点，那就是大美人啦。”

颜淡很郁结。她都这把年纪了，该长的都长齐了，想再改进几分只怕也办不到。

于是颜淡便学着当一个凡人，在戏班子里忙忙碌碌打杂。

那日见到的那个扛青龙大刀的壮汉是戏班子里演武戏的，叫赵启。此时风行些缠绵悱恻、才子佳人的戏文，武戏便是一年到头也开不了几出，赵启力大体壮，就做些搬东西的重活。颜淡想着他这样的前辈都只能打杂，她实在没什么可抱怨的。

她摔在戏班子门口的时候，凡间正值冬末，转眼间过了春寒，便是春暖花开的好时节。入了春，戏班子的生意也特别好，她花了点心思把账簿厘清了，记下几笔都是入账的。

“万点飞絮，惹得杨花点点，碧玉玲珑风物妍，出落日头看细雨……”花涵景水袖如流云舒卷，在戏台子上漫漫舞着，脸上的妆上得有些浓，反而衬出些艳丽风姿来。颜淡蹲在戏台边上，支着腮瞧着他在灯笼昏黄光晕下的身影，看得微微出神。

一旦静下心来听了，会觉得他唱的真是一个很缠绵的故事，只不过这样的故事结局大多不怎么好。花涵景是桐城方圆百里最出名的旦角，现在看来果真不假。

“喂喂，别看了快去倒茶，不然等下要被班主抽筋扒皮！”闵琉端着两壶热茶硬是塞给她一壶，“别说我没提醒你，最左边那桌是这里出名的恶霸，不好惹，你走过去的时候把头低下去点，别让他瞧见你的脸。”

颜淡接过茶壶，先给最左边那桌添了茶水，依言始终把头低低埋着，而那左拥右抱、眼里还盯着台上的富老爷根本就没看她一眼。颜淡依次给别桌添了茶，一圈走下来，茶水都倒完了，便远远绕回后台去，想再灌壶新的。

她快步走向后台的时候，正擦着一人的衣袖过去，陡然间闻到一股清淡的菡萏香味。颜淡忙回头看去，只看见夜色中一袭玄色衣衫微微被风拂动，那人的发丝漆黑如墨玉一般，看着很是舒服。

颜淡看着那人的背影呆了呆，好似哪里见过一般，心中却对这个突如其来的想法很觉荒谬，摇了摇头便快步走到后台。闵琉见她过来，扑过去抓着她的衣袖摇晃：“你刚才有没有看见一个玄色衣裳的公子，很高挑颀长的那个，我刚才给他倒茶的时候真的看傻了。这么俊的相貌，气度又好，我真的没见过这么好看的人。花涵景同他比起来，简直就是一团烂稻草。”

颜淡摇摇头：“我只看到一个背影。”

闵琉拉着她猫着腰溜出去，指着最角落的一张空桌子：“他刚才就一个人坐在那边的。”隔了片刻，那位玄衣公子又折回来，只是身边多了位姑娘。闵琉提着茶壶往前挪了两步：“我再去瞧瞧，你要不要一起来？”

颜淡扑哧一笑：“好了，你自己去瞧吧，我在后面烧水，免得等下班主过来骂。”

闵琉大失所望：“你真的不去啊？看一眼又不会怎么样的。”

“可是他年纪太小了，让我实在没有兴致……”不管那位公子生得什么模样，一想到她都这把年纪了，人家能喊她一声祖奶奶了，就提不起什么兴趣来。

“年纪？他年纪肯定比你大，你这人真奇怪……”闵琉嘀咕完，提着茶壶又走了过去。颜淡等着水烧开了，慢慢用勺子把茶水舀进茶壶，回首看去，只见闵琉的身影在角落那张桌子前，可是隔得太远，夜色又暗，除了几个模糊的影子什么也看不清楚。

颜淡端着茶壶去添茶，走到最左边那张桌子的时候却全然忘记了闵琉之前的叮嘱，只见那富家老爷突然推开身边的姬妾，点着她道："你过来一下。"

颜淡一愣，随即停下脚步，偏过头看着他。

"你叫什么？你今晚就随我回家去，"那人又看看在一边的几个家丁，"和他们班主说说，这个姑娘我带走了，明早再让她回来。"

"王老爷，这、这不太好，颜淡她年纪小还不懂事……"赵启急匆匆跑过来，双手在衣襟上擦了擦，战战兢兢地开口。

那王老爷一拍桌子："闪开，老爷我做事还要你教不成！"

"可是——"

颜淡走上前一步，缓缓倾身行礼："不知王老爷你想要什么时候让我跟着一块走？"她微微一笑，语气温软，"我随时，都可以随你走的。"

第六十二章·戏班杂事

晨曦初露，天边刚刚泛起些白光。

颜淡哼着曲推开小院的门，走过正坐在台阶上揉眼睛的闵琉，抬手在她头顶上摸了又摸，这样居高临下摸别人头的感觉果真很好：“困就去睡嘛，干吗坐着等我？”

闵琉瞪大眼看着她：“你、你看上去好像很高兴啊！”

颜淡笑嘻嘻的：“还不错啊。”

“你……你该不是中了什么疯魔吧？你是被那个，不是应该哭的吗？”闵琉张口结舌一阵，口不择言起来。

“哭？干吗要哭？”颜淡在背后推着她，“快去睡啦，晚上有戏要演，你不是还要上台唱两句的吗？”

“难道那个王恶霸昨晚放过你了？这不可能的啊，他分明是从十岁到八十岁都不会错过的！”

“唉，八十岁他一定会没那种兴致的。不过从今往后，他都不会再欺男霸女了。好了，去睡吧去睡吧……”

闵琉一声大叫，贴着墙壁：“你、你莫非把他给杀了？！杀人要偿命的，昨晚这么多人看见你被他带走，你、你快点收拾收拾逃吧！”

颜淡还是笑眯眯的：“杀人？我怎么可能会干这种坏事呢？我呢，只是让他以后做不来那种事了而已。”

闵琉想了又想，终于反应过来，眼珠差点瞪得掉下来：“你你你阉、阉了……？”

颜淡打开房门，把她往里面推：“听话，去睡吧睡吧。”

闵琉死命地拉着她的手："你疯了啊做这种事情！他要是报了官再定你个罪，要受多少折磨？"

颜淡叹了口气，怎么她就是转不过这道弯来呢，她扶住闵琉的肩，看着她的眼睛一字一字说得清晰："你先听我说——如果换成是你，你会去报官吗？"

闵琉松开手靠在门边，只听颜淡哼着荒腔走板的曲子，脚步轻盈欢快地走开了。

如果换成她是王恶霸……

"我当然要去报官，还要暗地里花银子把人下了狱折磨一通，竟敢阉、阉……咦，也对啊，报官要有个罪名，罪名是有人把他给阉掉了，哈！要是我，我也只能咽下这个哑巴亏了！"闵琉自言自语，"怎么就一直没人想到这个，现在可好了，我们桐城的福气啊！"

除了班主过于吝啬让颜淡有些怨恨之外，其他一切安好。

颜淡在凡间待了些日子，处处留心，慢慢摸到凡间的一些习俗。其中最要紧的一点便是，银钱是很重要的东西，就像九重天庭上的仙法一般重要。

颜淡很穷，扣去之前养伤欠下的银子，每个月的月银只有三四钱，只够偶尔买些吃的打打牙祭。她每回撞见花涵景一盒一盒地买来香粉胭脂，都忍不住想若是这些银子给了她，就可以到饭馆茶馆里坐一坐，而不是在路边买馒头了。

春末时分，戏班子连着几晚赶场子。

每隔着几晚，闵琉惦记的那位玄衣公子都会到座，想来是喜欢清静不爱和别人挤的缘故，总是坐在最角落的那一张桌子。

听班主说，暮春过后，他们就要去南都赶场，今晚这台戏是在桐城唱的最后一出。

颜淡忍不住打趣闵琉："嗳，我们明天就要去南都了，你不去和那位公子知会一声，道别一下么？"

闵琉抚着流云水袖，衣袖上七彩绣线斑斓绚丽："你以为我会不知道吗？那位公子这样的品貌气度，肯定是好人家出来的。我是什么人，怎么配得上他啊。还有，最先前那一回，他身边还跟着一位姑娘，那姑娘长得高挑又妩媚，他根本看不上我的。”

她恹恹道：“还是你做得对，每回都不凑过去看，看了又怎么样，我还不是个戏子？戏子就是戏子，一辈子都不能翻身的。”

颜淡忍不住笑，她从前也喜欢过一个人，可是看戏看多了，里面的悲欢离合也看惯了，觉得那其实也不是什么值得揪住不放的事。

演武戏的赵启赵大叔时常同他们讲故事，讲到过天上有位老神仙，袋子里放了一段又一段的红线，任务就是把命定的那两个人的脚踝用红线牵在一起。不论走到天涯海角，被红线相系的那两人总归会相遇，然后相知相亲。

颜淡打着呵欠想，那位老神仙其实懒得很，时常系了一个人的脚踝，另一个人的就忘记了，所以红线缠得乱七八糟。她那一根红线，和遥遥被红线牵住的那人——如果有的话，大约已经乱得理不出线头来了。

连夜把戏台拆了，大家草草洗漱打算入睡，明早还要赶在开城门之时离开这里。颜淡抱着一堆戏服，匆匆而行，微凉夜风里忽然传来一道女子清亮悦耳的声音：“山主，我还真不懂，这戏有什么好看的？”

山主？

颜淡脚步微微一顿，恍然间又和谁错身而过，空气中弥漫着一股清淡的菡萏香木的味道，若非她对这种味道格外敏感，其实是闻不出来的。

低沉温和的声音顺着风飘过来，却听不清对方在说些什么。颜淡回过头看了一眼，果真是那位玄色衣衫的公子，他在夜色苍茫中，用手中的折扇轻轻一敲身边那位姑娘的额头，然后笑着说了一句什么。

此时天色暗淡，他们隔得那样远，她居然这么笃定地觉得对方在笑，真是奇怪了。

翌日天色还未大亮，颜淡便睡眼蒙眬地随着大伙儿出城了。她从前在书里看到过，凡间用来代步的是马匹，富贵些的人家还有马车，当然马车配的马也是好马。而颜淡她除了用双脚走路，最好的一回就是坐牛车了，那牛车差不多就是加了一块简陋木板，风吹日晒颠簸得厉害。

这样日夜兼程赶路，一个月后终于到了南都的地界。

颜淡不知大伙儿到底是怎么想的，竟然都觉得她原来是好人家出身的姑娘，只因逃家出来才流落到现在这个田地。后来才稍稍有些了解，在凡间，只有家中富庶，家中女儿才有机会读书识字。而她恰好还写得一手好字，这和她唱得不知跑调到哪里去的曲子相对比，班主摇头叹息："可惜，你家里人竟然没想到找人教你音律。"

颜淡其实想，她是学过音律的，只是师父最后发怒不肯教了。至于那手好字，实在是被师父硬逼出来的，若是时常被罚抄经书百十遍，日子长了字自然写得好了。

只是近来，颜淡都不太能睡得着。

她的手臂上无端出现一块青斑，且还有不断蔓延的趋势。一次闵琉看见，吓了一大跳，还以为她是在哪里磕碰到了。颜淡抿着嘴角不语，这块青斑并不是哪里擦碰到的，而是尸斑，她毕竟在幽冥地府待的时候太长，又少了半边心，身子迟迟不能复原，被阴气侵染到也不奇怪。

夜里睡不着醒来的时候，她便在簿子上写写画画消磨时间，后来开始学着写戏折子，戏听多了，拼拼凑凑她也会写。有回给拉二胡的老伯瞧见了，将最末那句"风流似十里莲亭，雕笼相近，绮户低斜，苔痕满阶燕衔碧玉，轻掩湘妃幕绣"念了几遍，笑着说："这个可以和着曲子当唱词，你这个故事唱词都还好，班主真有眼光。"

花涵景在一旁，穿着薄薄的青衣，语气很平淡："我倒是觉得念起来不怎么平，只怕唱不来，硬是要唱的话，听起来也不舒服。"

闵琉立刻反唇相讥："还不是你不会唱，这天下哪有唱不来的词，只有不会唱的人！"

花涵景的脸阴沉下来。

颜淡将闵琉按下去，笑眯眯地说："词是写得韵律不齐，可是你这么厉害，再不平的词也能唱得别有风味嘛。"

花涵景绷着的脸皮松了松，拿过簿子转身走开："我先拿去看一看再说。"

闵琉噘着嘴："啊，你竟然连这么违心的话都能说出口，我不理你了。"

颜淡心道，她师父这样了不得的人物都喜欢听好话，凡人自然也爱听了。

戏班子在南都落脚后的第一台戏，便是颜淡写的那出。后面连着三晚，都开了同一出戏。因为连南都城里几位贵族公子都来捧场，看戏的人异常的多。班主很是高兴，连月银也多给了她三钱银子。颜淡虽然知道这班主实在吝啬，但心里居然很没出息地觉得高兴。

颜淡搬过梯子，架在戏台边上踩上去摘挂在台上的灯笼。

赵大叔在身后叮嘱了一句“小心点别摔下来”，就扛着道具走开了。

颜淡伸手勉强够着灯笼的挂绳，突然脚下一空，只听一连串喀啦喀啦木头断裂的声响，人已从木梯上摔了下来。这样摔下去是摔不死她，不过会不会扭到腰就不好说了。颜淡很是纳闷，她近来起得早又忙，只会是瘦了，应该不会胖到连梯子都踩断的地步吧?

颜淡并没有摔在地上，而是有人伸臂过来，搂着她的腰把她给抱了起来，轻笑着道:“这种粗活,怎么能让姑娘你去做呢?要是摔着哪里了,可不是暴殄天物?”

暴殄天物……

颜淡结结实实地打了个寒战：她莫不是，被人调戏了?

她看了看搂着她腰的那人，再看了看他手中描金折扇，最后瞧了瞧旁边断成一截截的梯子，瞬间想明白两件事：第一，这位登徒子公子很有钱，他这把扇子若是拿去典当能当不少银子。第二，梯子不是被她压塌的，而是被这位公子弄坏的，这个力道，看来对方会功夫。

那人啪的一下打开折扇，慢慢摇了两下，微微笑着问：“怎么，你没有什么想说的么？”

颜淡面无表情地问：“你是谁啊？”

那人像是有些惊讶，唔了一声，合上折扇敲了敲自己的下巴：“你不认得我？！”

颜淡拍开他的手：“我该认得你吗？”她最讨厌这种手脚不干净的人。

他轻笑出声：“我还以为全城的姑娘都认得我呢，不过没有关系，在下姓林，双名未颜，姑娘见笑了。”

林未颜?

颜淡想了想，立刻想起来了：“你就是那位林世子啊。”南都是南楚的国都，达官贵人、皇亲国戚大多在这里。林未颜是当朝郡王世子，官拜监察司，还有功名在身，可谓少年得意。还有一位当朝相爷家的公子，名叫裴洛的，是监察司的督司，两人在南都城都出名得很，只不过出名的都是些风流韵事。

“那位？这是什么意思？”

颜淡忙不迭道：“没什么没什么，我随口说说的。”她总不能说，林世子你真的很出名，这南都城谁人不知谁人不晓你一直号称“风流不下流，留情不留种”啊。

林未颜挨近一步，微微笑道：“我前日看过你写的那出戏了，很不错，就连裴洛裴兄都称赞了。”

颜淡忙往后退了一步：“多、多谢。”

“现在你知道我是谁了，可还有什么话想同我说的？”他顺势又逼近一步。

“对了，”颜淡指指一边的梯子，“这个梯子还半新，当初是用一钱银子买回来的，你赔吧。”

第六十三章·南都行

林世子果然很有钱。

颜淡揣着他黑着脸赔给自己的一锭银子，心里很欢快。其实梯子已经旧了，绝对不值一钱银子，可是林世子居然赔了这么多。颜淡掂了又掂，觉得大约有四五两重。五两银子，真的算很多了，她在戏班子里一年也绝不可能赚到五两银子。

这种纨绔子弟可真会败家啊。

颜淡跑去兑了碎散银子和铜钱，买了些吃食带回去请戏班子里的人一块吃。她一直怀恨班主太吝啬，所以没叫他，花涵景不屑同他们蹲在一块吃东西便顾自走了。

闵琉含着素鸡，含含糊糊地问："是谁啊，竟然给了你这么多银子？"

颜淡笑嘻嘻地应道："就是那位林世子嘛，大约他家里钱多得用不完，就用来砸我，我当然不会客气，帮他好好用了。"

闵琉嚼着嘴里的食物，含含糊糊道："哦，是那个林世子啊，难怪。"

赵大叔忙道："颜淡，你以后可要当心些，这些贵族子弟都不是好人，同他们在一块你会吃亏的。"

颜淡很是乖巧地回答："是，我以后就是连话都不会同他们多说的。"她可不觉得自己是什么倾国之色，林世子也不过图一时新鲜，才不会整日缠着她。

谁知翌日，颜淡刚出了临时租来的院落，迎面便撞见了林未颜。林世子一身蓝色官袍，衣带翩翩，勒马而行，见着她微微笑道："颜姑娘，你看今日天气晴好，实在是踏青出游的好时节，不如我们一起去散散心可好？”

颜淡不由心道，踏青出游，那也需是春天，现在明明都入夏了，当然是天气晴好，一日晒下来人都要蔫了。凡间的习俗中，惯于唤人的姓，再加上姑娘公子什么的，而她的名字就是叫颜淡，也多亏了这个“颜”字，从表面看来，和凡人的姓也差不离。

林未颜勒着马低头看她：“你是怕日头猛么？城外章台江畔树荫很密，不会晒的。”

颜淡委婉地开口：“林世子，你不是还要巡城么，这样恐怕不好吧？”

林未颜轻笑：“那有什么，这种事不过是做做样子给别人看的。”

颜淡推辞道：“这不好吧，便是做给别人看也该做足样子啊！”

林未颜突然俯下身来，一把将她抱起来挂在马鞍上：“那我们先巡城再出游。”他一抖马缰，马儿飞快地向前奔去，颜淡头朝下挂着，只觉得头晕眼花，说话声音也大了起来：“林未颜，你到底想怎样？！”

可叹她居然不敢咒他在巷子里骑马撞墙，若是真的撞了，她也会一起遭殃。

只听林未颜颇为意气风发的声音从上面传来：“怕什么，我不会让你摔下去的。”

颜淡只觉得头脑发胀，全身血都倒流，开始恶心想吐，连话也说不出来。

林未颜刚在章台江畔勒住马，颜淡几乎是连滚带爬地从马鞍上翻下去，趴在岸边吐了个天昏地暗，几乎把昨晚吃的都一块吐出来了。

林未颜走到她身边，打开折扇替她扇着风，讶然道：“你真的这么难受？”

颜淡气结，隔了片刻才平顺了气：“不难受，一点都不难受，我就是吐着好玩的。”

林未颜不甚在意地伸手搭在她肩上，笑着：“颜淡，你还真的和我从前见过的那些姑娘不一样，嗯，很有趣。”

颜淡转过头，杀气腾腾地盯着他，缓缓道：“你想文斗还是武斗，要是输了你以后就别再来烦我。”

他啪的合上折扇，很是为难：“这个不太好吧，我怎么可能和一位姑娘动武，万一磕磕碰碰伤到你了，这未免也太不怜香惜玉了。若是比文的，我是文举殿试出身的，实在是胜之不武……”

颜淡很郁结，敢情他担忧的是自己胜之不武：“那就比文的好了，看见那边的楼阁没有，咏物赋景。”

林未颜用扇柄支着下巴，微微笑道：“我选词牌，你只要想得出来便算我输，这样好不好？”他想了一想，又道，“词牌就选最高楼吧，你慢慢想，太阳落山之前想出来都算你赢。”

颜淡看着他，忍不住道：“你倒是很谦让啊……”

林未颜向着她微微一笑，又打开折扇慢慢摇了起来。

颜淡来回在江堤边走了好几趟，突然停住脚步：“那我念给你听了？”林未颜扬了扬折扇：“请。”

“犹记雾敛，烟波澄光碧。相逢时、正年少。回首望那时明月，章台杨柳闻羌笛。飞絮乱，薄酒寒，胭脂落。奈若何、多情应笑我。”

“你们女孩子总是喜欢写些情啊愁的，慕将军家的小姐也爱写这些，这几句不算好，没甚意思。”

颜淡抬眼望着西边落日，突然想起夜忘川的夕阳，那日复一日寂寞却艳丽的夕阳，剩下几句便脱口而出：“又谁知、此夜登高楼。西风绵，弦歌断。流云不知斜阳倦，高楼不解流水愁。缘生灭，韶华却，几时休。”

林未颜直起身，低声道：“流云不知斜阳倦，高楼不解流水愁么？呵，看来我不认输也不成了。不过我既不是那流云，也不是高楼，你若是愁了倦了便来找我。”

颜淡立刻起了一身鸡皮疙瘩，她算是长见识了，林世子大约是能骗到些年轻姑娘。

但是肯定不包括她。

然而在南都的日子却没有就此安宁下来。

起因在于林世子根本就没有把那天答应过的事放在心上，还是时时刻刻来烦她。

“颜淡,你的名字里有一个颜字,而我的名字里也有,可见这是天注定的缘分。”

“你名字是令尊取的,我的名字是家父给的,要说缘分的话,还是两位爹爹更有缘吧?”

“女子无才便是德,难道你们南都没有这种说法么?”

“嗯,有啊,可你不是寻常女子。”

“那男女授受不亲这种传统美德,南都没有吗?”

“嗯……这个也有啊,可我恰好也不是寻常的男子。”

“……”

“你到底看上我哪一点了?”

“嗯,戏本写得不错,还会作诗作词,长得顺眼。最要紧的是,性子很有趣。”

“如果让你在我和兰心绣坊的黄姑娘间选一个,你会选谁?”

“非要选一个这么麻烦么,我两个都会选。”

“如果只能选一个呢?”

“女孩子要有容人之量,一个是娶两个也是娶,大家在一起热热闹闹岂不是更好?”

“这就对了嘛,如果你真心喜欢一个人的话,心里就只会记得那个人,其他人全然不会放在心上,更不会觉得热闹还很好。”颜淡万万没料到自己竟然还会有给凡人解释情为何物的一天,甚是骄傲,“你只是觉得我很有趣,和你从前见过的那些不一样,一时图个新奇罢了,你其实根本就不喜欢我。”

“你的性子是很有趣,也很新奇,可我的确是喜欢你啊。”

颜淡噎住,头一次很想杀人。她时刻要花费心思想怎么躲开那位林世子,而闵琉却时常不见人影,隔了好几日,她才知道,闵琉这几日都同那位相国公子裴洛出去游玩了。

一个林未颜,一个裴洛,都是风流成性没有半点节操。颜淡真不想看见闵琉被那些贵族公子给糟蹋了。赵大叔苦心劝过几回,闵琉却听不进去,日日晚归。

日子一晃，便过完了整个夏天，眼见着走到盛夏的尾巴上。戏班子要回桐城去了。颜淡有几回夜里撞见闵琉在哭。想来也是，这种事那些贵族公子本来就不放真心进去，自己先赔了一颗心，伤心总难免。

颜淡看着她哭，心里也不好受，却只能拍着她的背帮她顺气。

东西很快就收拾妥当，他们当日就离开南都转回桐城。闵琉一直回头望着南都城，眼睛红肿，形容憔悴。颜淡递过一包刚买的玫瑰糖，微微笑着："你要是不回头看的话，我就请你吃糖。"

闵琉瞪着她，突然一把夺过那包玫瑰糖，往嘴里塞了好几颗，用力嚼出了声。

颜淡不由心想，她这个样子该不是在心里想着怎么把那位裴公子嚼碎吧，真狠……

他们到南都时，大多时候是步行，而回桐城时还是徒步，结果错过了宿头，到了入夜时分才翻过半座山。颜淡走了一段路，忽然觉得有些不对劲，总觉得这段路像是刚才走过似的，她不想危言耸听吓到大家，便一直忍着没说。

待第三遍走到同一个地方的时候，班主停住脚步："这里好像刚才走过。"

颜淡接过闵琉手里提着的灯笼，朝着树丛照了照。只见周遭树林茂密，古树参天，树干上还盘着密密的紫藤。闵琉紧张地抓着她的手臂，小声问："是不是你刚才看到什么东西了？"

颜淡摇摇头，简单地道了一句："没有，我只是怕这里会有野兽。"

闵琉立刻甩开她的袖子，疾步挤到班主身边，顺便还撞了花涵景一下。

颜淡举起手里的灯笼，只见那层薄纸上正有一只飞蛾扑扇着翅膀噗噗乱撞，她再次回头看了看那片树丛。树干上缠着的紫藤正开着淡紫色的花儿，山野湿漉漉的空气中涌动着淡淡馨香。

大约在漆黑山道上走了半个多时辰，只听赵大叔低声骂了一句："又回到这里来了。"

颜淡默不作声。这山里难免会有些刚成形的山妖精怪，他们未必当真有恶意，有时候只是太无聊才会向凡人开开玩笑。只是，现在已经是第四次绕回原地了，这样的玩笑未免过了头。

颜淡闭了闭眼，灵台瞬间清明。她却只闻到空气中那股淡淡花香，没有杀机和戾气。

她缓下步子，仔细看着周围，慢慢和前面的人拉开一段距离。

这很可能是鬼打墙的术法，说得简单明了一些，不过是一种障眼法，用幻术把两块不相连的地方拼接在一起，走过的人只能在这两块地方反复绕圈。他们现在就这样被困住了。

颜淡低下身子，用灯笼照着地面，慢慢往前找。只要是障眼法就一定会有破绽，这是师父曾经教过她的。就算周围的山路都拼接在一起，也必定有一块地方是拼错了的。

颜淡伸手在地上摸了摸，映着灯笼的光，手指上沾着的是黏土，而再往前走了两步，脚下的却又变成了红土，只隔了这么几步，土质是不会变得这么快的。她倏然转过身，只觉得周围突然变成了白茫茫一片，一个惨兮兮的声音在耳边哭着："你的前世害死了我，我今生是来向你索命的——"

颜淡脚步一顿，忽觉后颈被人轻轻吹了一口气，那人继续哭道："前世的债今生来偿，还我命来……"若是换了别人可能被吓得不会动了，可是她却不为所动。对方和她扯什么前世今生，她活到现在也不过一辈子，哪里来的前世今生？她听着声音越来越近，似乎到了左近处，飞快地伸出手去，居然一下子就捏着那只捣蛋的山妖精怪的脖子。

那大约是只花精，身上散发着淡淡的香气，化成人身的模样还是个姑娘，嘴巴张大可以塞进一只鸡蛋的光景。她瞪着颜淡，隔了好一阵才想起要挣扎："你抓着我干什么？还不快放了我！"

颜淡将她拎起来，很不客气地威胁道："你先把障眼法解开。"

那花精张了张嘴还要说话，颜淡顺势拎着她摇晃了一下，她立刻大叫起来："我知道了我知道了，这就解开，你别晃我了。"

颜淡松开手，蹲在一边看她咳嗽连连，支着颐问："你是花精么？"

姑娘立刻起身在她面前转了一圈，衣袂翩翩："你看我的长相，再看我的衣裳，除了花精，这世上哪里还有这么美貌的妖！”

“那就好，你们族长在哪里？带我去见他。”颜淡起身，拍拍衣袖上沾到的灰。

“你要找我爷爷？为什么——咦，我觉得你好像和我是一样的，可是你为什么没有妖气？”

颜淡低头看她，忽然觉得以暴制暴实在比怀柔更有用：“你到底带不带我去？！不带的话，你最早是什么样子的，以后就是什么样子！”

第六十四章·花精一族

树荫暗处，两个黑影凑在一起，看着戏班子一群人渐渐走远。

“喂，你现在不和那些凡人过了，不用打声招呼吗？”

“打了招呼就走不掉了……”

“啊，万一他们不死心怎么办？要不要我变个尸体出来，然后划花了脸丢给他们去捡？”

“少废话，现在就带我去见你爷爷。”

“你好凶，这么凶当心以后嫁不出去。”

颜淡握着拳头，硬生生挤出一句话来：“不劳您费心了。”

人生无不散之筵席。虽然在戏班子里过得很高兴，可毕竟她还是和凡人不一样的。凡人有生老病死，而她却不会变老。她永远不能把自己当成一个凡人。与其等到以后，他们把自己当成异类，或是自己不得不看着他们一个个离世，倒不如现在悄悄离开。

当初自己摔在戏班子门口，如今在这里分别，其实也好。

“我走不动了……好累哦，你背我吧？”

“不背。”

颜淡不由想，她是下了决心要变成妖的，可是看着眼前这只花精的模样，她是不是要再慎重考虑一下了……

“那你抱我吧？”

“自己走。”

“你好凶，这么凶以后一定会嫁不出去的。”

颜淡猛地转过身，抓着她摇晃几下：“你怎么这么啰唆——咦，你你你……你是男的？！”她愣了一会儿，伸手又摸了摸对方的胸口，十分平坦，再扯开对方外裳的衣领瞧了瞧咽喉处，忙松开手鄙夷地看着对方，“亏你还是男人，原来你有易红妆的癖好！”

那少年模样的花精义正词严地说：“怎么，我穿着这一身好看，不能穿吗？！”

颜淡往前疾走两步，只见他立刻就贴了过来，连忙退开去：“你别靠过来。”她最怕的就是那种明明是男人，却弄得比女人还花俏柔弱的，每见一回便起一身鸡皮疙瘩。

“为什么？我身上这么香，你竟然还敢嫌弃？我偏要靠着你，怎么样？！”

“刚才都说过了，你不要再靠过来啊！”

“你这么凶，以后一定会嫁不出去的！”

啪——

颜淡的理智崩断了：“第三次了！你到底有完没完，反反复复就是这一句话，你信不信我现在就把你打回原形？！”

然而事实铁证如山，不管是从前，还是后来，都证明了这句话是对的。颜淡蹉跎了这许多年，一直没能嫁掉。

颜淡入了妖籍，其中经过就和她当初脱离仙籍一样简单。他们花精一族的族长模样苍老，头发稀疏，头顶已经秃了大半。而花精们大多生得很美，只是特别聒噪，大约化成人形前的几百年一直扎根在同一个地方，实在是给憋坏了。

他们花精一族，在妖中还算是生生不息，繁衍旺盛。颜淡想着他们这一族便是凭着族人的数量多少也能占山为王了，却偏偏臣服于铘阑山主。

铘阑山主，万妖臣服。

颜淡觉得这句话听起来，实在很是气势非凡。可是再是有气势，他们堂堂花精，却何必非要依附于别人？她虽然不像赵桓钦那样有掌控六界的野心，可向别人屈服，未免也太丢脸面了。

“你说，从表面看，松树和竹子哪个牢固些？”族长端起茶杯品了一口茶，问道。

“应该是松树吧。”

“确实是松树。可是你看，每逢大雪天树上压满积雪的时候，竹子每一回都被压弯了腰，而松树却挺得笔直，然而到头来竹子没有断，可松树却折了枝丫，你说这是为什么？”

颜淡怔了一怔：“因为松树不肯像竹子一样折腰？”

族长抬手在桌子上一敲：“在凡间有句俗话，木独秀于林，风必摧之，也是这个道理。铘阑山主现在有这个本事独秀于万妖之中，我们就要臣服。当妖也要会看情势，明明知道硬拧着没有好下场，何必还要硬着来？不就是弯一弯腰嘛。”

颜淡顿时肃然起敬。

颜淡以为，不管是妖抑或凡人都可分为三类，人物、人才、人渣。

族长是个人才，赵桓钦是人渣，想来那素未谋面的铘阑山主该是个人物。

待到入秋时分，颜淡开始有些发愁。

她原以为手臂上的尸斑过不了多久便会自己消退，谁知到现在，非但没有一点消退，反而多长出了一块，再这样下去，她定会变成天地间第一只长满尸斑的花精。

这几日，族长开始挑选一些美貌族人，打算送到铘阑山境给两位山主大人当姬妾。这件事，每隔五十年必有一回，从不间断。

那日颜淡正到族长家做客，只见他在箱子里摸了半天找出一只小巧锦盒，打开了给颜淡看：“你来得正好，我想来想去不知该送什么过去，幸好突然想起还有这个压箱底的好东西，你看怎么样？”

锦盒打开的那一瞬间，颜淡立刻闻到一股如兰似麝的香味，顿觉通体舒泰：“这看上去像是一颗丹药。”

族长点点头，将锦盒盖上：“的确是颗丹药，叫衍碧丹。当年我祖上用千种药材炼制成的，驱除阴气，调养身子，都用得上。”

驱除阴气？颜淡只觉得热血沸腾，硬生生按捺住激动问：“族长，你莫不是要把这颗丹药送给铘阑山主？”

“是啊，金银珠宝、酒器美人，这些东西加起来只怕也不如这一颗丹药来得珍贵，我已经叫人把衍碧丹写在礼单上送去了。”

颜淡沉吟着既然礼单已经送出，而她也是花精一族的，若是现在把丹药给私吞了，实在有些说不过去。不过等到族长把东西送出了手，她再去盗出，应该就不会连累到族人了吧？

她蓦地起身，身子微微前倾，紧张地问：“族长，那两位铘阑山主有没有易女装的怪癖？或者，是不是那种弱柳扶风、比女人还柔弱的那一种？”

族长抹了抹汗：“这、这种话可不是随便乱说的……无稽之谈，无稽之谈。”

颜淡再将身子前倾一些：“我想当山主的姬妾，你能不能顺便把我一块儿送掉？”

族长摸着胡子，很有点不好开口：“颜淡，其实据之前几回两位山主挑人的情状来看，山主的喜好实在不是你这样的。”

颜淡左思右想，还是不死心：“可是，可是这种事不试试看怎么知道？说不定现在山主口味变了，想换其他的呢，总吃一盘菜也会有吃厌的时候嘛……族长，你就让我去，就算真的不行我再回来也是一样的。”

族长被她磨得没有办法，最后只能点了点头：“那你也好好去打点一下，免得出去丢了我们花精族的脸。”

于是，颜淡便和自己的族人远赴铘阑山境。

临行那一日，紫藤——也就是族长那个喜欢易红妆的孙子，穿着一袭紫绣冰绡衣衫欢快地在颜淡面前转了一圈，笑着问：“你看我这身衣裳好不好看？”

颜淡自觉已经把对他这种怪癖的厌恶表达得很明显了，结果那只迟钝的花精居然一点知觉都没有，反而显得她像是一直在自说自话，只得勉强应了一句：“还好吧。”

紫藤在她面前，认认真真地说：“我想你很快就会回来的，所以就不和你正经地道别了，你到铘阑山境可千万别这么凶，到时候得罪了山主可是吃不了兜着走。”

颜淡露出一脸牙疼似的笑容："承蒙你吉言啊——"她飞快地出手，将紫藤身上那件紫绣冰绡衫子剥了下来，动作干净利落，微微笑着道，"女子的衣裳可不是这么好穿的，你要穿，至少也该知道什么时候要一下子就能脱下来，什么时候怎么脱也脱下不来，懂么。"她这一手还是在戏班子里学成的，刚开始时候没有仙法，便是连自己的衣衫也穿不好，后来练得熟了，那些戏子刚下台，她一眨眼工夫就能把对方的戏服给换下来。

紫藤扯着中衣，嘴巴张大喃喃自语："你原来有这种嗜好。"

颜淡揉了揉太阳穴："我的嗜好再多，也没有你的奇怪。好了，我真的要走了。"

紫藤抱着外裳，冲她挥挥手："颜淡姊姊，祝你马到功成，不，马失前蹄。"

颜淡这回不太想和他计较了。

这样说来，她当真要为了衍碧丹去当山主的侍妾？到现在为止，她连那两位铘阑山主是什么样的妖都不知道，不知道对方性子如何，生得又是什么模样。想来修为应该算是很高了，不知道会不会像族长一样，看上去年纪很大阅历很丰富，有一个锃亮的秃头？

她看着同行的族人们，一个个都是千挑万选的美人，她混在其中，根本不会引人注目。可是要得到衍碧丹，就得先接近山主，万一山主对她看不上眼，岂不是白白走了这一趟？

颜淡很苦恼。一路上都在盘算着怎么行事，才能最后一举盗得衍碧丹。得手之后，要怎么善后也是件大难事。但是她觉得，盗取了这珍贵丹药后，绝对不能立刻逃跑，那无异于此地无银三百两。

可是不管她把整个经过盘算得多么细致，摆在眼前最重要的一个难题始终还是不能解决：她该怎么不动声色且含蓄地讨得山主的喜欢呢？

第六十五章·锣阑山主

锣阑山境是大片山峦中一个四季温暖合宜的山谷，身处山谷中，遥遥可见锣阑主峰，上面终年覆盖皑皑白雪。

颜淡和其他族人所怀目的大相径庭。初到了锣阑山境那几日，山主未曾见他们，族人们便忙着修饰容颜对镜梳妆，颜淡却到处走走，盘算下一步如何行事。

锣阑山境外排布着阵法结界，就连山主的住处也有很高明的结界。这无疑给她增添了不少麻烦。当年在天庭之上，她学的东西既多且杂，却独独漏掉了数术玄学，对于排列阵法结界这种又麻烦又难学的杂学一窍不通。看来唯今之计，只有让山主看上了选为姬妾，才能随意进出山主的住处。

颜淡不由自主叹了口气，妖生得美貌的本来就多，他们花精一族美貌的更多，而她混在其中勉强只算得中人之姿。其实容貌本身并不是最重要的，长得普通却风姿优美，那也会叫人惊艳。但她有自知之明，自己根本毫无风姿可言。

就算往好的方面想，那两位山主比较注重内在美而不看重外表，她也不知该怎么不失礼又淋漓尽致地表现出自己美好的内在。

总而言之，现状堪忧。

颜淡踱到湖边，只见湖边大石边趴着一个孩童，屁股后面的尾巴正轻轻拍打着背部，头顶两只毛茸茸的耳朵一动一动的，是个没有完全化成人形的狼妖。他一面拨着眼前的糖，一面辛苦地数着："一颗，两颗，三颗，三颗三后面是五……五颗，五颗后面是……"

颜淡摸了摸衣囊，还好前些日子看着同族买蜜饯糖果，便也买了一包，然而她心里想着事情根本就没有吃零嘴的心情，这一包糖就带进了铘阑山境。

“啊，五颗后面是六颗！六颗，七颗，八颗——咦，怎么会只有八颗，明明其他人都分到十颗的，奇怪……”狼妖晃着尾巴，自言自语着。

颜淡在他身后，心里很郁结：这是谁家的孩子啊，怎么会养得这么笨？想来分糖的妖怪们故意欺负他，少分了糖给他。

“一定是我数错了，再来数一遍，一颗，两颗，三颗，五颗，六颗……”

颜淡终于忍不住了，走上前蹲在他身边放柔了声音：“哪，我来帮你数好不好？”狼妖看了她一眼，很是高兴地猛点头：“好啊好啊。”

颜淡伸手拨开一颗糖就数一个数字，待数到七时，糖已经没有了，便拿出自己的那包来倒出三颗：“一共十颗，现在对不对了？”

狼妖愣愣地看着她，奇道：“可是这里明明有十一颗啊……”

颜淡这才想起之前他数数从来没有数过四，当下拿起一颗塞到他嘴里，笑眯眯地说：“那现在是不是十颗了？”

狼妖美滋滋地把剩下的糖放进口袋里，抓了抓头，又问：“你是谁？我好像从来没有见过你啊。”

颜淡心中无比郁闷，这到底是谁家养的孩子，不但笨还很迟钝，这种事刚才不就应该问了吗，怎么现在才想起来。可是她有求于对方，只能继续笑眯眯地回答：“我是刚来这里的，所以你没见过我。”

狼妖愣愣地点点头，隔了好一会儿才噢了一声。

颜淡脸上的笑容已经有些僵了，继续循循诱导：“我有件很麻烦的事情想问你，你见过山主大人么？”

狼妖立刻笑得天真无邪：“原来你要问我这个啊，这个我知道……嗯，山主大人，我每天都能见山主大人。”

看来是问对人了，而且对方这样迟钝，就算套他的话，也不用什么技巧。颜淡支着颐，又问：“那你知不知道山主大人喜欢什么样的女子呢？”

狼妖傻傻地问：“什么是喜欢？”

“……”颜淡顿时觉得想从这小妖怪口里问话的自己真是个十足的傻子，“那山主大人平日对谁最好？”

“唔……山主对我就很好，从来不骂我笨。啊，我真的很笨吗？为什么总有人说我笨？”

颜淡摸摸他的耳朵，硬生生从牙缝里挤出一句：“你当然不笨了。”你已经超脱“笨”这个境界很远了啊！

狼妖毛茸茸的耳朵动了动，看来被挠得很舒服：“两位山主大人对百灵姊姊都挺好的。”

百灵么？

颜淡还记得第一天到锵阑山境，为他们安排住处的便是百灵，是羽族人，高挑又妩媚，原来山主喜欢这样的女子，也难怪族长会说她不对山主的喜好。不过现在知道了这个，也算是一点收获吧，到时候入不了山主的眼，还不如讨好百灵，反正结果都差不多。

“紫麟山主喜欢丰满娇媚的女子，余墨山主喜欢高挑温柔乖巧的。你与其问丹蜀，倒还不如来问我，我知道的可不算少。”

颜淡被这突如其来的声音吓了一跳，忙跳起来往后看，只见一位灰发男子步履优雅地走过来，亲昵地拍拍狼妖的头，低声说了一句：“爹爹要和这位姊姊说些事情，你到旁边去玩。”丹蜀很听话，立刻跑开了去。

颜淡张口结舌：“其实，我没有……”

“你是花精一族的吧？其实我们这里，时常会有各族族长送来些美人，大家都见怪不怪了，你不用紧张的。坐吧。”那人撩起衣摆，在湖边的大石上坐下，“刚才你陪着丹蜀玩，我告诉你一些事，这也算是礼尚往来不是吗？”

颜淡坐在他旁边的石头上：“你是狼族的……？”

那人笑盈盈地伸手摸了摸下巴：“我是狼族的族长元丹。”他顿了顿，又笑着说，“我今次还觉得你们族长真是奇怪了，怎么会送你这样的过来，真是……”

颜淡微微嘟着嘴：“什么叫我这样的？我有哪点不好？”

“我的意思是，从两位山主一贯的偏好来看，你实在是差得很远啊。仔细地说，你看你的脸不算美，不过，”元丹抬手摸了摸她的脸，“摸起来还算细滑。但是个子太矮，身材不够丰满，胸也平了点……”

颜淡眼疾手快，拍开他摸过脸后还要往下摸的手：“就算我长得不好看，那也算是别有风味吧！”

元丹大笑起来，笑了好一阵才道：“嗯，性子很有趣！不过山主是不会要你的，不如以后跟我吧？”

“你都有这么大的孩子了，我才不要你呢。”

元丹起身，正了正容色：“你起来让我看看。唔，转个身……虽然你的胸很平，但是腰很细，应该勉强还过得去。你们大约明日就能见着山主，你记得把腰身收得紧些。”

颜淡对这种事完全一无所知，便问道：“山主喜欢腰细的女子？”

“只要是男人，多多少少都是喜欢的。嗯，还有，你明早记着别穿那种很单薄的纱衣，妆容也尽量素淡些，便是不上妆也没有关系。”

“嗯？为什么？”

元丹叹了口气：“亏你还想当山主的侍妾，却一点都不明白事理。那种纱衣穿着是很好看，可是哪个男人会喜欢自己将来的侍妾在这么多人面前穿得这么单薄？还有，你这张脸便是上了妆也不会变成倾城国色，与其埋在一堆人里看不见，还不如素颜来得清爽。我瞧你现在这样就可以了。”

颜淡想了一想，继续虚心请教：“还有呢？”

“如果有机会，你不妨使点小性子，只要不过分，山主会觉得你很可爱。百灵就是太死气还长舌，一点趣味都没有。”

颜淡不由道：“听你这样说，我被选上的希望倒很大啊。”

元丹摇摇头，微笑着道：“我只是猜想，山珍海味吃多了，偶尔换成青菜萝卜也会很有风味。谁知道呢？山主也不可能一成不变就好那一口，偶然也会换盘菜吃么。”

颜淡很郁结。敢情她就是山珍海味中的一道青菜萝卜，真是太伤自尊心了。她就是当青菜萝卜，也应该是天下独一无二的水灵灵的青菜萝卜吧。

元丹说，明日山主便会见他们。这句话果真不假。到了晚上，族长便搓着手赶来告诉大家第二日早点起床打点，一大早就要见山主。

颜淡不知道元丹和她说的那些话对不对，但是她仔细想过一阵，觉得很有点道理。同她一起来锵阑山境的族人都是千挑万选的美人，她实在不算出挑，不管怎么修饰妆容，都只会被淹没在其中毫不起眼。

既然不能美貌压过群芳，干脆就丑过所有人，这样山主大人一眼看过来就能看到她了。于是颜淡决定只洗把脸就出门。原来准备的单薄精致的纱衣也放在一边，另外找出一件淡绿色的衫子，包得严严实实，只露出一截颈。

她这样的举动，惹得同族纷纷以奇怪的眼神看她，倒是来带路的百灵对她很亲切，一路上都同她说些寒暄的话。颜淡很满足，她就算不能被山主挑中，但得到百灵的喜欢，也是一样的。

走近大殿那一刻，百灵轻声道了一句："余墨山主今日可能不会来，在紫麟山主面前你们要留心些。"然后当先走到最前面，在一个穿着一袭紫色袍子的男子身后站定。

颜淡刚开始时觉得很是奇怪，余墨山主不来就不来，为什么要让他们留心些？

待她走近了些，瞧清楚紫麟山主那个模样的时候，明白了。不必如何形容紫麟山主的容貌风度，言简意赅一个字，凶。他坐在矮桌后面，高高在上，脸皮紧绷，俊脸阴沉，双眉皱成川字，好似底下有谁欠了他银子没还。不，欠钱不还实在太轻描淡写了，应该是谁杀了他一家比较妥当。

颜淡不由想，这位紫麟山主还是不要突然变口味看上她比较好，她受不起。颜淡随着族长慢慢走上前，眼角余光瞥到顶着一双毛茸茸耳朵的丹蜀，正朝着她露出天真可爱的笑容，元丹忙抬手把他按下去。

颜淡在面前的锦垫上跪坐下来，微微低下头看着膝，耳中听着族长同紫麟山主客套来客套去，等到族长呈上衍碧丹的时候，简直满室盈香，她好不容易才按捺住没有立刻扑上去抢。

紫麟将盛着丹药的锦盒随意往边上一放，回头看百灵："余墨呢，怎的还没过来？”

百灵低着头，轻声道：“余墨山主说他晚些过来，不用等他了。”

紫麟点点头：“偶尔等一等又算得了什么，那就再等一会儿。”

族长连声附和：“要等的要等的。”

颜淡叹了口气，刚才百灵说过，余墨山主今日可能不来的，若是他不来，那他们岂不是白等了？可惜她没这个胆子说话。

她这样跪坐在锦垫上，姿态是很有讲究的，腰要挺，背不能弯，头不能完全抬起来，要犹抱琵琶半遮面那种，时间一长实在比罚跪还累。颜淡跪得双膝都麻了，却不敢动上一动，只能在心里把那个摆臭架子的余墨山主来来回回骂了十七八次。

她不由自主地联想，该不是那位山主纵欲过度，起不来了吧。这样看来，她觉得还是紫麟比较好。直到后来，她才知道是自己的想法比较龌龊，据百灵说，那个时候余墨受了重伤身子还没复原。

等到颜淡在心里腹诽到第二十遍的时候，忽然听到斜方珠帘摇曳碰撞发出轻响，一个温和低沉的声音笑着说：“我不是让百灵带话过来说，不必等我了么，怎么大家都还干坐着？”

第六十六章·余墨

颜淡一直低着头看着膝，却觉空气中缓缓弥漫开一股若有若无的菡萏香木的味道。她余光瞧见一袭玄色的衣摆从自己身边掠过，不由得偷眼往上看去，只见那人轻轻撩起衣摆，在紫麟边上的矮桌后坐下，手肘斜斜地支着桌角，坐姿十分雅致。

紫麟阴沉的脸色稍稍缓和了一些："等一等又算得什么，才一个多时辰而已。"

颜淡愤怒了。才一个多时辰，这话说得好轻巧！敢情你是坐着喝茶吃点心，一个多时辰自然不算什么，可他们全端端正正跪坐着的，再多跪一会儿只怕连起都起不来了！

余墨低声笑道："算了，让他们起来坐吧，这样跪着也累。"

族长立刻道："这点累算什么，姑娘家就该有姑娘家的样子，不然成何体统。"

颜淡和凡人待了不少时日，其实凡间对女子的约束更多，好比平日走路说话都不能抬起头直视别人，不能跑只能走小碎步，如果是好人家出身的那更是得大门不出二门不迈。总之妖有的规矩，凡人全部都有，妖没有的，凡人也有。

只是族长，你谄媚得未免也太明显太不含蓄了。

余墨接过百灵递过来的茶盏，微微笑着向她颔首，便不再说什么了。

颜淡不知道是不是错觉，自从这位余墨山主出现，头顶上的飒飒阴风顿时消失了，整个大殿上充满了春暖花开的气息。等到紫麟将族长呈上来的装衍碧丹的锦盒推到余墨面前，说出"据说这衍碧丹对调养身子有些好处，你留着用吧"的时候，颜淡直接从暖洋洋的春意过渡到炎炎夏日，骨子里热血奔腾。

她勉强把目光转过去对准族长那个光亮的秃顶，强自平静心绪。

刚刚安抚好自己的激动心情，忽听上面响起一声茶盏盖子轻碰的脆响，颜淡不由自主地抬眼望去，只见余墨山主捏着茶盏，冷冷地看着她这个方向，也不见他用力，只听咔的一声，茶杯上迅速裂开一道细缝，并且像盘根错节的树根一样不断扩展开来。

颜淡心惊肉跳。

这种眼神该不是冲着她来的吧？

如果紫麟山主绷着张脸像是谁杀了他全家似的，那么余墨山主看她的眼神更像是她不但杀了他全家，还鞭过尸了。可是颜淡想来想去，连把在天庭上拔过南极仙翁三根胡子的事情都翻了出来，还是没有想起到底何时得罪过对方。

所幸隔了片刻，余墨缓缓放下手中的茶杯，转头向着紫麟道："那我就却之不恭了。"

颜淡看着那只化成一摊碎瓷片的茶杯，心里七上八下。她现在不想要衍碧丹了，只想找个地方躲起来，哪怕挖个洞也行。

族长搓搓手，胡子都笑得一翘一翘："山主你看看，这里都是我们千挑万选的美人，不知哪个可入得了眼？"

紫麟挥挥手，不怎么有兴致的模样："都带回去吧。"

却听余墨冷不防道了一句："既然如此，那我就挑一个，只一个就好。"

颜淡极小幅度地挪动了一下身子，只觉得自己全身骨头都僵硬地咯咯作响，心里尽量往光明的一面想：刚才余墨山主看的不是她，所以她不是山主的仇人。而事实上她的确还是第一次见到他……大概是这样吧。

只见眼前那一幅玄色的衣摆越来越近，却是越过她身边往后去了，颜淡刚松了一口气，却听见余墨淡淡地说："我只要最好的那一个，你们，谁愿意留下来？"

最好的那一个，肯定不会是她，但是颜淡自问脸皮够厚，立刻响应："山主大人，我可以留下来么？"

余墨停住脚步，别过头挑眉瞧着她："你？"

颜淡朝他露齿一笑，笑颜清澈："嗯，我的容貌虽然不是最好的，但是我修为很深啊……咳，不是，很多人都说我温柔体贴又善解人意。"从元丹那里知道的，余墨山主是喜欢高挑温柔乖巧的女子，第一个受自身外表所限制，后面两个定是要占全的。不知道从现在开始学着乖巧温柔还来不来得及？

余墨蓦然笑了，当真如春风拂面，干脆地说：“好啊。”

颜淡还正在绞尽脑汁想着自己是否还有别的好处可以列举出来，猛然听见他这么一说，顿时傻了。

太容易了，简直容易得让她有点接受不了。

余墨走到她面前，缓缓伸出手去：“起来吧，我叫百灵领你去我的地方。”

颜淡呆呆地伸手拉住他的手，一时半会儿还反应不过来，只觉得周围同族们的眼神升腾出阵阵杀机要把她剁成肉块。她抬起头，一张俊雅的脸映入眼中，同样映入眼中的，是他手上拿着的装着衍碧丹的锦盒，恍然觉得这人世间实在太美好了。

丹蜀小声地向着爹爹问：“那位姊姊是不是以后就会留在这里陪我玩？”

元丹和蔼地摸了摸狼妖的头：“姊姊不是陪你玩的，她要陪山主，乖。”他抬起头看了看颜淡，脸上还是有些不可置信，喃喃道，“难道真的是吃腻了一盘菜，想换换口味了？”

颜淡美滋滋地想，这位余墨山主真有眼光啊，一眼就看出她有多好，她一早就说了嘛，她就是当一碟青菜萝卜，那也是世间独一无二胜过山珍海味的青菜萝卜。

忽听余墨语声温和低沉：“百灵，你把人带到书房里去，先教她怎么把书放整齐了，再顺道把我的房间一并收拾干净。以后，你把这些事都交给她吧。”

几乎转瞬之间，在场所有人的脸色都缓和了，元丹露出“原来如此”的神色，紫麟笑着说：“我还在想，你的要求怎么越来越低了，连这样的都喜欢。”

颜淡已经饱受精神摧残到麻木了，只是一遍一遍地想着，如果只有一个人说她不怎么样，那还可以当成没听到，可是眼前这么多人都这样说，她是不是真的很差啊？

所以说……她真的有这么差吗？

敢情余墨山主其实不想要个侍妾，只是想要个丫鬟，于是才挑了她，那他刚才怎么不早说？！颜淡顿时暴怒，真是混账啊啊啊，就会欺负她这远道而来的弱女子，她不但要偷他的衍碧丹，还要抢光他所有的宝贝，拐走他所有的侍妾，气死人——不，气死妖了！

直到很多年后，颜淡方才知道，余墨这句话传到花精一族中，让她在一夜之间成了族人教育自家女儿的典范。每个当了娘的都会对自己的女儿说，你再怎样怎样就会嫁不出去、没人要，像颜淡一样。

她出名了。

“所有东西要擦三遍，然后把水抹干，最后再用白布抹一遍，看不到灰尘了才算好。”百灵动作利落地把柜子的表面擦干净。

颜淡环顾左右，把余墨山主的房间仔细看了一遍，忍不住道：“山主原来这么爱干净，连一粒灰尘都忍受不了。”

百灵抬起头，奇道：“不是啊，我一直都是这么干的，山主也没说不好。你觉得这有什么不对吗？”她放下白布，指着窗边的沉香炉，“这几夜山主都睡不好，到了晚上时候，你别忘记点上沉香。”

颜淡只得唯唯应是。百灵真是太细致，想来山主根本就不会在意桌上有几粒灰尘这种小事，她这样劳心劳力，可真辛苦。百灵将手上的东西交给她，又叮嘱了一遍：“要擦三遍，然后把水抹干再擦一遍，千万不要忘记了，还有……”

颜淡忙不迭伸手推着百灵的肩：“我知道了知道了，百灵姊姊，是不是还有沉香要点？我全部都记着了。”

百灵忍不住笑起来：“好啦，我不啰唆了，你看外面的天色都暗了，余墨山主马上就会回来，动作要快些。”她临出门前，又回过头叮嘱了一遍，“记得擦三遍啊，再用白布擦一遍。”

颜淡终于明白余墨山主为何急着找个丫鬟了，百灵这样妩媚的美人变成老妈子，真是暴殄天物。她举起刚刚推百灵肩膀时顺手从她发髻上取下来的簪子，对着油灯看了看，轻轻放在地上，然后开始翻箱倒柜。

都到这份上了，她一定要找到衍碧丹，就算找不到衍碧丹，也定要找到类似的能驱除阴气的宝物来替代。人们大多都把要紧的东西藏到柜子深处，或是上了锁的地方，她既然进来了，就要好好找一找。

至于那些桌子凳子，本来就够干净了，实在没必要再擦。

余墨倏然推门进来的时候，颜淡正站在一张圆凳上翻高处的柜子，对方脚步本来就轻，加上她正全神贯注着，完全没有留心有人走近。直到听见房门吱呀一声轻响，颜淡立刻反应过来，方才猛虎落地式跳下，蹲在地上装模作样找东西。

余墨踱到桌边，倒了杯茶喝了一口，隔了片刻朝她这里走过来。颜淡很是紧张，她刚才动作够快，应该还不至于被发觉吧？只见余墨走到离她五步的地方，俯身拾起百灵的发簪，递了过来："这是你的？"

颜淡忙起身，朝他微微一笑："这是百灵姊的，不是我的。"

余墨淡淡地嗯了一声，随手把簪子放在桌上："原来你是在帮她找。"

颜淡想了想，觉得现在正主回来了，东西是不能再找了，可是需得温柔体贴，于是抢上前："这茶都凉了，我去换一壶过来。"

余墨有些困倦地用手支着额，低声道："不必了，凉的就可以。"

颜淡想起百灵的嘱托，走过去将沉香点上了，轻声试探地问："山主你很累么？要不要我帮你敲敲肩？"

余墨有些意外地瞧了她一眼，还没说话，只听外面响起两声叩门声，百灵推开门："我那支簪子丢了，不知道是不是……"她一眼瞧见桌上的那支发簪，欢喜地拿了过去，"这支簪子是我最喜欢的一支，还好被山主你捡到了。"

余墨缓声说："不是我找到的，是颜淡帮你找的。"

颜淡愣了一下，有些不明白余墨为什么要这么说，可是百灵的下一句话立刻让她如坠冰窟："咦，颜淡你怎么知道我在找这支簪子？我刚才可没跟你说过啊！"

颜淡只得干笑两声："我看你走的时候，发髻上好像比先前少了什么，我就找了一圈……"

百灵捧着簪子，再三道谢后离开了。颜淡却觉得无端起了一身冷汗，原来当家贼也不是件容易的事。

余墨对这件事看来也不甚在意，淡淡道："那床被子我觉得不太舒服，麻烦你拿一床薄些的过来。"

屋子里的柜子大多被她翻遍了，被子放在哪里还记着，便熟门熟路地打开其中一只柜子，挑了一床薄的被子出来。

忽听余墨又道了一句："看来百灵已经把哪里放了什么东西都告诉你了。"

颜淡抱着被子，僵硬地站在原地，隔了一会儿才道："是啊。"现在百灵已经走了，无人可以对质，他应该不会无聊到等明天再去问百灵吧？

她动手将被子拍了拍，这被子其实已经很松软了，盖起来应该会很舒服的。然后把床上那床被子给收了起来。做这些事的时候，忽然闻到一股很好闻的香味，她微微偏过头，只见余墨从桌子上摆着的书册下面取出一只锦盒，打开看了看又随手扔在那里。

颜淡真想抽自己几个耳光，她要找的东西就这么被随手丢在那里，她居然在一边翻箱倒柜，还落得现在这番尴尬境地！她这是傻啊！

她做完手上的事，再次走到山主身边的时候，发现他已经伏在桌上闭着眼，像是睡着了。颜淡低下头，瞧着他年轻俊雅的脸，很苦恼地想，他现在究竟是真的睡着了还是闭目养神？她没有把握，眼见着衍碧丹就摆在自己眼前，却不敢伸手去拿，实在太亏心了。

颜淡伸手轻轻推了推他的肩，轻声道："山主，你若是困了，就去床上睡。"

余墨嗯了一声，却还是不动："过半个时辰再叫我。"

颜淡只得守着沙漏，时时回头去看那衍碧丹，继续天人交战、左右为难。去拿，还是不去拿，这真的很难抉择。就这样看着沙子无声滑落，颜淡的眼皮也渐渐重起来，居然就此睡了过去。

第六十七章·讨好的办法（上）

颜淡是被窗外流莺清脆的叫声惊醒的，她一下子坐了起来。昨晚她好像做了个很古怪的梦，梦里她和衍碧丹待在一起，却一直没敢去拿。

完全清醒过来的一瞬间，颜淡简直惊吓过度，昨晚余墨山主让她看着时辰然后提醒他，可她居然自己睡过去了。她动了动身子，只见一床松软的被子从身上滑了下去，再转头看看周遭摆设，冷汗涔涔。

她不但睡过去了，醒来的时候居然到了山主的床上，这未免太过惊悚了。

颜淡拉开被子，只见里床十分平整，想来没有人躺下来过。

余墨山主人呢?

颜淡整理好床铺，正瞧见桌上随随便便摆着那只装衍碧丹的锦盒，虽然很想拿，但还是没有出手。

颜淡一整日都是浑浑噩噩的。

百灵打开沉香炉的盖子往里瞧了瞧，笑着说："都怪我忘记了，这沉香是助眠的，点得太多就和迷香无异了，只要指甲大的一块就够了，你看现在烧了这么多。还好你开了窗透气，不然就是睡十天半月都醒不过来。"

颜淡却知道，这窗本来是掩上的，自然也不是她打开的。

她吁了一口气，也难怪昨晚会克制不住睡过去了，原来是这沉香的缘故。

"余墨山主去哪里了？"

"你还不知道啊，山主他近来受了伤还没复原，时常到山里去，晚上定会回来一趟的。"

颜淡很阴郁，他走得真坦荡真潇洒，她却要坐在这里对着衍碧丹，简直是折磨。看来余墨山主对这衍碧丹并不怎么看重，她定要想出一个法子来讨好他，然后山主一高兴说不定就会送她什么东西，那个时候就可以名正言顺把东西拿到手了。

然而该怎么含蓄而不动声色地讨好山主呢？

族长就谄媚得实在太明显，想来结果也不会好到哪里去，她定是要做到高明而不露声色才好。

颜淡的师尊是九重天庭上很了不得的上仙，喜欢听好话。

她和凡人处了一段时日，那个对谁都没什么好脸色的花涵景在听到好话时，脸色会稍许缓和一点。

那么妖呢？

颜淡绕过长廊的时候，迎面撞见黑着脸状似十分严肃的紫麟山主，立刻笑得很讨人喜欢："紫麟山主，你今日真是神采奕奕，英俊非凡啊。"

原本阴沉着脸的紫麟朝她笑了笑。

颜淡再接再厉，见缝插针补上一句："紫麟山主你笑起来真好看。"

紫麟红光满面地从她身边擦身而过，背后好似有一轮红日升起，光芒万丈。

颜淡心想，看来好话对于妖来说，果真也是有用的。

她拐了个弯，走到后花园，就看见余墨斜斜地倚坐在老槐树下的美人榻上，衣衫不怎么齐整，有些松垮，一手搁在膝上，另一手拿着一卷书在看。他听到脚步声，只抬头看了一眼，复又低下头去。

颜淡走过去，很是迟疑，她该怎么才能和对方搭上话呢？若是在山主面前站着说话，这样岂不是居高临下地俯视他，实在是太失礼了。可要是蹲在美人榻边上，这姿态未免也太难看了。颜淡左思右想，觉得她现在好歹还挂着山主侍妾的虚名，表现得亲昵些也是应该的。

她看准位置，转身轻轻坐下，原来按她的设想，要正好坐在余墨身边，过一会儿不论是余墨想搂着她的腰还是她小鸟依人地倚到他怀里，都只是举手之劳。谁知余墨在她坐下的一瞬间，忽然变了个坐姿，坐得极为端正，两人之间顿时拉开一段可以再塞进一个人来的距离。

颜淡呆了呆，这个开场就不顺遂，不过她现在都豁出去了，一定要做个十足十，这点挫折全部无视。她不动声色地往余墨那边挪了挪，见他没反应，于是再挪近了些。

余墨放下书，淡淡地看着她。

颜淡狠狠地吸了一口气，咬牙拉住余墨的手，干巴巴地说："山主，你在看什么书？"

余墨没说话，摊开封皮让她看。

淡蓝色的封皮上用隶书写了四个字：伏羲算术。

颜淡本来还想就着他看的书表明一下自己的才学，然后借着这个开头聊开来。可在看到封面上的字时顿时很泄气。《伏羲算术》是门很高深的学问，她从前每每想坐下来学，都看不进去一页纸，只得继续干巴巴地道："山主你真是博学多才。"

余墨任她抓着自己的手，似笑又没笑："是么？"

颜淡忙道："是啊是啊，山主你不但博学多才，长得还很好看。"这两句话一说，之前发堵的感觉已经没有了，说得十分顺溜，"可惜我都没怎么见山主你笑啊……"

余墨微微挑眉："你想看我笑？"

颜淡见话头转回正道上来，朝他微微笑着："你笑了就说明心绪很好，那我心里自然也会因为山主高兴而高兴了。"

余墨看了她一会儿，笑了一笑："你倒是很会说话啊。"

颜淡立刻接上："哪里哪里，这全部都是肺腑之言。"

"那你觉得，我怎么样？"

"山主大人你又好看又聪明，修为高深，性子沉稳温柔，没有架子，还很亲切……"颜淡已经顾不上余墨有没有这些优点，凡是能想到的都全部加上，诚挚至极地把对方夸成天上地下独一无二英明神武的妖。

末了，余墨抽回手："颜淡，如果你这些好话都说完了的话，劳烦你去帮我泡一杯茶过来，厨房在前面左拐的地方。"

颜淡意识到，光凭几句好话就想讨好对方，那是不可能的。

她做了一件蠢事。

颜淡决定去请教百灵。

“百灵，你说山主最喜欢什么东西？”

“嗯？好像没有什么特别喜欢的吧。”

“那你记不记得，从前山主有没有看见什么东西十分高兴的？”

百灵皱着眉回想一遍：“有一回出去看戏，连着看了好几天，大概还算是喜欢吧。”

颜淡很丧气。余墨喜欢听戏文，她总不能用妖术送一个戏班子过来唱戏给他听。若是要她自己披挂上阵，那还是免了，省得她唱得太难听把对方惹恼了。

“啊，我想起来了，这后花园的一池子鱼就是山主养的，他每日酉时都会去喂，不过这应该算是习惯了。”

不管是爱好还是习惯，总之是个千载难逢的机会。

颜淡心满意足地捧着一罐鱼食，掐着时辰守在莲池边等余墨经过。酉时还差一点，她开始往莲池里撒鱼食，只见里面那些鱼都摇晃着尾巴过来抢。

余墨走过来的时候，颜淡手中那罐鱼食已经撒下一半，池子里抢得最欢的那条鱼正肚皮朝天慢慢翻过身来。余墨伸出手去，只见那条吃撑了的鱼哗啦一声从池子里飞出来落在他手上。他捏着那条鱼，幽深漆黑的眸子朝颜淡望了一眼，手上微一用力，那条鱼立刻把刚吃进去的一点不少全都吐出来了。

颜淡很有自知之明，蹑手蹑脚慢慢往后退。

余墨走到莲池边上，把那条吐完的鱼扔了回去。那条鱼一入水，立刻活泼泼地游了开去。他负手在身后，淡淡地唤了一声：“颜淡。”

颜淡正欲转身夺路而逃，被这一声定在原地，尴尴尬尬地开口：“山主，你叫我啊？”

余墨语气甚是平淡地说：“以后这里的鱼，你不必记着来喂。”

颜淡连着做了两件蠢事，已经抬不起头来，轻声应道：“是，我知道了。”

这样连着摔了两个跟头，饶是颜淡脸皮再厚，也吃不消了。

她有点丧气地想，还是放弃吧，就算真的会长成一只满是尸斑的花精大概还需很长时间，在这段时日里不定另有转机。其实说到底，她还是对那颗衍碧丹比较眼馋而已。

待到第三日，她路过厨房，只见百灵正摇着扇子对着炉子扇风，一阵浓郁的药味冲鼻而来。

颜淡停下脚步，奇道："百灵你在烧什么？"

百灵捏着鼻子起身："是余墨山主的药，虽说都是很补的药材，可这味道真难闻。"

颜淡回想一番这几日见到余墨的情状，更是奇怪："可山主看上去无病无痛的，难道他的伤还没好么？"

百灵叹了口气："这件事，我是不能随便说给你听的。"

颜淡眼波一转，忽然想起元丹曾说过百灵长舌藏不住话，立刻干脆地说："既然是秘密，那就别说给我听了。"

百灵奇怪地看着她："你不好奇？"

她摆出一副不在意的模样："这是山主的私事嘛，我知不知道其实都没什么关系的。百灵你不用说给我听。"

百灵低头摇着扇子，隔了片刻又怀疑地看了她一眼。颜淡心里好笑，伸手摸了摸脸颊，装模作样地问："是我脸上沾到脏东西了吗？"百灵摇摇头，又低下头去，隔了片刻实在忍不住了，压低声音道："我说了，你就当没听到，也别说给别人听，其实……"

颜淡蹲在她身边，恳切地打断她："你不必这么为难的，真的不用告诉我。"

"我说你听就是了，啰唆什么？！山主这回出去，不知怎么受了重伤，连人形都维持不住，很多时候只能化为原形。你别看他什么事都没有，其实他就是走两步路都很累。"百灵一开口，便叨叨往下念，"听说是为了异眼才受的伤……你知道异眼吗？听闻那是聚集天地精华的宝物，山主拿着它很久了，突然被一只花精占了去。那花精一拿到异眼，不知怎么修为深了许多，却还不是山主的对手。可山主的运气实在太差，反而还受了伤……”

“连人形都维持不住，这么严重？”颜淡支着腮，“那余墨山主的真身是什么？”

百灵深刻地看了她一眼：“我怎么可能会知道？我们妖是不能把真身说给旁人听的，你不会连这个都不知道吧？更何况，山主修为这么深，他若是不想让我看到，我哪儿看得出来他的真身？”

颜淡是只半吊子花精，这件事族长从来没和她说过，她自然是不知道的。她之前的确是想看看余墨的真身是什么，但从来都看不到，想来是他的修为高过她的缘故。不过她看紫麟的时候，可以看见一个模模糊糊的土黄色圆圆的东西，那是什么？

不过这件事先搁在一边不去管。余墨山主受了伤，需要调养。这砂锅里炖着的药材再好，那也是药，肯定很难喝。

她可以学着炖汤给山主喝呀，这实在比前面那两桩蠢事都要有用得多。

第六十八章・讨好的办法（下）

颜淡在凡间颠沛流离过一阵，却从来没有学过怎么做菜煮汤。大约是戏班子里那群人先入为主，以为她是什么富贵人家出来的，这种烧火做菜的事从来不让她做，生怕她一个不心把厨房给烧了。

于是，颜淡只能灰头土脸地从头学起。她特意请教过百灵，把山鸡老参汤的炖法问了个明明白白。昨天的时候，她留心到山主吃得很清淡，一副食而无味的模样，觉得该加点荤的进去。

颜淡把老山参和山鸡木耳一块洗干净，守在炉子边候着。她是第一次下厨，战战兢兢，生怕火候过了把汤炖烂了，也怕没炖到火候不够鲜美，待炖的时候差不多了，就一点一点地放盐。她心中一点数都没有，万一盐放多了，前面的成果就全部毁于一旦了。

颜淡喝了一口汤，突然明白一件事。老天爷一定是公平的，她在音律上一窍不通，但是在厨艺上一点就会。其实她觉得自己赚了，毕竟弹琴什么的，放在清平盛世时候还可以，若论实在，远远不及会做菜。

她自问是只很实在的妖。

颜淡欢快地端着汤去找余墨。而他恰好坐在书房外面的长椅上，微微眯着眼小憩，待看到颜淡过来时，脸上的表情有些复杂。

颜淡立刻记起之前做的那些蠢事，稍微犹豫了一下，但是看见手中盛汤的瓦罐，又立刻坚定起来："山主。"

余墨支起身，随手整理了一下外袍："又怎么了？"

“山主，我熬了汤给你，你喝一口么？”

余墨看看她，再看看她手里的瓦罐：“你是第一回下厨？”

颜淡露出清澈的笑颜：“对啊，我还是头一次炖汤，就是为了让山主尝尝看的。”

余墨轻轻咳了一声：“是么？”隔了片刻，坐起身子，轻声道，“那我尝尝看。”

颜淡立刻倒了一碗汤送到他手上，只见他用勺子舀了一口迟疑了半晌才送到嘴边，又隔了好一会儿，微微颔首：“还好。”

颜淡不由心道，照他这个模样看来，莫不是觉得她第一次下厨定会炖出很难喝的汤，所以才弄得这么悲壮？她不开心地嘟着嘴，嘀咕着：“就算是第一回那也可以煮出很好吃的菜来，谁规定就一定会难吃？”

余墨伸手捏了捏她的鼻尖：“在嘀嘀咕咕什么？”

他这个动作很随意，却透出些亲切来。颜淡是那种给点好脸色就蹬鼻子上脸的典范，笑着说：“没有没有，我可什么都没说。山主，这汤真的只是还好而不是很好吗？”

余墨将快空了的汤碗放下，用勺子敲敲碗沿：“你自己过来看。”

颜淡凑近过去，被余墨在额上敲了一记：“里面还有沙子，以后记得把木耳洗干净点啊。”

颜淡目瞪口呆，她在余墨面前几乎是一刻不停地做蠢事，这全然不是她平常的水准。

翌日，天还没大亮，百灵连门都不敲，气势汹汹地径自破门而入。颜淡那时还在迷糊，揉了揉眼睛看见百灵虎着脸在桌边坐下，不由问：“……怎么了？”

百灵将手上的一堆东西摔到桌上，顾自生了会儿闷气，才闷声道：“山主已经在南面离湖不远的地方给你修了间院子，你等下收拾收拾搬过去住。”

这个消息当真如一道晴天霹雳击中颜淡的天灵盖，睡意一下子跑了：“为什么？！”

虽然她知道这是迟早的事情，余墨根本连一根指头都没碰过她，自然不会留她在身边了。可是她好歹还顶着山主侍妾的名头，现在都还没得宠，这么快就要失宠了，实在太伤她自尊了。

百灵烦躁地说："我怎么会知道原因？！喏，这个是山主给你的。"

颜淡爬下床，只见百灵递过来的锦盒甚是眼熟。她打开盒子一看，满室飘荡起淡淡的香气，正是那颗衍碧丹。颜淡一时愣在原地，只见百灵发狠地抓住盛着几件衣衫的木盘，喀啦一声脆响之后，木盘被她徒手撕成两块废木头。

颜淡吓了一跳，回神问道："百灵，难道是山主骂你了，你的脸色很难看啊！"

她不问还好，这一问出来，百灵立刻扯起断裂托盘上的一件外袍，滔滔不绝："你看这件袍子！这上面全部都是血，山主昨晚上吐了这么多血！定是那条没事喜欢献殷勤的小巴蛇炖了汤给山主喝，她知不知道什么叫虚不受补？！我选了这么多药材从来都不敢挑热性大补的，她竟然还敢炖老参鸡汤！"

颜淡顿时很心虚。她虽然不知道哪一只蛇妖这么倒霉被百灵恨上了，不过昨天那鸡汤是她炖的……

"平日里就喜欢献殷勤，也不看看时候……现在可好了，山主的伤更重了，我这回非要把那条小巴蛇撕了才行！真是岂有此理！"百灵暴怒起来，"山主还好没事，也不想想我这么辛辛苦苦熬药为什么啊？！一个个都这么难伺候，我早晚要气死了！"

颜淡看准时机，将百灵按在凳子上，轻轻拍着她的背："别生气，真的别生气。来，先闭上眼吐息两下……"

百灵被她按着，稍稍冷静了点："我不是在冲你发火，我知道不关你的事。"

颜淡很尴尬，其实这就是关她的事。虽说她也很想说这件事和她无关，可偏偏她才是罪魁祸首。不过在暴怒的百灵面前，她不太说得出口。虽然她修为比百灵高，毕竟是半路出来当妖的，还远远不能自保，只好把内疚放在心里了。

"那个……余墨山主现在还好吧？"

百灵气哼哼地回答："还没死呢。"

颜淡终于明白她究竟愤怒到什么地步了，要是在平日，打死她也不会说这种话的。

百灵突然一把拉住颜淡的衣袖，甚是认真地问："颜淡，你觉得是我好，还是那条小巴蛇好？为什么山主这么维护她？"

"这应该算不上是维护吧，可能山主只是觉得对方是无心的，所以就不想追究。其实我觉得，"颜淡想了想，很是诚恳地说，"余墨山主他人真的挺好的，性子也很沉静，不会同别人计较什么。"

她蠢事做了一箩筐，余墨最后都没说什么，脾气真的很好。

百灵吁了一口气，起身道："我明白了。"她抱起一堆衣衫，走到门边时突然扔下一句，"看不出你还挺了解山主的嘛，很多人都以为余墨山主待人很冷淡。"

颜淡下意识地分辩："我没——"最后还是没说下去，大概是有些了解吧，最近满心想着怎么讨好他，连他喜欢喝什么茶，茶水要几分热的琐事都记在心里了。

她看着手中的衍碧丹，有点说不出的滋味来。

颜淡径自穿过长廊，走到余墨房门口时，因为房门开着，她也没顾得上敲门就直接冲了进去。

余墨正靠在床边，神色如常，看见她时幽深漆黑的眸子微微流露出几分惊讶。

颜淡心里正乱糟糟的一团，看见他想也不想就趴在床沿上，拉着他的手急急道："我错了我错了，我不应该让你喝那碗汤的，我不知道你会吐血——不，我不是在找理由，我是真的知道错了！"

余墨撑起身子，低声道："你是听百灵说的吧，她是心急则乱。我没事。"

颜淡头脑一热，当下毫不犹豫地挨过去抱住他："对不起……"她也不知道为什么，对方身上会有让她想亲近的熟悉感，可能还是寂寞太久的缘故。

她听见余墨轻轻叹了口气，抬起手抚着她的背，有些无可奈何："真的没事啊。"

"可是百灵给我看你的外袍，上面有很多血……"

余墨轻轻咳嗽两声，语声低沉温和："淤血咳出来了才会没事。说起来，你去新的住处看过没有，有没有缺了什么？"

颜淡呆了一下，才想起还有这回事，忍了忍但最后还是没能忍住，问："呃，你不要我了？可是你碰都没碰过我，这样就算了？"天底下居然还有这种事情，她得偿心愿，对方却什么都没得到。

余墨失笑，缓缓坐起身子，低声道："既然如此，你这就到床上来。"

颜淡张口结舌，张了张嘴却说不出一句话。

只听余墨笑了一声："你啊，光是嘴上说得好听。"他顿了顿，又道，"我和紫麟都不喜欢强人所难，你若是不想待在这里，随时都可以走。"

颜淡想了想，不由问："那，如果我想留在这里呢？"

"想留在这里，"余墨看着她，嘴角微微扬起一丝笑，"就把铘阑山境当作自己的家吧。"

新的住处在离湖边不远的地方，朝着南面，是座不算大但独门独院的宅子。然而，要把这里当成家吗？

颜淡苦思冥想，家，到底是什么样的？在九重天庭之上，她靠的是师父，在夜忘川的千年之间，她都是孑然一身，漂泊如孤魂。就算到了凡间，结识了那么多凡人，还是没有寻到安心的归属。

铘阑山境并不是当真四季如春，到了寒冬的时候，气候还是会冷下来，原来的似锦繁花会凋谢，满目绿树也不似开春时候那么鲜嫩，不过还是比江南要来得暖和美好。

颜淡安安稳稳地过自己的小日子，狼妖丹蜀时不时来找她玩，周围的妖也很是亲切。只是有一次和丹蜀去背阴的山脚下采药材时候，碰见了蝙蝠精，让她感觉怪异。那只蝙蝠精笑得露出白森森牙齿的时候，好像会吃人，这大概是她的错觉吧。

而自从那次她对余墨心有愧疚然后冲过去认罪之后，再迎面遇上，对方最多淡淡点个头便擦身而过，态度一直不冷不热。颜淡觉得那日余墨很可能是刚睡醒还迷糊着，所以待她的态度简直可以称得上温柔。幸好应渊君那一遭结结实实教会她什么叫自知之明，不然难保她不会再自作多情一回。

待到冬天最冷的那几天里，狐族长老修书过来，义正词严地表达出他们狐族宁死不屈贫贱不移的好品质，绝不屈服于山主的威势，还顺道痛斥了两位山主大人一番。紫麟怒气攻心，一掌拍在几上，矮几上的青花瓷盏猛然一跳，哗啦一声摔在地上。碎瓷片飞溅上来，正好从正低头看信的余墨脸上划过。

余墨感到脸颊边一凉，抬手摸了一下，手指上是隐隐的血迹，不甚在意地笑了笑："紫麟，你若是气不过狐族的做派，也不必这么大火气。"紫麟绷着脸不说话，许久才道："他们狐族真是好风骨啊。"说完，便起身一甩袖子走了。

颜淡忍不住探过身子去瞧，啧啧，余墨那俊雅相貌要是破了相，还真的有点可惜了。她还没看出个所以然来，只见余墨瞥了她一眼："你看什么？"颜淡顿时很尴尬，忙朝他甜甜地笑，取出袖中的丝帕："山主，你脸上被划破了。"

余墨看着她，没有动。颜淡捏着丝帕，在他侧颜轻轻擦了擦："最好洗干净伤口，这样才好得快。"

"这也算不上是伤吧。"余墨眼眸漆黑幽深，忽然道了句，"明日会比今日更冷，你穿得太单薄了。"

颜淡不禁想，他现在大约不怎么清醒，要不然怎么可能说这种话。她在铘阑山境住了好些日子，可有些事还是不太明白："山主，其实你的修为妖法都比紫麟山主高……嗯，应该是高很多吧。"

余墨斜斜地将手肘支在桌上："所以……？"

"紫麟山主这么暴躁，修为也不如你，你们两个怎么会平起平坐的？"颜淡记得凡间有句俗语叫一山不容二虎。

"唔，你到底想说什么？"

颜淡微一摊手，不甚在意地回答："我就只是奇怪嘛，一般来说，这铘阑山境不该只有一位山主的么？何况连我都能隐约看到紫麟山主的真身呢。"

余墨转头看着前方，神色复杂："是么？"

颜淡不明所以，随口应道："当然是了，你难道看不出来？"她还未把话说完，突然觉得面前阴风飒飒，抬头一看，只见紫麟站在那里，脸色黑如锅底，几乎是从牙缝里挤出一句："你这莲花精，胆气倒是挺肥的。"

第六十九章·倒叙的尾巴

他来只是想拿回狐族送来的那封信，顺便再亲笔回复一封，结果正巧听见颜淡挑拨离间。

颜淡干笑道："紫、紫麟山主，你误会了，真的……"她跪坐着往后挪了一步，想往余墨身后躲。谁知余墨拂了拂衣袖，径自站起身来。

紫麟逼近两步，语气阴沉："看来你很想被埋在土里种着，我自然会成全你。"

颜淡看了看一脸淡然的余墨，再看了看凶神恶煞的紫麟，突然冒出一句话来："原来你的真身是山龟。"

这句话便是很久以后想起，也会觉得简直就是神来之笔。

据颜淡后来静下来思忖之后，她是被"埋在土里"四个字点醒了。她每回想看紫麟的真身时，都会瞧见一个圆圆的土黄色的东西，好似一团模模糊糊的影子，不怎么清晰分明，她时常猜想那到底是什么，却一直无果。

紫麟愣了愣，脱口而出："你怎么知道？"

颜淡张口结舌，一时无言以对。

两人都没再说话，就这么大眼瞪小眼地对视着。

余墨顾自踱到门边，忽听紫麟暴怒的声音响起："我今日一定要把你这莲花精抽筋扒皮了！你给我站住——"伴随着这句话，一只茶壶呼的一声从他身边擦过，紧接着，一只花瓶又挨着他的衣袖飞过，撞在门上四分五裂。

余墨抚了抚衣袖上的折痕，这是刚才将手肘架在桌边压出来的，嘴角微微勾起一丝若有若无的笑纹："笨蛋，还是……"

庭外，悠长肃冷、匆匆而过的晚风，吹散点点白梅，在清冷空气中漾开淡淡冷香。

倥偬百年，恍然如一梦，他以为会物是人非。

好像，最后变的只是天地沧海桑田，那人却还是曾经模样。

还是他一直惦念的模样。

从那一日起，颜淡便正式同紫麟结下仇怨，这导致他们在今后二十年继续仇上加仇，直到酿成深仇大恨。

凡间有句话，叫欢喜冤家。

不过这欢喜二字同颜淡、紫麟并不搭边，而冤家倒是真的。

颜淡掌握了紫麟这一个惊世大秘密，连着几晚连睡觉都会笑醒。实在是太可笑了，如此威风严肃的紫麟山主，他的真身居然是只山龟。有了这个秘密在手，她自然绝不浪费，能用得到时就用来要挟紫麟，然后津津有味地瞧着紫麟气急败坏。

当一只山龟并不可耻，可耻的是他根本不敢说出来，因为别的妖会借着这山龟想开去，然后想很多。那么紫麟山主就彻底威严扫地了。

于是颜淡整日喜气洋洋地从紫麟面前晃过，很是心满意足。

转眼间，冬天过去，万物回春，山桃花打着花骨朵儿，水灵灵鲜嫩粉红。

颜淡折了一支含苞待放的桃花，插在窗台上的陶瓷罐子里。水是湖里打来的，清透澄碧。湿漉漉的桃花香气，闻起来总是叫人舒服的。

颜淡很喜欢在湖边小憩，晒着春日，昏昏欲睡，那个时候，好像日月星辰就此停息。

如之前每一日一般，她从湖边小憩完回自己的屋子，却见门后站着一道颀长挺拔的人影。那人听到动静，微微偏过头来，颜淡忙唤了声："余墨山主。"

余墨淡淡地嗯了一声，没有说话。

这还是余墨第一次到她的住处来，真是稀客。

颜淡忙推开门："山主请进来坐。"

余墨接过她递上的热茶，喝了一口，缓缓道："我只是顺道来看看，住得还习惯吧？"他别过头，看着窗台上的陶瓷罐子和鲜嫩花枝，微微笑道，"一直觉得我那里很沉闷，原来是少了点东西。”

颜淡点点头：“这里的桃花开得很好看。”

“尤属今年最好，恰好给你碰上了。”

颜淡露齿一笑：“看来我运气不差。”她的脸颊被晒得微微泛红，细白柔嫩，这样看着余墨微笑，他不由伸出手去掠过她的鬓边，然后倏然收回。

余墨轻咳一声，微微垂下眼，没有说话。

颜淡和他这样对坐着，忽然想起应渊君来。她现在，已经能够心平气和地回想。应渊君，应渊君是不会留意到窗台边摆着一个罐子一枝花的，他是青离帝君，总有这样或者那样的烦心事，很多很多大事等待着他。而她关心的，大多都是细碎的无关紧要的事。

“山主，这罐子和花都不算起眼，你怎么会注意到的？”

“恰好看到了便留心了，有哪里不对吗？”余墨皱了皱眉，似想到什么，“以后别总是惹毛紫麟。”

颜淡笑眯眯的：“我没惹他啊，是他自己要生气嘛。”

她转头看看窗外，夕阳西斜，几近黄昏：“差不多该是晚饭的时候了，山主你要留在我这里吃饭么？”她只是随口问问，想来余墨也不会留下。百灵的手艺很好，做出来的菜肴道道精致可口，堪比皇宫里的御厨。

谁知余墨微一颔首，干脆地说：“好啊。”

颜淡很苦恼，她怕麻烦，所以只会炒些简单的菜，懒得自己动手做的时候，就靠着吸取天地精华之气填饱肚子。也罢，余墨要留下来也该知道她拿不出山珍海味来招待他。

颜淡厚着脸皮把青菜萝卜豆腐端到桌上，顺便看了看余墨的表情，倒是没有什么异样，却也没有动筷。

她想了想，恍然大悟：“我绝对把菜都洗干净了，这回真的没有沙子。”

余墨嗯了一声，笑着说：“我知道。”他夹了一筷子菜，尝了尝，低声道，“你做菜手艺还算可以。”

颜淡咬着筷子：“山主你今天来得不巧，其实我煮的鱼汤更好，简直是滑如凝脂，鲜美得很。”她话音刚落，就见余墨执筷的手抖了一下，不由奇道，“山主，我刚才说错什么了吗？”

余墨语气平淡：“滑如凝脂是形容鱼汤的么，不学无术。”

一顿饭吃完，余墨倒没急着走，沉吟了好一会儿才道：“近来我打算到外面走走，颜淡，你要不要一起去？”

颜淡愣了一下，随即欣然道：“好啊，那我们去哪里？”

“就去江南一带，现在日子正好。”

颜淡算了算日子，若是去江南，这一来一去的怕要近半年时间，也就是端午节要在外面过了。她入妖籍时，族长曾嘱咐过，凡间端午有驱邪雄黄酒，对于他们妖来说，可是很厉害的。

不过她身上没有妖气，应该不用怕吧？

颜淡想起可以出去玩，就十分雀跃，讨好地说：“山主，我下次煮鱼汤给你尝尝，你多半会觉得味道好的。”

余墨绷着脸，不冷不热：“是么。”

直到那年去了南都，遇见那位从余墨手里拿走异眼的花精姑娘，颜淡方才知道为什么每当她提起鱼汤，余墨会是那种表情了。

任谁看到自己同族的尸首被煮熟了盛在盘子里放在面前，心情都会异样，更不用提还要听人吹嘘这汤有多么鲜美了。

转眼间过去二十年，日子吵吵闹闹行如流水。紫麟黑着脸暴怒的样子，百灵弯着眼笑转眼又化为夜叉的变脸绝技，丹蜀呆呆傻傻的模样，还有元丹总爱说他家夫人们长得美的就没趣味，有趣的又长得不美，真伤脑筋……都生动活泼又让人心安。

余墨仍是不冷不热神色沉静，颜淡一直摸不透他在想什么。

然后，她在南都章台江畔遇见那位年轻天师。

相逢时，正年少。回首望那时明月，章台杨柳闻羌笛。颜淡同林世子打赌写了这阕词，那时年少多情，那年章台江畔杨柳桃花正好，绕了一大圈，终是回到原地。

“请问天师尊姓大名？”

“唐周。”

“你可知我是谁？”

莫说她真的不知道，就算他想说，她也没有这个兴致知道。

“本仙君仙号，青离应渊帝君。”

“若是有一日我又能看见，我一定可以马上认出你来。”

可是最后，他还是没能认出。

“我总是会做一个梦。梦里，我在一个全然陌生的地方，那里什么都没有，只有漫天白雾缭绕。我似乎是想去追前面的那个人，就在云海里一直跑，每次快追上的时候，那个人就会突然消失。”

颜淡曾经想，就算应渊君的眼睛永远看不见，那也没关系。因为她会做他的眼睛。

“我想这就是很久以前的记忆。就算过了千百年，我已经什么都不记得，却唯独记得那个人的背影。我只是想再见一见她。至少，等到以后回想的时候，不再是只记得一个背影。”

“我就陪着你，直到找到神器为止。”

颜淡想，她那时终究没有勇气向着应渊君大大方方地承认，她是真的喜欢他，这种事，怎么能是玩笑？可最后她还是退却了。所以，为了弥补当初的遗憾，她会陪着这个凡人一起踏上寻找上古神器的漫漫长路。

她以为这样做是对的。

第七十章·昔时年少（上）

“恭迎东极青离应渊帝君度过七世劫渡，重返天庭。”

“芷昔、陆景、掌书恭迎帝座回府。”芷昔的声音宛如碎玉，清冷悦耳。

老天开了一个天大的玩笑。

颜淡一时不知该摆出什么样的表情，只好漠然以对：“恭喜你。”

挨过七世劫渡不容易，但最后他一定能做到，就像当年一样。

颜淡只觉得耳边嗡嗡作响，隐约瞧见余墨铺开结界，将整个摇摇欲坠的铘阑山境笼罩起来。她想起师尊当年曾说过，他们九宸三帝不常聚首，是怕不同的仙气影响到各自的神器，那连天庭也可能会毁于一旦。

余墨这样做，无异于自寻死路。

颜淡站起身来，这个局面是她一手造成的，她不能把什么烂摊子都丢给余墨收拾。她退后两步，转身往余墨那里奔去，才疾步跑开几步，忽然眼前华光一闪，一道结界结结实实地挡在她面前。颜淡僵硬地转过身，直直地回望过去，但见唐周已经在离她不远的地方，衣袖翩翩，好似当年在云雾缭绕的瑶池边上的少年仙君。

就算容貌改变，风华却不会变。但她从来都没有把唐周和应渊君想在一起，她以为应渊君必定是好好地待在天庭，不用来受这七世轮回之苦。

“地止已经取出，铘阑山境必定要被毁掉。你就算过去，也是徒劳无用。”隔了片刻，唐周沉声道了一句。

颜淡只觉得喉咙发干，满心的话绕来绕去却说不出口。她以为事过境迁，没有什么是无法面对，然而如今方知，一旦记忆被勾起了头，往事还是会汹涌而来无休无止。她听见对方语声低哑，轻轻唤了一声：“颜淡。”这一声点醒了她。

颜淡猛然后退，正撞在身后的结界上面，稍微定了定心神："请您解开结界。"

唐周默默看着她，却只是站着不动。

颜淡在衣袖下攥紧了手指，朝他大喊："快把结界解开！我这辈子欠了谁都没有亏欠过你半分，你现在毁掉了这里，凭什么还要来管我的事？！"只是这样带着哭腔的大喊，也不过是色厉内荏，没有半分气势。

唐周轻轻一拂衣袖，迎面而来的厉风再无忌惮，凶猛怒吼着席卷而来，将他眼中最后一分明亮光芒吹熄。他微微闭上眼想，如果连自己都无法原谅自己曾经做过的事，那么又该期待谁来谅解？

九宸三帝之中，他排在最末。打从一开始他便自知，他同紫虚帝君和元始长生大帝是不一样的。尤其是紫虚帝君，今日的帝君仙阶是他为天庭立下的一件件功劳累积而成，而他这个青离帝君却是从一出生便注定了的身份。

上古神器，灌注了创始先神们的心力和心血，而他的仙气恰好和神器地止相合。

只记得从少年时候便没有什么空暇，整日除了读书便是修道，再没有别的。他性子要强，不想被同僚比了下去，天道酬勤，几百年下来也算得颇有进益。

陆景是玉帝早年放在他身边的，为人恭谨肃穆，若论仙君款派，其实比紫虚帝君还端得足些。少年时候的应渊觉得陆景为人刻板得有些无趣，忍不住想去挑些刺出来，然后换个仙随，后来却发现陆景仙君当真是仙君中的典范，连鸡蛋里挑骨头都难。

这一切延续到天庭同邪神那一战为止。

他的眼睛被火毒伤了，每日醒来眼前的浓雾就重一层，他知道自己不久就会看不到。那段日子是他度过的最难熬的时候，明明知道结果，却无法可施。凌华元君过来一趟，提起四叶菡萏之心可愈百病。他知道自己座下那位祗仙子便是四叶菡萏托身的，可若是因此剜下她的心来，那何等卑劣低下，他做不出这种事。

有一回火毒发作的时候，陆景仙君便候在身边，他神志混沌，将对方伤得折损了一半修为。自此之后，底下的仙随都吓得不轻，见了他也是战战兢兢。应渊那时已越来越克制不住周身仙气，只好将自己困在地涯南面的天庭尽头。

昏迷的时候渐长，而清醒的日子渐少，可能过不了多久便会被昆仑神树吸干修为而死。西方天竺的天龙在元神消亡之前，必定会全身腐烂、恶臭难闻，为众神厌弃，尝尽人世一切苦楚。而他也会如此。

在地涯的南面，他认得了颜淡。

那一日他难得清醒，听见她闯进来的动静，便出手帮了她一下，心里却微微纳罕不知是哪位仙君教出来的仙子，乱跑乱走，连这么荒凉的地方都不放过。待相处日久，方才觉得，颜淡那种飞扬跳脱的性子，实在不怎么像仙子。后来，她果然也不再是仙子了。

“南极仙翁养的那条九鳍又大又生猛，还长了胡子……”

据他所知，九鳍是上古遗族，因为淡泊而濒临灭族，应该是生猛不起来才对，不过他不想反驳她。

“昨天我又被师父骂了，他说我这样就算再过五百年也不可能升为上仙，我也不想的啊。”

他忍不住想说，五百年那是说得轻了，他估摸着再过一千年她也变不成上仙，不过他还是忍着没把事实说出来。

颜淡喜欢沉香，总是捧来新做好的让他闻，不觉间日日夜夜失去神志的时候越来越少。却从来没有想过，有一个人是否已经成为理所应当的存在。既是修道，无须情思羁绊。何况，他已一无所有。

应渊在黑暗中慢慢摸索，碰翻过凳子也撞过门框，周遭那淡淡的莲花香气好似沉沉黑暗中最后一线光明，让他支撑了下来，从来没有诉苦抱怨。他随口问过，是不是到了菡萏盛开的时节，颜淡总是嘟嘟囔囔地和他抱怨窗子外面莲池开的那一池莲花居然是雪白的而不是艳红的，难看得紧。

他从来不去想不切实际的事，既然眼睛已经坏了，就得习惯活在黑暗里。

只是有这么一个清晨，醒来的第一眼却被透入雕花木窗的光刺得几乎睁不开眼，通透的日光洒在袛仙子芷昔身上，她微微低下头，姣好的颈项优美，风姿雅致。应渊闭上眼，复又睁开，记起凌华元君说过的话，除了四叶菡萏之心，再无其他能够医治好他的眼睛。那么，他现在的眼睛是用什么换来的，是芷昔的心，还是别的什么？

搬回原来的仙邸后，一切仿佛又回到从前。他不在的日子，积了不少文书，空暇时也曾路过地涯宫，只走进去一回，偌大书库里空无一人。从此他再没有踏足过片刻。

这一切还是同从前不太一样了。偶尔静下来的时候会觉得坐立不安，想见什么人，也想听见有人在耳边说话，不管说什么都好，哪怕只是满口胡说八道。偶尔伏案看文书时，会觉得有目光注视自己，等他抬起头时那种感觉便会消失。

后来还是被他正巧撞上一回，芷昔在桌案边上，用一种若有所思的眼神看着他，和他目光撞上后也没有匆忙回避。

应渊对芷昔的印象一直很好。她是掌管祭祀的仙子，而他则掌管凡间王朝兴盛，生来便相辅相成。白练灵君曾开玩笑，如果放在凡间，那么他们这样的注定要成为一家人，若是这主内主外的两人过得太平，那么这一大家子就不会败落。

大约有这层关系在，多少会有亲近的感觉。

如果用半颗心换他一双眼的是芷昔，那他更应该对她好些。他也想不出能够这样做的，除了芷昔还会是谁？

“这么晚了，你也不必伺候笔墨，回去休息吧。”应渊搁下笔，拿起油灯边的镊子，钳去一丝烧干了的灯芯。

芷昔没说什么，低身福了福，便出去了。

掌灯仙子在外面，手中的木盘上托着茶盏，正好和芷昔打了个照面。

日子过得飞快，转眼间瑶池盛会已近。

掌灯仙子点起书桌上的油灯时，咬着唇小心翼翼地问：“帝座，这回瑶池之会，您会带谁去？”

应渊轻轻嗯了一声：“你若是不提，我差点都不记得还有这回事。”他随手将一册文书放在左手边，淡淡道，“你同芷昔说一声，叫她不要忘记了。”

掌灯忍不住开口：“帝座，可是你和祗仙子——”

应渊听出异样，抬起头瞧着她：“怎么了？”

掌灯迟疑了好一阵，低声道："我对帝座早已存恋慕之心，难道帝座从来都没有感觉到吗？为什么芷昔可以，而我就不可以？若论早晚，她待在这里不过百年，可是我一直都在这里……"

应渊从右手边取过一册新的文书翻开，语气平淡："这天庭之上，本来就不可起凡情。你随了我这么久，难道还不知道这点？"

"可是……"

"若真是如你所说，你对我情深义重，那么我在地涯的那些日子，你在哪里？"

掌灯的脸色一下子变得惨白。

那时，应渊还不知道，自己这几句话会铸成怎样的后果。

然而到了瑶池盛会的那日，芷昔中途有事便匆匆走开了。应渊也没细问，顾自在周围走走，待转到角落，只见一个很眼熟的身影在那边，踮起脚去抓斜斜从莲池边探出来的花枝。

应渊走过去，在她身后抬手攀着那支莲花："你怎么一个人躲在这里？是觉得那边太过吵闹？"

对方顾自看着莲池，连声音也是干巴巴的："不是吵，就是不太喜欢待在那边。"

应渊不由一怔，这个声音语气，似乎和芷昔不太一样，可是看容貌，却又没甚差别。他低低地嗯了声："那就回去吧，瑶池这一聚总要个好些天，少了一两个人谁也不会发觉。"

"你以为，你是在和芷昔说话是么？可我不是她。"她逼近一步，脸上的笑容居然有些艳丽，"你说过，等到你的眼睛能再看见的时候，定会认出我来的……原来，也只是随便说说罢了。"

应渊愣了片刻，脱口而出："颜淡……"

他不会忘记她的声音，在他什么都看不到的时候，也只有这么一个人陪着他说话解闷。可是，她竟然和祇仙子生了如此相似的容貌，任谁一眼便可以看出她们之间的关系。那么，这半颗菡萏之心……到底是谁的？！

"你现在终于记起来了么，那你打算怎么回报我？"

应渊又是一怔，只得说："你说什么就是什么，你想要什么？"哪怕让他把这双眼剜了还给她也好，折了修为赔她也好，只要她说得出，他就会毫不犹豫地照做。

可是颜淡却说："那些日子我好像有些喜欢应渊帝君你了。"

应渊想起前日，掌灯仙子也说过类似的话，只是蓦地听她说出口却不知是何滋味："这种玩笑话不能随便说着玩的。"

"玩笑话可不就是随口说着玩的，难道还要认真地说吗？"

应渊原以为自己很是了解她，现在方知，他根本摸不透她的心思，她从前说话都是温温软软，有时还会撒娇，可现在却言辞尖刻，他有些困惑："你原来不是这样的。"

颜淡低着头沉默一阵，飞快地说了一句："帝座，我先走了。"她转过身的那一瞬，应渊不由抬手拦了一下，好似有一种感觉，这一步迈出便是诀别。颜淡停住了脚步，抬起头看他，双眸如琉璃般通透。

应渊终究还是摇摇头："你去吧。"

他也不知自己究竟在想些什么，好些事纷至沓来混沌一片。末了，他返身往回走，正好瞧见掌灯半边身子摔进了轮回道，而颜淡正欲抽回手，而掌灯抓着她的手腕苦苦支撑着。

最后，颜淡决然从七世轮回道跳了下去。

应渊其实知道，掌灯仙子不是被她推下去的，颜淡看似顽皮，却不会做出这样恶劣的事情。可是那时的情状，即使他相信，却无能为力。他只是没想到，颜淡居然敢跳下去。

他将掌灯仙子拉上去的时候，芷昔在不远的地方，秀眉微皱，眼神澄透，直直地望着掌灯仙子。她走到瑟瑟发抖的掌灯面前，只是冷笑了一声，然后顾自转身。

那一日，应渊又回到地涯，闭上眼依照心里熟记的路线走到一扇雕花木窗前。在很久很久以前，她嘟嘟囔囔地抱怨，这莲池里的菡萏大多是雪白的，难看得紧，不如淡红色的好看。

他那时也曾在这窗子边，空气里漂浮着淡淡的菡萏香气，这样一站就是一整天。

应渊推开紧闭的窗子，却又愣住。

窗外，灌木丛生，野草杂乱。

他想起她曾经绘声绘色地讲述这个时节的莲花开得有多好，她说话时一直带着浅浅笑意，偶尔还会拖长了尾音和他撒娇。

原来他是这么想念。

第七十一章·昔时年少（下）

纵然想念，却无法再相见。

应渊开始整日整夜地看文书，有时禁不住困倦伏案而睡，却总被噩梦惊醒。梦中颜淡跳下轮回道，他却没能将她拉上来。后来，便是连这样的梦境也没有，只时不时恍惚间好似有一双眸子忧伤而温顺地看着他，然后叫他“应渊”。这个名字，很少有人叫过，便是连颜淡在后来也再没叫过，大抵别人都是喊他“帝座”。

有些陪伴早已成习惯，那样理所应当，直到突然有一天错失，才发现痕迹已经无法磨灭。

隔了一阵子，掌灯仙子犯了天条被罚下凡间。

又隔了几日，应渊君下凡历劫，他选了七世轮回。在凡间的那六生六世，却从来都没有遇见她，直到第七世。

他心心念念想找回的人，其实早已在身边，只是他从来都不知道。

这世上最可悲的一件事，便是穷尽心智地追寻一样东西，最后却离得越来越远。明明是想挨得近一些，再近一些，却不知到底哪里出了差错，就这样渐行渐远。

陆景走上前，躬身作揖，低声道：“帝座，凡俗之地不宜久留，还是尽快回天庭吧。”

唐周嗯了一声，脚步却没有移动半分。

陆景觉得有异，抬起头看了一眼，顿时一惊：“帝座你的眼睛！”

唐周抬手按住不断抽痛的太阳穴，眼角正有一道艳红的血迹缓缓淌下来，顺着侧颜从下颌滴到衣衫上。他回手在眼角一抹，摊开手掌看了一眼，却轻轻笑了笑：

"好，这就回去吧。"

他最后回头望了一眼，只见颜淡低跪着，小心翼翼地抱着余墨，脸庞微微侧着，睫毛垂下遮住了眼。

颜淡尽量轻地挪动了一下身子，让余墨枕在自己膝上。还没安稳下来，只见余墨突然坐起身，一手支着地，压抑地咳嗽起来，每咳一声，掩住唇的指缝间都有鲜血溢出来，咳了好一阵才止住。

她还没来得及松一口气，只见他突然呕出一大口淤血，像是止不住一般，地上很快便是一大摊血迹。颜淡彻底慌了神，一手按在他背上，想用妖术为他治伤，一边忍不住叫道："紫麟，你快点过来看，你刚才出手这么重！"

适才她是想阻拦余墨。他想用一己之力对抗神器地止的仙力，最好的结果也只是两败俱伤，更何况，眼前情状便是她师尊亲至也束手无策。她还没御风浮到半空，就见紫麟匆匆走来，一把拉住她，凶巴巴地吼道："凭你这点本事根本拦不住余墨，就是上去也只会添乱！给我一边待着去！"

颜淡从来没被这么骂过，顿时给骂蒙了，一闪神就见紫麟腾身飘到半空。余墨妖法耗尽，已是强弩之末，但见紫麟冲到他身边，一掌正击在他胸口上，将对方凝聚起来的妖气全部击散。

颜淡看得分明，震惊地僵在原地。

紫麟扛起余墨，轻轻落在地上，将人往她这里一丢："看好他，我去收拾残局。"

颜淡抱着余墨，伸手摸了摸他的心口，那里还在跳，可他的身子却很凉。她知道紫麟并不是故意要伤他，那个时候只有用这种办法才能阻拦得了。可是余墨本来就为神器所伤，怎么还经受得住这样雪上加霜的伤势？

余墨推开她的手，语声微弱："不关紫麟的事，咳咳，你也不要耗气力给我治伤……我还撑得住。"

他神色冷淡，想来还是为适才她维护唐周而动气。

颜淡也不是第一回惹余墨生气，可唯独这一回，却怎么也想不出该如何向他低头服软。她忍不住去想，若是她知道唐周便是应渊君在人间的转世，还会不会像之前那样做？越想越是急躁，好几回张口欲言，可一句话到了嘴边最后还是说不出口。

她一向伶牙俐齿，满口胡话也能说成六七分真，可是现下，居然连一句话都说不出来。

隔了片刻，只听余墨几乎低不可闻地叹了一口气：“颜淡，你哭了。”

胡说八道，她怎么会哭？她跳下轮回道时就决定，以后都不会掉一滴眼泪。

“看到你哭，我居然很高兴……”

颜淡闻言一愣，抬起头看着他。

“可是，”余墨伸手过来，轻轻在她脸上抹了一下，容色倦怠而无可奈何，低声道，“可是，你怎么会为我哭呢？”

铘阑山境还是被毁掉了。

湖泊干涸，绿树繁花被连根拔起，山石崩塌，此情此景，已是无比荒凉。

丹蜀抽着鼻子，头顶的耳朵耷拉着，眼睛红红地坐在石头上，看着脚边摆着的那株折了树干的桃树，噎着声道：“这是我种的，可是断掉了……”

颜淡摸了摸他的头，在他对面的石阶上坐下：“没事的，等到明年开春的时候，还能种出新的来。”铘阑山本就在漠北荒凉之地，眼下没了地止的仙气，想来再也无法恢复原本如诗如画般的景致。

她全然不能释怀。若非是她执意要和唐周一块儿寻找上古神器，若非她最后拦住了余墨那一剑，铘阑山境也不会被毁。

丹蜀起身，一面费力地去拖那棵桃树，一面露出笑容：“那我现在去挖个洞把它种起来，明年还有桃子吃，嘿嘿嘿……”

他嘿嘿嘿笑了几声，笨手笨脚拖着树干走开了。颜淡慢慢将额抵在膝上，只听背后传来一阵脚步声，紫麟的声音传入耳中：“平日里主公主公的叫得亲热，现在就只会呆坐在这里不动了？”

颜淡哦了一声，还是坐着没动，低低道了一句：“可是余墨他还在生我的气。更何况，我这回做错了这么多事，怎么还能……”

“刺杀天庭仙君那是重罪，若不是你拦了那一剑，余墨必定会丢了性命。还是你觉得，余墨的性命还不及一个铘阑山境要紧？”紫麟走过她身边，回头看了一眼，“大家慢慢想办法，总能够把这里变成原来的样子，你说是么？”

颜淡抬起头，真心实意地说：“紫麟，我认得你这么久，竟然从来没发觉你是好人。”

紫麟黑着脸很是嫌恶：“我不是余墨，你这一套我不吃，还有我喜欢的是琳琅，你不用自作多情。”

颜淡造作地叹了一口气，微一摊手：“我也不喜欢山龟，大家彼此彼此。”她话音刚落，立刻跳上台阶，几步跑到余墨的房间外，抬手敲门。她不由想，究竟从什么时候起，离开了九重天庭，深觉这世间其实是这样美好？

可以捉弄狼妖丹蜀，可以嘲笑紫麟的真身，可以在紫麟扬言要把她抽筋扒皮的时候躲到余墨身后去，日子过得顺顺溜溜，不会难过不会落泪。

隔了片刻，百灵打开房门，压低声音道：“山主睡下了，你进去吧，别吵着他。”

颜淡点点头，轻手轻脚地走到床边，只听百灵在身后轻轻将门碰上。

她挨着床沿坐下，伸手将掖得正好的被角又拉了拉，然后小心翼翼地摸了摸他紧闭的眼，手心可以感到底下睫毛微微颤动：“你之前和我说过的那些话，我没有当作没听过。可是我真的不知道该怎么对你说……”

颜淡觉得喉咙发干，许久才接着道：“丹蜀刚才说，他种了一棵桃树，明年还想吃自己种出来的桃子。大家都很喜欢这里，这些年我看着许许多多的妖在这里住下，好热闹……这里也是我的家，就算被毁掉了，我也不能听之任之。”

“我是逃下天庭的，因为一个人，我不敢面对，只有逃。那时候我还以为，敢跳七世轮回道多么了不起，其实还是软弱吧。”余墨的睫毛轻颤一下，她知道对方是醒着的，或许只是不愿理睬她，这样也好，起码当着面说不出口的话现在可以说出来，“余墨，我要走了。”

“我想去天庭一趟，把事情做个了断。”如果事情有转机，说不定会有办法重建铘阑山境。她许诺过丹蜀，明年让他吃上自己种的桃子，要水灵灵、又大又甜的桃子。

“不用太久，很快就会回来。”这里是她的家。就算远行，也必定会回到这里。

颜淡起身，放软了声音，我很快会回来。

来时空无一物，去时也匆匆。

回首望去，方才发觉那二十年其实沉得要命。每一处都留有痕迹，每一日每一刻都还是完完整整记在心间。这些，比在夜忘川整整八百年漫长岁月还要深沉。

颜淡没有收拾东西，不需要，她亦不会在天庭待太久，那里已是故地。

在铘阑山境这二十年中，其实是她依赖着余墨。缺了什么事物，不用她心烦，自然就会补上；闯了祸，她吐吐舌头就蒙混过去，最后是余墨不声不响帮她收拾烂摊子。可是，谁离了谁会活不了，谁又会为不相干的人付出这么多？

她对有些事情其实是异常敏感的，何况对方是余墨。

应渊是她心里最初的执念，无比浓重的一笔，而余墨不一样。

“你这个时候要走？你什么意思？”百灵倏然睁大了眼，像是有些不可思议。

“我要去一趟天庭，最多两三日就回来。”

百灵愣了愣，忙不迭地开口：“可是、可是天上一日，凡间一年，你这两三日可不就是两三年，你这个时候走那山主怎么办？”她抽了一口气，斩钉截铁，“颜淡，山主他这时一定是喜欢你陪着的。你难道一点都看不出，山主他很喜欢你么？”

颜淡勉强笑了笑：“我知道的。”

她不会忘记那时余墨的表情，他说“可是你怎么会为我哭”时候的表情，如果她还不能懂得他的心思，就是连傻子都不如了。

“你知道的，你既然知道为什么偏偏挑在这个时候——”百灵柳眉倒竖，脸上慢慢涌起怒色。

“够了，百灵，你让她走吧。”低沉温和的声音传来，余墨身上披着玄色的外袍，脸色苍白，眉目却清晰，转头向着颜淡微微一笑，“虽然不知道你这一回要去多久，不过若是最后你还是喜欢那个地方，就留在那里吧。自然，铘阑山境还是为你敞开，将来过得不开心的时候就回来住几日，好吗？”

颜淡呆了呆，磕磕巴巴地开口：“可、可是——”

余墨伸手轻轻一捏她的鼻尖，笑着说：“我也没有像百灵说的那样在乎，若是你不在这里，我以后尽可以落得清闲。”

他的神态和往常并没有什么不一样，颜淡目不转睛地看着他，哪怕能看出一丝一毫的异样也好，可惜什么都没有。

“以后耳根必然是清净了，也不会有谁像你这样爱顽皮闹腾，我也不用为了你同紫麟争执破脸。”只是，必定会寂寞。

颜淡沮丧地应了一声，说了一声：“……那我走了。”虽然余墨说的字字句句都是事实，可是听在耳中怎么也不是滋味。

余墨望着颜淡的背影渐渐消失，捂住胸口重重咳嗽两声，忽听百灵开口道：“山主，你是很喜欢、很喜欢颜淡吧？”

余墨望了她一眼，笑了笑：“是啊。”

因为动了情，才不想伤她，不管何时，都不想叫她为难。

情可生欲，可欲却不能生情，暴虐地将人强了又强，那不是喜欢。

“百灵，若是存着这个心思，到头来却强迫了她，那是逼迫。我不想逼她。”余墨轻轻叹了一口气，“我知道颜淡心里，一直惦记着应渊帝君，是我太迟了。”

如果颜淡最后选择回头，那么就让他看着她过得开开心心无忧无虑。

第七十二章・犹似故人归

颜淡踏着云彩，熟门熟路穿过南天门，只见回廊下面那头看门的白虎正呼噜呼噜地打着瞌睡，一边的守卫只看了她一眼便继续靠在柱子边上会周公去了。

想当年邪神还在，东南西北四处必定是重兵把守，绝不会有灵兽和守卫一块打瞌睡的情状。可见神仙也是和凡人一样，生于忧患死于安乐。

她穿过回廊，折转往西，她师尊元始长生大帝的仙邸就在西面。

颜淡有些拿不准该如何出现在师尊面前，是先通报一声，还是一声不吭从天而降？虽然相隔千年，可她的长相并未有太大变化，师父也不会认不出她来吧……她一路径自走去，遥遥可见师尊仙邸那片琉璃瓦。

她加快了脚步，忽见一道淡青色的人影从拐角处疾步而来，险些同她撞上。颜淡止住脚步，一眼瞧见那人容貌，怔了一怔："咦，你不是那位东海敖广龙王家的——"

"敖宣。"对方顿了一顿，忽然若有所思，"你不是跳轮回道了么，怎么又跑上来了？"

颜淡不由心道，敖宣真是人才，隔了这么久碰见她，不但一下子认出她不是芷昔，还波澜不惊地问她怎么又回来了。

"你现在这修为，也就外面守门的会把你认成祇仙子。不过你当年敢跳七世轮回，在天庭上可很是有名啊。"现下的敖宣同当年相较，身形已拔高了不少，只是说话还是一如既往刻薄。

颜淡被损了两句也没生气，笑了笑："我是回来见师父的。敖公子，就此别过了。"她才刚转身，就听见敖宣在身后说了一句："请留步。"

颜淡撇撇嘴，就知道敖宣性子傲慢，便是拿话阴损人也要挑着人来刺，他们从来没有交情，现下见了面还会说上几句话，其中必定有别的缘故："可还有什么事吗？"

敖宣微微一笑："是这样的，我听说神器地止被取出后，铘阑山境便毁了，想来那里原是苦寒之地，定是缺水少雨。你也知道我是东海水族，而我们东海之水永不枯竭，其实还是因为那几颗定水珠的缘故。恰好我手边就有一颗，不知你用不用得到？"

颜淡讶然："你这么好心？应是有别的条件吧？"

"就是这件东西，若是要拿一颗定水珠去换，很是值得。"敖宣从袖中取出一张薄薄的纸，递了过去。

颜淡将纸接在手中，匆匆看了几眼，磕磕巴巴地说："醉欢？这、这是迷香，还是春药？！哎，不对，你要这种东西做什么？你好歹还是仙君吧！"

敖宣面无表情，语气平平："你看清楚了么？这是醉欢的方子，到底用来做什么的你不用管，上面把配料记得明明白白，你按着这个来便是了。"

颜淡真想把这张纸丢在他脸上，几乎从牙缝里挤出一句话来："这上面，要四叶菡萏的花瓣，也就是配料还得落在我身上了？"

敖宣默认。

"那后面的是什么，火麒麟血？你难道不知道菩提老祖把那头凶猛麒麟当儿子养的吗，你让我去放它的血？"

敖宣不甚在意地瞥了她一眼："我知道啊。你若是做成了醉欢，便来我师尊南极仙翁那里找我，区区定水珠也不算得什么。"

颜淡记得，这个时分师尊多半是在书房里拿着戒尺教弟子们读书识字，然后鸡蛋里挑骨头也要罚几个抄写经书。她那时一直很是用心，但罚抄这回事从来没有漏掉过她。

她刚刚在书房外面张望，正好和里面边踱步边用一根戒尺轻轻击打手背的威严仙君对视一眼，立刻脱口而出："师、师父！"师父积威犹在，她果然对千年前罚抄过几百遍经书的事情印象深刻。那时她真的以为，她这辈子都会拿着笔在桌子前度过了。

师父瞧见她，先是一怔，然后一声大喝："你这兔崽子！如今倒是知道回来了，还不快滚进来？！"

师父，你吐脏字了，实在太失风度……

颜淡很听话，立刻走进书房，笑嘻嘻的："师父，我不是兔崽子，我是莲花崽子啊，你不要欺负兔子嘛。啊，师父你看上去好像还变年轻了。"她看了看周遭，只见书房的摆设还和当年相似，只不过跪坐着听从教诲的已经换了人。

他们说话的时候，一个梳着羊角髻儿的师弟抬起眼偷看。师父头也不回，戒尺啪的打在那位师弟头上："回头把今天背过的内容写五十遍。"

颜淡立刻道："师父真是用心良苦，不然我也不会练出一手好字来。"

他哼了一声："你也就是两个字写得漂亮，我教了这么多弟子，就数你最没出息。"他话音刚落，就往书房外面走，"到庭院里坐着说话吧。"

颜淡跟着师父走到庭院里的石桌边上，只见石桌上还摆着茶壶茶杯，立刻就倒了一杯茶，跪下将茶杯托过头顶："师父。"

师父又重重地哼了一声，接过杯子，痛心疾首地开口："枉费为师这样看重你，什么东西都教了你，想着你会有出息。结果什么事不好做偏偏要跳七世轮回道！你以为那是什么地方？是犯了重罪被扔下去的地方，你居然会傻乎乎地往下跳？！"

颜淡低下声音："我知道错了……"

"为师虽然平日里对你们是严了点，可是一向是护短的，就算你去欺负应渊君底下的仙子又如何？难道为师还怕了应渊君不成？"

颜淡顿时很尴尬，师父若是知道其中内情，估计会气得吐血。

"为师说你有当上仙的资质，就是有这回事，你……你、你真是气死为师了！"

"其实啊师父……咳，我以前都没有悟出那些什么般若无极的禅理。我私底下偷偷翻过你放在书桌上的书，才每回都能答出难题，我真的没什么资质啦……"

"你当师父是老糊涂吗？我当然知道你这点把戏，你要是悟得出什么天极万物岂不是和那些贤者一般了，我还能当你的师父吗？倒过来你当师父算了！”

颜淡想了想，又道：“师父，还有件事你一定不知道，你从前最喜欢的那个象牙白晶盏不是大师兄打碎的，是我打碎了以后赖给大师兄的。我本想用仙法把它修补起来，谁知道怎么补都补不回原来那样。”

“这件事我想也不是谈卓那臭小子做的，只不过他也没供出你来，这事就算了。”

不是谈卓师兄不想说出实情，而是师父你根本没给他辩驳的机会啊。颜淡默默回想一阵，又道：“还有一件事……”

师父将手上的茶杯搁在石桌上：“还有？”

“师父你窗子上那盆花本来是结了很多花骨朵的，但是我弄掉了一些，所以最后您和南极仙翁比谁的花开得多输掉了。”

“颜淡，你不如实话实说吧，从前在我鞋底抹糨糊，在花园里挖个洞用树叶盖起来害得南极仙翁摔进去，这些事是不是全部都是你做的？！”

颜淡连忙道：“没有没有，这些很明显都是二师兄做的。”俗话说，死贫道不死道友，现在贫道就要死了，道友也跟着一块来吧，二师兄你自求多福。

颜淡向师父告辞，打算去最南端的地涯宫，看看能不能找出重建铘阑山境的法子。她这边才刚一出师尊仙邸，一抬头便瞧见一道人影，一个激灵转身要逃，只见那人朝她微微一笑，唤了声：“颜淡。”

颜淡进退不得，扭过头尴尴尬尬地开口：“唐——”转念一想这样叫不太对便停住了，刚想叫应渊，又觉得这样更不对，最后叫了声，“帝座……”

那人虽然已经恢复了仙君的身份，可是凡人的长相却一直没变回来，让她很习惯地去喊唐周这个名字。

“你还是叫我唐周吧，这样听得惯。”

颜淡干巴巴地哦了一声，迟疑一阵还是问了出来：“那你可以把地止借我用一阵么？”

唐周愣了一下，随即道：“你要拿去用当然可以，只是……”他沉吟片刻，又道，

“只是我现下靠它恢复了仙法，光凭地止只怕不能把铘阑山境变回原来的样子。”

颜淡也料想不会这般容易，想了又想，眼下只能按照敖宣说的办。让她拔了花瓣那还是小事，可是后面一桩却是难上加难。菩提老祖是了不得的人物，想来敖宣也不敢轻易得罪，才把事情扔给她，还真是一举两得。

忽听唐周叹了口气：“颜淡……”

这一声让她忽然回过神来：“……什么？！”

唐周甚是无奈：“我叫了你好几声，你都没听到。”

颜淡望了他一眼，有点弄不清楚他这个态度到底是怎么一回事，照理说他应该对自己唯恐避之不及才对。就算过了很久，当年的爱恨早已模糊，可做过的事始终摆在那里，怎么可能当作什么都没发生过？

不论憎恶，宠辱不惊，她做不到。

唐周低着头，隔了片刻方才说：“有什么要我帮忙的，我定会相帮。”

颜淡别过头看着远处，九重天庭上云雾缭绕，隔得远些，便只能瞧见那一片雾气迷蒙。这云雾还是当年的云雾，这宫阙还是当年的宫阙，可她却不复当初了。

在这世上，她最不想接受的便是唐周的恩惠，不管是同情还是偿还。可若是为了铘阑山境，那又不一样了。

她转头看着唐周：“我想要火麒麟血，你有法子帮我么？”

菩提老祖座下的仙童皱着脸说，老祖出了远门，没有十天半个月怕是回不来。

颜淡想着她到了天庭已经耽搁了快一个时辰，凡间怕是已经有翻天覆地的变化，若是等到十天半个月后，说不准都改朝换代了。

只听唐周淡淡道了句：“我们是来看那头火麒麟的，也无须等先生回来。”

颜淡不由心道，他下一句话该不是想说，他们看完火麒麟顺便还要割它一刀放放血？只见那仙童立刻舒展开皱成一团的脸，欢天喜地道：“太好了，帝座你来得正是时候，那头畜——不对，灵兽正闹脾气不肯吃东西呢，等到老祖回来看到可要罚我们了。”

“我小时候常和那头麒麟一起玩，是以它对我还是比较亲近的。”唐周随着仙童走到仙邸后面的庭院，往前望了一眼，轻飘飘地说，“看来这麒麟近来长大了不少嘛。”

颜淡的眼直了，仙童干巴巴地笑了两声，倾身行了一礼，后退两步：“帝座，仙果就摆在这里，您记得喂它啊！”

拴在石头边上的火麒麟听见人声，突然转过庞大的身子，铜铃大的圆眼怒瞪了不速之客一会儿，一张嘴呼的一团烈焰扑面而来。颜淡连忙跳开几步，只见那仙童一路狂奔而去，还带着哭腔大喊：“这畜生连青离帝君也敢烧，太可怕了啊啊啊——”

唐周走上前，伸手在它的背上拍了拍，那火麒麟仰起头，缓缓眯起眼，嘴里又吐出几朵火焰。他将手往上移，够到火麒麟的脖颈又摸了摸，那火麒麟缓缓低趴在地上慵懒地闭上眼。唐周微微一笑，转头招呼颜淡：“你也来摸摸它，等下割那一刀的时候它才不会发怒。”

颜淡磨磨蹭蹭走近了，颤巍巍地伸出一只手：“它会不会咬人啊？”她虽然是头一回见到这种上古瑞兽，可是书上却见得多了。火麒麟很能吃，咬到什么就直接连骨头带皮啃了。她也就两胳膊，不管少哪一个都不愿意。

火麒麟恶狠狠地瞪着她不动，颜淡的手抖得越加厉害，最后还是唐周瞧不过去，一把握住她的手腕按在火麒麟背上。

触手却格外温润舒适，颜淡顺手在它背上摸了几下，瑞兽终于闭上眼，乖乖不动了。

唐周铮的一声抽出半截剑身，很是无所谓地问：“你要多少血？”

颜淡忙按住剑鞘：“只要十几滴，你拔剑出来做什么？”她话音刚落，那头瑞兽缓缓抬起头，凑过来伸出舌头慢慢地在她脸颊上舔了一圈，鼻子里喷出几朵火花。颜淡顿时僵硬在那里，隔了一会儿才猛地跳起来：“它、它竟然舔我？！”

唐周摘下一片龟背竹的叶子，轻轻在麒麟腿上划了一道口子，让麒麟血滴在叶子上，淡淡道：“它是母的。”

颜淡抬袖在脸上擦了又擦，愤愤道：“都是黏糊糊的口水。”

只见唐周撕下半幅衣袖，在瑞兽腿上的伤口上缠了缠，忽然长身站起，一手扳过她的下巴，缓缓低下头去。颜淡被拂到脸上的温热气息吓到了，毫不犹豫地抬起手挥过去。唐周眼也不眨，抓住她的手腕，可当看见她脸上愠怒的表情时，忽然松开了手。

这记中途受阻的耳光终究干净利落地落在他脸上。

第七十三章·沉香如屑

唐周微微偏过脸，眸中幽幽暗暗，如同光影交错不定。

颜淡在衣袖下缓缓攥紧手指，觉得身子在微微颤抖，说不好是愤怒还是害怕。她一直以为应渊君对她无情，可那怪不得谁，感情本就是你情我愿的事，可是现在演的又是哪一出？反复无常，这样很有趣么？

隔了许久，她听见唐周轻轻道了一句，宛如耳语："颜淡，我很想你。"

"我知道是你用半颗心换了我的眼睛，有一段时间我的确误以为是芷昔，等到我在瑶池边上看见你，便知道是你了。"

颜淡笑了笑："原来如此。"她思忖一下，又道，"没关系的，那时是我心甘情愿，你不用在意。"

唐周微微一愣，神情渐渐沉郁，低声道："颜淡，我想我是喜欢上你了。在很久很久以前，连我自己都不知道的时候。"

"你喜欢的，不过是过去在你眼睛看不见的时候可以时时陪你说话，最后医好了你的眼睛的颜淡，而不是我，从来都不是，以后也不会是。"她想了想，"那个时候只有我会陪着你，可是等你好了，就不一样了。就算现在，你不过是后悔当初任由我在你面前跳了轮回道。"

唐周轻笑出声："原来你觉得，我已经活到连自己的感情都不明白的地步了吗？你笑的时候右颊会有一个酒窝，眼角会变弯，像是从心底在微笑一样。你和芷昔，我不会错认的。"

地涯宫依旧冷清而空旷，少有人至。

颜淡走过长廊拐弯处，待看见前方那团黑影时蓦地往后退开好几步，颤抖着声音问："这、这是怎么回事？"

唐周停下脚步，语气平淡："嗯……那是鬼王，你不是见过的么？"

颜淡跺跺脚："我知道是鬼王，我是问你，它怎么会在这里的？！"

大约是她的声音太大了，正默默跪在地上擦青石砖的鬼王抬起头呆滞地望着她，眼里空洞洞的。颜淡又是一个哆嗦，疾步从它身边过去。唐周一定是故意的，一直都装着若无其事，让她有脾气也发不出。

走进书库，唐周推开身边的窗子，只见外面正对着一池碧水，现下还没到莲花盛开的时节，莲叶挨在一起青翠可爱。颜淡撑着窗格，探身出去往外看，微微笑着："我记得原来这里是没有莲池的。"

"这里的菡萏种了很久了，之前都没有开过花，不知今年会不会开？"

颜淡叹了口气，迟疑一下还是开口道："我想还是不会。应渊君，我们把话都说开了吧，这样装着什么都没有发生过，又能怎样？虽然隔了很久，可是以前的事发生过，就不可能再抹掉，这不是练字，写得不好把纸撕了就可以重新写过。"

她伸手合上雕花窗子，掩住外面的景致，走到书桌边上，拿起那只雕刻得十分精致的沉香炉："那个时候，我的确倾慕应渊君你，就算到了地府黄泉，我还是忘不掉。我原以为，我会死在夜忘川里。因为忘不掉前尘，我不能投胎转世，只能化成底下那些鬼尸。我从来都没有忘记这些，以后只怕也不会忘记。可是，那又怎么样？"

颜淡揭开沉香炉的盖子，轻声道："把整块沉香放进去，只要一点点火星，它就会烧起来，在烧成细屑前都不会停下。可是等到沉香如屑，再怎么用火折子点上都烧不起来了。我就像这块沉香，已经烧成了细屑，就连一点火光都不会有了，最多只是烧尽后的余温。"

沉香炉微微倾下，如屑般的沉香灰烬飘散在地上，化为虚无。

颜淡微微笑着看他："就连最后的余温，有一天还会冷透了，什么都会没有了，就像你我还未相识时一样。"

唐周走了。

颜淡慢慢滑坐在墙边，感觉用尽了力气。想说的话终于说出了口，其实来来去去也不过眷恋，只是那已经是曾经的眷恋。从现下开始，她真正解脱了。

窗格外边的日光斜斜地倾斜进来，映在墙边，形成一片光影斑驳，模糊不清。

仅仅隔了半盏茶工夫，一阵轻盈的脚步走到近处，然后停下。这人大概一直跟在他们后面，才能掐着唐周刚走之后过来。颜淡仰起头，倏然瞧见一张熟悉之极的脸，晨起对着铜镜时也能看见的那张脸。

芷昔微微偏过头，垂下眼看了她一眼："我是来寻一本书的。"她顾自走到书桌边上，将手上的东西放下，转身往一排排书架那边走去。

颜淡起身，瞧见她放在书桌上的东西，是一封皮已经泛黄的簿子，簿子底下似乎还压着什么事物。她拿开簿子，只见底下是一面小巧的圆镜，不由怔了一怔——她记得芷昔并不爱照镜子，怎么会随身带着这东西？

颜淡拿起那面圆镜，只见镜面突然变了，映出的正好是凡间的景象：一个粗布荆钗的女子正忙碌地操持家事，旁边的男孩子不断给她添乱，年老些的农妇则一手叉腰呵斥着她。那个女子正巧转过头来，仿佛和颜淡对面相视，满脸忧愁凄苦。

"你觉得怎么样？"

颜淡一愣，立刻放下镜子，回头看去，只见芷昔抱着一本厚重的典籍在不远处，脸上是讥诮的笑。她又重复了一遍，问道："掌灯现在这般落魄，你觉得怎么样？"

颜淡忽然觉得她变得有些陌生，便摇了摇头："没有觉得怎样，她现在的确也不比我当初好过。"

芷昔冷笑道："不，她若只是生在潦倒家境，那怎么够？出身贫寒的，这世上有千千万万，少她一个不少，多她一个也不多。"她走到桌边，将厚重的书放下，轻声道，"她被贬下凡间后，我去看过她。"

颜淡隐约猜到了大概："难道你……"

"嗯，我把她前世的记忆都打开了，她看到我的时候差点吓疯了，成了哑巴。"

"芷昔你为了我这样做，万一被别人知道那怎么办？"

"我不是为你这样做的。"芷昔扬起下巴，很是无所谓的模样，"也不会有人知道。”

颜淡终于明白，那一回在南都看烟火的时候，她见到的确是掌灯仙子。不管是颜淡，还是芷昔，她不管见到谁都会害怕。

芷昔将圆镜收进袖中，抱着书别扭地看着另一边：“你以后都不会再回这里了，是么？”

“应该是这样，你可以来凡间看我。”

芷昔咬着唇，隔了好半晌才道：“我不会来看你的，有什么好看的，又不是第一天认识。”

颜淡低下头，忍不住笑：“是啊，我们来就是同根生的，就算不见面还是……”

还是最亲近的人。

这世上，没有人能比她们彼此更加亲近，她们是被同样的血脉束缚着，比用言语承诺的束缚更加牢固。

颜淡看着她的背影消失，方才发觉书桌上还留着那封皮都泛了黄的簿子，她居然没有带走。她拿起来翻了两页，这簿子里面记载的都是他们一族的琐事，也不知芷昔从哪里找出来的，只是看到一句话时心中一顿：“四叶菡萏之心，可使万物回春，百疾治愈……”

万物回春？

她摸摸心口，那里正缓缓地跳动着。

从凡间到天庭，已经过去一个时辰，现下立刻赶回铘阑山境，应该没有耽误太久。

颜淡将手心的定水珠握了握，那珠子触手冰凉光滑，隐隐可见其中水汽流动。据敖宣说，这颗珠子若是不小心落在地上，凡间也要发三个月大水，只要把定水珠放在干涸的湖底，自然就会生成一泓活水。

她穿过九曲回廊，只见南极仙翁正负手站在鱼池边上，瞧见她过来笑眯眯地说：“颜淡，这么久不见你可长高了啊。”

颜淡微微嘟着嘴，走到鱼池边上：“仙翁你的胡子还要不要了？”

南极仙翁连忙退开一步，笑骂道："你这小鬼怎么一点都不知礼？去看过你师父没有？他那时候可是被你气坏了啊。"

颜淡看着鱼池里面，只见那条虎须大鱼正在上蹿下跳十分生猛："师父当真很生气？"

"那是自然啦，你师父还一心想教出个上仙来炫耀，结果被你灭了威风，能不生气吗？"南极仙翁摸摸胡子，"本来你只要在地涯多待几日，就会升仙阶了。"

"这怎么可能？我修为这么低浅，平日里也不比别人多有悟性，这个我还是知道的。"

"本来是不行，可是有了异眼就不一样了，白白添了千年修为，你说这还够不够？"

颜淡心中咯噔一声，不由自主结巴起来："异、异眼？！"

"是啊，不过那一年发生很多事，你师父来过我这里一趟，要我把异眼托给东华清君处置，可是不知怎的异眼弄丢了，害得仙翁我被罚了三年仙俸。后来连养了那么久的那条宝贝九鳍都不见了，真是倒霉起来连喝水都塞牙……"

"九鳍不是好好的在吗？"颜淡指着正蹦跶得活跃的虎须大鱼。

"这条？这条不过是条怪鲇鱼罢了，连九鳍一枚鳞片都不如，当年我若不是看那条九鳍好像不喜欢池子里的雌鱼，以为它是个断袖才放了这条公的下去，结果……"南极仙翁痛心疾首地历数一遍，实在忍不住抬脚踏在那虎须鱼背上，将它一脚踩下去，"结果它倒是好，给我在这里勾三搭四，白吃白喝，连个人形都不会化，看着就心烦！"

颜淡战战兢兢："难道九鳍就是那条看上去很柔弱的、红色眼睛的小鱼？"

南极仙翁看了她一眼："是啊，他们这一族已经覆亡了，若是从前时候可比龙都飞得高。"他话音未落，瞧见虎须鱼又从水底钻了上来，正往脚边凑，立刻大声呵斥，"游远点，不然今天没饭吃！"虎须鱼委委屈屈地挨到一边去了。

颜淡望着鱼池，满心都想着余墨，想起他将异眼抛进章台江畔的决然姿态，想起他叹息着说"你不要却不让我扔，到底想我怎样"，想起他最后微笑着对自己说"那些看戏的人，明明知道故事与己无关，可看得久了，这故事也慢慢变成了自己的”，他是看着她的故事，最后入了戏。

她原以为，这二十年，已经足够懂得余墨。

现在她方才明白，这二十年她懂得的，还只是其中粗浅的皮毛。

她一直以为，她同余墨待在一起的时候，一直是她的话比较多而他总是一副不冷不热的模样，一直是她黏着他缠着他游遍大江南北而他其实不太乐意的。她竟然从来都没有用心去看懂一个人。

你有没有爱过一个人。

你有没有这样隐忍地去等待过一个人。

这世上不是没有对她倾心相待的那个人，只是她一直不知道而已。原来有一个人明白她懂得她，而她竟然从头到尾都错过了。

从头到尾，她都错过了。

第七十四章·情至

凡间已经入夏。

颜淡在凡间落脚的那一刻发觉自己身处一个边陲小镇，问了镇上的人才知她现在是在安平镇，而铘阑山大约还在北面几十里外。她果然荒废太久，妖法学得一团糟，连自家门口都摸不到。

安平镇虽然不是江南那种热闹的水乡小镇，街上还是零星可见来往的路人。当着这么多凡人的面，她也不能用妖法，只得徒步出镇。她在天庭待一个时辰，放在凡间就是一个月，也不知现在铘阑山境如何了，光是这样想着就恨不得立刻飞回去。

拐过街角的时候，斜里一碗热水泼过来，差点淋在她身上。颜淡回头望了一眼，正好和摊上掌勺的女子对上眼，那女子约莫年过三旬，却还是香腮胜雪，眼眸宛如琉璃一般剔透明亮。她看着颜淡，脸上有些尴尬，拿勺子敲了敲木桶："赵叔，你也不看着点，万一泼到人家姑娘身上可怎么办？"她朝着颜淡一笑，"对不住，现在快晌午了，我请你吃碗面吧，我们家的担担面可是出名的，吃过的人都说好。"

颜淡看着对方，喃喃道："闵琉……"

"你……你叫我什么？"

颜淡忙不迭地开口："不是的，我是说……面、面很柔软……很好吃！"

她还记得在戏班的那些日子，也记得那个第一回见到她高喊有妖怪的少女闵琉，他们妖活得久，便是很久以前的事也会记着，可是凡人却不一样。

闵琉扑哧笑出声，将锅里煮好的面条捞出来："看你这模样是逃家出来的吧？面当然是筋道的好，怎么会是软的好吃？"她把面碗递到颜淡面前，"赶紧趁热吃最好吃了，就是这里太简陋没地方让你坐下来，你不习惯站着吃东西吧？”

颜淡忙道：“没有，蹲着吃我也习惯。”当年在戏班，赶着排戏搭台，哪有时间坐在桌边慢慢吃？

闵琉微笑着说：“看你说的，姑娘家就要有姑娘的样子，怎么能蹲着。”她看了颜淡一会儿，忍不住道，“看你的模样也就十七八岁，不过你生得可真的很像我一个朋友呢。”

担担面又酸又辣，颜淡闻言不由自主地噎了一下，咳嗽连连。闵琉没留心她尴尬的表情，顾自出神：“也快二十年了，也不知道她现在过得如何……”

颜淡不由心道，她一直过得风生水起，祸没少闯，苦头没少吃，最近还越活越回去了。她正想着心事，只见一个盛满鲜红辣酱的勺子伸过来，面碗里立刻堆起一摊辣酱。之前差点将水泼到她身上的那位大叔呵呵笑着：“多放点辣子才好吃，对吧？”

颜淡僵硬地点点头：“是啊，真好吃。”

大叔很淳朴也很实在，立刻又给她挖了一勺辣子：“现在天也热起来了，吃碗面出一身汗，那才叫舒服……”

颜淡心一横，夹起辣乎乎的面往嘴里塞。

闵琉很是高兴，边煮面，边和她说些闲话：“姑娘你是哪里人啊？”

颜淡听到“姑娘”二字还真的有点脸热，咳了一声：“南都。”她对南都最为熟悉，口音也学了江南那边的，要说别的地方容易露馅。

“南都……”闵琉微微眯起眼，顿了顿又道，“我年轻时候也去过南都，那里确是个好地方。你是逃家出来的吧？是因为爹娘要将你嫁人吗？”

凡间女子多半成婚得早，双十出头便可以当娘了。颜淡很尴尬，却只能低低嗯一声。

“找个好夫家嫁了也是大事，像你们南都城贵族公子哥儿多，都生了一副好模样，可是到头来却未必是良人。”闵琉微笑起来，“也不怕你笑，我从前也同一位贵族公子好过，他文采好出身好还会武功。可是现在想来就会觉得好笑，你说，我这是看上人家什么了？他懂的我都不懂，只不过看着光鲜，心里向往而已。”

颜淡偏过头看她，忍不住问："那后来呢？后来你怎么想明白这些的？"

"后来年纪大了自然要嫁人了，我嫁了个——喏，就是那边走过来的，都是平民老百姓，一起开开心心过日子就好，何必还要惦记从前那个人呢？"闵琉放下勺子，将正放下一担面粉的男子拉过来，取出汗巾为夫君擦汗。

颜淡吃着面只觉得辣气冲上来，眼睛有点酸，忙伸手揉了揉。

这一顿饭吃得她有点消受不了，和当初余墨亲手煮的那锅羊杂汤一样，让人眼睛发酸，心里烫烫的像是有什么要满得溢出来似的。

路上耽搁了一些时候，回到铘阑山境时已经到了傍晚，天边残阳艳丽，仿佛有淡红染料将天幕浸染透了。

颜淡走到干涸的湖边，从袖中摸出那颗定水珠放下去。不一会儿，只见湖底有股清泉喷涌开来，水面渐渐升高，晚风也不再干燥难忍，而是沾着湿漉漉的水汽。天边的夕阳很快暗淡了，天色黯沉，雨丝淅淅沥沥飘散下来。

有了雨水，铘阑山境还会变成原来的样子。

颜淡急着见余墨，便连自己的住处都没回，直接赶去余墨那里。她刚走进山主居处，便闻到一阵浓烈的血腥味，心中咯噔一声，正好瞧见百灵迎面扑过来，忙一把拉住问："百灵，这是怎么回事？"

百灵脸色煞白，抓着颜淡的手瑟瑟发抖："不……不好了，那天以后，很多妖族族长都不再臣服山主，然后我们羽族……也叛出了！"

颜淡心中一沉，放柔了声音："后来呢？"

"后来紫麟山主出门，但是那些蝙蝠精找上余墨山主，他们昨晚就在这里、这里……"

"现在呢？余墨去了哪里？"

百灵哽咽着说不出一句完整的话："在后、后山……"

颜淡闭了闭眼，拍拍她的背："别着急，我现在就过去看看，余墨不会有事的。"她才刚一转身，立刻被百灵捉住了袖子，"百灵？"

"你不要过去，山主快妖变了，他可能会把你误杀掉的。"

颜淡抽回衣袖，勉强笑了笑：“我自己会小心的。百灵，最迟明早时分，我就会和余墨一起回来。”

她转过身，循着这股血腥气往后山飞去。天正飘着雨，而天色也渐渐暗下来。

后山道路崎岖，要找人的确不太容易。她这样一路找过去不知还要多久才能找到余墨，心里不禁焦躁起来。凭着余墨的修为，寻常状况是不可能妖变的。她也是很早听族长说过，当他们妖折损修为至支撑不住人形的时候，就会妖变。一旦妖变，妖性会占上风，对血腥趋之若鹜，甚至连亲近的人也会杀。

雨越下越大，几乎是唰唰地冲洗着山路，将最后一点血腥气冲得一干二净。

颜淡正急得不知该如何是好，忽然眼前青芒一闪，一声长长的惨叫划破天际，乱糟糟的一团黑影扑到她面前，抽搐几下就不动了。

她忙伸手一划，一团白光氤氲升起，只见身边那人的躯体渐渐化成了一只蝙蝠。颜淡抹了抹脸上的雨水，往前走了两步却又停住了。

她瞧见不远处正站着两道人影，其中一人执着剑，几乎是电光石火之间，一道青气森森的剑芒划过，另一人转身欲逃，却还是被剑气带到，咽喉中发出几声嘶吼，往前扑倒。颜淡疾步上前，唤道：“余墨！”

她才走近两步，喉间突然一凉，冰凉的剑锋已经抵在她颈上，微微用力。

余墨侧过半边脸，一双眸子已经变得殷红，那半边脸上正有青黑色的鳞片不断生长出来。颜淡倒抽一口气，站着没有动，只觉得抵在颈上的剑正微微颤抖，收不回来，却怎么也不能往前送出一分。

颜淡定了定神，抬手按在剑上，缓缓把剑往边上推：“余墨……”她看着对方的眼，轻轻道：“虽然你让我不用回来了，不过我还是觉得这里吃得好住得好，就算你赶我走，我也要赖到底了。”

她正要往前再靠近一步，余墨却突然在她肩上一推，手中的短剑向前一送，干净利落地刺入一只扑过来的蝙蝠精胸口。那蝙蝠精身上升起了阵阵白烟，不一会儿就化成了一只巨大的蝙蝠，吱吱痛叫。

颜淡本来已经唤回余墨的部分神志，现在又因为突变功亏一篑。若是她最后真的被余墨大卸八块，倒也不会怨恨，可等余墨恢复后，想来他一定会很痛苦。她已经不想再让他不好受了。她看着余墨抽回短剑，正要转向她的时候，忙扑过去拉低他的颈，踮起脚毫不犹豫地吻在他唇上。

余墨的唇冰凉。

隔了片刻，颜淡听见耳边响起一声剑落地时的清响。余墨缓缓抬手按在她颈后，加深这个亲吻。雨越来越大，哗哗地冲击着周遭。颜淡闭上眼，紧紧抓着他的衣衫，雨水淋在身上，好像没有觉得一点冷。

这是入夏以来的，第一场雨。

事后，颜淡真想重重抽那个胆大包天的自己几个耳光。

她也不知道自己那时是怎么想的，居然眼都不眨一下，一个饿虎扑食冲上去强吻了余墨，莫非、莫非她对余墨的心思已经龌龊到这个地步了？

颜淡抱着头很苦恼，她以后怎么面对余墨啊，胆敢主动去亲他的大概就只有自己一个。虽然他们妖不像凡人那样讲究，可是这未免也太不像话了。她从来都是不像话的，从来都没有矜持过，从来都是一时昏头就乱来，她一定嫁不出去没人要了……

颜淡自我厌弃了好一会儿，忽觉肩上被人拍了一下，忙抬起头看去。只见元丹笑眯眯地站在她面前，问她："你一个人在那里自言自语什么？"

颜淡张口结舌地看着他，许久才愣愣道："咦，你还在这里啊？"

元丹掸了掸袍子，眼里带笑："怎么，你觉得我像是那种见到事情不对就转向的家伙吗？"他直起身，看着远处，轻声道，"昨天忽然下雨了，丹蜀高兴得睡不着。虽然我是族长，但是很多事并不由我一个说了算，不过现在，大约铘阑山境是救回来了。"

颜淡笑着嗯了一声。

他们一个站着一个坐着，望着湖边那个顶着毛茸茸耳朵的身影。

丹蜀正辛苦地翻土，挖坑，种下他的桃树。

百灵走过来，笑着问："你们凑一起在说什么呀？"

颜淡看见是她，忍不住取笑："百灵，你昨天脸色白得和什么一样，连说话都直打战……"

百灵板起脸，恼羞成怒："怎么，不可以啊？！还有，你们两个真是，到现在都没一句话来问问山主好不好，可真没良心！"

元丹叹了口气："何必还要问，你一大早抓着人就说，现在还有谁不知道的，我是听得耳朵都要起茧了。"

百灵沉下脸还没来得及说话，就见丹蜀兴冲冲地朝他们跑过来："爹爹，你说桃子什么时候能长出来？我要是很努力地浇水，后天行不行？"

元丹捂着额，低声喃喃："这傻孩子到底是像谁啊……真是……"

颜淡觉得，丹蜀虽然笨点却过得最是无忧无虑，他的心里，只要一棵树，一个果子，一朵花就能填满，这样未尝不好。

第七十五章·菡萏之心

颜淡很苦恼。

整整一个时辰,她都一直在重复“走到余墨房门外,把手放在门把上,然后放弃,转身继续在外面踱步”的动作。原来找余墨好像是一件再寻常不过的事,可是现在却觉得棘手得很,她该怎么解释昨晚的事才好?

她又来回走了几趟,只听吱呀一声,房门开了。余墨靠在门边,淡淡看着她,还有点不耐烦:“你到底要不要进来?”

颜淡哦了一声,跟着他走进房间,心里盘算着该说些什么话来缓和一下气氛,正绞尽脑汁想着,忽然瞧见桌上的白布,立即豁然开朗:“余墨,你没伤到哪里吧?”

余墨撩起衣摆,转身在美人榻边坐下:“没大碍,都是些很浅的划伤。”

“那是不是很疼?”

余墨微微皱了皱眉,抬起头看着她:“还好。”

颜淡见他望向自己,突然觉得整个人都紧张起来,甚至有些手足无措,一句话脱口而出:“其实你要是觉得疼,可以叫出来嘛。”话音刚落,她立刻就后悔了,这句话不管怎么听怎么想,都很蠢。

余墨还是看着她,却一句话都没说。

颜淡真想抽自己耳光,只得磕磕绊绊地解释:“呃……我的意思是说,觉得很疼就叫出来,这样心里会好受一点,是、是这样吧……”

余墨语气甚是平淡:“就算真是痛得狠了,难道说出来就不会痛了吗?”

颜淡张口结舌一阵,方才干巴巴地说:“如果你不喜欢叫痛,可以偶尔撒撒娇啊……”她内心十分郁结,自己一定是魔怔了,怎么蠢话一句连着一句冒出来?

“撒娇？”余墨凉凉地重复了一遍。

颜淡想撞死的心都有了，忙不迭道：“你要是不喜欢撒娇的话，那多发发脾气，发脾气也挺好的，哈哈。”

“颜淡，你过来。”他挪开美人榻边的书册，拍了拍空出来的位置。

颜淡干笑：“我就站在这里也能听你训话，就不用过去了吧……”

余墨眼中带笑：“你到底在怕什么？你昨天不是很勇猛的么？”

可不是，她可勇猛了，一下子就饿虎扑食，扑向了他这头小羊羔。

颜淡只得僵硬地走到美人榻边坐下。

“你之前在外面走来走去又不敢进来，是想和我说什么？想说昨晚上你是一时昏了头，所以现在觉得无颜见我？”

颜淡张口结舌了一阵，还是说不出话来。

余墨半躺在美人榻上，随手拿起一册书摊开：“想不出的话，就在这里慢慢想，等到想出了为止。”

“你怎么能这样？你又不是我师父，也要来这一招。”

“刚才是你说可以偶尔撒娇发脾气，不是么？”

颜淡委委屈屈地哦了一声，只能呆坐着继续苦思冥想。她自然是喜欢亲近余墨的，可是当真是像从前喜欢应渊君一般喜欢他吗？其实她并非没有想过，如果回到应渊君身边那又会怎样。其实如果她最后真的这样做了，余墨也定会若无其事地笑着送她离开。

可是她现在决定留在余墨身边，她相信这样做是对的，以后也绝不会为今日的决定而后悔。

颜淡犹豫一下，问道：“那个异眼你现在还想不想送给我了？”

余墨搁下书，静静看了她片刻，淡淡道：“就放在那边柜子最上面那个抽屉里，你自己去拿吧。”

颜淡走过去拉开抽屉，将异眼握在手心，冷不防听见余墨说了一句：“你原来不是不要的吗，怎么现在又记得它了？”

颜淡握着异眼，才恍然醒悟过来：她干吗要这么紧张？说到底，也是余墨先喜欢她的。他喜欢自己喜欢得不得了！她这样一想，胆气顿时足了很多，走回美人榻边居高临下撑着身子直视他："我现在要把异眼拿去当……当信物，不可以吗？！"

其实她本来想说定情信物，只是这样未免失了身为女子的矜持。

余墨眼中带笑："可以啊。不过你有没有想过，信物是要交换的。你打算换给我什么？"

颜淡摆出最蛮横最不讲理的表情："我才没东西拿来和你换呢，要命有一条——"她话音未落，余墨忽然坐起身一把将她拉到自己身上，笑着说："那也行。"

颜淡不自在地嗯了一声，将额抵在他肩上，抓着他的衣袖不说话了。只听余墨在耳边低声道："颜淡？"

"干什么？"

"你这是……真的害羞了？"他抬手顺了顺她的发，微微失笑，"你不是一直都说自己脸皮厚，现在还会觉得不好意思么？"

颜淡的声音闷闷的："谁说脸皮厚就不会害羞了？"

会害羞是一件好事。

余墨抱着抬不起头来的颜淡，忍不住微笑。

其实他们还有很多时间，可以让她慢慢想清楚。

之后几日，颜淡还是原来一样整日无所事事。余墨有很多事要善后，没有空闲陪着她。她时常翻出异眼来看看，心里盘算着若是打个洞和风铃一道串起来挂着，大约会十分好看。

自从知道余墨十分在乎她，颜淡很得意。她一向颇有自知之明，他们妖当中容貌生得好的不知有多少，她绝对不算出挑的那种，那么余墨喜欢的多半是她的内在。可见当妖，还得内外兼修。

芷昔给她的那簿子被雨淋湿了，晒了好几天翻开来还是皱巴巴的，还有几页黏在一起根本就分不开来。颜淡只得拿把裁纸刀来一张张地揭开看。这白纸黑字写着的，根本就是他们这一族无比惨痛的经历，上天入地逃亡，最后躲不过被零碎切开来用的例子数不胜数。

于是颜淡在初夏时节出了一身冷汗。

她又往后翻了几页，突然坐直了身子。这一页记载着上古洪荒时候，水神共工撞了不周山，当时凡间洪水泛滥，女娲上神炼七彩石补天，而他们一族则由修为最高的族人用自己的修为助女娲上神将凡间恢复原貌。这是功绩一件。

颜淡搁下簿子，走到窗边往外看，这里虽然不再缺水少雨，却还是一派荒凉，再也找不出曾经的景致了。而那位立下功绩的前辈耗尽修为，要沉睡百年才醒。

她撑着窗格，窗子上挂着的风铃叮当作响，忽见远处一道七彩华光落下，云蒸霞蔚，瑞气冲天，猛地又消失不见。颜淡心里奇怪，朝着那华光方向疾步走去，还没看见人影，便听见余墨的声音："不知帝君前来，有何要事？"

帝君？

颜淡想了想，闪身躲在一块大石头后面。

"我是来找颜淡的。"听声音却是唐周。

颜淡蹙着眉，却不懂他来做什么，他们之间要说的早已说明白了。

"你想接颜淡回天庭么？"余墨语声低沉，沉吟片刻又轻声道，"我不会让你带她走的，就算是我自私，颜淡她现在好不容易才有一点在乎我，我怎么可能放手？"

"所以，你想阻拦我？我觉得这件事还是让颜淡自己决定比较好。"

"她喜欢笑，并不表示她不会难过，即使摆出一副开心的模样来，心里还是会悲伤，所以……"余墨顿了一顿，淡淡地道，"我知道颜淡她心里还惦记着你，一直以来就记着你一个。可是你如果没有放弃所有一切的决心，我怎么能够把她交给你？"

"她是不会乐意留在天庭的，你若是真心想要带她走的话，就放弃帝君的位置，若不然，除了我自己之外，我怎么放心把她扔给别人？"余墨的声音听起来像是笑着说的，"不知应渊君以为如何？"

他们之后再说了什么，颜淡觉得都没有必要再听下去了。

她想着余墨从前曾戏言"鱼和莲本来就是一对"，也会顺着自己开那种主公莲卿的玩笑，会带着她游遍大江南北，那些点点滴滴，那些笨拙而亲昵的相处，怎么能够轻易割舍？

自然无法舍弃。

那日唐周来了又去了，余墨没向她提过这件事，颜淡乐得装作什么都不知道，整日陪着丹蜀和狐狸。丹蜀对他那棵宝贝桃树十分上心，每天都要翻一遍土，弄得一身脏兮兮的回去。

“颜淡姊姊,你看这树叶子怎么耷拉着,长得一点都不好。”狼妖朝她哭丧着脸。

颜淡对侍弄花草树木并不精通，便凑近过去看了看。那棵桃树叶子生得稀疏，这样看着也知道结不了果子。她低下身，扒开一团土瞧了瞧，心却蓦地沉了下去：铆阑山境在地止取出前一直土质肥沃，可是现在粘在手上的土壤却是干巴巴的。

光是雨水丰沛，这样根本就不够。若是最后像西南朱翠山一般，因为雨水过多土壤吸收不了而变得地层空洞，只怕要另寻地方住。可是铆阑山境经受过之前的重创，余墨的修为又大为折损，已经没有其他退路了。

颜淡心里犹豫，不等太阳落山便早早地回到自己的住处。她一踏进房间，便见余墨倚靠在窗边，像是等了她很久。他身后是浅红色的一片晚霞，映衬着身上的玄色衣衫，不知怎么，将这种冷厉的颜色衬得温暖起来。

余墨笑着朝她伸出手去：“又带着丹蜀去玩了？”

颜淡拉着他的手，低下头思量一阵：“余墨，紫麟他去哪里了？怎么还没回来？”

“他去找羽族的族长，有一些事。”

颜淡想起那日百灵说过，羽族早已不再臣服于铆阑山境，在她看不见的地方，余墨想来也很发愁。在这里住了这么久，不管是谁都会有感情，何况是对于土地和家园最为重视的妖？她牵着余墨的手，犹豫许久：“余墨，我有办法让这里变回从前的样子。”

余墨嘴角的笑容消失了：“你不用想太多，最多我们换个地方住，我本来也不在乎。”

“上古时候就有过，水神共工撞上不周山那一回，我们族的前辈就能助女娲上神将凡间恢复原状。”颜淡看着他，“你觉得我应该试试看吗？”

余墨抽回手，语气甚是平淡：“何必要问我，你决定的事，我难道还能阻拦么？”他一拂衣袖，便要转身离开。

颜淡忙扯住他的衣袖，可怜兮兮地说：“余墨你不要生气啊……”

余墨脚步一顿，最后还是叹了口气：“我没生气。”他默然片刻，然后道了一句，“直说吧，这样做后果是什么？我又能做些什么？”

“大概会耗尽修为，然后沉睡一百年吧。”颜淡一对上他的眼神，顿时心虚起来，“如果有你帮我结阵，肯定用不了这么久的！”

余墨静静看她，许久才道：“我要去准备两日，你自己再好好想想。”

第七十六章·新的开始

竹帚扫过地面，在青石砖上划出一道道浅痕，落花被昨夜骤雨浸透，微微泛了白。芷昔抬起手，撩了撩额发，弯下腰将褪了色的花瓣一片一片捡起。她听见身后有人走过，连头也不抬，轻声道：“帝座。”

那脚步停了下来。

芷昔拾起一瓣海棠，花瓣已经褪成了浅红色，映着她白皙的手指却显出几分艳丽：“从来我们这一族就鲜少有同根双生，你知道这是为什么？因为其中一个必定会抢了另一个的雨露，最后化人的只有那个抢到了大半雨露的。”

她起身，像是在和自己说话一般：“我曾想，有些事就像是注定好了一样，我和颜淡，帝座你和颜淡，最后只有一个结果，不过早晚而已。”她捻起那瓣海棠，回首微笑，“我不知道她会不会在意和我生了一样的容貌，可是我从来不在意，容色不过是映在眼里的一种幻象，红颜即是白骨。”

唐周低咳了一声：“你的禅理学得很好。”

芷昔盈盈转过身，还是微微笑着：“帝座你没明白我的意思，我不是在说禅理。不过现在她应该不会为这种事在意了，很快的，这世上有这副容貌的就会只剩下我。帝座，你曾告诉我，这世上没有凡情能够长久。而我从来也无此执念，只是你说这句话的时候，你在心底还是在意的，不是吗？”

唐周怔了一下：“你是说……”

“算算时辰也该差不多了，再过一会儿铘阑山境也该恢复原貌了，我们一族总是有些特别之处的。帝座，你要不要去见颜淡最后一面？这次不相见，从此以后可就见不到了。”海棠花瓣滑落，翩飞出一道弧线重归于地。

唐周一拂衣袖，转身就走。

芷昔缓缓倾身一瓣一瓣把落花拾起来，喃喃道："都说情障会一叶蔽目，果真傻得很。什么都信，还帝君呢。"

请你相信，如果这世上只剩下我而再没有了你，那时的我该多么寂寞。

颜淡很纠结，自从看了芷昔留给她的簿子，她才明白过去自己做过一件怎样的蠢事。她一直听闻四叶菡萏之心可以医治百病，连天庭上最精于医道的凌华元君也这么说的，后来查了几本典籍也都是如此记载。于是她一想便觉得就是这样，从来没有怀疑过有哪里不对。

然而，凌华元君再是精通此道，也不是他们这一族的。那些书上写的也没大错，只是她的法子根本就用错了。古籍上记载的，大多都是他们一族被屠戮时发生的事，菡萏之心确然可以治愈顽疾，可如果族人愿意用修为来救人，其实不必剜下心来。

所谓"菡萏之心"，是牺牲的决心，是她为了在乎的人和事牺牲的决心。

颜淡偏过头，瞧着余墨，他一直皱着眉恹恹地负手站在身边，沉默不语。他们相处的时日那么短，可分别的日子却又这样长。

她转过身，笑着叫了一声："余墨……"

余墨缓缓转过头来，还是皱着眉，看着她走近几步，抱紧了自己的腰。他低下头，下巴抵着她的额，低声笑了笑："不管你说什么，我总是没办法的……"

颜淡只觉得搂住自己的手臂在微微颤抖，仰起头看他："余墨，我欠你太多，我知道这辈子再也还不清。现在先让我还了这一次，剩下的再慢慢还，好不好？"

余墨缓缓闭上眼，叹息道："好……只是不要太长。一百年，我只再等你一百年。"

颜淡踮起脚，大大方方地在他侧脸亲了一下："不用一百年，我会记着快点醒过来。"

余墨皱了皱眉，摸摸脸颊还是缓颜了："这是第二次了，下次再用就没用了。"

颜淡扑哧一笑，往后退了两步："那我走了……"她望着眼前平静无波的湖面，百年之后，她将在这里醒来。她撩起裙摆，缓缓踏进水中，清凉的湖水淹过了她的脚踝，漾开了圈圈涟漪，忽然肩上一沉，她下意识地转头，一个炽热的吻落在唇上。

颜淡惊讶地睁大眼，她可以看见余墨的表情，他的睫毛微微颤抖着，说不上多冷静却也没有失了理智。她抬手回抱住他，柔顺地仰起头。

数度缘起缘灭，望穿多少千秋圆缺。

这百年过去，还有长长、长长的一辈子，直到沧海不再、桑田不复。

唐周赶到的时候，铘阑山境已恢复了当初的安静祥和，泛着微波的湖边开了大片大片的菡萏，清一色淡红的莲花，在风中轻轻摇曳。

他从未见过这么多淡红色的莲花，这么一大片像是要把整个湖面铺满，花瓣在夕阳余晖之中泛着淡淡的金色，莲香沉浮，仿佛又回到了当年天庭最南边的地涯。那时他什么也看不见，只能在窗边一站就是一整日。

他以为窗外是莲池，总是可以闻到淡淡的菡萏淡香。

很久很久之后，他终于能看到了，才发现那儿根本没有什么莲池，也没有一池的莲花，那些淡淡香味是由颜淡做的沉香散出的。

他回想起颜淡和他说过的每一句话，每一句。

每一句都记得那么清晰。

他还是迟了。

余墨负手站在湖边，转过头时瞧见他，淡淡一笑："你来了。"他的衣袖在风中微微拂动："你来得稍微早了一些，不过早点也好。"

还有一百年。

百年之后，她会在这里苏醒，他们将再次相见。

就像孤独地葬在青石古墓中的亡国娘娘，就像邪神玄襄故去后留下的记忆，就像那一双生死相拥的洛月族人，就像在生死场中沉浮漂泊、带着天地秘密的冥宫，甚至像寂寂空庭中那一炉沉香如屑，一切都还在继续。

只要岁月不断，总会有轰轰烈烈的相逢，相知，离别，重逢。

犹记得，初遇时，花红了，笑了哭了离别了。

可待聚首。

水波轻轻漾开，一只木雕的沉香炉被放入湖中。

水波再次漾开层层叠叠的涟漪。

唐周放下手中刀，微微笑起来：“我活得太久了，很多感情，很多事，我已经学着不去看清它。颜淡，你知不知道，其实我一直记得我们最初相见的时候，你那么顽劣，我那时就想，这是天生的还是哪位仙君教出来的，根本没半点仙子的模样，后来你果然不是仙子了……”

其实这些话，永远不会有谁来回应。

他都是知道的。

就算用百年的时间来讲种种前尘，他们的爱恨、离别，也述不尽。明明是同一件事，每一遍想起，总是会忽然浮现好多细节。

唐周拿起一块檀香木，继续刻着新的沉香炉，细细的木屑从指缝间悄悄滑落：“我知道你喜欢做沉香，那时我还看不见，只能用手指摸着雕一个沉香炉送给你。我一直没有去想，为什么很想哄你高兴，直到，你跳下七世轮回道……”

那一日后，他去了地涯。

在曾经时常一站就是一整天的窗口，才发觉有些事所思所想和事实相差太远。窗外，原来从来没有莲池。他想着她那时是怎么绘声绘色说起莲花开时的景象，寂寂空庭中，唯一还带着颜淡气息的，就只有他雕的那只沉香炉。

沉香炉里，沉香如屑，不过是冷冰冰的灰烬。

那块檀香木在他手中渐渐显出沉香炉的形状：“轮回过的这七世，我都还记得，可是我一直都没有再遇见你。幸好最后一世的时候，我找到了地止，也找到了你。”

“这世上最可笑的事情，便是你心心念念地找寻什么，回过头来却发觉要找的其实已在身边。我是天庭青离帝君的时候，便记挂着你，等到我变成了一个凡人，却还是记挂着你。”

他穷尽心智地追寻着一样东西，最后却离得越来越远。

“我现在不是天庭上的帝君了，是这里的土地。我在天庭待过千年，现在才发觉，原来当帝君还不如一个土地自在。只不过，板正的天庭规矩是怎么养了你这样的出来？”细细地雕琢出莲花莲叶，唐周雕刻的手指一滑，险些割到了自己的指头，“原来我想每天都雕一只沉香炉送给你。可我已经没有以前练出来的细致的手艺了。刚开始的时候，三个月也做不出像样的，不过好在我有整整一百年的时间可以慢慢学。”

“颜淡。”

你打算何时醒来，一转眼，一百年又这么匆匆过去了。

为何我们，相识的年岁还不如分别的时光来得久长？

只是，这回换我来等你。

“颜淡。”

新雕好的沉香炉被轻轻放入湖中，湖水被夕阳晕染出金色。

“颜淡，我想过了，我不会再要求你什么，回不回得到从前都不重要，只要这样就好——只要让我看着你就好……”

只要让我再看到你。我都快忘记掉你的模样了。

唐周直起身，拍了拍袖子上沾到的木屑，看着天边似锦绣般的夕阳，如此一日又打发过去。他偏过头，只见余墨踱步过来，在他肩头一拍，嘴角带笑：“唐兄，你看是谁来了？”

夕阳西下，青黛色的人影立于桃花树下，芝兰玉树，风采高华。

柳维扬微微笑着：“我这回运气好，居然还能从冥宫里活着出来。”

唐周也笑：“这中间一定很是惊险。”

他们都是如此。即使发生了这么多事，绕了一大圈，却还是能再相逢。

余墨望着湖里在风中摇曳翩跹、含苞待放的菡萏，眼中渐渐凝起明亮笑意，一瞬间，身后的山色绿草全部失了颜色。

“回来的，怕不止柳兄一个。”

——这回终是等到了。

番外  天师和驱鬼

天师是什么？

道袍，赤足，手拿桃木剑，拎一串黄纸朱砂符咒，口中念念有词的凡人。

颜淡透过火堆端详着对面的年轻天师，只觉得这世道变化太快，她实在有些跟不上凡间的风俗。唐周天师很年轻，现在也很是清俊英挺，不过凡人嘛，马上就会成为头顶秃而光亮的大叔；他这辈子对道术很有天分，不过等他下辈子投胎一定不会再有这么纯净的魂魄。

这一切都只是暂时的。

秦绮坐在她身边，有一下没一下地拨着篝火，烦躁地开口："谁说这里有鬼怪的？到现在连个鬼影子都没出现，再下去连天都要亮了。"

"子夜时分阴气最盛，现在还没到时候。"唐周看了她一眼，语气平淡。

秦绮攥着拳头，将手指捏得咔咔直响："等下它们来一只，我就抓一只，来一双就抓一双！"

颜淡心道，这样凶巴巴的，鬼怪见了都不敢出来。俗话说，白日不做亏心事，夜半不怕鬼敲门，它们也就这点胆子，去吓吓那些心虚的凡人，像秦绮这样正气凛然，又心心念念着把鬼怪抽筋扒皮的，换了她是鬼也不敢出来了。

"颜、颜姑娘，这里要起夜风了，你不如坐到上风处来吧？"

除了唐周和秦绮，还有道长门下的另外一名弟子也跟着来了。只

是那师弟一直闷着头不说话，颜淡这才正眼瞧见他，想来顶上有这两位师兄师姐，这当师弟的，日子也过得不好受。

不过嘛，她现在是坐在下风处了，而这上风处……

颜淡看着秦绮和唐周之间那个空出来的地方，心里哆嗦。

为了自己的安全，好像还是不要坐过去比较好。

颜淡忙摆了摆手："多谢你，其实不必这般麻烦，这点烟怕什么……咦，你就是之前在饭桌边一直盯着我碗里的炖鸡腿，最后还是没吃到的那个？"

师弟的脸顿时黑了一半。

她记人难道是靠一只鸡腿来记的吗？

唐周往边上让了让："过来坐吧，免得等下弄得灰头土面的。"

颜淡只得慢吞吞地挪过去，坐下。

趁着秦绮看着另一边，唐周忽然在她耳边低声："你怕什么，这驱鬼怎么都驱不到你身上来。"

颜淡忙捂住耳朵，坚定地往秦绮身边挪。凡人果真是这世上最爱说一套做一套的生物，明明书上说了男女授受不亲的，他还挨得那么近。

秦绮等过了一盏茶工夫，突然转过头盯着缩在一边的师弟："还不快想个办法？这样子等下去要等到猴年马月吗？"

"怎么办啊？办法……对了，我听别人说，说些阴森恐怖的鬼故事可以把鬼怪引出来。先把火堆熄了，再把蜡烛点起来，要七七四十九支，每说完一个鬼故事就吹熄一支蜡烛，第四十九支熄灭的时候，鬼怪就会一拥而上。"

颜淡叹了口气，这到底是从哪里听来的做法啊？总之作为妖魔鬼怪中的一只，她是从来没听说过。

秦绮搓搓手，很有兴致："好啊好啊，我们就来试试。"

唐周屈起膝坐着，既没赞同也没反对，看着两个同门师妹师弟忙着捡沙土把火堆盖熄灭了，然后晃亮火折子，将几十支蜡烛摆了一地。

秦绮摆好蜡烛，很是激动："好了，谁先来说故事？嗯，不如师兄先来吧，这样一圈轮着下来。"

唐周对着摇曳的烛火，低声道："从前有一对夫妇，住在山里，在方圆十里外才有一个村落。这对夫妇感情很好，男的打柴，女的织布，每逢有集市时就把柴火和布料拿去换别的东西。就算日子过得清贫，他们也根本不在意，觉得安贫乐道，这样也很好。"

"后来有一日，那男子进了深山去打柴，他的妻子从黄昏等到夜深，都没有等到人。那晚下了一场大雨，她想，或许是因为大雨而耽搁了。可是等到第二日放晴，她的夫君还是不见人影，她焦急万分，赶到十里外的村子里打听。"唐周顿了一顿，看了颜淡一眼，又继续开口，"因为那对夫妇人很好，村子里也有不少人乐于同他们说话。那女子很快就打听到了，她的夫君昨日根本就没有来过这个村落。她一想到夫君在深山中整整一天一夜未归，更是心急如焚。"

另外两个同门师弟师妹听得入神，眼睛一眨不眨地盯着他。颜淡则对着面前的那支蜡烛想，唐周刚才看了她那一眼到底是什么意思啊，是在暗中讽刺她，还是别有用意？她又没有夫君，也没有去深山打过柴，更加不会织布，如果是暗讽的话，她应该不会一点都听不出来……

"那女子只得孤身一人到深山中去找，最后她也只找到夫君砍柴用的斧头，上面还有血迹。她觉得自己的夫君多半已经无幸，昨夜又刚巧下过大雨，把地面上的痕迹都冲淡了，没有办法顺着痕迹找，只能掉着眼泪回家。就这样过去了整整十日，她已经快绝望了之时，那男子终是回来了。"

"她欣喜万分，忍不住问夫君，这十日他究竟去了哪里。那男子便说，他那日在山里迷了路，正束手无策之际看见前方树林里有火光，便走了过去。见不少人围坐在火堆边，其中有一个叫黄生的樵夫是十里外那个村子里的人，他便走过去同他们坐在一块。谁知其中一个粗豪大汉，本来正好好地在吃馒头，突然被旁边人的手肘带到，一颗人头就这么掉了下来……"

秦绮不由得啊了一声，而师弟则立刻把头缩进了衣领里。颜淡撇了撇嘴，心道这有什么吓人的，这类故事她在十年前就给狼妖丹蜀讲了不下十几种，中间还用妖术拟出一群活人来，连其中那人脑袋掉下来的模样都做得很逼真。

"他和那个叫黄生的樵夫都呆住了，隔了片刻，两个人拼命地逃跑，可那些没有头的人居然在后面追赶。十日后，他们才找到了路，得以回家。”唐周说到这里，偏过头嘴角带笑地看着颜淡，“虽然夫君这么解释了，可是那女子心中还有些疑虑，隔了两日，这疑虑便更多了。自从那男子死里逃生后，他们夫妻之间反倒不如从前那样亲近。那女子有一回去集市，瞧见那樵夫黄生的妻子，便问起了这件事，谁知黄氏大惊，告诉那女子，她的丈夫死了有些时日了，被人抬回来的时候还是身首分离。”

颜淡不觉想，他讲故事便讲故事，老是瞧着她干什么，可见其中一定有古怪。

“那女子不安地回到家，只见她的丈夫正低着头在那里找什么，她不敢面对自己的丈夫，只好转身往外走。可才走出两步，就觉得有一双手臂抱住了她，丈夫熟悉的声音随之在耳边响起……”

唐周忽然倾身过去，从身后搂住了颜淡的腰身，缓声道：“我的头不知丢在哪里了，你瞧见没有？”

颜淡很不屑，就这样还想吓到她？她随便讲一个都要有趣得多，便转过头去，谁知这时机把握得太好，他的唇正好从她脸颊边擦过，径自停在她的唇上。她一个激灵，用力推开唐周，连滚带爬地扑到秦绮身边：“哪里有水？！脏死了，呜呜呜……”

一只水袋从斜里递过来，她看也不看就接过开始用水擦洗自己的唇。太可怕了，她刚才竟然亲吻到了一个凡人，而且还是唐周，不知道洗一百遍够不够。

唐周见她这副好似饱受轻薄万分凄凉的模样，微微一皱眉，低声道：“你手上拿着的，似乎是我喝过的水袋。”

这一道晴天霹雳结结实实打在她天灵盖上。颜淡僵硬地转过头看着他：“啊？”

唐周转头看着秦绮，满意地道：“看来她是被吓到了，换你来吧。”

秦绮拍拍颜淡的背，利爽地说：“你也别难过，不过是亲一下嘛，要是觉得吃亏就去亲回来好了。师兄，你说是吧？”

唐周很是受用：“师妹说得是。”

颜淡抱着头蹲在地上，心神俱伤。

“……我就对那只鬼说，你没腿有什么了不得的，我还没胸呢！”秦绮呼出一口气，吹熄了一支蜡烛，看着同门师弟，“该你了。”

又是一轮下来，地上的蜡烛还剩下寥寥十几支。

颜淡依旧凄凉地抱头蹲在地上一声不吭。

唐周瞧着她，微微挑眉，压低了声音问：“你到底在凄凉什么，亲都亲过了，你也洗了这么多遍。难道你还会在意这个不成？”

颜淡动了动，心中想着，也对，她又不是凡间那种三贞九烈的女子，亲一下也不会掉块肉，就算恶心忍忍也就过去了。她抬起头，向着唐周明眸皓齿地一笑：“这种事，我才没有放在心上。”

“是么？我看你就很在意，莫非你还是第一回被亲吻？”啧啧，唐周在心里感慨，这小妖怪虽然性子顽劣了一点，但好像还很淳朴，这都还是初吻。

“这怎么可能？不是跟你说这种事我才不会在意嘛，反正也不会少块肉。”颜淡气哼哼的。

唐周脸色微微一沉，面无表情地道：“是么。”他倾身过去，在她唇上又亲了亲，慢声道，“反正这种事，你也不会放在心上，亲一下也是亲，亲两下也是亲，都没甚差别。”

颜淡呆了一阵，连滚带爬地扑到秦绮身边：“水！水在哪里，呜呜呜……”

秦绮看着她，利爽地说：“别擦了，直接亲回来不就成了。我们虽是女子，却不能给男人欺负了！”

颜淡很神伤，道长你教出来的那都是些什么弟子啊？他们怎么能这样欺负妖怪？

于是颜淡就这样度过了她这大半辈子中最漫长的夜晚。

而最重要的驱鬼这件事，却无功而返。

当晨曦初露之时，一团团黑影缩在树荫底下，窃窃私语。

“呜，太可怕了，哪有凡人来鬼林说鬼故事的……”

“闭嘴，那些不是寻常凡人，是天师，他们就是专门为欺负我们而生的，以后看到天师一定要逃得快，不然下场就和那只妖一样。明白了没有？”

“哇哇哇，那只妖真可怜，被那个男天师咬了两口，多凄凉啊！”

“我还以为妖有多厉害，不也和我们一样怕天师？下次我们打去铘阑山境，把那里的山主给拉下来哼哼哼！”

颜淡走在一行人的最末，这些窃窃低语就那么顺风灌进耳中。

是可忍，孰不可忍！

她本该忍耐的，可是这些鬼怎么会这么该死呢？

她一转身，疾步走到那片黑影聚集的树荫底下，用那种寒得掉渣的声音说：“我很凄凉，是吗？你们想打去铘阑山境，还想把山主给拉下来，是吗？！”最后是来自阴曹地府般阴森的声音，“你们全都给我去死吧！”

百鬼逃窜。

秦绮很是赞赏：“我原来看颜姑娘娇娇柔柔的，好像除了筷子就拿不动别的东西，却没想到这么厉害，真是小看她了。”

唐周若有所思：“唔，她看来很是生气嘛……”

颜淡抱着臂站在那里，脚下跪着大团大团黑影。那些黑影带着哭腔，楚楚可怜地抖成一团：“山大王饶命啊，山大王饶命……”

自此，鬼林恢复了宁静。

番外  余墨、粽子和鱼

（1）

颜淡睁开眼的时候，船舱里仍是漆黑一片，耳边水声哗哗击打船舷。她撩开船帘，向外探出头去，只见余墨负手在船头，衣袖上银白月光氤氲生辉。他听见身后响动，向后看了一眼，语气平淡："你醒了？"

这是她同余墨相识的第一个年头。山主在她心里还是山主。而她心中的山主，等同于凡间占山为王的恶霸，可惜她一介布衣、无权无势，只能屈从。幸好这两位山主生得倒不怎么獐头鼠目、形容猥琐，让她在向恶势力屈服的时候好受了那么一点。

"你是做了什么好梦？"余墨撩起衣摆，缓缓坐下，长腿交叠，"在梦里还笑得这么得意，我便是想睡也睡不着。"

明明是和煦夜风吹在身上，颜淡心中却凉凉的。她做了一个好梦，一个了不得的好梦。梦中紫麟为她端茶送水，就差点头哈腰；余墨则温良地为她削苹果，她还可以嚣张地嫌弃，让他削苹果就要削成兔子状的，斥责他说，瞧你怎么这样笨，连削个苹果都削不好。

"其实也不算是一个好梦，只是梦见了苹果……呃，很多很多的苹果。"颜淡结结巴巴地胡编乱造，只见余墨给了她一个"继续往下说"的眼神，更是冷汗直冒，"山主，你有没有碰到很想吃苹果却不会削皮，最后只能看着一堆鲜红的苹果干瞪眼的时候？"

"没有。"

“如果山主想吃苹果了，自然会有人挑了最好的削皮切成块送过来。可我却不会削苹果，所以只能眼睁睁看着。”

余墨点点头，语气平淡，用一种“我就继续看你怎么编故事”的眼神看着她：“所以，你在梦里笑得那么得意，只是因为看得到吃不着？”颜淡只觉得一滴冷汗滑下来，忙道：“不是！因为我最爱吃苹果，一下子看到这么多自然要得意，可是突然想起自己不会削苹果，然后梦醒了。”她郁结地想，这几句话一出口，她这辈子都不想再吃苹果了。

余墨缓颜笑了。

霎时间，月更白风更清，江水如碧，山桃花堆满枝头。

颜淡立刻见缝插针，称赞道：“山主你笑起来真好看。”她上次这样称赞紫麟的时候，紫麟起码有一个月没有给她黑脸看。

“是么？”余墨突然倾身过来，衣上还带着淡淡的菡萏香气，手指轻轻掠过她的乌发，漆黑幽深的眸子一直望进她眼中。颜淡心中顿时咯噔一声。余墨倏然起身，从她身边擦过进了船舱。

颜淡骤然松了口气，回首只见船舱外挂着的幕布在江风中晃荡，好像招魂的白幡布。

翌日，颜淡总算明白了所谓“讲了一句假话就要用一百句假话来编圆”的道理。他们一到南都城的集市，余墨便去买了整整一篮子苹果。那摆摊的大婶瞧见他的相貌，立刻又往篮子里塞了几个又大又红的进去。颜淡拎着一大篮子苹果，当真有苦说不出。

当她看见余墨像是满怀深仇大恨一般笨拙地削苹果时，心中的苦楚更是胜过黄连，思量着万一山主大人削了自己的手指，她该怎么向百灵交代？想当初他们离开铘阑山境的时候，百灵光是把余墨最爱吃什么，什么不能摆上桌，常穿什么颜色什么衣料的袍子这些枚举一遍已经花去整整一个时辰，若是回去时发觉山主好端端地多了一条疤，还不活活念死她。

正提心吊胆，只听余墨冷不防地说了一句：“一年之前，我在这里曾被打回原形。”

颜淡眼尖地瞧见他的手指正往刀锋上送，连忙抢上前抓住他的手腕：“山主，你的手指不要对着刀口。”

余墨淡淡看了她一眼。

“山主要是想吃苹果的话，还是我来削吧。”

余墨终于正眼看她：“你昨晚不是说，你不会削苹果吗？”

“以前是不会，可是自从遇见山主我就会了，只是梦里还是没记着。”

余墨再没说什么，干脆地把削了一半已经变形的苹果递给她，用手巾擦了擦手指。颜淡只能削完一个又一个，切成块装在碟子里插上细竹签送到余墨手边：“山主，你刚才说一年之前你曾来过这南都城……”

余墨毫不避讳地开口：“那时我被打回原形，之后修养了快半年才恢复。”

颜淡很苦恼，她该不该称赞对方天赋异禀？她自问五十年也不一定能从一株菡萏化为人形。正想着心事，手指突然被余墨轻轻握住。他的声音低沉悦耳：“小心手。”

颜淡手一抖，小刀滑落，直直插在船板上，她期期艾艾地开口：“山主……”说起来，余墨外出都是独自一人，寥寥几回带上过百灵，而她到铘阑山境不久便有了这个机会，加上此情此景，容不得她不怀疑余墨是不是对她起了凡情。

“怎么？”他松开手，一副风轻云淡、若无其事的模样。

颜淡想了想，觉得自己还是没这个胆气去问。突然船板一震，她没坐稳，一头撞在余墨肩上，连忙退到三步之外。余墨转身撩起船帘，只见船尾陷在了拐弯的河道，一枝鲜丽的桃花枝正斜斜探到船上。他站在船尾，用船篙在岸上一点，船身松动，缓缓离岸。

余墨瞧见那枝鲜丽的桃花枝，伸手攀折，花瓣簌簌落落地沾了他一身，复又回身递给颜淡。她将花枝接在手中，心想一枝桃花赠春色，倒是很合意，便微微笑道：“多谢。”

船离了岸，又往湖中心划去。颜淡转头一看，只见不远处有一只船连船舷都散开了，水底下还不时有刀剑往上戳，船上那一双人看起来危险得很。她不由道：“山主，我可不可以去帮那两个人一把？你看这样以寡敌众多不公平啊。”

她打定主意，如果余墨不同意，她就只好当没看见。谁知余墨二话不说，干净利落地跳进水中，水面只带起一朵水花。

“……唉。”她刚才明明说的是“她可不可出手”吧，那余墨跳下去干吗？颜淡只得把船划过去，朝着那船伸出手去：“上船来吧，再等一会儿你们就要掉到水里去了。”她这下站得近，看清那两人的容貌，女子美貌、男子俊秀，正是相配。

那女子握住她的手，跳上船来。颜淡立刻就感到她身上有股妖气，也是花精一族。那男子也踏上船板，船身只微微一沉，可见功夫很不错。颜淡顿时想起当初在南都城停留过的一段时日，也曾听闻名满南都的两位贵族公子裴洛和秦拓。裴洛是相国公子，她那时还遥遥见过一面，裴公子身边桃红柳绿，好不快活。颜淡看着他们相握的手，心道，也不过两三年，这裴公子就转性了？

正思量间，一个穿着水靠、被捆住手脚的消瘦汉子呼的一声被扔在船上，船身剧烈摇晃一下，几乎翻船。颜淡蹲下身瞧了瞧那人，又看看水面上浮着的尸首，每个人的额间嵌着一瓣鲜丽的桃花，缓缓渗出的鲜血将花瓣染得更艳了。颜淡叹了口气，这都是余墨做的好事，一下子犯下这么重的杀孽，也不怕天打雷劈。

又听哗的一声，余墨从水中上了船。只听那位花精姑娘讶然道：“余墨！”

咦，他们居然认识！颜淡目光灼灼，只见余墨一声不吭，径自撩起船帘进了船舱。

余墨见死不救的时候多了去了，怎么会突然变得好心？何况他的妖术多半张扬，不是狂风暴雨就是青龙临渊，何时会有桃花细雨这样风雅细致的？可见其中一定有不为人知的内幕。

她看着那位美丽的花精姑娘，再看看裴洛，慢慢叹了口气：余墨形单影只，可是心上人已经心有所属，这世间“情”这一个字可是害死人。话又回来，她是听百灵说过，余墨喜欢高挑妩媚又听话温柔的女子，而这位花精姑娘正是一分不差。像她总是惹得他生闷气，十足的性子恶劣，事事阳奉阴违，温柔更是和自己八竿子打不着，余墨怎么可能会喜欢她……不对，她没事干吗要做这样残酷的自我剖析？她其实也没有这么差的吧。

颜淡低下身，取出袖中的匕首，将那个刺客身上捆着的布条都割开了，好声好气地说："我们山主脾气不好，让你受惊了，不如进来喝杯热茶驱驱寒吧。"

只听裴洛轻声重复了一遍："山主？"

颜淡见那花精姑娘脸色微变，想来那位裴公子还不知身边人是妖呢，她立刻笑得纯净无邪："什么山主？我刚才说的是我家公子。"她偏过头看着花精姑娘，问道，"这位姑娘，我刚才说的是我家公子吗？"对方只有无言点头。颜淡又低下头瞧着那名刺客，将手上锃亮的匕首对着他，慢悠悠地问了一句："那你来说说，我刚才说了'山主'这两个字吗？"那名刺客立刻猛摇头。

颜淡微微一笑，温温软软地做了个总结："所以，这位公子，就是你听错了。"

裴洛只能默然。

颜淡瞅着那刺客，很是高兴，这人能屈能伸，很对她的胃口。

他们说话间，余墨已经换了一身衣衫，将船帘撩起来别在钩子上，语声清朗："两位请进来小坐一阵，在下招待不周，还请多见谅。"

颜淡在那个刺客肩头轻轻一拍，微笑道："你知不知道为何我家公子刚才就留你一个活口？等下你可要想好了再回话，明白么？"

那刺客抬起头，和余墨一对视，立刻抖个不停。颜淡很理解，就算这凡人胆子再大，突然看见眼睛会变红的余墨也会吓到的，她和气地问："你抖得这么厉害，还能站起来吗？要不要我扶你进去？"

刺客是来刺杀裴公子的，所以该问话的就只有裴公子。

只是那裴公子向那刺客问话的水平委实不怎么样，连私刑都不用，只想着对这种江湖上的亡命之徒恩威并施，对方要能听得懂才怪了。

颜淡微微嘟着嘴，几次想说话，都被余墨一个眼神给逼回去了。

只听那刺客突然大声说："死又如何，老子根本不怕！"若不是他被点了穴道，配合着拍胸脯，就更加豪气干云，更显英雄本色。颜淡很是高兴，轻轻拍了几下手，夸奖道："有气魄，有骨气，就是要这样宁死不屈，方不失男儿本色！"她放下茶盏，慢慢靠过去，微笑道，"等下严刑逼供时，你也要有这气魄哟。"

余墨一手支颐，看着她没话。

颜淡见他不像是生气的样子，转过身翻出一把菜刀，在那刺客眼前晃了一晃，另一只手在他身上轻轻一拍："果真是练武之人的肉比较结实，有韧劲，有嚼头。"

那刺客神色镇定，大笑道："你这姑娘柔柔弱弱的，只怕连刀怎么用都不知道吧？"

颜淡立刻摆出惊讶的神情："你怎的知道？我家公子总说我下刀很不准，明明可以一刀杀了的，偏偏割上几百刀也死不掉。"话音刚落，果然看见对方脸色微微发白，迥然变色。

"你也莫要害怕，多痛个几下就没事了。我这里还有很好的金创药，等下再给你敷上，保证你性命无碍。"她转头看余墨，轻声问，"公子，今日中午吃饺子好不好，这里有现成的饺子馅呢。"就算没有碰见这些事，他们本来也是要吃饺子的。百灵列给她的菜单太过复杂，想来皇宫里的御膳也不过如此，她自然全部都换掉了，余墨倒是没什么意见。

余墨支着颐，含笑道："好，只是不知明日还有没有的吃？"

颜淡微微一笑："自然有的，这人那么壮，割上十天半月的也割不完。公子，我常听人家说，股上的肉最韧最结实，不如先从股上割一条下来好不好？"说完，便将刀刃比在对方的大腿上。

裴洛伸手在那刺客的下巴上一捏："这样防着他咬舌自尽。"

颜淡抬起菜刀，还没来得及割下去，就见那人双眼翻白，昏了过去。她又遗憾又可惜，她本来还想把戏做个十足十，结果还没开场人就昏了，只得举起菜刀给其他三人看："我都还没切下去，他就昏过去了。这可不关我的事。"

只是现在已近午饭时候，她索性铺开砧板剁肉和面，隔了片刻，那刺客慢慢睁开眼，茫然地看着她。她朝着对方嫣然一笑："你醒了？我马上就把饺子包好，很快就能下锅。你一般是吃几只的？"结果那人双眼一翻，又昏了过去。颜淡看着剁好的猪肉，轻声自语道："胡思乱想果然会害死人。"

她挽了挽衣袖，露出一双皓白的手腕，动手把猪肉白菜青豆馅裹进饺子皮里，又烧下一锅水，想想那人也差不多该醒了，便提着菜刀靠过去。那刺客再次睁开眼的时候，正瞧见颜淡歉然看着他，好声好气地同他商量："我现在看了看，好像饺子馅又不太够了。你放心，我这边割下去，然后金创药就会撒下来，绝对不会让你死的。"

那人这次总算死死地支撑住没昏过去，口中啊啊直叫，却说不出话来。裴洛抬手将他的下颌扶正，接了回去。

"我，我全部都说！求求你不要再割了！"那刺客一能说话，立刻就惊恐地大喊起来。

颜淡瞧见他这副恨不得把家中养了几只鸡连同祖祖辈辈的琐事全都抖出来的样子，只能恨铁不成钢："你之前那样有气魄有骨气，现在怎么这样？男子汉大丈夫，这点痛忍忍就过去，何必低声下气地求人？！放心，我会割得轻一点的。"

那刺客已经不等她说完，便倒豆子一般把谁来买凶杀人、买凶的银子是哪家钱庄的都抖了出来，还怕自己说得不够详细，就连今天早上出门前吃了什么早点都一并交代了。颜淡消沉地退到已经滚起沸水的锅边下饺子。

等裴公子问完话后，他们便要离开了。那位美丽的花精姑娘轻轻一握颜淡的手，让她顿时产生一种自豪的感情：他们花精一族，果然是专门出落美人，不论男女，凡人、妖怪通杀。

颜淡悄声问："余墨的真身是什么？"她虽然知道了紫麟的真身是山龟，却还不知道余墨是什么。

那花精姑娘看了看余墨，又看了看水里。颜淡恍然大悟：怪不得百灵千叮咛万嘱咐千万不要把鱼端上桌，原来是这个缘故。

(2)

揭开锅盖，一时船舱中香气四溢。颜淡看着在锅里沉沉浮浮的饺子很苦恼，本来以为他们也会留在这里一块吃，就多做了两个人的分量，现在这多出来的饺子谁来吃掉？她慢慢转头，看见缩在船舱一角的刺客，笑逐颜开：“既然多煮了这么多，就全部喂你吧。”

刺客脸色惨白，战战兢兢地说：“不用了，我还是不糟蹋姑娘煮的东西了……”

颜淡盛了一碗饺子推到余墨面前，又转过头看着他，缓缓沉下脸：“你似乎很害怕？难道是我长得很可怕，吓到你了？”

刺客立刻猛摇头：“姑娘天生丽质，好看得不得了！”

“那你在怕什么？”她用勺子舀起一只饺子，凑到他嘴边，“我看你抖得这么厉害，只怕连勺子也拿不稳。这样吧，我喂你吃好不好？”

刺客的脸色更是惨白，结结巴巴地：“可、可是这里面的肉、肉……”

颜淡长长地哦了一声，一下子解开他腿上缠着的白布：“你自己看看，哪里少了一块肉？”她微微笑道：“来，张口，我的手艺很不错的。”刺客看了看自己的腿，闭上眼，认命地把饺子一口吞了下去。

颜淡目不转睛地看着他：“味道好不好？”

那刺客立刻赞道：“好，太好了！”这个时候，就算是猪食他也只有说好，更何况这饺子皮薄馅大多汁、咸淡正好，更是赞不绝口，生怕颜淡一生气真的拿他身上的肉剁成肉馅，包成饺子，逼迫他全部吃下去。颜淡笑眯眯地说：“那再来吃一个。”她一个一个地喂，不知不觉把锅里多出来的饺子全部都喂完了。

余墨看看他们，又看看勺子里的饺子，没说话。

只听颜淡笑着说：“你叫什么名字？我总不能叫你‘喂’吧。”

那人口中正塞着饺子，含含糊糊地说：“豹、豹子。”

颜淡嫣然道：“你说明天换烧卖好不好？我吃过味道最好的是在桐城，也不知道能不能做出那种味儿来。”

豹子不由问：“是桐城杨柳巷子那个黄老头卖的烧卖？！”

“是啊是啊，原来你也吃过。”

“他那道凉粉蒸肉也好吃极了，不比他的烧卖差。”

颜淡很是高兴，笑靥如花：“对啊对啊，我那时每天一大早就去排队买的，晚了就卖完了。”

余墨搁下碗，轻咳道："颜淡。"

颜淡立刻回头看着他。余墨淡淡道："我看你今日也闹够了。"颜淡乖巧地点点头，把油灯挪到合适的位置："山主，你是要看书了吧？我不会吵你的。"

豹子悄声问："你也这么怕他？"

"我很怕呢，山主要是发起脾气来，才不管是谁，直接大卸八块沉江。"

豹子打了寒噤，不说话了。

余墨看了她一眼，摊开书册看了起来，翻页的时候忍不住抬头去看颜淡正在做什么。只见她用妖术变出了一副骰子，正和豹子赌起铜钱来，边上是一叠赢来的铜板，看来赌得顺风顺水，手气正好。余墨捏着书册，沉沉开口："颜淡！"

颜淡吓了一跳，手上的骰子滑脱，面朝上正好是三个一点。豹子大笑："三个一，我做庄，通杀！这些铜板归我了。"

余墨揉了揉太阳穴："我看你是想被埋起来了？"

颜淡大惊失色，踉踉跄跄扑到桌边："我再也不玩骰子，也不惹你生气了，千万不要把我埋了！"余墨拍了拍身边的垫子："你坐这里来，不准讨价还价。"

颜淡嘟着嘴，不甘不愿地挪到他身边，悄悄瞥了几眼余墨正在看的书，居然是《伏羲算术》，也亏得他看得下这么枯燥的东西。

没了颜淡陪他掷骰子，豹子只得自己左手和右手赌，扔了一会儿骰子就觉得无趣，便缩在角落里鼾声大作，睡过去了。

颜淡支着下巴坐了一会儿，就在豹子的呼噜声中慢慢合上了眼。她也是迷糊了一阵子，突然一下惊醒。油灯已经熄了，船舱漆黑一片。她正枕着余墨的肩，大概是闭上眼迷糊的时候靠到他身上的，而余墨居然也没有把她推开。她小心地动了动，余墨轻轻皱了皱眉，下巴在她头顶蹭了一下。

颜淡轻手轻脚地挪开身子，将边上的毛毯拖过来，轻轻盖在他身上。她小心翼翼地伸出手，碰了碰余墨的睫毛，饱含同情地喃喃自语："我知道你看见那位花精姑娘另投他人怀抱一定很伤心。我不太擅长劝慰，这也没办法，不过我觉得百灵会给你温暖的。"

天明时，船泊于江边渡台，而渡台不远处便是芜镇。

颜淡看着一早挑着担子来赶集的百姓，不由奇道："难道今日是什么特别的日子，真是热闹。"

豹子掰着手指算了一会儿："今天是五月初三，五月初五是端午节啊。"

颜淡嗯了一声，喃喃道："是端午啊……"

五月初五，是天地间阳气最盛的一日，凡间有吃粽子赛龙舟的习俗，可对他们妖来说，这一天却是最难熬的。她修为深厚，自然不怕，不过终究还是会觉得不太舒服。

只是为了应景，端午节的粽子还是要吃的。

颜淡买了糯米粽叶咸肉栗子，都交给豹子提着。待走过一个卖苹果的摊前，余墨的脚步明显一顿。颜淡一个激灵，立刻道："公子，你看那边的橘子怎么样？"橘子只要剥了皮就可以吃，苹果还得削皮后切成块，余墨自然不用嫌麻烦，可她却想能省事就省事。

豹子傻呵呵地说："橘子吃多了容易上火。"

颜淡冷冷地道："配绿豆糕正好。"

余墨把折扇在手心一顿，淡淡道："那就橘子吧。"

颜淡微微一笑，端的明眸皓齿："公子，你真好。"豹子受到鄙夷，只得灰溜溜地提着篮子跟在后面。

余墨低声道："过两日便是端午，我们只怕是来不及赶回铘阑山境，你受得住吗？"颜淡不甚在意，还得意扬扬地道："那是，我也不是第一回过端午了。"

余墨笑了一笑，眉梢眼角俱是柔和："你现在这样说，等到那天难受了可不要向我哭诉。"

颜淡顿时觉得很挂不住面子，微微嘟着嘴："我才不会哭呢。"

豹子指指卖凉粉的摊子："凉粉蒸肉……"余墨冷冷地看了他一眼，豹子委屈地哆嗦了一下，又默默往后退了两步。

颜淡咬着筷子看豹子流水般把盘子里的凉粉蒸肉往嘴里塞，忙问："怎么样怎么样？"豹子不待嘴里的完全咽下，含含糊糊地说："好吃，比黄老头的更好！"

颜淡掀开蒸笼一角，夹出一个热气腾腾的烧卖："来，尝尝这个。"

豹子就着她的手一口把烧卖咬下，嚼了几下："很好，这个也没得说。"

余墨捏着手上的书，平整的书页骤然出现一道折痕。

"颜姑娘，你好心再给我一个。"豹子垂涎地盯着蒸笼。

颜淡又夹出一个烧卖，吹了吹热气，送到他嘴边："来，小心烫嘴。"

余墨搁下手里的书，长身站起，一把拎起豹子的衣领，把他往船头拖。豹子大力挣扎，可余墨像是连感觉都没有，目不斜视地把他继续往外拖。颜淡连忙拉住余墨的衣袖，轻轻摇了摇："山主，你该不是现在要把他扔江里去吧？"

余墨淡淡道："是又怎样？"

"船已经离了岸了，要是把人扔到水里让他游回去多可怜。对不对，豹子？"

豹子连忙点头。

"如果我非要扔他下去呢？"

颜淡权衡利弊，毅然让开一条路："那你扔吧。"

豹子绝望地闭上了眼。

只听船舱外传来扑通一声，余墨撩起船帘走了进来，若无其事地掸掸衣袖，重新在桌边坐下，拿起书继续看。

颜淡竖着耳朵听外面的动静，悄悄地伸出手去想拉开帘子看几眼，只听余墨在身后轻咳一声，她立刻收回手，端端正正地坐好："山主，你也饿了吧？"

余墨放下书，颜淡立即把饭菜端上矮桌，动手为他布菜："山主，你喜欢吃什么馅的粽子，甜的还是咸的？"

余墨想了想道："咸的。"

颜淡点点头："我也觉得咸的好。"

凡间的节日，难得过几回，滋味当真不错。

五月初五，端午节。

这一日，船正好漂到浣花溪上。

颜淡一早起来便觉气闷，在船头坐了一会儿更是头昏眼花。余墨将手巾在溪水中浸了浸，绞干了递给她：“怎么，是觉得很热？”颜淡已经昏头昏脑，也没伸手去接，就着他的手在手巾上蹭了一下，喃喃道：“只是觉得不太舒服，有气无力的……”

余墨看着她，轻轻地用手巾替她擦了擦脸，低声道：“这一天都是这样的，忍一忍很快就过去了。”他的手指微凉，触碰到脸上很舒服。颜淡嘟嘟囔囔：“为什么你一点事都没有？”

余墨低声笑了笑，语声低沉悦耳：“现在有没有觉得好一点？”

颜淡强打精神，把船划到渡台停靠，正要挣扎着爬进船舱里，忽听不远处有人高声叫喊：“救命，救命啊，咕噜咕噜，救、救命……”溪水中有一个头探上来，不一会儿又沉下去。颜淡眯着眼看了看，见是个十来岁的孩童，就想爬下船去救人。

余墨拦了她一下，淡淡道：“你都这副样子了，就安分一点，免得到头来我还得救两个。”他踏入水中，慢慢往那孩童溺水的地方渡去。颜淡趴在船上看他，只觉得余墨这副没事的样子根本就是在逞强。论妖法是余墨更胜一筹，可论修为他们实在是半斤八两，她要是觉得不舒服，余墨怎么会好过？

但见余墨渡近了，伸手抓住那孩童。那孩童扑腾几下，竟然缠住了余墨的手臂，死抱着不放。余墨干净利落地一掌把这孩子劈昏，往岸边拖。颜淡看着他这一下，觉得自己颈后也开始痛起来。两人上了岸，还没怎么站稳，就见一位农家女子扑了上来，抓住余墨的手：“多谢公子救了我弟弟，公子大恩大德没齿难忘！”她松开抓着余墨的手，又一把将那孩童抢过来，重重地打了几下：“让你顽皮，让你下水去玩！你就是不肯听话，从来都不听话！”那孩童原被余墨劈昏的，竟然一下子就被他家姊姊打醒，哭号震天。

颜淡觉得好笑，抱着干净的衣衫走到余墨身后：“公子，你还好吧？”

余墨看着她，缓颜笑了，笑意如熏风拂面：“还好。”

颜淡看见他的笑容，不由自主地想，也许余墨真的是很温柔。

那农家女子莲心把他们引到了家中，因为背阴，远远比船上要凉爽得多。颜淡把干净的衣衫摆在陈旧的木桌上，然后带上房门等在外边。那个从水里捞上来的小鬼正被姊姊追得满院乱跑，一看见颜淡就飞快地躲到她身后，再不敢探出头来。

“你再躲啊，有本事你永远躲着别出来！”莲心气鼓鼓地挽起衣袖，“你知不知道外婆身子不好，受不得气，你这么大了还只会闯祸！”

颜淡微微笑道：“莲心姑娘，孩子要慢慢教才好。”她回过身，语气温软，“我来给你讲个故事好不好？从前有一只山妖，专门吃不听话的孩子。他有很多很多手下，到处打听哪里有不听话的孩，立刻就抓了过来，先把那些孩子的耳朵割下来下酒，反正不管大人们说什么那些孩子都不听，长着耳朵有什么用呢？”

那孩童脸发白，颤颤地往姐姐身后躲。

身后房门吱呀一声开了，余墨走了出来，微微失笑道：“颜淡，你又在胡闹了。”他换上淡青的外袍，恍然一介翩翩公子。

颜淡用手指叩了叩下巴，不忘记见缝插针地称赞：“公子，贵公子都爱青衫萧然，却还不及你这样合宜。”

余墨抬手一捏她的鼻尖，轻嗔道：“颜淡，你什么时候能把这见人说人话、见鬼说鬼话的毛病改一改？”

颜淡默默无言：凡人常说做人难，她却觉得做妖更难，不能说不中听的，一旦说了好听的又要被嫌弃，实在太难了。

莲心笑着：“也快晌午了，你们也留在这里吃顿午饭吧，还是我外婆亲手下厨的呢。”她不待对方答应，就一手拉了一个，“我外婆的手艺可好了，保准你们吃过一回还会惦记着。”

颜淡一听她这样说，也颇感兴趣。

他们走进正屋，只见一位白发苍苍的老妪正摆放碗筷。颜淡不由想，那老婆婆的年纪看来挺大了，应该已经有她年纪的零头那么大，还要拉扯这姐弟俩，实在不容易。

待走近桌边，她立刻就瞧见桌上正中摆着一碗雪菜煮黄鱼。端午节，除了粽子，黄鱼也是必不可少的。

而百灵叮嘱了起码有十遍的事情中，其中一件便是不管这鱼是蒸的、烤的、炸的，还是从江里、溪里，或者海里捞上来的，一律不准端到山主桌前。而她私下打听到的一点却是，余墨的真身是鱼。毕竟瞧见同类煮熟的尸首被摆在盘子里放在自己面前，还要眼睁睁地看别人吃下去，个中滋味委实糟糕。

颜淡不由自主地偷偷看余墨，只见他神色平淡，好似泰山崩于眼前也不会动容。

（3）

五人围在桌边坐下。莲心端着粗瓷酒壶斟酒，倒入瓷碗中的酒浆呈淡红色，药气浓郁。颜淡看着面前的瓷碗，连眼都直了：如果她没有弄错，这酒便是闻得其名见过其形，却还不得其味的雄黄酒。

“这酒是自家酿的，酒劲不会大的，颜姑娘你放心喝吧。”莲心看见她的表情，立刻就说。坐在一边的白发老婆婆也接了一句：“这药材都是我们自家备的，只是这黄酒是村头打来的。唉，我们家里没有男丁，日子也有些不好过，所以这黄酒也不能买好一些的，姑娘你要是嫌弃就别喝了。”

颜淡连忙摇头：“怎么会嫌弃呢？端午节就是要喝雄黄酒避邪的嘛。”她颤颤地端起瓷碗，闻着呛人的雄黄味儿，正要心一横往喉咙里倒，斜里伸来一只手，接过她手中的酒碗，径自一饮而尽。

颜淡呆住了：“余墨……”

余墨淡淡道：“她不会喝酒，喝一口都会醉。”

颜淡愣愣地：“你……”

“她喝醉以后只会胡闹，所以还是我代她喝。”余墨又拿起自己面前的酒碗，干脆地一仰头喝干。

颜淡喃喃道：“两碗，避邪，来不及了……”

老婆婆眯着眼，脸上皱纹都舒展开来：“姑娘，这公子哥对你真好，你可要好好记在心里。”颜淡手一抖。只见老婆婆伸筷夹起一条黄鱼，放在余墨碗里：“趁热多吃点。”

颜淡转头看着余墨，他只是微微一皱眉，面子上不动声色。她赶紧伸出筷子，语声温软："公子，你碗里的鱼给我好不好？"

余墨看着她，嘴角一勾："你是懒得剔刺吧？"他抽出最大的鱼骨，又挑出细的刺，正要把鱼肉夹到她的碗里，只见莲心已经飞快地为颜淡添了一条黄鱼，还去掉了皮和骨头，略带羞愧地说："我本来应该挑大一些的鱼的，刺也不至于这样细。"

颜淡张了张嘴，千言万语在喉咙口转了个弯又下去了。

"哪还有什么大点的鱼？姊姊你都是等别人都挑剩下了，大家都不要的才去捡了回来！"

莲心的脸一下子红到了耳朵根，嗫嚅道："两位，当真对不起，我、我……"

颜淡忙道："鱼小一些比较鲜美，太大了就不那样容易入味了。"她尝了一口碗里的鱼肉，微微笑道："很好吃，又入味，真的。"

余墨迟疑半晌，微一抬头正看见老婆婆殷切的目光，只得缓缓地落下筷子。颜淡看着他缓缓把鱼肉往嘴里送，同情之心油然而生。

但见余墨慢吞吞地吃完一条鱼，老婆婆立刻问了一句："觉得怎么样？"余墨点点头，道："很入味。"老婆婆又伸手为他添了一条，满脸堆笑地说："觉得好吃再多吃点！"

"咳。"颜淡呛住了。

"你好一点了没有？"颜淡伸手轻抚着扒着船舷干呕的余墨的背部，"我煮了茶，你不如趁热喝几口，也好消消食。"他们从那一家子那里出来的时候，余墨还算神色如常，结果才拐了个弯，他立刻脸色发白，踉跄着奔到溪边，将手指伸入喉咙里挖心掏肺地干呕起来。

余墨抓着她的手指，缓缓用力。那力道简直是痛入骨髓，颜淡险些痛叫出来。十指连心，被他这样握着，连带着她也不好受。

"你额上有好多冷汗，"颜淡在他额头摸了摸，用衣袖轻轻拭去汗水，"山主，还是到里面去躺一躺吧。"

余墨摇摇头，连话都说不出来了。颜淡心想他在端午节连喝两碗雄黄酒后，还吃了不能碰的鱼，能支撑着没有立刻妖变就不错了。她叹了口气，毕竟其中一碗雄黄酒是为了她喝的：“对不起，我开始根本就不该去管这闲事的。”

余墨缓缓转过头看她，他的侧颜隐隐有青黑色的零星鳞片出现，颈上也有如火焰一般的黑色图腾蔓延上来。他闭了闭眼，漆黑的眸子也微微变红，嘴角居然逸出一丝笑意：“你也会不好意思么？”

颜淡目不转睛地看着他颈上的图腾，忍不住伸出手指碰了一下：“你是上古遗族，难怪……”余墨突然按住她的手，一下子把她护在身下。这一下太快，他的动作也很有力，颜淡只觉得几滴温热的液体飞溅在脸颊上，眼前也一片血红。她余光可及之处，也有一些血迹在船板上慢慢溢开。

余墨连眉都没皱一下，握住袖中的短剑，返身一剑刺出。

只听哗的一声，一个黑色水靠的汉子心口淌血，摔入浣花溪中，在水上漾开了层层殷红血丝。余墨单膝跪在船头，衣袖拂过，只见一道青色的焰火在溪面上熊熊燃烧而过，那人的尸首立刻化为一片灰烬。

颜淡伸手虚按在他的背上，口中轻念咒术，只见淡白的光缓缓晕开，余墨的伤口却只是不再流血，连个痂都没结。她一呆，想起今日是端午，他们的妖术都大为折损，她的治愈咒术居然没什么用了。

余墨轻叹一声：“也怪我没有想到，等下说不好还有刺客会来，我们到船舱里去。”

颜淡应了一声，取出一件里衣，撕开了为余墨裹了伤，剩下的布条则把船板上的血迹擦得干干净净。

余墨看着船舱口的帘布，轻声道：“把帘子撩起一点挂好。”

颜淡把帘子挂好，轻轻拖过毛毯披在他身上：“山主，你歇一歇，万一有什么我也会对付的。”

余墨看了她一会儿，笑了笑：“也好。”

颜淡坐在他身边，支着下巴想，他们何时惹上这样大的麻烦，竟然会有人派刺客来追杀？他们想来想去，也只有碰见裴洛他们那一回了。这可又是多管闲事惹的祸。

眼下那些血迹也收拾了，刺客的尸首也被余墨烧了，余墨让她把船帘挂起，也不过是摆个空城计罢了。

她转头看看蜷在毛毯里的余墨，只觉得越加头疼，要是让百灵瞧见他背上多了一道伤，会不会活活念死她？这个，应该是肯定的吧……不过眼下最要紧的，还是先安然度过端午。只要熬到半夜，便是来几十个刺客她都不担心。

颜淡思忖一阵，将余墨的短剑收到衣袖中，然后搬出一只木盆塞进去几件衣裳，走到船头慢慢洗起衣裳来。

眼见着日头西斜，天边晚霞炫目，明日定然又是一个大晴天。颜淡把洗好的衣裳绞干了，再铺平拉直，做这些动作的时候，身上自然而然地就露出不少破绽。就学武的凡人看来，两方对峙之时，已经将距离、力道、出手的时机都算计过了，出手之后肯定是冲着别人的弱点去的。可是对颜淡来说，这些都没意义，她又不是凡人，又没有练过武，不管怎么掩饰，身上的破绽都是一大堆，遮都遮不过来的。

她刚把平整的衣裳放进木盆里，就感觉到一股浓郁的杀气。该来的终于来了！颜淡侧身闪避开来，只听咄的一声，一把薄如蝉翼的软刀正斩在她身边，看势头若是被砍到，真的要生生被剁下一块肉来。颜淡伸手握住了余墨的短剑，迟疑一下，却往边上一滚。那个黑衣刺客见她光是躲闪却不还手，想来她这边已是胆怯，此消彼长，他的气势则更盛，刀锋连闪，好几次都差点劈中她。

颜淡躲过一刀，见它失了准头后要往盛衣裳的木盆劈去，突然灵机一动，对着木盆一弹指，那盆子唰的一声在光天化日之下变成一块铁板。那刺客根本就没反应过来，一刀斩在铁板上，刀锋和铁板相接时发出一声金铁清响，火星四溅。刀身本来就薄，顿时从中折断，飞出去的那一头正好弹进那人的腹部。

颜淡叹了口气，喃喃道："所以嘛，干这没钱的买卖一定要带厚背铁环大刀，虽然难看一点……"话音刚落，那铁板嗖的一声又变回了木盆。端午节果真是不一般，连她的妖术也持续不了多久。她瞧着那人的半边身子倒在溪水里，慢慢挪过去，将他的兵器推到溪里，又把他腹上插着的那截刀身给拔了出来，鲜血在她的衣衫上溅开了点点殷红。颜淡随随便便地抹了把脸，摸摸袖中的短剑，心中安定了一些。

只是依照她现在的力气，根本就不能和凡人男子相抗，暗中下手偷袭就只有一次机会，可是待会儿若是来好几个人呢？

她正苦恼着，只见一个樵夫遥遥走来，背上还绑着一捆柴。这个时候，若有村民到这里来，实在不是什么稀奇事，可对颜淡来说，却是一波未平，一波又起。那樵夫走近了，眼睛盯着浣花溪中浮浮沉沉的尸体和被染得淡红的碧绿溪水，腿也软了，脸也白了，趴在地上抖了半天憋出一句："你、你山大王饶命啊……饶命——"

颜淡哼哼两声，沉下脸道："我像是山大王吗？"

"不、不是、是……是女侠！"

颜淡微微一笑："这还差不多。"她话音刚落，又唰地沉下脸，摆出恶霸模样，"想活命的话就哪里来哪里去，不准乱喊！"

那樵夫哆哆嗦嗦地在地上爬了一阵，哭丧着脸道："女、女侠，可是小的……小的爬不动了！"

颜淡叹了口气，刚才生死关头，她还能凭着一口气支撑住，现下这口气一泄，就连起来的力气都没了。此刻自顾尚且不暇，哪有空闲管这凡人的死活？她慢慢静下心来苦思对策，忽见一个黑色的人影沿着浣花溪畔而来。那个人走得很慢，步履之间有股奇妙的韵律。他看见溪上浮着的尸首，眼角微微一跳，脚步却没停，慢慢走到小船前。

颜淡不由心道，看那人的身法，本事一定是比刚才那个要高。她向着那个黑衣刺客微微一笑，霎时间容颜更增丽色。

那刺客反而一愣，往后退开两步。颜淡坐在船板上，眼睛一眨不眨地瞧着他："我现在已不是你的对手，你给我一个痛快好不好？"那人更是惊愕，谨慎地走上前，倏然一剑划过她的手臂，然后猛地后退。颜淡闷哼一声，伸手捂住伤口，可是还有鲜血不断从指间渗出。那刺客见她如此还是隐忍，知道她真的不是他的对手，便放心地走上前："你想要我给你一个痛快？"

颜淡咬着唇，往船舱里看了一眼：“我本事低微，及不上我家公子半分，你要对付我，本来就是一根指头就够了的。”

“若我用你来逼你家公子出来不是更好？”

颜淡急忙道：“我家公子病了，不然哪由得你们放肆！”她说完就慌张地捂住嘴。

“病了就好，我这就给你一个痛快！”剑尖向着颜淡的心口疾刺过去，只见她突然扑过来。这一剑落了空，而她却已经近在咫尺，要把长剑拐过来伤她已经不可能。颜淡拔出短剑，噗的一下刺入那人的胸口。她以为要很大力道才可以，却没想到余墨的剑异常锋利，一下子就刺进好几分。

颜淡急促地喘着气，还没来得及把那刺客推开，忽听脑后冷风袭来。她一转身，差点被尸首压在下面。颜淡不可置信地看着那刺入自己小腹的剑锋，顺着剑身慢慢往上看，那个樵夫正笑嘻嘻地看着她：“你原来是真的没有功夫，却能杀了我两个同伴，厉害厉害。”他收回长剑，随便用衣袖抹去剑锋上的血迹，转身撩开船舱外的帘布。

他正要弯腰走进去，忽然背上一凉，紧接着一股尖锐的疼痛慢慢溢满全身。他回过头，只见颜淡吃力地支起身，手臂微抬，手上短剑已经掷出。那人强自支撑，冲到她面前，举起长剑就要往她身上斩落。

只见颜淡抬起手腕，淡绿的衣袖滑落到手肘，她细白的手臂上正有一道鲜血淌下来，结成血珠从手肘滴落。“我受的伤只有这一道，但不是你刚才刺的。”她搬起船板上那具尸首的手臂，“你刚才那一剑刺在这里，并没有伤到我的要害。”

颜淡语气平淡：“你想知道我为什么会看出你和那两个刺客都是一伙的，而你还是领头的么？”她直视对方，慢慢道，“没有恶意的人在靠近别人时候，是不会那样小心的。如果没有害人之心，如果你只是普通的樵夫，怎么会提防我？”

那人不由喃喃道：“原来如此……”他一说话，这一口气便泄了，吐出几口鲜血软倒在地。他一倒下，颜淡立刻连连咳嗽，好一阵才缓过来，嘟嘟囔囔地说：“明明我都快喘不过气来了，还要憋着气和他说话，咳咳咳咳，要命……”

夕阳终于慢慢落下去了，凉爽的晚风带着湿漉漉的水汽拂面而来。颜淡轻轻伸了个懒腰，开始觉得身上的妖术正在慢慢恢复。她抬起手腕，先用咒术治愈了伤口，再把身上沾血的外衫换掉，把两具尸首通统推进浣花溪，打来一盆水把船板上的血迹都擦干净。

她收拾妥当眼前的一切，跪坐在船边，看着溪上漂浮的三具尸首，双手合十，轻声念道："使昏钝无善之人，远离痴暗，不生贪念，不受声尘虚缚……"浣花溪水波潋滟，一朵朵洁白的菡萏缓缓绽放，淡香飘逸。

"使险路如坦然，不受劫难，六根消复……"她松开合紧的手掌，只见大片大片的莲花又慢慢凋谢，在浣花溪上漾开淡白的光晕，连带着那三具尸首一起化为尘埃。

颜淡趴着船舷看去，忍不住道："我原来还嫌这种咒术难念又没用，现在看来倒是意外的好看呢。"

(4)

颜淡听着外面的哗哗水声，又看了看摆在矮桌边的沙漏，还有两个时辰便算是过完端午。她总觉得缺了点什么，想来想去，目光突然落到一旁盛糯米板栗咸肉的篮子上。

端午节一定要吃粽子。

她挽起衣袖，开始包粽子。而裹了十来个咸肉粽子和板栗粽子后，还剩下一点食材，索性把板栗和咸肉都包在一起，又把手中的糯米捏成了鱼形的。她现在回想起余墨今日的遭遇，同情心一点不剩，反而很想笑。

颜淡把粽子全部都用粽叶包好，放进蒸笼里蒸着，然后轻手轻脚地凑过去看余墨。她伸出一根手指在他身上轻轻戳了戳，纹丝不动，又加大了手劲，还是纹丝不动。颜淡觉得奇怪，就伸手探到毛毯下把他的脸扒出来。

颜淡一伸手就觉得很不对劲，现在明明五月多了，就是穿着单衣也不会冷，他却全身冰冷，好似浸在冰里一般。她摸了摸余墨的脸颊，触手湿滑，吓了一跳，忙低下身凑到他眼前去看。

余墨脸色煞白，紧紧皱着入鬓的长眉，睫毛轻轻颤抖，脸颊边不断有零星几点青黑色鳞片忽隐忽现。他感觉有人不识相地把他从毛毯里硬扒出来，只得慢慢地睁开眼。

颜淡看着近在咫尺的那双红色的眸子，心中一动，感觉好像曾经见过一般的熟悉，就这么怔怔地和他对视着。

许久许久，只听余墨有气无力地说了一句："你到底想做什么？"

颜淡轻声问："我从前见过你么？"

"有没有见过我，你自己难道不知道？"

"那就是没有了。可我总觉得好像以前应该认得你。"

余墨轻叹一声："你闹够了没有？明日等我好了，再让你看个够，这样行不行？"

颜淡这才发觉两人挨得很近，就连说话吐息都能感觉到，而她就这么抱着余墨的颈，看得出神……一滴冷汗立刻滑下来，她连忙收回手，退到蒸笼边端端正正地坐好。余墨身子无力，她一松开手，立刻就砰的一声，一头摔在船板上。

颜淡顿时冷汗涔涔，期期艾艾地开口："山主……"

余墨抬手捂着额，语气很不好："够了，你再多说一句废话就等着被埋起来！我说到做到，你到时候哭着求人也没用！"

颜淡噤声。

沙漏里的沙子慢慢往下流，转眼间只剩下一点了。

颜淡算算时辰，觉得这笼粽子的火候也差不多了，便熄了火，揭开蒸笼。粽叶的清香和粽子的香味扑鼻而来，颜淡挑出那只鱼形粽子，又把蒸笼合上。她用剪子把绑粽叶的线剪断，呵着气把粽叶拨开，美美地咬了一口。

她还没来得及咽下，只见余墨微微动了动，掀开毛毯坐起身来，却没动弹。

颜淡想着之前余墨警告过她的话，若是她现在说话的话，会不会被埋起来？不过她若是不说话，余墨肯定又会嫌弃她不够体贴细致，最后还是要被埋起来。前后都要被嫌弃，那还是后面那条路合算，起码她还是说了一句话，而不是憋着。

"山主，你好点没有？"

余墨推开毛毯，低声道：“好多了。”他慢慢起身，拿起一件单衣，撩开船帘就出去了，“我去洗漱一下。”

颜淡一个激灵，连忙抓起一旁擦身的干布也追了出去：“山主，你身上还有伤，伤口不能沾水！”

余墨伸手在背上摸了摸，轻描淡写：“没事，已经结疤了。”

“结疤……”颜淡只觉得一个晴天霹雳炸开在她头上，“完了完了，百灵会杀了我的！”

“嗯？”余墨没听清，不觉皱了皱眉。

“山主，你身子还没大好，不如先让我帮你……”她一句话还没完，余墨已经放下单衣，直接踏进水里，她兀自喃喃说完，“……擦身吧。”

颜淡很消沉。

隔了片刻，只见余墨从水里上来，瞥了她一眼，淡淡道：“你不是要帮我擦身吗？”

颜淡只得拿着干布过去，披在他的肩上，慢慢往下擦。她这辈子都没这样服侍过别人，现在真正做起来，却没有什么抵触，难道她在铘阑山境的好日子过得太久，已经变得这么没出息，满身奴性了？

颜淡又很消沉，茫然无味地擦着余墨的背。她看着他背上那一道伤痕，顿时想起百灵的唠叨，不由抱着侥幸的想法：现在不知还能不能用妖术把这道伤疤去掉？就算不能一点痕迹都不留，至少要淡得看上去像陈年旧伤。

正当她要把想法付诸行动时，余墨长长吐出一口气，淡淡道：“好了，你不用擦了，我自己来就好。”

“不行！”

余墨莫名其妙地看着她：“怎么就不行？”

颜淡沉默片刻，只得道：“没什么，山主，粽子已经蒸好了。”看来这件事，还得从长计议。来日方长，她偏不信在回到铘阑山境之前还搞不定一道伤疤。

颜淡把热腾腾的咸肉粽子从蒸笼里挑出来，把细线剪开，剥了粽叶装在碟子里。等余墨进来的时候，她正好剥了两个粽子。她拿起一双筷子，倾身递到余墨手边，然后低头在那只特别的鱼形粽子上咬了一口。

余墨接过筷子却没动，反而看着她手中的："……你这个也是粽子？"

颜淡献宝般地把手上的粽子用粽叶托着给他看："你看你看，我捏的，像不像一条鱼？"余墨一手支颐，嘴角带笑："你把粽子捏成鱼，是什么意思？"

"咳！"颜淡噎住了。

如果有什么用意的话，大概就是今天和鱼太有缘分了，所以忍不住捏成鱼形。当然如果今日不是端午节，而是春分踏青喂兔子，她会捏个兔子形的。

只见余墨缓缓倾过身，就着她的手在那只鱼形粽子上咬了一口，然后微微一笑："味道不错。"

颜淡忍不住又噎了一下，飞快地在心里记下余墨无故笑得好看，一定是别有用心。这时候，她还是低头喝水装没看见比较安稳。她端起杯子喝了一口，还没来得及咽下去，只见余墨干脆伸手握住她的手腕，凑过来一口咬掉了鱼形粽子的尾巴。

"噗——"颜淡喷了。

然而，事情并没有这样结束。虽然没有轰轰烈烈的开场，但起码到了结尾还是轰轰烈烈的。他们一路顺风顺水回铘阑山境，途中还不断有刺客明里暗里地刺杀下毒，最后连石灰粉都用上了。

颜淡过得很滋润，拷问的手段愈加层出不穷。

"若是知道会惹上这么多麻烦，在南都就由着那两个人去了。"余墨捏着《伏羲算术》，心绪烦躁。

颜淡奇道："那个裴洛不是相府公子么，哪里惹来这许多仇家？莫非是欠债不还？"

"他已经不是相府公子了。你还没听说么，去年末的时候，这天下便是他们裴家的江山了。"

那段时日，她刚到铘阑山境，而外面的时局却大变了。颜淡恍然大悟："所以，大周正处于储君帝位之争，那裴公子还有兄弟，他们开始为了帝位互掐，掐着掐着就连暗杀下毒的手段都用上了。”她最后定下一个结论，“帝王将相一定过得很充实，时常都有叛乱、平乱、逼宫、仇杀。”

余墨看了她一眼，低头看书，觉得和她提起这种事真是不明智之举。

只是那些刺客来了一次又一次，突然不来了。颜淡从早等到晚，开始坐立不安，习惯真是一件要不得的事。

余墨耳边听着她窸窸窣窣不知在折腾什么，虽然对着书册，可是那些正楷入了眼，也不知讲了些什么，只得搁下书：“颜淡！”

颜淡立刻放下手上的一堆东西，很是无辜乖巧地说：“我看那些人以后都不会来了，之前那些个刺客还有东西留在我这里，我打算都扔掉。”

余墨怀疑地看了她一眼，便没再深究。过了一会儿，只见颜淡抱着一堆事物出了船舱，随后外面传来东西落入水中的声响。他反而有些犯疑，她要是一早这么听话，那也罢了，现在突然来这么一出，未免也太奇怪。

谁知颜淡回到船舱，就乖乖坐在他身边的垫子上，一声不吭、一动不动地待着。

余墨有心事，繁杂的《伏羲算术》更是看不进去，只得草草地洗漱一番，熄了灯睡下。他偶然一回头，只见颜淡目光灼灼，正盯着自己拉开外袍的手。他不禁皱了皱眉，慢慢地脱下外袍，却见颜淡的眼神变得愈加热切。

余墨想，这大约是他弄错了，一定是这样的……便躺下侧身向着另一边。

隔了片刻，颜淡却慢慢挨过来，在他耳边温温软软地开口：“山主，要把中衣脱了睡才舒服。”

余墨身子一僵：“这样就可以了，你去睡你的。”

颜淡轻轻叹了口气：“是，山主。”

余墨看了她一眼，只见她脸上那个表情分明是失望。他抬手抚额，心想，这回应该也是他弄错了。正这样想着，只觉得有一双柔软的手伸过来，一只手替他捏着肩，另一只手还顺着背脊往下摸。余墨一下子坐起身，一句“你到底想做什么”几乎脱口而出，只是这句话一旦出口实在是太丢脸，方才硬生生忍住。

颜淡见他坐起身，立刻虚心讨教：“是我捏的力道不对吗？”

余墨看了她一阵，淡淡说："我看你也累了，早点睡吧。"

颜淡垂着头，低声道："我这便睡了。"

余墨被她这样折腾两下，已是睡意全无，只得闭目养神。也不知过了多久，只听身后传来两声轻微的响动，颜淡身上的淡淡菡萏香味却更是清晰。这时候，他若是出声，反倒让两人都尴尬，便忍着不动。

只觉得颜淡慢慢撩开了他身上的毛毯，不知在他身上捣鼓些什么。余墨听见她突然长长吁了一口气，还以为她已经闹够了，结果她下一个动作就是把最外面的一件薄衫从他身下抽出来。若他真是睡着了，还真不会觉察。

"还好我很会脱衣裳，不然就不成了……"颜淡低喃一句。

余墨真不知该说什么了，只是一迟疑间，颜淡的手已经放在他里衣的衣带上了。他只得换了个睡姿，还刻意把动作放慢，想着颜淡定会识相地退开。谁知颜淡正紧张地对付他衣带上繁复的结头，又见余墨熟睡着，便放心大胆地继续解他的衣带，余墨这一侧身，正好把她的双手压在身下。

余墨忍无可忍地睁开眼，只见她一脸心虚地望着自己，再低头看了看身上的衣衫，连里衣的前襟都被她扯开了："你到底想怎样？！"

颜淡磕磕巴巴地说："我看你、你穿了这么多睡很不舒服……"

余墨面无表情："换个理由。"

"好吧，我想看你背上的伤好了没有。"然后再偷偷摸摸地把痕迹弄成陈年旧伤，这样百灵才不会怪到她头上来。

余墨轻喟一声："你也不用总是在心里记着，那日是你，便是换了紫麟或是百灵他们，我也会如此。"

颜淡有苦难言，只好低低地应了一声，不甘不愿地爬到另一边去睡了。

她原还想着离锦阑山境还有个两三日路途，也不急在一时，谁知这都一脚踏进锦阑山境了也再没得逞过。

回到锦阑山境之后，颜淡倒是过了好几天安稳日子。余墨还让百灵给她送了两回时鲜水果，而百灵见了她都和往常一般亲亲热热地说话。颜淡不由暗笑自己担忧太多，就是未雨绸缪也太过夸张了。

到了第十日上，她已经完全把这件事给抛到脑后，到正午时便引了温泉到浴桶里，安然沐浴。

哪知她正被热气蒸得昏昏欲睡之际，只听房门砰的一声被人重重踢开，百灵站在门口，表情狰狞："颜淡，我都和你叮嘱过多少次，你却一点都没听进去！山主身上那道伤痕是怎么回事？"

颜淡还没来得及狡辩，眼尖地瞧见百灵身后探出一个脑袋，正是丹蜀。丹蜀看见她，笑得既天真又可爱："颜淡姊姊，你在洗澡啊？"颜淡抓着浴桶的边缘，竟然想不出一个可以把百灵和丹蜀立刻赶出去的办法。

"噢……谁还在大中午的沐浴，真是难养。"低沉轻佻的声音传来，元丹也出现在门口，细眯着眸子，玩味地摸摸下巴，"唔，颜淡啊，还不错……"

颜淡缩在水里，连一句话都说不顺了："你、你们……"

她这是在洗澡啊，你们都跑进来想要干吗！

"你们都挤在这里干什么？"紫麟探身进来一看，立刻露出嫌恶的表情，"颜淡，你大中午沐浴也不关房门，到底想怎样？"

"你、你们——我——"颜淡已经张口结舌。

"百灵，你刚才杀气腾腾……"余墨从外边踱步过来，瞧见眼前的状况，尴尬地别过头，"这是怎么回事？"

"大概是颜淡想勾引谁吧，沐浴居然不关门。"紫麟不屑。

"不、不是这样，颜淡姊姊关了门的。"丹蜀开口为颜淡辩解。

元丹摸摸他的头，和蔼地说："丹蜀啊，听爹爹的话，你还小，不可以偷看女孩子洗澡。"

百灵指着元丹的鼻子发难："你也不是什么好东西，少来教坏丹蜀！"

"我管教自家孩子关你什么事，长舌鸟！"

"百灵你到底找颜淡做什么？就算有什么事很严重，也不用直接破门而入吧。"紫麟很严肃，"元丹你也是，大家让一步，不要把话说得这么难听。"

"你们——"颜淡简直气急攻心，他们这群家伙竟然把她当作不存在一样在那里吵架聊天，颤声道，“你们都给我出去、出去！”她竟然就这么被看光了，铘阑山境的妖实在太野蛮太没廉耻了。

最后还是余墨善后，把大家全部赶走，顺手带上了门。颜淡心神俱伤，窝在浴桶里半晌起不来。

此后很长一段时日，颜淡对于沐浴都有很大的心结。

转眼冬去春来，夏花谢了秋月，颜淡已在铘阑山境待到第十个年头。她从来不知道自己还会在一个地方停留这么久。

东方破晓，余墨在船头，向着颜淡伸出手来，嘴角带笑：“我想出去走走，你要不要一起去？”

颜淡拉着他的手，轻轻跳上了船。

“你这回想去哪里？”

“嗯……漠北。那里有风沙，夕阳，还有大漠。”

日复一日，日日如昔；年年岁岁，岁岁如日。

那些天高地远的自由，她很是喜欢。

番外

乾坤纪

（1）

啪。

房门被人重重撞开，在清爽晨风中瑟瑟摇晃。

丹蜀顶着雪白的毛团朝床上扑去，一把将卷在被子里的颜淡挖出来，号啕大哭："颜淡、颜淡姊姊呜呜呜呜，不好了不好了，呜呜呜……"

颜淡恨极，她正好好地躺在床上做美梦，结果美梦做了一半就被狼妖杀猪宰羊般的哭号惊醒，实在不是一般的愤怒。

丹蜀抱着她摇了一摇，哭声越加响亮："要是爹爹看到了，一定会把我杀了的，他说我是我们狼族的耻辱，天下再找不出比我更傻的狼妖来了，呜呜呜呜……"他哭着哭着，突然打了个嗝。

狼妖很傻，颜淡一早就发觉了，还在他爹爹护短地说他家丹蜀只是年纪太小所以不太懂事的时候，就发觉了。能够化成人形，多半已经到了成年的年纪，既然成年就不算是年纪小了吧。而像颜淡当初化人时候还没成年，这种事是极其少见的。

她拍了拍丹蜀的背，好声好气地问："到底是怎么了？你最近不是修行有成，还把尾巴给修没了吗，你爹爹怎么会杀你？"

丹蜀一边打着嗝，一边断断续续地说话："我的耳朵、耳朵不好了！"

一直趴在他头顶的狐狸抬了抬身子，露出了下面那双位置不怎么对称的耳朵。

原来丹蜀刚刚把尾巴变没了，就想着把头顶上的狼耳朵移到脸的两侧，结果不知是哪里用岔了力，那双耳朵不但没有跑到两边去，反而在头顶上变得不对称了。

颜淡撩开被子，穿外裳洗漱，绞了手巾递过去：“擦擦脸，我帮你想想法子，实在不行的话，再去找余墨山主帮忙。”

她话音刚落，狐狸踉跄一下，哀哀地扒着丹蜀的头发叫着。丹蜀哭丧着脸：“痛痛痛，子炎你不要这么用力抓我。颜淡姊姊，你看我实在是不能去找余墨山主的。”

所以就退而求其次。

颜淡叹了口气，开始翻找桌面上一摞关于修行的书籍。这些典籍都是前人留下来的，余墨那里收藏得很全，她这几日便借来看了。

丹蜀擦擦脸，可怜兮兮地蹲在一边看她翻书。

颜淡翻了一本又一本，突然道：“这招乾坤术应该可以用。书上写着，从前有驴妖化人后蹄子长到脸上去了，就用乾坤术把蹄子换到脚掌下面去了。要是用这个把你的耳朵移到脸旁边，应该也是可以的吧？”

丹蜀精神大振，拍着胸脯：“我不怕，颜淡姊姊你尽管试吧！”

颜淡忍不住在他头上一敲：“要怕也是我怕，你难道不知道施术者会被妖法反噬吗，我比你危险多了。”她一指身边的圆凳，“你坐这边来，我来试试看。”

丹蜀端端正正地坐在凳子上，可是背脊却在抖，磕磕巴巴地问：“如果、如果最后不成，我的耳朵跑到脚上去了怎么办？”

颜淡无情地回答：“那你就换双大点的鞋子。”

她将上面的咒文仔细看了三遍，方才左手捏诀，对着丹蜀的头顶开始念，正念到最后几个字的时候，突然想起，狐狸正趴在他头顶上呢，万一到时候出了差错，狐狸会不会长到丹蜀脸上去，那样她不用琳琅和紫麟动手，干脆自己找根绳子把自己勒死算了。

“子炎，你先下去一会儿。”颜淡伸手把狐狸挪到桌上，一心一意地继续念最后几个咒文，谁知念到最后一个字的时候，狐狸突然往上一跳，正蹲在丹蜀的头顶。颜淡只觉得头晕眼花，眼前的景象摇晃不止。她困难地低头往下看，只见自己的壳子坐在桌边，因为渐渐失去了魂魄的支撑，慢慢地往后倒，而她这股出窍的半截魂魄居然朝着狐狸奔去。

完了。她心念如电，趁着魂魄还没有完全脱离躯体，立刻施下一段锁魂咒，把丹蜀和狐狸通统定在原地。

咕咚一声，颜淡只觉得身子一震，朝地面滚了下去，摔得眼冒金星。她痛哼了一声，惊悚地发觉，她正发出呜呜嗯嗯的低叫。

不、不会吧？！

颜淡揉了揉眼，只见摆在眼前的是一只狐狸爪，抬头往周遭看，房里的摆设还是那样，只是全部都变得很大。

她和子炎交换躯体了。

幸好之前施了锁魂咒，这样占了自己身子的狐狸和那只狼妖都不会乱跑乱动。锁魂咒是禁术，就算是余墨紫麟也不会用，自然除了她之外没人能解开。当然，禁术一般都会反噬施术者，不过经过她孜孜不倦的研习，已经把反噬的效果转到被施术者身上，他们醒了之后，大约会有十天半个月都睡不着觉吧？

颜淡吃力地朝着桌子上的书堆跳跃，再吃力地扒着书册翻过来翻过去，最后吃力地看着斗大的正楷。

狐狸爪子一直打滑，她还要小心地不抓破了书页，毕竟那都是余墨的收藏，要是被她抓坏了，余墨一生气说不好就会把她埋在门口那个莲池里玩赏。

颜淡跳到书页上，认真仔细地想找出破解乾坤术的法子，可是找来找去，都没有找到办法。莫非天要亡她，想让她以后都当一只狐狸吗？这还不算是最难过的，她约莫记得，子炎离化人形的日子还有一百五十多年。这么漫长的日子，她该是如何度过？

还有，最后她该怎么向大家解释这件事？子炎如果要用她的壳子过日子，照他目前那股和丹蜀的黏糊劲，再想象了一下她的壳子死命地缠着丹蜀嗯嗯啊啊叫唤的场面。颜淡哆嗦两下，又用爪子扒开一书。

这种事绝对不能发生。

万一最后不能恢复，她还是把自己人道毁灭吧！

她正吃力地埋在书堆里苦思冥想，忽听有极轻极沉稳的脚步走到门口，这个脚步声好生熟悉，不会是……

颜淡一个激灵，从书堆里连滚带爬地出来，瞬间僵硬在原地，甚至可以听见那一身狐狸骨头吱嘎作响的声音。

余墨在被丹蜀撞开的房门边，停了一会儿，举步踏了进来。他低下头，看了看摔在地上的颜淡的壳子，慢慢抬起头，看着桌上书堆里狐狸状的颜淡。

颜淡已经急得乱成一锅粥似的，她该怎么办怎么办，是装作若无其事，还是装出子炎那种害怕他的模样？她正着急，只见修长有力的手指从她头顶掠过，拿起了一册书翻开看了几眼。

颜淡全身僵硬，忽然想起，余墨拿起的那书就是记载了乾坤术的。那，他、他不会看出些什么吧？若是被他知道，她原只是想帮丹蜀把耳朵的位置摆正，结果反而和狐狸交换了壳子，指不定要被怎么嘲笑呢。这实在是太丢脸了。

只见余墨又轻轻把书放下了，转过头去看躺在地上人事不知的颜淡的躯体。他看了一会儿，嘴角不知怎么浮起了几分笑意，微微低下身握住那壳子的手指。

颜淡蹲在桌上松了口气，余墨该是没有发觉吧。

可是，她突然寒毛直立，余墨抓着她的手干什么？莫非，他其实有什么不为人知的癖好？

颜淡扑通一声从桌上滚下来，摔得四脚朝天。余墨听见动静，和颜淡对视片刻，倏然起身往外走。

他、他就这么走了？好歹她的壳子还躺在地上呢，也不把她搬到一个软点的地方。颜淡翻过身来，很是生气，余墨对她未免也太过无情了。

她抬起头，只见刚走出门口的余墨突然又折转回来，径自走到她的面前，捏着她的脖子将她拎起来。

颜淡望着他幽深漆黑的眸子，心中有一股莫名的希望：他还是认出她来了吗？其实那样也不坏，说不定他会有法子让她变回去，只是余墨拎着她的手势委实让她不舒服。

余墨拎着狐狸状的颜淡走出屋子，随手将门带上了，走了几步便迎面碰上了百灵。

百灵抱着几件收拾得干净整齐的外袍，微微笑着开口："山主。"

余墨微微颔首，待拐过弯的时候，便将颜淡抛在一边，目不斜视地走远了。

颜淡在地上滚了一滚，愤愤地冲着他的背影伸出了狐狸爪。

余墨，我恨你。

颜淡心神俱伤了一阵，决定还是靠自己。首先便要爬回自己的屋子去，才能继续研究典籍上的妖法。

她磕磕绊绊地跑了一阵，面前忽然掠过一阵冷风，连忙缩成一团往后滚开。

只见碎叶纷飞中，唐周练剑的英姿翩然。颜淡磨了磨狐狸爪子，心中称赞一句。

只见唐周停下了手上的剑招，同她对视片刻，突然低下身将她抱在手臂上。

颜淡莫名感慨，果真还是师兄比较好心。

唐周用剑柄抵着下巴，嘴角带着笑："这三尾灵狐很是稀少，没想到这里有一只。"

他身后围观的青蛇妖立刻接话："这是狐女琳琅的亲弟弟，去年的时候带到这里来的。"

唐周嗯了一声，抬手在颜淡头上摸了摸，喃喃道："我还以为……"他把狐狸状的颜淡放下，径自转身朝那只青蛇妖走去。

颜淡愣了一下：他就这么走了不会吧，她原还想借着唐周的手快点回到自己的屋子里去呢。

只听那青蛇妖问："唐公子，你今日不去找颜淡姑娘了么？"

唐周不甚在意地嗯了一声："之前碰上你们山主，他说颜淡还睡着，就不去叫她了。"

颜淡怒了，余墨真是太混账了，就算她是真的睡着没醒，那好歹也该帮忙把人从地上挪到床上去吧？还有唐周也是的，这么不寻常的事也不去看一看，枉费他们还有出生入死的交情。她平时哪有睡到这么晚的？！

"那今日就由我带公子在这里走走吧。"青蛇妖婷婷袅袅走到唐周身边，嫣然巧笑。

喂，唐周是天师，是专门驱鬼除妖的，你就不怕他把你给卖了吗?

颜淡同这条青蛇是在第一回来铘阑山境时相识的，她们都被选作山主的姬妾送来。可最后余墨挑到了她。

其实那青蛇模样生得很好，身段也美，但余墨最后没挑她也是有情可原。

青蛇头上插着的花都很娇艳美好，但再好看的花儿插了满头都是，也好看不到哪里去了。

颜淡垂头丧气地往自家屋子里一脚高一脚浅地跑，忽然头顶上有一滴水落下来，正中她的脑门。

她看了看天色，今日天气晴好，不像是会下雨的光景。她慢慢往头顶看去，只见树梢上正倒挂着一头巨大的蝙蝠精，流着口水盯着她看，缓缓露出嘴里尖利闪亮的獠牙。

颜淡僵住了，等回过神来的时候，已经咕噜咕噜滚下了山坡，扑通一声正好一头栽进一汪淤泥里。

（2）

颜淡悟了。

佛法里面的色即是皮相，皮相即是空，她原先那副皮相是空，现在狐狸的躯体也是空。

她从泥塘里爬出来的时候，筋疲力尽，一身雪白的皮毛变成灰色，看过去不像是一只狐狸，倒像是一只硕大的灰老鼠。

好吧，狐狸也是空，老鼠也是空，什么都是空，连这个世界都是空的。

她决定去温泉把这一身淤泥给洗干净。

前路十分艰难，但是她很努力地爬到后山有温泉的地方。温泉池子正冒着淡白色的水汽，水面还有气泡泛上来，看上去十分诱人。

颜淡欢快地滚向温泉，还没来得及进水，突然被一只芊芊玉手拎着尾巴拉了出来。颜淡疑惑地转过头，只见百灵生气地看着她，斥责道："子炎，你怎么弄得这么脏？我不是说过了，这温泉是山主喜欢的，你这么脏还敢来洗？"

颜淡垂下了头。她天不怕地不怕，不怕余墨不怕紫麟，就是有点怕百灵。

百灵放下手上的盘子，用木勺从温泉里舀了一点水上来，拎着她走到更远的地方，一勺子水淋了下来。

颜淡抖了抖身子，将水珠甩开。

百灵微微一笑："好了，你这下干净了，自己去玩吧。"然后转身往温泉边走去了。

颜淡蹲在地上，艳羡地盯着水汽弥漫的温泉。

隔了片刻，只见余墨走了过来，自顾自宽下外袍，百灵连忙上前接了，又踮起脚帮他把白玉发簪取下来。余墨穿着里衣走下了温泉，隔了片刻，又将沾湿的里衣放在了池子边上。

百灵挽起衣袖，舀了水帮他把墨玉一般的发丝打湿，把皂角慢慢揉开，最后舀了水冲去了皂角的泡沫。颜淡简直艳羡到眼红了，慢慢往温泉池子边爬了几步。

只见百灵做完手上的事，轻声问了一句："山主，要我帮你揉肩搓背吗？"

颜淡用狐狸爪子摸着下巴，心道，这时候她是不是要回避了，揉肩搓背啊，万一到时候天雷勾动地火，揉肩搓背变成了活春宫，她在旁边偷看了会不会长针眼？

余墨靠在池边，低声道："不用了，你去忙你的吧。"

百灵低低地应了一声，转过身走了。

颜淡在原地蹲着，打算等他走了再跳进温泉里去好好泡一泡，忽见余墨转过头来，正和她看对了眼，他微微笑道："过来。"

狐狸看见他逃还来不及了，哪里还会听他的话，幸好里面的是颜淡而不是子炎。颜淡跑过去，坐在池子边上。

余墨捏着她的脖子将她拎到温泉里，干脆利落地放了手。

颜淡落到水里，划了两下，隐约明白了一件不得了的大事：这狐狸不会游水啊，余墨这是要趁机淹死她吧？！这种死法真是太残忍也太难看了。正在水里扑腾着，忽然被余墨一把捞了上来。他微微一笑："你身上这样脏，去哪里滚过了？"

颜淡张开嘴，才想起这狐狸身子根本不能说话，只得默默地看着他。

她对天发誓，发毒誓也可以，如果余墨敢欺负狐狸状的她，等她恢复了，一定会连本带利讨回十二分的。

余墨没再说话，靠在池边闭目养神。

颜淡只能扒着池边石头随着水泡艰难地浮动。不过，她见过余墨衣衫整齐的模样，也见过他衣衫不整只穿着单衣的模样，现在还是头一次见他没穿衣衫的模样。她眼尖地看到，他胸口有一道很深很长的陈年伤痕，就算过了很久还是没有恢复平整。

照这般模样的伤痕看来，像是被什么钝器从心口透穿而出。

水雾缭绕中，那道伤泛出些淡淡的红色，衬着他象牙白的皮肤，格外刺眼。一般来说，一个男子生得白皙些，很容易显得阴柔，甚至娘娘腔，不过余墨倒是没有半点阴柔之气。

颜淡在水里泡得累了，径自爬了上去，看余墨也没什么反应，便跌跌撞撞地往外跑出去了。

远远的，颜淡已经瞧见自家屋子，正要加快脚步冲过去，忽然撞在不知是谁的衣摆上，被撞得弹出老远，摔得眼冒金星，哼哼唧唧半天爬不起来。

今日必定不宜出行，是大凶之日，所以她才会诸事不顺。

正想着，她身子一紧，被人提着三根尾巴拉了上去，一张修眉俊目的脸庞正好映入眼中。唐周提着她的尾巴："你也是去找颜淡？那就一起吧。"

颜淡哀叫着挣扎，唐周余墨你们这两个混账，不会抱动物就不要抱嘛，一个捏脖子，一个拎尾巴，她真的会被整死的！

唐周走到屋子外面，碰了碰关上的房门，然后不甚在意、姿态潇洒地一袖子把门拂开，径自走了进去。

颜淡已经不想痛诉他没敲门就直接破门而入的行径，她是真的很心疼那扇门啊，等到恢复了，她得再换一扇坚固好防盗的门。

唐周看到了在地上挺尸的颜淡的壳子，走过去撩起衣摆低下身瞧了瞧，又伸出手去在她的身体上按了按。

颜淡咬着牙，怒目而视。

唐周放下了狐狸状的颜淡，径自走到桌边，在那一大堆书里翻找了一会儿，最后打开那记载了乾坤术的书册匆匆扫了几眼，甚是平淡道："原来是换魂了。"

颜淡崩溃了。

唐周你什么时候精明不好，偏偏这个时候来精明？

他悠悠然在桌边的圆凳上坐下，一手支着颐，瞧着狐狸状的颜淡："锁魂咒啊，不过改得还不错。完完全全的，损人利己。"

颜淡已经僵硬成石头了。

唐周嘴角带着笑："这样吧，我们来个君子协定，我帮你把魂魄换回去，也帮你保密这件事，你嘛，要是哪天惹恼了我，这个秘密就保不住了。怎样？"

呸呸，这算什么君子协定，你分明不是个君子！还大言不惭地冒充君子？你这叫趁火打劫！颜淡天人交战半晌，僵硬地弯了弯颈。

颜淡终于又回到自己的那副皮相里去了。

一时间，她竟然会觉得用两条腿走路很不习惯。

狐狸和丹蜀懵懵懂懂地坐在一边，似乎还弄不清之前发生了什么事。那是自然，都被锁魂了，怎么会记得发生了什么？

所以这件事，天知地知，她知唐周知，只要唐周不说出去，那么她的丑事还是不会被别的妖知道的。

她的名声，终于还是保住了，不必遗臭万年、贻笑大方。

唐周很是无情地反问："名声？你有过这东西吗？"

颜淡很沮丧，也无言以对。

但就算再沮丧，也必须把丹蜀的耳朵位置调整好，用来补偿他在之后的十天半月都不能入睡的惨状。乾坤术无疑是不能再用了，只能另外想别的办法。

她坐在桌边，把一大堆典籍翻了个遍，也没找到合宜的术法。丹蜀乖乖地挨在身边，双眼含着两泡泪珠子，看得她微微有些歉疚。

大约磨到傍晚，余墨上门来了。

他只用两根手指点了点，居然就把丹蜀的耳朵给摆正，这让颜淡看得又羡慕又嫉妒。丹蜀顶着子炎高高兴兴地回去了，余墨却斜斜地倚在桌边，漫不经心地翻着那一叠书籍。

不知为什么，颜淡觉得很是不安。

半个时辰过去了，余墨始终靠在桌边不动，屋子里静得很，只听见他翻书的沙沙声。她看着余墨的侧颜，因为背着夕阳的缘故，总觉得他的脸有那么些模糊，看上去却格外的温柔。他这样斜斜靠着桌边的模样，很是风姿优雅。

颜淡捏着茶杯，踌躇半晌还是问："余墨你是要留在我这里吃晚饭吗？"

余墨抬头看了她一眼，微微一笑："改天吧，今日百灵下厨，在紫麟那里吃。"他顿一顿，淡淡道："其实，乾坤术是用来换魂的，至于那个驴妖用来换了别的东西，从古至今，也只有那么一次罢了。"

颜淡震惊地看着他。

余墨将手上的书册递到她眼前，修长的手指在书页上轻轻一划："这里就是这么写的，你以后看书，好歹也要全部看完。"

颜淡捏着茶杯的手已经在发抖了。

余墨将书合上，温和地说："其实你第一次用乾坤术就能到这个水准，已经很不错了。据我所知，很少有妖第一回用就能成功的。"

颜淡手中的茶杯咔嚓一声碎了。

翌日，天气晴好。

颜淡扛着一叠修行用的典籍，踹开了余墨的书房门。

百灵正拿着白布擦拭青瓷花瓶，被身后这么一声巨大声响惊到，手一抖，那花瓶就砰的一声在地上摔了个四分五裂。她转过身，双手叉腰，面目开始变得狰狞。

只见颜淡随手将那一大叠书扔在桌上，气势汹汹地说："你同余墨说，我以后，不，老娘以后都不修炼了，岂有此理！"

百灵目瞪口呆。

颜淡转过头气势汹汹地走掉了，迎面正好碰见晨起练剑回来的唐周。眼下天气渐热，唐周练了近一个时辰的剑法，颊边微微汗湿，正抬手擦着，只见颜淡朝着他大步走过来，甚有气势地说："唐周，你给我听好了，你那个什么君子协定我是绝对不会当成一回事的，有种你把那件事到处去说，我才不在乎呢！"

唐周莫名其妙地看着她走远，忍不住自语："她中邪了？"

经过这一件事，颜淡总结出一番对人生的感慨。无论何时，尊严都不可抛却，而面子，随时都可以扔掉。

脸皮自然要越厚越好，对人是这样，对妖也不例外。

番外

朝夕

你见过唱戏的没有？戏演得多了，明明知道故事不是真的，还是入了戏。而那些看戏的人，明明知道与己无关，可看得久了，这故事也慢慢变成了自己的。

余墨原本很瞧不起那只在天庭上骗吃骗喝游手好闲的莲花精。

那个毛手毛脚闯进他的地盘里扰了他的清静，名叫颜淡的笨蛋，绝对是他们上古一族的耻辱。

他身上流着上古遗族九鳍的血。九鳍一族在很久以前曾是最兴盛的水族，而在那个时候，九鳍都是半龙半鱼的模样，甚至比龙还飞得高潜得深。然而等传到了余墨这里，已经变得和寻常的鱼无差别，甚至，天地间的九鳍一族就只剩下他了。

南极仙翁磨了好半天才把这唯一的九鳍从玉帝那里讨了过来，养在庭院中的莲池里。莲池里面自然还有其他的鱼，不过都是千挑万选，从娇小的到肥硕的，从扁平的到饱满的，应有尽有，且无一例外都是雌的。

余墨的成年之日已近，若是过了成年之日还未化成人身，那么便要一辈子都是这红眼睛鱼的模样。他自是刻苦修行，直到某一日忽然有了痛觉，痛苦地在水里翻腾。

这是修行圆满的前兆。

正当他痛不欲生的时候，池边突然传来南极仙翁的声音。他说：“唉，看这条九鳍孤零零的，我本来想着给他多物色几个伴，多生几条小九鳍，谁知到现在连个蛋也没生出来。”他说到这里，又长长地叹了一口气，又道，“莫非这、这九鳍染上了什么毛病，其实是个断袖？这样吧，再放一条精壮的雄鱼进去，不定还能逼得他化出人形来……”言罢，一条虎须怪鲇鱼被扔了下来。

余墨就挣扎在最要紧关头，在听见这番殷切期望后，一口气顿时泄了。

他沉到水底，把自己埋在水草之间，很是内伤。

可那新来的虎须鲇十分不识相，硬是往他这边凑。余墨忍无可忍，一划水把它甩到池子边上。

南极仙翁欢喜莫名：“看来把这虎须鱼放下去是对了，这样热闹离成事也不远了。”

余墨头一回懂得什么是愤怒：成事？成什么事？谁和谁成事？！

这个天庭，难道没有个像样的仙君吗？

仙翁家池子里的九鳍其实是个断袖，这是近来悬心崖上的仙童们最常提起的事。这原只是猜测，不知怎么成了传言，甚至越传越真，连余墨自己都差点被绕了进去。

所有传言直到东华清君和白练灵君前来悬心崖拜访才破灭。

白练灵君的真身是九尾灵狐，皮毛雪白，扎眼无比。然而他化为人身后的模样更是扎眼，穿着一袭飘逸白袍，手执描金折扇，出行时候前呼后拥，前面八个仙童，后面十六个仙童，一路抛撒花瓣，这排场比西王母的还大。而东华清君是千年绛灵草托生，清淡高雅，相较之下就不扎眼多了。

东华清君支着颐，望定莲池里面，淡淡地说：“九鳍一族最擅长列阵布法，而要列出毫无破绽的阵法，最要紧的就是心如止水，欲望也最为淡泊，所以他们才会子息不盛，落到如今的地步。”

南极仙翁长吁短叹：“我就知道九鳍欲望淡泊，才放下去这许多雌鱼去陪他。”

白练灵君啪的打开折扇摇了两摇：“不知九鳍化为人形是什么模样，若是模样好看，本仙君可是要收了去。”

余墨本来还慢悠悠地在水里游动，一听这句话顿时僵硬地停在那里。

悬心崖的仙童最闲，时常扎在一堆聊些三姑六婆的琐事。比如，哪家仙君又收了仙童，某某升了仙阶，某某被打下了七世轮回道。

这其间有一件琐事，便是关于白练灵君的。

这白练灵君原是狐族的，养成了他男女不分，全部通吃的性子。只要生得一副好相貌，是男是女，抑或不男不女，通统没关系。

余墨突然地，很不想化为人身。

他心绪低落地过了两日。而那条虎须鱼，自从上一回被他甩到池子边上，就异常地怕他，只敢在两尺之外窥探。至于池里那些雌的，余墨倒不是真的懒得搭理，而是不知道怎么搭理。其中一尾纤细娇柔的，就看着很顺眼。只是这阵子，因为传闻他是断袖，她们都不太会和他搭话了。

就在这样内忧外患的情形下，他第一回见到颜淡。

余墨喜欢清静，修行的时候都潜在水草丛里，他初时听见扑通一声，似乎有什么被扔进莲池里，没有在意；过了片刻，又是哗的一声，动静比刚才大了何止一倍，他也没在意；直到被一把从水里捞出来的时候，他就是想不在意也不行了。

颜淡捧着余墨呆了一呆，连忙把他放回水里，双手合十，连连道歉："我其实是来找一条白色的水蛇，你有看见它吗？"

余墨鄙夷地吐出一串泡泡。

颜淡又是一愣，突然在水里扑腾几下，被那条虎须鱼一下子按到水里去了。

余墨已经懒得鄙夷了。

那条虎须鱼把颜淡扑倒后，更是兴奋，在她身上蹭个不停，害羞地用颜淡听不懂的鱼语说："仙子仙子，你长得真美！"

余墨很不屑，她短手短脚、身子平板，连个鳍都没有，哪里美了？不过和虎须鱼正相配，都是十足十的笨蛋。

颜淡在水里挣扎一阵，总算把虎须鱼给赶开了，抬手把一条银白色的东西扔给池边的仙童。她眼珠一转，突然瞧见了余墨，然后慢慢地，甚至可以说是小心翼翼地伸出手，想摸一摸他的脊。

余墨连忙游开了。被颜淡碰，他可一万个不愿意。幸好颜淡也就试着摸了两次，见没有得逞，就无奈地爬上去了。

不知是不是凡人说的孽缘，不久之后，各路仙君在悬心崖论道。

颜淡捧着一个鲜红的仙桃坐到了莲池边上，用刀削了薄薄几片下来，抛到池子里。虎须鱼欢快地摇着尾巴去抢。

余墨靠在池边休憩，谁知颜淡把手伸了过来，手心托着一片桃子，比刚才扔下去的都要厚，笑眯眯地说："来，我喂你！"

余墨郁结了，可惜颜淡看不懂一条鱼的表情。她又将手伸过去了些，继续笑眯眯的："不要客气嘛，我请你吃仙桃。"

余墨看着她伸到水里的手，手指细长白皙，指甲是淡红色的，他看不出她的手算是好看还是不好看，只是觉得没有鳞片的，都算不上好看。颜淡见他半天都一动不动，也没生气，还是耐着性子等着。

余墨突然想，干脆把那片仙桃吃掉算了，免得她总是把手伸得这么长，万一再掉进莲池里，那真是一团糟了。他正想着，只听扑通一声，水面泛起层层涟漪，颜淡果真掉进了水里。

余墨被涌起的水波往后推了推才停住，只见颜淡长长吸了一口气，蹲在莲池底下不动。

他有些奇怪，浮上水面瞧了瞧，只见两位仙君正从这里走过去，其中一位穿着水墨衣衫，低声和身边那个穿着紫色袍子的仙君说话："依离枢兄所见，魔境和天庭这一战定是不能免了？"那紫色袍子的仙君淡然道："我虽不赞同，若是起了战事，自然也不会推拒。不知应渊君意下如何？"

这两人就这么口中说着话，一路走过去了。

余墨刚潜下水，只见虎须鱼正不亦乐乎地咬着颜淡的手臂，一见余墨吓了一跳，忙不迭地松开嘴，警惕地退到两尺之外。

颜淡眨了眨眼，站起身来将余墨小心翼翼地拢在手心，很是惊喜："我原来看你又小又软，还担心你会被欺负，原来你这么厉害！”

虎须鱼流泪了，呜呜咽咽地叫嚣：“你竟然用这种卑鄙的手段抢走了我的仙子姊姊，呜呜呜……”

余墨顿时很无语。他其实很想和虎须鱼纠正一下，这位仙子姊姊连尾巴、鳍和鳞片都没有，难看得很，他是怎么都不会瞧上这么难看的人。

颜淡离开的时候，信誓旦旦地说，她以后一定会常来的。

余墨不觉心道，她若是常来捣乱，他修行圆满的日子岂不是遥遥无期了？他转念一想，又觉得颜淡应该只是说着好玩的，他不用为这个发愁。

然而事实证明余墨还是想错了，颜淡后来真的经常来，有时候带来一只仙果，有时候带来一本书对着池子念，甚至还有一回，捧来一只叫沉香炉的东西，弄得庭院里皆是菡萏的淡香。

余墨还是不太爱搭理她，就像不怎么搭理池子里其他的鱼一样。他时常沉在黑暗的水里，看着顶上那一片光亮。有时候颜淡坐得靠近一些，长长的衣袂就会落在水中。他就这样看着，偶然有一回露出头去，第一眼便瞧见颜淡对他笑。

从那次开始，他露出水面的次数渐渐多了。

他只是一条鱼，不会笑。那么看见有人对自己笑，就好像也在不知不觉中学会了这种表情和情绪一般。

他甚至想，虽然颜淡没有尾巴，没有鳞片，没有鳍，和他们长得那么不一样，可是看习惯了也就不是那么难看了。

只是突然有那么一段时日，颜淡再没来看他们。

余墨意外地发觉每一天都变得很漫长，黎明之后要盼来天黑，好像要很久很久。他的修行也将再次接近圆满，觉得全身都有股灼烧般的痛。

在他熬到最要紧关头的时候，颜淡来了。他挣扎着露出水面，想看看她的笑颜。

她身边还有一个陌生的男子，穿着素淡的外袍，左颊到下巴像是被什么烧过，已然结痂。就算被毁去了容貌，还是看得出他原来长得有多清俊。颜淡仰起头，看着他微微一笑。

余墨只觉得痛。

他终于明白了，有尾巴，有鳞片，有鳍，那不是好看，而是丑陋。那个男子和颜淡一样，都是有血有肉之躯，还有光洁的皮肤。而他只有青黑色的、冷冰冰的鳞片。

他只是一条鱼而已，就算是上古的九鳍一族，也不过是条鱼而已。

他慢慢地沉到黑暗的水底，这是他的所有；而颜淡不同，她会跑会跳，不用困在一方莲池里。

也不知过了多久，等他再次醒过来的时候，正是孤月当空。他躺在莲池边的石阶上，鳍和鳞片都没有了，取而代之的是手足和皮肤，他的身上，正穿着玄色的外袍。

余墨却躺着没动，他只想当回一条无知无觉的鱼。

余墨虽化为人身，白天仍是真身，只晚上化为人形出去走走。刚开始的时候，觉得用双腿走路很艰难，后来才渐渐走得惯了。

他不是没想过要去见颜淡，何况就是见到她，她也不会认得他，而他也没什么可以和她说的。他只能在地涯的天宫外远远地看一眼，再看一眼，就此作罢。他从前听颜淡说过，她被师父送到天宫里管那里面的书籍。那时候，他都是爱听不听，现在回想起来，却把每一句都记在心里。

余墨不自觉地想，他还是和同族在一起吧。他们才是一样的。

只是有那么一晚，看见颜淡脚步踉跄着回天宫，背后的衣衫都渗出了血迹，已然风干。她走了一段路，终于还是支撑不住，摔倒在地上。

余墨走上前，低头看着她，过了许久还是低下身把她抱起来。

颜淡虽是昏迷着，却没忘记动手动脚，对着他狠狠地打了几下。余墨只能抱着她不动，就这样抱了一夜。

他回到莲池边上，看见水中自己的倒影，觉得象牙白色的皮肤实在太过女气，完完全全是少年模样，看上去比颜淡还小两岁。他再也不想在晚上的时候化成人身出去，只是恹恹地沉在水底。

南极仙翁在莲池边长长叹息："我看那条九鳍是不能化人了，可惜这九鳍一族就要这么覆灭了。"

余墨只听有人往莲池走近几步，湖色衣衫的下摆浸到了水中，随后响起一个陌生的威严的声音："颜淡这孩子，我本来还想她会懂事一点，却还是这么……唉！"

余墨突然听到这个名字，忍不住往上游了游，透过水面隐约可以瞧见那个穿着湖色衣衫的仙君绷着脸，继续开口："我让她在天宫管书，就是看她颇有慧根，想她趁着修行的时候多学点仙法，还打算把异眼交到她手上，让她位列上仙，结果她却跳了七世轮回道。"

七世轮回道?

余墨记得这个也是仙童提起过的。七世轮回是触犯了天条最重的刑法，凡是被投入七世轮回道的仙君仙子必将在凡间轮回七世，受尽苦难后方可重回天庭。这其中的波折太大，很多仙君仙子下去了就再没回来过。

只见那个湖色袍子的仙君从袖中摸出一颗漆黑通透的珠子，递到南极仙翁的手上，抬手捂了捂额，叹道："劳烦南极兄把这颗异眼交给东华清君，这都是玉帝的意思，让他挑出个有德有才的人来。"

南极仙翁将珠子接了，仔细地放进腰间的衣囊里，完全没有留意到转身之际，衣囊被一道青芒带落在地，异眼骨碌碌地滚了出来。

余墨化为人身，慢慢低下身在地上捡起了那个衣囊。

天上一日，凡间一年。

凡间是个有趣的地方，比天庭要有趣得多。

余墨从闯过南天门的那一日起，就成了妖。他犯的是私逃下界的罪，可是最后追究起来，玉帝也没发现天庭上少了什么人，只得作罢。

之后很长的一段日子，他就在铘阑山境住下。

只是时常还会出去走走。有一回去看戏文，与其说是看戏，倒还不如是看人。为什么一个被凡人想出来的故事，会让人掉泪；为什么这个故事和看戏的人根本无关，而看戏的那个人会悲戚？

其实他也是一样的，看着颜淡的故事时候，他也入了戏。

他渐渐忘记了她的长相，就算使劲回想也不过是一团朦朦胧胧的影子。毕竟已经过去了太久，他也不可能一辈子就惦记这么一个人。后来，他又弄丢了异眼，他原是想把它亲手交到颜淡手中。

他想，就算他真的能把异眼交到她手中，她也未必会高兴。

颜淡就是这么一个让人气不得也笑不得的女子。

又过了很久，花精一族的族长来到铘阑山境，送来了不少族里的美貌花精。

余墨索然无味地看着底下跪坐的娇美女子，忽然看到一张记忆中已经渐渐淡化到无痕的脸庞。她穿着一袭淡绿色的衫子，更衬得肌肤细白，仿佛上好的陶瓷，甚至还微微抬着头，笑嘻嘻地看着面前跪着的自家族长那个锃亮的秃顶。

余墨捏着茶杯，手指微微颤抖。

绕了一大圈，本来已经觉得一切茫然无光再无出路的时候，眼前突然亮起来了。

颜淡抬起头来，笑颜清澈，就像曾经对着还是一条红眼睛鱼的他笑的时候一样："嗯，我的容貌虽然不是最好的，但是我修为很深啊……咳，不是，很多人都说我温柔体贴又善解人意。"

朝夕，可以把所有的惦念消磨殆尽，也可以把所有的念想聚积在一起。

余墨发觉，他很喜欢看颜淡笑的模样，只要她高兴，那么自己就算有满腔阴郁也会一扫而空。但他还是和从前一样，颜淡和他说话，他也只是不冷不热地应对。其实是因为他不知道怎么做才是对的。

铘阑山境的妖都很聒噪，颜淡也很爱闹腾。

余墨喜欢清静，受不了她对自己顽皮，更受不了她光是对别人顽皮，只能硬生生地受着。日日住在一片山头，好似朝朝暮暮那样长久。

可那毕竟算不上朝朝暮暮。只是暂且停留在同一个地方。

余墨想，他可以等，他那死心眼的性子完全继承了九鳍的血脉。现在的颜淡，在他见不到的地方受了很多苦，现在死命地把自己裹得紧紧的。他有的是好耐心，慢慢地捂着，说不好哪一日能够捂热了。他也想过，会不会终有一日，他还是没有耐心再捂下去？或者，颜淡不再需要？如果有那一日，他就会干脆地放手。

他不知道颜淡心里可有疑惑过，天师唐周其实就是当年的应渊帝君。从柳维扬对唐周无端客气起来开始，他便已经猜到，可最该发觉的颜淡却迟迟没有。

前人笔记云，初识之日，适冬之望日前后，窗外疏梅筛月影，依稀掩映。而后吾与汝并肩携手，笑语唧唧，何事不语。及今思之，宛然留空。

及今思之，不过是徒留空缺。

他同颜淡之间，横亘着八百年渡不过忘川水的执念。不羡慕那怎么可能，那一刻羡慕到妒忌。

但朝朝暮暮催人老，这朝夕已无法计算。

二十年来，他们一直在一起。

同是大江南北游玩折花相惜，同是二十年来欢颜愁肠共度，却有多少幽怨离人，至少他们一直在一起。

番外

七夕

（1）

紫麟和琳琅吵架了。

颜淡咬着筷子津津有味地看着对面那两人脸各朝一方互不理睬的模样。她早就说了嘛，紫麟的脾气臭得像茅坑，硬得像石头，琳琅这样的美人总有一天会受不了他的。她正眼巴巴地望着，忽然头上一沉，差点被人按进面前的碟子里。

颜淡怒目而视，只见余墨按住衣袖，倾过身拿了盛着芹菜的碟子，摆在她面前，语气平平："吃吧。"

颜淡愤怒了，她自从恢复以来，余墨待她依旧不冷不热，甚至还比从前愈加恶劣了："我不要吃芹菜！"

余墨偏过头瞥了她一眼，淡淡道："你刚才说了什么，我没怎么听清。"

"我……我说我很喜欢吃芹菜……"

"哦，那就多吃一点。"

颜淡可怜巴巴地挑着碟子的芹菜，没有看见余墨嘴角挑起的笑意。她觉得自己将来的日子定会悲惨得无法言喻，庭外的艳阳看在眼里也成了一片惨淡阴云。

砰——

琳琅突然推开了面前的矮桌，桌角的碟子震了震，咣当一声摔在地上。她倏然起身，杀气腾腾地转向紫麟。

颜淡立刻抬起头，虽然她反抗不了余墨，但是琳琅还可以欺压紫麟，这样一想，心里稍许平衡了些。余墨抬起手肘，斜斜地支着桌子边沿："别人的事少管，这和你没关系。"

只见琳琅昂首挺胸，指着紫麟的鼻子大声道："紫麟，我有了你的亲骨肉了！"

"噗——"颜淡喷了。

周遭陷入一片沉寂，百灵瞪大了眼，手里的筷子落在地上了都没发觉；狐狸咕咚一声翻在桌上，半天爬不起来；元丹眼神呆滞，完全没了平日的神采。

余墨拿过手巾，扳过颜淡的脸，细致地擦了擦。颜淡只觉得他的手指微凉，擦拭的力道拿捏得很舒服。余墨搁下手巾，嘴角噙着笑意："早就和你说了，别人的事情少管。"

颜淡讶然："咦，你好像一点不吃惊啊。"

余墨嗯了一声，将碗递过去："那边的汤。"

颜淡小心地给余墨盛汤，对面的那两位居然已经和好了。紫麟眉开眼笑："这是什么时候的事？我怎么都不知道。"琳琅抬手噼噼啪啪打了他好几下，半晌才嗔道："前日刚发觉的。"

紫麟很是高兴，红光满面笑呵呵地要请铘阑山境所有的妖喝满月酒。

颜淡忍不住心道，这怀胎才多久，满月酒起码也得等妖宝宝生下来再摆啊。不过紫麟一副傻爹爹的模样，对琳琅百依百顺的，看上去比往常顺眼很多。

余墨皱着眉看了他们一眼，再回转头看看颜淡，不说话。

颜淡只觉得寒毛直立，结结巴巴地说："余墨你、你看我做什么？"

余墨淡淡地回答："紫麟现在连骨头都没了，以后琳琅还不爬到他头上去。"同样的，这种事情摆在自己身上，也需得好好想一想。

颜淡干巴巴地说："可、可是紫麟本来就没有骨头嘛，他有乌龟壳子就够了啊……"

于是颜淡在恢复之后有了一桩最大的心事：为了往后，她得拿出气势来，要居高临下地藐视余墨。明明是他那么在意自己，凭什么一直被欺压的反而是她？

关于这件事，现成就有人能向她指出一条明路。

“我和紫麟，是我去勾引他的，怎么？”琳琅放下手中的团扇，一看颜淡表情僵硬，立刻解释道，“我们不同族，所以风俗也不同。我们狐族可是以这个为修行的，越是得道的狐族，媚术便越高。”

颜淡支着下巴，很是苦恼：“可是拿这招去对付余墨，就完全不行啊。”

“怎么不行？走，我教你怎么去勾引他，你先得让他认了这回事，再温柔体贴待他，看着时机差不多了就要发脾气，不能让他随便哄哄就给哄服帖了！你要给他一顿鞭子再安抚几下，最后余墨才会服服帖帖的。我告诉你，我看他不顺眼很久了！”琳琅扯起颜淡，疾步沿着庭院道往外走。

“琳琅，你有了身孕要小心啊……”

“怕什么，出了事都是紫麟的错！”

颜淡在心中哀叹，她之前误会紫麟赚了大便宜，其实他只赔不赚。

琳琅猛然停住脚步，一指前面，轻声道：“你看，余墨在那边。”

颜淡自然知道这个时候，余墨必定在庭院里那棵槐树下面坐着，看看书小憩一下什么的，现在太阳已经快下山了，他过一会儿就要回去了。

琳琅和她凑在一块儿，低低说道：“你现在走过去，要直走不要绕弯路，等他抬头看你的时候，你就向着他笑一笑，然后坐到他腿上去。要是他什么反应都没有，要么是他不喜欢你，要么他就不是男人。不过听紫麟说，余墨很是喜欢你，这个法子一定可行。”

颜淡沉默一阵，问：“……然后呢？”

“然后就不会有然后啦……快去吧，去吧！”琳琅在她身后一推，“要直走过去，不要这么心虚！”

这怎么可能不心虚？

颜淡深深吐息两下，磨磨蹭蹭地朝余墨走去，走三步停一停回过头去看琳琅。琳琅在后面不耐烦地挥着手，无声地做口型：“快去！”

颜淡咬咬牙，猛地疾步向前几步，几乎是立刻就冲到了余墨的面前。余墨正半躺在老槐树下的美人榻上闭目养神，听见动静睁开眼看了看她，然后又闭上了眼。

颜淡僵硬地站在那里，刚才琳琅是说，等他看过来的时候要向他笑，可是她现在都还没来得及笑，就没机会了……她转过头去，只见琳琅用口型道："你怎么这么笨？！一点资质都没有？现在坐到他身上去拉他的手！"

颜淡十分委屈，闭着眼毅然转身坐下去。她还没坐到底便被余墨搂住腰。余墨还顺便往边上挪了挪，让开一个位置："你坐得这么猛，也不怕椅子散架么？"

颜淡急得都要哭了，回头看了琳琅一眼，只见她气得直跺脚，无声地示意："不要怕！拉他的手，直接亲他！"颜淡见琳琅比自己还紧张，心一横也豁出去了，一鼓作气靠近过去，直接吻在他的唇上。

因为不是第一回，所以也异常顺利。

余墨僵在那里，隔了好半晌才抬手揽住她的肩。

颜淡伏在他身上，只见他抬手抵了抵额，轻轻咳嗽一声："颜淡，我……嗯……"余墨说了几个字，忽然又微微皱起眉，沉吟不语。她忽然很想笑，却只得憋着。相处这般久，她发觉余墨不好意思的时候都会轻咳一声再说话。虽然她之前表现得比一塌糊涂大概就好了那么一点点，起码目的还是达到了，想来琳琅也不用气得跺脚了。

忽然，余墨偏过头朝着琳琅那里冷冷望了一眼，琳琅悻悻退开几步，掉头走了。

"颜淡，我之前就对你说过，下回再用这招就没用了。"

颜淡很想反驳"如果没用那你还害羞什么"，但是最后还是在他的注视下默默把这句话咽了下去。她根本就是从气势上输了一大截。

"说吧，你是闯祸了，还是怎么了？"余墨坐起身，"居然让琳琅帮你拿主意，她能想出什么好办法来？你啊……"

颜淡语塞，她总不能说她想欺压余墨吧，这样只怕要吃不了兜着走。她权衡再三，支支吾吾地开口："余墨，你现在身边没有人，也没娶过谁，然后你又还算喜欢我，是吧？"

余墨看着她不说话。

颜淡简直大惊失色："难道你那么快就变心了？！"

"我是怎么想的，和你做的事有关系么？"余墨在她额上敲了一下，"换个别的理由。"

颜淡哦了一声："其实还是有关系的。那个啊，琳琅说，如果这样你都没反应，那就说明你不喜欢我。"只见余墨眼底凝起几分笑意，却还是不吭声。颜淡终于明白，为什么看见余墨笑的时候总会觉得他很温柔。因为那是从心底里透出，再用眼睛表达出来的笑意，所以特别温暖。

"所以，你要看我的反应是吧？"余墨伸手掠过她鬓边贴着脸颊的发丝。颜淡呆了呆，一下子还没能领悟他的用意，就觉天地摇晃，头朝下被他抱在肩头架住。她先是一惊，下意识地抱住他的背，隔着薄薄的春衫，他的脊背微烫，瞬间绷紧。

颜淡怔怔地想着，这个架势该是扛吧？她以为自己不够高挑，身子分量自然也不重，余墨就是用抱的也不算是天大难事。好吧好吧，就算她现在好吃懒做，身子沉得要命，而余墨这么大步走着，也不像很吃力的模样啊。

她想来想去，只得出一个结论，这大约叫情趣？

就是这个"情趣"真是好奇怪啊……

落日西沉，天边锦绣般彩霞渐渐黯淡，和悄然而至的夜幕混为一色。银白色的月亮倒挂天边，月明星稀，耳边虫鸣声此起彼伏。

这里已经恢复了往日的模样。

这自然有大部分是她的功劳。颜淡虽然不觉得自己有好大喜功的特质，但是每每这样想，就觉得自己的人生变得辉煌很多。

自己除了给余墨惹祸添麻烦，惹他不高兴，让他给自己收拾烂摊子以外，其实还是有优点的！

……不对，她没事干吗要做这么残酷的自我剖析啊？

颜淡看着一路过去清淡如水倾泻一地的银白月华，间或迎面而来的铘阑山境大大小小的妖怪，每一个都像是事先约好似的，先是一愣，接着露出快要魂飞魄散的惊恐表情，最后飞快地溜走了。颜淡看得傻眼，一句话就这么冲口而出："他们一个个怎么像是逃难一样地跑开？”

余墨脚步一顿，又若无其事地走过长长庭廊：“你看我们这是要去哪儿？”

颜淡头朝下辨认了一番方向：“像是你的住处。”

“那么在我的房里我的床上还能做什么事？”

颜淡呆了呆，忙道：“余墨余墨，我看我们还是慢慢来，戏文里绝对不是这么演的？”

余墨很是冷静地问：“那么照着戏文，下面的一出该怎么演？”

颜淡飞快地回想一遍，急急道：“这下面、下面应该是约好翌日一道踏青赏花，不过现在不是时候，那么对月吟诗作对也很风雅。这样风雅个把月，差不多可以牵手出游，再过个把月……”

“那么，你之前说的那些喜欢我的话都是随口胡诌的了？”

“当然不是随口胡说的！”颜淡很气愤。

余墨伸手推开雕花红木门，一拂衣袖把门扣上，低声道：“颜淡，我已经向你们族长下过聘了。”

颜淡还待垂死挣扎，突然间呆了呆：“什么时候的事？”

“嗯，在你还没醒来的时候。”余墨弯腰，将她放在床上，撩起衣摆在床边坐下。

“然、然后呢……”

“你们族长好像很高兴，忙不迭地答应了，又怕你哪天被我休了，还要我再挑几个……”

颜淡抬起眼，只觉眼前一片通红，扯着余墨的衣袖：“这是什么话？！为什么不是怕我不要你？我有这么差吗？欺负人也不带这样的啊！”眼前俊颜近在咫尺，一时之间只觉得炫目而温柔。

余墨倾身，散下的发丝滑落在被褥上，同上面的华彩锦绣相映，只是神色依旧沉静，眸中却炽热：“颜淡。”

颜淡还以为他想说什么，便安安静静地等着，却听余墨在她耳边又低低唤了一声“颜淡”。

她方知，他只是想叫她的名字而已。

只是一声名字，却勾得她心里痛楚。

一直以来，都会觉得，自己被亏欠得多，而被在意得少。

一直以来，觉得余墨对她也不过是和寻常的妖一样，没有什么特殊的。

可是却没有想过，如果真的一点都不特别，他何必要这样纵容？他何必要等，何必要想这样多？

是她自己一直没有看清而已。

二十年，他们一直在一起。

同是大江南北游玩折花相惜，同是二十年来欢颜愁肠共度，却有多少幽怨离人，至少他们一直在一起。

她睁大眼想看清他此刻的神情，眼前人就算在情动之中，还是一派清俊容颜。

没由来的，颜淡觉得，这样的余墨，竟是十分的动人。

（2）

颜淡偶尔还会想一想，当初最先遇上的是应渊君，而她打从一开始就看他不顺眼，他转世后变成的那个凡人唐周，他们狭路相逢时她也看他不顺眼。可是这不顺眼久了，居然变成一股说不清的情愫。

她犯天条闯仙池，剜下自己半颗心，都为了这股不清的情愫。

算不上轰轰烈烈，也算得生死相付了。

而余墨待她，却是细水长流，思及起来都是淡淡的。没有天刑台上受雷刑时的生不如死，也没有跳下七世轮回道的决然。他见到她时，总是微微笑着的。但静水流深，点点滴滴，她岂会不知。

感觉到余墨抬手把玩着她的发丝，静静地陪在一边不睡。她抬头去看，看到他脸上若有所思的表情时，心中不知怎么又是一动："我只想以后可以时时刻刻同你待在一起。"

余墨手一颤，一缕发丝落回枕上，半晌才道："你说什么？"

颜淡想了想，这句话说说倒没什么，只是做起来难，若是时时刻刻待在一块，这天长日久的，难免会厌烦，所以说道：“不过我们还有很长的时日。可能一直到天荒地老的时候，我们都还活得好好的。其实我们待在一起，尽可以像从前一样，那是我过得最欢喜的日子了，就是不知道你怎么想。”

余墨沉默了半晌，突然支起身俯身撑在她的身侧：“你看着我，再说一遍。”他的墨发垂散下来，和她的纠缠在一块儿，颜淡不知怎么想起凡间常说的“结发”。

颜淡看着他，一字一字说得认真：“之前和你一起的日子是我这辈子最开心的，以后还要在一起。你说好不好？”她顿了顿，忍着牙酸斩钉截铁地撂下一句肉麻话，“余墨，我喜欢你。我爱你。”

余墨淡淡看着她，隔了好半天忽然笑了一下，低下头在她鬓边流连：“好啊，我们就在一块儿。”她说喜欢的一瞬间，眼前像是炸开了千万朵光华绚丽的烟花，竟让人微微有些炫目而失措。

颜淡微微嘟着嘴：“可是，你怎么能趁着我不知道的时候去下聘，起码也要带着我一块去，好叫别人知道我要么不嫁，要么就嫁最好的。”

余墨嗯了一声，顿了顿道：“如果你将来反悔了呢？”稍稍一顿，他带点玩笑意味地说，“就算你想，我也不让。”

颜淡偏了偏头，有点好笑地想，他现在也敢开这样的玩笑了。之前她可是什么话都要先想一想再说，怕哪天一时冲动说错了话，又让他心里不好受。她的心意，其实很简单，不是因为感动而付出，那是偿还，而不是爱。余墨也渐渐地懂了。

可是，她不由又想，九鳍是极有智慧的水族，为了排列出毫无破绽的阵法，就必须心无杂念，怎么传到余墨这里就变了？他竟还有心思，喜欢她在意她？不过她也只能大略想想，便沉沦于缱绻缠绵之中。

只是依稀记得，那晚的月光独好，在地面斑斑驳驳映出了檀木窗格的雕花样式。

铘阑山境是个一有风吹草动传言便甚嚣尘上的地方。

颜淡在余墨房里待过一晚上，外面的传言早已沸沸扬扬。其中有两种最为火热。其一，颜淡对余墨山主施展了幻术，遂山主一反常态竟然让人留宿房中。其二，余墨山主强逼了颜淡，证据是他把人挂在肩上直接打包给扛走的。

颜淡听了一整日闲话，甚是气定神闲地坐在梳妆台前慢慢梳着发。前一种夸她妖术高明，后一种则洗刷了她这辈子没人要嫁不出去的耻辱。今日开始，她得拿出气魄来对抗余墨。

她正想着心事，忽听房门吱呀一声开了，余墨踏进来，转身合上门。

颜淡看着铜镜里的影像，不动声色地问："余墨，你第一回见到我的印象是什么？"

余墨怔了一下，走到梳妆台前接过她手中的梳子："怎么突然这么问？"

颜淡的声音带着沾沾自喜和一贯的小聪明："是天庭上的第一回，余墨你想装漠不关心从来就没装到底过。"她话音刚落，只见铜镜里余墨握着梳子的手抖了一下。

余墨沉默一阵，语气甚是平淡："你想听真话还是假话？"

"当然是真话，假的我听来做什么？"颜淡揣测他后面多半没好话，不过他们遇见的第一回她也确是没做出什么可圈可点的举动，"你说吧，我不会被你打击到的！"

"嗯，一个笨蛋。"

颜淡顿时大受打击，她还想着余墨会说她没身段没风姿，性子顽劣，甚至粗鲁，可是他居然说她是笨蛋？！"你胡说，我哪里笨了，我这样的明明叫大智若愚好不好？！"颜淡愤愤道，"丹蜀那样的才叫笨。"

"丹蜀那样的还能叫笨吗？"余墨低了低身子，慢慢梳着她的发。他的手指带着一股清凉之气，动作又轻，颜淡觉得很舒服："那后来呢，总有所改观吧？"

"后来……是一个，"余墨手上一顿，低声道，"会对我笑的笨蛋。"

颜淡手上的簪子咔的一声折断了，猛地转头："余墨你欺人太甚！"

"别转头这么猛。"余墨忙松开握着的发丝，几根断发还是留在手掌心里，缠缠绵绵地纠结成一处。

颜淡站起身，气势非凡地指着房门："今晚你去书房睡！"虽然觉得琳琅做得太过，可是男人都是欠教训的，她决定先立威。

余墨不为所动地靠在梳妆台边，不冷不热地回答："你让我去书房睡我便要去么，你把我当什么了？”

颜淡又败下阵来。

琳琅给的方法颜淡完全不能用。还不到一个月，她就决定放弃。

如果她想让余墨帮她削苹果剥葡萄，余墨二话不说就会照办。只是每回瞧见余墨削水果，她都要捏一把汗，他不像做惯这种事，却很认真地去做。

可如果涉及让他变回原形让她养一天或是赶他去书房睡之类的事，那么她便是气得跳脚也没用，余墨根本就不理睬她。

颜淡努力半晌还是毫无进展，最后不得不放弃了。

可这世上除了余墨，再不会有谁包容她至此，是她该庆幸。

其实往后的日子和从前并没有太大变化，吵吵闹闹便是一天。

丹蜀的桃子养大了，只只皮薄肉厚，色泽红润，挂在树上格外好看。他开始死守在树边，赶走无数偷窥桃子的妖。

颜淡看着狼妖乐此不疲蹲在树边痴痴往上望，掬起清凉的湖水浸湿了脸，总算消解了几分暑气。

丹蜀忽然不望桃树了，转头问颜淡：“颜淡姊姊，你说琳琅姊姊和紫麟山主的宝宝会是什么样子？我去问过爹爹，爹爹却让我自己想，要是我想得出还会问他吗？”

颜淡掬水的手顿了顿，认真想了一会儿才回答：“丹蜀，我从前给你讲过的那个凡间的故事里面，很久以前有位开国皇帝曾梦见一只瑞兽，最后改朝换代登基为帝，便为那头瑞兽立了像。那四脚瑞兽形似龟，龟背却分七彩，色泽艳丽，还有一条蓬松的大尾巴。那皇帝以为是麒麟，其实真正的麒麟不是这个样子的。我想，紫麟和琳琅的孩子应该会长成那个样子吧。”

丹蜀失望地哦了一声：“我还以为是像子炎那样雪白的狐狸，背上安个壳子，风吹日晒时就可以钻进去，多好。”

颜淡估摸着他现在死守在树下，也很想要这么只随时可用的壳子。

丹蜀目光灼灼望着她，又问：“颜淡姊姊，你和余墨山主也很快会有宝宝了吧？”

颜淡突然意识到一个极其要紧的问题：若是她和余墨会有孩子，那该是个什么样的怪物？她不过稍稍想象了一下，立刻就打了个寒战。

头顶烈日当空，阳光明媚得几近通透，在如此明丽的阳光下，她居然觉得周身冷风习习，冷飕飕地一直吹啊吹……

（3）

可惜她还没来得及想明白和余墨如果有孩子会是什么样这个难题，余墨和紫麟便要出门一趟。琳琅抬手按着腹部，气势不减，当着众人的面向着紫麟大发脾气：“你这回出去也罢，若是七夕前赶不回来，我就重新给孩子找个爹！”

颜淡扑哧一笑，立刻有两道森冷的眼光刺到她身上，不过她已经是虱子多了不痒，债多了不愁，何况还有余墨护着她。

“过几天便是七夕啊……”

不过经琳琅这么一说，她也记起过几日便是七夕节了，那是传说中牛郎织女鹊桥相会的日子，亦是天下有情人相聚的日子。

“是啊，你想要什么？”余墨嘴角带笑。

颜淡反手握住他的手，甚是惊喜：“真的什么都行？其实我也没想要什么，不如你变回原形让我养一天吧！”余墨嘴角的笑意冻住了。颜淡察颜观色，小心翼翼地说：“一天不行的话，那半天也行。”

余墨抽回手，面无表情：“除了这个，什么都可以。”

颜淡微微嘟起嘴：“哦，那你早点回来吧。”

其实余墨也不过离开五六天。从前他们也不是每日都会见面的，所以颜淡觉得这日子应该和平常一样没什么差别。

颜淡陪着丹蜀守了一会儿他那棵桃树，然后帮狐狸梳了梳毛，在附近绕了一圈却发觉柳维扬身边不知不觉聚集了一堆妖怪，他在给妖怪们讲道。紫虚帝君不愧为紫虚帝君，话懒得多说几句，居然还有本事和妖怪们推杯把盏授业传道。

颜淡转了一圈回来，只觉得越发气闷，最后只得闷头睡午觉去。

好像还是和从前有些不一样了。至少，在看不见的时候会想念。

颜淡委屈地扒着被子，心中却想，他连变回原形一天讨她喜欢都不肯，实在太气人了。

颜淡百无聊赖地磨到第三日，已经觉得气闷到极致，所幸傍晚时分下了一场暴雨，将暑气驱赶一空，伴着雨声也的确容易入眠。她开始迷糊的时候，便听见房门吱呀一声开了，一个激灵忙翻身坐起来。

只见余墨一身衣袍都湿透了，走到柜子边拿出干净的衣衫，低声道："你先睡吧，我去洗洗再过来。"

颜淡很惊讶，本来以为至少要五天，没想到才到第三日晚上就回来了。

余墨回房的时候，已经换了干净的单衣，很是习惯地抬手搭在颜淡腰上："睡了吗？"

颜淡睁开眼，在黑暗中望见他的神情好像很是倦怠："没有，你累了就睡吧。"

余墨语音模糊地嗯了一声，又靠过来些，只一会儿便沉沉入睡了。颜淡听着他平缓的呼吸声，隔了片刻也安心地睡着了。

因为晚上睡得好，早上醒来时候也早。

颜淡看着枕在一边的余墨，不知是不是因为他容色疲倦的缘故，气势好似和从前差了很多，她甚至敢伸出手去拧他的脸，要知道这是她从前一直很想却不敢做的事啊。

余墨只是无意识地皱了皱眉，迷迷糊糊地嗯了一声。

颜淡支着腮看着他的睡颜，心里不由想，他看上去真的是很累啊，难道余墨在她看不到的地方出墙了？她低下头在他颈边闻了闻，没有别人的味道，然后扯开他的衣襟看了看，也没什么痕迹。颜淡轻手轻脚地将被扯开的衣襟拉回去，忽然一抬头，只见余墨不知何时睁开了眼瞧着她。

颜淡一个激灵，尴尴尬尬地问了一句："你醒了？"

余墨支起半边身子，微微笑着："从你开始扒我衣衫的时候……"他倾过身去，撑在颜淡上方低下头看着她，"这几日可有想我？"

颜淡第一回听他说肉麻话，顿时觉得自己的气势终于在无形中压过了对方："才没有。不过三天而已，我才不是这样没出息的。"

余墨垂下眼，低声笑道："是么，可是我想你了。"

颜淡傻了，余墨这出去一趟不是中了什么疯魔吧？正迟疑间，只见余墨缓缓覆在她身上，他的身子温热而柔韧。她看见对方的眼中完全映出自己的影子，也感觉到他动情的痕迹，忍不住道："余墨余墨，你昨晚一回来不是累得倒头就睡嘛，我看你今天还是继续躺着，这样比较好……"

余墨没说话，褪下了单衣随手扔在一边，径自压过来。

颜淡看着他这个举动，只觉得耳中嗡的一声，拼命往后挪："我承认我刚才说谎了，你不在我很想你，你别贴得这么紧啊啊啊——"

"我知道，你说假话从来就没有瞒得过我的时候。"他说话的语调神态都甚是冷静，这个认知让颜淡更为崩溃，"余墨你这样会着凉的，来，披件衣裳吧？"

"现在都过夏至了。"

颜淡深深吸了一口气，总算完整地把她要说的话一口气说了出来："余墨你有没有想过我是菡萏而你是九鳍，这样下去会生出来一个什么样的怪物啊？"

余墨的动作仅仅顿了一下，然后若无其事地继续："这有什么关系，最不济就像你一样，我不会嫌弃的。"

颜淡顿时觉得，她和余墨的想法怎么差了这么多这么多……

颜淡愤怒地在他肩上用力一抓，拉出一道红痕。余墨唔了一声，微微皱起眉，漆黑幽深的眸子望着她，好似琉璃般通透，倒映出她的模样，也唯有她的模样。

到了傍晚时分，紫麟回来了。

颜淡觉得紫麟总算没有愧对了他的真身，居然能比余墨整整慢了一日。

大约是余墨的关系，紫麟瞧见她没有露出从前那种嫌恶的表情，还随口寒暄了一句："余墨先回来了吧？"

颜淡也随口答道："嗯，昨晚就回来了。"

紫麟愣了一下："昨晚？"他顿了顿，恍然道，"是了，昨晚的话，一刻不停用妖术飞回来，那还是来得及的。他现在是不是瘫在那里爬不起来？"

颜淡不由想，他该不是因为自己随口一句"早点回来"，才这么着急赶回来？他们妖的妖法受到很大限制，不能连着长时间用，不然会折损自身修为的。

紫麟见她不说话，颇为语重心长地说："虽然我也不知道余墨喜欢你什么，但是他是真心的，日子久了你自然知道。"

颜淡嗯了一声，笑眯眯的："紫麟，我教你一个法子讨琳琅欢心怎么样？七夕那晚如果有烟火，琳琅肯定会喜欢的。"

紫麟很是高兴地走开了。

颜淡算了算日子，后日便是七夕了。虽是每年都有的凡间佳节，可是放在今时今日，好似变得很重要。

余墨就是这样温雅的男子，表面上虽然淡漠，其实心里会想得很多，事事办得周到细致。这样的男子，带回家了那就是她的了！

七夕节那日，是个艳阳的大晴天，待到入夜时分，夜风才渐渐凉爽起来。

颜淡站在庭院里，手里捧着一碗放了冰的银耳红枣羹，里面还有葡萄干，入口甜甜酸酸。

天空忽然明亮起来，大朵大朵的烟火接二连三地升腾到半空，在夜幕中拖出长长的尾巴，绚丽而耀眼，几乎将夜色衬得如同白昼。

余墨在烟火下面，忽然低声道："颜淡。"

颜淡转过头，看着他的脸被烟火映得微微发亮，一双漆黑幽深的眸子静静地看着她。

"我还欠你一句话，我喜欢你。"他说。

颜淡朝着他露出笑靥，烟火再美，也是和大家一块儿看，可是这句话，却只有她听到。

十指相扣。颜淡同他并肩站在一起，仰起头看着漫天明丽的烟花，如此绚丽，如此灿烂，像是用生命铺散开来的粲然光华。

“现在天热了，你大约会用得着。”余墨偏过头看着她。

颜淡接过他递来的事物，这是一柄团扇，扇面上绘着莲花和鱼，丹青笔法灵动，栩栩如生。

紫麟和琳琅正手牵着手在山上。丹蜀还死守着他的宝贝桃树。狐狸觉得丹蜀不理它，吃醋了。老虎悄悄偷走了一只掉在地上的桃子，蜷成毛团抱着桃子滚远了。

一朵大大的烟花砰的绽开在空中，映得天色忽地一亮。

颜淡瞧着扇面那幅画边还写着一行字，她看过余墨写的字，认出这字是他亲笔写的——“丹青意映卿如晤”。

丹青意映卿如晤。她默默在心里念了一遍。

颜淡拂过扇面，转头向着他微笑：“今年夏天这么热，当然用得着。”

番外  长明灯

他睁开眼，这是个完全陌生的世界。热闹的村庄、嬉笑玩闹的小孩，还有远处升腾起来的炊烟，这些都让他失措。他不记得自己是谁，也不记得他为什么会在这里，甚至，不知道自己为什么要存在。

他痛苦地回想，只是无论怎么回忆，脑中只浮现出江水弥漫中绰绰影影可见的青山逶迤，像是一幅水墨画。

可是这完全不够。

“我是容玉。”眼前出现了一幅淡青色的裙袂，裙袂下隐约露出一双青色绣鞋的鞋尖。他倏然抬头，映入眼中的是一张清丽无端的容颜，肤光如雪，黑发垂散在背后，只是静立在那里便有一股飘然出尘的风华。

她说她是容玉，却好像笃定他一定会认得她一般。

他盯着她瞧，不论她站着的姿态还是位置都正好，既不至于威胁到他，也不至于被他轻易挟持。能做出这种姿态的人，怎么看都是敌我不明。他思忖片刻，忽然掉头就走。

容玉微微惊讶：“你的气息……变了。”

他的脚步不禁一顿。也许她真的认得自己，而他甚至不记得自己的名字，如果能从这个女子这里知道自己的过去，也许一切都会变得简单很多。可是那也只能想一想，他什么都不敢问，他的记忆一片空白，就好像初到这个世界的婴儿，毫无自保能力。

容玉见他不理睬自己，倒也不气恼，不紧不慢地跟在他的身后。

一路上经过的农人都惊奇地停下脚步看着他们，开始他只是当农

人们对于突然出现的外乡人感到好奇，待他走到溪边休息时便知道缘由了。溪水中映出他的样子，形容憔悴、落拓萧索，正好同容玉的清丽容颜、华美衣衫形成鲜明的对比。

水中倒影晃动，映出的那张脸无比陌生。他不禁痛苦地抱着头，不知道这样对自己一无所知的状况将要维持多久，如果一辈子都无法找回过去的记忆，他该如何度过这漫长的空白时光?

“你是觉得自己的脸很陌生吧？”容玉微微低下身，拿出丝帕来沾了溪水，不紧不慢地开口，“你不知道自己的一切，名字、身世、过去，也不敢奢望将来。你甚至，连自己都不敢面对。”

他心里突然升腾起一股无名的怒气，与其说为她的言语而愤怒，倒不如说是被戳穿后的恼羞成怒。他蓦地转过身去，向她伸出手去，他对他双手的力量十分自信，而她的颈项看上去却这么柔软纤细。

容玉脸上的笑意不变，只是淡淡的那么三分，不深也不浅：“你这反应倒是没有变。”

他缓缓合上手指，始终离她的颈还有一寸的距离，他出手时候已经在瞬间计算清楚，出手的力度、两人之间的距离，甚至连头顶有些毒辣的阳光都算计在内，这怎么可能?

“这里是什么地方？”

“柳州维扬。”

“我原来叫什么？”

容玉微微一笑：“你说呢？”

他不吭声，隔了片刻又问：“你我从前是敌是友？”他并非在意她会说些什么，只是想依靠她的表情和言语来自己判断。

可是容玉依旧笑得不浅也不深：“你觉得呢？”

剩下的路程变成了他在她的身后，不远不近地跟着。

待到夕阳西下，容玉在集镇上的小客店前停下来，轻声道：“过一晚再走吧？”

他犹豫片刻，还是依照她的意思做了。

店小二本在门口候着，见有客人到立刻笑开来："客官是打尖休息还是住店哪？"

"两间客房，明日就走。"容玉将半串铜钱放在桌上，"劳烦给那位公子打些热水梳洗一下。"

店小二看了她一眼，便不敢再看，只能偷偷地瞟上几眼，忽见身后的男子落拓憔悴的样子，简直张口结舌，这两个人，怎么看都不像是一路的："这、这位公子，如何称呼？"

"我姓柳。"他顿了顿，"柳维扬。"

柳州维扬。柳维扬。

待他沐浴更衣完毕，店小二进来抬走浴桶，看到他的样子吃了一惊："柳公子？"

柳维扬微微颔首，只见容玉站在门外，静静微笑："我刚去镇上的裁衣店，正好先前有客人定了外袍却一直没来取，我便想稍微修改一下，你试试看能不能合身？"

你到底是谁？

做这些又有何用意？

为何不肯正面回答我的问题？

他有太多太多的疑问想知道，可最后还是咽了下去。容玉在他面前大大方方地拿起镊子，夹去油灯上那一点焦黑的灯芯，然后点上，在那一点如豆的灯光边，她的容颜沉静如水，穿针引线对着手上的外袍边角缝补。

不知为何，柳维扬忽然觉得，她不该坐在这个位置上，不该出现在这样的荒凉集镇，更不该为他施展女红。

总是有哪一点错了。

容玉似感觉到他的眼神，微微一笑："我没有别的意思。只是觉得，如果这世上多了一个跟我相似的人，我会活得稍微多些趣味。"

柳维扬看着她。

"等再过一些日子，你就知道了。"容玉抬起眼，只见灯下的他睫毛细密，沉甸甸地压在眼上，在眼窝投下一小片阴影，和记忆里那个人心事重重的样子重叠起来。她一走神，缝衣针瞬间刺进手指，指尖浮现出一颗小小的血珠。

柳维扬摸了摸手边的人皮面具，看得出这面具做得极其精致，恐怕是下了许多工夫才做到这个地步。昨夜容玉回房，给他留下了这个，说也许他会需要。

他缓缓将人皮面具覆在面上，对着铜镜修补贴合得不够齐整之处，眼前的面孔说不上丑陋或者美貌，只是平淡无奇而已，令人见之即忘。

他推开房门，只见门口站着一个同样五官平庸、脸色微黄的女子。他一下便认出是容玉，微微颔首："现在就走？"

两人的离去让店小二再次受到不小的惊吓。他明明记得昨日走近这客店的是一位容貌清丽、肌肤如玉的女子，可是身后却跟着一个和她十分不相配的男人，而那人沐浴更衣完，却是一派翩翩佳公子的模样。只是过了一夜，那品貌出众的两人却又变了个样。

他拍了拍额，不禁怀疑昨日所见是否是精怪作祟："阿弥陀佛，该去烧个香去去邪气……"

容玉领着柳维扬到了下一个城镇，这个城镇明显要繁华许多，街上还有不少远道而来的香客。容玉轻声说："过几日就是佛诞日，这方圆百里的客栈怕是都满了。"柳维扬没有接话，她虽是这样说，却并没有对住宿的问题有半分担忧。

容玉七拐八弯带他进了后街巷子，那里是出了名的花柳巷，勾栏、酒场、赌馆云集。她看了看招牌，走进一间赌馆。柳维扬看着她停在赌大小的桌前，跟着一群情绪亢奋的赌客下注，每一把都赌得很小，有输有赢，但赢面占了大头。他注意到，每次开骰子之前，她的眼神最先落到的地方必定是等下将开出来的结果。

容玉易了容，便不再起眼，待赢了一些之后又悄悄地退了出去。

"你其实能听出骰子的点数。"柳维扬笃定地说，"可是你会故意买错。"

"是啊，一下赌得太大，赢得太过，就会被人注意。这对我们都不利。这样有输有赢，也赚到了之后的盘缠，就够了。"容玉耐心地解释。

"为什么那些人明明已经赢了，却还要继续赌下去？"

容玉回头看去，只见赌馆里那些人，情绪激动、面目模糊，轻轻说："他们已经陷进这个局里，只是这些人为利，而有些人会为名。这世间一切大多为了名利二字。"

"那你又是为了什么？"

容玉转过头静静地看着他，那眼神好似经历太多太多已经归于淡然。柳维扬不知道怎么的，心中某一处突然动了一下，就算他对于过去的记忆只剩下一片空白，他也会记住这一日，这一瞬间她的眼神。

她易了容，易容后的样子同她的本来面目相比，可算是丑陋不堪。可他不觉得容玉本来的容颜美得慑人，也不觉得如今有多丑陋，他虽懂得美丑，却完全不在意。

她抬手虚按在心口的位置，微微一笑："我是为了这里。"

之后，容玉借用了一间民房，两人再次易容，这次是扮作了两个男香客，随着上香的人群去了附近最出名的名刹古寺。

一位年老的僧人问容玉："贵客从何处来？"

"从山外来。"

"贵客又将往何处去？"

"到山里去。"

"贵客的家乡在何方？"

"心中有佛，何处不是心乡？"

老僧突然双手合十："两位贵客，不如暂且在小寺休憩几日，佛诞日将近，怕赶路也不方便。"

容玉微微欠身回礼："多谢大师。"

柳维扬知道他们在打禅机，可是这个场景却莫名熟悉，好像他曾经在哪里——似乎在一个很遥远的地方，也见过这样的情境。

知客僧人将他们领到一间清静院子的禅房里，那禅房除了一张摆着书册和油灯的茶几、几张竹席，便再无一物。

风吹过室外的竹林，竹枝发出沙沙的轻响。陈旧的木制地板似乎氤氲着淡淡的茶香，容玉跪坐在竹席上，抬手支着茶几，仔细地将手边的灯点上："这叫长明灯，这几日是不能轻易熄灭的。"

长明灯。

柳维扬看着渐渐暗淡下来的天色中晃动的那一点灯火，他知道自己的生命也如这灯，已经被点亮，即将长明下去。

一旦扫去那些迷茫和无措，他发觉自己有很多要做的事。他要追寻过去的一切，必须先学会自保。他的双手比他想的还要有力，尽管看起来像是一双属于文弱书生的手。他悄悄地开始习武之后，发觉自己甚至控制不了自己的力量，就连吃饭时也时常会弄断手上的竹筷。

容玉将这一切变化看在眼中，却不曾在意。她将更多的时间花在同高僧思辨禅机上，说到紧要关节，舌绽莲花，思如泉涌。

柳维扬只在一旁听着，好似这一切从来都是如此，可要细细想来，他却回想不起个所以然来。

佛诞日过去，两人又在寺里多盘桓几日。

容玉坐在长明灯边，微笑说："这几日你再没有问过关于你从前的事。"

柳维扬面色平淡："你似乎也无从说起。"

"你可以用别的方式来问我。"

柳维扬怔了怔，若有所思："你和我是一样的？"

容玉想了想，回答："不能完全这么说，我跟你是从同一个地方而来，只是我有所准备。自然，这中间出现了一些问题，打乱了我原来的计划。"

"同一个地方？是指什么？"

容玉歉然一笑："这点我没有办法告诉你。"

柳维扬停顿了片刻，问："你原来是一个什么样的人？"

这个问题似乎把她难倒了，她想了半晌，才有点无奈地开口："你还记得冥宫吗？那里记载着上古洪荒的秘密。"

他握着的茶盏突然咔嚓一声裂成碎片，滚烫的茶水落在手指和衣袖，他也没有半分变色。

容玉叹了口气："如果说，我的命数已尽，我就必须要进入冥宫，继续为那些先神守护这个世上最大的秘密。冥宫的奥秘，只要窥得一二，这世上便再无可以束缚你的事物。我是被选中的守卫，自然能看到这全部的秘密。可我不想。"

柳维扬突然摸清他们之间的规则，她因为某些原因不能直接说出他的过去，却可以用诉说自己故事的方式来迂回地提示他。

"后来，你是如何来到这——"话音未落，顿时被外面喧闹的声音淹没。

容玉凝目向外看了一会儿，站起身来："柳公子，外面不知发生了什么，不如我们去看看可好？"

柳维扬默不作声地长身站起。

那一阵阵喧闹声来自寺庙门口。两人一走近，只见门外火把通明，人声喧哗，细细一听，似乎全是叫骂声。

容玉径自走过去，向着一位知客僧人合十行礼，斯斯文文地问："小师傅，这是怎么了？"她这几日扮演的一位精通禅理的男香客，斯文文雅，稍微有些女气。柳维扬观察过她一阵，人后人前简直判若两人。

知客僧人认得他们，知道是寺里的贵客，便回礼道："两位施主请留步，怕外面的人误伤到你们。"

容玉依言驻足不前，只见寺外对峙的分为两拨人，一拨人数众多的大约是山下的居民，另一拨人数要少得多。那些人似乎赶了长路，疲惫不堪，却在众多居民的包围下挺直脊梁，一副傲慢的样子。

柳维扬仔细看了看那些被包围起来的人，眼中惊讶：那些人，领头的几个俱是容貌俊美，姿态中有三分高高在上的傲慢，光是长相就和普通凡人差距甚大。而他们身后的族人，越是年轻，便越是丑陋古怪，到那些七八岁的孩子，已经是身形佝偻、不人不鬼。

也难怪那些居民会有如此大的反应，怕是把他们当成怪物了。

容玉用轻得只有他们两人可听见的声音说："那是洛月族。传说中，女娲上神炼七彩石补天，之后用泥水捏出了凡人，而西方的邪神效仿上神的做法，用血肉变化出洛月人。西方邪神和九重天庭之间一直战争不断，最后邪神失败，洛月人便无容身之地了。"她往后退了几步，示意柳维扬一起，"因为失去邪神的荫庇，原来美貌的洛月人渐渐变得形容古怪，就是你现在看到的样子。"

柳维扬微微一皱眉："传说？"

容玉轻笑："是的，传说。那时的一切，已不会再有真相。"

他敏锐地捕捉到一线光明："你经历过？"

"不，我没有。"

柳维扬思忖一下，点点头："我明白了。"她既然特别提到这个"传说"，又同她没有关系，那么必定是和他有关。既然他已经摸清规则，从侧面打听到关于自己的事就不算很难。

回到禅房后，夜色已深，外面的喧哗渐渐平息下来，两人却都无睡意。

柳维扬自顾自整理行装，他猜测这一夜过后，他们也该下山了。容玉原本定定地看着长明灯，隔了一会儿，看见他低头整理包裹的侧影，突然将矮桌上的书册全部搬到地上，铺开宣纸，开始研磨作画。

她画的是工笔，一笔一笔细致缓慢。柳维扬觉察到她的举动，依旧默不作声，将整理好的包裹重新拆开，继续整理第二遍。他的动作一丝不苟，每一遍都是一样的过程，他似乎也在有意识地重复这个过程。

如果有人在屋外看到他们这个举动，必定会觉得这两人被什么邪物上身。

直到天色变亮，容玉才缓缓放下笔，柳维扬也正好将包裹打好，这一晚他把整理包裹的动作重复了整整三十遍。

她将宣纸卷起，握在手中："走吧。"

柳维扬之前瞥了一眼那画，似乎画了一个整理行装的男子的侧影，他不明白她为什么要画这画，但是这跟他想知道的事似乎没有关系，就没有去问。

两人下了山，找了客店换掉之前的易容。容玉又换成了女子的装扮，容貌清丽，衣衫精致，而柳维扬依旧戴着人皮面具，身姿挺拔，面容僵硬，如此两人对坐饮茶，引得过路人纷纷回头驻足。

容玉缓缓铺开画卷，给他看昨晚她画的画。洁白的宣纸上，跃然是他整理行装的侧影，一笔一画栩栩如生，像是会有真人从纸上翩然走出。

柳维扬注意到她画的是他的真实面目，忍不住看了她一眼。

容玉却已经将画卷起，道："我们继续赶路。"

柳维扬才走了两步，便发觉身后人偷偷摸摸跟着他们，待走过一个拐角，他侧身向后看了一眼，似乎是昨晚见过的洛月人。他缓缓攥紧手指。

待他们出了城，那群洛月人已不是偷偷跟随，而是越跟越近。柳维扬回过神，面色平淡地望过去："几位跟着我们已经很久，可否告知来意？"

只见那群洛月人中走出一个像是族长的人物，他独自上前几步，眼睛一眨不眨地看着容玉手上的画卷："我和我的族人并无恶意，只是想看一看姑娘手上的画。"他虽然是在请求，可是说话的语气神态却有着高高在上的意味。

柳维扬微微皱眉，只觉得这人的样子说不上讨厌，只是眼熟得很。

容玉坦然展开画给他们看。

那人神色一变，像是要悲恸哭泣，颤抖着伸手去摸那画，却又停在半途："你们如何……如何有这幅画像？"

"别地辗转而来。"

柳维扬看了她一眼，又看了看画，还是不吭声。

那人摸了摸颈，取下一块玉玦，又仔仔细细地将全身上下但凡值钱的东西都摸了出来，双手捧着："姑娘，不知可否将这幅画割爱给我们？"

容玉看着他："这幅画上的人和你们有关系吗？"

那人点头："我们是洛月族，这画里的人是我们的玄襄君上。"

容玉将画重新卷起，递去："既然如此，我就把画送给你们吧。"

柳维扬静立在原地，各种念头纷至沓来：容玉这画是对着他画完的，可洛月人却说那是他们的君上。他们的君上……邪神……玄襄……那么，他又是谁？他到底是什么人？之后该何去何从？

只是这一切都是无解。

他慢慢让自己平静下来，他需要思考。他闭上眼，慢慢回想那幅画，她画画的神情，她看他的眼神，有时候很专注，有时候却像是掠过他的身体，看向他身后那片虚无。

许久，他睁开眼，那些洛月人已经走了，容玉还是陪他站在毒辣的太阳下，路面已是干涸，细细的黄土在几乎通透的阳光里缓缓飞扬。

“这画里的人是谁？”

容玉笑了笑，只是摇头。

是的，他们之间还有固定的规则。他想了想问：“那画里的人不是我。”

“是的，画里的人不是你。”

柳维扬深深呼吸：“他长得跟我很像？”

容玉直视他的眼睛，他的瞳仁很黑，像是一片黑色的沼泽，可以将突然闯入的不速之客毁灭。这个问题对她来说似乎有点困难，她一番措辞，慢慢说：“长得像，但是神态不一样，我不能完全画出那种神态。”

“是我……杀了他？”他想起那幅画上，那个男子的手腕上，有一道很深的痕，像是伤痕。

容玉却忍不住笑起来，笑容秀美：“你想得多了，如果发生了那样的事，你就不可能站在我面前。”她的笑容却突然消失，换上严肃的表情：“你为什么会这么想？”

柳维扬思考了片刻：“我说不清，只是一种感觉。感觉……我们中间只能活下来一个……”

接下来几个月，他们一直都在高山流水间游历。容玉懂得很多，各地的风土人情、各种传说典故，她都能随口道来。

柳维扬对于寻找过去的意愿不再如刚开始那样急迫，他知道自己不是不着急，只是把它强压了下去。

也许他之后的岁月都将继续寻找自己的过去，直到他死去。

这个念头产生的时候，他很平静地接受了，觉得这样也不是很糟。

他开始渐渐地，变得可以面对自己的面容，而不是像看一个陌生人。

此时的容玉斜躺在一棵枝蔓缠绕的榕树上，那树枝并不十分粗壮，她却很放松，好像不怕掉下来。她眯着眼，仰起的脸对着从树叶间透下来的阳光，还是没忍住用手捂住眼睛，顿时一片清凉。

突然她听到树下一阵响动，便往下看了看，只见柳维扬站在树底下，盯着她的脸，眼神尖锐："你没有变老。"

"这一年过去，我没有见到你变老。"

他终于发现了。

容玉点点头，简短地回答："你也没有变老。"

柳维扬抬起手，阳光沐浴下来，他的手指白皙柔软，比一般人的手指要长那么一点："我一直在练功，可是我的手还是原来的样子。"

没有老茧，也没有任何伤痕留下，这完全不正常。

容玉支起身："我刚刚见到你不久就说过，一些事，你过段日子就会发现。"

"为什么……不会变老？"

"这就是脱离六界的后果。但是我跟你不完全一样，我的寿命远远要短于你的。"容玉回想一下，"我是被选中的冥宫守卫，可是我不想这样。我用了一些办法，从冥宫里出来。我只想以一个凡人的身份过完以后的日子，实际上我也如愿了，只是中间出现了一些纰漏，我发觉我不会老。"

"冥宫？"柳维扬发问，"你见过上古洪荒的奥秘？"

"我见过。"

"是什么？"

容玉捂着额头："我对这些没兴致。"

她对什么都是一副很有兴致的样子，书画、拓本、乐器，各类风俗人情、传说典故、民间小说，甚至会花上大半天看榕树叶子上的露珠怎么滴落下来，却唯独对天地奥秘没有兴致。柳维扬第一次觉得有种无力感，恨铁不成钢。

容玉趴在树枝上从上往下看他，突然笑得很狡黠："你刚才这个表情稍微有点人味了。”

柳维扬抬头看着她。

“从我们第一次见，你的眼神很空洞，尽管有些焦灼，可是除了焦灼就是空的。后来，就什么都没有了。”

柳维扬将手伸给她，容玉看了看，然后抬手握住，借力从树上落下来。

他其实也不知道自己从前是个什么样的人，但现在仅仅是失去记忆，本性却不会有太大的改变，他隐约觉得，他就是一个几乎没有情感的人。

容玉从他身边擦肩而过：“不用太担心，我的时间已经不多了。”

七月初四，宜出殡宜白喜，不宜出嫁。

容玉斋戒沐浴，将一头青丝细细梳顺，却没有绾成髻，只是随意地垂散在背后。她做完这些，估摸了一下时辰，叫上柳维扬：“我已经没有时间了，你送我一程吧。”

柳维扬一声不吭地披上外袍随她进山。

他们都非常人，在茫茫大雪山里衣衫单薄，却和在春暖花开的江南水乡游走一般轻松。

容玉絮絮地跟他说话，大概这是她说过最多话的一天：“柳公子，我这一世的寿命已经尽了。虽然我的容貌还没有苍老，但是马上就会死。”

柳维扬有些惊讶地看着她。

“我本来是要在凡间受尽轮回之苦，才能真正成为一个完整的人。可是我怕之中会出现变故，于是用了很多时间去准备，甚至没有饮过孟婆汤，保留住前世的记忆，却还是出了纰漏。你也看到了，我不会变老。

“我不得不改变原来轮回的轨迹，我的容貌，如果五六年内没有变得衰老，还可以搪塞过去，可是十年、二十年呢？我会被当成一个怪物，我只好每到一处就隐姓埋名。我会卜算，能算到你在柳州维扬的地界，也能算到我的阳寿何时能尽。”

容玉轻轻叹了口气：“好了，你就送到这里吧。”

他们的面前，是一大片深蓝色的湖泊，湖面漂浮着冰层，湖水清澈，一眼望下去，却看不见底。这片湖，像是嵌在雪山之中的蓝宝石。

“下一世，你会在哪里？”

容玉摇摇头：“我不知道。这一世完结，我就是一个真正的凡人了。之前的记忆，我都不会记得。”

“你说过，你做这些都是为了这里。”柳维扬虚按了下心口的位置，“你得到了吗？”

容玉将手放在心口的位置，那里微微跳动，却空得厉害：“我只是想要一颗心，我马上就要得到了。”

“有一颗心有什么好的。”柳维扬表情平静，他们仿佛已经不在大雪山深处的湖泊边上，而是到了一个华美而熟悉的地方。他静静地站在她的面前，对她道：“有了心，你就会变得犹豫、怯懦、胆小，变得感情用事，无法理智。”

容玉笑了：“即使我会变得犹豫、怯懦、胆小，变得感情用事，无法理智，我也想要一颗心。”

她转过身，慢慢、慢慢走向那片湖泊，冰凉的、蓝宝石似的湖水渐渐浸过她的脚踝，她的膝盖，她的颈项，缓缓将她吞没。

她静静想，也许他们都喜欢追寻没有的东西。心对于柳维扬来说是多余的，它会控制他的情感，会让他不能一直理智下去，可对于她来说却是最宝贵的东西。没有心，她感觉不到这个世界的温柔；没有心，即使她在树边看着那第一颗露珠掉下树叶，她也听不到草木的声音；没有心，所有与生俱来的情感，她从来都是陌生。

她就像是行尸走肉。

能说话，却不知道心里最想说出来的是什么；能看见，却不知道这世上美丽的景致各有什么不同；能听见，却不知道这些声音代表了什么。

不过还好。

这些终于要结束了。

那么漫长的一生，她背负着的所有的责任，全部都要结束了。

七月初五，宜出行搬迁。

柳维扬在纸上记下这一行字。

容玉走后，那大片的湖泊忽然变成了青碧色，浓烈如毒。

他突然想起有一日，他们游玩到西域一个小国，那里的酒十分出名，那里的人民拜奉的居然是西方邪神。

那酒，色泽青碧，浓烈如毒，名唤碧落。

他记得当时自己喝醉了。他从来不喝酒，醉酒虽然能忘记忧愁，可是醒来之后，只会更加怅然若失。他需要的不是逃避，而是清醒。

容玉大约也醉得差不多，看着他笑，那笑颜像是吹不散："你其实跟他一点都不像。"

"他？邪神玄襄？"

"我时常在想，我为什么要用我的血去养那棵快枯死的沙罗？天地循环岂是我可以改变？"

"可你已经知道了天地间最大的秘密。"

容玉遥遥朝他举杯："你知道我为什么会被冥宫选中吗？因为我没有心的。"

他难得地笑了："心有什么好？"

即使是现在，他还是相信，无用的感情都不应该存在。他只是深思熟虑，然后坚定地去做自己想做的事，仅此而已。

容玉在桌上留下几个字：西南，朱翠山。

西南地处偏壤，八百里青山连绵，河川奔流，茫茫然空阔无边。数峰交错，行如北斗紫微，是一处好地方。

他孤身往西南而去，蛰伏其中，等待时机。

他把容玉告诉他的所有故事串在一起，连成一条线，只是记忆还是一片空白。他依旧什么都不记得，甚至不记得自己是谁。

他一直在等待，一直在寻找，却一次又一次地失望。

——直到，故人相逢。

花精很聒噪。她说是因为自己几百年几千年都在一个地方，不能动不能说话，所以一旦有了人形，能动能说话了，废话难免就会多一点。这些话他觉得和胡诌差不了太多，他是沙罗托生，曾经也有千年时间在一个地方，后来化了人形，他却没这么多废话想说。

柳维扬想到雪山里镶嵌着的蓝宝石一样的湖泊，那个人说只是想有一颗心的表情，忽然有所醒悟。

他恢复了记忆，就不太能够再这么心无旁骛地叫出“容玉”这个名字。她的名字对于九重天庭来说，也是尘封起来不可描述的篇章。

容玉是上神。

他也的确是见过她。

只不过最开始，她是站在论佛法道法的莲花台上，下面是他们挤在一起聚精会神地倾听。思辨到精彩处，往往就是她在那里舌绽莲花。再后来，换成他站在她曾经的位置，下面是一群小仙，她已经很久没有出现在这些场合。

一日，他在地涯看书，突然翻到关于冥宫的一处记载，只是写得语焉不详。他翻遍了地涯所有的藏书，只收集到零碎的一点消息。冥宫是上古洪荒的先神们用最后的心血建造而成，里面是天地终极的奥秘。

柳维扬觉得自己已被这奥秘引得入魔，甚至不顾西方邪神同天庭长年战火，仍是进入邪神的领地寻找关于冥宫的消息，又几回下到凡间，查看各种传说典故。最后，他在百般无奈下，打开了地涯存放禁书的书室。

这本是违反天条的。他此时已是名头上跟着一大串仙号的仙君，别人都忘记了他的名字，只是以仙号尊称。大概也没有人会想到他堂堂紫虚帝君，会做出这样的事。

禁书都是被仙法封印，且留存在上面的仙法印记依旧强大。

柳维扬一本一本地解开封印，忽然听见身后响起了脚步声，还慢慢地向自己的方向走来。按照天条，存放禁书的书室是任何仙君都不得入的。这个人到底是谁?

他倏然转过头，想要出手，只见那个人站在不远处，他的仙法触及不到她。

她看了看已经被解开封印的禁书，再看了看他，微微笑道：“我是容玉。”

他自然也认得出她。只是近百年来，她从未踏出自己修行的地方一步，许多小仙都不认得她了。

容玉轻轻一抬手，书室里所有封印顿时破碎了一地，她的指尖萦绕着一串串上古的文字，柳维扬认出有几段是禁书里面的内容，他刚刚翻看过，还记得一清二楚。隔了许久，容玉才问："你在找关于冥宫的书？"

柳维扬坦然地承认。

"这里不会有的。"容玉看着他，像是读出他的疑问，"因为这里的书，大多都是我整理过的。"

她将手掌朝上，那些文字突然变化，变成他看不懂的，大片大片飞速掠过："这些文字都记在我的元神里。你想知道冥宫的秘密，是为什么？"

"只是因为想知道。"

容玉笑得有点嘲讽的意味："冥宫的秘密，可以让你在这个世上再无一人同你比肩，九重天庭根本不在话下。"

"我不想掌控天地，我只是想知道，那些我未知的事。"柳维扬微微眯了一下眼睛，"你不相信？"

"当然不信。"这世间的人们，不管是仙君或是凡人，都陷在一团泥沼，无非名利。

柳维扬身姿挺拔，抬手按在胸口上，忽然引出了长长的一条细线，是他的元神："我可以证明。"

容玉毫不犹豫地接过。他们的元神都不能够直接暴露给别人，毕竟那是身体乃至整个灵魂里最脆弱的地方，她只要微微用力，就可以让他元神破碎、永不超生。而人的心，却是那么复杂而迂回，如果不是那个人有意出示，任凭她是上神，也无法找到对方的元神所在。而从元神深处传来的震荡告诉她，他说的一切都是真的，他只是想追寻他所不知道的那片领域。

他大概也是得了妄执这种病了。

容玉松开手，将指尖不断环绕的文字交付给他："你现在都不像一个仙君。"

无欲无求才是他们修行的最终目的。

那些文字都被深深烙印在他的元神里，好像是紫虚殿内那盏永不熄灭的长明灯。他脸色苍白，神情淡然，居然还能微笑："无所谓。"

同年岁末，西方的邪神遣来了使节，奉上了一只精雕细琢的碧绿琉璃盏。当琉璃盏盛上了酒浆，一时间碧光大作，酒盏上似乎隐约有人影晃动，那幻影晃着晃着，突然间从杯壁上走了下来，在大殿上舞姿翩跹起来。

那是一个着了淡青色衣衫的女子。

柳维扬第一眼看清她的脸，不由倒抽了一口气。他清清楚楚记得她眉心那点精致的朱砂印记，还有那些上古文字烙印在自己元神上的痛苦，两者密不可分。

同座的几位修为深厚的仙君也是一副惊恐的表情。

只有那些不谙世事的小仙还能笑嘻嘻地评论说："这位仙子比月宫上那位要美貌些。"

天帝震怒，当场将那使节送上天刑台，也给了邪神开战的理由。

容玉是先神女娲的弟子，还在天地混沌之刻，她曾化身为灯，是混沌黑暗间唯一的光源。盘古氏劈开天地后，将混沌收在一处，之后的先神将领轮流守卫。她是继女娲先神之后，即将守卫混沌之所的最后人选。

而西方邪神的始祖黑龙曾因挑衅先神女娲而被斩落剑下，其中纠葛十分复杂。

容玉那日并不在场。

她一直以来离群索居，也没有什么交好的仙君。

柳维扬也不知道她到底听没听说过这回事，他很快开始解读那些上古文字，这些文字他从未见过，只好从古籍上开始查找，慢慢吃透。每解读完一段，他便对冥宫里的一切更加入迷，他知道冥宫便是开天辟地后收起天地混沌的地方，如果自己要进入冥宫，就必须拥有足以挑战先神们的仙法。

他现在有的再不是对先神们的敬畏，而是一种奇特的、跃跃欲试的挑战。

他知道自己已沉溺得太深。

第二年，邪神同九重天庭正式开战，战火烧过平静多年的边境，竟然直逼过来。

邪神的使节再次到来，这次没再带来什么琉璃酒盏，而是带了新登位的玄襄殿下的一句话，他指名道姓邀请容玉前往楮墨城。虽然邪神想要攻下九重天庭也要付出极端惨重的代价，但对于天庭而言，此时的战局已是倾颓，只怕不久之后就要以摧枯拉朽之势轰然倒塌。

容玉不知从哪里得来这个消息，居然主动来找天帝，表明愿意前往楮墨城。只是玄襄明面上说是邀请，实际上却是有挟持她为人质的意味。

她前往楮墨城的那一日，天色灰蒙蒙的。她撩起宽大的衣摆，缓缓踏上七彩华光辇，然后回头看过来。

柳维扬也在送行的人流中，只见她似乎在寻找什么，然后同自己的视线相遇。她慢慢地笑了一下，张了张嘴，似乎说了两个字：再见。

烙印在他的元神上的上古文字似乎活动起来，烫得有些疼痛。

这是他在天庭之上最后一次见到容玉。

茶香盈满于室，他们终于还是从楮墨的魔境之中回到现实。

柳维扬轻拂衣袖，将墨色的陶瓷盏推向聒噪的花精："请用。"

花精一反常态，甚至有点恭敬地拿起杯子，观赏完茶色后才小心地喝了一口："你以后还是会回天庭吧？"

谁在乎呢。

柳维扬淡淡地回答："还没有想过要回去。"

"你和那位玄襄殿下一般奇怪……"

手心里那串七彩琉璃似乎微微发热，那是玄襄的魂魄，提醒着他，在楮墨的魔境里发生的事并非仅仅是一场梦。而在魔境中，他曾与玄襄握手言和。

他在失去记忆的时候，仍然会有一种感觉，他和玄襄本就只能活下来一个。

沙罗两朝，枯荣双生。

只要是双生沙罗，必定有一个无法存活下去，更不用说化为人形了。唯独他们例外。

他已经活得太久，那些苏醒的记忆扑面而来，他需要安静地思考。

其实他和玄襄曾经在少年时见过一面。

那时他下凡历练，经过一间酒坊。那家酒坊远近闻名，传闻开了这间酒坊的是位才貌双全的奇女子，若非她青眼有加，别说露面了，就算有再多银子，也不给佳酿品尝。而在凡间，少有女子能做这样的营生。

几个同他结伴而行的少年推推搡搡，都想进去一睹那凡间女子的芳容。

可是内堂已经有人了。

衣饰华贵的少年玄襄斜斜地坐在矮桌面前，意态慵懒，眉目间仿佛有万水千山一般，自有一股风华入骨。他旁若无人地为自己斟酒，慢声吟道："霓裳胡姬玉管箫，玉阙紫阁龙凤鸾。庙堂倾盏，何以秋伤，烛影画壁金樽，却罢愁去、得卧美人膝，千载风流不若一场醉。"

他念完最后一句，墙壁上的灯忽然暗了一下。

那位传闻中的奇女子撩开珠帘走了出来，笑意娇媚："阁下的词是好词，只不过太过潇洒落拓了些，不像君子该有的情怀。"

玄襄抬起头，看着她，细长的手指缓缓摇着折扇："在下只是比君子卑鄙一点，却比小人坦荡许多。"他笑意醉人，只是这么看着那女子，对方竟然一下脸红了。

同行的少年嗤之以鼻："装得这般人模狗样！"

另一个则挥挥手："算了，人也看到了，还是快些走，要被发现了就要被罚了。"

"哎，你们看那人是不是跟离枢君长得有几分相像？"穿着白衣的美貌少年突然开口，他叫白练，生得身形颀长，微微前倾的腰身就像水蛇一般，可惜是个男人，屈才了。

其他几人立刻全部转过头来，盯着少年柳维扬看了半晌，只差伸手去拉扯他的脸："像是有点像……可是你不觉得如果离枢君这么笑……"少年们顿时打个了冷战，摇头道："想想就觉得可怕。"

那时的柳维扬在一群少年仙君中并不显山露水，沉静稳重；而玄襄正是意气风发，天命风流。他们两人，原是同根而生，却背道而驰，渐行渐远。

容玉轮回七世那一日，玄襄一直追到黄泉道，斩落剑下的鬼尸几乎将夜忘川给填满，江水红过了彼岸花。这一场乱战差点使得幽冥地府崩坍。

那日的场景是座下的仙童道听途说，再添油加醋转述给柳维扬听。尽管这一场闹得轰轰烈烈，玄襄终是没把人带回来，背地里沦为他们私下的谈资。白练灵君说，玄襄定是长得太丑，不然如此君王冲冠一怒，红颜怎么连头都不回，这丢人可丢大了。

柳维扬却知道，容玉是没有心的，她本是混沌时分的一盏琉璃灯，彻夜长明，不知怎么的竟然有了灵性，化为人身。

柳维扬垂下眼，嘴角忍不住上扬。玄襄，你机关算尽，原来也会有今日。

花精微微张着嘴，目瞪口呆状盯着他看，艰难地说："你……你这是在笑吧？"

柳维扬抬起睫毛，嘴角的笑意还是没变："我突然想起来，玄襄他不知道怎么有了喜欢的人，她去轮回转世，他才会想跟着去。"

他们真是一对难兄难弟，他流落凡间，记忆全失，玄襄却在这封印里沉睡多年，这封印便如上古时期的一片混沌，没有日月，没有河山，没有那盏永不熄灭的长明灯，只有一片死亡的寂静。

他突然想，也许这一辈子才是一场没有尽头的梦，每当他觉得苏醒时，又将跌入另外一个梦境，如此往复，无限循环。玄襄的梦里，有一个人，他就可以沉睡一辈子。可是他的梦呢？

他已经将这一生所有情感都消耗在追寻冥宫的奥秘上，那刻在他元神上面的文字不断地提醒着他，挑动着他跃跃欲试的决心，再不会有什么别的可以轻易扰乱他的心神。

"其实按照玄襄殿下的皮相来说，也很少有人看到能不心动吧？"花精的想法总是有点奇怪。容玉、玄襄，或是如他，都已经活得太久，对于单纯的容貌其实并不在意。

"那只是玄襄的一厢情愿罢了，就算他现在站在对方的面前，那人也不认得他。"那茫茫雪山里镶嵌着的蓝宝石般的湖泊，便是容玉最后的归宿，自此之后，她只是一个再简单不过的凡人。

"……咳！"花精被茶水呛住了。

然后茶室里再次剩下他一个人。

柳维扬拿起那串七彩琉璃，突然轻轻一笑："你太会利用人心，却没想到有一天这会害了你自己。她根本不会有凡俗的情感。她说想要一颗心，可是有心有什么好的，它只会让人变得犹豫、怯懦、胆小，最终感情用事，做尽蠢事。"

七彩琉璃幽幽地泛着光。

"你我这一局，我赢。"

他决定再次进入冥宫。

可笑他不曾在邪神的领地上受到损伤，却在这里被身为同伴的计都星君暗算。他失去所有记忆，苦苦寻找过去，等待了一年又一年。

如果这次再次失败，世间将不会再有一个容玉，他可能又要重复之前茫然无措的时光。

有人问过他，这样值得吗。

其实无关值得或是不值得，他的生命里，已经只剩下这一件事。

沉重生锈的青铜门随着他的走近，仿佛发出一声低哑的开启声。他看到前面那扇虚无之门已经打开，他穿过青铜门，坚定地走向冥宫深处。身后，夜忘川烟水弥漫，绰绰约约可以看到远处的青山逶迤。

他感到自己元神深处那些上古文字开始游动幻灭，慢慢发烫，像是要将他的神智燃烧殆尽。远处有幽暗沙哑的声音正在呼唤："你是谁？"

我是谁？我是……谁……

这里不是你该进来的。

那说话的声音突然变得语气讽刺："你连自己是谁都不记得，最后也不过是成为这里的一具白骨。"

那声音越来越近，柳维扬睁大眼，仿佛看见计都星君缓缓走到自己的面前，他眉目寡淡，嘴角的笑容模糊而冰冷："紫虚帝君，你松开手吧。"

松开手？

柳维扬向下一望，竟然是烟水弥漫的黄泉道，他凌空抓着冥宫的台阶，指尖已经鲜血淋漓。他不能放开，他现在已是满身死气，只要一松手便会被冥宫镇入黄泉道下，成为万千鬼尸中的一个，从此再无知觉。

计都星君踏前一步，一脚踏在他的手指上。

柳维扬瞳孔收缩，尽管他潜意识里知道这一切全部都是幻觉，却始终无法摆脱。就连手指上传来的疼痛也是真实的。

元神深处的上古文字飞快地游走着。

“这里是什么地方？”

“柳州维扬。”

“我原来叫什么？”

“你说呢？”

柳州维扬。

他倏然清醒过来，眼前计都星君的幻影破碎，周围的一切似乎都纠结扭曲着，突然白光炸开，他似乎进入了另一个梦境。

梦境里，一位蛇身的女子站在他的面前，笑容安详：“你想留在这里？”

柳维扬见到她的蛇身，就猜到她的身份，这个女子便是容玉的师父女娲上神。他简短地回答：“是。”

“就算以后再也不能离开这里？”女娲上神的笑容更加安详，“这里没有草木，没有日月，没有山河，更加不会有声音，这里就和天地初始一样。”

“是。”

“可是外面很温暖，还会有很多让你留恋的人和事。”

“对我来说，已经没有什么可留恋的了。”

“你不试试又怎么知道没有？”她倾下身，伸手透过他的胸膛，捏住他的心脏，像是要从那里探知他真正的心声，“你留在这里，可以参透天地之间的奥秘，你将会和天地共存，永不消亡。但你永远不能离开这个地方。”

和天地共存，永不消亡，这是多少修道者可望而不可即的境地，可这一切都有代价的，代价就是他永远要留在这漆黑寂静的地方。这是一个悖论。他将要付出巨大代价换来的东西，会永无用武之地。

柳维扬脸色发白，头痛欲裂，但还是硬生生地挺直脊背："我早已决定。"

女娲上神微笑了："不，你还不够坚决，我希望你再去看一看这世间，也许你会反悔。"她将手从他的胸膛里收回，淡淡说，"去吧。"

再次睁开眼睛的时候，他躺在锵阑山境外。

他抬起手，那是一双白皙如书生般的手，只是指尖处鲜血淋漓，指甲都劈开了。他开始迷茫，他经历的到底是梦境还是现实，或者两者皆有？

他轻易地破解了山外的禁制，举步往里走去。

湖泊里满是盛开的莲花，他站在桃花树下，远远看见余墨看到他时眼神有些惊讶，但立刻快步走来："没想到是稀客来访。"

柳维扬皱了皱眉，他也没想到睁开眼会到了这个地方，随即又松开紧锁的眉头："只是路过。"

他转头看着那片莲花，只听余墨在身边轻轻叹息："她会醒来的。"

阳光懒洋洋地晒在他肩上，他对女娲上神的话有一点赞同，外面很温暖。并非说冥宫有多冰冷，只是在那里，他没有任何知觉，不论多么敏锐都无法感知周围的一切。至少站在这里，他可以感觉到阳光、微风和花香。

"你见过上古洪荒的奥秘？"

"我见过。"

"是什么？"

"我对这些没兴致。"

那日的对话忽然浮现眼前，柳维扬突然有所领悟。她一直以来过的就是无知无觉的生活，最后却将走向另外一个同样无知无觉的地方，并与天地共存，永不消亡。她用尽心智才得以挣脱出来。

柳维扬决定暂时住下。周围的精怪并不怕他，反而时常远远近近地跟着他。他更多的时间则是躺在湖边背阴处的一块岩石后面，抬手捂住眼睛，他失去记忆的那些年，他早已走遍大江南北，这凡间似乎也没有什么能够留住他。

他想到冥宫里发生的一切，总觉得恍若隔世。

他思来想去，也没想出那一瞬间他的心到底哪里有过一丝犹豫。

“柳公子、柳公子……”头顶噼里啪啦一阵响，头顶还是毛茸茸耳朵的小狼妖蹦跶到他的边上，“不好了！那个……那个……”小狼妖半晌没说出一句完整的话，看来还是只结巴的。柳维扬坐起身，波澜不惊的目光落在那小狼妖身上，对方顿时打了一连串的嗝。

柳维扬抬手捂了捂额，他以前接触过的人，聪明人太多，好比容玉，事事精心安排，什么都不点就透，突然间碰上这样的，他还真有点不习惯。他往四处一望，只听远处湖边有喧哗之声，大概知道发生了什么。

他凌空一指，只听哗啦一声，一条溺水的小巴蛇从湖里窜出来，摔在岸边。

小狼妖激动地拉着他的袖子：“厉、厉害……好厉害！”

柳维扬低头看看被抓住的衣袖，再抬头看看拉自己衣袖的小狼妖，对方立刻哗一声连滚带爬闪开很远。

他想了想，决定躺下来继续补眠。

自从他从湖里把小巴蛇给捞上来，翌日起来，就会发现门口摆着一些小东西，也许是一小瓶蜂蜜，也许是一支灵芝，每次都有一朵沾着露水的花朵。

花精发现后简直大惊失色：“柳公子，有人爱慕你。”

柳维扬波澜不惊地看着她，总觉得这词似乎跟他扯不上关系。他生性沉静，就像是一个上古的符号，单调而无趣，不如玄襄那样风情万种——是的，风情万种，这是少年时候的白练灵君说的。那时候他们都还年少，白练也还没养成时时刻刻都要摆花架子的习惯，也不知道他曾用过这样一个词去形容西方邪神的君上。

只是这个时候想起来，他觉得有些好笑。

然后他的嘴角就真的上扬起来，慢慢形成一个小小的弧度。

五月初五，东南方向，龙抬头。

柳维扬一早便赶到这个江南水乡小镇，几日前他便掐算出这个方位。此时是人间的端阳时节，本来千方百计想缠着他一起出来玩的小妖们听到这“端阳”两字立刻就退缩了。

他毫无目的地流连于江南小镇上，四处都飘散着粽叶的清香和雄黄酒的味道。他将大街小巷都走得遍了，在渡口处一抬头，只见不远处的榕树枝叶繁茂，有人斜斜地躺在那根最粗壮的树枝上，一片淡青色的衣袂垂落下来，看刺绣的样式是女子的衣衫。

他稍稍走近了，只见树上的人微微闭着眼，抬起的手指如玉一般，遮住脸上被毒辣阳光照到的地方，露出的小半张脸剔透得毫无瑕疵。

柳维扬停住脚步，犹豫着要不要上前一看，只听咔嚓一声，那人斜躺的树枝突然断裂。

那轻薄的青衫还未及地，早有人将她接在怀里。

柳维扬低下身捡起那根断裂的树枝，那树枝的裂口处还有术法的痕迹。他抬手捂住额头，也不知道玄襄是怎么在转世后保留住记忆，甚至还能算出方位地点，安排下这一出，这毛病他怕是改不掉了。

那青衫的女子被这突如其来的变故给吓了一跳，呆了呆才反应过来，立刻就挣扎着要起来。一双有力的手立刻扶住她的手肘，似乎怕她在挣扎之下站立不稳。

那扶住她手臂的手指在淡青色衣袖的衬托下，显得很是漂亮。她抬起头，眼前是一双同样漂亮而明亮的眼睛，那人微笑着，眉目间似有千山万水，风华入骨，可她看不到他握住她手臂的手一直在颤抖："我等你很久了。"

她很是惊讶，从他手中将手臂抽回，转身跑掉了。

只剩下玄襄一个人，还维持着半跪在地上的姿态，像是被抽去了魂魄。

柳维扬拂了拂衣袖，走上前："你这样有意义吗？"

玄襄站起身，转眼恢复了常态，慵懒地整理了一下被压皱的衣襟："要不要一起喝一杯？"

"你不去追？"

"不，太着急会吓到她。"他走到渡口边停泊的船上，撩开船帘，做了个请的手势。

柳维扬进了船舱，对方已经斟了酒推到桌子中间。他本来有很多疑问，只是想了想，觉得那些都和自己无关，就安安静静地仰头将杯中酒饮尽。

倒是玄襄笑起来，他笑的模样一如当年酒坊之中吟诗作对般意气风发。

柳维扬抬眼看他。

“我只是想，没想到我们还有一日能对坐饮酒，而没有拔剑相向。”

“我和容玉在凡间的那段日子，有无数机会对坐饮酒。”

“你这是在激我动手？”玄襄斜斜地支着桌子，用玉簪束起的黑发垂散在背后，“我在封印里等了这么多年，早就不受激将。”

“封印里面是什么？”

“很黑，没有光明，也没有声音，什么都没有。”玄襄长眉微皱，“我是清醒的，却感觉不到外面的一切，对这样的状态我无能为力。”他执起酒壶，倒满一杯，干脆地一饮而尽：“你怎么不问我是如何到这里的？”

“据说西方邪神的君上曾独闯黄泉道，杀戮无数，几乎把夜忘川的水给填平了。想必地府那些人还在后怕。”

“尤其，他们知道把我的魂魄放下来的人居然是紫虚帝君。”玄襄淡淡道，“可是我在夜忘川上想了很久，如果我喝下那里的水，就会……忘记她，就算以后再相见，我们却不再相识。”

“脱离了六界，你会活得比凡人长很多，容貌也不会变化，你要面对的是一世又一世的离别。”

玄襄的眼神闪烁一下，转开了话头：“我一直都在想，那日我追着她下了黄泉道，我想尽了一切办法，我告诉她凡人的生命有多低贱，有多痛苦，而我可以陪她游遍天下，所有她想知道的感觉我都能告诉她。我在封印里想了很久，觉得也许是我用错了方法。”

其实所有的理由也只不过是千万种可能的理由之一而已，如果当时他说出他的感情，会不会扭转整个结局？他在黑暗中想到这些，隐隐约约觉得这太疯狂。他甚至不确定那句话会不会是她想要的。

柳维扬一针见血：“她是混沌时候的长明灯化身为人，天生不会有任何的感情。何况，以容玉的聪明才智，她会不明白你有多在意她？”

玄襄苦笑："不，你不明白，即使她天生不会有任何凡俗的情感，但是她却想要拥有这些，如果她真的完全没有心，她根本不会为失去世间一切感知而痛苦。"

也许最后还是无法挽留，但起码他想尽了一切可能的办法。

人心是那样的曲折，有时候直来直去才是唯一正确的途径。

两人长谈过后，走出船舱，只见那个淡青色的身影站在渡口，像是等了很久的样子。她抱着怀里的毛团，低着头不知道在想什么。

玄襄走上前，低声问："怎么了？"

她抬起头，看着他的眼睛，眉间朱砂印记殷红："我觉得似乎见过你。"

玄襄微微倾下身，将视线同她齐平，用手指似有似无地触碰着她眉间的朱砂印记："这是天生的？"他顿了顿，微微笑起来，笑意醉人："我说过，我等你很久了。"他似乎还想伸手触碰她，反倒是她怀里的毛团突然大大地一抖，伸出爪子来朝他抓了一把。

玄襄原本可以避开，只是犹豫了一下，还是没动。

柳维扬忍不住屈指敲了敲额，也许他该给玄襄在凡间指一条明路，比方说唱青衣的戏子。

"你养的是狼？"

"嗯，它很乖的。"她一手搂着毛团，一手握住他的手腕，"你很疼吧？"

玄襄一个愣怔，隔了许久才轻轻地嗯了一声："很疼。"

柳维扬再一次来到了冥宫，面对的依旧是蛇身的女娲上神。

女娲朝他笑得颠倒众生："你终于想好了？"

柳维扬微微颔首。

女娲让开了身子，她的身后又是一道青铜门："如果你心有犹豫，是推不开这扇门的。"

柳维扬一声不吭，径自走上前，将手贴在那扇青铜门前，那门却纹丝不动。难道他的心中还有犹豫？

他闭上眼，慢慢梳理他的心神。

人心是最复杂的，仿佛是一个巨大的迷宫，他在其中转弯游荡，寻找那条唯一的出路。他熟练地避开那些障碍和死路，终于找到了那丝松动。

是容玉的一个眼神。

她抬手虚按在心口的位置，微微一笑："我是为了这里。"

他是一个几乎没有感情的人。

他还记得那日的阳光，映在她脸上的模样，安宁而淡然，好像走过太长的一段路，终于找到停歇的地方。

他元神深处的烙印又开始发烫。

他想起暂住在锵阑山的那段日子，每天早晨摆在门口的沾着露水的花朵。那是无意中被他救起的小巴蛇在天快亮时放在那里的。他耳目清明，没有什么能避得过他。

花精说："柳公子，有人爱慕你。"

她还说："柳公子，你会有感情吗？"

阳光懒洋洋地散在他的肩头，很……温暖。

他睁开眼，那坚定中唯一一丝松动消失了。冥宫里很安静，不，这不仅仅是安静，几乎是死一样的寂静，没有任何声音，也没有任何温度，这里没有一丝活着的痕迹。

他重新将手心贴近那扇青铜门，他听见耳边响起吱呀一声低沉的开门声。可是同样的，那门并没有真正打开，他却知道他已经获得了进入冥宫的方法。

视线所及，是一片深沉的黑暗。

这将是他之后漫长岁月停留的地方，最后一个地方，里面有上古洪荒的秘密，他将在这里和天地共存，直到天荒地老。

——柳公子，你会有感情吗？

也许有吧。

他头也不回地没入这片无尽的黑暗。她还是她，却也不再是她。而他一直是他。

番外柒 意外之喜

——请问我能为您做什么?

——只要您需要我，不论何时何地，只要我能办到，就一定能帮您做到。

——您的梦想，您暂时无法完成的心愿，都将由我来为您完成。

颜淡点开新网站，很满意这上面新增加的广告词。她今年大学刚毕业两年，原本学的是心理学专业，立志成为一名年轻有为的心理医生，但她很快发觉，她在这个职业是无法一展所长的。

现代人忙忙碌碌，纵然有再多委屈，最多就只是对着自己的至亲好友抱怨，并不太愿意去找一个陌生人倾诉。哪怕她再是亲和力满点，专业素质满点，她也得刚毕业就失业了。于是她想，既然不能成为一个心理医生，那她其实也可以改变方向，成为一个能够帮助客户排解愁苦的人!

于是，她就决定开始单干，成立了这家“排忧解难事务所”。

在毕业的两年间，她凭着自己一百分的亲和力和洞察客户心思的双眼，获得了百分百的赞誉，被她服务过的顾客最后还会把她的事务所推荐给自己认识的亲戚和朋友，使得她的事务所生意兴隆。

但是生意再好，也有淡季和旺季之分。

比如现在。

她已经有好几天没有接到一单生意了。

因为没事做，她只好把事务所的网站重新修整了一番，旧的广告词要改，旧的图片也得换上新的，总之就是要让那个网站焕然一新，让人一点进去就被吸引，从而对她这家事务所感兴趣，最后再吸引来新的客源。

叮咚——

外面的门铃声响了。颜淡站起身，亲自去开门。事务所本来还有三个员工，开门的工作原来都是她的秘书兼前台去做的，只是最近是淡季，她就给他们放了一个长假。

难道今天突然有生意上门了？

颜淡打开门，只见外面站着一位年轻男人。他的气质很好，尽管微微低垂着头，她就只能看到对方藏在刘海下面的高挺鼻梁和长长的两排睫毛，可从他露在眼前的那小半张脸来看，那皮肤白得就像是玉石一样，根本找不到半点瑕疵。

哇哦……

颜淡忍不住在心里默默感叹一声：莫非她交了大运，这回的客户竟然长得这么帅？！那她是不是……可以假公济私一下？

当然，假公济私是违反职业操守的，但是想象一下又不犯法，她就是想想而已。想一想总是可以的吧？

那个青年抬起头，露出了一双黑曜石一般透亮的双眼，安静地注视着她："你好……我看到了你们的网站，说你们工作室能帮助我解决我目前处理不了的问题？"

颜淡眼睛一眨不眨地盯着他看，简直心花怒放，心里的小人一边跳舞一边撒花。他长得可真是……好好看啊！感觉就算不收钱也值了。但是，她很快又端正了自己的心态，钱是一定要收的，但是看在人家长成这个样子的份上，就给打个九五折吧。

青年还是注视着她，忽然道："……是我抱有不切实际的期待，我现在觉得贵事务所应当解决不了我的问题，告辞！"

颜淡哪里能眼睁睁地看着自己的生意从面前溜走，立刻闪电般伸出手，拉住这个男人的衣袖，摆出了自以为最诚挚最可靠的表情："排忧解难事务所竭诚为您服务！您可是有排解不了的忧愁，可是有暂时无法解决的难题，可是需要一个愿意安静倾听您心声的听众？排忧解难事务所始终就在这里，随时为您排忧解难！”

说完，还露出了一个八颗牙的微笑。

颜淡觉得自己态度很亲和，看上去也很可靠，对方就算不怎么相信她，但是他们总可以聊聊吧？她有把握，聊着聊着，他就会对她敞开心扉，然后他们就能继续深入地互相了解，最后对方一定会对她的服务很满意的。

青年还是不为所动地看着她，一双眼睛又黑又沉：“我觉得你一点都不可靠。”

“你怎么就认定我不可靠的？”颜淡有点生气了，气鼓鼓地嘟起嘴，从来没有一个人会在刚一见面就说她不可靠！就算真有人在心里这么想，也绝对不会像他那样说出来。原本那张在她看来很俊秀的，完全可以打九五折的脸顿时变了，在她眼里变得面目可憎，根本不值得一个折扣。

岂有此理，竟然敢怀疑她的专业操守！

她最大的优点就是可靠，贴心，温柔！

青年抬手在她的头顶比画了一下：“你个子很矮，看上去很幼稚，说话的语气和表情太夸张，这些都透露着你有轻微的表演型人格障碍。所以我说你，不可信。”

……颜淡差一点点就要相信了啊！

她信了他的邪！她都差点要真的相信自己真的有什么表演型人格障碍了！她有没有这个什么障碍难道她自己还不知道吗？还要一个素不相识的陌生人来评判她？！

颜淡纵然很想当场给他这榆木脑袋来上一巴掌，但是对比了一下他们两人的身高和体型差距，怒气稍减，很识时务地表示：“来都来了，难道这样转身就走？不如先进来坐坐吧，就坐下来随便聊聊天？”

她以为这个青年会转身就走，不过她也无所谓，走就走吧，难道她还非要接他这单生意不成？她还可以趁淡季给自己放假啊，一年忙到头，也就这段时候可以稍微休息一下了。

谁知道那青年思考了片刻，却颔首道：“你说得对，反正来都来了。”

字里行间透着一股“虽然我瞧不起你这智商低下的草履虫，但既然来了，那我还是勉为其难跟你聊一聊”的居高临下的藐视。

虽然这只是她的脑补，但是颜淡好气啊！

可是再生气，她也不能当场把他给赶出去，甚至还很殷勤地问了他一句：“你想喝什么？我这里有咖啡，红茶绿茶白茶，饮料也有，让我看看冰箱……”

她记得昨天妹妹来事务所找她的时候，还给她带了不少饮料，就在冰箱里面。

青年简短地回答：“水，谢谢。”

颜淡取出一瓶纯净水，又从消毒柜里拿出了一只透明玻璃杯，把纯净水倒了进去，然后问：“要加冰块吗？”

“不，不用冰块。”青年坐在那排很宽敞也很舒适的布艺沙发上，他的背脊依然挺得笔直，在这个陌生的环境里，整个人都显露出一种局促。颜淡把杯子放在他的面前，只见他的手指微微用力地蜷曲着，露出手腕上一块价值不菲的手表来。

“嗯……”其实她接的最多的生意都是和感情纠纷有关，比方说，家庭主妇怀疑自己的丈夫出轨于是找她调查，事实证明，女人的直觉一般还真的蛮准的。接下来，她就得提供心理医生的服务，按摩客户受伤的心灵，或许还得给她们再介绍一个专职打渣男婚内出轨的律师。

这个时候，她的孪生妹妹就该出场了。

她的双胞胎妹妹其实原来是专职经济律师，结果被她带得在离婚官司上一路狂奔，无法回头。她还自称自己就是“蔑视渣男本渣”的王之女人，是代表上天来惩治那些渣男的。

她看着这位不知名青年的模样，觉得他还挺像过去那些陷入感情困扰的女客户的。所以……她很快就能开始处理男客户的感情需求了？

“首先，自我介绍一下，这家事务所就是我开的。我叫颜淡，颜色的颜，清淡如水的淡。”颜淡用一种公事公办的语气开了腔，“从现在开始，我们就好比刚刚认识的新朋友，你有什么困扰可以跟我随便聊聊嘛。”

青年沉默地看着自己面前的那杯水，没有说话。

“嗯……比如你在工作上遇到了什么解决不了的难题，在感情上遇到了什么困惑，都可以随便聊聊的。”

“我……”他终于抬起头，用那双黑沉沉的眸子凝视着她，认真地说，“是感情上的问题。”

终于来了！颜淡立刻坐直了身体，目光灼灼地盯着他看：“在继续深入了解之前，你是不是也得把自己的名字告诉我？”

他又沉默了一小会儿，从口袋里掏出一张名片，递了过去。

颜淡接过名片看了一眼，只见上面写着：余墨，S大学电气工程讲师，副教授。下面还有两个手机号，其中一个还是手写的。

“手写的那个手机号码，是我的私人号码。”他见她的目光停留在自己的名片上，立刻解释。

颜淡正襟危坐：“好的，那你的感情问题，到底是什么问题？”

余墨很认真地问道：“你谈过恋爱吗？”

她被梗了一下，快快不乐地说：“没有。”

“就连恋爱都没有谈过，你就敢说自己能解决感情问题？”

什么鬼？！这年头没谈过恋爱就不能谈感情问题了吗？难道她没见过猪跑还没吃过猪肉？

“我觉得吧，就算没有谈过恋爱，只要能解决问题就好了啊。”她尽量让自己显得不那么在乎，“事实上，我有很多成功的案例都是关于感情纠纷的……”

“该不会你说的感情纠纷就是离婚出轨案？”

还、还真给他说对了！

颜淡不服气：“那你是碰到了什么样的感情问题了？女朋友出轨了？女朋友脚踏两条船？还是女朋友觉得你只顾工作不顾感情于是决定跟你分手？”

她恨不得一下摆出十几顶绿帽子让他换着戴！

有恋爱经验了不起啊，最后不是还要有许多烦恼？来啊，互相伤害啊！

余墨嘴角抽搐了一下，伸出一只手阻止了她的滔滔不绝：“我没有女朋友。恰好相反，我同你一样，没有……感情经历。”

“哦……”

“我……”他迟疑了一下，“我现在很需要一个女朋友，所以你能告诉我，怎么在短时间内找到一个女朋友？可以带回家见父母的那种。”

“噗——咳咳咳！”她立刻喷了。

这人看上去长得一表人才，原来是来搞笑的吗？他这是在跟自己开玩笑吧？

颜淡特别真诚地建议道：“我觉得你可以观察一下身边的人，尤其是女性，当然男人也不是不行，你看看有谁特别关注你，经常会借故跟你联系的，你就问问他（她），看看他（她）愿不愿意跟你回家见父母？我觉得这个主意挺好。”

余墨蹙着眉，突然从沙发上站了起来：“如果你只有这些无意义的毫无建议性的话，我想我今天是来错了。或者，这就是你刚才所说的‘专业操守’？”

见他作势要走，颜淡立刻就怂了，连忙扑过去，伸长了手臂挡住他的去路：开玩笑，要是他出门右转就把刚才她说的这些话给宣扬出去，她以后还要不要在这一行混了？她本来就是开开玩笑的，但好像他根本就不能欣赏她的幽默感，她只好赶紧说：“等等等！先别走！”

他一转身，正好被她的手臂给缠住，她就势阻拦，从他的角度看上去她就像抱住了他的腰一样。他的眸子微微一暗，又停住了正要迈出去的步子：“……你还想怎么样？”

颜淡装模作样地叹气：“如果你连意中人都没有的话，那就只能找一个人来假扮你的女朋友了，我猜你是要应付父母的催婚吧？”

余墨转过身，沉吟道：“那么，你说的那个能够假扮女朋友的人选是谁？”

现在能够接下这个艰巨而又麻烦任务的人，当然就只有她了。毕竟事务所里，别的员工都已经去度假了，唯独她还坚持在自己的工作岗位上。

当颜淡把今日的奇遇说给双胞胎妹妹芷昔听时，芷昔正在狼吞虎咽地吃消夜。等听到她说自己成了客户的“契约女友”，她咔嚓咔嚓地把嘴里那块排骨嚼得粉碎，然后伸出一只手摸了摸颜淡的狗头：“你告诉我，万一你碰上的这个所谓客户是个变态杀人狂怎么办？他每个月都要去寻找目标杀人，现在他觉得你是一个可以实行暴力的目标，而你这个目标……还主动对他说，快点，我已经急不可耐想要找死了——”

颜淡笑嘻嘻的：“怎么可能？你可别危言耸听，人家可是S大的副教授啊，怎么会是变态杀人狂？”

芷昔说：“副教授就不会杀人了吗？我告诉你，反社会人格往往都来自高学历高智商人群，按照你说的，他长得这么帅，学历高，还是大学讲师，他怎么可能找不到女朋友？你是觉得女老师不够多，还是女学生不够多？”

“……嗯，”颜淡沉思道，“也许人家不愿意在工作的时候谈感情，也不愿意发展师生恋呢？”

“哈！”她冷笑一声，以抒发自己的不屑和嘲笑，“于是你就自我欺骗成功了？”

“我已经查过了，人家真的是副教授，据说在学校风评也不错，在学术上极有建树，我觉得……可能是高智商低情商吧？”

毕竟现在时代不同了，钢铁直男休想找到女朋友，就算真的给他找到了，最后也会分手的。

“你把这个人的信息给我，我再去查查。”芷昔抹了抹嘴，又嘀咕了一句，“真是，能不能稍微注意一点安全，别人说什么你就信。”

反正颜淡是真的觉得没什么好不相信的。他的工作不是假的，证件不是假的，身份信息都没有任何问题，虽然提出来的要求实在有点奇怪……别的，也就再也挑不出什么毛病来了。

到了晚上临睡前，有一个陌生的号码给她发来了短信：“明天上午十点半，我去工作室接你，有些细节方面的问题，我们还需要再仔细核对。”

颜淡回复说：“好的好的，没问题。你放心，排忧解难工作室出品，一定能够解决您的一切问题。”

虽然她又给自己打了一波广告，但她觉得，他好歹还会回复自己一句“晚安”吧，这是基础的社交礼仪不是吗？

结果——

她等了半个多小时都没有等到那句“晚安”。

颜淡扁了扁嘴，又发短信过去：“早点睡哦，晚安。”

然后她把自己的脸埋进了松松软软的枕头：明天，又是任务艰巨的一天。

结果颜淡睡过头了。

她会睡过头也是有原因的，大概是芷昔跟她说的那个“变态杀人分尸狂”的事情太过危言耸听，她竟然真的做了一个噩梦，梦见她被人塞进了冰箱里，而那个把她放进冷冻室的青年长了一张很俊秀的面孔，黑发黑眼，鼻梁高挺，他仔仔细细地端详着自己那放在最上面的头颅，就好像端详着一件艺术品。

然后……然后她就给吓出了一身冷汗！

在她赶去工作室的路上，她一直都在回想这个已经变得很模糊的噩梦，评估这个噩梦成为现实的可能性会有多大……

毕竟从某种理性思考的角度来说，她觉得就算余墨情商低得拉低了整条街的平均值，应该还是很受女孩子们欢迎的吧？就算他现在被父母逼着催着结婚，也没必要花钱去找人来假扮女友，他真的随便找一个对他有好感的人来帮忙应付一下就行了。

当她赶到工作室楼下，因为早上睡过头，又因为路上堵车，她已经迟到了十分钟。她看见余墨正坐在一辆黑色的车子里，车窗降下一半，露出他沉静的侧脸。他今天穿得很正经，深蓝色的西装，浅蓝色竖条纹衬衫，打着深灰色领带，领带上还有一支鱼形的镶钻领带夹。从侧面看，他的睫毛长长的，就像两排小扇子，偶尔还会扇动一下，总让人想要手痒地去摸上一摸……

颜淡走过去，敲了敲他的车窗，露齿笑道：“早安——”

余墨抬起头，正要开口说话，只听她立刻赶在他开口之前插话道：“停！让我把话说完！我知道我今天迟到了，迟到就是罪该万死，怎么能迟到呢？这有违职业操守，会让你怀疑我根本就没有把顾客放在心里，但是我想说，我真的不是故意迟到的，对于迟到了十分钟这件事我十分抱歉，我可以把咨询费打九五折，你觉得可以吗？”

余墨看着她，忽然笑了起来：“上车吧。”

颜淡绕到副驾驶的位置，拉开车门，直接钻了上去。她脸上还是笑嘻嘻的：“你知道吗？我昨天把接下你这个任务的事情说给我妹妹听了，她竟然对我说，我有可能碰到一个变态杀人狂了……”

余墨安静地看着她，没有说话，却挑起了眉头。

“然后我当然反驳她了，这个世上哪有这么多变态杀人狂，又怎么会刚巧被我碰上？”她看着他始终维持淡定的表情，笑道，“不过说实在的，我觉得你真不需要花钱雇人来当你的女朋友，就是学校里喊一声，肯定有很多人愿意的！”

她做了那个噩梦，虽然很确信对方不可能心怀鬼胎，但是现在多少有点怂，只好运用她的聪明才智出言试探——毕竟人家还是她的客户，她总不能直接一上去就问，你为什么要花这个冤枉钱找我，你自己身边难道就没有合适的人了吗？你这样让我心很慌，很怕你是变态分尸魔啊！

余墨轻咳一声：“你说得对，我的确可以找我身边的人帮忙，但是我不会这样做。”

“咦？”

“因为上一回，我就找了认识的人帮忙，结果很不幸，被我妈当场揭穿。”他微微一笑，很自然地回答，“还有我不想因为这件事再跟身边的人扯上麻烦的关系，我希望公私分明。”

“嗯，有道理。”

“你的随身物品呢？”他又问，“就只有这么小的包？”

“随、随身物品？！”她差点把眼珠子给瞪出来。

余墨叹了口气，反问：“你觉得，如果我们两人已经快到谈婚论嫁的地步，我的房子里难道不该有你的私人物品吗？我昨天不是已经跟你说过了，我对我妈的说辞是，我已经有了女朋友，我们感情很好，打算结婚。所以不需要她再给我介绍一些奇奇怪怪的人，这些话，难道你已经完全忘记了吗？”

昨天……她就只光顾着想她的服务合同有没有漏洞，还有这个奇怪的雇主提出的奇怪的要求了，她哪里有想这么多……

余墨看着她的脸，露出了一个有点无奈的表情：“那行吧，我们先去稍微做一点准备。”

颜淡完全不知道他说的“准备”是什么意思，还以为就是找个能坐下来的安静的地方对一对他们的说词。当他直接把车开到了一个商场的地下车库，她都觉得一定是楼上有他熟悉的咖啡厅，一直到他把她领进一家居家用品的品牌店，她才发觉……好像，事情跟她想的有点不一样啊。

“你喜欢什么颜色？”余墨冷不防问。

“啊……”她有点懵懂地回答，“粉、粉红色？”

“好的。”粉嫩的刷牙杯和还有一整套浴巾被放进了购物篮，他又在情侣马克杯的货架上停住脚步，“杯子呢？喜欢哪一种？”

“不是不是，”颜淡摇头，“我可以自己带——”这些东西的话，完全不用重新买新的，她可以回家整理一下，然后再带过去，反正也就是几天而已。

“不了，万一你的私人物品和装修风格不符呢？”

……所以说，他其实并不想给她买东西，只是在表达对她的嫌弃吧？

“还有你的衣物，也要重新买一些。”余墨再次扫了她一眼，似乎在评估她的穿衣风格和身材。颜淡愤愤地抱紧了自己，还悄悄瞪了他一眼，她知道自己个子不高，说好听点叫娇小可爱，说难听点就是矮，还没有大胸，可是她腰很细啊，她长得也算清秀啊，她还有美好的内在。

等他们在商场里满载而归之后，她真心觉得，他应该确实不是想要偷偷把她给杀人灭口外加分尸，毕竟没有哪个杀人狂在动手之前，还要花这么多钱来改造她的品位的。

“我们现在来对一下说词。”余墨一边开车一边跟她说话，“我们是什么时候认识，怎么认识的，然后又是谁先表白？”

“……”颜淡麻木地开口，“那你除了待在学校和实验室，还有其他的娱乐活动吗？”

“出去跑项目算不算？”

跑项目能算是什么“娱乐”活动啊？到底是她不认字还是他不识字？不过对于颜淡来说，虽说没有条件，也要尽量创造条件上：“行，那就是你在跑项目的过程中，跟我碰巧撞上了，然后我们就认识了，后来就开始交往了。”

“至于表白嘛，”颜淡绞尽脑汁，“你觉得谁来表白比较好？”

“你。”

“为什么？！”

“你看上去脸皮比较厚，自来熟。”

那好吧，她不跟他计较。她总归是要爱护客户，亲切忍让的，她露出了牙疼般的微笑：“嗯，我拼了老命地追求你，最后终于追求成功，用我的热情感动了你，我现在十分满足，觉得人生再无遗憾……”

“我比较喜欢黑色，”余墨陈述道，“我是直博，本硕博都是在S大读的。现在手头正有一个研究性质的项目，目前进度已经过半。每周在学校要讲五节专业课，时间分别是周一下午一点半，周二早上——”

“周二早上十点半，还有周三上下午两节，外加周五一节。”颜淡拿着小本子记下来，“你还不喜欢吃辣，不喜欢吃生菜，不喜欢吃青椒，不喜欢吃香菜——哇，你这么大个人了，怎么还这么挑食？”

余墨轻笑一声，反唇相讥：“你还不喜欢吃芹菜——”

颜淡又继续说：“还有，你喝咖啡就喝黑咖啡，不加奶不加糖，早饭喜欢西式早餐，但是不爱吃七分熟的牛排，喜欢全熟的，不能吃老母鸡炖人参，因为吃了会上火。外套要穿XL号，鞋码42，身高183，体重145，我全部都记住了！”

“那你的身高体重三围——”

颜淡敏感地瞪了他一眼：“才不告诉你！”

这些数据可都是绝密，怎么可能就这样告诉他？再说，说出来难道会很光荣吗？

“……那我也能目测出来。”

“不准说！也不准目测！”要不是他还在开车，她真的要扑过去打他了，岂有此理，嘲笑她很有意思吗？

等到他们把后备厢里的日用品和衣物全部搬上楼，顺便还把说词再次核对了一遍，觉得就算不是天衣无缝，也绝对不可能出现被揭穿的纰漏，可以说是妥妥的了。颜淡很好奇地问：“上一次，你是怎么被揭穿的？”

她这人没别的特别严重的缺点，但就是特别具有好奇心。芷昔说她其实就是爱多管闲事，颇有当居委会大妈的潜力，别用好奇心过剩来给自己贴金。但是颜淡觉得吧，芷昔小小年纪怎么能这样毒舌呢，她就是很单纯真的对什么都好奇而已。

“嗯……”余墨沉吟片刻，“这个嘛，本来是好好的，但是我找的那个人突然凑过来要吻我——”

“哇哦——”她立刻配合地发出惊叹，连眼睛都变得亮闪闪的，继续追问，“然后呢然后呢？”

“然后，我就把她从椅子上推了下去，刚好我妈亲眼看见了。”他耸了耸肩，“就直接揭穿了。”

颜淡又拿出小本子记了下来：“那服务合同还得修改一下，加上一条，允许一定范围内的肢体接触，包括但不限于牵手、拥抱、接吻，且一定要同时经过双方允许……”虽然她还没有找到一个可爱的男朋友，但是也可以趁着这次机会先学习一下，她觉得自己的理论知识已经很丰富，就差实践。

“我希望尽量不要有任何肢体接触。”他顿了顿，为难道，“我有洁癖。”

颜淡心里冷笑，她还是第一次见到把“嫌弃”说得这么婉转的人。

颜淡放下手上的小本子，坚强地微笑：“我也希望能帮你换一个让你更加满意的人选，但是很可惜，现在你能选择的人就只有我，你就将就一下吧。”

余墨微微低下头，歉然道：“抱歉，我并不是这个意思，其实我的意思是——”他深呼吸了几次，又用他那双漆黑清透的眼睛望着她，“我对你本人并无意见，甚至可以说，你还是我比较能够产生好感的类型，但是我暂时无法忍耐一些肢体接触。”

颜淡看着他垂下来的长睫毛，连心跳都跑快了两拍，大脑自动自发地把他刚才所说的话给翻译了一遍：他说她就是他心中的理想型？

一个浑身上下几乎都金光闪闪的青年竟然说她是理想型？！

虚荣使她剧烈膨胀！

余墨的家并不在这个城市，这次是他的母亲和奶奶过来看他。她们坐的是晚上那班飞机，可航班晚点，一直等到半夜才着陆。颜淡揉着眼睛，乖乖地跟在他身边，等待他家长辈的“检阅”。

“这班航班几乎每天都晚点，真不知道你为什么要选——”拖着行李箱从出口走出来的中年妇人一眼就看见了余墨，径自朝他走来，一边走一边还在抱怨，但是在看到正站在他身边的颜淡时，又立刻转换了话题，“这位小姐是……”

“她是我的女朋友，”余墨立刻回答，“我想带她来跟你，还有奶奶见上一面。”

颜淡反应敏捷，立刻无缝衔接：“我叫颜淡，姐姐你长得好年轻哦！”就在对方露出了一个惊愕的表情之后，她又笑眯眯地把话补完，“虽然我应该叫您阿姨才对，但是我觉得吧，阿姨这样的称呼真的把您给叫老了，您看上去就跟我的亲姐姐一样！”

虽然这彩虹屁实在有点夸张，可只要是女人，听到别人称赞自己年轻，谁会不愿意？跟在余墨母亲身后的老太太顿时笑开了花：“小姑娘真会说话啊。”

“还有奶奶，”她上前，扶住了老太太的胳膊，“奶奶您也好可爱，年轻时候一定是位大美人！”

“都这么晚了，”余墨的声音突然变得有点异样，如果仔细听，还能听见他紧咬牙关的切齿之意，“回家再聊吧……”

余墨的母亲余林清扬女士冷不防问了一句：“我记得你住的公寓就只有一间客房，这么晚了，小颜等下是跟我们一起回去吗？那她住在哪里？”

颜淡僵硬住了，不知道该说什么，这个问题他们在之前可没对过口径，这一下猝不及防，她都不知道该怎么回答了。显然余墨也是这样，他藏在风衣衣袖下的手指突然蜷曲起来，就跟他那天上门来她的工作室拜访一样，显然是觉得不知所措和尴尬。

余林清扬怀疑地盯着自己的儿子：“怎么了？你怎么露出了这种表情？”

颜淡心里咯噔一声：必须要控场了，虽然他们还没有露馅，可是按照他这个表现，知子莫若母，他妈妈现在已经开始怀疑他是不是为了逃避故技重施，又找了一个人来假扮女友。

她急切说：“其实我不住客房，我都是跟他一起住主卧——”

与此同时，余墨也回答道："她偶尔才会留宿，我可以送她回家——"

余林清扬听到他们这两种截然不同的回答，不觉皱起了眉："嗯？"

惨了！颜淡一面心里狂呼出师不利，一面用眼神跟他交流：你为什么要多嘴说话？本来我是可以把你妈妈给哄好的。

余墨也看向了她：什么话都是你说的，你也是一个成熟的成年人了，谁让你给自己加这么多戏的？

反而是奶奶笑呵呵地乐开了，拉着余林清扬道："现在都什么年代了，就算还没订婚，也是可以住在一起的，估计他们小两口早就住到一块儿去了，你这样突然问起来，年轻人脸皮薄，哪好意思说？"

"对啊，说得对……"颜淡干巴巴地笑道，"我就是有点害羞——不对，我没有害羞，是余墨在害羞，对不对啊亲爱的？"

她悄悄地用胳膊顶了他一下，小声催促："你快点说句话，别光站着！"

他一把捏住了她顶过来的手臂，用力攥住了："……对，没错，就是这样。"

虽然过程兵荒马乱，但是结果有惊无险，至少这第一关是安全通过了。只是唯一让颜淡感觉不太妙的是，她岂不是真的得在他家里过夜，还得是主卧？

孤男寡女共处一室，稍微有点点害怕。

不过——当她看到主卧那张两米多宽的大床后，她也就不太担心了，这么大的床，这床看上去还这么舒服，躺上两个人一定没有问题！她觉得自己很随和，虽然到了一个陌生的环境，还是能够睡着的。至于担不担心别的问题，她当然不会担心了，人家余墨都说过了，他有洁癖，不想跟人有任何肢体接触，她就当边上多了一根会呼吸的木头就好了嘛。

再说现在时代不同了，男女都一样，真要发生什么，说不好还是他更吃亏呢。

想着想着，她就彻底放松了，还有心情表扬对方："你实在是太有先见之明了，知道要去买点女式的东西放着，不然你妈妈一看，还是要怀疑你故技重施。"

余墨好像完全没有注意到她到底说了什么，只是盯着自己卧室里的那张床，忽然道："晚上你睡沙发。"

"什么？！"颜淡气得鼓起了脸颊，她本来就是鹅蛋脸，满满的胶原蛋白，现在都被气成圆脸，“凭什么啊，为什么你不去睡沙发？绅士风度知道吗，你为什么不让让我？”

“沙发这么短，我怎么睡得下？”他反击道，“我还是你的雇主。”

……说得没错了，她露出了牙疼般的微笑，“对，你是顾客，顾客就是上帝，记得以后要给好评哦，亲。”

她抱着自己的洗漱用品去主卧室里的浴室洗漱干净，又倒在沙发上躺了一下，觉得沙发太软，真要睡一晚会睡得她腰酸。而且这张沙发的确有点窄，让她想起大学宿舍的床。她当年可是真的从上铺滚下去过，对任何像宿舍上铺的东西都有心理阴影，她觉得她可以尝试去睡客厅的那张大沙发。

可当她刚刚打开门，才踏出一步，立刻又缩了回来，把门紧紧关上。她靠在门背上，轻声对他说道：“你奶奶在外面看电视——”

余墨一点都不意外，老人家都是这样，年纪大了，睡眠不好，换了新环境就睡不着，早上还起得很早。他在浴室里换了睡衣，用毛巾擦着湿漉漉的短发，还从柜子里找出了一张纯羊毛毛毯扔在她身上：“别想太多，早点睡。”

颜淡披着毯子把自己缩成一小团，躺在沙发上，觉得自己有点可怜，又做了一会儿自我检讨：也许……她当时真的不该多嘴的，就按照余墨说的，她就是偶尔才会在他家里过夜，平时都是自己住，岂不是更好？现在却硬生生成了骑虎难下。

尽管她十分小心，尽量把自己给缩小了，也尽量让自己的睡姿保持不变，可是真正睡着以后，根本由不得她控制。终于，在她变换了几个姿势后，扑通一声滚下了沙发，毯子还紧紧地包裹在她的身上，而地板上还有毛茸茸的长毛地毯，她觉得就算睡在地上也没问题，干脆闭上眼睛继续睡了。

这一觉还没睡到大天亮，她却突然从香甜美梦中被惊醒！究其原因，她是被踩踏了，于是蓦然惊醒——余墨迷迷糊糊地起来，想去洗手间，直接就一脚踩在了她的肚子上，把她踩得“哇”的一声惨叫！

颜淡超悲愤：“你要踩破我的肚子吗？你是要把我的五脏六腑全部都挤出来吗？你怎么能这么坏？！”

余墨反应迅速，弯下腰一把捂住了她的嘴，压低声音道：“别这么大声！”

“可是我很疼的啊，”她瞪圆了眼睛，在他手底下挣扎，“呜呜呜要是你也让我踩上一脚，你觉得怎么样？！”

“可我也不是故意——”

突然，门后传来了拖鞋踢踏踢踏的响声，有人在门上敲了两下，直接拧开了门把手：“你们不好好睡觉，到底在做——”站在门口的是余林清扬女士，当她看见自己的儿子弯腰把那个年轻女孩压在身下，还用手紧紧地捂住她的嘴的时候，顿时哑了。

老实说，她现在觉得自己有点受到了刺激。

她一直觉得，她的儿子就是那种不会主动追求女孩子，特别矜持，总是端着自己的架子的人，所以从某种程度上来说，她觉得自己作为母亲，的确是应该给他多多介绍相亲对象。

但是没想到他会这样……

她内心激烈交战了一下，直接移步走进了房间，用力拍打自己儿子的肩膀，把颜淡从他的臂弯里解救了出来：“你这是在干吗？强迫人家女孩子？这到底是谁教你的？”

“啊，其实不是这样……”他的母亲肯定误会了什么，颜淡觉得自己肯定要为他说一句公道话。

“我亲眼看见的，难道还有假？”余林清扬皱着眉毛，“好啊，也才半年不见，你这是从哪里学来的坏毛病？人家家里的孩子难道父母就不疼爱了，你怎么能这样暴力地对待人家？”

“真不是啊！”颜淡连忙补漏，“我们是在玩呢！”

“玩？”

“玩那个……咳咳咳，就是那个。”

余林清扬怀疑地盯着她看。

老实说，她从一开始听余墨说，他已经有了一个女朋友的时候就产生了深深的怀疑。毕竟他是有前科的，上回那个还是他学校里留校的辅导员，开头她就觉得他们两人气场不合，感觉就像是在演戏，后来果真如此，哪有正在热恋的情侣会因为一个亲吻而把对方推倒在地的？

有了第一回，就很可能会有第二回。

谁知道这回是不是又是他找来的假女朋友？

“就是、就是情趣游戏！角色扮演，我演小白兔，他演猎人。”颜淡觉得自己简直不能更机智，竟然能找出这么完美的理由，虽然这个理由有点那什么，可是总比直接被揭穿了好，“很、很好玩啊。”

余林清扬无语地看着他们，最后干巴巴地说了一句，“你们还挺会玩的。”她撩了一把有些凌乱的卷发，“就算要玩，也声音小一点，奶奶好不容易睡着，怕被你们给吵醒。”

“嗯，我知道了，嘿嘿。”颜淡目送她出了房间，立刻就把门给关上，还不忘转了一圈门锁。她重重地吐出一口气，这才按住自己的肚子，如释重负：“又差一点点。你现在知道你做错了什么吗？”

余墨无奈道：“不该让你睡沙发。谁知道你睡相这么差，这都能滚下来。”

滚下来之后，还面不改色躺在地板上继续睡，她还真是很特别。

当然，她编出来的理由那就更特别了，他都想拆开她的大脑看看她这脑子是怎么长的。小白兔和猎人，情趣游戏，亏她说得出口！

“错了！你错的最严重的是，第一次竟然没有直接找我们排忧解难工作室！”她义正词严，“如果你第一次就找我，我保证不会出错，你妈妈也就不会变成这样，不管你做什么，她第一时间都会持有怀疑的态度！”

余林清扬的确是在怀疑他们。

这种怀疑，与其说是他们有哪里露馅，出现纰漏，倒不如说是对自己的儿子丧失了最基本的信任，觉得他就是在应付自己。

如果要让颜淡来评价，这当然是人之常情。但是从她的专业来说，她觉得这次任务的难度简直成倍增长，心里有点没底。

幸亏他的奶奶并没有怀疑他们，不然在同一个屋檐下，有两个女人虎视眈眈地怀疑他们，这戏也该演不下去了。

余墨的奶奶，甚至相当喜欢她，总是面带微笑地看着她，那眼神慈爱得都快把她给看化掉。

“真希望你们能一直这样走下去，”奶奶微笑道，“其实两个人有些摩擦磕碰，这都是很正常的，只要互相包容就好了……”

余林清扬还是对他们抱有怀疑的态度，询问道：“你们，是怎么认识的？”

这个问题，他们早就对过了台词，达成一致，绝对不可能出错。

颜淡微笑着回答：“是在他有一回跑项目的时候认识的，那天电梯特别挤，我就被挤到他身边了。”她知道就是编故事也要补充细节，绝对不能是干巴巴的三言两语讲完一次浪漫邂逅，作为堕入爱河的恋人，当然要冒着粉红色泡泡啦。

她活灵活现地编造了一个她被挤到电梯角落，但是突然被丘比特一箭射中的偶遇，然后又说自己如何如何辛苦地倒追，终于把自己喜欢的男人给追求到手，听得奶奶一直乐呵呵地笑出声。

甚至，她都要相信自己编出来的故事了！

她都感觉，她是真的这样努力去追求了对方，历尽千辛万苦倒追成功，享受到了怦然心动的恋曲。

然而余林清扬女士忽然冷不防地问了一句：“你说，你们第一次约会，余墨请你吃冷锅鱼？他觉得冷锅鱼好吃？我倒是不知道。”

颜淡瞬间一呆。

冷锅鱼，到底有什么地方不对吗？

既然她这么问，莫非他其实不喜欢吃冷锅鱼？可要是他妈妈是故意这么说来考验她的呢？

她该怎么回答？

“我其实……”余墨为难地开口，“我不怎么喜欢吃鱼，但是我看你喜欢，就一直没有告诉你。”

颜淡心说那你可真能挑食，鱼有什么不好吃的，她就觉得味道好极了。

“何止是不喜欢，”余林清扬撇了撇嘴角，“他是吃了就能吐，不知道是什么毛病，从小就挑食。”

“啊……”颜淡露出了感动的表情，伸出双臂作势要去搂他的脖子，“亲爱的，我好感动啊！”她凑近他的脸，比画了一个口型：别推我，你妈妈正看着呢。

她可是很敬业的，觉得做戏就得做全套，从一开始她的人设就是苦苦倒追终于把喜欢的人给追到了手的新时代勇敢女性，在发现了这个真相之后，怎么能不感动？怎么能不开心地拥抱自己的恋人？

呃……反正就是这样的，人设坚决不可以崩。

余墨注视了她两秒，在她有点控制不住脸上的笑容时，突然伸手抱了她一下。他的动作很轻，手掌刚一贴到她的腰就立刻放开了，虚浮着，实际并没有实实在在放在她的身上。可她的鼻腔里满是他身上的味道，薄荷味的须后水，橙花味的牙膏，还有松木的沐浴乳。她忍不住深深吸了一口气，觉得自己圆满了。

果然，奶奶絮絮道：“瞧，他们两个的感情可真好。我原来还担心现在的年轻人性格太强，都觉得自己是对的，不肯受一点点委屈。当年我跟老头子在一起，他就不爱吃香菜，可我特别喜欢，他为了我还去尝了尝呢……”

“妈……”实际上，余墨的爷爷早些年就过世了，余林清扬怕老人伤感，就拍了拍她的手背，“他们这么大的人了，又在一起这么久，总会自己慢慢磨合的。”

“说起来，小颜，”余林清扬又问，“你父母也是这个城市的人吗？你家里就只有你一个孩子？”

好了，终于到了查户口时间。

这部分内容其实没有什么好胡编乱造的，实际情况是什么就说什么，那就行了，再编下去，她反而会穿帮：“我父母都住在邻市，我是大学毕业就留在这里，我还有一个妹妹，双胞胎妹妹。”

“你们是双胞胎？那挺好的。”她笑了一笑，“你现在在做什么工作？”

“我大学读的是心理学，现在自己开了一个工作室。”

“工作室？那应该很忙吧？这几天陪着我们，不去工作室不要紧吗？”

“不要紧，当然不要紧，反正现在还在淡季——”

“淡季？”余林清扬有点诧异，“心理咨询还有淡旺季之分？”

“妈，”余墨及时打断了她，“你这是在审问犯人？”

“我问问清楚怎么了？你上回带过来假扮女朋友的那位——”余林清扬想起上次的事就气不打一处来，“那位小姐，叫百灵是不是？人家长相不错，和你也很配，又跟你在同一所大学工作，我觉得挺好的。结果呢？结果你就是忽悠我的！”

那件事，真是提起来就生气，有没有女朋友是一回事，但是没有，却假装有，还找人来演戏欺骗她，她就无法接受！一想到这事她就心里冒火，恨不得抽这臭小子一顿：“你在我这里信誉度已经变成了负数了！”

“阿姨——”颜淡忙去安抚她，伸手在她的背上轻抚着，想要抚平她的满心怒火，“阿姨，我真的不是假装，我是真心跟他在交往……”其实她也是假的，但是段位更高，是专业的。

“上一次的事情，虽然我不太清楚是怎么回事，但是我想，他连不能吃的冷锅鱼都愿意陪我吃，一定不会故意骗我玩的，对不对？”颜淡露出了开心的表情，“我觉得我跟他在一起很开心，他一直都很照顾我。”

才怪，昨晚竟然还让她睡沙发，今天早上竟然还踩踏了她。

要不是现在她终于争取到了睡床的权利，她都有点不想干了。

余林清扬看着她，终于面露矛盾地点点头：“那个，我刚才的意思并不是说他是故意骗你的啊，我就是想起上次那件事还很生气……”当她的目光落在她干干净净的手背上时，她又再次充满了怀疑，“既然你们都住到一起了，那戒指呢？他都没给你买吗？”

“啥？”颜淡简直都要傻眼了。

为什么余墨妈妈的眼神能这么尖锐，想法能这么多，简直就是一波未平一波又起啊！

这哪来的戒指啊？！

他们昨天是买了许多东西，但是怎么都不可能去买戒指的！

难怪余墨上门的时候，对她好几次表露了不信任的态度，因为他妈妈实在是太难缠了，只要稍微有一点不够灵光，立刻就会被她试出真相来。

这一回，余墨比她还要镇定，立刻反问道：“你把戒指放哪里去了？”

颜淡反应迅速地接上：“戒指……我不是正戴着吗？”她装模作样地抬起手

看了看，惊讶道，“哎呀，戒指去哪里了？”

余林清扬冷眼旁观，一副“我就看你们怎么演”的表情。

颜淡迅速站起身，往主卧走去：“我去找找，之前都还戴着的，可能是被我随手放在房间里了吧。”

她在房间里待了一会儿，还把床单再次拉伸平整，把原本就整理得很整齐的被子再次平铺得一点折痕都没有，才在门边探出头来：“我还没找到，你要不过来帮我找找？”

余墨站起身，不紧不慢地走到她身边，然后很自然地把门给关上了。她压低声音道：“为什么你妈妈会这么多疑？你上次到底给了她多大的打击？”

她还是第一次见到对自己的儿子完全没有信任感的母亲。

“她一直都很多疑，她以前还怀疑我爸出轨，然后，”余墨双手放在裤袋里，“你懂的……”

“那现在该怎么办？”她唉声叹气。

“那就去买一个好了。”他的态度很镇定，就像在说“我现在饿了，我们出门吃饭吧”，“就说这个戒指丢了，我等下去跟她说。”

“戒指很贵的哦。”

“没关系。”他放在裤袋里的手握成拳头，“我买得起。”

“你买了以后，可能就只能用这一次，你以后还得再去买新的。”

戒指尺码这么多，哪有这么碰巧，将来的女友和前任刚巧一个号？

他微微叹息：“没关系的。”

好吧，既然金主都说没关系，那她其实也没什么意见。她觉得自己这次服务简直物超所值，每次都依靠她的机智力挽狂澜，对方应该没什么不满意的了吧。

“还有……”余墨忽然开口，“刚才你在房间里，没有听到。我妈说，觉得我对你太冷淡了。”

“唔嗯！”她也觉得他挺冷淡的，不过光是看他卧室的装修风格，也是冷淡风，她就没什么意外了，反正她热情洋溢就行了，互补一下，没问题的。

“我觉得她的潜在含义就是，”余墨斟酌了好一会，才缓缓说，“觉得是我在欺骗你的感情，故意让你在她们面前露脸，等到她们走了，就会把你给甩了。”

颜淡都要给对方的想象力给跪了。不过这推测出来的结果还真的有那么一点沾边，等她们走了以后，他们当然就结束雇佣关系了。她严肃地问：“实话实说，你爸到底出轨没出轨？我觉得他带给你妈妈的创伤很深啊……”

“没有，真没有……”他停顿了片刻，满是疑惑，“你问这个干吗？这跟你有关系吗？”

总不能说，她就是单纯好奇吧？

她从前也接过许多家庭主妇怀疑丈夫出轨的业务，可是没有哪一位像余林清扬这样敏感的——不对，她要是单纯只是敏感也就算了，她有时候还特别敏锐，思维特别跳跃，让她有点招架不住。

“了解一下故事背景，然后重新制定策略。”颜淡一本正经地回答，“既然你妈妈这么说了，那就得表现一下，让她知道，其实我们的感情很好。”

“至于怎么样才叫感情好，热恋中的人你见过吧？”她期待地望着他。结果她的这个学生一点都不配合，直接回答她：“没注意。”

“你带过的学生多吧？难道他们都不谈恋爱的吗？我觉得热恋中的人就是一刻不停地想跟对方黏在一起，虽然有点羞涩，可总是忍不住去做一些小动作，比如借着递东西的时候偷偷摸一下你的手。”说完，颜淡捏了捏他的手掌，还用指尖在他的掌心打了个圈，“就是这样。”

余墨突然抽回了手，露在黑发外面的耳朵都红了。

“哎？”她就像发现了新大陆一样看着他。

“我带的硕士生全部都是男生，他们都单身。”

这个，大概就是工科全员打光棍的盛况吧……文科专业都是女生多一点，而工科基本上就是男生泛滥的重灾区，可能整个专业最多就只有一两个女生，像S大这样理工专业特别强的大学就更加如此了。

“那就……差不多这个意思。”颜淡继续说，“总之就是，你要偶尔拉一下我的手，跟我多一点肢体接触，就好像我们感情很好一样，这样你妈妈大概就会放心了吧。还有，不准在拉过我的手之后用消毒湿巾擦手，我看到你的公文包里就有消毒巾！”

余墨还算镇定地回答：“我知道的。”

按照原本的计划，他们要带着长辈去地标大厦顶层的旋转餐厅吃饭，然后下午去附近的景点逛上一圈。只要熬过三天考察期，他的妈妈和奶奶就会回去了。

总的来说，应该不算艰难。

他们去往旋转餐厅的路上，余墨正在开车，然后芷昔的短信就过来了。

“我已经查过他的犯罪记录，倒是没有什么。”芷昔在短信里说，“去S大问了几个人，都说这人口碑还不错，是有真才实学的，也没发现他做过什么不对劲的事，基本没有负面评价。”

颜淡笑哈哈：“我早就知道这样了，你是‘性本恶’者论，见谁都要阴谋论一番。”

芷昔：“我不是阴谋论，而是你头脑简单，这个世界远比你要想象的更加危险。”

颜淡：“行啊，那请你告诉我，是谁先提起变态分尸杀人狂的？”

还害得她做了一个晚上的噩梦，真的梦见自己被装进冰箱里去了。

芷昔：“碰到的概率虽低，但只要给你撞上一次就是百分之一百。再说，我就是觉得这个人哪里有问题，跟你说不清楚！”

颜淡：“你就继续嘴硬吧。”

反正她就觉得她的客户这么优秀，挑不出毛病来，于是芷昔傲娇了。她一直都是这样的性格，嘴巴特别毒，觉得总有刁民要害她。其实这个世界上，大家都是普通人，哪有这么戏剧化？

她回短信一直都是笑容满面，余墨瞟到一眼，忽然问：“你看到什么，就这么好笑？”

颜淡笑眯眯地回答：“啊，我在和我妹妹聊天呢。”

“你妹妹？”余林清扬问，“要不要把你妹妹一道叫来吃个便饭？”

“不不不用……不对，我的意思是，她是个律师，最近特别特别的忙，连睡觉的时间都没有，更不用说吃饭了。”颜淡道，“下回等她有空再叫她。”

隔了片刻，芷昔再次发来短信：“你昨晚没回家？！”

“对啊，没回，你怎么知道？”

她们忙起来见不着面也是常事。

“我在离开之前，在门锁上挂了一根头发，但是我现在发现这根头发还在那。所以我确定你没有回家。”

“你的被害妄想症没救了。”颜淡吐槽。

哪有她这样的，年纪轻轻，却这么多疑，出门之前还在要在门锁上放根头发。她还记得小时候因为好奇去偷看妹妹的日记，其实也就是偷看过那么一回，但是当晚就被她给发现了。她居然说为了防止别人偷看她的私人物品，她在日记本里夹了一点小纸屑，现在纸屑变少了，她就知道自己的日记被别人偷看了。

当年还很幼小单纯的她简直都惊呆了。

“哼，你自己多保重，我敢说那家伙一定有问题！”

颜淡看也不看，直接把她的信息都给删了，这些信息要是被本来就很敏感的余林清扬不小心看到，他们就彻底演不下去了。

大概是因为她的教学卓有成效，余墨虽然还有点不习惯，但还是在停完车后很主动地绕到了她这边，亲手帮她打开车门。

只听余林清扬在后座低声说了一句：“自己的儿子养到这么大，就没帮我开过一次车门……”

……她都要同情余墨了，他这个妈妈未免也有点难伺候了吧，刚才还觉得自己的儿子对女朋友不够有感情，现在感情有点到位了，又嫌弃他没给自己开车门？她立刻笑道：“阿姨，我来帮你开车门！”

余林清扬看着她，说不出是满意还是不满意，点点头，矜持地从车里伸出一只穿着高跟鞋的脚，慢慢地踩在了地上，然后扶着她的手从里面走了出来。她抬起手腕看了看表：“现在离吃饭时间还早，你们先去把丢掉的戒指给补上吧，我和妈去餐厅等你们。”

还真的要去买戒指？

颜淡觉得他们的思维她都不太懂，不过既然大家都没什么意见，她向来又很随和，那就按照他们的想法来了。

她跟着余墨直接先去了一楼，这座商厦全部都是奢侈品牌，一楼位置最好的店铺正是一家珠宝店。当他们走进去的时候，珠宝店的店员很和煦地微笑道："您好，两位是想要挑选什么首饰吗？"

"我想挑对戒。"余墨简单地回答。

"对戒啊，那您喜欢款式简洁大方一点的呢，还是稍微复杂一点的？"店员指着玻璃柜里的戒指，"这些都是有男女同款，能够配成对戒的，您可以看看有哪些是喜欢的。"

"你喜欢……哪一种？"他侧过头，用他那双漆黑清透的眼眸望着她。

颜淡顿时觉得自己被他看得心跳紊乱，面上发热，她支支吾吾道："让我选？这……这不太好吧？"

"这是你戴的，当然要让你选。"他轻轻地说了一句，语气说不出的温柔。

"这可是花你的钱，"她一把拽过他，压低声音道，"而且几乎不可能再用第二次，你可要想好了，你不觉得特别不值吗？"

"可是戒指的话，本来就不适合再换一个人来戴吧？"

"但是——"

"快点选吧，等下我妈就得催了。"

颜淡战战兢兢地盯着这一排戒指下面的定价，好不容易才找到一枚样式最朴素，但价格最低的。不过就算再便宜，也只能是相对的低廉。她都不知道为什么事态会发生到现在这个地步的……

"这个、这个吧？"

她点的就是一枚白金女戒，没有任何镂刻和花纹，只在戒指的内侧印着一个品牌 Logo。

"你喜欢这个？"余墨皱了皱眉，"会不会太朴素了？"

"简单大方多好看啊。"

——才怪，这是她还能挑得下手的，无功不受禄，再说她会收下这一次的服务费，要是再收昂贵的首饰，怎么说得过去。

“男款就选这个样式的，女款的话，还是选这个。”他细长的指尖点在了柜台玻璃上，玻璃底下，是一枚样式跟她挑的差不多但是还镶嵌着三颗小钻的戒指。他拉起她的手，目测了一下她的手指：“应该要最小码的。”

“好的，这是最小码的女戒。还有这款男戒。”

他拈起那枚女款的戒指，小心翼翼地套在她的无名指上，旋转了一下，轻轻地套了进去，正好卡住，然后抬起头望着她：“我觉得还是这个好看一些，你说呢？”

……她觉得自己有点缺氧了。

等到他们乘电梯到顶层的旋转餐厅时，余林清扬还在点菜，她对着菜单挑剔了半天，一会儿嫌弃这家餐厅竟然没有她喜欢的那个牌子的红酒，一会儿表示凭什么生蚝竟然是蒸的，最后才勉勉强强点了几个菜。

她放下菜单，看到他们回来，挑眉道：“戒指都挑好了？”

他们早就想到，如果他们不当场把戒指给戴上，估计余林清扬女士还能挑一挑毛病，现在他们的手指上都戴着对戒，她最后就什么都没说了。

余墨缓缓地伸出手臂，状似不太经意地搭在她的椅背上。

要让他在大庭广众之下一直拉着她的手，这事他实在做不出来，可是把手臂搭在椅背上，就差不多等于他的手臂一直环在她的身后，应该完全符合“感情不错”的标准了。

颜淡朝他甜甜地微笑了一下，然后背部往后一靠，直接压住了他的手臂。

余墨差点被餐前酒给呛到，咳嗽了好几声才平复下来。

这顿饭吃到一半，她又忽然伸出右手，直接勾住了他的手指，还摇晃了两下，又侧过头朝他笑起来。

她不知道作为雇主的余墨能不能满意，反正她看到了余林清扬跟奶奶互相打了好几个眼色，她们的脸上一直带着微妙的笑意，似乎是对他们的互动很满意，也对她比较满意了。就连她自己都忍不住想要夸奖自己，实在是太专业了，她就天生该吃这碗饭的。

吃过午饭，就是去附近的森林公园闲逛，顺便消化消化肚子里的食物。因为徒步的时间长，距离也很长，等到他们回去的时候，就连余林清扬都累坏了，直接进了房间休息。

颜淡揉着酸痛的小腿，唉声叹气：“经过你这一次，我算是知道了，以后我都接不来这样的任务，简直比抓出轨证据还难！”她刚想瘫倒床上，还没沾到床单呢，余墨突然伸出手，直接挡在她和床单之间。

“咳，你先去洗澡吧，洗干净了再躺上去。”

“你的洁癖是不是没药救了！”她一把扯住他的衣领，“我又不脏，我身上根本没有味道，不信你闻闻。”

他的睫毛顿时凝固不动，隔了好一会儿，才眨了一下眼，然后很坚定地把她提进了浴室：“快去，我已经做出了很大的让步，再有多的，那不可能！”

其实工科专业都会有金工实习，洁癖这么重，也不知道他到底是怎么过的。她在心里腹诽了无数遍，但还是很认真地把自己从头到脚洗了一遍，觉得就是要从指甲缝里挑她的毛病都挑不出来了，才从浴室里出来。

她皮肤本来就白嫩，因为被热水狠狠地蒸腾过，更是白里泛红，就像精致的瓷白肌肤的娃娃，她还微微嘟着嘴：“好了，我这回真的洗干净了，你要不要检查一遍？”

她现在一点都不担心跟他一个房间会不会发生什么事，因为这是根本不可能的。如果说非要发生点什么，可能就是她来了个饿虎扑食，把人给扑倒。

“……检查，那就不用了。”他停顿了好一会儿，回答，“我相信你。”

有了主人的首肯，她这才小心翼翼地撩起被子的一角，又问道：“那我今天真的可以睡床了？你不会等会儿又反悔把我给踢下去吧？”

余墨嘴角抽搐了一下：“我什么时候踢过你？”

他还觉得自己无辜呢。今天凌晨他是不小心踩了她一脚，但那又不是故意的，谁让她一声不吭直接躺在他的床脚边。然而后面的事态发展，简直令人无语。

她立刻往被子里一钻，还欢快地打了个滚，直接越过了床中间，往他习惯躺着的地方滚过去。然后立刻伸手一撑，又很自觉地滚了回去，拍了拍枕头：“放心，我晚上不会袭击你的。”

他笑了一下：“你到底哪来的自信？”

还袭击他？到底是谁袭击谁啊？

大约她今天的确是很累了。毕竟这一整天，从凌晨开始就没消停过，中间一惊一乍，还要非常投入地演戏，等他从浴室里出来，她已经抱着枕头睡得深沉，还轻微地打起了小呼噜。他弯下腰，近距离地注视着她，只见她睡着的模样要比平时看上去安稳许多，那双灵动的杏核眼安静地藏在眼皮下面，看上去又乖巧又听话。

他伸出手，拨开了她散落在她脸颊两旁的小碎发，又微笑了一下。

对于她的睡相，他从一开始就没怎么期待过，但是也没想到能不老实到这个地步。当他渐渐入睡的时候，突然啪的一下，她挥舞着手臂，直接一掌拍到了他的脸上，把他给拍醒过来。

余墨：“……唉。”

他认命地把她的手臂塞回到被子里，又继续闭上眼酝酿睡意。

好不容易等他重新开始迷糊的时候，她突然翻了一个身，一条腿大大咧咧地往他身上一横，直接架在了他的腰上。

隔了片刻，她再次挥动手臂，一拳打在他的腹部。

要不是她真的已经睡着了，他都要怀疑她是不是三更半夜故意捣乱，为了报之前的踩踏之仇！

到了最后，他根本不知道自己是怎么睡着的，迷迷糊糊地闭上眼睛，再睁开的时候就已经天亮了。他整个人都昏昏沉沉，一直到把脸埋进水里，才有些恢复过来。

而颜淡却睡得极好，感觉醒来以后精神满满，还做好了早餐。当他走出房间的时候，就看到她身上围着围裙，手上戴着隔热手套，端着一锅正冒着水汽的粥。当她把这一锅子粥放上餐桌的时候，奶奶笑着夸奖道：“小颜的手艺真好啊，光是闻着就好香。”

余林清扬一直都有稍微睡一会儿懒觉的习惯，但是客房离厨房比较近，从一早开始她就不断闻到阵阵香味从厨房涌进客房，就算想再躺会儿，也根本睡不着了。她身上还穿着睡衣，把卷曲的长发全部扎了起来，去看她煮的粥："唔，这是土鸡粥？"

"不是的，是水鸭活虾粥。"颜淡笑眯眯地回答，"虾都去了虾线，就是吊吊鲜味的，余墨上回说他喝老母鸡炖老参上火，我想鸭子性温，就不容易上火了。虽然他喜欢吃西式早餐，不过偶尔换换口味也好啊，奶奶肯定不喜欢吃西餐。"

"对啊，我不喜欢吃西餐，全都是生菜叶子，冷冰冰的，一点都不好吃。"奶奶笑着摸了摸她的脸颊，"年纪大了，牙口不好，胃口也不好，就是想吃点热气腾腾的。"

她这波表现简直可以打满分，不但从侧面展示了她对余墨在口味上的了解，还展现出了她的贴心，简直就是一个很合格的小媳妇了。

紧接着，她又端上了烤面包，准备好了红茶，咖啡，还有牛奶。就连素来挑剔的余林清扬都无话可说，无刺可挑。

余墨都有点恍惚，隔了好一会儿才走到餐桌边上坐了下来，轻咳一声："我等下有节课要去上，上完课再去跟进一下几个学生手上的实验进度，可能会稍微晚些回来。"

颜淡很配合地接话："好啊，我今天没什么事，不用去上班，我就在家陪阿姨和奶奶。"

未来的准孙媳妇乖巧贴心成这样，老太太的心都要化了，恨不得搂着她喊心肝。

等到孙子走后，奶奶拉着她的手，看着她笑问："你和我孙子，到底是谁先捅破这层窗户纸的？"

老太太这样问，就是在问，是谁先表白的了。

她前面说自己倒追，可没有说过表白的问题，既然奶奶已经这样问了，颜淡立刻就回答："当然是我先说的。"

"上回我不是说了，是我先倒追的，我经常去他会经过的地方巧遇他，假装在他面前丢了东西，还会故意不小心撞到他身上，总算才混熟起来。"颜淡说，"后来我觉得我们已经够熟了可以捅破最后一层关系的时候，我就一直等着他表白。

我等啊等啊，结果等得焦急，可他就是什么表示都没有！我不甘心啊，我请他吃饭都吃过这么多回了，怎么能连表白这种事都还要靠我自己来做呢，我非要等到他表白不可！”

颜淡的口才可真是好，就是一件很简单的事情被她一说，也充满了欢乐的气息。她说起话时，还眉飞色舞，神采奕奕。余林清扬本来有一搭没一搭地听着，根本没太用心，可渐渐的，她也不由自主转过头，专心地听她讲故事了。

等到余墨从学校里回来，开门进去，正看见家里的三个女人坐在沙发上，津津有味地看肥皂剧。他都觉得自己是不是有点多余了。

老太太一见他开门进来，立刻朝他招了招手，笑道：“快点过来，上午小颜还给我们讲故事呢……”

“闻闻，这个屋子里都充满了恋爱的酸臭味。”余林清扬懒洋洋地补上了一句，“不过你们还真有意思，第一次约会居然去玩密室脱逃？”

一起看部文艺的爱情电影不好吗？竟然去和别人混搭玩游戏？

可是余墨却知道，哪有什么密室脱逃的约会，全部都是她胡编乱造的。他犹豫了一下，回答：“那天下雨，去别的地方也不方便。”

“……下雨？”余林清扬挑起了眉毛，“那天下雨？”

颜淡啊了一声，立刻补上：“是啊，下雨，我刚才难道没说起？”

余林清扬怀疑地搜索了那天的天气，还真的是个下雨天。她长长地叹了一口气，这回她儿子总算不是胡乱骗她的了。她忍不住说：“下雨天，那这种游戏室里难道不潮湿吗？小颜还说你们刚进密室就被一根绳子绑在一起。你的洁癖已经痊愈了？”

“地面当然很潮湿，所以我跟她说，以后的约会，再不去这种地方玩了，全都是细菌和病毒。”

颜淡哑然，她刚才可是编了一个永生难忘的浪漫约会，你给我说全部都是细菌和病毒？！

余林清扬果然奇怪地看了她一眼：“小颜说，那次约会是她最难忘也最好的一次约会。”

余墨沉默。

“所以说，你们的想法完全相反？”

颜淡忙道：“是这样的，约会嘛，自然要看身边的人是谁。如果是对的那个人，不管玩什么，都会很开心，我就是这样的。可是我根本没想到——”她突然转过头瞪了他一眼，“原来你是这样想的！”

余墨忙按住她的肩膀，把她按回沙发上，望着她：“我没有！我也觉得很开心。”他直接抓住了她的手腕，侧过头在她唇上碰了一下，“别生我的气。”

“呼，原来说假话是这么痛苦，每时每刻都要提醒自己，千万不能出现漏洞，我还以为我都跟你对过词，绝对不会再出错的呢。”颜淡靠在门上，顺手把房门给反锁上，为了防止出现之前余林清扬直接开门进来的惨剧。

余墨笑道：“所以我跟你说，不要说这么多细节，细节越多，越容易穿帮。”

“可是，如果没有细节的话——”她不服气道，“就只是干巴巴的，你见过谁谈恋爱，说起自己喜欢的人是干巴巴的吗？”

“你不是说，”他打开电脑，直接打开课件开始修改，“你并没有谈过恋爱？”

“可是我也说过，没见过猪跑，难道还没吃过猪肉吗？我可以看看书，看看电视剧，观察身边的人，然后增长经验啊。”

他又轻笑了一声，不说话了。房间里顷刻只剩下他飞快地敲击键盘的声音。

“而且我觉得……”颜淡迟疑了好一阵，缓缓开口，“我觉得你不该欺骗你的家人。要是不想被催婚，那你可以跟她们好好说。现在用这种欺骗的方法，或许最后知道真相后，她们会特别特别失望吧？”

这种感觉，大概就是“我这么认真，原来你只是玩玩而已”的心情。

余墨打完一整段话，突然停了下来，他侧过身，认真地看着她，若有所思：“原来你是这么想的……”

“对，我就是这么想的，虽然我收了咨询费，还主动接下了这个生意，但是我还是有点后悔了。”她今天这一天几乎都在和他的母亲和奶奶相处，虽然余林清扬有点挑剔，可是她却是很好的长辈，对自己的孩子是发自内心的关怀，她也从来没有用挑剔的眼光去看过她；而他的奶奶，则是一位很可爱的老人，不管她说什么，她都会相信，都会捧场地倾听和欢笑。

如果那些欢笑和快乐都是假的呢？

她岂不是成了亲手打碎希望的那个人？

余墨站起身，走到她的面前，低头审视着她的表情，最终他确认了，她现在正被纠缠在无端的愧疚之中，觉得自己欺骗了所有人。他抬手撑在门板上，就像把她给圈在了自己的怀里："既然如此，那不如——"

他一句话还没说完，房门突然发出了砰的一声响。只听余林清扬在门口道："有没有搞错，你看看现在才几点，就直接窝到房间去了？！"

余墨面无表情地对着房门看了一会儿，打开门锁，直接把门给拉开："我在写课件。"

余林清扬插着手："哦，你在写课件。那颜颜啊，你出来陪阿姨聊聊天……"

什么？还要聊？她可怜巴巴地望向了余墨：她不要再去了，再让她编下去，她真的会露馅的……

余墨伸手握住她的手臂，低声说："她要看我写课件。"

余林清扬抖了抖身上根本不存在的鸡皮疙瘩："儿子，你谈起恋爱来，真的很肉麻啊。"

为了表现出她对看他工作的热爱，颜淡亦步亦趋地跟着他，还非要黏在他身边坐着，她侧耳听了听客厅里的动静，把声音压低说："你觉得，你妈妈有没有看出端倪来？"虽说，她觉得自己这两天表现得还可以，但是也不能说一点漏洞都没有。

"你刚才不是还说，不想再骗我妈了，为什么还要在意她有没有看出来？"

颜淡扁了扁嘴："可是我已经骗了啊。"

最好，是能善始善终地骗下去……

善始善终？她吓了一大跳，又忍不住再次盯着他的侧脸，都说认真工作的男人最有魅力，她现在也觉得自己可能有点为他着迷，可问题是……他是怎么想的呢？

她虽然敢在他的家人面前一点都不顾忌地说自己如何如何倒追，如何如何百折不挠，可是没有人心甘情愿去承受感情上的挫折。

余墨突然伸出手，按在她的手背上。她吓了一大跳，却没有挣扎，只是乖乖地看着他无名指上那枚男戒。白金的戒指在电脑屏幕的光线下，偶尔闪烁一下细微的光晕。

“你之前不是说，理论知识已经足够用了，那是不是说明，你还需要一点点实践就能做得更好？”

她之前是说过，就算没有谈过恋爱，但她好歹看别人谈过，现在的小说电视剧这么多，怎么也算理论知识丰富。可是实践？怎么实践？跟谁实践？

余墨转过头，一本正经地问：“竟然还在想和谁实践？我不是就在你面前吗？”

颜淡蓦然恍然大悟。

“欢迎光临排忧解难事务所，请问我有什么能为您服务的吗？”长假过后，前台的学妹已经度完假回来。

颜淡觉得自己一下子轻松了，至少她不再是唯一的那个留守儿童，同时还要身兼数职。

“你好。”这次进来的客人很特别，他还抱着一大捧白玫瑰，一看就沉甸甸的。那人抬起头，似乎一下把整间事务所都给照亮了，“我是来送花的。”

送花？前台学妹有点纳闷，长得这么帅，还来当送花小哥，哪个男人找他送花，那表白肯定是不会成功的了，她真要为那个倒大霉的男人掬一捧同情泪。

他送到颜淡的办公室门口，还没敲门，就见门自动打开了。颜淡欢呼一声，飞快地接过了他手上的白玫瑰，言笑晏晏：“你来了啊。”她突然想到什么，又探出头往外看了看，似乎在找什么人。

“不用找了，”余墨笑道，“我妈真的跟我奶奶一起坐飞机回去了。”

她抬手拍了拍胸口，压低声音问：“那她怀疑我们了吗？”

“就算怀疑又怎么样？难道我们骗她了吗？”

颜淡啧了一声，伸手点了他一下：“你这人真坏。你套路我！”

她又不是真正的傻瓜笨蛋，事到如今哪还有什么不明白的，什么想找一个人来假扮女朋友应付家长，这些都是假的，最重要的是，他找到了一个很好的借口，来接近她。然后……嗯，他是如愿以偿了。

“来，你进来说说，你这是暗恋我多久了？”颜淡很得意，“是不是被我美好的外在和加倍美好的内在吸引了？”

“嗯。”他很干脆地应了一声，反正都已经成功了，也没必要再否认。

她的手机放在桌面上，刚才她还正在和芷昔发微信。芷昔说：“你看吧，我就说这家伙有问题，你还偏偏不信。我早就告诉过你了。”

“我早就告诉过你了”是芷昔的口头禅，颜淡不知道她的那些同事和朋友听见她这句话的时候是什么感受，反正她的感觉很不好就是了。她立刻嘲笑回去：“你往窗子外面看看啊，有没有看到许多头牛在外头飞呢？你当初明明是说，这个人就是个变态杀人狂，要我千万小心！”

然后，余墨就捧着花束来找她了。

她们的聊天记录依然留在芷昔发过来的那一条上：“虽然不是杀人狂，但也是别有居心，你可要小心，免得被吃拆入腹都还不知道。我早就跟你说过的。”

余墨伸出手臂，用力把她给抱进怀里：“我妈还说，什么时候带你回家见见我爸，还让我早点去拜访你的父母，她很喜欢你。”

其实余林清扬的原话是：“颜颜真可爱啊，编个故事都跟说大书一样，活灵活现，我都险些要相信了啊。你到底是从哪里找出这么可爱的一小姑娘？每天看到她我都很想笑场呢……”

还有他的奶奶，在机场告别的时候，老人家还朝他调皮地眨了一下眼睛，笑着问：“你现在心愿得偿了，高兴了吧？”

他当然很高兴。

但是他现在还不打算告诉她。